Colin de Silva wurde auf Ceylon (dem heutigen Sri Lanka) geboren und wuchs dort auf. Während des Zweiten Weltkriegs diente er als Offizier in der britischen Armee. Von 1946 bis 1956 war er im ceylonesischen Staatsdienst tätig und emigrierte 1962 nach Hawaii, wo er heute lebt.

Von Colin de Silva sind außerdem erschienen:

Die Winde von Sinhala (Band 1674)
Die Wasser von Sinhala (Band 1675)
Die Feuer von Sinhala (Band 1676)
Die letzten Löwen von Sinhala (Band 1790)
Mausoleum der Liebe (Band 3085)

Dieses Buch wurde auf chlor- und säurefreiem Papier gedruckt.

Deutsche Erstausgabe September 1993

Titel der Originalausgabe »Alhambra – Arena of Assassins«

Originalverlag Harper Collins, London
Umschlaggestaltung: Manfred Waller, Reinbek
Umschlagabbildung: Archiv für Kunst und Geschichte, Berlin
Satz: MPM, Wasserburg
Druck und Bindung: Elsnerdruck, Berlin
Printed in Germany
ISBN 3-426-63009-5

4 5

Colin de Silva

Alhambra

Roman

Aus dem Englischen
von Karin Dufner,
Kollektiv Druck-Reif

Knaur

Gewidmet
meinen Schwestern u. Brüdern

der verstorbenen
Rose Constance Winifred de Silva
(Schwester Mary Rose)

William Stanley Hamilton de Silva

Merl Conrad Hazelton de Silva

»Sklaven im Reich der Liebe
sind allein wahrhaft frei.«
IBN AMMAR

Anmerkung des Autors

Die »Alhambra« ist kein geschichtliches Werk, sondern eine Montage historischer Namen, Ereignisse und Örtlichkeiten, die ich alle in einen Roman verwoben habe. Selbst die Beschreibung der Palastmoschee orientiert sich an der großen Moschee in Cordoba.

Die handelnden Figuren – Yusuf ibn Nagralla, Ibn Gabirol, Pedro der Grausame, Karl der Böse, die Könige von Katalonien, Aragon und Portugal, Maria de Padilla, Prinz Ahmed, Prinz Juan und Prinzessin Beatrice – waren in Wirklichkeit nie an den hier geschilderten Ereignissen beteiligt. Deswegen ist jedwede Ähnlichkeit mit lebenden oder verstorbenen Personen rein zufällig. Überdies habe ich weitere Personen wie Zurika, Prinzessin Mathilde, Graf Gaston, Aaron Levi, Bischof Eulogius, Adelige, Zuträger, Geheimpolizisten und Meuchelmörder erfunden und sie in die alte Legende von Prinz Ahmed al-Kamal eingearbeitet.

Was den historischen Hintergrund meines Romans anbelangt, fand das erste spanische Autodafé in Wirklichkeit erst 1481 in Sevilla statt. Die ersten Zigeuner wanderten erst hundert Jahre nach der Zeitspanne, in der mein Roman spielt, in Spanien ein. Der Schwarze Tod hat niemals in Granada gewütet, und auch die christliche Einheit lag damals noch in weiter Ferne. Trotz dieser historischen Ungenauigkeiten hoffe ich, ein greifbares Bild dieser Zeit und des spanischen Volkes vermittelt zu haben. Schließlich sind es die Spanier, deren Leben am meisten von Leidenschaft geprägt ist. Wie bei keinem anderen Volk zeigt sich das in ihrer Literatur, Musik,

Malerei und Architektur. Falls es mir gelungen ist, diese Leidenschaft in meiner Montage zum Ausdruck zu bringen, wird sich die spanische Lebensart dem Leser zwischen diesen Zeilen erschließen.

Keiner, der im Laufe der Jahrhunderte in der Alhambra gelebt hat, konnte sich ihrer Schönheit entziehen. Einige haben sogar die Geister gehört, die immer noch in ihren verlassenen Gemäuern flüstern und heulen, und auch der christliche König Ferdinand und Königin Isabella konnten den Traum ihres Erbauers nicht zerstören. Der Geist der islamischen Herrscher, die ihr Leben der Schönheit verschrieben hatten, dauert fort. Die alten Mauern der Alhambra haben viele Ränkespiele, Verrat, romantische Liebesgeschichten, Beispiele unverbrüchlicher Treue, unsägliche Opfer, Mordanschläge und die Errungenschaften einer bemerkenswerten Kultur gesehen.

Deine Seufzer, o Leser, deine Tränen, dein Lachen und deine Freude werden zwar die Toten nicht wieder zum Leben erwecken, aber vielleicht ihren Schlaf stören.

Colin de Silva
Honolulu, Hawaii, 1990

Danksagung

Ich bedanke mich von ganzem Herzen bei:

Harper Collins für sein festes Vertrauen zu mir;
Anne Charvet, die mir als Lektorin riet, mich in meinem nächsten Roman mit der Alhambra zu befassen;
den Angestellten in allen Abteilungen von Harper Collins für ihre Unterstützung;
meiner Sekretärin Marcia Krueger, die wieder einmal als meine »Lektorin« vor Ort fungierte und sich beim Abtippen und der Entstehung dieses Romans weit über ihre Pflichten hinaus engagierte.

FRANKREICH
LEÓN
León
NAVARRA
Pamplona
Burgos
KATALONIEN
Ebro
ARAGON
Barcelona
Duero
PORTUGAL
KASTILIEN
Toledo
Tagus
Valencia
Ciudad Real
Guadiana
Alicante
Baeza
Cordoba
Jaén
Guadalquivir
Sevilla
SIERRA
NEVADA
Cadiz
GRANADA
Alhambra
Die Königreiche

Prolog

Meine Zuträger, die über die gesamte zivilisierte Welt verstreut sind, haben mich wissen lassen, daß Wilhelm der Normanne, Herzog von der Normandie, welcher von dem kriegerischen Volk der Dänen abstammt, beschlossen hat, die Eroberung Englands vorzubereiten. Um diesen Schritt zu rechtfertigen, beruft er seine Herkunft: Er ist ein Nachfahre der Normannenkönigin Emma, der Mutter von König Ethelred, den man auch als den Unberatenen kennt.

Wir schreiben das Jahr des Herrn 1061 christlicher Zeitrechnung; mein Name ist Yusuf ibn Nagralla, und ich bin Wesir oder oberster Minister von Abdullah, dem König des maurischen Spaniens, der den Titel Kalif trägt. Gerade zügeln der Dichter Ibn Gabirol, mein Adoptivsohn, und ich unsere grauen Araberhengste auf der Hochebene, die wie ein langer Sporn aus den Bergen der Sierra Nevada ragt. Unsere Pferde gleichen sich wie ein Ei dem anderen, und auch an unserer Kleidung sind wir nicht zu unterscheiden. Heute tragen wir beide schwarze Gewänder.

Das Abendlicht ergießt sich golden in den Abgrund unter uns und nimmt in den Tongruben eine geheimnisvoll purpurrote Färbung an. Ibn Gabirol ist ein noch bartloser Jüngling. Sein lockiges, schwarzes Haar fällt ihm bis auf die Schultern hinab, sein weiches, olivfarbenes Gesicht wird von großen, eindringlich blickenden Augen beherrscht. Ich kenne jede seiner Stimmungen, besonders, wenn er wie jetzt ins Leere starrt, versunken in die Welt seiner poetischen Gedanken. Wunschgemäß ist es mir gelungen, ihn in dichterische Verzückung zu versetzen, und seine Vorstellungskraft sprudelt über angesichts dieser Schönheit.

Das Meer soll so voll sein, wie Salomons Meer,
jedoch nicht lasten auf eines Ochsen Schultern,
doch da steh'n Löwen aufgereiht an seinen Gestaden,
die nach Beute brüllen, diese Welpen,
deren Brust wie eine Quelle ist, die sprudelt, um
den Myrtengarten zu bewässern, der duftet aus weißen
Blüten ...

Er wendet sich um und sieht mich an, betrachtet liebevoll mein Raubvogelgesicht, den gerade gestutzten grauen Bart, der ein kantiges Kinn verdeckt, die riesige Hakennase, die sich zwischen meinen dunklen, undurchdringlichen Augen erhebt. Unter dem schwarzen Käppchen bin ich völlig kahlköpfig. »Es ist schön und gut, davon zu träumen, mein Gebieter«, spricht er mich in ernsthaftem Ton an. »Aber was wird unser Kalif, König Abdullah, dazu sagen, wenn du einen Palast baust, der eindrucksvoller ist als der seine und der sich über seinen eigenen und selbst über die große Stadt al-Birah erhebt?«
Da ich mir meiner sicher bin und weiß, daß mich der König nicht entbehren kann, lache ich nur selbstbewußt. »Er sollte sich freuen, daß sein Diener, der Wesir, sich ein Haus baut, das seine Treue zu ihm beweist und zeigt, daß ihm nichts so sehr am Herzen liegt wie sein Wohlergehen, und«, nun senke ich die Stimme zu einem Flüstern, »daß er dazu noch die seltene Begabung besitzt, selbst aus einem Schweinsohr eine seidene Börse zu schneidern!«
»Lästerung!« Der Dichter hebt in gespielter Entrüstung die Hand. »Du vergleichst unseren König mit einem Schweinsohr?«
»Weil er zwar alles anhört, aber keinen guten Rat annimmt!«

»Ein Schwein ist einem Moslem ebenso widerwärtig wie uns Juden.«
»Du bist hier der Dichter. Warum läßt du dir kein anderes Bild einfallen?« In meiner Stimme schwingt der leise Spott eines Mannes mit, der weiß, daß er seinem Herrn überlegen ist, aber dieses Wissen nie offen zur Schau stellt.
»Ich würde eher sagen, du hast einen zukünftigen moslemischen Bettler auf den arabischen Hengst dieses mit Gütern gesegneten Königreiches gesetzt.«
»Mag es denn so sein, werter Dichter, du bleibst bei deinen Bildern, und ich halte mich an meine Wahrheit.«
»Aber, Gebieter, ein Mann darf sich nie in der Öffentlichkeit über seinen König erheben.«
»In Jahwes riesigem Thronsaal, dieser Erde, kann sich jeder Mann über den anderen erheben, wenn er nur die Statur dazu hat. Schwebt nicht der Adler hoch über dem Kaiser?«
Ibns Gedanken schweifen weiter. Ich weiß, was jetzt in seinem Kopf vor sich geht, und ich liebe ihn nur um so mehr für seine altklugen Einwände. »Warum mußtest du einen so ungeeigneten Ort auswählen, mein Gebieter?« Diese Anrede soll mir zeigen, daß er sich mir in der gebührenden Demut nähert; ansonsten allerdings neigt er nicht zur Unterwürfigkeit! »Wie kannst du auf diesem Boden bauen?«
Jetzt spüre ich, wie meine dunklen Augen vor Begeisterung funkeln. »Als ich im letzten Jahr in Rom war, hat man mich durch die Villa geführt, die Kaiser Hadrian vor vielen Jahrhunderten gebaut hat. Ich habe mich auf den ersten Blick in sie verliebt, und seitdem habe ich davon geträumt, selbst solch ein Haus zu besitzen. Du als Dichter mußt doch am besten wissen, was es bedeutet, von einem Traum verzehrt zu werden.«
Ich kann das leidenschaftliche Zittern in meiner Stimme nicht mehr unterdrücken. »Als ich diese Villa erblickte, wußte ich auf einmal, warum ich all diese vielen, vielen Jahre so hart

gearbeitet hatte. Die meisten Wesire der Kalifen gehörten zu unserem Volk. Und warum? Weil wir Männer hervorbringen, denen seltene Klugheit, Ehrlichkeit und Ergebenheit gegenüber unseren Herren eignet. Und was ist unser Lohn? Ständig wird unser Volk mit Schmutz beworfen. Wir werden verachtet, selbst von unseren Herren, denen wir so treu dienen.«
Mein Blick wandert hinab in den Abgrund, der unter uns liegt. »Ein Palast, an diesem Ort erbaut, wird wie der Horst eines Adlers sein, abgeschieden, jenseits der Reichweite gewöhnlicher Sterblicher, mögen sie Könige oder Bettler sein.«
»Willst du es Gott gleichtun, mein Gebieter?« Die Sorge in Ibn Gabirols Stimme nimmt der Frage den beleidigenden Beigeschmack.
Ich lächle geheimnisvoll. »Sind wir nicht alle Kinder Gottes und deshalb Götter so wie er?«
»Wenn der Palast so abgeschieden vom Rest der Stadt ist, wird er dann nicht Eindringlingen ein willkommenes Ziel bieten?« drängt der Dichter weiter. Dann, als er erkennt, wie ernst es mir ist, erschrickt er sichtlich, seine Hände krampfen sich um die Zügel. Sein Pferd stampft ungeduldig, der Huf des Tieres schabt gegen den Granitfelsen. »Du würdest dich willentlich in diese Gefahr begeben, nur um eine einzige Nacht in deiner Schöpfung zuzubringen, hoch erhoben über dem Hohn der Menschen?« Seine braunen Augen weiten sich. »Um über Ihnen zu ruhen, auf deinem Bett der Verachtung, die du für geringere Sterbliche empfindest?« Allmählich dämmert es ihm, und er fügt langsam hinzu, »nur für eine einzige Nacht ungeahnter Verzückung.«
»Ja.« Meine Antwort ist nur ein Zischen.
Da mein Adoptivsohn endlich überzeugt davon ist, daß er mich nicht erschüttern kann, indem er mir Angst vor der Rache des Kalifen einjagt, greift er nun aus einer anderen Richtung an. Er hat das Recht dazu, er, der meinem Herzen am nächsten steht, denn ich habe außer ihm keine Familie.

»Wie kannst du nur einen Palast an einem so unzugänglichen Ort bauen, mein Gebieter?« Er grinst spitzbübisch. »Wirst du es halten wie Aesop und Körbe und Knaben von Adlern durch die Lüfte tragen lassen?«
Damit meint er den Zwerg Aesop, den Fabeldichter, der ein Bauwerk in den Lüften errichtete, um einen Kampf mit dem ägyptischen Pharao zu gewinnen und sein Land zu befreien. Wieder blicke ich hinab ins abendliche Sonnenlicht, sehe hingerissen vor Entzücken, wie es in den Tongruben unter mir einen Purpurton annimmt. Ein roter Turm! Das ist es! Jeden Abend wird sich mein Turm rot verfärben. Eine östliche Brise raschelt in den dunkelgrünen Zypressen und trägt den Duft von Myrten in meine Nase. In meinem Eingangshof werde ich einen Myrtengarten anlegen. Ein Schwarm grauer Rebhühner flattert über die kleine, grüne Lichtung auf dem Abhang unter mir. Die sinkende Sonne schickt silbrige und goldene Strahlen aus, die sich in den dunklen Zweigen fangen. »Ein Omen!« rufe ich aus. »Mein Palast wird wie ein großes Schiff über diesem Abhang ruhen. Der Bug soll gleich hier unter uns verankert werden, so daß die Seiten sich zwischen diese beiden Landzungen schmiegen, während«, mit einer Kopfbewegung weise ich nach unten, »das Heck über das Flachland dort drüben ragt.«
»Du würdest dem König dein Hinterteil entgegenstrecken?« Ibn Gabirol läßt ein rauhes Lachen ertönen.
»Was würde besser passen, als daß ich dem Kalifen den Rücken zukehre, nachdem ich ihm über vierzig Jahre lang treu gedient habe?« In Gegenwart des Dichters fühle ich mich unbefangen; er ist der einzige Mensch, dem ich vertraue, in dessen Hände ich sogar mein Leben legen würde. »Was meine ... unsere Sicherheit anbelangt«, lächle ich, »denke ich dabei an ein *hisn*, einen befestigten Palast, der eines Tages eine große Stadt sein wird. Die Wasserversorgung ist die einzige Schwierigkeit, die ich im Augenblick sehe. Das Was-

ser wird durch Aquädukte und Zisternen aus den Bergen kommen, was uns verwundbar macht. Aber wer nicht wagt, der nicht gewinnt. Außerdem werden wir von Norden her, wo unsere christlichen Feinde lauern, nahezu unangreifbar sein. Doch von Süden her können uns unsere Freunde, die Kalifen, übers Meer zur Hilfe eilen.«

»Wie willst du dein *hisn* nennen, mein Gebieter?«

Da der Dichter mich so gut kennt, ist er sich sicher, daß ich schon über einen Namen nachgedacht habe. Eine Welle der Zuneigung durchströmt mich. »Ich habe tatsächlich schon einen Namen, einen, der mein *hisn* vor den Folgen des königlichen Neids schützen sollte!« Ich verziehe spöttisch den Mund. »Ich werde es die Festung Gottes nennen, *Allah Hamra*.«

Fünf Jahre später bringen mir meine Zuträger die Nachricht, daß Wilhelm der Normanne England erobert und König Harald in der Schlacht von Hastings besiegt hat. Jetzt ist er der Herrscher des Landes. König Wilhelms Schicksal und das meine scheinen gewisse Übereinstimmungen aufzuweisen, denn mein *hisn* ist endlich fertig.

Wir schreiben das Jahr des Herrn 1066.

Nachdem ich die goldenen Schuhe abgelegt habe, stehe ich an der Schwelle meines befestigten Palastes, dem Eingangstor zugewandt, um mich herum scharen sich die Dienstboten. Die Morgensonne versilbert den weiß gefliesten Innenhof und die Umrisse der Fontänen im langen, schmalen Wasserbecken hinter mir. Die steinerne Schwelle ist uns Juden heilig. Ich halte ein Büschel Ysop in der Hand, um den Türsturz mit Blut zu besprengen, obwohl seit dem Passahfest schon einige Monate vergangen sind. An einem Pfosten des riesigen, reichgeschmückten Holztors ist ein kleines Kästchen aus Metall befestigt, die *mezuzah*, die auf Pergament geschrieben die Worte des Deuteronomiums 6, 4-9 enthält, »Höre, o Israel: Gott, unser Herr, ist ein Gott; und du sollst den Herrn, deinen Gott, aus ganzem Herzen und aus ganzer Seele lieben und mit all deiner Kraft ... Und du sollst diese Worte auf den Türpfosten deines Hauses schreiben und an deine Tore.« Ich glaube mit Leib und Seele an Jahwe, denn er allein hat mich hierher geführt, an die Schwelle meines Traums.

Ein leises Klappern vom äußeren Tor her dringt an mein Ohr und läßt mich innehalten. Ich drehe mich um und blicke den Weg entlang. Das Klappern wird rasch lauter, verwandelt sich in das laute Hufgetrappel galoppierender Pferde.

Wer wagt es, in diesem feierlichen Augenblick meinen Frieden zu stören? Räuber können es nicht sein; mit denen wären meine Wachen schon fertig geworden.

Bald bekomme ich die Antwort. Als der Trupp Reiter um die Kurve donnert, erkenne ich eine riesige Gestalt mit schwarzem Bart. Der Mann an der Spitze trägt ein Gewand aus goldenem Tuch und einen goldenen Turban, auf dem eine Feder prangt. Meine Augen leuchten erfreut auf. »Meine Freude ist unermeßlich!« rufe ich aus. »Denn mein Herr, der Kalif, hat sich meinetwegen auf den Weg gemacht, um mich und meine Behausung mit seiner Gnade zu ehren!«

Mit knirschenden Hufen kommen die Reiter vor mir zum Stehen. Die plötzliche Stille ist seltsam, trotz des Scharrens und Schnaubens der Pferde.

Als ein junger Page vom Pferd springt und zum König hinüberläuft, stelle ich fest, daß die schwarzen Augen meines Gebieters auf mir ruhen. Warum der böse Blick? Eine unheilvolle Vorahnung überkommt mich, während der Page dem König beim Absteigen hilft. Man kann sich der Launen eines Königs niemals sicher sein.

König Abdullah, in goldenes Tuch gewandet, mit dem königlichen Krummschwert an der Seite, macht keine Anstalten, auf mich zuzukommen. Er bleibt neben seinem Pferd stehen, eine riesige, finstere Gestalt, breitbeinig und mit verschränkten Armen. Alles an ihm wirkt bedrohlich. Zum erstenmal im

Leben weiß ich nicht, was ich tun soll. Mit dem blutgetränkten Ysopbüschel in der Hand kann ich nicht zum König hinübergehen, vor ihm niederknien und ihm die Hand küssen. Aber rasch zeigt sich, daß die Entscheidung nicht bei mir liegt.

»Vor dir steht ein Bettler neben seinem Pferd«, krächzt Abdullah. Er hat eine eigenartig heisere Stimme. »Oder, vielleicht sollte ich besser sagen, das Schweinsohr, das du versucht hast, in eine seidene Börse zu verwandeln.«

Ein eiskalter Schauder durchläuft mich, vermengt mit der Trauer darüber, daß ich verraten worden bin. So hat sich mein Sohn, der junge Dichter, vor zwei Jahren die Gunst des Königs gesichert. Als er mich verließ, um an den königlichen Hof zu gehen, lag es nicht nur an seiner dichterischen Begabung, daß er diese begehrte Gnade errang. Verraten, o Jahwe, verraten von dem Jungen, den ich aus der Gosse aufgelesen habe, verraten von dem einzigen Menschen, dem ich jemals vollkommen vertraute.

»Ich habe zwei Jahre gewartet, um dir eine Antwort auf deine Unverschämtheit zu geben, Jude!« Die eiskalte Ruhe in der Stimme des Königs macht mir mehr angst als seine Worte. »Ich habe beschlossen, dich deinen Adlerhorst, dein *hisn*, bauen zu lassen, für das du all die ungeheuren Reichtümer, die du durch mich aufhäufen konntest, und deinen grenzenlosen Unternehmungsgeist aufgewendet hast.« Er lacht leise, hält inne und kommt dann näher, bis er dicht vor mir aufragt. Ich muß zugeben, daß ich vor seinem sorgsam beherrschten Zorn erzittere. Er wußte es also seit zwei Jahren, und ich, der große Weise, war so besessen von meinem Traum, daß ich es nie vermutet hätte. Der König ist klüger, als ich gedacht habe. Der scharfe Moschusgeruch, der von ihm ausgeht, überdeckt den zarten Duft der Myrten und verursacht mir Übelkeit. »Jetzt sind wir gekommen, um uns deinen Adlerhorst zu holen, denn du bist kein Adler, sondern ein Geier.« Er lächelt böse, und seine weißen Zähne blitzen. Dann schüttelt er langsam den Kopf mit der schimmernden Pfauenfeder auf dem Turban.

In diesem Moment geschieht ein Wunder. Ich erkenne deutlich, daß hier Jahwes Wille geschieht, und ich gehorche in Demut. Mit meinem Traum habe ich nicht nur einen Kalifen herausgefordert, sondern bin auch hochmütig gegenüber Gott gewesen. In meiner Überheblichkeit habe ich zugelassen, daß dieser Traum völlig von mir Besitz nahm. Und jetzt hat mich der Gott der Rache an die Schwelle der Verwirklichung meines Traumes geführt, um mir nun selbst einen einzigen Tag der Erfüllung zu verwehren.

»Hör mich an, o Kalif!« Ich spreche diese Worte mit so ruhiger Selbstsicherheit, daß König Abdullah innehält. »Es ist ein altes Gesetz meines Volkes und auch des deinen, daß ein Mann, dem übelgetan wurde, vom Übeltäter Rache fordern kann. Deswegen hast du das Recht, an mir zum Henker zu werden.« Ich schweige einen Augenblick und blicke unverwandt in die finsteren Augen des riesigen Mannes vor mir. »Wenn du aber mein Leben nimmst, beraubst du mich des wertvollsten Besitzes – denn jetzt erkenne ich, um wieviel wertvoller es ist als die Behausung, die ich für seine Hülle, meinen Körper, geschaffen habe.« Ich erhebe den Ysopbusch in meiner Hand und schüttle ihn, um meinen Worten Nachdruck zu verleihen. Blutströpfchen spritzen auf die steinerne Schwelle unter meinen Füßen. »Darum soll mein Geist an diesem Ort verweilen, um Rache an dir und deinen Nachkommen zu üben.« Wieder halte ich inne und vernehme triumphierend das eisige Schweigen, das über der ganzen Schar lastet. »Ich verfluche diese Behausung. Alle ungläubigen Herrscher, die hier wohnen, und die dieses Haus höher schätzen als ihr Leben, sollen einen gewaltsamen Tod erleiden oder in die Verbannung geschickt werden; denn sie haben diese Mauern über Jahwe gestellt, ganz so wie ich heute.«

Ich werfe einen letzten Blick auf den Weg, den Hof, den ich erbaut habe, die Gärten mit ihren silbrig plätschernden Fontänen. Ich atme den Duft des Myrtengartens ein, den ich nahe der Eingangspforte anlegen ließ, um jenes Abends zu gedenken, als ich auf meinem grauen Araberhengst am Rande der Schlucht stand; neben mir eben der Mann, der an mir zum Verräter geworden ist. »Wer auch immer meiner Schöpfung etwas hinzufügt, ohne dabei die gebührende Demut walten zu lassen, soll dafür bezahlen, so wie ich es jetzt muß.«
Auf einmal sehe ich es deutlich vor mir, und meine Augen weiten sich. Vom Zorn getrieben erhebe ich die Stimme. »Mein *hisn* wird einst eine große Stadt sein, Kalif, und die ganze Menschheit wird ihre Schönheit bewundern, wenn du schon längst vergessen bist. Aber jeder Herrscher, der die Allmacht Jahwes herausfordert, indem er zu meinem *hisn* etwas hinzufügt, soll in diesen Mauern sein Grab finden. Das soll kein Ende nehmen, bis die Christen, die ärgsten Feinde des maurischen Throns, den Fluch von diesen Mauern nehmen. Wisse, Abdullah, daß du im Begriff bist, mein prunkvolles Haus in einen Hort der Königsmörder zu verwandeln.«
Das große Krummschwert zischt durch die Luft, schlägt zu – dann höre ich nichts mehr. Einen Augenblick lang spüre ich einen entsetzlichen Schmerz, als die Klinge mir ins Fleisch dringt, Knochen und Sehnen durchtrennt. Aber ich sehe noch, wenn auch mit dem plötzlich schonungslosen Blick des Todes. Ich sehe rotes Blut spritzen, das schwarze Käppchen gleitet von einem kahlen Schädel. Der Körper, der einst Yusuf ibn Nagralla gewesen ist, bricht langsam auf der Schwelle seiner Festung Allahs zusammen, der Alhambra.
Als die Ewigkeit Besitz von mir ergreift, vernehme ich die schreckliche Stimme Jahwes, die durch das Firmament donnert:
Ich sage, daß jeden Sterblichen an der Schwelle des Todes der letzte lebende Gedanke befällt. Du hast dich für die Rache

entschieden, du törichter Sterblicher. Selbst im Angesicht des Todes ließ deine sündige Überheblichkeit nicht nach, und die Rache, nach der dich dürstete, verstieß gegen meine Gesetze von Ursache und Wirkung. Deswegen hast du dich ins Verderben gestürzt, dich zu einer sinnlosen Rache gegen Menschen verstiegen, die dir nichts getan haben. Dieses Vermächtnis, das du dir selbst hinterlassen hast, wird unter meinem unbeugsamen Gesetz bestehen, bis niemand mehr als Herr in deinem *hisn* wohnt. Erst dann wird das Verderben von dir abfallen, und du wirst den Frieden meines Hauses betreten dürfen.
Mit meinen letzten Worten habe ich mich selbst der Verdammnis anheimgeliefert.

Du, der du all die Jahrhunderte nach mir gekommen bist, um die Schönheit und Vollkommenheit zu sehen, deren Genuß mir nicht vergönnt war, lies die Worte, die dir mein Geist durch die Feder eines wirklichen Liebhabers der Schönheit vermittelt. Er wird meine Geschichte erzählen.
Kein gekröntes Haupt hat friedlich innerhalb der Mauern der Allah Hamra gelebt, obwohl der Myrtengarten auch weiterhin duftete. Aus Furcht vor meinem Fluch haben nur wenige von König Abdullahs Nachfolgern in fast zwei Jahrhunderten den Versuch gewagt, mein Haus zu verschönern. Statt dessen hat einer von ihnen, der furchtsamer war als die anderen, sogar Teile davon zerstört.
Dann folgte ein neuer Menschenschlag, dem mehr daran lag, Schönes zu erschaffen, als sich an die Regeln der Vernunft zu halten. Es war die Banu-Nasr-Dynastie, die angeblich von Sad-bun-Abada abstammte. Dieser war ein Jünger des heiligen Propheten und Oberhaupt des Stammes Khazraj gewesen. Der erste Nasrid, der Granada zu seiner Residenz erklärte, war Mohammed I. im Jahre 1236. Sein Nachfolger Mohammed II. starb im April 1302 beim Gebet. Sieben Jahre später

dankte sein Sohn Mohammed III. ab, um seinem Onkel, Abdul Al-Nasr, den Thron zu überlassen. Auch dieser dankte ab, als Ismail I. die Macht ergriff. Als Ismails Nachfolger Mohammed IV. von christlichen Meuchelmördern umgebracht wurde, half der oberste Minister, Farouk Riswan, Mohammeds Bruder Yusuf auf den Thron. Würde es Yusuf, dem ersten islamischen König dieses Namens, gelingen, den Fluch auszulöschen, mit dem sein Namensvetter vor fast drei Jahrhunderten die Alhambra belegte?

TEIL I

Die Arena

1. Kapitel

Seit Jahren schon versuchte König Yusuf, seinen einzigen Sohn, den er Mo-Ahmed al Kamal, den Vollkommenen, genannt hatte, vor dem schädlichen Einfluß der Sterne zu schützen, deren Stand bei der Geburt des Jungen Unheil verkündet hatte. Seit dem Jahr des Herrn 1333 christlicher Zeitrechnung war er nun Kalif von Granada und der erste, der den Namen Yusuf trug. Prinz Ahmed, inzwischen achtzehn Jahre alt, war im Turm Gen al Arif aufgewachsen, der nur dazu erbaut worden war, ihn in den vergangenen sechzehn Jahren von der Welt abzuschirmen.

Warum sollte der oberste Erzieher des Prinzen, Abou bon Ebben, der eigentlich sein Gefängniswärter war, heute so dringend um eine Audienz ersuchen? Besonders, da er, König Yusuf, erst am heutigen Morgen von seinem siegreichen Feldzug gegen den König von Kastilien zurückgekehrt war?

König Yusuf saß mit überkreuzten Beinen im Lotossitz auf der rotgepolsterten Ottomane, die wie ein Thron auf einem Podest in seinem Audienzgemach in der Daraxa stand, dem Wohnbereich der Alhambra. Das Siegesmahl war gerade vorüber, und König Yusuf dachte über diese Frage nach, während er darauf wartete, daß Abou bon Ebben hereingeführt wurde. Jeder maurische Herrscher, der in der Alhambra residiert hatte, wußte von dem Fluch, mit dem Yusuf ibn Nagralla den Palast belegt hatte, und jeder war auf seine eigene Weise damit umgegangen. Vielleicht hatte sein Vater ihn ja Yusuf genannt, um den toten Juden milde zu stimmen.

War vielleicht auch seine geliebte junge Frau Mariam dem

Fluch des alten Juden zum Opfer gefallen? Schließlich hatte er, König Yusuf, kurz nach seiner Thronbesteigung damit begonnen, Anbauten zu errichten und den Palast zu schmükken? Doch hatte er sich dabei stets bemüht, die Demut in seinem Herzen zu bewahren. Allerdings – König Yusuf hatte allen Grund, sich schuldig zu fühlen. Sein oberster Minister Farouk Riswan hatte seine Thronfolge in die Wege geleitet, indem er seinen Bruder, König Mohammed IV., von einer Horde Christen erstechen ließ. O Allah, in der Jugend begeht man so viele Dummheiten! Er hatte nicht vorausahnen können, daß die sterblichen Überreste seines Bruders einfach in einen Abgrund geworfen werden würden; nackt und ohne ein würdiges Begräbnis. Mit zunehmendem Alter hatte er immer mehr befürchtet, Allah werde ihn eines Tages mit dem Verlust seines Sohnes und Erben bestrafen. Denn der Allmächtige übte oft Gerechtigkeit, indem er dem königlichen Übeltäter, der seine Krone durch Mord errungen hatte, einen Thronfolger seines Geblüts verweigerte.

Die Ankündigung von Abou bon Ebbens Ankunft unterbrach den König in seinen Grübeleien. Der alte Mann eilte mit raschelnden schwarzen Gewändern herein und kniete nieder, um des Königs Hand zu küssen. Als er sich wieder erhob und sich vor den marmornen Tisch kauerte, erkannte König Yusuf im goldenen Licht der Duftöllampen, daß die faltigen Wangen des alten Mannes zitterten. Selbst der wallende, weiße Bart hing schlaff herab. Warum?

Wie schön es war, in die Bequemlichkeit und zu den angestammten Gewohnheiten zurückzukehren, die das Palastleben mit sich brachte! Vor allem nach drei Monaten, die König Yusuf unter kärglichen Bedingungen im Feldlager verbracht hatte, obwohl er wie alle maurischen Herrscher stets eine kleine Ausgabe seines Palastes in Form von Zelten mit sich führte, wenn er in die Schlacht zog. Gerade hatte er ausgezeichnet gespeist und gewährte nun eine Audienz in

seinem liebsten Gemach. Die Decke des Raums wurde von schlanken Säulen gestützt, deren Gesimse durch zierlich geschwungene Bögen miteinander verbunden waren, welche aus filigranen Arabesken bestanden. Entlang der Wände standen Öllampen aus Kristall, und ihr Schimmer fiel auf die goldenen und aus Marmor gehauenen Statuen in den Wandnischen, deren Bögen mit reichen Mosaiken aus damaszenischen, von feinen Gold- und Silberfäden durchzogenen Keramiksplittern verziert waren. Seine Diener hatten einen goldenen Krug auf den Tisch gestellt, der seinen Lieblingswein enthielt. – Allah, vergib diese Übertretung Deiner Gebote! – Es war ein frischer, junger Valdepenas, der unmittelbar aus einer großen irdenen *tinaha* abgefüllt worden war. Was konnte ein Mann sich mehr wünschen? Und trotzdem zog sich sein wohlgefüllter Magen in banger Erwartung zusammen, obwohl seine Kundschafter ihn vor dem Essen hatten wissen lassen, daß Prinz Ahmed wohlauf war.
Eine der Lampen zischte, wie um ihn wegen seiner Ängstlichkeit zu verspotten, und ein Hauch von Weihrauch stieg ihm in die Nase.
Wie es seine Gewohnheit war, eröffnete König Yusuf das Gespräch mit einigen Höflichkeiten allgemeiner Art. »Was hältst du, Weiser, von meinem Sieg über König Pedro von Kastilien und der Gefangennahme seines Sohnes?«
»Nun, es ist ein denkwürdiger Augenblick, mein Gebieter, der erste maurische Sieg, seit dein ruhmreicher Vorgänger einen zehnjährigen Waffenstillstand mit König Alfonso XI. ausgehandelt hat; gleich nach unserer schändlichen Niederlage bei Salado. Granada ist noch nie von den weißen Christen, den ungläubigen Spaniern, erobert worden. Nicht einmal damals, als sie das nördliche Kastilien und Aragon zurückgewonnen haben, das seit fünf Jahrhunderten in der Hand der Mauren war. Dein kühner Schlag hat allen christlichen Königen die Botschaft gesandt, daß das andalusische Königreich Granada

unbesiegbar bleiben wird. Niemandem wird es gelingen, seine Hauptstadt einzunehmen.«
»Zweifellos, denn mein Königreich steht unter dem Schutze Allahs, der es mitten zwischen die sonnenverbrannten Gipfel gesetzt hat, die gefleckt sind in den Farben des Marmors und des Granits und die den Zugang zum südlichen Spanien bilden.« König Yusuf schwelgte in seiner poetischen Stimmung.
»Üppige Täler, wo Weizen wächst, Reis, Feigen, Orangen und Zitronen, Myrten und Rosen, erstrecken sich entlang dieser kahlen Gipfel. Sie machen Granada zu einer Oase, die wir Mauren nicht nur mit unseren Gebäuden geschmückt haben. Wir haben sie auch bewässert und Gärten geschaffen, die in einem öden Land dem Paradies gleichkommen.«
Beide Männer wußten, daß die Hauptstadt, die auch Granada hieß, eine uneinnehmbare Festung war, wenn man sich ihr von der Grenze zu Loxa her näherte. Sie war entlang eines felsigen Berges gebaut, an dessen Fuße der Fluß Xenil floß. Der königliche Palast war nur ein Teil der Hauptstadt. Auch er war eine Festung; seine Mauern ragten hoch über die Stadt, waren mit Türmen versehen und schlängelten sich um die gesamte westliche Seite eines Hügelausläufers, der zur Sierra Nevada gehörte – den schneebedeckten Bergen. Von außen betrachtet wirkte die Anlage nur wie eine grobschlächtig zusammengestellte Ansammlung von Türmen und Befestigungsmauern. Trat man aber ein, wurden sämtliche Sinne von der unbeschreiblichen Anmut und Schönheit gefangengenommen.
»Kein Wunder, daß alle spanischen Könige ein Auge auf Granada geworfen haben«, fuhr König Yusuf begeistert fort.
»Allerdings ist es ebenfalls kein Wunder, daß sie es nie erobern konnten. Als sie schon die Hand danach ausgestreckt hatten, hat Allah, der Allmächtige, eingegriffen und das weiße, christliche Europa mit dem Schwarzen Tod geschlagen.«
Er mußte sich endlich dem Anliegen seines Besuchers zu-

wenden. »Ich und mein Sohn, Prinz Ahmed, sind deshalb in Granada vor Eindringlingen sicher. Nur gegen die Feinde innerhalb meines Königreichs müssen wir uns wappnen. Dein Zögling, mein Sohn, ist doch in Sicherheit und wohlauf?« Absichtlich benutzte er die Worte »dein Zögling« und verlieh ihnen einen bedrohlichen Klang, um bon Ebben daran zu erinnern, daß er für das Wohlbefinden des Thronerben die Verantwortung trug.
»Prinz Ahmed ist in Sicherheit und wohlauf.« Die heisere Stimme des weisen Mannes zitterte.
»Gut.« König Yusuf streckte sein verkrampftes rechtes Bein aus, um es sich bequem zu machen. Er stützte den Ellenbogen auf die Knie, das Kinn auf die Finger und wurde leutseliger, da ihm das Wohlbefinden seines Sohnes versichert worden war. »Du bist vom Hof des Pharao von Ägypten in unseren Palast gekommen, am nämlichen Tag, als Allah, der Allmächtige, mir einen Sohn geschenkt hat. Ich habe darin ein Zeichen Allahs gesehen, da mein berühmter Sterndeuter Siddi el Ziman mich an eben diesem Tag gewarnt hatte, daß meinem Sohn, den ich Mo-Ahmed al Kamal, den Vollkommenen, genannt habe, Gefahr droht. Der Siddi sagte voraus, daß Prinz Ahmed eine lange und ruhmreiche Regentschaft bevorstehe, wenn ihn nicht die Liebe vor seinem einundzwanzigsten Geburtstag zerstören würde. Du hast mir geraten, mich nicht zu sorgen, da du dich um Prinz Ahmed kümmern würdest, um ihn vor der Liebe zu schützen. Ich sollte ihm dafür einen prunkvollen neuen Palast mit Lustgärten auf dem Berg jenseits der Schlucht, gegenüber der *Allah Hambra* bauen, um zu verhindern, daß er mit anderen Menschen in Berührung kommt.« Mit erhobenen Augenbrauen sah König Yusuf bon Ebben an und wartete auf eine Antwort. Dieser widersprach nicht. Indem König Yusuf das Geschehene wiederholte, wollte er alle Verantwortung auf den weisen Mann abwälzen, obwohl das auch nichts geändert hätte.

»Und so hast du den Palast Gen al Arif hoch über der Alhambra gebaut, und in zwei Jahren war er vollendet, mein Gebieter«, stellte bon Ebben fest. »Die Schönheit seiner Gärten und Lauben ist unübertroffen, ebenso wie seine Sicherheit. Seit seinem zweiten Lebensjahr lebt Prinz Ahmed dort unter meiner persönlichen Aufsicht; seit sechzehn Jahren also, abgeschieden von allen möglichen Quellen zwischenmenschlicher Liebe. Seine Diener sind alte, häßliche, taubstumme Schwarze; seine Lehrer, obwohl sehr gläubig und gesittet im Betragen und die Besten in Sprachen, Mathematik, Astronomie, Geschichte, politischen Wissenschaften, Staatskunst, Reitkunst, militärischer Strategie und Kriegskunst – was auch Ringen und akrobatische Übungen einschließt –, sind vom Alter gebeugte Männer. Ich habe mich selbst vergewissert, daß der Prinz mit keinem Mann, mit keiner Frau, mit keinem Knaben und mit keinem Mädchen ein freundschaftliches Band geknüpft hat. Er ist noch nie jungen und schönen Menschen begegnet.« Die brüchige Stimme versagte fast. »Und ich habe mit übermenschlicher Anstrengung meine eigene Zuneigung zu dem Knaben unterdrückt.«

Versuchte der Weise sich abzusichern, ehe er die schlechte Nachricht verkündete? »Ich selbst habe Prinz Ahmed seit sechzehn Jahren nicht gesehen«, sagte König Yusuf heiser. Seine Stimme klang, als sei ihm das sehr schwer gefallen, aber er wußte selbst genau, daß er wegen der langen Trennung so gut wie keine väterlichen Gefühle für seinen Sohn hegte. »Für einen Vater ist das ein Opfer von gewaltigen Ausmaßen. Und es darf nicht vergebens gewesen sein!« Er warf bon Ebben einen eisigen Blick zu. »Um seiner Sicherheit willen und auch zum Wohle des ganzen Landes braucht jeder Herrscher einen würdigen Sohn und Thronerben. Wenn die überlieferte Erbfolge nicht gesichert ist, werden ehrgeizige Männer den König bedrängen.« Er versagte sich die Bemerkung, daß ehrgeizige Thronerben wie er selbst für einen

König schon immer eine weitaus größere Gefahr dargestellt hatten als seine ärgsten Feinde.
Der kniende bon Ebben erbebte sichtlich. »Heute, nach deinem Sieg über König Pedro den Grausamen, ist es mehr denn je dringend geboten, geheiligte Person zu schützen, mein Gebieter. Aber Allah, der Allmächtige, ist auf unserer Seite.«
»In der Tat. Ich habe bereits die Nachricht von meinem Sieg an meinen Bruder in Nordafrika, König Abu Hassan von Marokko, gesandt und ihn gebeten, mir eine Armee zu schikken, damit ich den heiligen Koran in ganz Spanien verbreiten kann. Mit Feuer und Schwert werde ich in den *jihad*, den heiligen Krieg ziehen. So werde ich auch das Andenken meiner Vorfahren ehren.«
»Die Nasrid-Dynastie ist auf der ganzen Welt berühmter als jede andere, mein Gebieter.«
»In der Tat. Meine Vorfahren haben fast das gesamte Spanien erobert, weil sie den dahergelaufenen Straßenkötern von Kelten, Iberiern, Goten, Westgoten, Romanen und dem ganzen übrigen Gesindel, das damals das Land bevölkerte, von Geburt an weit überlegen waren. Unser Niedergang nahm erst im letzten Jahrhundert seinen Anfang.« Seine dunklen Augen verengten sich, und seine tiefe Stimme donnerte: »Aber laß dich nicht täuschen. Wir werden diesen Niedergang aufhalten, den Islam wieder in ganz Spanien einsetzen und es wieder zu einem zivilisierten Land machen.« Seine Augen blitzten. »Heute wird Spanien, morgen Europa und schließlich wird die ganze Welt Teil eines Islamischen Reiches sein, das sich wie früher vom Atlantik bis zum Indischen Ozean erstreckt. Ein Erbe für meinen Sohn.«
»Du wirst ihm ein gewaltiges Erbe hinterlassen, mein Gebieter.«
Die Worte des Weisen erinnerten König Yusuf an den ursprünglichen Zweck dieser Audienz. »Ohne Zweifel.« Er deutete ungeduldig mit dem Finger auf bon Ebben. »Sag uns nun,

warum du um eine Audienz gebeten hast. Sag es mir, sag es mir.« Er hatte die Angewohnheit entwickelt, wichtige Wörter zu wiederholen, wenn er ungeduldig wurde. Jetzt fuchtelte er mit den Händen.

»Mein Gebieter, Prinz Achmeds Geist hat sich durch eine Sehnsucht verwirrt, die ihn veranlaßt, sich gegen sein gewohntes Leben aufzulehnen.«

»Sehnsucht? Wonach? Wonach?«

»Hmm, ich bin sicher, das weiß er selbst nicht, mein Gebieter.«

König Yusuf kicherte erleichtert. »Es ist der Jugend Vorrecht, sich gegen Dinge aufzulehnen, die sie nicht verstehen, Weiser. Oder ist deine eigene Jugend so lange her, daß du das vergessen hast? In der Tat, wenn ein Mann gesund und heißblütig ist, kann man erwarten, daß er sich auflehnt.« Er kicherte wieder. »Die Auflehnung, die, wie gesagt, das Vorrecht der Jugend ist, zeugt auch von einer Unabhängigkeit des Geistes, über die ein zukünftiger Herrscher unbedingt verfügen muß.«

Aber der Alte war offenbar noch nicht beruhigt. Er räusperte sich. »Die Lage ist schwieriger, als es den Anschein hat. Es geht um mehr als das bloße Zurschaustellen von Unabhängigkeit, mein Gebieter. Ich befürchte, wir haben anfangs fälschlicherweise angenommen, die körperlichen Triebe, das Zusammensein mit anderen Menschen, die Anziehungskraft ihrer Schönheit und ihre Zuneigung seien die hauptsächlichen Ursachen dafür, daß sich Liebe entwickeln kann. Jetzt hat mich Prinz Ahmeds Verhalten in der letzten Zeit erkennen lassen, daß es Liebe auch dann gibt, wenn sie nicht von außen angeregt wird, da sie eine innewohnende Kraft ist, die alle Menschen besitzen. Üblicherweise äußert sie sich gegen die Eltern, ein Kind, eine Geliebte, eine Gattin oder selbst ein Tier und ist Ergebnis einer Vielzahl an Gründen, faßbareren und unfaßbareren, erkennbaren und unbekannten. Der Wunsch nach einem Zuhause, einem Nest, einer Lagerstatt ist einer davon. Jetzt sind diese unterdrückten Triebe in Prinz Ahmed schließlich zum Ausbruch gekommen. Da er sie selbst nicht versteht, lenkt er sie in eine andere Richtung.« Der Weise hielt mit gesenktem Kopf inne. Schweißtropfen rannen ihm die faltigen Wangen hinab.

»Was meinst du mit anderer Richtung?« fragte der König streng. »Sprich! Sprich!«

»Die gesamte Natur, mein Gebieter.«

»Du willst damit sagen, Prinz Ahmed liebt die Natur?« In König Yusuf schwang die Hoffnung mit, dies möge alles gewesen sein.

»Ja, mein Gebieter«, antwortete bon Ebben leise. »Er hat seine Liebeskraft auf die Natur gerichtet und bewundert ihre Schönheit mit einem Feingefühl, das alles übertrifft, was ich bislang erlebt habe. Darin ist er der Sohn seines Vaters, ein wahrer Liebhaber der Schönheit, der sie an ihrem Schrein verehrt und den es drängt, dieser Bewunderung Ausdruck zu verleihen.« Er hob seine Augen zum König, wobei er jedoch die gebührende Demut walten ließ. »Kurz nachdem du zu deinem Feldzug gegen die Spanier aufgebrochen bist, hat sich Prinz Ahmed von seinen Studien abgewandt. Er gewöhnte sich an, sich täglich in den ummauerten Gärten des Gen al Arif zu ergehen, sprach von der Liebe zu den Bäumen, den Büschen und den Blumen in Gedichten und Liedern, die er selbst verfaßt hat. Gestern zum Beispiel hat er einem Rosenbusch ein Ständchen gebracht und sich dabei auf der Laute begleitet.«

Der König lachte laut und herzhaft. Er griff nach dem Weinkrug, hob die Tülle an die Lippen und nahm einen Schluck. Der weiche Alkohol trug zu seiner Erleichterung bei. »Mein Sohn ist also ein Dichter und Musiker, der die Natur liebt! Da er auch in seiner militärischen Ausbildung außergewöhnliche Fähigkeiten bewiesen hat, ist daran nichts auszusetzen. Ein

Busch, ein Baum oder eine Blume können ihm keinen Schaden zufügen.« Das Lächeln hatte endlich auch seine harten, dunklen Augen erreicht. »Du bist zu gewissenhaft, Weiser, wofür wir dir unser Lob aussprechen.«
Da gab eine Eidechse ein warnendes Keckern von sich, und König Yusufs Magen zog sich in abergläubischer Furcht zusammen.
»Ich bin erleichtert, mein Gebieter«, antwortete bon Ebben, aber seinem Tonfall konnte man entnehmen, daß er noch nicht völlig beruhigt war.

Im Königreich Leon y Navarra, das von König Karl II. regiert wurde, lebte ein Stamm, der sogar älter war als das Volk der Iberer. Seit Jahrhunderten waren diese Menschen freie Bauern, Schäfer, Fischer und Seeleute gewesen. Sie hatten nach Erz geschürft, das Metall bearbeitet und nur ihren eigenen Fürsten, den Pfalzgrafen, die Treue gehalten. Selbst unter römischer Herrschaft waren die Basken nur dem Namen nach Untertanen gewesen. Die baskischen Männer waren zähe, schlaue und mutige Krieger, und nicht jeder konnte ihnen als Feldherr voranstehen. Selbst die Macht ihrer eigenen Herrscher wurde durch die *cortes* festgelegt, die Volksversammlung. Ihre Unabhängigkeit wurde durch das Rolandslied der Nachwelt übermittelt; es rühmte die Heldentaten eines der zwölf Gefolgsleute Karls des Großen, der in der Schlacht am Paß von Roncesvalles, zwischen Frankreich und Navarra in den Pyrenäen, gefallen war.
Da König Karl kein Baske war, fühlte er sich tief im Innersten seines Herzens als Eindringling. Seine Familie regierte das Königreich erst seit vier Generationen; auf Ludwig I. waren Philipp II. und dann Karl I. gefolgt. Johanna II., seine eigene Mutter und eine Nichte Karls I., war diesem auf den Thron gefolgt, da das Salische Gesetz, das die weibliche Thronfolge untersagte, in Spanien nicht galt. Sein Vater, Philipp Graf von

Evreux, war deswegen nur Prinzregent gewesen, als Karl heranwuchs.
Da seine Mutter zuerst vollauf damit beschäftigt gewesen war, Königin zu werden, um sich danach mit Leib und Seele den Staatsgeschäften zu widmen, hatte König Karl eine recht einsame Kindheit verbracht. Darum hatte er schon als Junge beschlossen, sich aus eigener Kraft einen Namen zu machen und sich dabei nicht um Gut und Böse zu kümmern. Also hatte man ihn, noch ehe er seiner Mutter auf den Thron gefolgt war, Prinz Karl den Bösen genannt, woran er oft mit einem Kichern zurückdachte. Und jetzt war er König Karl der Böse, wobei die Königswürde für ihn nur den Unterschied bedeutete, daß er ein noch viel weiteres Betätigungsfeld für seine Bosheit hatte. Was war diese Bosheit denn anderes als das Licht, in dem eine Welt voller Hasenfüße die Befriedigung seiner ehrgeizigen Pläne und seiner Gelüste sah!
Der einzige Mensch, den König Karl mit Achtung behandelte, war die Prinzessin Mathilde von Beauvais. Sie war vor vierzig Jahren nach Pamplona, der Hauptstadt des Königreiches, gekommen, um seinen Onkel, Prinz René, zu ehelichen. Aber der Prinz war zwei Tage vor der Hochzeit an einem Schlaganfall gestorben. Obwohl es eine Ehe aus Gründen der Staatsraison gewesen war, hatte sich die siebzehnjährige Prinzessin auf den ersten Blick in ihren stattlichen Bräutigam verliebt. Deshalb hatte sie sich, erschüttert von einer Trauer, die sie niemals zeigte, dazu entschlossen, in Prinz Renés Gemächern im Palast von Pamplona wohnen zu bleiben. Damals bauten Könige Paläste, die groß genug waren, um Prinzen und Adelige prunkvoll zu beherbergen. Sie wurden sogar dazu ermutigt, bei Hofe zu leben, weil man sie dort besser im Auge behalten konnte als in ihren herrschaftlichen Schlössern, wo sie vielleicht Ränke gegen ihren König schmiedeten.
Seit dieser Zeit hatte Prinzessin Mathilde Pamplona nicht mehr verlassen. In ihren Gemächern ertrug sie ihre tiefe

Trauer mit bemerkenswerter Tapferkeit. »Schließlich, mein Lieber«, bemerkte sie einmal zu Karl, »ist der Gipfel der ehelichen Umarmung nichts weiter als der Höhepunkt einer Reihe von Schlaganfällen, und mein armer René hatte nur einen einzigen!«

Als Kind hatte Karl keinen Menschen geliebt außer Prinzessin Mathilde, eine zierliche, weißhaarige Frau mit zarten Gesichtszügen, weicher, weißer Haut, immer fröhlich blitzenden, gesprenkelten grauen Augen und Manieren, die stets so makellos waren wie ihre Kleidung. Dazu verfügte sie über eine zurückhaltende Art und ein schlichtes Wesen. Vom ersten Augenblick an hatte sie ihn als ein menschliches Wesen behandelt und sie war alsbald nicht nur seine Französischlehrerin, sondern auch seine treue Freundin geworden.

Als König Karl den Thron bestieg, stand ihm Prinzessin Mathilde so nahe, daß er ihr nicht nur gestattete, in Prinz Renés Gemächern wohnen zu bleiben, die ihr nach Gewohnheitsrecht sowieso zustanden. Er ließ die Räume sogar ausbauen und schmücken. Bald behandelte er sie wie eine Ratgeberin. War es denn schließlich nicht sie gewesen, die ihm die Krone verschafft hatte, mit ihrem bezaubernden Witz, ihrer scheinbaren Arglosigkeit und ihrem Ränkespiel?

Bekleidet mit einem langen, hellblauen Gewand, das an der Taille eng anlag und dessen rosafarbene Kragen sich gegen ihre weiße Haut abhob, kniete sie in ihrem großen Empfangszimmer von ihm nieder und küßte ihm die Hand. Er besuchte sie pünktlich jeden Tag vor dem Abendessen und speiste auch oft allein mit ihr, wann immer seine Pflichten es ihm gestatteten. Er genoß nicht nur ihre Gesellschaft, sondern empfand auch die Stimmung in ihren Gemächern, deren Gestaltung er selbst angeleitet hatte, als beruhigend. Die zweisitzigen Sofas waren mit schwarzweiß gestreiftem Satin gepolstert, die Tische reich vergoldet. Die schwarzen Marmorböden bedeckten flämische Teppiche. Lampen aus Kristallglas, vergoldet, damit sie zu den Möbeln paßten, tauchten den Raum in ein weiches Licht, das auch auf die großen Ölgemälde fiel. Das Bild über dem Kamin stellte Prinz René dar; es war in den rosigweißen, dunkelbraunen und goldenen Farbtönen gehalten, wie sie die Maler im Norden verwendeten. Obwohl es ein heißer Sommerabend war, brannte ein Feuer im Kamin. Es warf seinen rotgoldenen Schein auf das kupferne Kamingitter, die Kohlenzangen und Schürhaken und beleuchtete die schwarzweißen Vorhänge, die vor den beiden riesigen Erkerfenstern hingen. Diese öffneten sich auf einen Balkon, und jenseits seiner Brüstung konnte man die Umrisse der Kastanien erkennen, die sich dunkel gegen einen tiefblauen Himmel abhoben. Den Räucherpfannen entstiegen graue Rauchfäden, die zart nach Sandelholz dufteten. Alles wirkte sehr beruhigend.

König Karl setzte sich auf sein angestammtes Sofa, während Prinzessin Mathilde auf einer Sitzbank ihm gegenüber Platz nahm. »Ich liebe den Frieden und die unaufdringliche Eleganz dieses Raums«, sagte er leise.

»Das solltest du auch«, erwiderte sie fröhlich; ihre Stimme war so strahlend wie der Lampenschein. »Du hast es doch geschaffen. Die Menschen fühlen sich für gewöhnlich wohl mit Dingen, die sie selbst geschaffen haben. Das bezieht sich allerdings eher auf die Umgebung, nicht notwendigerweise auf Kinder.«

Er lachte. Warum ließ er in Gegenwart dieser Frau niemals sein übliches polterndes Gelächter ertönen? fragte er sich wohl zum tausendsten Male. Wie gelang es ihr nur immer, das höfische Betragen in ihm zum Vorschein zu bringen, das man ihm von klein auf eingetrichtert hatte, obwohl seine natürliche Neigung doch eher dahin ging, andere vor den Kopf zu stoßen und zu beherrschen? »Die Ruhe liegt nur an dir«, verkündete er feierlich.

Sie griff seine Gedanken auf. »Bei mir kannst du du selbst

sein«, antwortete sie. »Dies aber wünschst du in jeder Lage zu sein; nur dann, wenn wir beide allein miteinander sind. Beieinander sind wir immer so gewesen, wie wir sein wollten. Du weißt, wenn du in diesem Zimmer einen Kopfstand hättest machen wollen, es hätte mir einfach nur Freude bereitet. Auch wenn es ein schiefer Kopfstand gewesen wäre, hätte ich Beifall geklatscht, des Einfalls und der Bemühung wegen. Und was hier vor sich geht, ist nur für uns bestimmt, und niemand sonst wird je davon erfahren. Das ist der Grundstein des Vertrauens, die Möglichkeit, mit jemandem völlig ehrlich zu sein und keine Angst vor den Folgen haben zu müssen.«

»Wie ein kleines Kind bei seiner Mutter, bevor man anfängt, es zu belehren und an ihm herumzuerziehen«, stellte er verwundert fest, denn sie hatten noch nie zuvor über dieses Thema gesprochen.

»Genau.«

»Beim Leib des Herrn! So hast du also über mich gedacht?«

Ein leises Kichern entfuhr ihr. »Um Himmels willen, nein, mein Lieber.« Dann wurde ihr Gesicht ernst, und sie neigte den Kopf zur Seite, wie sie es beim Nachdenken immer tat. »Ich habe dich nie für jemanden anderen gehalten als dich selbst.«

»Nur Karl.«

»Nicht einmal das, denn der Name Karl ist nur eine Bezeichnung für dich, für dein wirkliches Selbst. Die Menschen sind wie die Köche; stets müssen sie all ihre Zutaten beschriften: Safran, Zimt, Pfeffer und noch vieles mehr. Da sie nur auf die Aufschrift schauen, greifen sie manchmal nach dem Pfeffer, wenn sie eigentlich Basilikum nehmen wollten. Bei Menschen lauten diese Aufschriften Gattin, Geliebte, Freund, Feind und ... hm ... Kleinkind oder Karl! Wir versehen sie alle mit Aufschriften, und dann vertrauen wir, bedenke, dann vertrauen wir darauf, daß derjenige, der sich hinter dieser Bezeichnung verbirgt, sich auch dementsprechend verhält.

Tut er es nicht, nennen wir ihn unzuverlässig, gemein – noch mehr Aufschriften also.« Sie rümpfte ihr Stupsnäschen. »Wie abscheulich und gewöhnlich sind doch diese Aufschriften! Sie erinnern mich an Fischhändler, die ihre Ware als frisch bezeichnen, selbst wenn sie bereits nach Verwesung stinkt.«
»Willst du damit sagen, liebste Prinzessin, daß du nichts mit einer Aufschrift versiehst?« fragte er ungläubig.
»Ich muß einen Fisch nicht beschriften, um zu wissen, daß er verfault ist«, entgegnete sie, und das Blitzen ihrer weißen Zähne zeigte deutlich, daß diese Bemerkung keinesfalls bissig gemeint gewesen war. »Ich weiß einfach, daß er ungenießbar ist, ohne auf so gewöhnliche Mittel der Erkenntnisfindung wie Nase, Augen oder Mund zurückgreifen zu müssen.« Sie lächelte und kratzte sich mit ihrem zierlichen weißen Zeigefinger am Mundwinkel; die Nägel trug sie silbern lakkiert, damit sie zu ihrem Haar paßten.
»Und auf die gleiche Weise weißt du auch, ob ich verdorben bin?«
»Bei Menschen gibt es nichts dergleichen wie Verdorbenheit, mein Lieber. Und wenn es doch so wäre, so wärst du in meinen Augen doch niemals verdorben.« Sie hielt inne, und ein spitzbübisches Grinsen huschte über ihr Gesicht. »Aber das liegt nur daran, daß ich nichts mit einer Aufschrift versehe, vergiß das nicht.«
Er wußte, daß diese letzte Bemerkung dazu gedacht war, ihre Worte, die doch trotzdem eindeutig liebevoll gemeint gewesen waren, weniger rührselig erscheinen zu lassen. Eine tiefe Bewegung erfüllte ihn; am liebsten wäre er zu ihr hingelaufen, vor ihr niedergekniet und hätte wie ein kleiner Junge den Kopf in ihren Schoß gebettet. Aber die tiefe Liebe, die er für sie empfand, hielt ihn zurück. Verwundert über diese Erkenntnis sah er sie nur an, und seine sonst so zornig blitzenden Augen wirkten auf einmal viel weicher.
»Ich bin froh, daß du nicht getan hast, was du tun wolltest,

mein Lieber«, sagte sie sehr ruhig; nur die kleine Pause vor dem letzten Wort verriet ihre innere Aufgewühltheit. Angesichts seiner Überraschung darüber, daß sie gewußt hatte, was er hatte tun wollen, nickte sie langsam. »Wunder dich nicht über meine Auffassungsgabe, denn ich bin aus deiner fünften Rippe erschaffen worden, auch wenn du erst so viel später als ich auf diese Welt gekommen bist.« Ihre Stimme wurde leiser, und ihre kleinen Nüstern weiteten sich. Sie blickte quer durch den Raum ins Leere. »Wenn ich nur nach dir auf diese Welt gekommen wäre, welche Freuden wären uns vergönnt gewesen«, flüsterte sie. »Und trotzdem hätte gerade das vielleicht alles verdorben, durch das besitzergreifende Handeln, das üblicherweise mit derartigen Verbindungen einhergeht. Wer weiß? So hat Gott es gewollt, damit wir das füreinander sein konnten, was wir all die Jahre lang gewesen sind. Sonst«, sie hob die schlanken Schultern und richtete ihre funkelnden grauen Augen wieder auf Karl, »wären wir möglicherweise nichts füreinander gewesen als Aufschriften.«
Die unausgesprochene Traurigkeit, die von ihr ausging, machte ihm schlagartig klar, daß sie diesen Versuch trotzdem den vierzig Jahren Einsamkeit – ja, Einsamkeit – vorgezogen hätte. Denn auf einmal durchfuhr es ihn wie ein Blitz, daß auch er sich danach sehnte. Einen Augenblick lang war er versucht, um ihre Hand anzuhalten, doch er verwarf diesen Gedanken. Dieser Vorschlag, der Vorgang, der Umstand selbst würden sie erniedrigen, selbst wenn sie seinen Antrag annahm – was sie, wie er wußte, niemals tun würde.
Wieder ging sie auf seine Gedanken ein, mit ihrem ans Unheimliche grenzenden Spürsinn, mit dem sie ihn durchschaute. »Keine Aufschriften, bitte, mein Lieber, du nicht.« Trotzdem zitterte ihre Stimme leicht bei dem Wort »bitte«.
»Keine Aufschriften«, versprach er. Und dann war der Augenblick vorüber, und Karl fühlte sich auf merkwürdige Weise

erfüllt mit diesem Wissen und auf ebenso merkwürdige Weise wie ausgehöhlt von der Wirklichkeit.
»Obwohl dich dies in Zügen und Gestalt so von meinem lieben René unterscheidet«, hörte er sie sagen, »hast du auch etwas von ihm. Daß ich dies erkenne, sagt mir, daß mir Gott das so zugedacht hat, mich immer wieder einer verlorenen Sache zu verschreiben.«
Er betrachtete das Gemälde über dem Kamin und versuchte herauszufinden, was sie meinte. »Was war sein Ziel?« fragte er schließlich. »Hast du das in der kurzen Zeit, die du ihn kanntest, je herausgefunden?« Ihre grauen Augen richteten sich auf das Bild, als ob die Antwort darin läge. »Kaiser zu werden«, erwiderte sie ruhig. »Das ist auch eines der Dinge, die du mit ihm gemeinsam hast. Du willst Kaiser von ganz Europa werden, Herrscher von Spanien, Portugal, Italien, Herrscher der Schweizer Kantone, der deutschen Länder, Frankreichs, der flämischen und nordischen Staaten, selbst Herrscher von England und nicht nur Regent eines Heiligen Römischen Reiches, das es in Wirklichkeit gar nicht mehr gibt.«
Er fuhr zu ihr herum, und es kostete ihn große Mühe, daß sein Mund nicht zitterte. Heftig griff er sich in den schwarzen Bart. »Woher weißt du das?« fragte er fast grob, obwohl er eigentlich ungeheuer verblüfft und gleichzeitig erleichtert war, daß ihn endlich jemand verstand. »Ich habe noch nie darüber gesprochen ...« Er hielt inne, weil er erkannte, daß es sinnlos war, weiterzusprechen. Er schüttelte den Kopf, der aussah, als säße er ohne Hals unmittelbar auf den Schultern. Sie erwiderte seinen Blick. »Dein Gehirn trug deine Gedanken zu Atem, Atem trug sie in deine Lungen, die die fünfte Rippe berühren und ihr Nachrichten kündeten, die mir längst bekannt waren. Deswegen habe ich dir den Weg geebnet, König zu werden.« Einen Augenblick lang wurde ihr Blick hart. »Ich ließ sogar zwei Rivalen zu diesem Zweck ... beseitigen.«

»Das hast du getan?« Er traute seinen Ohren nicht. Auf einmal paßte alles zusammen, und ihm dämmerte, warum Prinz Philipp und Graf Alfonso so plötzlich verstorben waren; der eine an einer Lebensmittelvergiftung, der andere bei einem Reitunfall – sein Sattelriemen war aus unerfindlichen Gründen gerissen. »Und das hast du alles für mich getan?«

»Alles würde ich für dich tun, mein Lieber. Denn alles, was du erreichst, erreiche auch ich. Jeden Herzenswunsch, den du dir erfüllst, erfüllst du auch mir.« Sie erhob ihre zierliche Hand und strich sich eine widerspenstige Haarsträhne aus der Stirn. »Deswegen mußt du einige Abkürzungen gehen.«

»Abkürzungen? Warum?«

»Damit es dir leichter fällt, deinen Traum zu erfüllen. Du mußt anfangen, ihn in die Tat umzusetzen, solange du noch jung genug bist, darum zu kämpfen und die Früchte deiner Bemühungen zu genießen. Es würde dir nichts nützen, mit sechzig Jahren Kaiser zu werden, denn bis dahin hättest du sowieso schon vergessen, warum du eigentlich nach dem Thron gestrebt hast!« Jetzt klang ihre Stimme entschlossen. »Du mußt ohne Verzögerung der Herrscher des weißen, christlichen Spaniens werden und gleich im Anschluß daran das maurische Königreich Granada erobern. Dann wirst du mächtig genug sein, um auch Portugal in deine Gewalt zu bringen. Und inzwischen habe ich schon die Hebel in Bewegung gesetzt, um Johann II., diese taube Nuß, der gerade erst den portugiesischen Thron bestiegen hat, zu beseitigen. Dann werde ich dir helfen, mein geliebtes Frankreich zu erobern. Anschließend wirst du Seine Heiligkeit den Papst aus der babylonischen Gefangenschaft in Avignon befreien, und mit seiner dankbaren Hilfe wirst du Herrscher von Italien und der Schweiz werden. Gelingt dir das, wirst du die Macht haben, den deutschen Staaten deine Bedingungen aufzuzwingen.«

»Dieser Plan klingt äußerst ehrgeizig«, stellte Karl fest und schüttelte den Kopf, um wieder einen klaren Gedanken fassen zu können. Trotzdem dämmerte ihm, daß die Pläne dieser bemerkenswerten Frau nicht nur in die Tat umzusetzen waren, sondern genau dem entsprachen, was er sich schon immer gewünscht hatte.

»Du verfügst über ungeheure Begabungen«, entgegnete sie, und ihre Stimme paßte zu ihrem stählernen Blick. »Karl der Große hat es getan, und du kannst ihn noch übertreffen. Ich werde den Plan schmieden und den richtigen Zeitpunkt festsetzen. Und du wirst ihn verwirklichen.«

»Wir würden großartig zusammenpassen.« Die Worte sprudelten ohne Nachdenken aus ihm heraus, während sich die Zukunft vor seinem geistigen Auge auftat. »Du besitzt Schönheit und Klugheit, ich bin häßlich und stark wie ein Bulle. Wir wären unbesiegbar.« Zum erstenmal ließ er in ihrer Gegenwart sein derbes Lachen ertönen. »Entstehen so Kaiserreiche?«

»Ein Kaiserreich beginnt mit einem Gedanken. Erst ist da gar nichts, nur vielleicht ein unbestimmtes Gefühl der Unzufriedenheit oder der Sehnsucht; und im nächsten Augenblick entsteht der Gedanke. Wo liegt sein Ursprung? Wer weiß? Bei Alexander dem Großen mag es damit zusammengehangen haben, daß er ein Bastard war. Aber spielt es eine Rolle, wo oder wie ein Kaiserreich erschaffen wird? Ebensowenig, wie die Frage, was dich und mich zusammengeführt hat. Wichtig ist nur, daß dein Kaiserreich bereits vorgesehen war, lange bevor wir voneinander wußten.« Sie hielt inne. »Kaiser Karl I. Das gefällt mir. Auf keinen Fall ein zweiter Karl der Große, denn das klingt, als wärest du ein übriggebliebener Pudding!«

Ein breites Grinsen erschien auf seinem Gesicht. »Und was soll ich als nächstes tun?«

»Den kürzesten Weg zum Thron eines vereinigten, weißen, christlichen Spaniens beschreiten. Du mußt Prinzessin Beatrice heiraten, die kastilische Thronerbin.«

»Was sagst du da?«
»Bald wirst du eine Einladung zu einem Turnier erhalten, das König Pedro von Kastilien für die ledigen Prinzen und Grafen Europas abhalten will. Der Preis ist die Hand seiner Tochter, Prinzessin Beatrice, die der König zu seiner Erbin ernannt hat. Ich habe als Teil meines Plans veranlaßt, daß du daran teilnimmst, obwohl die Mätresse von König Pedro, Maria de Padilla, und er selbst es beide für ihren eigenen Einfall halten! Der Sieger wird selbstverständlich den kastilischen Thron besteigen ... wenn die Zeit reif dafür ist, was in deinem Fall sicherlich zu lange dauert und zu viele Unsicherheiten in sich birgt. Du wirst die Einladung annehmen, das Turnier gewinnen und auch die ... holde Maid. Und dann wirst du Kastilien erobern.«

Nachdem König Karl ihre Gemächer verlassen hatte, ging Prinzessin Mathilde zu den großen Erkerfenstern hinüber und betrachtete gedankenverloren die stille Landschaft.
Pamplona hatte ihr Herz erobert, gleich nachdem sie vor vierzig Jahren den Roncesvalles überquert hatte – ja, selbst bevor sie Prinz René zum erstenmal erblickte. Die Stadt am Fuße der Pyrenäen war von einsamen Gipfeln eingeschlossen und von Pinienhainen, wilden Rosen und Wasserfällen umgeben. Alles war so idyllisch im Vergleich mit der hügeligen, grünen Landschaft, den großen Wäldern und den niedrigen Anhöhen in Beauvais im Norden Frankreichs, wo sie geboren war. Selbst die Kathedrale in Pamplona gefiel ihr besser als jene in Beauvais, die damals angeblich die höchste in ganz Europa war. Ihre Hochzeit mit Prinz René sollte das Band zwischen Frankreich und Navarra stärken, nachdem König Philipp IV. von Frankreich nach dem Tod seiner Gattin Johanna, Königin von Navarra und Gräfin von Champagne, 1305 den navarrischen Thron bestiegen hatte.
Gott hatte ihr und Prinz René die Folgen erspart, die daraus

erwachsen wären, daß dieses Bündnis vor allem von ihrer Verbindung abhing. Ein Bündnis, das durch König Philipps Ehrgeiz, ganz Europa in seine Gewalt zu bringen, gefährdet wurde. Bei der Erinnerung daran, wie selbstbewußt sie schon damals gewesen war, mußte sie lächeln. Bereits mit siebzehn konnte sie Menschen und Ereignisse nach ihren Wünschen beeinflussen.

Auch am Hof von Pamplona, wo das Zeremoniell nicht so streng eingehalten wurde und die Menschen die Dinge gelassener nahmen, fühlte sie sich wohler. Der bloße Gedanke, als ledige und vom Glück verlassene Frau ins kalte Beauvais zurückzukehren, nur um wieder zur Schachfigur im Ehereigen der verschiedenen Königreiche zu werden, war ihr widerwärtig gewesen. Deshalb hatte sie König Philipp und seine Nachfolger dazu überredet, ihr zu gestatten, in Pamplona zu bleiben – zunächst mit der Ausrede, daß sie sich mit dem Gedanken trüge, den Schleier zu nehmen und ins Kloster der Stadt einzutreten.

Einen Herrscher nach dem anderen hatte sie beeinflußt, wenn es um Umbauarbeiten am Palast oder die Ordnung des höfischen Lebens ging. Allerdings war ihr bald aufgefallen, daß sie über Königin Johanna, Karls Mutter, niemals diese Macht ausüben konnte. Diese Frau war nicht nur hochnäsig und herrschsüchtig, sondern auch mit Leib und Seele Französin, und sie konnte auf die Belehrungen einer Landsmännin verzichten. Deswegen hatte Prinzessin Mathilde klug beschlossen, ihren Aufenthalt nicht zu gefährden, indem sie eine Königin gegen sich aufbrachte, die wegen eines Herzfehlers ohnehin nicht mehr lange unter den Lebenden weilen würde. Statt dessen erfreute sie sich an der Zuneigung des Thronfolgers, des kleinen Prinzen Karl, der bereits kräftig war wie ein Ochse. Mit ihm teilte sie eine unausgesprochene Abneigung gegen die Königin, seine Mutter. Prinzessin Mathilde hatte nie versucht, dem Prinzen seine innere Auflehnung gegen die Einschränkungen des höfischen Lebens auszureden oder ihn von seinem heftigen Unabhängigkeitsdrang abzubringen. Er war zwar bauernschlau, aber nicht allzu gescheit, und ein Mensch mit größeren Geistesgaben konnte ihn leicht dahin lenken, daß er seine Träume von der Macht erfüllte. Also ließ sie sich Zeit in dem Wissen, daß ihr großer Tag bald kommen würde.

Und so geschah es auch. Als Königin Johanna starb und Prinz Karl den Thron bestieg, stand er vollkommen unter ihrem Einfluß, obwohl es weder er noch irgend jemand sonst vermutete – nicht einmal der scharfsinnige Kanzler, Graf Gaston. Karl selbst wurde für den wahren Bösewicht gehalten, und alles, was er auf ihren Rat hin tat, wurde ihm zugeschrieben. Hinter seinem rauhen, ungehobelten Auftreten konnte sie ihr geschicktes Ränkespiel gut verbergen. Wahrscheinlich war sie der einzige Mensch auf der Welt, dem er blind vertraute und dem er stets bedingungslos ergeben sein würde. Aber sie hatte noch nie die Probe aufs Exempel gemacht. Für den Moment war sie es zufrieden, mitanzusehen, wie er sich austobte, und immer für ihn da zu sein. Waren sie nicht Menschen vom gleichen Schlag? Einer brauchte den anderen wie eine Pflanze in der Wüste den nächtlichen Tau, dachte sie. Was empfand sie für ihn? Bei den seltenen Gelegenheiten, da sie sich diese Frage stellte, berührte sie sie nur am Rande, nicht anders als in diesem Augenblick. Sie schmiedete Pläne für ihn, wollte, daß er all seine Ziele erreichte und hielt ihm mütterliche Vorträge. Das war genug.

Abenddämmerung. Eine zauberhafte Zeit in einem zauberhaften Land. Kaum zu glauben, daß diese warme, sanfte Luft von einem so leidenschaftlichen und unbeugsamen Menschenschlag geatmet wurde. Die Dunkelheit verhüllte unzählige Kriegerdenkmale. Bei Calahorra hatte Sertorius gegen Pompeius gekämpft, bei Numantia hatten die Basken der achtmonatigen Belagerung von Scipio Aemilianus standgehalten.

Sie konnte die kunstvoll gestalteten Gärten kaum noch erkennen, die geraden Gräben, die Wasserfälle und riesige Brunnen speisten und rechteckige Zypressenhaine und bunte Blumenbeete voneinander trennten.
Das Plätschern eines Brunnens zog ihre Aufmerksamkeit auf sich. Als ihr Blick auf das Wasser fiel, das in der Dunkelheit des großen, viereckigen Hofes schimmerte, erinnerte sie sich, daß sie König Karl dazu ermutigt hatte, der maurischen Tradition zu folgen. Er hatten den Kanal, der das Wasser aus den Bergen brachte, ausbauen lassen, um die ganze Stadt zu versorgen. Jetzt gab es im Palast sogar Spülklosetts und Dampfbäder, die denen der Alhambra nachempfunden waren.
In dem riesigen Palast selbst hätte sie nicht viel tun können, um Königin Johannas Kunstverstand zu übertreffen. Die Böden bestanden aus Marmor, die Decken waren bemalt, viele von ihnen mit Fresken verziert, die Birkenpaneele vergoldet. An den Wänden hingen bunte Gobelins und Teppiche von Aubusson, der gerade dabei war, sich einen Namen zu machen. Und überall belgisches Kristall und afrikanische Elfenbeinstatuen.
Weiterhin hatte Mathilde König Karl davon überzeugt, daß er den Brauch seiner Mutter fortsetzen und den Königshof zum Mittelpunkt des gesellschaftlichen Lebens im Lande machen sollte. Deshalb ritt er nicht nur häufig mit seinen Höflingen zur Jagd, sondern veranstaltete auch große Bälle, Feierlichkeiten, Feuerwerke und Bootsfahrten und ließ Theaterstücke und Konzerte aufführen. Abgesehen davon, daß diese glanzvollen Ereignisse großen Eindruck auf das Volk machten, waren sie auch notwendig, um die Adligen von ihren Gütern fernzuhalten und zu verhindern, daß sie sich langweilten. Auch verlangten solche Anlässe prunkvolle Kleidung und prächtigen Schmuck, weswegen sich viele der Adeligen, die ihre Güter vernachlässigten, so in Schulden stürzten, daß sie

unmöglich das Geld aufbringen konnten, um eine Armee von Aufständischen auszurüsten.
Selbstverständlich durfte niemand den König überstrahlen. Da ihr lieber Karl die Zurschaustellung von Prunk verabscheute, überzeugte sie ihn davon, daß er ständig Schwarz trug und sich nur mit den funkelnden Juwelen schmückte, die dem Anlaß angemessen waren. So stach der Schmuck um so stärker von seiner Kleidung ab, was eine blendende Wirkung hatte – wie ein Pfingstochse, so hatte er bemerkt.
Nachdem sie den Grundstein so geschickt gelegt hatte, war nun endlich der Zeitpunkt gekommen, das Denkmal zu errichten. Erregung erfüllte sie, als sie sich von der Schönheit der Nacht wieder dem Zimmer zuwandte. Es war wie ein Zeichen. Unter ihrer Führung würde König Karl II. von der Schönheit der Nacht ins strahlende Leben treten.

2. Kapitel

König Pedros schenkelhohe schwarze Stiefel klapperten auf dem weißen Marmorfußboden, als er sich raschen Schrittes in sein Arbeitszimmer im Palast von Toledo begab. Er war übler Laune und paßte seinen Gang absichtlich nicht dem seines Begleiters an, den er an Körpergröße weit überragte. Statt dessen bereitete es ihm ein boshaftes Vergnügen, den dicklichen, in Purpurrot gewandeten Bischof Eulogius zu zwingen, auf seinen kurzen Beinchen neben ihm herzutrippeln.

Er erblickte sich selbst in einem der erleuchteten, vergoldeten Spiegel, und sein Spiegelbild sah ihn kampfeslustig und wild an. Nicht einmal eine Niederlage hatte ihn in die Knie zwingen können. Kein Wunder, daß mich alle Welt den Grausamen nennt, dachte er. Ich sehe aus wie ein Ungeheuer, und ich bin ein Ungeheuer. Ich bin hoch gewachsen, habe breite Schultern und eine kräftige Taille mit keinem Gramm Fett daran. Meine groben Züge passen zu meinem roten Bart und meinen wilden, blauen Augen, ein Geschenk des Leibhaftigen. Ich habe eigenhändig zwanzig der siebenhundert Männer, die mit Don Fadique kamen, um Blanche, meine verstoßene Königin zu befreien, die Köpfe abgeschlagen. Dann habe ich dem Bürgerrat ins Gesicht gelacht, als er es wagte, mein freizügiges Handeln in Frage zu stellen und mich zu tadeln, weil es mir gefällt, jene, die sich mir in den Weg stellen, zu foltern oder grausam umzubringen. Soll alle Welt mich doch fürchten, mein Weg ist mit Blut getränkt, und ihre Liebe brauche ich nicht.

Als er erfahren hatte, daß König Yusuf gleich nach Ablauf des zehnjährigen Waffenstillstandes von Granada aufgebrochen war, war auch er, wie immer ohne zu zögern, losmarschiert, um sich dem Feind zu stellen. Er war vernichtend geschlagen worden, aber schließlich war noch nicht aller Tage Abend, denn der gottlose Maure hatte sich nach der Schlacht in sein Hauptquartier zurückgezogen. Zwar stellte die Gefangennahme seines Sohnes Juan eine zusätzliche Demütigung dar, aber auch das bedrückte König Pedro nicht so sehr, wie es der Fall gewesen wäre, bevor er seine uneheliche Tochter Beatrice anstelle seines einzigen Sohnes zur Thronerbin ernannt hatte.
Während er voraneilte, versuchte König Pedro sich selbst davon zu überzeugen, daß er nichts zu befürchten hatte. Toledo, die Hauptstadt von Kastilien, lag auf einem Granithügel, wurde auf drei Seiten vom Fluß Tajo geschützt und war eigentlich uneinnehmbar. Die aus der vorrömischen Zeit stammende Stadt, die erst im Jahre 193 vor Christi Geburt an die Römer gefallen war, wurde jetzt von teils gotischen, teils maurischen Mauern umgeben. Nur auf der Alcantara-Brücke, die über den Tajo führte, konnte man die Stadt erreichen. Deshalb hatte König Pedro auch allen Grund, sich sicher zu fühlen. Warum also fürchtete er sich trotzdem?
War es, weil eine Stimme in ihm bohrend fragte: »Sind deine wahren Feinde nicht Christen wie du? Die christlichen Könige nämlich und der kleine Geistliche, der da neben dir geht?«
Es dämmerte ihm, daß er selbst nur grausam, Bischof Eulogius hingegen aber ein wirklich schlechter Mensch war. Er, Pedro, wollte Herrscher eines spanischen Reiches werden. Und was wollte der Bischof? König Pedro mußte sich eingestehen, daß er die Antwort nicht wußte, und ein unbehagliches Gefühl bemächtigte sich seiner.
Der Bischof von Toledo hatte eine weiße Haut, auf der der Schweiß glänzte, und ein unschuldig dreinblickendes Puttengesicht. Seine runden Wangen mit Grübchen wirkten stets,

als ob er freundlich lächelte, so wie in diesem Moment, und seine fröhlichen eisblauen Augen verschwanden dann fast zwischen Fettwülsten. Dieser Mann hatte sich aus niederen Verhältnissen – er stammte von kleinen Kaufleuten ab – ganz nach oben gearbeitet und war schließlich Erzbischof der fünf katholischen Bistümer Spaniens geworden. Schon allein deswegen mußte er gefährlich sein.

König Pedros Arbeitszimmer, ein kleiner, eichengetäfelter Raum, ging von der großen Eingangshalle des Palastes ab. Die Wände waren vom Boden bis zur Decke mit Regalen bedeckt, in denen braune, in Leder gebundene Manuskripte standen, deren Einbände mit goldenen Buchstaben beschriftet waren. Obwohl König Pedro kein Freund der Wissenschaften war und sich im Schlachtengetümmel, beim Turnier, bei Zechgelagen und in Gesellschaft einer schönen Frau am wohlsten fühlte, liebte er dieses Zimmer. Aber vor allem gehörte sein Herz Maria de Padilla. Sanft hatte sie ihn in die wirklichen Freuden der Liebe eingeführt, die weit über die bloße Begierde hinausgingen, die andere Frauen in ihm geweckt hatten. Da er in den Armen seiner Maria, einer früheren Hofdame seiner ehemaligen Königin, die wahre Zuneigung gefunden hatte, sehnte er sich danach, heute abend in ihr Schlafzimmer zu eilen, sobald er mit Bischof Eulogius fertig war.

Ganz anders als die Prinzessinnen, die er geheiratet und willkürlich wieder verstoßen hatte – nichts als Huren, die sich mit ihrer hohen Geburt den Zugang ins königliche Ehebett erkauft hatten! –, liebte ihn Maria wirklich. Maria mit ihrer weißen Haut und dem einfühlsamen Herzen legte ihre Liebe in jeden Blick, jedes Wort, jede Tat. Nachdem er seine Frau, Blanche von Frankreich, verstoßen hatte, war Juana de Castro, die Schwester des portugiesischen Königs, seine Gemahlin geworden. Sie hatte seinem einzigen Sohn das Leben geschenkt, aber heute, achtzehn Jahre später, erkannte er nur Maria als seine, wenn auch ungekrönte, Königin an. Er hatte

sogar seine älteste Tochter von ihr, die sechzehnjährige Beatrice, zur Prinzessin und Thronerbin ernannt.
Seltsamerweise hatte der hochgewachsene, blonde Prinz Juan sich klaglos damit abgefunden, daß er enterbt worden war. Und jetzt war dieser selbstgerechte, christliche Schlappschwanz Gefangener des beschnittenen Schlappschwanzes, König Yusuf von Granada. Gott hatte König Pedro in den letzten Jahren wahrhaftig nicht geschont.
Das angenehme Licht der gläsernen Hängelampen, die kaum spürbar nach verbranntem Öl rochen, und die großen Gemälde, die Stierkämpfe darstellten, hatten auf ihn für gewöhnlich eine beruhigende Wirkung. Besonders eines, auf dem ein Matador zu sehen war, der gerade einem riesigen schwarzen Bullen den Gnadenstoß versetzte. Dieses Bild verkörperte für König Pedro die Augenblicke des Triumphes, in denen er selbst einem Lebewesen den Todesstoß versetzt hatte – nicht Tieren allerdings, sondern Menschen. Aber am heutigen Abend konnte nichts König Pedros Ruhelosigkeit lindern.
Er nahm auf einem geschwungenen, hölzernen Stuhl Platz und wies auf das Gegenstück auf der anderen Seite des eichenen Schreibtischs, damit auch der Bischof sich setzte. Dann stützte er die Ellenbogen auf die Armlehnen, schob den Stuhl etwas zurück und streckte seine gewaltigen Beine aus. »Verflucht!« knurrte er, was wohl als freundliche Einleitung eines Gesprächs gedacht war.
»Du bist bedrückt, mein König.« Bischof Eulogius hatte eine weiche, heisere Stimme, sprach stets sanft und in einem Singsangton, als bete er eine lateinische Liturgie herunter. »Und dazu hast du allen Grund. Gerade hast du die erste Niederlage eines christlichen Heeres erlitten, seit dein Vater, König Alfonso XI., den Heiden in der Schlacht von Salado 1340 die Knochen zerschlagen hat. Der maurische Höllenhund König Yusuf hat kaum abgewartet, bis der zehnjährige Waffenstillstand abgelaufen war, ehe er in befriedetes Gebiet

eindrang. Ohne unser Wissen hat er diesen Angriff von langer Hand vorbereitet; wahrscheinlich seit vor zwei Jahren die schwarzen Blattern ausgebrochen sind und grausame Verheerung unter uns anrichteten.« Sein süßliches Lächeln nahm den Worten nicht die bedrohliche Wirkung.

König Pedro wußte, daß der Kirchenmann seine Stellung sichern wollte, indem er ihm den Dolch in den Rücken stieß. Seine Laune wurde davon nicht besser, aber er würde diesem jämmerlichen Popen nicht die Genugtuung gönnen, daß er darauf irgendeine Regung zeigte. »In Wahrheit hätte mein Vater den Waffenstillstand niemals annehmen, sondern die Heiden nach Nordafrika zurücktreiben sollen, woher sie gekommen sind«, antwortete er bewußt gelassen.

»Mag sein, aber in diesem Fall hätte er sich selbst geschwächt, weil er den ganzen Südosten Spaniens hätte regieren müssen. Und als Folge daraus hätten seine Verbündeten, die Könige von Aragon und Navarra, eine Abneigung gegen ihn entwickelt und sich vor seiner angeblichen Macht gefürchtet. Aber deinem königlichen Vater ist es gelungen, durch die *Reconquista* dem Christentum in den einst eroberten Gebieten unseres geliebten Landes wieder zu seinem Recht zu verhelfen.«

Verfluchter Heuchler, dachte König Pedro mit wiedererwachendem Zorn. Aber immer noch war er fest entschlossen, nicht auf die Sticheleien des Bischofs einzugehen. »Wir hätten diesmal auf unsere Verbündeten warten sollen, ehe wir uns Yusuf entgegenstellten«, erklärte er und fügte fromm hinzu: »Es gibt doch nichts Besseres als die Einheit aller Christen.« Er bemerkte, daß die Augen des Bischofs fast zwischen Lachfältchen verschwanden. »Wir wären auch mit Yusuf fertig geworden, wenn er uns verfolgt hätte. Als wir von der schieren Übermacht seiner Bogenschützen zurückgeworfen wurden, planten wir, uns in die Schluchten und Abgründe des Berglandes zurückzuziehen, sein Heer dort einzukesseln und ihn und seine Männer abzuschlachten. Aber er war zu schlau. Er schlug zu und zog sich dann zurück.«

»Wollte er nur unsere Kräfte auf die Probe stellen?«

»Verflucht soll er sein, ja«, knurrte König Pedro. »Gott hatte uns verlassen. Nach der verlorenen Schlacht kehrte unsere Armee nach Toledo zurück, um sich neu zu formieren. Prinz Juan mußten wir als Gefangenen zurücklassen.« Er wischte sich die Stirn mit einem Leinentuch, das er aus seinem Ärmel gezogen hatte. »Diese verdammte Hitze!« fluchte er leise. »Wie wird mein Volk diese Niederlage hinnehmen?« Er zog die Beine zurück und beugte sich vor. Bei jeder Frage schlug er mit der Faust auf den Tisch, um seinen Worten Nachdruck zu verleihen. »Was werden meine christlichen Bruderkönige tun? Sich von mir abwenden und über mich herfallen, weil sie mich für einen geschwächten Löwen halten? Was wird der Heilige Vater, Papst Clemens VI., in seinem Exil in Avignon dazu sagen? Und wie wird uns die Geschichtsschreibung beurteilen? Ich bitte dich, gib mir Erleuchtung.«

»Ohne Zweifel sind es die Antworten auf deine Fragen, über die du heute nacht mit mir unter vier Augen sprechen willst«, antwortete Bischof Eulogius ausweichend.

»Du hast recht, Bischof, aber verflucht, ich konnte mich nicht einmal mit einem guten Mahl auf dieses Ereignis vorbereiten.« Bei diesem Gedanken machte er ein finsteres Gesicht. Heute hatte sich alles gegen ihn verschworen.

»Ganz sicher hast du deinen enttäuschten Gaumen gerächt, als du deinen obersten Koch zu dir rufen ließest, um den Inhalt einer großen silbernen Servierplatte über seinem Kopf auszuleeren, mit einem ganzen gebratenen Kalb darauf.«

Wie so häufig wurde König Pedro von einem Stimmungsumschwung ergriffen und brüllte vor Lachen los. Er zeigte mit dem Finger auf den Bischof. »Ist dir nicht aufgefallen, wie komisch er aussah? Als ihm die weißbraune Fettsoße die

grauen Locken hinabgetropft ist, und ihm die Gewürzstückchen auf dem Gesicht klebten?« Er hielt inne. »Aber ich bin um eine Gaumenfreude gekommen – nur Huhn, Brot und Wein. Ha!« Er hob den Kopf. »Doch der *Rioja* war gut, oder?«
»Ausgezeichnet, mein König.«
»Aber Wein ist nicht das Richtige für einen heißen Sommerabend.« König Pedro griff unter seine schwarze Lederweste und kratzte seine behaarte, schweißnasse Achsel. »Verfluchte Hitze. Sogar die Eier jucken mir in diesen engen, schwarzen Hosen.« Er hatte einen plötzlichen Einfall. »Du hast es da besser; mußt nur unter deine Robe fassen wie die Mauren.« Er brach wieder in schallendes Gelächter aus. »Sag mir, Bischof, juckt ein beschnittener Schwanz eigentlich weniger als deiner oder meiner in dieser Hitze? Oder bleibt dein heiliger Schwanz unter dieser Robe kühl?«
Der Bischof machte ein entrüstetes Gesicht. Offenbar war er nicht in der Stimmung, sich über Fortpflanzungsorgane zu unterhalten, weder seine eigenen noch die anderer Menschen. Zum Teufel mit ihm. Schließlich wußte König Pedro von Eulogius' heimlicher Leidenschaft für junge Mädchen. Der Mann machte am liebsten Stielaugen und erlangte schon durch das bloße Betrachten eines nackten weiblichen Körpers Befriedigung. Um so besser für ihn; auf diese Weise hatte er zwischen den Ergüssen wenigstens Zeit, sich zu bekreuzigen!
Auf einmal wurde König Pedro von Müdigkeit übermannt. Es war ein langer, anstrengender Tag gewesen. Erst nach einem beschwerlichen Rückzug hatte er am Nachmittag Toledo erreicht, und nach seinem dreimonatigen Aufenthalt im Felde prasselten nun von allen Seiten Schwierigkeiten auf ihn ein.
Die schmalen, roten Lippen des Bischofs öffneten sich zu einem gezwungenen Lächeln und entblößten gelbe Zähne. Er wechselte das Thema. »Ich nehme an, mein König, daß du

bereits einen Vergeltungsschlag gegen König Yusuf und sein Granada planst?«

Pedro dachte eine Zeitlang über diese Frage nach, und Wut stieg in ihm hoch. »Warum hat sich mein Sohn, Prinz Juan, gefangennehmen lassen?« tobte er. »Das beschränkt unsere Möglichkeiten. Dieser elende, kleine Feigling! Er hätte sich besser in sein eigenes Schwert stürzen sollen, als sich zu unterwerfen.«

»Selbstmord ist eine Todsünde«, erinnerte ihn der Bischof.

»Ha!« König Pedro unterdrückte den lästerlichen Fluch, der ihm auf den Lippen lag. Dabei durchzuckte ihn jedoch ein Gedanke. »König Yusuf hat wie ich einen einzigen Sohn«, verkündete er.

»Seinen Erben«, ergänzte Eulogius; ihm schwante, worauf der König hinauswollte.

»Für den Vater habe ich schon meine Pläne.« Jetzt wußte er auf einmal die Lösung. »Also dieser Prinz ... Prinz ...«

»Ahmed. Sein voller Name lautet Mo-Ahmed al Kamal.«

»Dieser Prinz Ahmed muß jetzt etwa achtzehn Jahre alt sein. Er würde mir den Thron von Granada ernsthaft streitig machen. Wir sollten ihn entführen.«

»Man berichtet, daß Prinz Ahmed wie ein Gefangener im Turm des Palastes Gen Al Arif lebt. Es wäre äußerst schwierig, ihn zu entführen.«

König Pedro lächelte böse. »Eines darfst du bei Sicherheitsvorkehrungen nie vergessen, lieber Bischof: In Prinz Ahmeds Fall sind sie sicherlich nur daraufhin angelegt, daß er nicht entfliehen kann, und unter solchen Umständen sind die Maßnahmen, die Eindringlinge fernhalten sollen, für gewöhnlich weniger streng.« Nachdenklich hielt er inne. »Außerdem verfügt der ehrenwerte Ruy de Vivar über viele geheime Verbindungen in Granada und besonders in der Alhambra.«

Damit meinte König Pedro den Anführer der *hernandad*, der Bruderschaft der Bürger in Toledo, die die Stadt bewachten.

De Vivar war auch der Leiter der Geheimpolizei im ganzen Königreich.
»Wenn es jemandem gelingen sollte, dann de Vivar«, stimmte der Prälat nachdenklich zu.
»Ein Überfall wäre mehr nach unserem Geschmack.« Einen Augenblick lang stellte sich König Pedro genüßlich die Ströme roten Blutes vor, die für gewöhnlich bei einem Überfall flossen, und die gräßlichen Schmerzen, die man bei dieser Gelegenheit anderen Menschen zufügen konnte. Er brannte auf eine solche Unternehmung. »Aber das ist unmöglich. Unser Ziel muß sein, den Vater ermorden zu lassen und den Sohn nach Toledo zu bringen. Da der Sohn mein wichtigster Gegenspieler und Feind ist, muß ich ihn höchstpersönlich umbringen. Und wie es das Glück will, wird de Vivar morgen vormittag hier erwartet, um seinen wöchentlichen Bericht abzuliefern. Ich werde ihm befehlen, sich sofort dieser Aufgabe anzunehmen.«
»Dein Rachedurst ist so unchristlich«, tadelte der Bischof, aber sein engelsgleiches Lächeln strafte seine vorwurfsvollen Worte Lügen.
König Pedro grinste wölfisch. »Mein Durst nach Rache soll gestillt werden, ehe er versiegt«, gab er zurück. »Oh, ich weiß alles über die christliche Ethik, Bischof. Für das Kreuz soll man kämpfen, nicht aus Rache. Aber täusche dich nicht; selbst die *Reconquista* der Vergangenheit, seit die Mauren im siebten Jahrhundert zuerst in Europa eingefallen sind, wurde aus der Rache geboren. Ebenso wie die Kreuzzüge meist von Gier und Ehrgeiz geleitet wurden. Wir Eroberer verbreiten nicht das Evangelium. Wir erobern Gebiete, schlachten die Heiden und reißen ihre Reichtümer an uns.«
»Wahrlich, die Heiden zu züchtigen ist keine Sünde. Unser Herr Jesus selbst griff zu einer Geißel und verjagte jene, die den Tempel entweihten.«
»Glaubst du wirklich, daß Jesus das mit christlicher Näch-

stenliebe im Herzen getan hat? Vielleicht wollte er den Tempel säubern und seine Ehre wiederherstellen, aber seine Geißel war doch Symbol der Rache und der Strafe.«

»Du bewegst dich am Rande der Gotteslästerung, mein König.« Der Bischof blieb zwar auf sicherem theologischem Boden, aber das Funkeln in seinen Augen verriet, daß seine augenscheinliche Entrüstung nur Schauspielerei war.

König Pedro seinerseits war sich sicher, daß der Bischof tief in seinem Innersten keine große Ehrfurcht vor der Religion hatte. Er war ein Kirchenmann geworden, um Macht und Einfluß zu gewinnen. Das hohe Kirchenamt hatte er sich durch List, Tücke, Bestechung und alle anderen Mittel verschafft, die ihm zur Verfügung standen, während er nach außen hin die beiden wichtigsten Eigenschaften zur Schau getragen hatte: scheinbare Rechtschaffenheit und Glaubenseifer. Hinter seiner leutseligen Maske verbarg sich ein kalt berechnendes Gehirn, das er einsetzte, um Gier und Ehrgeiz zu befriedigen. Außerdem war König Pedro überzeugt, daß die Inquisition, die Folterung von Heiden, die Verbrennungen auf dem Scheiterhaufen Bischof Eulogius unbeschreibliche Lust bereiten würden. Wahrscheinlich würde er beim Anblick der armen, elenden Moslems, Juden und Hexen, die sich in Todesqualen wanden, in helle Verzückung geraten.

Bis jetzt hatte König Pedro den Eifer des Bischofs zügeln können. Das Rechtswesen in Toledo gründete sich auf die *fueros*, eine kastilische Spielart der strengen gotischen Gesetze. Sie regelten genau bis in jede Einzelheit die Strafe für Verbrechen und auch das private und öffentliche Leben. Sie beinhalteten Kleidungsvorschriften für Frauen, bestimmten die gesellschaftliche Stellung jedes einzelnen und ordneten den Ablauf von Eheschließungen, Taufen und Begräbnissen. Die Einhaltung dieser Gesetze wurden streng überwacht. Mauren und Juden hatten ihre eigenen Richter, außer wenn christliche Belange betroffen waren. In diesen Fällen konnte der Monarch mit einem bindenden Richterspruch eingreifen. König Pedro wußte, daß diese Macht ihm gegenüber Bischof Eulogius eine stärkere Verhandlungsposition verlieh. Nur er allein konnte die Inquisition einsetzen.

»Richtig, aber es reicht voll und ganz, sich am Rande einer Sache zu bewegen – wenn man nur dabei nicht abstürzt«, erwiderte König Pedro. »Gerade auch, wenn es um Gotteslästerung geht. Schließlich befand ich mich ja auch schon oft am Rande des Grabes und bin immer noch am Leben, dank der Gnade Gottes.« Die letzten Worte fügte er hastig hinzu, um der Form Genüge zu tun und auch um seines heimlichen Aberglaubens willen; und dabei bekreuzigte er sich sogar fromm. »Die Mauren sind Eindringlinge und von jeher unsere Feinde. Wir sollten dafür sorgen, daß die Mauren zurück in die Mekkas ihres Heimatlandes oder ins Paradies ihres Glaubens fliehen – als Vergeltung dafür, daß sie unseren Tempel, das christliche Spanien, entweiht haben.« Guter Gott, wie fromm ein Mensch werden konnte, wenn es seinem Ziel diente!

Der Bischof hob abwehrend die pummelige Hand. »Wir sollten erst versuchen, sie zu bekehren. Sind wir nicht alle Eindringlinge in Spanien; angefangen bei unseren keltisch-iberischen Vorfahren, den Hirten, den Bauern, die mit ihren eisernen Pflugscharen und Eggen hier ankamen? Dann folgten die Karthager unter Hamilkar Barkas, Hasdrubal und Hannibal. Danach die Römer im Jahre 218 vor Christi Geburt, die Westgoten unter Alarich im fünften Jahrhundert des Herrn und schließlich die Cimbern, Teutonen, Franken, Alemannen, Ostgoten und Sueben. Dieses Gemisch der Rassen kann nur durch das Christentum und die Heilige Kirche geeint werden.«

»Ein Höllengebräu von Völkern, deren Samen sich in unseren Knochen vermischen. Selbst die Guzmans und die de Ponce sind nicht von reinem Geblüt, und trotzdem brüsten wir Kastilier uns mit unserer unvermischten Blutlinie. Unsinn!« Er lachte auf. »Trotzdem, die Wahrheit ist, daß wir uns alle als Spanier gegen die Mauren verbünden müssen.« Absichtlich gab er dem Bischof das richtige Stichwort.

»Leider muß ich dir da widersprechen, Herr. Ich wiederhole, nur das Christentum und die Heilige Kirche können uns wirklich einen. Sonst wird die Spaltung in unseren eigenen Reihen, die uns überhaupt erst gegenüber den maurischen Eroberern verwundbar gemacht hat, größer werden als die Kluft, die zwischen Spaniern und Mauren liegt.«

»Letztendlich jedoch sind es die Kriegskunst und der Mut der Generäle allein, die die Menschen vereinen; dazu noch der Kampfesgeist des gewöhnlichen Soldaten, der über den Sieg in der Schlacht entscheidet. Der Glaube der Muslime an den Koran und an das Schwert hat ihnen überaus fähige Generäle geschenkt und begeistert kämpfende Männer.«

»Und trotzdem haben sie die Mathematik, die Astronomie, die Chemie, die Physik in unseren Teil der Welt gebracht; besonders, seit ihr heldenhafter Führer, Mohammed I., der Nasrid-Dynastie wieder zu neuem Glanz verholfen und Granada 1236 erobert hat. Aber hinter ihrer Bildung und hohen Kultur verbirgt sich der Teufel. Allerdings sind auch sie nur dann besonders kämpferisch gewesen, wenn sie um der bitteren Armut willen ihre Religion zur Waffe gemacht haben. In Zeiten des Wohlstandes, hier in unserem geliebten Spanien, wurden diese Kämpfer mit Koran und Schwert nur allzuoft weibisch – durch die Muße und das Klima, das im Vergleich zu der sengenden Hitze ihrer Wüsten viel angenehmer ist.«

»Oder dadurch, daß wir ihnen die Eier abgeschnitten haben.« König Pedro nahm nicht gerne ein Blatt vor den Mund. »Und das führt mich zu meinem heutigen Thema. Wir brauchen einen Grund, unsere zerstrittenen Fürsten zusammenzubringen und unsere Soldaten zu ... äh ... befeuern.« Das Wort »befeuern« hatte er mit List und Absicht gewählt.

Bischof Eulogius sprang sofort darauf an. »Ah, Feuer, wahrlich! Was wäre ein besserer Grund als die Religion, ein besserer Sporn für die ganze Christenheit als das reinigende Feuer der Inquisition.«

König Pedro überhörte diesen angedeuteten Vorschlag absichtlich. »Also sind wir der gleichen Ansicht darüber, daß nur die Einheit aller Christen uns von unseren unchristlichen Beweggründen reinigen kann?« Seinem Lächeln war nicht zu entnehmen, was er dachte.

»Selbstverständlich. Und mein Lohn?«

»Den wirst du im Himmel erhalten.« König Pedro hob ehrfürchtig die Augen zur Decke.

»Ich ziehe den Himmel auf Erden vor.« Die runden Wangen des Bischofs legten sich in Falten, und beim Lächeln bildeten sich kleine Grübchen; die eisblauen Augen verschwanden fast.

»Auch da ist Abhilfe zu schaffen.«

»Deine Worte sind wie Himmelsmanna.«

»Manna war nichts anderes als das, was die Heuschrecken am Roten Meer auf die Tamariskenbäume fallenließen!« Der König grinste, diesmal spöttisch.

»Vielleicht sollten wir die Einzelheiten meines Himmelslohns auf Erden in Zusammenhang mit deinen Plänen besprechen, die christlichen Fürsten hier in deinem Palast zusammenzurufen, um die Einheit zu erörtern. Sollten wir nicht mit gewissen Dörfern beginnen, die ich als Lehen nicht verschmähen würde?«

Da die beiden Männer schon immer so miteinander geschachert hatten, bewegten sie sich jetzt endlich auf gewohntem und gleichberechtigtem Terrain. »Natürlich, und auch mit gewissen Mädchen, an denen du Gefallen gefunden hast.«

»Ach, ja, Mädchen! Der Segen des Himmels, fürwahr! Jungfrauen sind näher an Gott als jedes andere Lebewesen. Diejenigen unter uns, die das Gelübde der Enthaltsamkeit abgelegt haben, sollten Jungfrauen nicht entweihen, sondern sie in Ehren halten.«

»Reicht es dir also zur Verzückung, wenn du sie nur ansiehst, Bischof?«

»Der nackte, schöne, jungfräuliche Leib eines Weibes ist, als wäre Eva noch einmal für den Mann erschaffen worden. Nicht, um sie zu berühren, sondern um sie wie ganz am Anfang zu bewundern. So werden die Wonnen der Lust zu einem heiligen Sakrament.«

»Du bewegst dich am Rande der Gotteslästerung«, erinnerte König Pedro den Bischof an seine Worte von vorhin.

»Und wie du selbst schon sagtest, es reicht voll und ganz, sich am Rande zu bewegen – wenngleich das nicht auf die Wonnen der Lust zutrifft!« Der Bischof wurde ernst. »Damit die Christen das gleiche Feuer im Leibe haben wie die Moslems, brauchen wir eine andere Waffe.«

»Was schlägst du vor?« König Pedro kannte die Antwort bereits.

»Das weißt du sehr wohl.«

Damit du wieder einen Grund zur Verzückung bekommst, dachte König Pedro spöttisch. Laut sagte er: »Ich schicke morgen Boten an meine Brüder in Aragon und Navarra. Vielleicht wird es ihre Entschlußfreudigkeit beschleunigen, wenn die Heilige Kirche unsere Einladung mit einem mitreißenden Aufruf zu einer *Reconquista* unterstützt.«

»Du bist schon auf dem besten Wege, meine Unterstützung zu gewinnen, Herr. Was jetzt noch nötig wäre, ist eine kleine Anregung für die Heilige Kirche.«

»Und was schlägst du vor?«

»Flammender Eifer, lodernde Feuer. Nur du allein kannst die Inquisition einsetzen.«

Bei diesen Worten schauderte König Pedro, obwohl er die

ganze Zeit gewußt hatte, worauf Bischof Eulogius hinauswollte. Er hatte ihn absichtlich in dem Glauben gelassen, er werde ihm diesen Gefallen erweisen.
Hauptsächlich würde die Inquisition sich gegen die Mauren und Juden wenden. Seit der Westgotenzeit vor nun mehr über dreihundert Jahren hatte niemand mehr die Hand gegen die Juden erhoben. Gewisse *fueros*, die den jüdischen Gemeinden um das Jahr 1200 gewährt worden waren, schützten sogar ihren Glauben und bestraften diejenigen Juden, die den Sabbath nicht heiligten. Im benachbarten Aragon gab es jüdische Richter und herausragende Vertreter in jedem vorstellbaren Berufsstand – sie stellten selbst die Klageweiber bei christlichen Begräbnissen, weil sich niemand so leidenschaftlich auf die Brust schlagen konnte wie sie. Während die stolzen Kastilier Arbeit für unter ihrer Würde hielten, übernahmen die Juden, ein Volk von Überlebenskünstlern, alles, wozu sich diese zu fein waren.
Vor allem allerdings waren die Juden Bankiers und Geldverleiher und bereisten als Kaufleute ganz Europa. Deswegen wurden sie gleichzeitig beneidet und gehaßt. Was König Pedro selbst anbelangte, vertrat er die Ansicht, daß es jeder Menschenrasse gestattet sein sollte, sich so nützlich wie möglich zu machen und dabei möglichst viel Geld zu verdienen; denn ein Teil dieser Reichtümer landete stets in seiner Schatzkammer.
Durch die Inquisition würden ernsthafte Schwierigkeiten auftreten, und er wollte sie auf jeden Fall verhindern. Irgendwann würde er mit Bischof Eulogius und der Kirche ein klares Wort reden müssen. Aber im Augenblick würde er den Kirchenmann mit dem Puttengesicht in dem Glauben lassen, er könne einen ehrgeizigen König nach seiner Pfeife tanzen lassen.

Seit sie im Alter von zwölf Jahren vom Kind zur Jungfrau geworden war, wurde sie von ihrem Vater König Pedro im Palast von Toledo buchstäblich gefangengehalten. Nachdem die Entscheidung gefallen war, daß sie eines Tages Toledo regieren würde, mußte man unter allen Umständen verhindern, daß sie sich einen Liebhaber nahm. Nur so konnte man sichergehen, daß sie nur einen mächtigen Prinzen oder Grafen zum Gatten wählen würde.

Seit nunmehr vier Jahren beschränkte sich Beatrices Ausgang auf die wunderschönen Gärten des Palastes. Sie konnte mit niemandem sprechen als mit Dienerinnen und den alten Männern und Geistlichen, die ihre Lehrer waren; und es war ihr verboten, mit der Außenwelt, abgesehen von ihrer engsten Familie, in Verbindung zu treten. Selbst ihren Stiefbruder, Prinz Juan, mit dem sie als Kind schon ein inniges Verhältnis gehabt hatte, durfte sie nicht sehen. Prinz Juan allerdings hatte diesem Verbot zuwidergehandelt. Er hatte sich eines Geheimganges bedient, der von der Hauptstraße vor der Stadt unter dem Fluß hindurch bis in die Frauengemächer führte. Oft hatte Beatrice daran gedacht, wie passend es war, daß dieser geheime Fluchtweg für Frauen und Kinder ihr im Fall eines feindlichen Angriffs eine Möglichkeit verschaffen würde, ihrer Einsamkeit zu entfliehen. Prinz Juan war so einfühlsam und verständnisvoll, ein Mensch, mit dem sie ihre innersten Gedanken und Sehnsüchte teilen konnte. Doch jetzt war Juan Gefangener der verhaßten Mauren, und sie konnte sich nicht einmal mehr auf den regelmäßigen Trost freuen, den ihr seine Gesellschaft bot! Gott konnte manchmal grausam sein.

König Pedro hatte sie in den Stand einer Prinzessin erhoben und sie sogar anstelle von Prinz Juan zu seiner Thronerbin gemacht. Allerdings war dieser Titel lächerlich, solange sie hier gefangen saß; er hatte für sie keine wirkliche Bedeutung. Wonach Beatrice de Padillas Herz sich sehnte, war Liebe, die Art von Liebe, die ihre Mutter, Maria de Padilla, und ihr Vater, König Pedro, füreinander empfanden. Beatrice sehnte sich danach, ihr Herz zu verschenken.

Vor zwei Tagen hatte die Nachricht von der Niederlage der Armee ihres Vaters den Palast erreicht. Aber erst beim Abendessen hatte sie vom Schicksal Prinz Juans erfahren. Als sie sich vorstellte, wie dieser zarte, blonde Jüngling mit den blauen Augen und den feinen Zügen, die das französische Erbe seiner Mutter verrieten, in Ketten gelegt in einem rattenverseuchten Kerker in Granada schmachtete, war ihr das Essen im Halse steckengeblieben. Sie konnte es kaum erwarten, bis das Mahl vorbei war, damit sie für ihren Stiefbruder zur Heiligen Jungfrau Maria beten konnte. Das tat sie dann auch zuerst, als sie auf ihrem Gebetskissen vor der blaugewandeten Keramikstatue der Jungfrau kniete, die in einer grauen Grotte auf dem Altarsims thronte. Im flackernden Licht der beiden weißen Kerzen in ihren reich verzierten silbernen Haltern wirkte das Gesicht der Gottesmutter seltsam lebendig, als Beatrice um Prinz Juans Sicherheit, Gesundheit und Rückkehr betete.
»O Gottesmutter Maria, milde Jungfrau, erhöre die Gebete eines jungfräulichen Mädchens«, begann sie. »Du hast unseren Herrn Jesus Christus vom Heiligen Geist empfangen, ehe dich der heilige Josef zu seiner Gemahlin machte. Du mußtest den Hohn der Menschen ertragen, aber nicht den Vorgang, der zur Empfängnis führt. Meine Mutter, Maria de Padilla, hat mich außerhalb des Ehestandes empfangen, ohne das Sakrament der Heiligen Kirche, die ihre Vereinigung mit meinem Vater gesegnet hätte. Trotzdem glaube ich, daß ihre Verbindung von der gleichen wahren Liebe gesegnet war, wie sie auch der Heilige Geist empfand, als er in dich fuhr, und das allein macht eine wirkliche Ehe aus. Wenn es nicht so ist, flehe ich dich an, wie ich es schon seit so vielen Jahren täglich tue, vergib ihnen ihre Sünde und hab Gnade mit mir, die ich Frucht dieser Sünde bin.« Tränen brannten ihr in den Augen. Sie hob flehend die Hände.
Mein Kind, deine blauen Augen sind wie die Sonne über dem

Mittelmeer, wenn Tränen in ihnen glänzen. Die Statue der Heiligen Jungfrau hatte eine sanfte Stimme. *Gott hat dir blondes Haar, zarte Züge und eine schlanke, hochgewachsene Gestalt gegeben, damit du aussiehst wie der Engel, der du bist. Ich werde bei Gott, unserem Vater, ein Wort für dich einlegen.*

Im Licht der beiden Kerzen wurde der Blick der Statue eindringlicher und floß fast über vor Mitgefühl.

»Oh, ich danke dir, ich danke dir, Heilige Mutter«, hauchte Beatrice. Irgendwo tief in ihrem Herzen fragte sie sich, ob sie nicht eine Todsünde beging, wenn sie ihre eigenen Hoffnungen und Gefühle auf die Heilige Jungfrau übertrug. Sorgfältig wischte sie sich die Tränen mit der Spitze ihres Zeigefingers ab. »Ich möchte das kostbare Geschenk meiner Jungfräulichkeit für den Mann bewahren, den ich wirklich liebe. Ich sehe ihn in meinen Träumen, wenn auch nicht sein Gesicht, und fühle, wie seine Liebe mich durchpulst. Mein Vater, König Pedro, wünscht, daß seine Herrschaft durch mich fortgesetzt wird, denn er glaubt, daß ich aus der Verbindung zwischen ihm und meiner Mutter stamme. Er besteht darauf, daß ich einen Prinzen oder Grafen heirate, damit ich Kastilien unter dem Schutz eines christlichen Ehemannes regieren kann. Ich möchte eine gehorsame Tochter sein, aber ich würde lieber sterben oder den Schleier nehmen, als meinen Körper einem Menschen zu überantworten, mit dem mich nicht die Liebe verbindet, die meine Mutter mir vorgelebt hat. Wahrscheinlich werde ich mir nicht das Leben nehmen, und ich spüre nicht die Berufung in mir, ins Kloster zu gehen, also bin ich gefangen. Hilf mir zu entkommen, Heilige Mutter! Sende mir den Prinzen meiner Träume, um mich zu retten, ehe es zu spät ist. Ich flehe dich an …«

Sie hatte gerade ihre »Ave Maria« beendet und war aufgestanden, als sich die Tür öffnete und ihre Mutter ins Zimmer schlüpfte. Beatrice liebte ihre sanfte Mutter und hielt sie für die schönste Frau der Welt. Nicht, weil sie ein hübsches Gesicht hatte, sondern wegen ihrer liebevollen Art, die ihr aus den hellbraunen Augen leuchtete. Damals war Maria de Padilla fast vierzig, sah aber zehn Jahre jünger aus; ihre zarte Haut zeigte keine Falten, und ihr weicher Mund lächelte oft. Beatrice überragte ihre Mutter, aber sie waren beide feingliedrig und schlank von Gestalt mit einer vollen Büste.

Beatrice lief durchs Zimmer und warf sich in die Arme ihrer Mutter. In der Ferne verkündeten die Palasttrompeten die zehnte Stunde. »Oh, *Madre,* ist es nicht schrecklich, was unserem geliebten Juan geschehen ist?« Ihre Mutter wußte nichts von Juans Besuchen.

Maria löste sich von ihr. »Ja, mein Liebling.« Sie hielt inne, und Beatrice bemerkte einen eigenartigen Ausdruck auf ihrem blassen Gesicht. War es Mitleid? »Es sind schwere Zeiten für uns. Dem Himmel sei Dank, daß dein Vater gesund zurückgekehrt ist. Wir brauchen dringend Gottes Schutz.«

Beatrice erschrak. »Glaubst du, die Mauren werden in Kastilien einfallen?«

Die Mutter seufzte. »Wer weiß? Aber es wird nie mehr so sein wie während des zehnjährigen Waffenstillstandes.«

»Ist das alles, was dich bekümmert, Mutter?«

Die Mutter zögerte; dann schien sie einen Entschluß zu fassen. »Hast du schon deine Gebete gesprochen?«

»Ja, *Madre.*«

»Dann leg dich ins Bett; ich werde dich zudecken. Ich muß mit dir sprechen.«

Solange sich Beatrice erinnern konnte, hatte die Mutter sie immer zugedeckt, sogar, wenn sie selbst krank gewesen war. Da sie das einzige Kind war, hatte Beatrice immer genug mütterliche Zuwendung erhalten, was die Gefangenschaft der letzten vier Jahre ein wenig erträglicher machte. In der letzten

Zeit allerdings war in Beatrice die Sehnsucht gewachsen, sich zu befreien und die andere Welt zu erobern, von der sie gelesen und gehört hatte; besonders die Welt der Liebe, der Leidenschaft und des Abenteuers wie in den Büchern, die sie regelrecht verschlungen hatte; so zum Beispiel die Ballade von dem englischen Troubadour Thomas, genannt Horn, die sie tief bewegt hatte.

Ihr Dienstmädchen hatte Bettwäsche aus hellblauer Seide aufgelegt, die zum Betthimmel paßte. Blau ist die Farbe der Jungfrau Maria, deshalb wird sie mich in diesem Bett beschützen, dachte Beatrice, während sie ihr weißes Seidengewand ablegte, ordentlich ihre Stoffsandalen nebeneinander stellte und ins Bett schlüpfte. Die Seide berührte jetzt noch kühl ihren Körper, aber bald würde sie die Laken beiseite werfen, wenn ihr in der Sommerhitze der Schweiß ausbrach.

Wie immer setzte sich Maria neben sie, blickte erst gedankenverloren ins Leere und begann dann zu sprechen. »Wie du weißt, bist du zur Thronerbin deines Vaters ernannt worden«, stellte sie fest. »Diese Ehre bringt allerdings auch Verpflichtungen mit sich. Gerade erst haben wir in der Schlacht eine entsetzliche Niederlage erlitten. Obwohl es nur eine Warnung des maurischen Königs Yusuf zu sein scheint, müssen wir auch annehmen, daß es eine Kraftprobe war, ehe er wirklich zur Eroberung von Kastilien, Aragon und Navarra schreitet.«

Beatrice stützte sich mit dem Ellenbogen auf die Matratze und richtete sich höher im Bett auf. »Und was wird mein Vater tun?«

»Er ist der richtigen Auffassung, daß nun die Zeit gekommen ist, um eine Einheit zu schaffen. Durch die Kirche, durch Rasse und Volkszugehörigkeit oder schließlich durch die Anforderungen, die unsere Sicherheit an uns stellt. Aber die wirkliche Einheit liegt in Familienbanden, die uns Verbündete

schaffen.« Sie warf Beatrice einen Blick zu, aber diese sah weg.
Beatrices Herz fing an zu klopfen. »Meinst du auch Ehebande? Aber Prinz ...«
»Nicht Prinz Juan, *muchacha*. Du weißt genau, daß ich die Prinzessin Beatrice meine.«
Jetzt schlug Beatrice das Herz bis zum Halse, und sie spürte ein Gefühl der Schwäche in der Magengegend. Sie hatte gewußt, daß dieser Tag einmal kommen würde, aber gehofft, er würde sich noch hinauszögern lassen, bis der Prinz ihrer Träume eintraf. Sie ahnte, daß er irgendwo draußen in der Welt sein mußte. Er brauchte nur Zeit, um sie zu finden! »Ich würde lieber fliehen, als ein solches Schicksal zu erdulden«, brach es aus ihr heraus.
»Und wie würdest du das anfangen?« fragte ihre Mutter mit unverhüllter Strenge.
»Durch die geheime Falltür, die als Fluchtweg für uns Frauen und Kinder dient, falls der Palast je erobert werden sollte. Der Gang führt unter dem Fluß hindurch bis vor die Stadt.«
Das Gesicht der Mutter wurde hart, und sie preßte die Lippen zusammen. »Du wirst deine Pflicht gegen deinen Vater und dein Land erfüllen«, befahl sie brüsk. Beatrice hatte sie noch nie so unnachgiebig erlebt. »Besonders gegen deinen Vater, dem du so viel schuldest.« Ihre braunen Augen wurden hart wie Turmaline.
Beatrice war erschrocken, dann betrübt.
Das ist eine Fremde, nicht meine Mutter. Sie würde mich opfern, jeden, alles opfern – für ihren Mann. Wahrscheinlich würde sie sogar ihren Gott verleugnen, wenn er es von ihr verlangt. Das ist keine Liebe, sondern abgrundtiefe Selbstsucht, verborgen hinter scheinbar selbstloser Aufopferung.
In diesem Moment haßte Beatrice ihre Mutter zum erstenmal in ihrem Leben, und dieses Gefühl ängstigte sie. Wie im Traum entfuhren ihr die Worte: »Horn war noch ein

Kind, als sein Vater, der König von Schweden, von den Sarazenen getötet wurde, die an der Küste landeten und das Land verwüsteten. Aber Horn war so schön, daß die Sarazenen es nicht übers Herz brachten, auch ihn zu töten. Sie setzten ihn und zwölf andere Knaben adligen Geblüts in ein Boot ohne Ruder und Segel und ließen es treiben. Es gelangte unbeschadet ins Land Westernesse, wo König Ailmar sie wie Ehrengäste empfing. Jeder verliebte sich in Horn, auch Rymenhilde, die Tochter des Königs. Ihre Liebe wurde entdeckt, und Horn wurde von König Ailmar aus dem Königreich verbannt.
Bevor Horn abreiste, bat er Rymenhilde, sieben Jahre auf ihn zu warten, ehe sie einen anderen heiratete. Sie gab ihm einen goldenen Ring als Unterpfand für ihr Versprechen, und sie trennten sich. Da der Schwur heilig war, ließ König Ailmar ihr sieben Jahre Zeit. Rymenhilde harrte vergeblich. Als die Frist abgelaufen war, zwang Ailmar seine Tochter, die Hand von Madi, dem König von Ryenes, anzunehmen ...«
Aber ihre Mutter schien nicht zugehört zu haben. »Dein Vater, König Pedro, wird in Kürze ein Turnier abhalten lassen, zu dem er alle noch unverheirateten Könige und Prinzen, die eine Verstärkung für unsere Streitkräfte bedeuten würden, einladen wird. Morgen brechen die Herolde mit den Einladungen auf. Sie werden bis nach Frankreich, Deutschland und Italien reisen. Eingeladen werden die ledigen Fürsten und Grafen, die Kaiser Karl IV. in Luxemburg und König Rudolf II., dem Herrscher der rheinischen Pfalz Gefolgstreue schulden. Dem Sieger winkt als Preis deine Hand zur Ehe. Ist das nicht eine romantische Art, einen Gemahl zu finden?«
Aber Beatrice achtete nicht auf diese Geschichtsstunde. »An Rymenhildes Hochzeitstag kam Horn als Pilger verkleidet in den Palast«, fuhr sie fort, immer noch in ihrem Traum gefangen, in den sie sich angesichts dieser schrecklichen Botschaft

geflüchtet hatte. »Er hatte sein Gesicht geschwärzt und sah aus wie ein Bettler. Als er Rymenhilde den goldenen Ring gab, hielt sie ihn für einen Boten, der ihr von Horns Tod künden wollte.

›Herz, nun breche,
denn Horn ist für immer verloren …
Sie sank auf ihr Bett,
wo das Messer verborgen.
Damit zu töten den verhaßten König
und sich selbst …‹

Horn gab sich zu erkennen, und sie entflohen gemeinsam.« Sie sah ihre Mutter an, kalt und unbewegt. Ich bin erwachsen geworden, erkannte sie verwundert. »Eines Tages wird mein Prinz kommen«, sagte sie mit dem Brustton der Überzeugung. »Er wird mich retten, und sei's in dem Augenblick, da ich entehrt werden soll.«

3. Kapitel

Die Einladung zum Turnier traf fast in dem nämlichen Augenblick ein, da Prinzessin Mathilde das Ereignis gegenüber König Karl erwähnte. Dieser hielt dieses Zusammentreffen der Ereignisse für ein Omen, daß er in jedem Waffengang des Sieg davontragen würde. Das war Anlaß genug für ein Festmahl im großen Saal.

König Karl zog ein geselliges Mahl im großen Saal einem förmlichen Abendessen in seinen Gemächern vor. Der Schein der Messinglampen und die knisternden Fackeln in ihren Haltern entlang der Wände schufen eine Stimmung, in der er sich zu Hause fühlte. Die luftige Holzbalkendecke erhob sich in der Mitte der Halle über zwei Stockwerke. Auf halber Deckenhöhe befanden sich Balkone, die von gotischen Bögen gestützt wurden; darunter standen Bedienstete, deren Livreen in den königlichen Farben Rot und Gold gehalten waren, in Habtachtstellung; einer für jeden Gast.

Die zwei Dutzend Grafen und anderen Adligen, die um den U-förmigen massiven Mahagonitisch saßen, waren alle prächtig gekleidet. Sie trugen rote, grüne oder blaue Wämser und Goldbrokat oder Samt und weiße Kniehosen. Ihre Halsketten, Armreifen und Ringe funkelten im goldenen Licht. König Karl war wie immer ganz in Schwarz gewandet; um den Hals trug er drei goldene Ketten mit Rubinen, grünen Smaragden und grauen Perlen. Der Kopf der Tafel lag genau gegenüber dem großen Kamin aus schwarzem Marmor, der dazu gedacht war, den König im Winter zu wärmen. Heute allerdings brannte kein Feuer darin. Trotzdem büßten alle Anwesenden für

ihre Eitelkeit – bis sie reichlich dem Wein zugesprochen hatten, lief ihnen in der Sommerhitze der Schweiß in Strömen herunter.
Ein Gang folgte auf den anderen: Aal, Hammelbraten, Eintopf vom Lamm, Fasan; dann verlor König Karl den Überblick. Der Duft gebratenen Fleisches hing noch in der Luft, als der Tisch schon längst abgeräumt war, und die goldenen Kelche wieder mit fruchtigem Rotwein aus Navarra gefüllt wurden. Wildes Gelächter und Geschrei hallte im Saal wieder.
Mit geröteten Augen erinnerte sich König Karl plötzlich wieder an den Grund der Festlichkeit. Er beugte sich hinüber und versetzte seinem Kanzler Graf Gaston, der zu seiner Rechten saß, einen Rippenstoß. »Steht gut um das Turnier, eh?« Das war keine Frage, sondern eine Feststellung. Er musterte das hagere Raubvogelgesicht des Grafen. Die leicht eingesunkenen Wangen und die hohe Stirn unter dem üppigen, schwarzen Haar glänzten von Schweiß, aber der gestutzte schwarze Schnurrbart und der Bart verliehen dem Kanzler einen stolzen Gesichtsausdruck, der noch von seinen dunklen, eindringlich blickenden Augen unter den buschigen Brauen verstärkt wurde. Diese Augen! Obwohl König Karl schon ziemlich betrunken war, verharrte sein Blick auf diesen Augen, während er die nächsten Worte sprach: »Ich ... werde die Einladung annehmen, die Hand der schönen Jungfrau gewinnen und Kastilien in unser Königreich einverleiben, ohne einen einzigen Pfeil abzuschießen.«
Graf Gaston warf ihm einen kühlen Blick zu. »Aber du wirst immer noch Pfeile abschießen müssen, wenn auch in deinem Ehebett«, stellte er trocken fest. »Jedes Recht bringt auch Pflichten mit sich. Solltest du mit der Zeit diese gewisse eheliche Pflicht zu genießen lernen, wird sie dir doch den Zugang zu freier Liebe und Lustbarkeiten verschließen. Und das kann für einen Menschen deines Schlages eine ziemliche Unannehmlichkeit bedeuten, mein König, da du dich doch

mit der Begeisterung eines Chorknaben bei seinem ersten Solo der Unkeuschheit hingibst.«

König Karl wußte, daß sein Kanzler niemals aufhören würde, zu höhnen und zu spotten. Er war ein stolzer Baske, hätte sich nie einem anderen Menschen untergeordnet und machte lediglich gute Miene zum bösen Spiel.

Als König Karl den Thron bestieg, hatte er mit voller Absicht Graf Gaston zu seinem Kanzler ernannt, um sein Bündnis mit den Basken zu stärken. Allerdings gehörte zu den vielen Rätseln, die er in den vielen Jahren ihrer Bekanntschaft nicht hatte lösen können, auch die Frage, worauf sein Kanzler hinauswollte. Auch hatte König Karl sich oft gefragt, was der stets elegante Graf wohl von den rauheren Sitten hielt, die er am Hof von Navarra eingeführt hatte; sozusagen als Antwort auf das höfische Zeremoniell, das seiner hochmütigen französischen Mutter und ihrem Prinzgemahl, dem Grafen Philipp von Everaux, so am Herzen gelegen war.

»Bei Gott! Meinst du gar, ich muß die Jungfrau im Sturm erobern?« fragte König Karl.

Graf Gaston musterte ihn wie einen Ochsen bei einer Versteigerung. »Nun, mein König, du bist nicht unbedingt der stattlichste Mann der Welt«, bemerkte er. »Du kannst kaum erwarten, daß eine Jungfrau einen groben Klotz mit Stiernacken, rotem Gesicht und wäßrigen braunen Augen voll Freude in ihrem Bett empfängt. Da du alles stets durch rohe Gewalt erreicht hast, schwöre ich bei Gott, daß du den Namen Karl der Böse zu Recht trägst. Die Geschichte könnte …«

»Der Teufel soll die Geschichte holen«, grollte Karl. Es gefiel ihm nicht, wenn man ihn an seine Häßlichkeit erinnerte.

»Aber das ist nun mal die Geschichte, mein König: Das Ergebnis dessen, was in den Betten des Menschengeschlechts vor sich geht.«

»Ich schere mich einen Taubendreck darum, was die Leute

heute über mich sagen werden oder was die Geschichte später über uns schreiben wird.«
»Ein wahres Wort, mein König, denn genau das tun Tauben auf historischen Denkmälern«, nickte Graf Gaston. »Das erinnert mich daran, daß unser Bischof Albano heute wieder eine Andeutung gemacht hat: Er möchte auf unsere Kosten eine Statue zu seinen Ehren vor der Kathedrale aufstellen lassen.«
»Zum Teufel mit dem Bischof! Er ist zu alt, als daß sich bei ihm überhaupt noch etwas aufstellen könnte.« König Karl lachte polternd über seinen eigenen Witz.
»Vielleicht würde es dir anstehen, dein eigenes Feuer in dieser Hinsicht zu zügeln, was Prinzessin Beatrice anbelangt.«
»Und warum zum Teufel sollte ich das tun? Bei Gott! Die Weiber muß man niederrennen wie eine feindliche Festung. Wozu habe ich denn einen Rammbock?«
»Eine edle Frau würde ein Königreich für ihren guten Ruf geben.«
»Du warst nie verheiratet. Was zum Teufel weißt du schon von Weibsbildern?«
»Ich muß nicht erst Vater eines Kindes werden, um zu erkennen, ob es ein Junge oder ein Mädchen ist, mein König.«
Diese Feststellung verwirrte den König. »Irgendwo ist doch ein Haken bei dem, was du da sagst.«
»Nur, wenn du daran hängenbleibst, mein König.« Graf Gaston lächelte leicht.
»Du säufst nicht, du gibst dich nicht mit Weibern ab, was für ein Mensch bist du eigentlich, zum Teufel?«
»Ich bin ein Beobachter der menschlichen Spezies. Einer, dessen Lust am Leben nicht ausreicht, um ein Leben in Lust zu führen.«
»Für mich klingst du eher wie ein gottverdammter Prediger.«
»Dann laß dir von diesem Prediger raten, sanft mit Prinzessin Beatrice umzugehen, falls du das Turnier gewinnst.«

»Warum?« König Karl war so überrascht, daß er das Fluchen vergaß.
»Wahrscheinlich hat Prinzessin Beatrice einige der Fähigkeiten ihrer Mutter geerbt, und Maria de Padilla muß eine ganz besondere Frau sein, wenn sie die Liebe von König Pedro erringen und so viele Jahre am Leben erhalten konnte.«
»Liebe, Liebe! Wer schert sich denn einen Flohfurz um Liebe?«
»Können Flöhe überhaupt furzen, mein König?« Der Graf spottete wieder wie üblich. Hochmütig hob er eine Augenbraue.
»Warum gehst du nicht und prüfst es nach? Auf den Palasthunden wimmelt es davon.« Ein gefährlicher Unterton hatte sich in König Pedros Stimme eingeschlichen. Allmählich hatte er genug von diesem herablassenden Hundesohn.
Ein schlanker Page mit einem goldenen Kelch in der Hand trat zwischen sie. Der Knabe hatte glattes, goldblondes Haar und war in rote Seide gekleidet. Sein Gesicht sah aus wie das eines Mädchens. König Karl ergriff die Gelegenheit, das Thema zu wechseln. »So ein hübscher Jüngling!« rief er aus, hob mit dem Finger eine Locke des Pagen hoch und betrachtete ihren Glanz, obwohl er sich eigentlich sonst nicht zu Knaben hingezogen fühlte. »Du bist neu am Hof, stimmt's?«
Der Knabe errötete. Seine glatten Wangen nahmen einen zarten Rosaton an, und seine großen, langwimprigen Augen weiteten sich vor Angst. »Ja, mein König.«
»Und wessen Sohn bist du?«
»Meine beiden Eltern sind vor vielen Jahren gestorben. Ich habe bei meiner Großmutter gelebt, der Gräfin Isabella Alcazar. Sie hat mich an den Hof gebracht, ehe sie selbst vor einigen Wochen gestorben ist.«
»Und du hast keine Verwandten?«
»Nein, mein König.«
»Hmmm. Wie heißt du?«

»Jacques.«
»Bei Gott, du bist hübscher als jede Frau, Jacques. Sehen wir doch einmal nach, ob du wirklich ein Mann bist.« König Karl streckte die Hand aus und griff dem Pagen so kräftig zwischen die Beine, daß sich ein Teil des Weins über das königliche Wams ergoß. »Verdammt, du hast mein neues Wams beschmutzt. Dafür sollst du büßen!« Er entriß dem Knaben den Kelch und setzte ihn mit einem Knall auf den Tisch, daß noch mehr Wein überschwappte. Dann zog er den Pagen auf seinen Schoß. Die Angst in den weit aufgerissenen, blauen Augen und der zitternde, muskulöse Körper erregten den König, und die verächtliche Miene des Grafen reizte ihn, bis zum Äußersten zu gehen.
»Bist du Manns genug, dafür zu sorgen, daß sich bei dem Burschen etwas regt, mein König?« lallte der mondgesichtige Graf Rafael am anderen Ende des Tisches. »Wenn nicht, bin ich dir gern dabei behilflich.« Der Graf, der dafür bekannt war, daß er Knaben den Frauen vorzog, fuhr sich mit der Zunge genießerisch über die Lippen.
König Karl wandte den Kopf und warf einen Blick auf Jacques; er bemerkte den weichen, geschwungenen Mund, der zitterte wie der einer Frau. Sein königliches Organ pochte, aber da er so betrunken war, geschah weiter nichts. Er befingerte den Knaben. »Schlapp wie ein toter Fisch.« Er fluchte leise. »Bist du noch Jungfrau, verdammt?« fragte er ärgerlich.
Der Knabe starrte den König verängstigt an und nickte; vor Angst brachte er kein Wort heraus.
»Rede, du Mistkerl, wenn dein König mit dir spricht. Sonst schneid' ich dir den Schwanz ab!«
»Ja ... ja, mein König«, krächzte der Knabe mühsam.
»Jungfrauen sind zu nichts nutze; man bekommt nur einen wunden Schwanz davon.« Er hielt inne. »Heute abend wirst du noch die Wonnen der Lust kennenlernen.« Er warf Graf Gaston einen bösen Blick zu und las in dessen Augen höfliche

Verachtung. »Als Kanzler bist du doch auch der oberste Zuhälter an unserem Hof. Ich befehle dir, die jüngste Hofdame in mein Schlafgemach zu bringen. Dann werden wir schon sehen, ob sie es nicht schafft, ein bißchen Leben in diesen jungen Schwanz hier zu bringen.« Er brüllte vor Lachen und erfreute sich wieder einmal an seinem eigenen schmutzigen Witz. Seine Gäste kicherten. Dann warf der König einen benebelten Blick auf den Pagen. »Wie heißt du noch mal, Bursche?«

»J ... Jacques, mein König.«

»Nun, Jacques, du wirst es mit dieser jungen Dame treiben. Und wenn du soweit bist, besorg' ich es erst dir und dann ihr.«

»Aber bei dem Kerl tut sich doch noch gar nichts, mein König«, rief Graf Rafael durch den Saal. »Wenn du dazu schon Hilfe brauchst, warum läßt du mich es dann nicht einmal versuchen?«

»Fick dich selbst, Graf!«

»Mir wäre der Knabe lieber.«

Wütend griff König Karl nach dem nächsten Gegenstand, dem Weinkelch. Er warf ihn nach Graf Rafael, doch er verfehlte ihn, und der Kelch fiel krachend zu Boden. Im Saal brach trunkenes Gelächter aus, in das der König einfiel.

»Schon wieder daneben, mein König«, sagte Graf Gaston leise.

In diesem Augenblick machte der verängstigte Page, der immer noch auf dem königlichen Schoß saß, in die Hosen.

»Bei Gott, eins zu null für Jacques«, meinte der Graf abschließend.

Als sie auf einem flachen, roten Sandsteinfelsen vor ihrer Höhle in Granada saß, wirkte die Umgebung im Dämmerlicht einnehmender, als sie eigentlich war. In Wirklichkeit aber waren die Höhlen der Zigeuner, die die kahle Felswand zerlöcherten, schmutzig, stinkend, schlecht belüftet und vom

Rauch der Kochfeuer verqualmt. Die Menschen verrichteten, ebenso wie ihre Ziegen und Esel, ihre Notdurft rund um die Höhlen, so daß es nicht einmal der Winde bedurfte, die über den Abgrund bliesen, um den Gestank in die Wohnräume zu tragen. In vielen Nächten hatte sich Zurika aus schierer Verzweiflung über ihr Schicksal in den Schlaf geweint.
Majo würde eines Tages versuchen, sie zu nehmen. Und dagegen konnte sie nichts tun, außer ihn, falls er sich ihr nähern sollte, mit dem langen Messer zu erstechen, das sie immer bei sich trug. Aber dann würde sie sich auch selbst umbringen müssen, denn Majo war der Anführer ihrer Sippe, der sich jede Frau nehmen konnte, die er begehrte. Wenn sie ihn tötete, würde die Sippe sie töten. Dann würde die heilige Jungfrau bei Gott ein Wort für sie einlegen müssen, um sie vor der Hölle oder dem Fegefeuer zu bewahren, da sie eine Todsünde begangen hatte. Sie würde nicht einmal ein christliches Begräbnis bekommen. Nur Gott konnte sie in den Himmel erheben, weil sie ihre Keuschheit gegen ein Untier verteidigt hatte.
Zurika war fünfzehn Jahre alt. Seit sie sich ihrer Weiblichkeit bewußt geworden war, fürchtete und haßte sie Majo. Wie die meisten Mitglieder der kleinen Zigeunersippe, die in den Höhlen der zerklüfteten Berge gegenüber dem Palast von Granada über dem tosenden Fluß Xenil hausten, hatte sie schon von frühester Kindheit an getanzt und gesungen. Nachdem sie vom Kind zur Jungfrau geworden war, hatte sie bemerkt, daß Majo zunehmend auf sie aufmerksam wurde; jedesmal, wenn er sie ansah, hatte sie die aufflammende Begierde in seinen dunklen Augen erkannt.
Obwohl sie noch so jung war, galt sie bereits als eine der besten Tänzerinnen in Andalusien. Mit ihrem schlanken, geschmeidigen Körper, ihrer olivfarbenen Haut, ihrem glänzenden, rabenschwarzen Haar, das ihr glatt und offen über die Schultern fiel, und ihren dunkelbraunen, feuchten Augen sah

sie aus wie eine Hohepriesterin des Zigeunertanzes. Sie tanzte nicht wild und ausladend wie viele andere, sondern mit innerer Leidenschaft, hielt den Oberkörper still, bewegte nur Arme und Beine und sah die Zuschauer nachdenklich oder herausfordernd an; jede Bewegung drückte das Innerste ihrer Seele aus; der Stolz, die Verführung, die Größe, die sonst hinter einer Maske der Demut verborgen waren, traten dann ungehindert ans Tageslicht.
Ihre Eltern hatte Zurika nie gekannt. Die Mutter war bei der Geburt gestorben, und der Vater hatte bei einer Messerstecherei kurz darauf sein Leben verloren. Es war sein Messer, das sie trug; in ihrer Kindheit als eine Art Erinnerungsstück und heute als Schutz gegen Belästigung. Ihre Großmutter Pilar hatte sie bei sich aufgenommen und für sie gesorgt. Da auch Pilar keine Verwandten hatte, verbanden sie und Zurika gegenseitige Zuneigung und die Tatsache, daß sie einander brauchten.
Es gab Leute, die ihre Großmutter eine Hexe nannten. Einmal, als ein zehnjähriger Zigeunerjunge, der Pilar beschimpft hatte, auf unerklärliche Weise erkrankt und gestorben war, hieß es, die Alte habe den Jungen verhext. Man drohte, sie der Wasserprobe zu unterwerfen. Wenn man Pilar in den Fluß warf und sie ertrank, hätte das bewiesen, daß sie keine Hexe war. Wäre sie jedoch an der Oberfläche getrieben, hätte man sie auf dem Scheiterhaufen verbrannt. Aber niemand wagte, etwas gegen diese Frau zu unternehmen, denn es konnte ja sein, daß sie über die Macht des Teufels verfügte. Auch Majo hatte sich gegen die Wasserprobe ausgesprochen, aber seine dunklen Augen hatten Zurika gesagt, warum. Eines Tages würde er kommen und seine Belohnung fordern. Nach diesem Ereignis wagte niemand mehr, schlecht über Pilar zu sprechen.
Zurika wußte, daß Pilar Christin war und weder Teufelsanbetung noch Schwarze Magie betrieb. Sie gehörte nicht zu

einem Geheimorden und besuchte auch nie einen Hexensabbath. Sie war keine Zauberin, verfügte aber über hellseherische Kräfte.
Auch Großmutter Pilar spürte, daß es nur eine Frage der Zeit war, bis Majo Zurika Gewalt antat oder sie in seine Höhle zu seinen anderen Frauen verschleppte. Dort würde Zurika im Dreck und unter Mißhandlungen, Schlägen und Geburten ihr Leben aushauchen. Majo war ein Grobian und ein Ungeheuer. Seine schlanke, hochgewachsene Gestalt, die er für seine siebzig Jahre noch erstaunlich aufrecht hielt, erschien immer wieder in Zurikas Alpträumen; auch das grausame Gesicht, das weiße Haar, das sich von den merkwürdigerweise immer noch schwarzen, buschigen Brauen abhob, und die verrunzelten Wangen, braungebrannt von der Sonne. Dazu die glühenden Augen eines Teufels. Bei der bloßen Erinnerung schauderte Zurika.
Doch sie sehnte sich nicht nur danach, Majo zu entkommen, sondern auch dem Schmutz ihrer beklagenswerten Umgebung und der Aussichtslosigkeit ihres Schicksals zu entfliehen. Darin unterschied sie sich von den anderen Zigeunerkindern und wurde so zur Einzelgängerin. Obwohl sie ihr ganzes Leben in den Höhlen verbracht hatte, war ihr nicht entgangen, wie die Reichen in der Festung Granada lebten. Sie sah die feinen Damen, die in ihren Kutschen vorbeifuhren, sich in Sänften tragen ließen und in seidene Gewänder gehüllt zur Kirche gingen. Die Parfümwolken, die sie umgaben, hatten in Zurika noch mehr die Sehnsucht nach Sauberkeit, Düften und schönen Kleidern geweckt. Sie wollte sein wie diese Frauen und träumte von einem Prinzen, der sie aus ihren jämmerlichen Verhältnissen erlösen würde.
Von ihrem Sitzplatz aus konnte sie die anderen Familien kaum erkennen, die vor ihren Höhlen zusammensaßen, wo die Luft kühler war. Aber sie hörte ihre Gespräche, hin und wieder unterbrochen von Gelächter oder dem Schreien eines Kindes.

Auch die hereinbrechende Nacht konnte den Lärm, die Geräusche nicht dämpfen, und der Gestank war allgegenwärtig. Von einem Felsvorsprung über sich hörte sie das süße Klimpern einer Gitarre, und ihre Füße fingen an – Hacke, Spitze, Hacke, Spitze –, den Takt zu klopfen. Goldenes Licht beleuchtete den riesigen Palast am Abhang der Sabika auf der anderen Seite der Schlucht; die roten Sandsteinmauern schimmerten purpurn im Dämmerlicht, aber nur einige Fenster vom Turm des Gen al Arif waren erleuchtet. Sie dachte an den einsamen Prinzen, der buchstäblich im Gen al Arif gefangengehalten wurde, und verlor sich wie immer in ihren Träumen. Eines Tages würde sie ihn retten.

Die Sterne über ihrem Kopf in einem Himmel, der so rein und blau war wie das Gewand der Heiligen Jungfrau, waren die Lichter Gottes, und der Duft des Geißblatts, der aus dem grünen Tal von einer plötzlichen Brise heraufgeweht wurde, war sein süßer Atem. Selbst das leise Rufen einer Eule aus den Büschen unter ihr gehörte zu Gottes Musik, ganz wie die gesamte Reinheit seiner Schöpfung, die sich so von ihrem Leben in Schmutz und Elend unterschied.

Was war das für ein Rascheln in der Finsternis? Kam Majo, um sie zu holen?

Mit klopfendem Herzen sprang sie auf, bereit, zu fliehen.

Doch der Anblick der kleinen Gestalt, die ihr auf dem Serpentinenpfad entgegenschlurfte, ließ sie erleichtert aufatmen. Es war Großmutter Pilar. Sie lief der alten Frau entgegen, um sie zu umarmen.

Pilar stank wie immer nach ungewaschenen Kleidern und trug den Geruch an sich, der ungepflegten alten Menschen eigen ist. Aber Zurika liebte ihre Großmutter von ganzem Herzen. »O *Madre*, ich bin so froh, daß du es bist«, keuchte sie. »Ich hatte schon Angst, dir könnte etwas zugestoßen sein.«

Die alte Frau griff Zurika beim Arm und machte sich sanft von ihr los. »Vergiß nie, Großmutter Pilar läßt ihr liebes Kind nie nach dem Dunkelwerden allein.« Ihre auch sonst heisere Stimme klang noch kratziger als gewöhnlich, weil sie nach dem Aufstieg erst wieder zu Atem kommen mußte. Sie hustete und spuckte aus. »Ich bin auf dem Markt aufgehalten worden, weil ich die Dinge kaufen mußte, die ich heute nacht brauche.« Sie verfiel in ein Flüstern und sah sich rasch um, um sicherzugehen, daß sich keiner der Höhlenbewohner in Hörweite befand. »Heute nacht ist der richtige Zeitpunkt, um in die Zukunft zu sehen. Wir werden herausfinden, was die Zukunft für dich bereithält.« Ihr leises Kichern erinnerte Zurika an eine Hexe.

»Wirst du für mich in die Kristallkugel sehen?« Zurikas Herz klopfte.

Pilar nickte. »Ich werde sehen, was die Zukunft dir bringt, Liebling. Aber keine Angst, wenn ich Majo in der Kugel sehe, verfluche ich ihn.« Sie kicherte wieder und entblößte ihre geschwärzten Zähne. »Ich bin zwar eine gute Hexe, aber ich kenne auch ein paar Flüche. Komm jetzt in die Höhle. wir essen, und dann bereiten wir alles für Mitternacht vor.« Sie klopfte auf ihre Tasche und ihr Umschlagtuch. »Alles, was ich brauche, hab' ich da drin.«

Die Vorfahren der Zigeuner, die ursprünglich aus dem fernen Osten gekommen waren, hatten überliefert, daß das Wasser des Flusses unter ihnen einmal bis oben an die Spitze des Berges gereicht hatte. Als der Wasserspiegel im Laufe der Jahrhunderte sank, trockneten auch die unterirdischen Ströme aus, die den Fluß speisten. Aus diesen unterirdischen Kanälen wurden leere Gänge, die sich durch Erdrutsche in Höhlen verwandelten. Die Höhlen der Zigeuner waren stickig und heiß im Sommer und feuchtkalt im Winter. Ihre Bewohner hatten es schwerer als die Armen in den Städten, denn die vogelfreien Zigeuner durften kein Wasser aus den Brunnen der Stadt schöpfen. Sie mußten es aus Quellen holen, die ihnen am Fuße des Tals zugewiesen worden waren, und es in Krügen und Töpfen den Berg hinaufschleppen. Das war die Arbeit der Frauen, denn die Männer waren faul, außer wenn es ums Tanzen ging. Einige wohlhabendere Zigeuner benutzen zum Wassertragen Esel, und die Frauen waren die Esel der armen Leute.

Dach und Wände von Pilars Behausung wurden vom roten Sandstein gebildet; die Decke war ungefähr vier Meter fünfzig hoch. Vorne in der Höhle lag der Kochbereich mit einem großen irdenen Wasserkrug, einem Stapel Feuerholz und Säcken voller Getreide, Mehl und anderer Lebensmittel. Über einem Holzfeuer stand ein eiserner Dreifuß, und der Rauch stieg über einen natürlichen Abzug in der Decke hinaus ins Freie. War das Holz feucht, konnte der Rauch nicht so leicht abziehen und blieb statt dessen in der Höhle hängen, wo sich sein Geruch in alles, selbst in den menschlichen Körper, einfraß. Aber wenigstens war das ein sauberer Geruch im Vergleich zu dem Gestank von angetrocknetem Urin, Fäkalien, Knoblauch und Unrat, der so oft, wie auch heute abend, in die Höhle zog.

Die ganze Höhle wurde von zwei qualmenden Öllampen erhellt, die von der Decke hingen. Ein Vorhang aus zusammengenähten Lederhäuten trennte den Schlafbereich ab. Der vordere Teil der Höhle war mit einem niederen Tisch – einem Brett, das auf zwei Sandsteinen ruhte – möbliert. Abgesehen von einer wackeligen Bank gab es keine Sitzgelegenheiten. Die Kleider hingen an Vorsprüngen, die in die Wand gehauen worden waren, wo das Gestein nicht so fest war. Im Schlafbereich befand sich auf einer Seite eine Bettstatt mit einer gelben Matte und einem schäbigen Kissen. Daneben hing ein grobgeschnitztes, hölzernes Kruzifix über einem Altar, der mit einem blauen Leinentuch bedeckt war. Auf dem Altar standen zwei weiße Kerzen in roten Tonklumpen. Auf der gegenüberliegenden Seite des Raums befand sich eine kleine, graue Grotte mit einer Figur der Heiligen Jungfrau in einem blauen Gewand. Zurika hatte eine weiße Lilie, die sie am Morgen im Tal gepflückt hatte, vor die Figur gelegt, denn Maria war ihre einzige Zuflucht und Hoffnung.

Zurika und Pilar verzehrten ihr einfaches Mahl, einen Brei, der direkt aus dem Kochtopf auf braune irdene Teller geschöpft würde. Zurika hatte gelernt, ihre Großmutter vor einer Sitzung nicht in ihren Gedanken zu stören. Sie beendeten die Mahlzeit mit einem Schluck kalten Wassers aus einem Bronzekrug, den wahrscheinlich einmal ein Mitglied von Pilars Familie vor langer Zeit gestohlen hatte. Dann wischten sie die Teller mit einem feuchten Lappen ab. Wasser war zu kostbar, um es für die Reinigung von Gegenständen zu benutzen.

Die Luft war kühler geworden, und die Lampen brannten jetzt ruhiger, als Pilar ihre Gerätschaften zusammensuchte. Schwarze Kerzen für die beiden heiligen Kreise und Wachsfiguren, von denen eine Zurika und eine Majo darstellen sollte – als Paten, die Liebe oder Tod hervorriefen. Pilar mischte männlichen Samen und Menstruationsblut aus zwei irdenen Töpfchen, goß die Mischung dann in einen kleinen Mörser, der das Blut einer Fledermaus enthielt, und dickte alles mit weißem Mehl an. Dann hob sie den Rock und zupfte sich drei Schamhaare aus, legte sie neben den Mörser und band dann den falschen Rosenkranz aus den Bandscheiben einer Eidechse und Würfeln zusammen, der versinnbildlichte, daß das Leben nur ein Spiel war. Nun goß sie ein Pulver aus Menschenknochen in ein Schälchen. Schließlich holte sie den Käfig mit der weißen Taube hervor, die sie am Nachmittag auf dem Markt gekauft hatte. Sie hatte den Vogel unter ihrem Umschlagtuch verborgen hierhergebracht, denn wenn die anderen Zigeuner ihn erblickt hätten, dann hätte er seine magische Kraft verloren.

Die Kristallkugel würde sie erst aus ihrem Versteck in einer kleinen Felsnische im hinteren Teil der Höhle holen, wenn der Zeitpunkt gekommen war.

Der Berg war grabesstill, und das ganze Dorf am Abhang schlief fest. Pilar zog ein loses, weißes Gewand über. Sie setzte sich im Schneidersitz auf den Boden und fing an, Zaubersprüche zu murmeln. Zurika kauerte vor ihr; ihre Gedanken waren klar, aber allmählich griff Pilars Stimmung auf sie über. Sie wartete auf den magischen Augenblick.

Das Rufen der Eule war jetzt näher als zuvor und klang gespenstisch. In der Ferne läutete eine Totenglocke.

Zurika schauderte, obwohl es warm war. Auf einmal erschien ihr die Höhle wie eine Grabkammer.

4. Kapitel

Am Vortag war sein Vater, König Yusuf, vom siegreichen Feldzug gegen den kastilischen König Pedro nach Granada zurückgekehrt.

Wie gewöhnlich kam Ahmeds Leibdiener Tarif auch heute vor Morgengrauen ins Schlafgemach des Prinzen. Eigentlich erhoben sich die Angehörigen der königlichen Familie bereits bei den ersten Klängen der Morgenmusik, aber Prinz Ahmed blieb stets im Bett, bis er Tarifs vorsichtiges Klopfen an der Tür hörte. Dann hatte er immer noch genug Zeit, um sich zu waschen und pünktlich beim Ruf des Muezzin zum Morgengebet fertig zu sein, der vom Hauptturm des Palastes schallte. Nur noch verschwommen erinnerte Prinz Ahmed sich an den Hauptpalast, wo er die ersten zwei Jahre seines Lebens zugebracht hatte, und der für ihn heute nicht mehr als eine Ansammlung von Dächern, Lauben, Türmen und Gärten unter seinem Fenster war.

Während er nach all den Jahren sein Gefängnis, den Turm Gen al Arif, genauestens kannte, hatten nur die Teile des königlichen Palastes und der Stadt Bedeutung für ihn, die er von seinem Fenster aus erblicken konnte. Aus den Plänen, die man ihm gezeigt hatte, konnte er ersehen, daß die Festungsmauern aus Sandstein, die hie und da von Türmen geziert wurden, in einer unregelmäßigen Kurve rund um die Anhöhe des Hügels verliefen, auf denen der Palast stand. Der riesige, von den schneebedeckten Bergen der Sierra Nevada umgebene Palast, der nötigenfalls eine Armee von 40 000 Mann beherbergen konnte, bildete ein mächtiges

Bollwerk gegen aufrührerische Untertanen und feindliche Heere.

Eines Tages würde er, Prinz Ahmed, ungehindert durch die Stadt schreiten können; er würde die Straßen sehen und die Gassen, das Kloster, die Kirche und die Hauptstraße mit dem Namen Zacatin, den großen Markt und den Platz, auf dem die Turniere abgehalten wurden. Er freute sich schon darauf, endlich im Turnier gegen alle Herausforderer antreten zu können.

Nachdem er sich gewaschen und parfümiert hatte, setzte er sich vor den Spiegel, damit Tarif sein langes, glänzendes, rabenschwarzes Haar auskämmen konnte. Die meisten der Duftlampen im Palast von Granada wurden erst bei Sonnenaufgang gelöscht, viele brannten sogar den ganzen Tag hindurch. Prinz Ahmed konnte Tarifs bucklige, in weißes Leinen gewandete Gestalt im Spiegel erkennen; die ebenholzfarbene Hand des Dieners mit den langen, wohlgeformten Fingern und den eigenartig blassen Handflächen kämmte sein Haar mit anmutigen Bewegungen. Tarifs runzlige Wangen, so ledrig wie alte, schwarze Stiefel, schimmerten im Lampenschein. Kaum ein Tag verging, da Prinz Ahmed nicht der Unterschied zwischen den alten, taubstummen Bediensteten im Gen al Arif und seiner eigenen jugendlichen Erscheinung im Spiegel bewußt wurde.

Er hatte in seinen Manuskripten von der Jugend und vom Alter gelesen. Irgendwo, jenseits dieser Palastmauern, gab es andere junge Menschen, so wie er selbst einer war. Ähnelten ihm die anderen Jünglinge im Aussehen? Hatten sie auch eine straffe, olivfarbene Haut, ein ebenmäßiges Gesicht, eine gerade Nase, die keine einzige Falte verunzierte? Der Spiegel zeigte ihm, wie sehr das Funkeln in seinen dunklen, nachdenklichen Augen von dem erloschenen Blick seines Leibdieners abstach. Man konnte sich nur schwer vorstellen, daß auch Tarif einmal schlank und hochgewachsen gewesen sein

mußte, mit einer Haut wie poliertes Ebenholz und schwarzen Augen, die unter einer hohen Stirn lebendig funkelten. Was hatte Tarif im Augenblick seiner Entmannung vor vierundsechzig Jahren wohl empfunden? Prinz Ahmed empfand Mitleid mit dem schwarzen Marokkaner.
»Ich hatte letzte Nacht einen feuchten Traum, Tarif«, wandte er sich in Zeichensprache an den Bediensteten.
»Das habe ich an deinem Gewand gesehen, mein Prinz«, Tarif formte die arabischen Worte mit den Lippen.
»Ich kann mich einfach nicht an diese gräßliche, zähe Flüssigkeit gewöhnen, die mir beim Aufwachen an den Beinen klebt, und an den abscheulichen Geruch.«
»Hast du wieder den gleichen Traum gehabt?«
»Ja. Diesmal kann ich mich genau erinnern. Ein seltsamer Baum stand im Garten neben dem Hauptbrunnen, anmutiger als all die anderen Bäume, vollkommen in jeder Hinsicht. Seine gegabelten Äste streckten sich wie Arme seitwärts, und sein Stamm teilte sich in zwei Beine. Das Zwitschern der Vögel war seine Stimme, und der Duft seiner Blüten roch so verführerisch. Sein Schatten hüllte mich ein, liebkoste meine Haut mit jedem Lufthauch. Ich sehnte mich danach, ihn an meine Brust zu drücken. Und als ich es dann tat, o die Verzückung, seinen Körper an meinem zu spüren, das Erzittern jeder Faser der Rinde an meiner Scham! Auf eigenartige Weise drang ich in ihn ein. Sofort sprudelte es aus mir heraus wie ein Springbrunnen, ließ mir Schauder über den Rücken laufen, durchfuhr mich bis ins Mark. Aber ich wachte auf und ekelte mich. Und trotzdem klingt die Zartheit der Vereinigung immer noch in mir nach.«
Der Taubstumme verharrte nachdenklich, war in Gedanken offenbar nicht mehr bei seiner Arbeit. »Ich erinnere mich an deine ersten feuchten Träume, mein Prinz«, formte er schließlich mit den Lippen. »Du warst so erschrocken, hast ungeduldig gewartet, daß ich morgens kam, um dir beim

Ankleiden zu helfen, damit du mich danach fragen konntest.«
Bei dieser Erinnerung lachte Prinz Ahmed leise, aber er konnte einen Seufzer nicht unterdrücken. »Damals hast du mir deine Geschichte erzählt, Tarif.« Er beobachtete, wie Tarifs wäßrige Augen sich verschleierten und er den Blick abwandte. »Als du 1275 in Tarifa ankamst, warst du zehn Jahre alt und Page von General Husain. Du gehörtest zu der tausendköpfigen Armee von Sultan Yusuf, der König Mohammed II. im Feldzug gegen Walis of Malaga unterstützen wollte.« Da er wußte, daß es dem alten Mann half, darüber zu sprechen, hielt er inne, damit Tarif weitererzählen konnte. Das war den beiden zur Gewohnheit geworden, denn die ständige Wiederholung tröstete den Eunuchen.
»Ich erwies mich als treu und geschickt. Als ich in deinem Alter war, rettete ich meinem General das Leben, und König Mohammed wurde auf mich aufmerksam. Der General schenkte mich dem König. Ach, in diesen Tagen barst ich vor Manneskraft und war ständig auf der Suche nach Liebesabenteuern.« Obwohl niemand außer Ahmed ihn hören konnte, hob er rasch die Hand vor den Mund und sah sich um; denn seine Lippen hatten das Wort »Liebe« geformt, dessen Gebrauch außer im Zusammenhang mit der Dichtkunst streng verboten war. »Der König hielt mich für so klug und zuverlässig, daß er beschloß, mir seinen Harem anzuvertrauen. Selbstverständlich mußte ich mich entmannen lassen, um dieser großen Ehre teilhaftig zu werden.« Seine Lippen zitterten. Er zuckte die Achseln, wobei die bucklige Schulter sich nur schwerfällig bewegte. »Aber so ist nun einmal das Leben. Man muß immer etwas aufgeben, um etwas zu bekommen. Wenn man möchte, daß ein Busch auf einer Seite Triebe bekommt, muß man die andere stutzen. Das war vor vierundsechzig Jahren; ich war damals einundzwanzig.«
»Und die Trauer hat dich nie verlassen.«

»Sie ist schwächer geworden in all den Jahren.« Wehmütig lächelte Tarif in den Spiegel. »Doch völlig verläßt sie einen niemals. – Aber für die Seite, die gestutzt wurde, bin ich mit reichem Wachstum belohnt worden, als unser jetziger König Yusuf mich zu deinem Kammerdiener machte.«

Ohne nachzudenken, legte Prinz Ahmed dem alten Mann die Hand auf die bucklige Schulter. »O Tarif!« formte er mit den Lippen und zog dann rasch die Hand zurück. Man konnte ja nie wissen, ob sie beobachtet wurden. Selbst Worte, die nur mit den Lippen geformt wurden, konnten von einem der Spitzel, von denen es in diesem goldenen Käfig wimmelte, vielleicht bemerkt werden. »Ich erinnere mich, als ich meinen ersten Traum hatte und du mir sagtest, das sei der Lauf der Natur, wenn man zum Mann wird. Das Gefühl der Lust, das man empfindet, ist so stark, der Höhepunkt so verzückend, daß du dein Leben aufs Spiel setztest und mich lehrtest, wie ich es selbst hervorrufen kann, in aller Heimlichkeit, und wie ich dann die Flüssigkeit wegwaschen soll, damit niemand es bemerkt.«

»Nur, daß der ehrenwerte bon Ebben es einmal gerochen hat«, erinnerte ihn Tarif trocken. »Bei Allah, er schnüffelte herum wie ein Suchhund, um Spuren zu finden. Er gebärdete sich, als wollte er den Urtext des Koran wiederentdecken. Aber alles war beseitigt, und sein Verdacht allein half ihm nicht weiter. Ich habe gelernt, den Geruch mit Sandelholzpaste und Kampferrauch zu überdecken. Am Anfang sind mir die Düfte ausgegangen, weil ich sie so oft brauchte.

Einmal bist du sogar krank geworden, weil du dich zu sehr deinen heimlichen Freuden hingegeben hast. Du hast dich erbrochen und entleert, warst völlig am Ende deiner Kräfte.« Tarif hielt inne. »Ich mußte dem alten Arzt vormachen, daß du zu stark gesalzenes Fleisch gegessen hattest. Er hat dir ein Gegengift verabreicht, und ich habe dir dann gegeben, was du wirklich brauchtest, ein Stärkungsmittel.« Er nahm einen goldenen Turban von einem Seitentisch und setzte ihn Prinz Ahmed aufs Haar. »Schau, jetzt siehst du aus wie einer der Prinzen aus Tausendundeiner Nacht, der stattlichste der ganzen Welt.«

»Ich danke dir, Tarif.«

Durch die offenen Fenster hörten sie den Ruf des Muezzins.

»Kommt zu Allah!«

Warum nur?

Im Alter von zwölf Jahren hatte er begonnen, mit seinem Schicksal zu hadern. Angefangen hatte es mit einem undeutlichen Gefühl der Unzufriedenheit, das er nicht genau beschreiben konnte; er ahnte nur, daß es noch mehr geben mußte als sein Gefängnis, daß ihm etwas fehlte. Dann hatte er allmählich eine Begierde danach entwickelt, jemanden zu berühren und berührt zu werden, eine geistige und körperliche Sehnsucht, die ihn ruhelos werden ließ. Er hatte dieses Sehnen für sündig gehalten, aber er konnte nichts dagegen tun. Jedoch war er nur von unbeseelten Dingen und Kreaturen umgeben, die er zum Ziel seiner Zärtlichkeit machen konnte: sein Schwert, die Wände seiner Gemächer, seinen schwarzen Hengst Ibn, dem er die schimmernden Flanken streichelte und zu dem er sprach:

Ich fühle und ich ahne, daß in allem etwas Lebendiges und Beseeltes wohnt, das die Kraft hat, mich zu beflügeln.

Als pflichteifriger Schüler hatte er das Thema gegenüber bon Ebben angesprochen.

»Wer glaubt, daß Tieren und Gegenständen eine Seele innewohnt, ist ein Gotteslästerer«, hatte der Weise mit Entschiedenheit erklärt. »Man würde einen solchen Menschen für verrückt erklären und in ein Irrenasyl sperren, weil man nach dem Koran einen Mann nicht bestrafen soll, den Allah mit Wahnsinn geschlagen hat.«

Diese nachdrücklichen Worte hatten Prinz Ahmed verstummen lassen, doch seine Sehnsucht nach Schönheit und sein Drang, sich in Gedichten auszudrücken, ließen sich nicht ersticken. Das gleiche galt für seinen wachsenden Widerstand und seine heimlichen Verstöße gegen die verhaßte Ordnung. Bald jedoch sehnte er sich danach, auch zu empfangen, was er gab. Das Haus, das Schwert, das schwarze ägyptische Streitroß konnten nur ohne Worte mit ihm sprechen, sie waren stumm wie Tarif. Aber alles in ihm drängte danach, Worte zu hören. Er verzehrte sich so verzweifelt nach einer Berührung, daß seine Haut sich zuweilen zusammenzuziehen schien.

Dazu gingen ihm immer mehr Fragen im Kopf herum. Was für ein Leben führte der König, als dessen Nachfolger er hier erzogen wurde? Warum stand der König so hoch über seinen Untertanen, fast wie ein Gott? Bon Ebben hatte ihm gesagt, der König dürfe nicht einmal seinen eigenen Sohn sehen, aber er werde ihm nach seinem einundzwanzigsten Geburtstag schließlich eine Audienz gewähren.

Würde auch er, Prinz Ahmed, eines Tages ein Halbgott sein? *Du hast hier keine Fragen zu stellen. Gehorche, tu deine Pflicht, dann wirst du auch zu regieren lernen.* Das war bon Ebbens Überzeugung.

Also lernte Prinz Ahmed, seine Fragen, die Gedanken und die unbestimmten Sehnsüchte zu unterdrücken, doch sie fielen in der Dunkelheit der Nacht wieder über ihn her, ganz gleich, wie müde er auch sein mochte.

Immer schwerer fiel es ihm allerdings, über die Widersprüchlichkeiten hinwegzusehen, die ihm in wachsendem Maße auffielen. In ganz alltäglichen Situationen sprangen sie ihm ins Auge: Wenn er zum Beispiel etwas las, zog auf einmal ein Wort seine Aufmerksamkeit auf sich. Das Wort stand da, und er wußte auch, was es hieß. Es war wichtig, aber da es sich nicht mit seiner eigenen Lebenserfahrung deckte, blieb es für ihn ohne Bedeutung.

»Ein zukünftiger König muß zwar alles wissen«, erklärte bon Ebben, »aber er muß nicht jede Erfahrung selbst machen. Beispielsweise braucht er nicht vom Essen der einfachen Leute zu kosten, um zu wissen, wovon sie sich ernähren.«
Als sich Prinz Ahmed schließlich zu fragen begann, wie sich Menschen, Tiere und Pflanzen vermehrten, machte er sich nicht einmal mehr die Mühe, bon Ebben darauf anzusprechen. Sein Lehrer würde ihn nur mit philosophischen Spitzfindigkeiten abspeisen und ihm die Wahrheit verschweigen. Tarif hingegen hätte ihm zwar gern die Wahrheit gesagt, doch er durfte es nicht. Deswegen gab es niemanden, an den Prinz Ahmed sich wenden konnte.
Vor drei Monaten hatte er kurz nach dem Morgengebet den Klang von Trompeten und Trommeln gehört, der die ganze Hauptstadt erfüllte. Man hatte ihm gesagt, sein Vater sei gegen die Kastilier in den Krieg gezogen. Die Nachricht versetzte ihn in Aufregung, denn der Krieg war die letztendliche Erfüllung von allem, was er bislang gelernt hatte. Doch wie nutzlos waren all diese Lehren, ebenso nutzlos wie überhaupt sein gesamtes Leben! Denn es hieß, er sei noch zu jung, um in die Schlacht zu ziehen. Treue, Vaterlandsliebe und Pflichtbewußtsein, jene Werte, die ihm von Kindesbeinen an eingebleut worden waren, mußten schweigen, auch wenn er daran zu ersticken drohte. Der Rausch des Kampfes, die Freude, einen Feind zu töten, dem Tod ins Auge zu blicken oder den Siegerkranz zu erringen, blieben ihm verwehrt. Wie immer wurde er auf eine ferne Zukunft vertröstet.
Am Tag als sein Vater aus der Stadt ritt, brach etwas in Prinz Ahmed zusammen, und er begann endlich, Widerstand zu leisten.
Er weigerte sich zu lernen, fing an, den ganzen Tag in den Palastgärten umherzustreifen und seine Gefühle, die er nicht beschreiben konnte, auf Bäume, Blumen und Büsche zu richten. Er berührte Blüten und Blätter und legte all sein Sehnen

in die Melodien und Gedichte, die er schuf und in das süße Klimpern seiner Laute. Wenn er nicht Erfüllung in der Schlacht suchen durfte, würde er sie eben in der Schönheit finden, die er bewunderte.

Aber konnte er sich wirklich damit zufriedengeben? Die Antwort lautete »nein«. Allerdings wußte er im Augenblick selbst nicht, was er eigentlich wollte – er mußte es noch herausfinden. Und eine innere Stimme sagte ihm, daß er es erst entdecken würde, wenn er die Freiheit besaß, alles über das Leben jenseits dieser Gefängnismauern zu erfahren. In der Zwischenzeit brach dieser Drang noch ziellos aus ihm heraus, indem er über die freie Natur in Verzückung geriet: über die Anmut eines Baumes oder den süßen Duft seiner Blüten, über das sanfte Rascheln des Windes in seinen Kleidern, den Blättern, über seine Musik, das Lied des Vogels in seinen Zweigen.

»Kommt zu Allah!« *Warum*?

Sein Vater war gestern zurückgekehrt, aber Prinz Ahmed war weit davon entfernt, wieder zum gewohnten Gehorsam zurückzufinden. Er hatte andere Pläne und konnte das Ende des Morgengebets kaum erwarten, um sie in die Tat umzusetzen. Er schlang sein Frühstück hinunter, das er mit bon Ebben in seinem kleinen Garten einnahm, der an seine Gemächer angrenzte. Er ließ die dröhnende Stimme des alten Weisen über sich hinwegrauschen wie einen Lufthauch und achtete nicht mehr darauf wie auf das Summen der Bienen, die gerade aus den afrikanischen Tulpen, welche den Garten säumten, Nektar saugten.

»Dein königlicher Vater verlangt, daß du den Tagesablauf befolgst, den ich für dich festgesetzt habe«, beharrte bon Ebben und schlug so heftig mit der Faust auf den weißen Marmortisch, daß das Frühstücksgeschirr klapperte. »Jetzt, da er von der Schlacht zurück ist, machst du am besten Schluß mit diesem Unsinn und hörst auf, im Garten herumzulaufen und Gedichte und Lieder zu säuseln. Kümmere dich lieber um deine Studien.«

Diese Zurschaustellung von Unerbittlichkeit, die Standpauke eines Bediensteten, die nicht einmal mit der nötigen Härte vorgebracht wurde, war nicht weiter ernstzunehmen. Außerdem war es für einen Mann in bon Ebbens Alter schwer, überzeugend zu drohen. Wieder stieg jene Aufsässigkeit in Prinz Ahmed auf, die er inzwischen bereits zur Genüge kannte. »Paß auf, daß du dir nicht die Hand verletzt, verehrter Lehrer«, warnte er ihn kalt. »Außerdem ist es unhöflich, auf den Tisch zu schlagen; und, wie du mich schon so oft ermahnt hast, steht eine Begründung, die der körperlichen Unterstützung bedarf, meist auf recht schwachen Beinen.«

Dem Weisen blieb der Mund offen stehen. Verzweifelt wandte er die dunklen Augen hinauf zum Himmel. »Allah, gib mir Kraft«, flehte er. Dann richtete sich sein Blick wieder auf Prinz Ahmed. »Du bist es, der in Schwierigkeiten geraten wird, wenn du deinen königlichen Vater verärgerst.«

»Das gleiche gilt auch für dich, und deshalb wirst du ihm besser nichts verraten!« Du und mein königlicher Vater, ihr habt meinen Geist und meine Seele bereits so verletzt, daß ihr meinem Körper nichts mehr anhaben könnt, begehrte plötzlich Prinz Ahmeds innere Stimme auf. Diese Erkenntnis überraschte ihn, und er faßte den festen Entschluß, sich an einen Ort zu begeben, wo er seinen Geist und seine Seele nie mehr einem anderen Menschen unterwerfen mußte, ganz gleich, welche furchtbaren Strafen ihm auch dafür drohten.

Er achtete nicht auf das Flehen und die Ermahnungen des Weisen, erhob sich von seiner weißen marmornen Bank und ging hinaus in die silbrig schimmernde Luft, die im Vergleich zu seinem stickigen Kerker so rein war. Die linde Kühle verhieß einen warmen, sonnigen Tag. Sie fühlte sich wohltuend auf der Haut an! Sein langes Gewand aus goldgewirktem Stoff, der mit Lapislazuli, Rubinen besetzte Gürtel, der

marmorne Palast, die prächtige Oberfläche, die doch nur eine leere Hülle war, all das widerte ihn derart an, daß er sich am liebsten übergeben hätte.
Rasch ging er über den gepflasterten Pfad, der zwischen Zypressen, in Form geschnittenen Büschen und breiten Blumenbeeten mit rosafarbenen und roten Petunien, Ringelblumen und Gänseblümchen entlangführte. Beim Anblick des Gegensatzes zwischen dem klaren, reinen Wasser, das kristallen im großen Alabasterbrunnen in der Mitte des langen Beckens plätscherte, und dem künstlichen Abfluß aus gehauenem Stein überkam ihn plötzlich die Erkenntnis: Der Mensch würde selbst Gottes schönste Schöpfung, die Weiße Lilie, ihrem natürlichen Zustand entreißen. Die süße Unschuld der Erde erwachte gerade, geweckt von den ersten Sonnenstrahlen, aus ihrem tauigen Schlaf. Vögel sangen, und die Blumen schickten ihren Duft hinauf zum Himmel. Die leichte Brise liebkoste Prinz Ahmeds Gesicht. Alle waren sie frei, frei, nur er war ein Gefangener!
Haß gegen jene, die ihn hier eingesperrt hatten, stieg in ihm auf. Er haßte seinen Vater, den König, bon Ebben, seinen Wächter und Gefängniswärter, er haßte das Leben. Zum erstenmal spürte er wirklichen Haß, und es ängstigte ihn.
Er wollte doch nicht hassen, zumindest nicht, während er von solcher Schönheit umgeben war.
Er wollte ... er wollte ... bei Allah, was wollte er nur?
Er wußte es nicht, aber auf einmal sehnte er sich danach, aus seinem äußeren und seinem inwendigen Gefängnis, dem Palast und dem Haß, der in ihm fraß, zu entkommen. Die goldenen Schuhe mit den nach oben gebogenen Spitzen klapperten, als er geradewegs auf sein Ziel zuschritt.
Während er sich dem Magnolienbaum näherte, raschelte ein Lüftchen durch ihre Blätter. Die Zweige bewegten sich ein wenig, als streckten sie sich ihm entgegen, um ihn zu umarmen. Der Duft der weißen Blüten lockte. Prinz Ahmed blieb

stehen und atmete tief. Das silberne Sonnenlicht streichelte warm seine Haut.
Gebannt starrte er auf den Geist des Baumes, der in menschlicher Gestalt dem Baum entstieg, weiß, wie ein Schleier, ohne eine einzige Falte daran. So anders als der Mensch, so weich, so sanft, so zart ... so jung. Zitternd fiel er auf die Knie, die Arme erhoben in einem Gefühl, das er nicht benennen konnte. Worte sprudelten aus ihm hervor, ein Gesang an den Baum.

Der Mensch allein ist kalt und ohne Liebe
Beherrscht die Welt mit Unbarmherzigkeit
Und bleibt stets Opfer seiner sünd'gen Triebe
Nur du bist nah bei Gott für allezeit!

Und übersprudelnd dränget sich mein Sehnen
So heftig, daß ich's nicht erklären kann.
Welch Glück mit deinem Geist mich eins zu wähnen!
Und heil'ge Lust verspüre ich alsdann.

Ein fremdes Sehnen will mein' Frieden stören.
Wie soll ich wissen nur, woher es rührt?
Und wer, ach wer soll denn mein Fleh'n erhören,
Wenn niemand so wie ich dies Sehnen spürt?

O Baum der Schönheit, Arg und finst'res Streben
Sie sind dir fremd, nie wirst du mich versklaven;
Nie wirst du streng sein, mich mit Härte strafen
Und nie in Ketten sperrn mein gottgegeb'nes Leben.

In seiner heiligen Verzückung, voll Bewunderung der makellosen Schönheit, umhüllt vom Duft, der in der klaren Luft lag, geriet Prinz Ahmed in einen Taumel der Lust. Er stand auf und ging auf den Baum zu, um den glatten Stamm zu umarmen; sein Geschlecht erhob sich.

Undeutlich nahm er wahr, daß sich bon Ebben irgendwo in der Nähe befinden mußte, doch seinem inneren Drang folgend, preßte er sich an den Stamm und rieb sich an der warmen Rinde.
Die Brise wuchs zum Wind, liebkoste ihn und den Baum, wie sie in trauter Zweisamkeit beieinander standen, mit Allahs Segen. Der Baum schwankte und erwiderte sanft die Zärtlichkeit. Prinz Ahmed stand mit geschlossenen Augen da, spürte die Wärme des Sonnenlichts, die Kühle des Schattens, und Verzückung stieg in ihm auf, pochte zwischen seinen Schenkeln. Ein Ast ächzte. O Allah, er erwidert meine Zärtlichkeit!
Die Lust erreichte ihren Höhepunkt. Der Geruch seines Samens stieg ihm in die Nase.

5. Kapitel

Heute abend war der große Saal im Palast von Pamplona nur zum Tanzen da. Auf einem der Balkone im Zwischengeschoß spielte ein dreißigköpfiges Orchester. Der große Tisch aus Mahagoni war in einen großen angrenzenden Raum geschoben worden und bildete dort das Mittelstück der Tafel, die zwischen riesigen Vasen mit roten, weißen und rosafarbenen Rosen entlang der Wände aufgebaut war. Alle Tische waren mit schneeweißem Leinen, schimmerndem silbernen und goldenen Geschirr und funkelndem Kristall gedeckt. Dazwischen prangten große, mit silbernen Bändern verzierte Obstkörbe; ein farbenprächtiges Arrangement aus goldenen deutschen Äpfeln, riesigen italienischen Pfirsichen, andalusischen Orangen, roten spanischen Pflaumen und Kirschen, umgeben von Kristallschalen mit kandiertem Obst und Süßigkeiten. Auf einem Tisch daneben standen goldene Platten voller winziger Pasteten, die mit Dorschleber, Rindsknochenmark gefüllt waren; dazu Fleisch in Zimtsauce, fritiertes Mark, Aal in einem dicken, würzigen braunen Püree, Karpfen in einer kalten grünen Salbeisauce, Bratenscheiben und gesottenes Fleisch. Außerdem gab es noch Kapaunpastete mit gebratenen Kartoffeln, Flunder- und Aalpastete, Grütze, Wild, Aal in scharfer Sauce, geröstete Flunder, Stör und verschiedene Gelees. Ein Tisch auf der gegenüberliegenden Seite bog sich unter Schalen mit Süßigkeiten; einige stammten sogar aus Persien. Daneben befand sich der Tisch mit den Getränken: eisgekühltes Wasser, verschiedene Rosé-, Weiß- und Burgunderweine in großen Kristallkaraffen, die im Licht der Fackeln

in den silbernen Haltern funkelten. Das Mahl, das da unter den in Pastelltönen gehaltenen Deckenfresken angerichtet war, ließ keinen Wunsch offen.
Prinzessin Mathilde musterte zufrieden ihr prunkvolles Meisterwerk, das sie sich für König Karls Weihnachtsfeier hatte einfallen lassen. Diener mit goldenen und silbernen Tabletts in der Hand warteten darauf, die Gäste zu bewirten. Diese waren bereits eingetroffen und erwarteten ihren Herrscher im großen Saal. Der liebe Karl würde erfreut sein, obwohl er sich sonst aus Prunk nicht allzuviel machte.
»Du hast dich selbst übertroffen, liebe Prinzessin«, bemerkte Gräfin Isabella, ihre erste Hofdame. »Selbst in den Tagen von Königin Johanna hat Pamplona etwas Derartiges nicht zu Gesicht bekommen.« Die hochmütige spanische Edelfrau war mit Sicherheit alt genug, um das noch aus erster Hand zu wissen. »Aber das schönste Schmuckstück in diesem Raum bist du.«
»Ich danke dir, Gräfin.« Prinzessin Mathilde wußte, daß die stolze Isabella mit der nach oben gebogenen Nase, den spöttisch verzogenen schwarzen Brauen und den dunklen Augen, die so kalt waren wie tiefes Wasser, lieber herablassende Bemerkungen als Schmeicheleien von sich gab. »Aus deinem Munde ist dies tatsächlich ein großes Lob.«
Aber sie wußte, daß sie es verdient hatte; die Spiegel in ihrem Boudoir hatten es ihr verraten. Das langärmelige, weiße Kleid aus Satin hatte sie selbst entworfen. Um Brust, Taille und Hüften lag es eng an und fiel dann in Falten unter einem tiefsitzenden silbernen Gürtel herab. Der viereckige Ausschnitt des Kleides war mit einer acht Zentimeter breiten perlenbestickten Silberborte besetzt, deren Grauton zu Prinzessin Mathildes Augen paßte. Dazu waren noch Rubine aufgenäht, wie sie sich auch an ihrem Gürtel befanden. Auf dem Kopf trug sie ein Diadem aus in Silber gefaßten Diamanten.
»Du wirst dich von der Prunksucht all der Emporkömmlinge

auf diesem Ball abheben wie eine Lilie von der Überfülle eines bunten Blumenbeets.« Die große, knochige Gestalt von Gräfin Isabella war in schlichtes Hellblau gehüllt; als Schmuck trug sie dunkelblaue Saphire.

Prinzessin Mathilde lachte. »Gemeinsam werden wir wie Vergißmeinnicht und Lilie sein, und vergessen wird man uns bestimmt nicht!« Gefolgt von der Gräfin wandte sie sich zum großen Saal. Als sie eintrat, begann das Orchester zu spielen – Violinen, maurische und italienische Gitarren, Lauten und Tschinellen. Das leise Klappern von Kastagnetten durchdrang den Klang des dreisaitigen drehorgelähnlichen Instruments, das von zwei Musikern bedient werden mußte: Einer drehte die Kurbel, und der andere spielte auf einer Saite die Grundmelodie mit, während die Trommel alles mit einem gelegentlichen dumpfen Schlag untermalte.

Angesichts der prächtigen Verwandlung, die sie im großen Saal bewirkt hatte, konnte Prinzessin Mathilde ein Gefühl des Stolzes nicht unterdrücken. Das gesamte Geländer, das entlang der Galerie im Zwischengeschoß verlief, war mit frischem Grün geschmückt, das hie und da von roten und weißen Rosen durchbrochen wurde. Der gleiche Schmuck fand sich auch unter den Balkonen, wo er die Wände bis zum rosafarbenen Marmorfußboden herab bedeckte. An den Wänden standen vergoldete Stühle und Tischchen. Zwischen Grün und Blumen waren kleine Öllampen aus rotweißem Glas so geschickt festgesteckt, daß nichts sie in Brand setzen konnte. Die Wirkung war traumhaft, und der Duft der Rosen, vermischt mit dem Geruch der parfümierten Lampen, bezauberte die Sinne.

Ein helles Feuer loderte orangerot im Kamin an der vierten Wand des Saals. Über dem riesigen Sims war die Fahne König Karls angebracht; darum herum waren in der Rangreihenfolge, die das Protokoll vorschrieb, die Fahnen aller adligen Familien des Königreiches angeordnet. Genau davor hatte

man ein mit einem roten Teppich bedecktes Podest für den königlichen Thron aufgebaut, und auf beiden Seiten davon standen riesige Blumenständer aus Messing, die rote und weiße Rosen enthielten. An allen vier Ecken befanden sich mehrarmige Messingleuchter, in denen Kerzen flackerten.
Der hochlehnige Thron aus kunstvoll geschnitztem Mahagoni war mit goldfarbigem Stoff und rotem Samt gepolstert. In die Armlehnen war ein Mosaik aus Perlmutt, Ebenholz, Rubinen und Smaragden eingelegt. Auf dem Fußschemel davor lagen das königliche Zepter und das große Schwert der Könige von Navarra in seiner goldenen Scheide. Der Griff des Schwerts war mit Rubinen und Smaragden besetzt. Auf diesem Thron empfing der König nur andere Könige und ausländische Gesandte. Da die Gesandten als Vertreter ihrer Monarchen gekommen waren, standen sie auf einer Stufe mit ihrem Gastgeber und mußten nicht vor ihm niederknien. Statt dessen genügte es, wenn sie sich dreimal tief verbeugten, sich dann dem Thron näherten und die Hand des Königs küßten. Der kleinere Sessel neben dem Thron war für Prinzessin Mathilde vorgesehen, da sie die ranghöchste Dame bei Hofe war. Rechts hinter dem Thron standen für gewöhnlich Graf Gaston und die anderen Ratgeber des Königs.
Prinzessin Mathilde schritt durch den Raum und grüßte mit einem anmutigen Kopfnicken die Bediensteten, die ehrfurchtsvoll einen Schritt zurücktraten, und nahm die bewundernden Komplimente der reich gekleideten Ratgeber entgegen. Als sie den langen Marmorkorridor betrat, der zum Vorzimmer führte, hörte sie bereits Stimmengewirr. Der Haushofmeister eilte auf sie zu, verbeugte sich tief und kündigte an, daß der König bald eintreffen würde. Auf dieses Zeichen hin stellten sich die ranghöchsten Prinzen und Grafen im Gang an den Wänden entlang auf.
Das Vorzimmer, in dem es von Menschen wimmelte, war mit seinem glitzernden Lichtermeer von Fackeln und Leuchtern

ein prächtiger Anblick. Die halbkreisförmige Decke war mit bunten Fresken verziert. Die Damen trugen Juwelen, lange, enganliegende Gewänder in Blau, Violett, Burgunderrot, Grün und Gold, manche davon mit Kapuzen oder Umhängen aus spanischer oder Brüsseler Spitze. Die großen Gemmen der Herren waren nicht minder prunkvoll. Alle Prinzen, Adligen und ihre Damen hatten sich in ihrer Eleganz selbst übertroffen.

»Unsere Prinzessin Leona sieht heute abend so hinreißend aus, daß es wahrscheinlich nicht lange dauern wird, bis sich einer hinreißen läßt«, bemerkte Prinzessin Mathilde hinter ihrem Fächer zu Gräfin Isabella.

Die Männer trugen enganliegende, gegürtete, juwelenbesetzte Wämser mit langen, weiten Ärmeln und dazu Untertuniken über dunklen Strumpfhosen aus durchscheinendem Stoff. Der stattliche Prinz Ferdinand, der mit seiner olivfarbenen Haut, seinen feinen Zügen und dem dunklen Schnurrbart wie ein spanischer Freibeuter aussah, war in ein hellbraunes Wams mit Säumen aus braunen Turmalinen und dunkelbraune Strumpfhosen gewandet. Er verbeugte sich tief vor Prinzessin Mathilde, als er ihr Platz machte. Sie verabscheute sein spöttisches Lächeln, das sie daran erinnerte, daß sie sich zu leicht hatte erobern lassen, wenn auch nur für eine Nacht.

Das Stimmengewirr wurde vom Schall der Trompeten unterbrochen, die den König ankündigten. Der großgewachsene erste Herold, der an der Tür zum Vorzimmer stand, klopfte dreimal laut mit seinem goldgefaßten Ebenholzstab auf den Boden. Auf der Stelle trat Ruhe ein. »Platz da, Platz da König Karl Champagne, Herrscher des Königreichs Leon y Navarra!« Seine durchdringende Stimme hätte selbst Donnergrollen übertönt.

Die Menge teilte sich und machte einen Gang im breiten Korridor frei. Die Prinzen und Grafen beeilten sich, die Plätze einzunehmen, die das Protokoll ihnen vorschrieb.

Prinzessin Mathilde ging gemächlich, gefolgt von Gräfin Isabella, zur Tür zum Vorzimmer. Als sie den König erblickte, blieb sie stehen. Gleich hinter ihm schritt der stolze Graf Gaston, gefolgt vom prächtig gewandeten Hofstaat. Der König trug eine schwarze Tunika aus Samt, die so reich mit Rubinen, Perlen, Smaragden und Saphiren besetzt war, daß man meinte, sie sei gänzlich aus Juwelen gewirkt. Weiße Strumpfhosen umhüllten seine massigen Schenkel. Das lange, schwarze Haar unter der goldenen Krone war ordentlich zurückgekämmt. Auf jeder der neun Zacken prangte ein wertvoller Edelstein, in der Mitte funkelte ein weißer Topas. Ruhig und würdevoll schritt der König einher.
Als Prinzessin Mathilde, wie stets bei solcher Gelegenheit, vor ihm niederkniete, war sie tief beeindruckt von der majestätischen Erscheinung König Karls des Bösen.

Am Vorabend, um Mitternacht – der schwache Hall der Trompeten, der vom Palast auf dem gegenüberliegenden Hang herübergedrungen war, hatte die Stunde verkündet – war die verschleierte Pilar plötzlich wieder aus den wirbelnden Nebeln ihrer Zaubersprüche aufgetaucht. Als sie den Kopf mit dem schwarzen Tuch darauf hob, sah sie aus wie ein großer Vogel. »Heute ist nicht die richtige Zeit«, murmelte sie. »Die Geister sind in einem anderen Haus. Wir müssen es morgen wieder versuchen.«
Vor lauter Enttäuschung war Zurika fast übel geworden, aber nun war der verheißene Abend des nächsten Tages gekommen. Wieder schallte der Klang der Trompeten vom Palast herüber. Zurika stand inmitten eines Kreises von schwarzen Kerzen und blickte ängstlich auf ihre Großmutter, die wieder Zaubersprüche vor sich hin murmelte. Womöglich würde Pilar wieder den Kopf heben und das Ritual erneut verschieben. Das wäre für Zurika mehr als nur eine schreckliche Enttäuschung gewesen; es hätte ihr Angst eingejagt, weil es

vielleicht bedeutete, daß ihre eigene Gegenwart die Geister fernhielt.

Pilar beschwor die Geister stets in den Wohnungen derer, die sie um Hilfe angingen, um Unglück abzuwenden, eine schwere Krankheit zu heilen oder sich von bedrückenden Ängsten zu befreien. Zwar nahm sie Zurika immer zu diesen Besuchen mit, gestattete ihr aber nicht, der tatsächlichen Geisterbeschwörung beizuwohnen.

Die Männer behaupteten, daß Pilar sich manchmal mitten in der Nacht davonschlich, um auf dem Friedhof oder jenseits des Berges die Geister zu beschwören. Allerdings glaubte Zurika diese Geschichten nicht. Nicht einmal die katholischen Priester oder die moslemischen *imame* würden sich nach Mitternacht auf den Friedhof wagen, um ihren Glauben auf die Probe zu stellen. Da es das erstemal war, daß Zurika einer Geisterbeschwörung beiwohnen sollte, hatte sie die Zeit seit dem vorausgegangenen Abend in banger Erwartung, Neugier, Argwohn und manchmal sogar grundloser Furcht zugebracht. Was würde die Kristallkugel ihr enthüllen? Würde die Beschwörung auf irgendeine Weise Einfluß auf ihre geistige Gesundheit haben? Sie hatte schon von Menschen gehört, die durch ein solches Erlebnis erkrankten, den Verstand verloren oder sogar starben. Würde sie ihre Seele dem Teufel überschreiben, wenn sie sich an einem Ritual beteiligte, das in den Augen Gottes vielleicht ein Götzendienst war?

Doch jedesmal war es Zurika gelungen, ihre Ängste zu verscheuchen, denn sie hatte Vertrauen zu ihrer Großmutter. Pilar liebte sie und würde ihr niemals Schaden zufügen. Aber da waren noch die schwarzen Kerzen. Warum schwarze?

Als der Schall der fernen Trompeten Zurikas Ohr erreichte, war es ihr, als habe sie nur zwischen diesen beiden Trompetensignalen gelebt. Was sie verband, waren die wirbelnden, unsichtbaren Nebel der Zaubersprüche Pilars, jenen von ge-

stern und jenen von heute, die ihr in all den dazwischenliegenden Stunden in den Ohren gehallt hatten.
Plötzlich war es bitterkalt in der Höhle geworden, und Zurika zitterte, während sie inmitten des rechten Kreises aus sieben schwarzen Kerzen stand und wartete. Die gelben Flammen flackerten jedesmal, wenn ein Windstoß durch die Ritzen des ledernen Vorhangs strich. Ein Figürchen, das einen Paten darstellte, der sich, wenn nötig, in Majo verwandeln würde, lag in der Mitte des zweiten Kreises aus sieben schwarzen Kerzen. Zurikas Gedanken wirbelten im Kreis herum, und allmählich löste sie sich von ihrer eigenen Persönlichkeit und wurde zu Pilars willenlosem Werkzeug.
Pilar verstummte und streckte sich quer über die Bettstatt aus. Ihr graues Haupt, das über die Bettkante hinausragte, wurde durch ein Kissen gestützt, das auf der umgedrehten hölzernen Bank ruhte. Ihre mageren Beine hingen über die gegenüberliegende Bettkante. Auf ihrer verschrumpelten Brust lag ein weißes Tuch mit dem Kreuz, das sie von der Wand genommen hatte, und auf ihrem nackten Bauch ruhte ein silberner Kelch.
Einige Minuten herrschte Schweigen, das nur von Pilars schwerem Atmen unterbrochen wurde. Dann begann Pilar, mit ihrer hohen, zitternden Stimme die Beschwörungsformel zu singen.
»O Geister der Toten, o Og, Gog, Magog, o Petrus, Jakobus, Johannes, o heilige Jungfrau Maria, erhört das Gebet einer wahren Gläubigen, die sich der Macht, der Kraft, dem Licht des göttlichen Jesus Christus anheimgibt.«
Zurikas Blick haftete wie gebannt auf der Kristallkugel. Auf einmal begann diese zu glitzern, ganz als ob sie ihr zublinzelte. Pilars Zaubersprüche, die durch die Nacht hallten, hüllten Zurika bald völlig ein, löschten den Rest der Welt aus. Der Klang drang ihr bis ins Gehirn, und das Blinken der Kugel wurde langsam zum Blinzeln von Augen, von tausenden klei-

ner Augen. Alle schienen sie Zurika lächelnd einzuladen. Wozu?
»Tut mir kund, was in dem ewigen Kristall liegt, in den Regenbogenfarben des Himmels. Gebt mir den Blick, den blicklosen Blick, enthüllt mir die Quellen der Wahrheit, die ich suche ...«
Zurika hörte die Worte wie aus weiter Entfernung. Die Erde wich vor ihr zurück. Sie war nicht länger ein Körper, nur noch Seele, die durch ein Paar Augen blickte, die nicht die ihren waren, sondern zu den tausend glitzernden Augen im Kristall gehörten.
Das Rufen einer Eule unterbrach Pilars plötzliches Schweigen. Das Schwirren von Fledermausflügeln schmerzte in Zurikas Ohren, und ein Todesgeruch wehte sie an. Doch sie fürchtete sich nicht davor, denn sie wußte, daß er von der Mischung aus Samen, Menstruationsblut und Fledermausblut stammte. Mit dem klaren Plätschern von Wasser drang auch ein Hauch frischer Luft zu ihr herüber, der den Gestank mit dem Duft von Kampfer überdeckte. Zurikas Seele, nicht ihr Gehirn, sagte ihr, daß Pilar Weihwasser aus dem Kelch ausgegossen hatte, um den Gestank der bösen Geister zu vertreiben, die von der Mixtur angezogen wurden.
»O göttliche Freude! Heilige Maria, heiliger Jesus, alle Heiligen haben meinen Zauber von bösen Geistern gereinigt, die von der unreinen Mischung aus Blut und Samen angezogen wurden, in der Hoffnung, geheiligt in den Sabbat einzuziehen.«
Zurikas Seele jubelte in Verzückung. Ich habe einen jungfräulichen Körper, eine jungfräuliche Seele, einen jungfräulichen Geist. Klar und rein wie Weihwasser.
»O Jesus, Maria, o ihr heiligen Jünger, o gesegnete Heilige, gebt diesem jungfräulichen Körper, dieser jungfräulichen Seele, diesem jungfräulichen Geist die Gabe zu sehen ...«
Auf unerklärliche Weise ist Pilar in meine Gedanken einge-

drungen, erkannte Zurika, oder meine Gedanken sind in sie eingedrungen, sie, die einen Zauber über mich verhängt hat. Sie hat die Macht zu enthüllen, ich habe die Macht zu sehen. Nicht Pilar wird in die Zukunft blicken, sondern ich selbst.

Die tausend Augen des Kristalls begannen umherzuwirbeln, und Zurika schwindelte. Die tanzenden Lichter verschmolzen und wurden eins. In der Mitte des glitzernden, wirbelnden Körpers entstand ein Hohlraum, und eine menschliche Gestalt erschien. Es war ein prächtig gekleideter Mann. Sein Gewand aus goldfarbigem Stoff war mit Edelsteinen besetzt, und auf seinem Kopf saß ein goldener Turban, in dessen Mitte ein Rubin funkelte. An der Seite trug der Mann ein großes goldenes Krummschwert und an den Füßen juwelenverzierte Schuhe. Von ihm ging ein Glanz aus, der das Funkeln des Kristalls überstrahlte.

Er hat kein Gesicht.

Tränen flossen Zurika die Seele hinab.

Nichts hat sich verändert. Hier steht der Prinz meiner Träume, aber er hat immer noch kein Gesicht.

»Enthüll ihn ihr ... enthüll deiner Magd sein Gesicht ... enthüll deiner Dienerin, wer er ist ... nimm gnädig die Tränen einer Jungfrau an, so klar wie Kristall. Laß die Tränen ihrer Seele dein Herz erweichen ...«

Woher weiß Pilar, was ich gesehen habe? Woher kennt sie die Tränen meiner Seele? Warum hat sie sich von ihrem Bett erhoben?

Der Todesschrei der weißen Opfertaube gellte Zurika in den Ohren. Pilars scharfer Blick traf stechend ihre Augen. Das Wirbeln hörte auf, und die Gestalt des Prinzen trat kristallklar hervor.

Ich sehe sein Gesicht. Endlich sehe ich sein Gesicht. O göttliche Freude!

»Tanz für mich«, sagte der Prinz. Seine Stimme war so klar

wie der Kristall, dem er entstiegen war, und so sanft wie Tau auf dem Gras.
Dann erschien hinter ihm ein weiteres Gesicht; älter, ausgemergelt, weißhaarig und ehrfurchtgebietend.
Wie kann das sein? Gibt es zwei Prinzen für mich? Hat mein Prinz zwei Gesichter?
Die Verzückung in Zurikas Kopf erreichte ihren Höhepunkt. Ihr schwanden die Sinne.

Um Mitternacht war der große Ball in vollem Gange, und mit jedem Tanz wurden die Gespräche lauter und angeregter. Aus dem Korridor und dem Vorzimmer drang das dröhnende Gelächter der Gäste, die inzwischen eifrig dem Wein und dem guten Essen zugesprochen hatten. Besonders das polternde Lachen des hünenhaften Grafen Fernando zerrte an Prinzessin Mathildes Nerven.
Sie hatte festgelegt, daß die höfischen Tänze, die elegante *volta*, der langsame und gesetzte *danse basse*, der *cotillion* und selbst die *caudrilla* in der ersten Hälfte des Abends stattfinden sollten. Jetzt war die Zeit für eine ausgefallene neue Vergnügung gekommen: für den andalusischen *fandango*, einen alten spanischen Tanz, der eigentlich von den Mauren stammte und sich noch nicht in Spanien und dem übrigen Europa durchgesetzt hatte.
Sie stand gerade auf dem Podest und plauderte mit Graf Gaston, als die Palasttrompeten laut die Stunde verkündeten. Noch ehe die letzten Töne verklungen waren, fiel das Orchester in den Dreidritteltakt des *fandango*. Eine nasale Stimme klang von der Balustrade, und das Tänzerpaar, das sie bestellt hatte, wirbelte auf den nun leeren Tanzboden und begann zu tanzen und dabei zu singen. Die Frau trug ein langes Kleid mit schwarzen und weißen Bändern; bei jedem Schritt drehte sich ihr Rock. Der Mann war mit enganliegenden Hosen, einem kurzen, perlenbesetzten Wams und hohen Stiefeln be-

kleidet. Jedesmal wenn die Musik plötzlich innehielt, verharrten die beiden Tänzer reglos wie Standbilder. Prinzessin Mathilde hatte sogar dafür gesorgt, daß einige Höflinge und Hofdamen die Schritte lernten, und so tanzte und sang bald Paar um Paar zum Klang von Gitarren und Kastagnetten. Jedes tanzende Paar erntete tosenden Beifall.

»Eine großartige Eingebung, Prinzessin!« murmelte Graf Gaston, und seine tiefliegenden, dunklen Augen funkelten.

»Sei bedankt, Graf.« Doch Prinzessin Mathilde war mit den Gedanken nicht bei der Sache.

In all den Jahren hatte sie nur selten und auch dann immer nur sehr kurz mit Graf Gaston allein gesprochen. Sein öffentliches Leben war aller Welt bekannt und hielt den prüfenden Augen des Hofes stand. Auf seinen Reisen hatte er eine nordische Prinzessin namens Ingemar geheiratet, die vor zehn Jahren im Kindbett gestorben war und ihn ohne Nachkommenschaft zurückließ. Für Graf Gaston war Ingemar, ganz so wie Graf René für Prinzessin Mathilde, die Liebe seines Lebens gewesen, und daß die beiden nun dieser Liebe die Treue hielten, knüpfte ein Band zwischen ihnen. Doch dort endeten die Gemeinsamkeiten bereits. Ganz anders als Prinzessin Mathilde hatte sich Graf Gaston von den Menschen zurückgezogen. Er erfüllte seine Pflichten gegenüber seinen Vasallen und seinen Lehen und erschien wie immer bei Hofe. Doch niemandem gelang es, ihm nahe zu kommen oder herauszufinden, was für ein Mensch er in den Jahren geworden war. Falls ihn seine verlorene Liebe immer noch bedrückte, zeigte er das jedoch nie. Einzig Prinzessin Mathilde hatte das Gefühl, daß ein tiefer Friede sein Herz erfüllte. Ein Friede, der nur daher rühren konnte, daß er eine entsetzliche Seelenpein niedergerungen hatte, auch wenn er sie vielleicht noch nicht hatte überwinden können.

Nun war die Zeit für sie gekommen, sein Geheimnis zu lüften, denn sowohl ihr Verstand als auch eine leise Vorahnung sagten ihr, daß Graf Gaston in Zukunft für den König eine bedeutende Rolle spielen würde. Nicht nur als Kanzler, sondern auch als Mann. Der Graf war der Inbegriff des Ehrenmannes, verstand sich glänzend auf die Verwaltung der Staatsgeschäfte und war genau die Art von Berater, die ein zukünftiger Kaiser Karl brauchen würde, um seine weitverstreuten Ländereien zu regieren. Prinzessin Mathilde hatte vor, alle wichtigen Berater des Monarchen eigenhändig auszuwählen. Nicht nur, weil sie ihrer eigenen Urteilskraft vertraute – selbst die Ernennung von Graf Gaston zum Kanzler war auf ihren Rat zurückzuführen –, sondern auch, weil sie auf diese Weise die Zügel in der Hand behalten würde. Freudig würde sie dem Menschen, den sie am meisten liebte, den Ruhm der Kaiserwürde überlassen, denn sie wußte, daß König Karl sich nur nach eben diesem Ruhm sehnte. Gleichzeitig war sie davon überzeugt, daß nur sie allein die Macht zu seinem Vorteil steuern konnte.

Der Inbegriff des Ehrenmannes! Dieser hochgewachsene Edelmann mit dem Raubvogelgesicht, der sein Schwert mit weißem Satin umhüllt trug, verkörperte dieses Ideal. Würde er bereit sein, sich an einigen der Machenschaften zu beteiligen, die sie im Auge hatte? Beispielsweise der Beseitigung von König Pedro, nachdem König Karl seine Tochter, Prinzessin Beatrice, geheiratet hatte, und das maurische Königreich Granada erobert war? Obwohl sie manchmal einen Anflug von Bedauern bei dem Gedanken verspürte, daß Karl eine ständige Bettgespielin haben würde, befürchtete sie nicht, daß eine siebzehnjährige Jungfrau irgendeinen Einfluß auf ihn gewinnen oder seine Vertraute werden konnte. Auch nicht, wenn sie die Tochter einer Frau wie Maria de Padilla war, die immerhin ungeahnte Treue und Hingabe bei König Pedro geweckt hatte. So junge Frauen waren zwar amüsant, hatten allerdings nicht das Format, ihrem Gatten mit Rat und Tat zur Seite zu stehen.

Graf Gaston verbeugte sich. »Darf ich um diesen Tanz bitten, Prinzessin?« fragte er.
Er war ein anmutiger Tänzer, der offenbar Rhythmus im Blut hatte, und sie hätte nur allzugern seiner Bitte entsprochen. Aber heute nacht hatte sie andere Pläne. Sie wedelte sich mit ihrem Fächer aus grauen Taubenfedern Kühlung zu. »Ich würde ja zu gerne«, antwortete sie, »aber weißt du, womit du mir wirklich eine Freude machen könntest?«
»Ich stehe zur Verfügung, Prinzessin.«
»Es ist bedrückend heiß hier, und ich brauche frische Luft.« Sie lächelte ihn an. »Selbst wenn es nur kalte Winterluft ist. Würdest du mich also in den Garten begleiten? Ich verspreche dir einen *fandango*, sobald wir zurückkommen.«
Er verbeugte sich wieder. »Es ist mir eine Ehre, Prinzessin. Laß mich nur zwei Mäntel holen.« Er gab einem Bediensteten ein Zeichen, als ob ihre Bitte die gewöhnlichste der Welt gewesen wäre.
König Karl befand sich mitten im Ballsaal und tanzte mit der bestellten Tänzerin. Von Kindheit an hatte man ihn das Tanzen gelehrt, und er war wie die meisten massigen Männer erstaunlich leichtfüßig. Sein Gesicht war gerötet, und er amüsierte sich großartig.
Als sie sich einen Weg durch die Gäste bahnten, folgten ihnen neugierige Blicke. Graf Fernando kam auf sie zu, verbeugte sich und küßte ihr die Hand. »Bezaubernd ... ein großartiger Ball!« rief er laut aus und legte eine riesige Hand auf sein Herz. Er hatte schon einiges getrunken und setzte an, um einen Witz zum besten zu geben. »Dieser Ein ... Einfall mit dem *fandango*«, er legte Daumen und Zeigefinger zusammen. »Einfach großartig.« Er hielt inne und bemühte sich, ihr geradewegs ins Gesicht zu sehen. »Willst du mich heiraten, Prinzessin?«
Das war ihr übliches Geplänkel, das alle am Hofe kannten, und sie gab ihm die gewohnte Antwort. »Gewiß, Graf. Nenn deine Waffen. Meine Sekundanten werden dich aufsuchen.«

»Ha! Ha! Ha! Ha!« Ein brüllendes Gelächter, begleitet von einer Wolke weindunstenden Atems, schlug ihr ins Gesicht, als sie, gefolgt von Graf Gaston, weiterging. Sie schritt voran durchs Vorzimmer und den Seitenkorridor, der zu den königlichen Gemächern führte, wo es einen eigenen Garten gab. Draußen war es kalt und klar. Am nächtlichen Winterhimmel funkelten die Sterne wie Kristalle durch ein Dach aus kahlen Zweigen. In der reinen Luft lag der Geruch von Holzasche. Aus dem Tiergarten des Königs, der ungefähr hundert Meter entfernt lag, hörte man einen Leoparden husten. »Er friert, der Arme«, bemerkte Prinzessin Mathilde, während sie an den dunklen Umrissen der Käfige vorbeigingen. »Wie du weißt, stammt er aus dem Osten, und das Klima hier eignet sich nicht für ihn.«
»Sicherlich genausowenig wie die Gefangenschaft.«
Diese Worte waren leicht dahingesagt, aber sie erregten trotzdem ihre Aufmerksamkeit. »Verurteilst du es, daß man wilde Tiere in Käfigen hält?« fragte sie und nahm seinen Arm.
Er blieb stehen, wandte den Kopf und blickte zu ihr hinunter. »Wünschst du ein ernstes Gespräch, Prinzessin, oder möchtest du nur ein wenig plaudern?«
»Die Frage war ernst gemeint, Graf.«
»Nun denn. Ich gebe mir Mühe, die Dinge weder zu beklatschen noch zu verurteilen.«
Sie war verblüfft. »Und deine Vorlieben, Abneigungen, dein Geschmack?«
»Die kann ich ausdrücken und gegebenenfalls auch genießen – selbst meine Abneigungen –, ohne gleich ein Urteil zu fällen.«
König Karl hatte ihr zwar bereits erzählt, wie tiefsinnig Graf Gaston werden konnte, doch nach diesem Ausspruch fragte sie sich, ob ihr nicht etwas entgangen war, weil sie ihn nie besser kennengelernt hatte. Welch eine Abwechslung nach

all dem oberflächlichen Geschwätz bei Hofe! »Erregen also Tiere in Gefangenschaft dein Mißfallen oder nicht?«
»Mir gefallen alle Tiere. Sie sind berechenbarer als Menschen. Aber mir mißfällt es, wenn irgendein Lebewesen, sei es Mensch oder Tier, eingesperrt ist. Tiere und Menschen sollten so frei sein, wie Gott sie geschaffen hat.«
»Glaubst du das wirklich? Ist nicht alles auf dieser Erde dazu geschaffen, daß der Mensch sich daran erfreut? Und sind nicht die Vasallen Gefangene ihrer Dörfer, zum Nutzen ihrer Herren?«
»Von allen Menschen würdest du das am allerwenigsten wirklich glauben, Prinzessin. Du hast viel zu große Achtung vor den Menschen.« Seine Lippen unter dem schwarzen Schnurrbart entblößten blendend weiße Zähne. »Obwohl das nicht unbedingt immer berechtigt ist.«
Ein Schauder überlief sie. Kannte dieser Mann sie besser als sie ihn? Das gefiel ihr gar nicht, denn es bedeutete, daß sie ihn nicht in die von ihr gewünschte Richtung lenken konnte. Sie blickte zu ihm hoch und musterte prüfend sein Raubvogelgesicht. Hatte sie da nicht einen Anflug seiner alten Seelenqual gesehen? »Es geht nie ganz vorbei, nicht wahr?« fragte sie sanft.
»Nein«, antwortete er ohne Umschweife und blickte ihr fest in die Augen. »Wie du selbst nur allzugut weißt.«
Sie wandte den Blick ab, starrte in die Dämmerung und dachte an Prinz René; sie konnte den Grafen gut verstehen.
»Es gibt Augenblicke, Gott sei Dank nur gelegentlich, in denen man das Gefühl hat, als sei es erst gestern geschehen.«
»Und doch ist es nicht dasselbe, ob uns ein Schicksalsschlag heute ereilt oder bereits längere Zeit zurückliegt, denn die grausame Wirklichkeit kommt einem erst später zu Bewußtsein.«
»Wir hätten dieses Gespräch schon vor Jahren führen sollen. Ich bedaure, daß ich nie den Anfang gemacht habe.«

»Es hat nur heute geschehen können«, erwiderte er geheimnisvoll.
Was mochte er wohl damit meinen? Wußte er etwa von ihren Plänen, ihren Beweggründen? Nein, das war ausgeschlossen.
»Bist du, so wie ich, auch manchmal einsam?« fragte sie. »Ich meine die Einsamkeit der Seele, die sich nach der Nähe eines bestimmten Menschen sehnt, der neben einem steht, ohne zu sprechen.«
»Nein. Die Einsamkeit ist meine wahre und ständige Begleiterin. Ich versuche, mich nicht nach den Dingen zu sehnen, von denen ich beschlossen habe, daß ich sie nicht brauche.«
»Du hast beschlossen, sie nicht zu brauchen?« Gegen den ungläubigen Ton in ihrer Stimme war sie machtlos.
»Gewiß, Prinzessin. Entscheiden wir nicht immer, was wir brauchen und was nicht? Unsere größte Schwierigkeit ist doch, daß es uns nicht gelingt, unsere Wünsche in den Grenzen dessen zu halten, was wir auch bewirken können. Und die Schwierigkeiten werden um so größer, wenn wir rücksichtslos für die Befriedigung überflüssiger Bedürfnisse kämpfen. Nicht wegen des Leidens jener, die wir auf unserem Weg zur Seite stoßen, sondern weil wir uns selbst damit nichts Gutes tun. Vor fast achthundert Jahren hat ein weiser östlicher Philosoph, der sich Buddha oder der Erleuchtete nannte, festgestellt, daß die Begierde der Grund allen Leides ist. Denn Begierde führt dazu, daß man sich an etwas klammert, und dies wiederum führt zu Leid.«
»Und du glaubst diese heidnische Philosophie?« In ihrer Frage lag kein Tadel. Ein plötzlicher Windstoß wehte Musik aus dem Ballsaal zu ihnen herüber. Prinzessin Mathilde fröstelte, zog mit ihrer freien Hand den Umhang enger um sich und glaubte, Graf Fernandos brüllendes Gelächter zu hören.
»Als Heidentum bezeichnen wir alles, was den orthodoxen Lehren unserer Kirche widerspricht. Ich kann nichts finden, worin die Lehren des Buddha unserer christlichen Lehre

widersprechen würden. Manche seiner Worte weisen eine starke Übereinstimmung mit der Bergpredigt unseres Herrn auf, und manche ergänzen unsere Lehre, ohne ihr dabei zu widersprechen.«

»Und woran glaubst du, Graf?«

»Man nennt mich einen Christen, aber das ist nur ein Name.« Ohne es zu wissen, hatte er das richtige Wort gewählt. »Ach, die Namen. Das Banner der Zauderer.« Nun hatte sie zwar schon einiges über ihn herausgefunden, aber es gab noch vieles, was sie niemals erfahren würde. Nicht etwa, weil der Graf ein Geheimniskrämer war, sondern weil er nie auf den Gedanken kommen würde, mehr von sich zu erzählen.

»Ich gebe mir auch Mühe, nicht ständig über mich selbst nachzudenken«, fuhr er fort und griff damit auf unheimliche Weise ihren Gedanken auf. »Und deswegen kann ich nicht beantworten, wer ich wirklich bin. Es ist auch nicht wichtig. Ich bin, nur das zählt.«

Er dachte erstaunlich ähnlich wie sie. »Ich stimme zu«, antwortete sie und erinnerte sich dabei an das Gespräch, das sie vor einigen Monaten mit König Karl geführt hatte.

»Ich bemühe mich einfach nur um Vollkommenheit in allem, was ich denke, sage oder tue«, fügte sie hinzu, und bewahrte sie damit höflicherweise davor, durch Fragen ihren Wissensdurst stillen zu müssen. »Selbst in den ganz einfachen Dingen, wie zum Beispiel in der Art, wie ich mein Schwert trage. Also ist es mein ganz persönlicher Weg der Vollkommenheit, den ich Gott in der Hoffnung anbiete, daß er ihm im Licht seines göttlichen Wissens über meine Person annehmbar erscheint.«

»Liegt dir etwas an dir selbst, liebst du dich? Es heißt, dies wäre die erste Voraussetzung dafür, auch andere zu lieben.«

»Glaubst du das im Ernst, Prinzessin?«

»Nein.«

»Ich auch nicht. Ganz im Gegenteil – ich bin der Ansicht,

wenn ich mich selbst lieben würde, wäre ich davon so in Anspruch genommen, daß keine Zuneigung für meine Mitmenschen mehr übrigbliebe. Mich langweilt jede Art von Selbstbetrachtung, und ich überlasse sie lieber den Heiligen, die für gewöhnlich im Gefühl ihrer eigenen Minderwertigkeit befangen sind. Und dieses Gefühl gebiert die Zauderer, die Höflinge und ... äh ... die Liebenden.«
Sie lachte auf. »Das war gesprochen wie ein wahrhaft tapferer Mann«, stellte sie fest. »Du und ich, wir haben solche Selbstbetrachtung nicht nötig, die erbärmliche Eigenliebe, die sich aus ihr ergibt – und aus der sie ursprünglich erwachsen ist!«
»Ich fühle mich geehrt, daß du diese ... äh ... Feststellung auf uns beide beziehst, Prinzessin.«
»Gut gekontert, Graf.« Das genügte. In Zukunft würde sie die Gesellschaft von Graf Gaston genießen und auf seine Begabungen und Fähigkeiten zurückgreifen; aber sie würde ihn niemals nach ihren Wünschen beeinflussen können. Er würde stets dem Ruf seines Gewissens folgen. »Du bist ein bemerkenswerter Mann, Graf Gaston.« Sie meinte, was sie sagte. »Es wird kühler. Sollen wir wieder hineingehen?«
Sein Lächeln wirkte fast wie das eines kleinen Jungen, und um seine Augenwinkel bildeten sich Lachfältchen. »Gewiß, Prinzessin. Ich könnte es nicht ertragen, wenn du wie der eingesperrte Leopard zur Gefangenen der kalten Nachtluft würdest.«

6. Kapitel

Pedro der Grausame blickte beinahe freundlich auf den scharlachrot gewandeten Bischof Eulogius, der ihm steif am geschnitzten Schreibtisch im Studierzimmer im Palast von Toledo gegenübersaß. Der pummelige Kirchenmann hatte seinen Teil des Handels erfüllt und die Ehe auf Zeit zwischen Kastilien, Navarra, Katalonien und Aragon geschlossen, indem er ihre Könige rasch nach Toledo gerufen hatte. Nun hatten sich alle zu einem morgendlichen Gespräch versammelt. Dieser kleine Dreckskerl von einem Bischof hat sich die versprochenen Lehen und gewisse begehrenswerte Jungfrauen wirklich verdient, dachte König Pedro.
»Ihr Könige habt euch heute in der Gnade Gottes hier versammelt«, verkündete der Bischof in seinem Singsangton. »Wahrlich, wir alle sind vereint dank des christlichen Glaubens und meiner persönlichen Bemühungen als Werkzeug der heiligen Kirche.«
Selbstverständlich mußt du dich damit brüsten, dachte König Pedro. Du hast es nötig zu betonen, daß du die Einigkeit bewirkt hast, und nicht etwa die heilige Kirche. Und ›Bemühungen‹ ist auch ein passendes Wort, da die Kirche sich doch niemals einmischt! Nun, vielleicht hast du die Einheit der Christen erreicht, aber ich allein werde an ihrer Spitze stehen.
König Pedro verschloß absichtlich seine Ohren vor dem Singsang des Geistlichen, während er die anderen Männer in seinem Arbeitszimmer eingehend musterte. Die Eichentäfelung an den Wänden schimmerte in der silbernen Morgensonne, die durch das offene Fenster drang. In ihrem hellen

Licht traten die Ölbilder mit den Stierkämpfen deutlicher hervor. Ganz im Gegensatz dazu klang das Zwitschern der Spatzen und das Gurren einer Taube im Garten sanft, gedämpft und beruhigend.
Obwohl es nur sechs Gäste waren, die christlichen Könige mit ihren Kanzlern, die alle am gestrigen Abend in Toledo eingetroffen waren, wirkte der kleine Raum überfüllt. Karl der Böse von Navarra, dessen massiger Körper in einer roten Tunika und ebenfalls roten Hosen steckte, beherrschte den Raum. Die Geltungssucht stand ihm ins Gesicht geschrieben. Im Gegensatz dazu war seinem Kanzler Graf Gaston, der schlank und glatt wie die Klinge eines Schwertes wirkte, nicht anzumerken, was er dachte oder empfand. Der in weiße Seide gewandete Baske wirkte so elegant wie sein königlicher Herr geschmacklos.
»Wer ist der wirkliche *deus ex machina*, Bischof?« fragte Graf Gaston jetzt. »Die Heilige Kirche oder du selbst? Ich möchte wetten, daß du die heilige Kirche als *dein* persönliches Werkzeug bemüht hast!«
Bischof Eulogius setzte ein engelhaftes Lächeln auf, wobei seine blauen Augen zwischen Fettpolstern verschwanden. »Ein guter Witz, Graf Gaston«, kicherte er. »Obwohl manche eine solche Bemerkung vielleicht für Gotteslästerung halten könnten ...«
»Aber du doch nicht, Bischof. Weder du noch die heilige Kirche könnten die Wahrheit zur Gotteslästerung erklären.«
»Verdammt richtig«, grunzte König Heinrich. »Ich wäre nie auf den Ruf irgendeines Geistlichen hierhergekommen, und sei es der Heilige Vater in Avignon selbst.« Der Herrscher von Aragon war für seine Unverblümtheit bekannt. Er war ein grobschlächtiger Riese, fast breiter als hoch, mit einem riesigen Schädel, der halslos auf ungeheuer breiten Schultern thronte, was ihn wie einen Mann aussehen ließ, der niederkauert, um sich zu erleichtern. Er war in Begleitung

von Graf Rafael gekommen, dem rosenwangigen Liebhaber hübscher Knaben, den er vor kurzem zu seinem Kanzler ernannt hatte. »Tatsächlich ist es dein Ruf, Bischof, dem ich gefolgt bin.«

König Pedro fand König Heinrichs Ausführungen ebenso plump wie seine Gestalt, aber Bischof Eulogius lächelte sichtbar erfreut.

Der König von Katalonien, der an der Längsseite des Raumes saß, steuerte zu diesem Geplänkel nur ein Hüsteln bei. Er war bei weitem der größte der anwesenden Männer. Sein hochgewachsener, magerer Körper lief in einem langen, dürren Hals aus, wo unter dem langen, schmalen Gesicht ein vorstehender Adamsapfel auf und nieder hüpfte. Wegen seiner knochigen Wangen wirkte seine Hakennase noch größer, als sie in Wirklichkeit war. Seine lebhaften Augen wanderten so wachsam im Zimmer umher, daß eigentlich nur noch der gelbe Rand darum fehlte, um ihm vollends das Aussehen eines Adlers zu verleihen. Sein Kanzler war ein schmächtiges Männchen und offenbar so listig, wie kleingewachsene Männer es oft zu sein pflegen. Ein Graf von Sowieso, dessen Namen König Pedro bereits wieder entfallen war. Wie Graf Gaston einmal bemerkt hatte, war es sinnvoller, die Namen von Wichtigtuern zu vergessen, als die von wirklich bedeutsamen Männern zu behalten.

»Wahrlich, das einmütige Vertrauen, das ihr Könige mir entgegenbringt, gibt mir den Mut, mit meinen Vorschlägen fortzufahren«, fuhr Bischof Eulogius fort. Mit seiner kleinen pummeligen Hand strich er seine scharlachrote Robe glatt, als wolle er damit jede mögliche Unstimmigkeit zwischen den Königen glätten. »Aus unerklärlichen Gründen hat Gott in seiner unendlichen Weisheit beschlossen, die heidnischen Mauren vor dem Fluch des Schwarzen Todes zu verschonen. Ich vermute, das liegt daran, daß in der Hölle weniger Plätze frei sind als im Himmel.« Er bekreuzigte sich fromm, da er den ungebührlichen Versuch unternommen hatte, eine Begründung für göttliches Handeln zu finden. »Inzwischen habe ich vom Heiligen Vater erfahren, daß in den weißen christlichen Königreichen Europas mehr als fünfundzwanzig Millionen Menschen dieser Seuche zum Opfer gefallen sind.« Er hielt inne, um die Wirkung dieser überraschenden Nachricht auf seine Zuhörer auszukosten.

König Pedro war entgeistert. Zwar wußte er, daß der Papst die Opfer des Schwarzen Todes hatte zählen lassen, aber er hätte in seinen schlimmsten Träumen nicht mit einer solchen Verheerung gerechnet. Er unterdrückte den Drang zu fluchen. In der Öffentlichkeit trug er stets ein anständiges Betragen zur Schau, denn schließlich hatte Grausamkeit die größte Wirkung, wenn man sie unter dem Deckmantel der Höflichkeit übte.

»Allein die Bevölkerung von Katalonien ist von 450 000 auf 350 000 Untertanen zurückgegangen«, warf König Philipp betrübt ein. Seine Stimme klang eigenartig tief und körperlos und schien wie bei so vielen großen, klapperdürren Menschen aus den Tiefen seines Bauches zu kommen. »Allein in Barcelona sind 10 000 Menschen an der Seuche gestorben. Deswegen wird unser Beitrag zur Einheit der Christen notgedrungenermaßen sehr gering sein.«

»Auch wir mußten Verluste durch die Pest hinnehmen«, warf König Heinrich ein. In seinem Lächeln, bei dem er gelbe Zähne entblößte, lag nicht die geringste Spur von Anteilnahme oder Mitgefühl. »Viele unserer Handwerker und kleinen Händler sind nach Süden, nach Italien und sogar bis nach Sizilien geflohen, um der Seuche zu entrinnen. Aber wir werden uns nicht von Feiglingen den Mut rauben lassen. Aragon muß seine Wirtschaft wieder auf Vordermann bringen ... damit ... es ... äh ... mehr zur Einheit aller Christen beitragen kann. Was wird unser Lohn sein, wenn wir uns an diesem Unternehmen beteiligen?« Er warf König Pedro einen durchdringenden Blick zu. »Abgesehen von der zarten Hand deiner schönen Tochter, Prinzessin Beatrice, die demjenigen winkt, der so wie mein Bruder König Karl von Navarra und ich selbst noch ledig ist.«

»Vor allem demjenigen, der das Turnier besteht«, warf König Karl knapp ein.

Die Zuträger von König Pedro hatten berichtet, der Herrscher von Navarra brüste sich bereits, daß er das Turnier gewinnen werde. Allerdings beschäftigte die Frage, die König Heinrich gerade gestellt hatte, König Pedro schon seit dem Augenblick, da er Bischof Eulogius die Einladung zu dieser Beratung hatte überbringen lassen. All diese Könige waren von Gier und Ehrgeiz beherrscht. Nur der zehnjährige Waffenstillstand hatte sie seit 1340 von einem Krieg gegen die Mauren abgehalten. Als 1348 die Pest ausbrach, hatten die christlichen Königreiche Soldaten, Geld und selbst die Willenskraft eingebüßt, Pläne für das Ende des Waffenstillstandes zu schmieden. Und jetzt war ihnen König Yusuf, dessen Königreich von der Seuche verschont geblieben war, zuvorgekommen und zum Angriff übergegangen. Alle sahen die Notwendigkeit zum Handeln, aber nur die Verheißung von Reichtümern würde sie zu Taten bewegen.

»Die christliche Einheit, die Vorherrschaft der weißen Spanier, der Nationalstolz der Iberer sind nur Vorwände, zu denen wir gegenüber unserem Volk, der Kirche und der Geschichtsschreibung Lippenbekenntnisse abgeben.« Graf Gastons Worte gaben genau das wieder, was König Pedro dachte. »Wir schaffen diese Leitbilder, um uns die Unterstützung unserer Edelleute und ihrer Vasallen zu sichern, damit wir unsere tatsächlichen Ziele erreichen. Darum sollten wir wenigstens unter uns ehrlich sein und zugeben, daß es uns hauptsächlich um Reichtum und Macht geht.«

»Wahrhaftig, Graf Gaston hat recht«, stimmte König Pedro zu. »Ich brauche euch ja nicht an die riesigen Reichtümer zu erinnern, die die Mauren im Laufe der zehn Friedensjahre in Granada aufgehäuft haben. Granada ist reich an Gold, Silber und Edelsteinen. Deswegen werden unsere Soldaten genug Beute machen, und wir Könige können die Reichtümer aus den Schatzkammern der maurischen Herrscher unter uns aufteilen – gemäß dem Beitrag, den ein jeder für die gemeinsame Sache geleistet hat.«

»Für die Einheit der Christen«, warf Bischof Eulogius ein. »Aufgrund derer natürlich auch die heilige Kirche ein Recht auf ihren Anteil hat.«

Geh zum Teufel, dachte König Pedro wütend. Aber er hielt sich zurück, denn schließlich war der Ruf nach der Einheit aller Christen der Vorwand gewesen, unter dem sich die Könige überhaupt erst versammelt hatten.

»Da unsere Untertanen weder Reichtümer horten noch Ablaß zahlen, brauchen sie einen Grund, um ihr ärmliches Leben aufs Spiel zu setzen.« Diesmal war es Karl der Böse, der König Pedro aus der Seele sprach. »Man muß ihnen die Möglichkeit in Aussicht stellen, hier auf Erden zu plündern, damit sie sich mit dem Peterspfennig aus der Tasche der Heiden den Himmelslohn erkaufen können! Doch wer wird das eroberte Gebiet regieren?«

»Granada erstreckt sich entlang unserer Grenzen«, erwiderte König Pedro in entschiedenem Ton. »Es hat schon immer eine unmittelbare Bedrohung für Kastilien dargestellt, das fast fünf Jahrhunderte lang unter den Vorstößen der Mauren nach Norden zu leiden hatte. Die Verwaltung des eroberten Granada sollte man daher am besten den Herrschern von Kastilien überlassen.« Er hielt dies für einen geschickten Weg, seine Ansprüche abzustecken, lächelte König Karl und warf dann einen Blick auf König Heinrich. »Selbstverständlich würde Kastilien den Thron mit dem Mann teilen, der die Hand meiner lieblichen Tochter, Prinzessin Beatrice, erringt.«

Als sich nun Stimmengewirr erhob, reckte er die Hand in die

Höhe. »Hört mich an, Brüder. Da ihr das maurische Gebiet nur um der Reichtümer und nicht um der Macht oder um des Anrechts auf ein paar Morgen mehr Land willen erobern wollt, kann man auch für die zukünftige Ausbeutung der Erträge Granadas ein Abkommen treffen.« Ihm entging nicht der anerkennende Blick von Bischof Eulogius, mit dem dieser ihm wegen seiner List Beifall zollte.

»Und wer wird unsere Heere in den Krieg führen?« Nur König Philipp von Katalonien, das eigentlich nur ein Anhängsel von Aragon war, über das geringste Gewicht bei den Entscheidungen verfügte und am wenigsten zum Feldzug beitragen würde, konnte diese Frage stellen.

»Kastilien hat den größten Beitrag geleistet und geht auch das größte Risiko ein; deshalb sollte es auch den Anführer stellen«, antwortete König Pedro. »In Wahrheit allerdings würden wir die Verantwortung teilen.«

»Es ist immer widerwärtig, ein Bündnis zu schließen – und ist es einmal geschlossen, so ist es ebenso schwer zusammenzuhalten, wie das, was ein Vogel im Fluge fallenläßt«, flüsterte Graf Gaston.

Gewiß, aber das Bündnis mußte geschlossen werden, da es König Pedros einzige Absicherung war, falls die Mauren in Kastilien einmarschieren sollten. Er wollte Macht; die anderen wollten Reichtum, also würde er mit ihrer Hilfe Macht erringen und ihnen dafür zu Reichtum verhelfen. Selbst Karl der Böse gab sich nicht so großspurig wie sonst, und auch König Heinrich schien zur Zusammenarbeit bereit. Wahrscheinlich lag das daran, daß jeder der beiden Schweinehunde hoffte, das Turnier zu gewinnen, Prinzessin Beatrices Gemahl zu werden, den König ermorden zu lassen und dann die Macht an sich zu reißen! König zu sein war wirklich ein einsames Geschäft. Wenigstens hatte er Maria de Padilla, die ihr Leben für ihn opfern würde. Würde Beatrice ihren zukünftigen Ehemann – wer immer es auch sein mochte – mit der gleichen Hingabe lieben? Würde sie ihn, ihren Vater, ihrem Gatten zuliebe verraten?

»Meine Könige, darf ich euch daran erinnern, daß uns nicht nur die *Reconquista* heute hier zusammengeführt hat. Es geht auch darum zu verhindern, daß die Mauren uns das Fell über die Ohren ziehen«, rief Bischof Eulogius. »König Yusufs kürzlicher Vorstoß nach Kastilien weist auf seine weiteren Absichten hin. Gestern führte er einen Schlag gegen Kastilien, und morgen fällt er vielleicht schon in den andern christlichen Königreichen Spaniens ein. Vergeßt nicht, daß die Mauren einmal fast das gesamte Iberien besetzt hielten. Ich versichere euch bei Gott, daß sie es wieder versuchen werden, wenn wir uns nicht vereinen und seinen Angriffen zuvorkommen. König Yusuf hat eine ganze Reihe Gründe für sein Handeln. Zunächst einmal wird sein Sohn und Thronfolger, wie man berichtet, in zwei oder drei Jahren volljährig sein. Dazu kommen das Ende eines demütigenden Waffenstillstandes, die noch viel demütigendere Niederlage seines Vorgängers in der Schlacht von Salado, ein von schwerer Seuche geschwächter Gegner und der brennende Ehrgeiz, sich einen Platz im Buche der Geschichte zu sichern. Und schließlich winkt ihm im Falle seines Todes das Paradies der Moslems. Allerdings bezweifle ich, daß König Yusuf von Glaubenseifer getrieben wird.« Er schwieg und blickte forschend auf seine Zuhörer.

Nur König Karl nickte, sein kantiger Kiefer bewegte sich heftig auf und ab. Aber keiner der anderen Könige widersprach. Davon ermutigt fuhr der Bischof fort: »Ich schlage vor, daß ihr zuallererst über die Grundlage eures Bündnisses beratet. Welchen Beitrag in Form von Soldaten, Geld, Waffen, Verpflegung und Wagen wird jedes Königreich leisten? Nur dann kann man die Fragen, wer den Feldzug anführen wird, wie man die Beute aufrechnet und im Falle eines Sieges die Macht verteilt, sinnvoll beantworten.«

»Die wahre Kunst ist es, über die Verhältnisse anderer Leute zu leben«, murmelte Graf Gaston.
»Katalonien hat mehr anzubieten als Soldaten, eine geeinte Front und Schulden«, bemerkte Graf Rafael. »Vergeßt nicht, Barcelona würde ein wichtiger Hafen sein, um Verpflegung zu verladen und eine Seestreitmacht zu entsenden, die den Mauren an der Ostflanke oder von hinten die Hölle heiß macht.«
»Wahrlich, in Barcelona fängt man es heutzutage zweifellos von hinten an.« König Karl erlaubte sich eine Spitze gegen den Knabenverehrer Graf Rafael.
»Die einzige Front, an der man einem Mann wirklich Schmerz zufügen kann, ist hinten.« Graf Rafael empfand keine Notwendigkeit, sich wegen seiner Neigungen zu verteidigen. »Aber haben die höchsten Freuden nicht immer auch ihren Preis?«
»Hören wir auf mit dem Geplänkel und reden wir über die Heere, die wir aufstellen können.« Als Mann der Tat hatte König Pedro keine Geduld für diplomatische Spiegelfechtereien. »Nennt es, wie ihr wollt – einen Kreuzzug, einen heiligen Krieg. Immerhin sind es die heilige Kirche und das weiße Spanien, ein Zweigespann also, das uns hier vereint hat. Jetzt, da wir angekommen sind, laßt uns nicht darüber streiten, warum wir auf den Wagen aufgesprungen sind, sondern, wohin wir jetzt fahren wollen.« Er warf einen Blick auf den Geistlichen. »Bischof Eulogius, würdest du dich bitte heute als Schreiber nützlich machen. Ich möchte keinen Bediensteten kommen lassen und damit Gefahr laufen, daß jemand unsere Pläne verrät.«
Das rosige Gesicht des Kirchenmannes glänzte vor Zufriedenheit. »Setzen wir den Tag fest, an dem sich unsere Heere sammeln, und bestimmen dann, wie viele Soldaten und Waffen jedes Königreich zur Verfügung stellt. Dann schmieden wir am besten einen Plan, wie wir nach dem Turnier um die Hand der lieblichen Prinzessin Beatrice verfahren.« Strah-

lend fügte er hinzu. »Für euren Kreuzzug unter dem Banner der heiligen Kirche werdet ihr in die Geschichte der Christenheit eingehen.«

Als Pilar an diesem Abend aus der Stadt zur Höhle zurückkehrte, lag ein ungewöhnlich zufriedenes Lächeln auf ihrem Gesicht, das Zurika sogleich auffiel. Den Rest der Nacht und auch den ganzen Tag nach der Geisterbeschwörung hatte das Mädchen damit zugebracht, von ihrem stattlichen Prinzen zu träumen, dessen Gesicht ihr endlich erschienen war. Manchmal fragte sie sich, wer denn der zweite Mann gewesen sein mochte, aber sie ließ sich ihre Freude dadurch nicht verderben.

Offensichtlich hatte Pilar wichtige Neuigkeiten, aber es würde nutzlos sein, sie darüber zu befragen. Also wartete Zurika ungeduldig, bis die Großmutter das Thema von sich aus anschnitt. Sie hatten gerade ihren Eintopf aus gepökeltem Rindfleisch verzehrt und saßen sich im vorderen Teil der Höhle, der im flackernden Licht einer weißen Fackel lag, gegenüber. Auf einmal kehrte der wissende Blick in Pilars tränende Augen zurück – ein Zeichen dafür, daß sie gleich sprechen würde.

»Vielleicht wird dein Traum von gestern früher wahr, als du denkst«, begann sie.

Zurikas Herz schlug schneller. Selbst Pilar wußte nicht, daß das Traumbild von gestern ihr nicht zum erstenmal erschienen war, sondern daß sie es kannte, seit sie sich erinnern konnte. Allerdings ließ Pilar sich grundsätzlich nicht von übergroßer Neugier drängen, damit ihre Enkelin Selbstbeherrschung lernte. Deshalb hob Zurika nur eine Augenbraue.

»Wirklich?« fragte sie.

Auf Pilars Gesicht erschienen noch mehr Falten; ihr Lächeln zeigte, daß ihr Zurikas Zurückhaltung nicht entgangen war.

»Du wirst deinen Prinzen sehen«, stellte sie nüchtern fest.

Jetzt hielt Zurika es nicht länger aus. Ihr Teller fiel klappernd auf den Boden, als sie aufsprang. Mit zwei Sätzen stand sie neben ihrer Großmutter und umklammerte Pilars knochigen Arm. »O *querida*, liebste Großmutter, wann? Wo? Wie?« Ihre braunen Augen sprühten Funken, und ihr ganzer Körper bebte vor Aufregung.

Pilar tätschelte ihr liebevoll die Wange. »Ruhig, mein Kleines. Hetz mich nicht.«

Zurika rieb ihre Wange am mageren Schenkel der Alten und blickte dann zu ihr auf. Die Freude ließ das freche kleine Zigeunermädchen in ihr zum Vorschein treten. »Ich halte mich ja schon zurück, sonst würde ich die Wahrheit aus dir herausschütteln, *abuela!*« rief sie und kniff die Augen zusammen.

»Keine Achtung vor dem Alter«, kicherte Pilar. »Du warst schon immer ein kleiner Kobold – aber du stammst nicht vom Teufel, sondern von den Engeln ab, du Engelskobold.« Sie wischte sich mit dem Handrücken den Mund ab und stellte den Teller auf den Boden. »Wie ich heut' auf den Markt gehe, kommt ein Bote vom Palast zu mir, weil er weiß, daß ich jeden Tag vor dem Laden mit den Vogelkäfigen sitze und den Leuten die Zukunft voraussage. Er bittet mich, ihm heimlich zum Palast zu folgen, weil eine wichtige Persönlichkeit mit mir sprechen wolle. ›Und wer verdient mir mein Geld, wenn ich mitgehe?‹ frage ich ihn. Ohne ein Wort gibt er mir eine Goldmünze. Eine echte Goldmünze!« Sie griff in den Ausschnitt ihrer Bluse, zog die Münze heraus, die im Licht funkelte, und biß darauf. »Mehr als ich in einem Monat verdienen kann.« Sie kicherte vergnügt.

»Erzähl mir mehr, Großmutter«, drängte Zurika.

»Der Mann führt mich also zum Palast, und von da aus zum Turm Gen al Arif.« Wieder mußte Pilar kichern. »Noch keine Frau hat ihn jemals betreten. Nur ich, Pilar, die Zigeunerin, habe ihn gesehen. Was hältst du jetzt von deiner Großmutter, mein Schönes?« Sie strich sich übers Haar.

Wie immer war Zurika hingerissen von der spitzbübischen Seite ihrer Großmutter. Sie klatschte in die Hände, sprang auf und klopfte mit den Füßen einen *golpe*. »Olé!« rief sie. »Hoch lebe Pilar, die Zigeunerkönigin!«
Pilar lächelte. »Setz dich hin, und ich erzähle dir, was ich gesehen habe. Den großen Turm und die weißen Mauern des Gen al Arif auf der anderen Seite des Tals, am Abhang des Palastberges. Wunderschöne Gärten, ein großes Wasserbecken, einen riesigen Brunnen, hohe Zypressen, Terrassen; es ist wie im Himmel. Obwohl ich nur in den äußeren Hof gebracht worden bin, durch die Räume der Bediensteten, habe ich die Blumen gerochen. Überall sangen die Vögel. Der weise Mann, der nach mir schicken ließ, war Abou bon Ebben. Er hat mich in den Bildersaal bringen lassen. Aber als ich hereingekommen bin, war alles so himmlisch, daß ich die Bilder gar nicht gesehen habe. O Tochter, so etwas hast du noch nicht erlebt! Gold, Marmor, Elfenbein, Edelsteine wie in einem Traum.«
»Hast du Prinz Ahmed gesehen?« wollte Zurika aufgeregt wissen.
»Warte, Liebes. Hörst du jetzt auf, mich zu drängen?« Pilar hielt inne und kaute auf ihren schwarzen Zähnen. Ihre Wangen legten sich in Falten. »Abou bon Ebben ist noch älter als Pilar; bestimmt über achtzig. Er hat weißes Haar und kluge Augen. Bevor er mir alles erzählt hat, drohte er, mich zu töten, wenn ich ein Sterbenswörtchen verrate! Aber dir sage ich alles. Die ganze Wahrheit darüber, was ich im Gen al Arif erfahren habe.« Langsam nickte sie mit dem Kopf. »Jetzt wird der Prinz achtzehn, und sie haben Schwierigkeiten.«
»Er ist doch nicht krank?« fragte Zurika besorgt.
»Mit seiner Gesundheit steht es gut, aber nicht mit seinem Geist.«
»Wirklich?« Vor Schreck hielt Zurika den Atem an. »Ist er wahnsinnig?«

»Die weisen Männer, Liebes, glauben immer, daß sie alles wissen. Aber sie wissen nichts vom Herzen, und von Krankheiten, die das Herz verletzen. Der Prinz kennt die Liebe nicht, aber er sehnt sich so sehr danach, daß es ihm das Herz gebrochen hat.«
Erstaunt hörte Zurika der Geschichte zu, die Pilar ihr erzählte – angefangen bei Prinz Ahmeds Verweigerung vor drei Monaten bis zu seiner Verzückung vor dem Magnolienbaum an diesem Morgen. »Und was sollst du nach Abou bon Ebbens Ansicht tun, um dem Prinzen zu helfen, Großmutter?« fragte sie schließlich und mußte sich insgeheim eingestehen, wie gerne sie selbst ihre Liebe dem sich verzehrenden Prinzen geschenkt hätte.
»Er glaubt, daß ich Prinz Ahmed wieder zu Verstand bringen kann. Daß ich durch Zauberkraft herausfinde, was ihm fehlt, und ihn dann heile.«
»Kannst du das?«
Pilar kicherte. »Selbstverständlich werde ich es tun, auch wenn ich es nicht kann. Ich weiß, was Prinz Ahmed fehlt. Wie soll ein alter Mann wie dieser Weise, der die Lust nicht kennt und dessen Samen längst vertrocknet ist, ein Heilmittel für ein gebrochenes Herz finden?«
Und woher wollte ein altes Weib wissen, was ein Mann brauchte? fragte sich Zurika.
Wie immer erriet Pilar ihre Gedanken. »Frauen wissen diese Dinge, weil Frauen die Erde sind«, erklärte sie. »Männer haben Samen, manche wenigstens, aber sie pflanzen sie nur in uns ein.« Sie kicherte wieder, diesmal spöttisch. »Aus uns wächst dann die Pflanze.«
»Hast du den Prinzen gesehen?«
»Ich habe Abou bon Ebben gesagt, daß ich den Prinzen sehen muß, um ihm zu helfen.«
»Und hast du ihn gesehen? Hast du? Hast du?« Am liebsten hätte Zurika vor lauter Aufregung geschrien.

»In der Tat.« Pilar sah Zurika ernst an, nahm sie mit ihrem Blick gefangen. »Er ist der Prinz, den du im Kristall gesehen hast. Er ist so stattlich, daß ich ihn am liebsten für mich behalten würde.«
Zurika überhörte die letzten Worte. »Beschreib ihn mir bitte, *querida*, Liebste«, flehte sie.
»Er ist groß, schlank und trägt ein Gewand aus Gold mit Diamanten an den Säumen. Mitten auf seinem Turban sitzt ein großer Rubin. Seine Haut hat die Farbe einer reifen Olive, glatt und straff wie bei einem Zigeuner. Seine Augen sind sehr schön ... dunkelbraun, außen hart wie bei einem Adler, innen weich wie bei einem Reh.«
Zurika hatte den Atem angehalten, jetzt stieß sie ihn mit einem Seufzer aus. Denn Pilar hatte ihr soeben den Prinzen aus ihrem Traumbild beschrieben.
»Ich werde auf irgendeine Weise Macht über den Prinzen erlangen«, murmelte Pilar, doch Zurika hörte ihr nicht zu.
»Was wirst du tun, um ihm zu helfen? Und wann? Kann ich mitkommen?« Sie legte eine Hand auf Pilars knochigen Arm. »Bitte, Großmutter. Du nimmst mich doch sonst immer mit.«
»Für morgen abend habe ich versprochen, in den Palast zu gehen und allein mit Prinz Ahmed zu sprechen. Ich werde ihn im höchsten Turm des Palastes sehen, wo bon Ebben ihn eingesperrt hat, nachdem er gestern vormittag den Baum liebte.«
Enttäuschung ergriff Zurika. Sie hätte schreien können. Pilar hatte »ich« gesagt, nicht »wir«. Laut allerdings meinte sie listig: »Offenbar hast du vor, allein zu gehen. Wahrscheinlich bin ich nicht gut genug, um dich in den Palast zu begleiten. Mach dir keine Sorgen, Großmutter, ich verstehe.« Dann fügte sie hinzu: »Wenn Majo mich holen kommt, weil es Abend ist und du nicht da bist, werde ich ihn töten.« Sie griff unter ihr Kleid und holte das Messer hervor. »Damit!« zischte sie.

»Kein Grund, Theater zu spielen, Liebes«, antwortete Pilar ruhig. »Du kannst zwar nicht mit in den Palast kommen, aber ich habe einen Plan.«
»Sprich!«
Und Pilar erklärte ihr alles.

Er wußte nicht, warum er sich bereit erklärt hatte, die alte Zigeunerin von der anderen Seite des Tales zu empfangen, außer vielleicht deswegen, weil er sich wegen des gestrigen Geschehnisses schämte. Es war ihm ganz natürlich erschienen, dem Magnolienbaum ein Lied zu singen, aber sein Höhepunkt der Lust in aller Öffentlichkeit war ihm jetzt peinlich. In seinen Träumen ging es ja noch an, aber die Wirklichkeit war beschämend, besonders weil bon Ebben ihm nach dem Ereignis nur einen mitleidigen Blick zugeworfen hatte. Dann hatte er ihm befohlen, in seine Gemächer zu gehen und sich zu säubern. Niemand dürfe davon erfahren, hatte der Weise hinzugefügt, und Prinz Ahmeds Wangen hatten vor Scham geglüht.
Prinz Ahmed war nicht nur überrascht, er fragte sich auch, warum sich sein Geist so verwirrt hatte. Gab es etwa Wahnsinn in seiner Familie? War das der Fluch von Yusuf ibn Nagralla, dem Juden? Nachdem sein Lehrer ihn in ein Gemach im höchsten Turm des Gen al Arif eingesperrt hatte, war er ruhelos im Zimmer auf und ab gelaufen und hatte sich nachts im Bett herumgewälzt. Die Wut auf seinen Vater, den König, und auf bon Ebben, dessen Hinrichtung er anordnen konnte, wenn er selbst erst einmal König war, wich der bangen Vorahnung, daß er vielleicht niemals in der Lage sein würde, den Thron zu besteigen. Sein einzig fester Entschluß war, sich niemals mehr diesen Ungeheuern in Menschengestalt zu beugen, die für seine augenblickliche mißliche Lage verantwortlich waren.
Tarif hatte ihn letztlich doch überzeugen können, sich bon

Ebbens Anordnung zu fügen und die alte Krähe zu empfangen – wie hieß sie noch einmal? Richtig, Pilar. Was hatte er denn zu verlieren? Wenn man am Körper krank ist, hatte ihm Tarif in Zeichensprache zu verstehen gegeben, geht man zum Arzt. Deine Krankheit ist im Kopf. Vielleicht kann diese Pilar ihn heilen.

Bin ich also wahnsinnig?

Tarif lachte. Nein, hatte der Taubstumme mit den Lippen geformt. Die Zigeunerin kann vielleicht erkennen, ob dich jemand mit einem Zauber belegt hat, und wenn dem so ist, wird sie den bösen Geist austreiben. Außerdem ist sie dafür bekannt, daß sie in die Zukunft sehen kann.

Hier saß er jetzt also, Prinz Ahmed, der achtzehnjährige Thronerbe von Andalusien, auf einer kunstvoll geschnitzten Ottomane aus Elfenbein, und erwartete im Salon seines vergoldeten Gefängnisses eine Zigeunerhexe. Alle Möbel außer einem marmornen Tisch zwischen zwei Ottomanen waren aus dem Zimmer geschafft worden. Die Ottomane, auf der er saß, stand genau vor dem offenen Fenster, und er konnte die fernen, schneebedeckten Gipfel der Sierra Nevada sehen, die im Sonnenlicht erstrahlten. Die andere Ottomane, die sich ihm gegenüber befand, war für die alte Zigeunerin bestimmt. Nur das Zwitschern der Vögel unter ihm erreichte sein Ohr, so leise, daß ihn ein unwirkliches Gefühl beschlich, das durch den Kampferduft aus den vergoldeten Räucherpfannen an den Wänden noch verstärkt wurde. Nicht einmal das goldene Sonnenlicht, das durch die Fenster auf den rosafarbenen Marmorfußboden fiel, konnte es verscheuchen.

Er erhob sich, ging zum Fenster und starrte auf den flachen, schwarzen Felsen auf dem kahlen Riff hinab, der genau unter ihm lag. Wie hatte sich dieser Felsen gebildet? Zweifellos war er eine Schöpfung des allmächtigen Allah, doch wann und wie hatte Allah den Felsen erschaffen?

Hinter ihm öffnete sich quietschend die schwere Tür. Er

drehte sich um. Herein humpelte ein altes Weib, dessen Mund beim Lächeln schwarze Zähne entblößte. Ihre Wangen waren von Lachfältchen übersät. Sie trug ein rotes Leinengewand, das ihr bis auf die Knöchel der bloßen Füße reichte. In der Hand hielt sie eine große Tasche aus gelbem Stoff. Sie hinkte auf ihn zu, machte einen Knicks und küßte ihm die Hand. Der Geruch ihres ungewaschenen Körpers stieß ihn ab, und das unwirkliche Gefühl verstärkte sich.
Prinz Ahmed sah zu, wie Pilar die Tasche auf den Boden stellte, sich davor niederkniete und ihren Inhalt zutage förderte. Während sie alles auf den marmornen Tisch legte, murmelte sie seltsame Zaubersprüche vor sich hin. Zwei weiße irdene Behälter, drei schwarze Haare, ein Rosenkranz aus kleinen Wirbelknochen und Würfeln, ein Schälchen, ein silberner Kelch, in den sie etwas Flüssigkeit aus einem Fläschchen goß, ein großer Kristall, eine Kerze und ein silbernes Kruzifix, das Prinz Ahmed am liebsten genommen und aus dem Fenster geschleudert hätte, war es doch das Symbol der Ungläubigen.
»Setz dich, Prinz«, befahl Pilar schließlich und deutete auf die Ottomane vor dem Fenster. »Sieh den Kristall auf dem Tisch an. Wende deinen Blick nicht davon ab.«
Er wollte schon auffahren, da eine gewöhnliche Sterbliche, und dazu noch eine Zigeunerin, es wagte, ihm Befehle zu erteilen. Dann aber erinnerte er sich an Tarifs Rat und tat, wie sie ihn geheißen. Als Pilars Zaubersprüche sich zu einem Gesang steigerten, wich das unwirkliche Gefühl allmählich gebannter Aufmerksamkeit. Pilar legte ein kleines, rotes Kissen auf den Fußboden, streckte ihren Körper quer über die Ottomane aus und bettete ihren Kopf auf das Kissen.
Dann begann Pilar ihre Beschwörung, zwar mit heiserer Stimme, aber jedes Wort klang glockenrein.
Prinz Ahmed blickte weiterhin unverwandt in den Kristall. Einige der Sonnenstrahlen, die ins Zimmer drangen, ließen

ihn wie tausende Augen funkeln, die ihm alle zuzublinzeln schienen. Sie flossen zu einem einzigen Lichtstrahl zusammen, der sich vor seinen Augen vereinte. Pilars Gesang mündete in einen lauten steten Ton, der ihm in den Ohren hallte. Ein gräßlicher Geruch stieg ihm in die Nase. Alle seine Sinne waren gefangen, der Rest der Welt trat zurück.

Das Plätschern von Wasser drang zu ihm durch.

»Böse Geister, das ist heiliges Wasser. Geht fort, geht fort.«

Nur undeutlich hörte er Pilars Befehl, doch er verstand seine Bedeutung. Plötzlich war das Zimmer rein; die kristallklaren Augen zwinkerten ihm triumphierend zu.

»Enthüll deinem Diener die Heilung für sein Leiden.«

Diese Worte wurden wieder und immer wieder gesprochen, hallten ihm in den Ohren, bis sie in sein Hirn eindrangen.

»Enthüll ... enthüll ...«

Der Kristall begann, sich zu drehen. Schneller und schneller. Teilte sich, verschmolz wieder, um eins zu werden. Jetzt waren alle Augen zu einem geworden, das wirbelte, wirbelte, langsamer wurde ... langsamer und dann anhielt.

Das ist ja ein Spiegel.

Langsam nahm eine Figur in dem Spiegel Gestalt an. Die Umrisse wurden schärfer. *Was ist das? Nein, wer ist das?*

Ein menschliches Wesen in Zigeunerkleidung, das tanzte. War es das, was die Bücher als eine junge Frau beschrieben? Ein Wesen, das der alten Pilar ähnelte, doch viel jünger war!

Wie anmutig sie tanzt, den Oberkörper aufgerichtet. Sie bewegt sich nur von der Taille abwärts, und jedesmal, wenn sie mit ihren wohlgeformten Füßen aufstampft, fliegt ihr langes, schwarzes Haar.

Sie hat kein Gesicht. Ich muß aber ihr Gesicht sehen. Allah, laß mich ihr Gesicht sehen.

»Enthüll deinem Diener den Anblick ihres Gesichts.« Diese Bitte wurde ständig wiederholt.

Woher weiß sie, daß ich das Gesicht nicht sehen kann? Hat sie mein stilles Gebet vernommen?
Der verschwommene Fleck unter dem Haar nahm allmählich Konturen an.
O Allah, welche unbeschreibliche Schönheit! Olivfarbene Haut, zarte Züge, ein weicher Mund, so rot wie Rosenknospen, Grübchen auf den Wangen, dunkelbraune, verführerische Augen, in denen die Leidenschaft lodert, die Seele voll Schmerz, ein zartes Lächeln. O Allah, welch unbeschreibliche Schönheit!
»Du siehst ein hübsches, junges Mädchen. Du brauchst keine Bäume und Blumen mehr und keine Pferde oder dein Schwert oder die Wände des Turms. Jetzt hast du Bäume, Blumen, Vogelgesang, Blütenduft, die Kraft von Pferd und Schwert ... alles in einem ... in einer jungen Frau.«
Gebannt blickte er in den Kristall, zu heiligen Höhen erhoben, vollkommen gefangen von ihrem Gesicht und ihrer Gestalt, ihren anmutigen Bewegungen. O Allah, ist es das, was sie vor mir verborgen haben? *Warum nur*? Ach, warum?
»Öffne die Augen, Prinz, und geh ans Fenster.«
Nein, nein, ich will hierbleiben, für immer vor diesem Kristall.
»Geh ans Fenster.«
Nein, nein, nein.
Ein scharfes Schnippen mit den Fingern, und das Gesicht im Spiegel begann zu verblassen, die Gestalt war nur noch verschwommen zu sehen. Verzweifelt griff Prinz Ahmed nach dem Kristall. *Geh nicht, bitte, geh nicht.* Sie war ihm entrissen worden, ehe er sie hatte festhalten können.
Außer sich rannte er zum Fenster. Er hatte genug gelitten, jetzt würde er sich hinunterstürzen und allem ein Ende machen. Doch da meldete sich tief in ihm die Stimme des Koran. *Wenn du ins Paradies kommen willst, darfst du nicht selbst dein Leben beenden.*
Er zögerte, jedoch nur kurz.
Er stand am offenen Fenster und spürte das warme Sonnen-

licht auf seinem ausgekühlten Körper. Er zitterte, fing an zu schwanken und griff nach dem Fensterbrett, um sich zu stützen. Dann sah er hinab. Der Abgrund war tief. Scharfkantige, schwarze Klippen lagen unter ihm. O Allah, hilf mir.
Sein Blick schweifte hinüber zu dem flachen, schwarzen Felsen und dann wieder hinab in die Tiefe, erfaßte etwas und wandte sich wieder der Stelle zu.
O Allah! Da stand sie leibhaftig und sah zum Fenster hinüber. Den Rücken hatte sie der Sonne zugewandt, so daß ihr Gesicht im Schatten lag. Aber im Kristall hatte er ihre Augen gesehen.
»Jetzt hast du einen Menschen aus Fleisch und Blut. Du brauchst jetzt keinen Baum, keine Blume, kein Pferd, kein Schwert mehr. Du gehörst jetzt mir.«
Bezaubert von der Schönheit vor seinen Augen, hörte er Pilars Kichern nicht.

7. Kapitel

Fast eine halbe Stunde lang hatte das Mädchen getanzt und ihre Vorführung mit einem letzten stampfenden Schritt beendet. Danach war sie eine Weile stehengeblieben; ihre Brust hob und senkte sich atemlos, während sie den Blick nicht von Prinz Ahmed abwandte. Dann warf sie ihm eine Kußhand zu, lief über den Felsen und verschwand zwischen Gestein und Gebüsch. Nachdem ihre zauberhafte Erscheinung verschwunden war, kam ihm alles öd und leer vor. Er würde alles tun, um sie wiederzusehen. Noch wie im Traum und schwindlig von der Sehnsucht, das Wunder noch einmal zu erleben, noch einen Blick auf soviel Lieblichkeit werfen zu dürfen, hatte er sich flehend an Pilar gewandt.

»Du wirst Zurika jeden Abend sehen, wenn du kurz vor Sonnenuntergang aus dem Fenster blickst«, hatte die alte Frau versprochen. Aber ein schlauer Blick lag in ihren Augen. »Doch nur, wenn du deine Pflichten erfüllst, damit der ehrenwerte bon Ebben überzeugt ist, daß Pilar dich kuriert hat. Und du darfst mit niemandem über Zurika sprechen.«

Prinz Ahmed hatte das gern versprochen, und Zurika hatte seitdem jeden Abend für ihn getanzt. Tagsüber waren seine Gedanken in jeder Sekunde bei ihr und beflügelten ihn, sich streng an seinen Tagesablauf zu halten und seine Pflichten so vollkommen zu erfüllen, als ob sie ihm dabei über die Schultern blicken würde. Als er bemerkte, daß sich die Besorgnis seines Lehrers allmählich verflüchtigte, gab er sich noch mehr Mühe, ihn zu beruhigen. Denn nur wenn bon Ebben keinen Verdacht schöpfte, konnte er sich zu seinem abendli-

chen Stelldichein einfinden. Nun war ihm sogar seine Gefangenschaft im Turm willkommen, da sie ihm doch die Gelegenheit gab, seiner heimlichen Leidenschaft zu frönen.
Ständig erschien Zurika ihm im Traum und füllte jeden seiner wachen Momente. Täglich schrieb er ein Gedicht für sie und verfaßte viele Lieder, wann immer sein strenger Stundenplan es zuließ. Doch er bewahrte sein Geheimnis, wagte nicht einmal, es mit Tarif zu teilen, weil er es Pilar geschworen hatte.
Ohne zu wissen, was Liebe war, hatte sich Prinz Ahmed in eine Traumfigur verliebt. Er hörte auf, die Bäume anzusingen, und wenn er einen feuchten Traum hatte, war das ein rein körperlicher Vorgang, der nicht von Vorstellungen begleitet wurde. Seine gesamte Liebe brachte er nun dem lebendigen Ziel seiner Anbetung entgegen, und den ganzen Tag lang drehten sich seine Gedanken nur um das abendliche Stelldichein.
»Ich habe gerade deinem königlichen Vater Bericht erstattet, und er ist sehr zufrieden mit den Fortschritten, die du gemacht hast, Prinz«, verkündete bon Ebben, als sie an diesem Morgen beim Frühstück im Turm saßen. »Der König hat mich sogar eingeladen, am Gebet in der Moschee des Palastes teilzunehmen, und mir zu diesem Zwecke eine Audienz gewährt. Jetzt, da du zu deinem normalen Tagesablauf zurückgefunden hast, wirst du wohl auch bald dein normales Leben wieder aufnehmen können.«
Die alte Wut stieg in Prinz Ahmed auf, und er hatte Mühe, sie zu zügeln. »Normaler Tagesablauf, normales Leben!« zischte er. »Was ist denn normal an meinem Tagesablauf? Und was ist das normale Leben, von dem du sprichst?«
»Nun, eigentlich gibt es kein Leben, das für alle normal wäre, Prinz«, erwiderte bon Ebben ruhig.
»Mit Worten bist du so geschickt wie ein Krieger mit dem Schwert. Manchmal bringt es mich zur Weißglut.« Prinz Ahmed sprang auf.

»In Weißglut geraten nur Barbaren«, sagte bon Ebben augenzwinkernd und hob die weißen Brauen. »Diesen Luxus können sich kultivierte Menschen nicht leisten. Setz dich also gesittet hin und erkläre mir dann in höflichen Worten, was an deinem Leben für einen Prinzen so unnormal ist. Rieche den Duft des Kampfers in diesen goldenen Räucherpfannen am Eingang zu diesem Raum, betrachte die Marmorfußböden und den schwarzrot gemusterten Bokharateppich, auf dem du stehst, das eingelegte Perlmutt auf den Armlehnen und dem Rücken deines Stuhls, von dem du dich gerade erhoben hast, und das auf deine ungebührliche Art und Weise, wie sie für ein Mitglied der königlichen Familie sicherlich nicht normal ist. Und dann sage mir, ob dieses Zimmer in den Augen eines armen Zigeuners von der anderen Seite der Schlucht jemals das Normale darstellen wird.«

Die Erwähnung der Zigeuner beruhigte Prinz Ahmed mehr als die Ermahnungen seines Lehrers. Er nahm wieder Platz. »Du verwirrst mich schon wieder mit deinen Worten«, murmelte er schmollend. »Und du bist auch sehr klug. Du stellst Fragen, statt Antworten zu geben. In deinen Gedankengängen gibt es sicherlich Ungereimtheiten, aber du verbirgst sie hinter diesen Fragen, damit mein Geist nicht die Wahrheit erkennt.«

»Dann schule erst deinen Geist, Prinz! Ist es nicht gerade das, wozu ich dich schon immer dränge?« In einem versöhnlichen Lächeln entblößte bon Ebben seine gelben Zähne. »Nimm es nicht so schwer. Du hast jetzt nur noch knapp drei Jahre durchzustehen, ehe du und ich die anderen Seiten der Normalität genießen können, welche jenseits der Mauern des Gen al Arif auf uns warten. Warum nimmst du dein augenblicklich zwar eingeschränktes, aber doch sehr angenehmes Leben nicht als deine gegenwärtige Normalität hin? Warum wehrst du dich gegen den Willen Allahs?«

»Ich versuche es doch.« Prinz Ahmed machte eine hilflose Handbewegung. »Etwas in mir hat mich getrieben, mich so zu verhalten wie früher. Doch seit mich die alte Zigeunerin, Pilar – das ist doch ihr Name? –, behandelt hat, habe ich mich gewandelt. Ich wußte nicht, was mir fehlte.« Dann fügte er listig hinzu: »Doch sie hat mich ganz bestimmt kuriert, also war ich wahrscheinlich Opfer eines bösen Zaubers.«

»Warst du also besessen?« Die wäßrigen Augen des Alten blickten belustigt drein.

»Die Regeln, denen ich hier unterworfen bin, haben meinen Geist unterdrückt, der sich schließlich dagegen auflehnte.«

»Aufständische werden hingerichtet. Du hast dich nicht aufgelehnt, du warst nur besessen.« Lächelnd hielt bon Ebben inne. »Und nun, da du wieder gesund bist, hat dein königlicher Vater meinem Vorschlag zugestimmt, daß du zur Belohnung Gesellschaft bekommen sollst, damit du nicht mehr so einsam bist.«

Nur einen Moment lang horchte Prinz Ahmed auf. Wahrscheinlich würde es nur wieder ein Greis wie Tarif sein.

Der Lehrer mußte seine Gedanken erraten haben, denn er lächelte abermals. »Keine Angst, ich werde dir diesmal nicht wieder einen greisen, schwarzen Taubstummen bringen, sondern einen jungen, weißen Kastilier von königlichem Geblüt: Prinz Juan, den Sohn König Pedros von Kastilien, der in der letzten Schlacht, als dein Vater über König Pedro den Sieg errang, gefangengenommen wurde.«

Mit vor Aufregung geröteten Wangen sprang Prinz Ahmed auf. Kaum traute er seinen Ohren. »Wirklich? Soll ich tatsächlich endlich einen Menschen bekommen, mit dem ich mich unterhalten kann?« Es war kaum zu glauben.

»Nicht ganz.« Der Weise blickte auf seine Füße hinab, die in Pantoffeln steckten. »Vor etwa vier Wochen ist Prinz Juan der Sprache und des Gehörs beraubt worden, damit er dir Gesellschaft leisten kann. Da er sich jetzt wieder erholt hat, wird er heute noch zu dir kommen.«

»O neiiin!!!« Ein Schrei wie von einem verwundeten Tier

entrang sich Prinz Ahmeds Kehle. O diese unbeschreibliche Grausamkeit! Diesmal schickte man ihm nicht einfach einen gewöhnlichen Taubstummen, sondern einen Menschen, der nur für ihn verstümmelt worden war! Wieder einmal war ein Geschöpf Gottes von Menschen geschändet worden. Das Blut pochte ihm in den Schläfen, und der Raum fing an, sich um ihn zu drehen. Das Mitleid für Prinz Juan schnürte ihm die Kehle zu und verschloß ihm die Ohren. Er verstand kein Wort von dem, was dieser böse, grausame alte Mann sagte, und vor Zorn verschlug es ihm die Sprache.

Ein neues Gefühl für seinen Vater stieg in ihm auf: Haß. »Gottes Fluch liegt auf dir und meinem Vater, weil in euch ein übles Geschwür frißt. Und wird Prinz Juan mich hassen? Wird mein neuer Begleiter mich verabscheuen für das, was ich ihm angetan habe?«

»Warum sollte er dich hassen? Er ist auf Befehl des Königs verstümmelt worden.« Wieder hatte bon Ebben seine Gedanken erraten. »Außerdem, sind solche Strafen nicht ... äh ... normal, mein Prinz?«

Minuten vergingen, während Prinz Ahmed bon Ebben zitternd anstarrte und mit Mühe den Drang unterdrückte, ihm den mageren Hals umzudrehen. Wie konnte dieser Mann angesichts der Leiden eines anderen Menschen so gleichgültig sein? Warum ließ Allah, der Allmächtige, der Gnädige, keinen Blitz auf ihn herniederfahren?

Endlich gelang es Prinz Ahmed, sich zu fassen. Die grausame Tat war nun einmal geschehen und konnte nicht mehr rückgängig gemacht werden. Vielleicht war es Allahs Wille gewesen. Ihm, Prinz Ahmed, blieb jetzt nichts anderes zu tun, als seinen neuen Kameraden zu trösten. Er würde Prinz Juan die Taubstummensprache beibringen. Wenigstens gab es jetzt endlich jemanden, für dessen Wohlergehen er sich verantwortlich fühlen konnte. Das war immerhin ein tröstlicher Gedanke.

»Prinz Juan wird sich heute beim Mittagessen zu uns gesellen.« Bon Ebbens Worte kündigten Prinz Ahmed eine neue Zukunft an.

Da er all seine Kräfte auf seine morgendlichen Studien verwenden mußte, war Prinz Ahmed viel zu beschäftigt gewesen, um sich weitere Gedanken über Prinz Juan zu machen. Sieben Tage die Woche war er einem strengen Zeitplan unterworfen, der mit dem Morgengebet anfing und nur von den täglichen vier Gebeten unterbrochen wurde. Die kühlen Morgenstunden waren harter körperlicher Ertüchtigung vorbehalten: Reiten, Lanzenstechen, Ringen, akrobatische Kunststücke, Bogenschießen und Fechten. Danach blieb ihm gerade genug Zeit, um sich für die Lehrer vorzubereiten, die vor dem Mittagessen erschienen, um ihn in verschiedenen Sprachen zu unterrichten. Nachmittags waren dann Geschichte, Staatskunst, Verwaltung, Mathematik und Astronomie an der Reihe. Die Stunden vor dem Sonnenuntergang, die einzigen, die er bislang für sich gehabt hatte, gehörten jetzt Zurika. Der *imam*, der mit ihm Fragen des Koran erörterte, kam nach dem Abendessen.

Die Lehrer trieben ihn gnadenlos zur Arbeit an. »Der Shaitan kriecht in die müßigen Stunden und füllt sie mit Bösem«, hatte ein moslemischer Philosoph einmal gesagt, und bon Ebben wiederholte solche langweiligen Gemeinplätze mit schöner Regelmäßigkeit als Lückenfüller in Gesprächen.

Um die Mittagszeit tat Prinz Ahmed jeder Knochen im Leibe weh, und er hätte nichts gegen ein paar dieser so verteufelten Mußestunden einzuwenden gehabt.

Das Essen war auf dem weißen Marmortisch mit einem eingelegten Mosaik aus Perlmutt und Mahagoni im kleinen Speisezimmer im Turm des Gen al Arif angerichtet. Der gepökelte Hammel war vollkommen zubereitet; die Palastköche hatten einen mit Haferflocken gefüllten, weißen Leinensack über dem Topf, in dem der Braten schmorte, aufgehängt, um ihm das überschüssige Salz zu entziehen. Der Geruch von Pfeffer,

Ingwer, Safran, Zimt, Oregano, Nelken und Muskat, mit denen das Fleisch gewürzt war, mischte sich mit dem köstlichen Bratenduft. Als der Dampf von heißem Weizenfladen Prinz Ahmed in die Nase stieg, bemerkte er, wie hungrig er war. Die pürierten Bohnen waren eine vorzügliche Beilage zu dem köstlichen Hauptgericht, und dazu gab es noch seinen Lieblingsnachtisch, eine Grütze aus Vollkornweizen und Mandelmilch, verfeinert mit Eigelb und Safran. Für den Durst standen Krüge voll Melonensaft, der mit Honig gesüßt war, auf dem Tisch.

Das erste, was Prinz Ahmed an seinem neuen Kameraden auffiel, war die weiße Haut und das nackenlange, goldene Haar. Da er noch nie einen Menschen mit goldenem Haar gesehen hatte, konnte er sich nicht entscheiden, ob ihm das gefiel oder nicht. Doch zunächst einmal fand er es reichlich merkwürdig. Der Prinz war schlank, aber kräftig gebaut, die weiße seidene Strumpfhose mit Sohlen, die Schuhe überflüssig machte, umspannte muskulöse Beine. Die Senkel in den Ösen, die die Hose an Ort und Stelle hielten, paßten farblich zu dem kurzen, eleganten Wams aus dickem burgunderrotem Samt, das gerade die schmalen Hüften bedeckte. Das Wams war mit Goldfäden bestickt und hatte einen Kragen, der breit genug war, um als Kapuze zu dienen.

Prinz Ahmed empfand Dankbarkeit für den graugewandeten bon Ebben, weil er Prinz Juan mit Kleidern ausgestattet hatte, die seinem königlichen Rang entsprachen, und der Gefangene sich nicht in den Lumpen eines Sträflings zeigen mußte. Dann blieb sein Blick gebannt auf den blauen Augen des Prinzen haften, den ersten, die er in seinem Leben sah. Sie sind so hellblau wie der Frühlingshimmel, dachte er verblüfft. Wie außergewöhnlich schön bei einem Menschen. O Allah, wie konntest du es nur zulassen, daß jemand die Stimme und das Gehör eines Menschen zerstörte, dem du solche Augen geschenkt hast?

Dann entdeckte er das stumme Leid in den blauen Augen, und sein Herz wurde von Mitleid ergriffen. Er fühlte sich schuldig. Schließlich kannte er den Grund für dieses Leid, das er allein verursacht hatte. Aber vergeblich suchte er in Prinz Juans Augen nach einem Ausdruck des Hasses. Sein Blick streifte über das magere, angespannte Gesicht, den goldenen Flaum auf der Oberlippe, das glattrasierte Kinn, die schmale, edle Nase. Die Haut war so weiß wie der Bauch einer Maus und erinnerte ihn an Menschen, die vom weißen Aussatz befallen waren. Wenn seine Haut nur einen zarten Rosaton aufweisen würde, wäre sie so rein und hübsch wie der Marmor der griechischen Pharaonen, dachte er, ehe er sich höflich zur Begrüßung verbeugte und mit den Fingern Herz, Lippen und Stirn berührte. Da er Erfahrung im Umgang mit Taubstummen hatte, lächelte er Prinz Juan aufmunternd an und wurde mit einem Lächeln belohnt.
»*Buenos dias*«, formte er den spanischen Gruß mit den Lippen und nickte dabei.
Die Antwort war eine mühsam mit den Lippen geformte Erwiderung des Grußes. Da bon Ebben zu seiner Rechten stand, wie es sich gehörte, zeigte Prinz Ahmed auf den Stuhl zu seiner Linken.
Prinz Juan schritt mit höfischer Anmut über den grünen Marmorfußboden. Draußen vor den vergitterten Fenstern krächzte heiser ein Rabe. Wie ungewöhnlich! War das ein böses Omen? Der Vogel mußte die Mittagssonne wohl als ebenso grausam empfinden wie Prinz Juan das Leben, dachte Prinz Ahmed, und wieder überkam ihn Mitleid. Wie konnten Menschen nur so unmenschlich sein? Wie konnte jemand einen anderen Menschen verstümmeln, oder selbst einen Baum? Plötzlich wurde ihm vom Geruch des Essens übel. Er hatte keinen Appetit mehr.
Prinz Ahmed mußte sich zum Essen zwingen, und fragte sich gleichzeitig, wie man ein Tischgespräch mit einem Taub-

stummen führte. Er wußte es nicht. Die Taubstummen, mit denen er bis jetzt zu tun gehabt hatte, waren alles Dienstboten, mit denen er noch nie an einem Tisch gesessen hatte, während Prinz Juan selbstverständlich mit ihm auf einer Stufe stand.
Ein Gesellschafter, hatte bon Ebben gesagt. So sollte es denn sein. Als die schwarzen taubstummen Diener einen silbernen Teller mit Besteck und Trinkbecher für Prinz Juan brachten, bediente Prinz Ahmed seinen Gast. Er bemerkte, daß bon Ebben diese Geste offensichtlich mißbilligte. Seltsam, dachte er, daß die Grausamkeit, die dieser schöne Mensch hat erdulden müssen, in mir die gleichen Gefühle wachruft, die mich Gedichte und Lieder für Blumen und Bäume verfassen ließen. Sie ähneln auch den Empfindungen, die mich beim Anblick des Zigeunermädchens bewegen. Ist es der gleiche Drang, der mich den anmutigen Baum umarmen ließ, bis meine Säfte flossen? Nein, diese Erfahrung war rein körperlich, die Frucht körperlicher Empfindungen. Was ich nun erlebe, hat nichts mit Berührung zu tun. Ich genieße Prinz Juans Schönheit mit meinen Augen, aber sie lösen kein körperliches Sehnen in mir aus.
Da es unhöflich gewesen wäre, wenn Prinz Ahmed sich mit bon Ebben unterhalten hätte, ohne daß sein Gast dem Gespräch folgen konnte, wurde das Mahl schweigend eingenommen. Nur gelegentlich war ein zufriedenes Grunzen von bon Ebben zu hören, dessen eigene Manieren oft nicht den Ermahnungen an seinen Zögling entsprachen; dazu das aufgeregte Krächzen des Raben.

Seit dem Gespräch mit ihrer Mutter fühlte sich Prinzessin Beatrice sehr allein. Sie wußte, daß Maria de Padilla nicht den gleichen Kummer über Prinz Juans Gefangennahme empfand wie sie. Dem Gesetz nach war er ja nicht einmal ihr Stiefsohn. Seit man Prinzessin Beatrice in den Frauengemächern des

Palastes in Toledo eingesperrt hatte, war die Mutter ihre einzige Vertraute gewesen – abgesehen von Prinz Juan, der ihr heimliche Besuche abstattete. Nun, da Maria de Padilla eine Fremde geworden war, hatte Beatrice niemanden mehr, dem sie ihre Sorgen anvertrauen konnte. Allerdings konnte sie von Maria de Padilla kaum erwarten, daß sie sich bei König Pedro für die Rettung des Prinzen verwandte. Wahrscheinlicher war es, daß ihre Mutter nur sehr wenig an der Rückkehr des Prinzen lag. Bei diesem Gedanken flammte Beatrices Haß gegen ihre Mutter noch stärker auf. Ganz gleich, was sie auch tat, er ließ sich nicht ersticken. Du sollst Vater und Mutter ehren, so hieß es zumindest in den Zehn Geboten. Täglich betete sie zu Gott, er möge ihr diese schreckliche Sünde vergeben.

So wurde die Heilige Jungfrau, die Prinzessin Beatrice ständig um Prinz Juans Rettung anflehte, ihr einziger Trost.

Unvermeidlich beschlichen sie weitere Zweifel. Warum klammerte sich Maria de Padilla so an König Pedro? Geschah es aus Liebe oder aus Berechnung? Durch die Verbindung mit dem König war ihre Mutter zur eigentlichen Herrscherin von Kastilien geworden.

Doch am meisten bedrückte es Prinzessin Beatrice, daß sie sich jetzt ständig verstellen mußte. Hoffentlich würde Gott ihr vergeben. Aber sie war einfach gezwungen, ihrer Mutter weiterhin die liebevolle, sanfte und gehorsame Tochter vorzuspielen, die sie vor dem schicksalhaften Gespräch gewesen war.

Seit sie sich so einsam und ohnmächtig fühlte und keinen Menschen hatte, den sie um Hilfe bitten oder dem sie ihre verzweifelten Sorgen anvertrauen konnte, empfand sie das allabendliche Klopfen ihrer Mutter an der Tür wie eine Aufforderung zum Verrat. An diesem Abend, als sie sich von ihrem Gebetskissen erhoben hatte und nun neben ihrem Bett stand, fiel es ihr besonders schwer, ihren Abscheu zu unterdrücken. Lag es am Sturm, der draußen tobte? Die Fenster erzitterten im heulenden Wind und klapperten bei jeder neuen Bö. Zuweilen fuhr ein Windstoß in die ächzenden Zweige und trug den beißenden Geruch von Feuerwerkskörpern in ihr Gemach, in dem die Luft zu stehen schien.

Sogleich nachdem sie ins Zimmer geschlüpft war, mußte Maria de Padilla die Gefühle ihrer Tochter erahnt haben, denn sie hob leicht das blasse Gesicht, und in ihren braunen Augen lag ein Ausdruck von Besorgnis. »Was fehlt dir, *queridisima?*« Sie trat auf Prinzessin Beatrice zu und umarmte sie.

»Nichts, *Madre*«, murmelte Prinzessin Beatrice. »Es ist nur der Sturm draußen und eine ständige Ahnung, die mich schon seit zwei Monaten plagt, daß mein Bruder, Prinz Juan, tot ist oder gequält wird.«

Die Mutter machte sich los, umfaßte die beiden Arme ihrer Tochter und blickte ihr tief in die Augen. »Setz dich, mein Kind«, sagte sie sanft. Sie schob Prinzessin Beatrice aufs Bett, setzte sich daneben und legte den Arm um sie. Dann wandte sie langsam den Kopf und sah Prinzessin Beatrice in die Augen.

Ein Schauder überlief Prinzessin Beatrice und schnürte ihr die Kehle zu, so daß sie nicht einmal die Frage stellen konnte, die ihr im Kopf pochte.

»Ich habe sehr schlechte Nachrichten von Prinz Juan«, sagte Maria de Padilla. Ihre sonst so lebhafte Stimme klang flach und ausdruckslos.

»Ist er tot ...?« Prinzessin Beatrice machte Anstalten, sich zu erheben, wurde aber vom Arm ihrer Mutter zurückgehalten.

Maria de Padilla schüttelte den Kopf. »Nein, er ist am Leben, Dank sei dem Herrn.« Sie hielt inne. »Doch ich frage mich, ob der Tod ihm nicht lieber gewesen wäre.«

Beatrices Gesicht verzerrte sich vor Angst. »Was ist mit ihm geschehen?« Sie brachte die Frage kaum über die Lippen. »Haben sie ihn gequält?«

»Schlimmer noch. Bewahre die Fassung, bitte.« Die Stimme ihrer Mutter klang auf einmal so gebieterisch, daß Prinzessin Beatrice sich wieder wie ein Kind fühlte. Sie nahm sich zusammen.

»Die Mauren sind ein grausames und barbarisches Volk«, fuhr Maria de Padilla mit beherrschter Stimme fort. »König Yusuf hat Prinz Juan der Sprache und des Gehörs berauben lassen. Sei sicher, daß alle Christen sich zusammenschließen werden, um diese abscheuliche Tat zu rächen.«

Zuerst begriff sie es nicht, erschien es doch um soviel geringer als Folter oder Tod. Doch dann traf sie wie ein Donnerschlag die Erkenntnis, daß diese Verstümmelung nicht mehr rückgängig zu machen war.

Wahnsinnige Verzweiflung verlieh ihr ungeahnte Kräfte, und sie konnte sich aus dem Griff ihrer Mutter befreien. Ihre Brust senkte und hob sich. Sie sprang auf und griff sich an die Kehle.

»Neiiiiiiin!« Ihr Schrei klang wie der eines verwundeten Tieres.

Auch nach siebzehn Jahren, in denen König Pedro jede Nacht, die er im Palast verbrachte, ihren nackten Körper gesehen hatte, erregte sie ihn immer noch, und er fragte sich, woran das wohl liegen mochte. Er hatte sich mit vielen Frauen herumgetrieben, hatte seine Königinnen beschlafen, und war ihrer aller rasch überdrüssig geworden. Manche von ihnen hatten ihn schon nach einer einzigen Nacht gelangweilt. Die Frauen waren entweder Straßenmädchen gewesen, bei denen er stets spürte, daß sie ihm etwas vormachten – ein kleines Wort im falschen Moment, eine gekünstelte Geste, ein Stöhnen, das nicht paßte oder übertrieben war –, oder mannstolle Weiber, die sich lüstern auf ihn stürzten. Andere wiederum benahmen sich dabei so gelangweilt, daß er schon fast erwartete, sie würden einen Handspiegel hervorholen, während er

sich auf ihnen abmühte. Was die Frauen betraf, die »Nimm mich, nimm mich« stöhnten, hätte er sich hinterher stets am liebsten übergeben. Blanche hingegen war vollkommen gefühlskalt gewesen, hatte ihm pflichtschuldig ihren leblosen Körper hingegeben wie eine Märtyrerin, die sich auf dem Weg zur Hinrichtung schon der Heiligsprechung sicher ist.
König Pedro wußte, daß die Welt ihn als lüsternen, triebhaften Mann ansah, der Frauen rücksichtslos zu seiner eigenen Befriedigung gebrauchte. Allerdings ahnte niemand von seinen geheimen Sehnsüchten, ja, ihm selbst waren sie fremd gewesen, bis Maria de Padilla ihm gezeigt hatte, daß die wahre Liebe weit über die rohe Befriedigung der Triebe hinausging. Es war Maria gewesen, die ihm beim erstenmal die Zärtlichkeit, die Sanftheit, die Liebkosung hatte zuteil werden lassen, die aus dem Beisammensein fast ein Sakrament machten. Später hatte sie ihm gestanden, daß eine gottesfürchtige Frau wie sie nur so die Todsünde des Ehebruchs vor sich rechtfertigen konnte: Sie liebte ihn von ganzem Herzen und gab sich ihm nur aufgrund dieser Liebe hin. Und so hatte sie tief in seinem Inneren eine Liebe erweckt, die schon seit seiner Kindheit unerfüllt in ihm schlummerte. Vielleicht war er in vielen Dingen weicher geworden, seitdem er sie kannte, aber die wirkliche Natur dieser Liebe, ihre Poesie, ihre Anmut und ihre Zartheit würde er nie anderen Menschen offenbaren. Wie hätte er sonst seinem Ruf als Pedro der Grausame gerecht werden sollen?
Seine Mutter, die kurz nach seinem vierten Geburtstag gestorben war, hatte er kaum gekannt. Sein Vater, König Alfons XI., der Führer der *Reconquista*, der Spanien von den Mauren befreit und den Sieg in der Schlacht bei Salado errungen hatte, hatte für seinen einzigen ehelichen Sohn nie Zeit gehabt. Und da er durch seine Hurerei einen ganzen Stall Kinder gezeugt hatte, mußte Pedro sich buchstäblich mit Zähnen und Klauen den Weg zum Thron freikämpfen. Die Staatsrai-

son hatte ihn zur Ehe mit Blanche, der Tochter des Herzogs von Bourbon, gezwungen, einer Verbindung, die allerdings nur einige Monate gedauert hatte.
Wie immer öffnete Maria ihm selbst die Tür zu ihrem Schlafgemach. Niemand sonst würde je den Ausdruck der Liebe sehen, der sein Gesicht erhellte, als er eintrat, sie in die Arme nahm und sie so vorsichtig hielt, als sei sie eine Figur aus dünnem Porzellan. Im goldenen Kerzenschein erkannte er an ihrem verzückten Gesichtsausdruck, wie sehr sie ihn liebte – das Strahlen einer Braut in der Hochzeitsnacht – und er empfand Ehrfurcht davor.
»Ungeduldig habe ich den ganzen Tag auf diesen Augenblick gewartet«, flüsterte er und blickte ihr tief in die Augen. Wie jede Nacht spürte er in diesem Augenblick, daß ihrer beider Seelen miteinander verschmolzen. Ihr rosafarbenes Seidennachthemd ließ die schlanken Umrisse ihres Körpers sehen, ihre dunkle Scham, die vollen Brüste mit großen runden Brustwarzen, die ihn immer erregten. Mutterbrüste, nannte er sie manchmal.
Ihre Augen leuchteten vor Liebe. »Auch ich, du Gebieter meiner Seele.« Sie trat auf ihn zu, und ihre langen, rosigen Finger umschlossen sein bärtiges Kinn. Dann hob sie den Kopf und küßte seinen Mund. Ihre Lippen waren so weich, so feucht und nachgiebig, daß ihm ein freudiges Stöhnen entfuhr.
Ihr seidenweicher Bauch, ihr anschmiegsamer Körper erregten ihn. Doch mit einer Einfühlsamkeit, die völlig ungewöhnlich für ihn war, erahnte er, daß sie etwas bedrückte. Sanft schob er sie fort und hob sie dann in seine Arme.
»Oh!« stieß sie überrascht aus.
Er schritt zum Bett mit dem rosafarbenen Baldachin hinüber, setzte sie auf die seidenen Laken und nahm neben ihr Platz.
»*Te ruego*, sag mir, was dich bedrückt«, bat er sie leise.
»Nichts ...« Ihre weißen Zähne blitzten, als sie lächelte, doch

die braunen Rehaugen verschleierten sich. »Wie du mich durchschaust!«
Er nickte, bewegt davon, wie gut sie einander kannten.
»Zunächst bedrückt mich die schreckliche Grausamkeit, die die barbarischen Mauren an dem armen Juan verübt haben«, begann sie. »Du mußt betrübt und wütend sein.«
»Nicht wütender, als wenn es irgendeinem meiner Untertanen geschehen wäre. Du weißt ja, daß Prinz Juan ein Heiliger ist, der es seit seiner Kindheit mehr auf die Himmelskrone als auf eine irdische abgesehen hat. Wahrhaftig, er war eine große Enttäuschung für mich. Er hat unsere Armee in die Schlacht gegen die Mauren begleitet, weil ich es ihm befohlen habe. Aber er hat sich am Kampf nicht beteiligt, und als der Feind ihn umzingelte, hat er sich demütig ergeben. Nicht etwa aus Feigheit, sondern weil er zögerte, zu töten und sich den Rückweg zu unseren Reihen freizukämpfen. Ich verstehe ihn nicht. Er ist doch kein Schlappschwanz, sondern ein ganzer Kerl! Obwohl ich ihm dieses Schicksal sicherlich nicht gewünscht habe, komme ich, da es nun einmal geschehen ist, nicht umhin, die Vorteile für unsere Tochter zu sehen. Jetzt hat sie keinen rechtmäßigen Rivalen mehr, der ihr den Thron streitig machen könnte, und das Turnier wird sie vor meinen Halbbrüdern schützen.«
»Du bist hart, geliebter Pedro.«
»Wahrhaftig und vor Gott, das ist richtig. Doch ich ziehe es vor, meine Haltung in diesem Fall als praktisch zu bezeichnen. Ich weigere mich, sinnlos Mitleid und Gefühl zu verschwenden, wenn es doch nichts an der Lage ändert.«
»Und was ist mit mir?«
»Meine Liebe für dich kann ich nicht ändern; sie ist ewig, und deshalb ist sie auch kein verschwendetes Gefühl.«
Sie berührte seine Wange, so daß ein Schauer über sein Gesicht ging. Das brachte ihm zu Bewußtsein, daß er nicht mehr erregt war. »Und was bedrückt dich außerdem?«

Sie lächelte zärtlich. Dann nahm sie seine Hand und legte sie auf ihre Wange.
»Deine Haut ist kühl wie frisches Wasser an einem Sommertag«, sagte er.
Zarte Röte breitete sich vom Hals über ihr ganzes Gesicht aus. »Bei dir fühle ich mich, als wäre ich wieder sechzehn«, flüsterte sie.
»Anstelle von sechzig«, spottete er.
»Für diese Frechheit bekommst du sechzig Streiche«, drohte sie, »denn ich bin schon hundertsechzig.«
»Wenn wir zu Ende geplaudert haben, bekommst du sechshundertsechzig Streiche von mir«, gab er zurück. »Du weißt schon, womit.«
Ihr Blick fiel zwischen seine Beine. »Wie soll das gehen, wenn er wieder eingeschlafen ist?«
»In deiner Gegenwart leidet er unter Schlafstörungen.«
»O *queridisimo*, mein heißgeliebter Pedro, ich liebe dich so sehr.« Sie beugte sich vor und liebkoste seine Hoden.
»Jetzt weiß ich genau, daß es nur meine Eier sind, die du liebst.« Er hielt inne. »Und nun sag mir, was dich bedrückt.«
»Ich wünschte, ich könnte es. Es geht um unsere Tochter Beatrice. Sie macht mir Sorgen. Als ich ihr die Nachricht von Prinz Juan überbrachte, war sie schier außer sich vor Kummer. Wie kann sie so tief für ihn empfinden, wenn sie sich seit mehr als vier Jahren nicht gesehen haben? Außerdem spüre ich eine Veränderung in ihr, seit ich ihr von dem Turnier erzählte und auch davon, daß sie den Sieger heiraten muß, um ein politisches Bündnis zu besiegeln. Auch wenn sie sich trügerischen Hoffnungen hingibt, wartet sie doch darauf, daß etwas geschieht. Sie wartet auf eine Gelegenheit, ihrem Schicksal, wie sie es nennt, zu entkommen. Sie ist so romantisch, daß es uns gefährlich werden könnte.«
»Wahrscheinlich wartet sie darauf, daß ihr Traumprinz sie rettet.« Er lachte auf. »Aber außer den spanischen Prinzen,

die am Turnier teilnehmen werden, gibt es im ganzen christlichen Europa keinen, der sie heiraten würde. Und bis zum Turnier sind es noch drei Monate. Danach wird sie sofort verheiratet, und bis dahin sind wir bereit, gegen die Mauren in den Krieg zu ziehen.«

»Sie ist ein schönes Mädchen ...«

»Das ich sorgfältig vor den Augen der Öffentlichkeit verborgen habe«, erinnerte er sie. »Auch wenn sie also von einer romantischen Rettung träumt, wird sich diese Hoffnung niemals bewahrheiten.« Er blickte Maria de Padilla sehnsüchtig an und begann, sie zu liebkosen. Als er ihre weichen Brüste – Mutterbrüste – berührte, steigerte sich seine Erregung ins Unermeßliche.

Er beugte sich hinab und küßte sie. Die Lippen auf ihren Mund gepreßt, zog er sich die Hose ganz aus. Sie umfaßte sein Geschlecht und streichelte es. Dann schob sie ihn fort und schlüpfte aus dem Nachthemd. Er hatte kaum Zeit, ihren nackten Körper zu betrachten, als sie sich schon von ihm abwandte und sich auf allen vieren vor ihm aufbaute. »Du sollst mich heute reiten«, flüsterte sie.

Zwischen ihnen war Platz für unzählige Wege, sich zu lieben, sich ihrer jeweiligen Stimmung anzupassen. Er kniete sich aufs Bett und drang von hinten in sie ein. Ihr Gesäß rieb an seinen Lenden, und ihre weiche Feuchtigkeit versetzte ihn in Verzückung. Mit beiden Händen griff er ihr in die langen, braunen Haare, als wären es Zügel, und begann, sie zu reiten. Sie erreichte rasch den Höhepunkt, etwas, das er an ihr sehr mochte. Dreimal befriedigte er sie, ehe er sich in ihr ergoß.

Nachdem sie in seinen Armen eingeschlafen war, lag er noch wach. Er machte sich Sorgen über eine mögliche Auseinandersetzung mit seiner Tochter.

8. Kapitel

Beim Erlernen der Taubstummensprache erwies sich Prinz Juan als gelehriger Schüler. Da er das Arabische, worin er bereits am Hofe von Toledo Unterricht erhalten hatte, gut beherrschte, und weil Prinz Ahmed auch Spanisch sprach, konnten sich die beiden gefangenen Prinzen schon nach sechs Wochen flüssig miteinander verständigen. Während dieser Zeit wurden die beiden Jünglinge unzertrennlich.
Prinz Juan war weit davon entfernt, Prinz Ahmed wegen der an ihm verübten Grausamkeit zu hassen. Statt dessen legte er ein freundliches, gewinnendes Wesen an den Tag, und bald durfte er an Prinz Ahmeds täglichem Unterricht teilnehmen. Davon ausgenommen waren nur die abendlichen Koranstunden, auf die der christliche Prinz ohnehin keinen Wert legte. Allerdings war das Prinz Ahmed nur recht, denn so konnte er Zurikas Tanzvorführung ungestört genießen.
Er hatte Prinz Juan sogar aufgefordert, jeden Morgen nach dem Frühstück rund um die Zinnen des Turms spazierenzugehen, und entdeckte bei dieser Gelegenheit zum erstenmal, daß sein neuer Freund unter Höhenangst litt. Jedoch blieben diese Spaziergänge ein seltenes Vergnügen, da ihre Bewacher eine so enge Freundschaft der beiden Prinzen nicht wünschten. Prinz Juan entpuppte sich als der sanfteste Mensch, dem Prinz Ahmed je begegnet war. Er hegte gegen niemanden Groll, war voller Mitgefühl und Nächstenliebe und kannte keinen Haß. Von Kopf bis Fuß war er von einem Geist durchdrungen, den Prinz Ahmed als den wahrhaft christlichen erkannte und der einer großen inneren Stärke

entspringen mußte. Da die Zinnen des Turms draußen im Freien lagen, hatten die beiden Prinzen Gelegenheit, sich ungestört zu unterhalten; für Prinz Ahmed war es das erstemal, daß er mit einem anderen Menschen ein vertrauliches Gespräch führen konnte. Abou bon Ebben hatte es ihm ausnahmsweise gestattet, allerdings unter der Androhung, ihm diese Vergünstigung bei schlechtem Betragen sofort wieder zu entziehen. In letzter Zeit schien der Weise mit Prinz Ahmed sehr zufrieden zu sein, und er vertraute ihm sogar an, daß er der Zauberin Pilar einen kleinen Beutel Gold habe zukommen lassen, mit dem sie für ihr Leben lang ausgesorgt haben würde; das war der Lohn dafür, daß sie bei seinem Schützling eine derartige Verwandlung bewirkt hatte.
Da er nun jeden Morgen Gesellschaft hatte und allabendlich Zurika bewundern konnte, erschien Prinz Ahmed sein Leben für kurze Zeit erfüllter und angenehmer als je zuvor. Seit er Pilar zum erstenmal begegnet war und Zurika hatte tanzen sehen, brodelte etwas in ihm. Er hatte zwar gewußt, daß es Männer und Frauen gab und daß die Frauen Kinder bekamen, aber er war noch nie zuvor einem weiblichen Wesen begegnet. Doch wo genau kamen die Kinder her? Warum hatten Frauen eine andere Gestalt? Welche Unterschiede – abgesehen einmal von der Körperform – bestanden zwischen Männern und Frauen sonst noch? Eine innere Stimme sagte ihm, daß es zwischen den beiden Geschlechtern eine Verbindung geben mußte. Außerdem hatte der Anblick von Zurika in ihm unbestimmbare Sehnsüchte wachgerufen, die mit seinen feuchten Träumen in keinem Zusammenhang standen. Worin bestand also diese Verbindung?
Es dauerte jedoch nicht lang, bis seine neue Abendunterhaltung in ihm Zweifel und Fragen wachrief. Zuerst einmal bedrückte es ihn, daß er noch nie Zurikas Augen gesehen hatte. Nie hatte er ihre Stimme gehört oder den Duft ihres Körpers gerochen. Zurika war ein lebendiger Mensch, und trotzdem

blieb sie für ihn nur ein Traumbild. Fast, als ob sie taubstumm gewesen wäre, nur mit dem Unterschied, daß sie auch keine Augen hatte. Eigentlich hätte sie genausogut ein Baum oder eine Blume sein können, denn er konnte ihr seine Verehrung nicht zeigen. Er wagte es nicht, laut zu singen, seine Liebesgedichte vorzutragen oder ihr auf der Laute vorzuspielen. Diese unerfüllte Sehnsucht nahm in seinen Gedanken immer klarere Formen an, bis ihre Augen für ihn ungeahnte Bedeutung bekamen. Er mußte Zurikas Augen sehen, damit sie ein Wesen aus Fleisch und Blut wurde.

Weiterhin beschäftigte ihn die allmähliche Erkenntnis, daß seine Gefühle für Zurika wahrscheinlich einem tieferen Drang entsprangen, den er kennenlernen und benennen mußte. Vielleicht konnte ihm ja Prinz Juan, der in der Welt herumgekommen war, dabei helfen.

»Jetzt ist es Herbst«, wandte er sich in Zeichensprache an Prinz Juan, als sie an diesem Morgen auf den Zinnen des Turms standen. »Es liegt mehr Schnee auf den Berggipfeln der Sierra Nevada.« Er machte eine Kopfbewegung in Richtung der entfernten Bergkette, die im Sonnenlicht weiß schimmerte. Eine kühle Brise aus dem Darrotal wehte den Duft von Orangenblüten heran. Das Lied der Nachtigall, das durch die Luft schallte, verstärkte nur sein Gefühl des Unbefriedigtseins. »Der Himmel ist nicht mehr so blau, die Hügel unter uns sind kahler und welker. Im Frühling blühen die Bäume und die anderen Pflanzen. Selbst der Gesang der Vögel klingt anders. Weißt du warum, mein Freund?« Er warf seinem Begleiter einen prüfenden Blick zu.

Ein leichtes Lächeln überzog Prinz Juans Gesicht. Er wandte sich ab und blickte nachdenklich in die Ferne. Prinz Ahmed vermutete, er zögere deshalb, weil er nicht gern über Dinge sprechen wollte, deren Erwähnung bon Ebben untersagt hatte.

Dann drehte sich Prinz Juan zu ihm um. »Wenn ich dir antworten würde, müßte ich von verbotenen Dingen sprechen«, bedeutete er dem Kameraden, und Bedauern lag in seinen Augen. »Und ich habe mein Ehrenwort gegeben, nicht darüber zu reden.« Er hielt inne. »Es betrübt mich.«

»Ich verstehe«, gab Prinz Ahmed zurück. »Von allen Lebewesen kommen nur die Falken, Eulen, Fledermäuse und manchmal eine Schwalbe hier herauf, weil der Turm so hoch ist«, fuhr er listig fort. »Aber eines Morgens im letzten Frühling ist eine weiße Taube hier auf diese Zinnen geflohen. Ein Falke verfolgte sie. Die Taube fiel mir entkräftet zu Füßen, und der Falke, seiner Beute beraubt, schoß wieder hinüber in die Berge. Ich hob die Taube auf und drückte sie an meine Brust. Ich spürte, wie heftig ihr Herz pochte, noch ehe ich anfing, ihre Federn zu streicheln. Ich setzte sie in einen goldenen Käfig und gab ihr den weißesten Weizen und das klarste Wasser, doch die Taube rührte nichts davon an. Sie saß nur im Käfig, zitternd und mit hängenden Flügeln. Als ich sie schließlich freiließ, flog sie mit anmutigem Schwingenschlag davon, freute sich wieder am Leben. Warum? Lag es daran, daß sie die Freiheit der Gefangenschaft in dem Käfig vorzog, in den ich sie sperrte? Diese Frage stellte ich mir, und mein Geist beantwortete sie mit ›ja‹. Doch mein Herz widersprach meinem Verstand, denn diese Taube hatte offensichtlich ein Ziel, als sie mich verließ. Wohin flog sie?« Ein flehender Ausdruck lag auf seinem Gesicht, denn in diesem Augenblick schien ihm seine ganze Zukunft von Prinz Juans Antwort abzuhängen. »Bitte, sag mir, wohin die Taube flog.«

»Nicht wohin«, erwiderte Prinz Juan, »sondern zu wem.«

»Zu wem also?«

Der leichte Wind hatte sich gelegt, und alles auf der Welt schien stillzustehen, während Prinz Ahmed gespannt die Antwort erwartete.

»Zu ihrem Gefährten«, formte Prinz Juan mit den Lippen. Dann legte er einen Finger an den Mund, um zu verdeutlichen, daß er nicht erklären durfte, was ein Gefährte war. Ein mitleidiger Ausdruck trat in seine blauen Augen, und er schüttelte den Kopf, als wolle er sagen: Man hat dich zu einem taubstummen Dasein verurteilt, das schlimmer ist als das meine. Doch offenbar hatte er einen Entschluß gefaßt. Er öffnete den obersten Knopf seines Wamses und zeigte Prinz Ahmed ein kleines, goldenes Medaillon, das ihm an einer goldenen Kette um den Hals hing. Schweigend betrachtete er es.

Prinz Ahmed berührte ihn am Arm, so daß er aufblickte.

»Woher hast du das Medaillon?« fragte er.

»Ich hatte es bei mir, als man mich gefangennahm.«

»Und man hat es dir nicht weggenommen?«

»Nein.« Offensichtlich war Prinz Juan sich nicht sicher, ob er mehr sagen sollte. »Das Medaillon hat ein Geheimfach. Wenn dein Lehrer davon wüßte, würde er es mir wahrscheinlich wegnehmen«, antwortete er schließlich.

»Warum?«

Anstelle einer Antwort drückte Prinz Juan auf eine Seite des Medaillons, und es sprang auf. Er hielt es Prinz Ahmed hin.

»Das ist meine Schwester, Prinzessin Beatrice.«

Prinz Ahmed nahm das Medaillon und betrachtete mit weit aufgerissenen Augen das kleine Gemälde. Es war das Bild eines Mädchens wie Zurika, nur daß ihre Haut die Farbe des Schnees in den Bergen hatte, wenn die untergehende Sonne ihm einen rosigen Hauch verleiht. Ihr Haar sah aus wie das gesponnene Gold der Nachmittagssonne und umrahmte ein feingeschnittenes Gesicht.

Doch vor allem waren es ihre Augen, die Prinz Ahmed mit Ehrfurcht erfüllten.

Blaue Augen, schöner als der Himmel, weil sie verschiedene Blautöne aufwiesen. Sie hatten Tiefe und eine Seele.

Endlich erblickten seine Augen die Seele einer Jungfrau.

Hier war also die Verbindung, und durch die unergründlichen

Tiefen des menschlichen Wissens verstand er auf einmal, was Prinz Juan mit einem Gefährten meinte. Wie erstarrt von dieser Erkenntnis konnte Prinz Ahmed den Blick nicht von dem Bild lösen. Jetzt war ihm klar, warum die Taube in ihrem goldenen Käfig dahingeschmachtet war, warum ihr Herz gejubelt hatte, als sie dem goldenen Gefängnis endlich entrinnen konnte.

Nun wußte Prinz Ahmed, der Gefangene, was er tun würde, denn sein Drang, sich aufzulehnen, hatte endlich ein Ziel.

»Sie ist die Thronerbin unseres Reiches«, erklärte Prinz Juan.

»Ich habe von meinem Lehrer bon Ebben gehört«, antwortete Prinz Ahmed, »daß du, der Sohn, enterbt worden bist. Warum?«

»Mein Vater ist so verliebt in seine Mätresse Maria de Padilla, daß er alles tun würde, was sie verlangt. Ich bin überzeugt davon, daß sie es ihm vorgeschlagen hat, allerdings nur ganz vorsichtig, damit er weiterhin glaubt, daß er die Entscheidungen trifft.«

»Was für eine Frau ist Maria de Padilla?«

»Ich kenne sie nicht gut, doch ich vermute, daß sie von den Unwägbarkeiten ihres Lebens getrieben wird – nicht nur ihres vergangenen Lebens, sondern auch ihres gegenwärtigen. Gleichzeitig liebt sie meinen Vater ohne jeden Zweifel und würde ihm alles opfern, selbst ihre Tochter.« Er brach ab, und seine blauen Augen blickten in die Ferne. »Mir ist gerade eingefallen, daß Maria de Padilla sogar Gott für König Pedro aufgeben würde. Er muß sich dessen bewußt sein, und er klammert sich daran wie an einen letzten Strohhalm. Er war erst fünfzehn Jahre alt, als er den Thron bestieg, und er mußte mit seinen fünf unehelichen Brüdern hart darum ringen. Er hat Kastilien in Blut getränkt und mit eigener Hand viele Menschen getötet: den Erzbischof, Freunde, Verwandte. Er kann niemandem vertrauen, außer Maria de Padilla. Ich bin

dankbar dafür, daß es in seinem Leben wenigstens einen solchen Menschen gibt.«
»Und das sagst du, nachdem er dich enterbt und gedemütigt hat?« wollte Prinz Ahmed ungläubig wissen. Sein Freund eröffnete ihm ganz neue Wege, das Leben zu betrachten.
»Zuallererst einmal bin ich Christ. Weltliche Dinge bedeuten mir weniger als meine unsterbliche Seele. Hätte mich meine Eigenschaft als Thronerbe davor bewahrt, euer Gefangener zu werden und«, er lächelte, um seinen Worten die Schärfe zu nehmen, »davor, daß man mir Ohren und Zunge verstümmelt hat? Wozu wäre es also gut gewesen, lieber Prinz?«
Prinz Ahmed drängte die Tränen zurück, die ihm in die Augen traten. »Es ist der Wille Allahs«, erklärte er, aber seine Stimme klang belegt.
Prinz Juan streckte die Hand aus und legte sie ihm auf die Schulter. »Du darfst dir meinetwegen keine Vorwürfe machen und nicht wegen meines Verlustes trauern«, meinte er. »Denn für alles, was wir verlieren, werden wir von Gott belohnt. Das ist die Gerechtigkeit des Lebens. Seit ich Gehör und Sprache verloren habe, hat sich meine Sehfähigkeit unglaublich verbessert, und ich nehme viel mehr wahr.« Er blickte Prinz Ahmed freundlich an. »Und als ich meine Freiheit verlor, habe ich dich gefunden, das größte Geschenk, das Gott mir jemals gemacht hat, einen wahren Freund.«
Nun konnte Prinz Ahmed ein Schluchzen nicht mehr unterdrücken. Die Kehle schmerzte ihm, und sein Mund fühlte sich ausgetrocknet an. Am liebste wäre er Prinz Juan um den Hals gefallen. »Und du haßt deine Schwester nicht?«
»Nein, ich liebe sie von ganzem Herzen. Sie ist mir eine wirkliche Freundin und Vertraute gewesen. Sie verabscheut ihre augenblickliche Lage, aber sie liebt ihre Mutter und will nicht einsehen, daß es Maria de Padillas verzweifeltes Streben nach Sicherheit war, das sie die eigene Tochter im Palast von Toledo einsperren ließ.«

»Du bist sicher, daß die Mutter davon getrieben wurde?«
»Wo stünde denn die Mutter, wenn mein Vater stürbe? Sie hat sich so sehr auf seine Seite gestellt, daß sie selbst unter einem nachsichtigen Thronfolger die Rache mißgünstiger Menschen zu fürchten hätte. Jetzt glaubt sie, daß sie die vollkommene Sicherheit erreicht, indem sie Prinzessin Beatrice auf den Thron setzt. So hofft sie auch, hinter den Kulissen weiterhin die Fäden der Macht ziehen zu können.«
»Warum hast du nicht um die Thronfolge gekämpft?«
Der Prinz schüttelte das blonde Haupt. »Das hätte die Grundfeste der Gesetze erschüttert, die die Thronfolge regeln und auf die ich als König einen Eid geschworen hätte. Anders als in anderen europäischen Ländern, die die weibliche Thronfolge untersagen, hat in Kastilien jeder König das Recht, seinen Thronfolger selbst zu bestimmen, solange der Erwählte auch ein Geburtsrecht auf den Thron hat. Eure maurischen Gesetze, Prinz Ahmed, sind da anders. Der erstgeborene Sohn ist immer gleichzeitig der Thronfolger. Wenn ich König würde, wäre es meine Pflicht, unsere Gesetze, Sitten und Verfassung zu schützen. Wie könnte ich das noch, wenn ich unter Mißachtung des Erbrechts auf den Thron gekommen bin?«
Verwundert sah Prinz Ahmed Prinz Juan an. Die Ehrlichkeit und Rechtschaffenheit des jungen Prinzen berührte ihn so, daß seine Verwunderung einem Gefühl der Achtung wich, und ihm fehlten die Worte.
»Mein Vater möchte Herrscher von ganz Spanien werden, von Aragon, Léon und Navarra, Katalonien, Portugal und Granada«, fuhr Prinz Juan fort. »Zuerst will er Granada angreifen, und beim nächstenmal wird er es nicht allein, sondern mit der Hilfe anderer weißer christlicher Könige versuchen – und mit der Unterstützung der heiligen Kirche, die sich immer in weltliche Angelegenheiten einmischt. Nachdem er Granada erobert hat, wird er sich gegen seine Verbündeten wenden und einen nach dem anderen abschlachten.« Sein Gesicht

wurde starr. »Ich bin davon überzeugt, daß er dich für seinen gefährlichsten Widersacher hält. Und was König Pedro nicht in der Schlacht erreicht, wird er durch List, Betrug und Verrat bewerkstelligen. Nun, da du seinem Ehrgeiz im Wege stehst, wird er versuchen, dich zu vernichten. Du schwebst in Lebensgefahr.« Er schloß die Augen. »Wenn ich ein Hellseher wäre, würde ich sagen, daß er bereits Pläne schmiedet, dich umzubringen. Deswegen flehe ich dich an, nicht den Sicherheitsvorkehrungen in diesem wunderschönen Turm zu vertrauen. Sei wachsam, denn König Pedro ist ein gefährlicher Feind.«

Das windige Herbstwetter trug nicht eben dazu bei, König Pedros Katzenjammer zu mildern. Und die Haltung der beiden Vorsitzenden der jüdischen Gemeinde in Toledo, die ihm am Schreibtisch gegenübersaßen, hatte seine Kopfschmerzen noch verstärkt. Also fühlte er sich an diesem Morgen in seinem eichengetäfelten Arbeitszimmer mit den Ölgemälden nicht eben behaglich. Der Raum erschien ihm genauso bedrückend wie der bleierne Himmel vor dem Fenster.

Als seine Zuträger ihm am vergangenen Abend berichtet hatten, daß seine christlichen Bruderkönige nicht so rasch wie versprochen mit der zugesicherten Anzahl Soldaten und Waffen aufwarteten, hatte er beschlossen, seinen eigenen Beitrag zur Einheit des Christentums zu erhöhen, und einen Trupp deutscher Bogenschützen unter Sold genommen. Doch da der bevorstehende Feldzug seine eigenen Mittel zu erschöpfen drohte, hatte er sich an die Geldquelle aller europäischen Könige gewandt: die jüdischen Geldverleiher.

Die jüdische Gemeinde in Toledo gehörte zu den reichsten in ganz Europa. Sie war durch Handel und Geldverleih vermögend geworden. Da König Pedro wußte, daß er nötigenfalls stets auf diesen Reichtum zurückgreifen konnte, übte er nicht nur Toleranz gegen die jüdische Religion und hinderte Bi-

schof Eulogius an der Verfolgung der Juden, sondern gewährte den wichtigsten Mitgliedern der Gemeinde auch Vergünstigungen, was Handelsmonopole, Vergünstigungen und Steuernachlässe anbelangte.
Deswegen hatte er die beiden Vorsitzenden der jüdischen Gemeinde von Toledo noch spät am Abend des Vortages zu einer Audienz an diesem Morgen bestellt und sich dann den Rest der Nacht mit Wein betrunken. Nicht einmal in den zarten Armen seiner Maria hatten die Kopfschmerzen nachgelassen. Sein Schädel brummte, sein Mund fühlte sich trokken an und schmeckte nach Erbrochenem, sein Kopf war leer, und er stank entsetzlich, weil er sich am Abend zuvor geweigert hatte, sein monatliches Bad zu nehmen; nicht einmal das Amberparfüm, mit dem er seine braune Lederweste besprengt hatte, konnte da noch etwas ausrichten. »Wollt ihr damit sagen, der Schwarze Tod hätte euch solche Kosten verursacht, daß ihr uns nicht die notwendige Unterstützung geben könnt?« fragte er und sah die beiden Männer finster an. Offenbar hatten die Juden vor der Audienz vereinbart, daß Rabbi Azor für beide sprechen sollte. Er war ein großer magerer Mann mit hoher Stirn, tiefliegenden Augen, einer Adlernase und einem wallenden, schwarzen Bart. Bekleidet war er mit einem blauen Gewand, das an den Säumen abwechselnd mit Granatäpfeln und goldenen Glöckchen geschmückt war, die bei jeder Bewegung klingelten. Über dem Gewand trug er eine bis zur Taille reichende Weste aus weißem Leinen und auf dem Kopf ein Käppchen. »Ich sage nur, daß unser Volk in den letzten beiden Jahren schwere Zeiten durchmachen mußte.« Er hatte eine tiefe, sonore Stimme, die allerdings zitternd aus seinem riesigen Adamsapfel aufstieg. Als er mit dem Stuhl rückte, drang das Bimmeln seiner Glöckchen dem König wie ein Messer durch den schmerzenden Kopf.
Wie immer, wenn man seine Wünsche ablehnte, stieg das Gefühl kalter Grausamkeit in dem König auf. »Wenn du aus

dem Samen Adams bist, woran liegt es dann nur, daß dein Jahwe dir eine so zitternde Stimme verliehen hat?« fragte er brüsk. »Kann es vielleicht sein, daß dein Jahwe dich mit Krankheit geschlagen hat, als Strafe für deine ständigen Lügen?« Seine Stimme klang wie ein Knurren, und beim Lächeln bleckte er böse die Zähne. »Besonders, wenn du für dein Volk sprichst, Rabbi, solltest du nie vergessen, daß du nicht nur Gottes Strafe erleiden wirst, wenn du deinen König auf Erden belügst.«

»Mein König, wir beide, Rabbi Azor und ich, und die gesamte jüdische Gemeinde von Toledo sind uns deiner Macht bewußt«, warf Herr Joram ein. Er war direkter Abkömmling des Hauses Davids, und sein Volk sprach ihn stets mit »Herr« an. Er war ein kleiner, gepflegter Mann mit regelmäßigen Gesichtszügen und einem schwarzen Bart. Bekleidet war er mit einem schlichten schwarzen Gewand und einem schwarzen Käppchen. Er war einer der reichsten Juden in ganz Spanien, was man aber weder seiner Kleidung noch seinem Verhalten anmerkte. »Deine Gnade gegen uns, der Schutz, den du unserer Religion gewährst, und deine Toleranz gegen unsere Lebensweise machen uns zu deinen treuesten Untertanen. Hat nicht unser Glaubensbruder Sem Tob, der Rabbi von Carion do los Condes, dir ein ganzes Werk gewidmet?«

Obwohl König Pedro sich sonst nicht von Schmeicheleien einnehmen ließ, erinnerte er sich gut an einige von Rabbi Sem Tobs Lehren. »Die gegenständliche Welt ist nicht nur zweifelhaft und vergänglich; der Platz, den der Jude darin einnimmt, gibt Anlaß zu literarischer Verzweiflung«, zitierte er. »Wenn ihr euch nicht vorseht, wird sich eure Verzweiflung von der Welt der Bücher auf euren Alltag und eure Börse verlagern.« Er grinste böse. Dann, um ihnen zu zeigen, wie sehr er die Schönheit von Sem Tobs Worten schätzte, fügte er hinzu: »Die Rose stirbt und läßt ihr süßes Rosenwasser zurück, das ihren größten Wert darstellt. Hinterläßt der Mensch etwas, das so lange fortdauert?«

»Die ganze Welt ist ein endloses Spiel der Gegensätze, und selbst die Krone kann sich in einen abgetragenen Schuh verwandeln«, fuhr Rabbi Azor mit einem triumphierenden Lächeln fort.

Elender Dreckskerl, dachte König Pedro ärgerlich. Von draußen drang entferntes Donnergrollen in den Raum, und er warf einen raschen Blick aus dem Fenster. Als Rabbi Azor sich in seinem Stuhl bewegte, klingelte eines seiner Glöckchen. Die Luft war stickig geworden. König Pedro erinnerte sich an den Rest des Zitates: »Die Rose verliert nichts daran, am Dorn geboren zu sein, und gute Beispiele verlieren nichts daran, wenn ein Jude sie vorbringt. So achtet darauf, verehrte Juden, daß ihr nie mehr verliert, als gute Beispiele aufwiegen.«

»Wir werden alles in unserer Macht Stehende tun, um für deine gesamte Unternehmung die nötigen Mittel aufzutreiben«, erklärte Herr Joram. »Wenn es uns Schwierigkeiten bereiten sollte, die vielen Millionen Goldreales zu beschaffen, sei sicher, mein König, daß das nicht an mangelnder Verehrung und demütiger Ergebenheit gegenüber deiner gnädigen Gerechtigkeit und Gnade geschieht. Wir flehen dich an, gegen uns, deine am meisten geknechteten Untertanen, deine bekannte christliche Gnade walten zu lassen, die schon immer unser einziger Quell der Hoffnung gewesen ist.«

Ihr redet, als wäre ich ein gottverdammter christlicher Märtyrer in der Löwengrube, dachte König Pedro kalt. Seine Kopfschmerzen wurden schlimmer, und je länger er versuchte, seine Wut über die Art, wie ihn diese Juden hier verhöhnten, zu zügeln, desto heftiger pochte es hinter seinen Schläfen. Doch es würde zu nichts führen, wenn er seinem Zorn jetzt freien Lauf ließ. Er konnte diese beiden Hundesöhne nur durch List besiegen. »Ihr wißt doch, welch reiche Belohnung euch erwartet«, sagte er. »Ihr werdet nach der Eroberung

Granadas mehr als die geliehene Summe und die Zinsen zurückerhalten.«

»Dir wird alles gelingen, was du anfängst, mein König, aber wir alle müssen uns Gottes Willen beugen«, warf Rabbi Azor ein. Der heftige Angriff des Königs gegen ihn schien ihn nicht im geringsten eingeschüchtert zu haben. »Also versteh bitte, daß meine Brüder auch für den Fall einer Niederlage Vorsorge treffen müssen.«

Du elender Lump versuchst anzudeuten, daß ich in der Schlacht unterliegen und damit das Vermögen deiner Brüder verlieren könnte! König Pedro beschloß, einen Frontalangriff zu wagen. »Offenbar bist du ein Schweinehund, Rabbi, aber bitte sag uns, bist du ein betrügerischer Schweinehund?« fragte er im Plauderton. »Das heißt, wirst du mir so übel mitspielen, wie deine Vorfahren unserem Herrn Jesus Christus mitgespielt haben?« Er bekreuzigte sich fromm und deutete dann drohend mit dem Finger auf Herrn Joram. »Du solltest dir einen Sprecher aussuchen, der weniger zu verlieren hat als ein Rabbi«, warnte er. »Keiner von euch wird mir übel mitspielen. Wahrhaftig, wenn hier in diesem Königreich einer Schweinereien macht, dann bin ich es selbst.«

Er bemerkte, daß er Herrn Joram vor den Kopf gestoßen hatte, aber der Rabbi machte auch weiterhin ein freundliches Gesicht. »Mein König, du hast die Macht über unser Leben und unseren Tod«, stellte er ungerührt fest, seine Stimme klang fest, obwohl er jetzt leiser sprach. »Doch unsere Seelen gehören Jahwe, der die Hilflosen beschützt und der uns im Himmel ein Königreich bereitet hat.«

Trotz seiner schlechten Laune kam König Pedro nicht umhin, die Gelassenheit des Mannes zu bewundern. Er beruhigte sich ein wenig. »Gott hat mir befohlen, daß ich euch im Königreich von Kastilien Schutz gewähre«, räumte er milde ein.

»Deine Gnade ist unermeßlich, mein König«, stellte Herr

Joram fest, ein versöhnlicher Ton lag in seiner Stimme. »Wir werden mit den Mitgliedern unserer Gemeinde sprechen und alles in unserer Macht Stehende tun, um deinen Wünschen gerecht zu werden.«
»Gut, aber mir bleibt nicht viel Zeit. Wie lange wird das dauern?«
»Gewährst du uns gnädig eine Woche?«
König Pedro dachte rasch nach. Die Juden brauchten den Sabbat, um sich zu beraten; am Sonntag beging er selbst den Tag des Herrn, und es hätte sich sicher nicht geschickt, an diesem Tag Juden eine Audienz zu gewähren. »Findet euch also am nächsten Montag um die gleiche Zeit wieder hier ein.« Damit erhob er sich, und bei der raschen Bewegung schien ihm fast der Kopf zu platzen. Er zog an der Kordel, um seinen Diener herbeizurufen. »*A Dios*, Gott mit euch«, sagte er, und er meinte es auch so, denn diese beiden Männer würden, noch ehe die Woche vorüber war, Gottes Hilfe bitter nötig haben.

Ruy de Vivar nahm für sich in Anspruch, ein unehelicher Sproß des berühmten El Cid Campeador zu sein, des Kastiliers, dessen Abenteuer den Stoff für die *Cantar de mio Cid* geliefert hatten. Wie es der Zufall wollte, fiel de Vivars wöchentliche Audienz bei König Pedro auf eben diesen Vormittag.
De Vivar war der Mann, den der König bereits mit der Ermordung König Yusufs und der Entführung von Prinz Ahmed beauftragt hatte. Prinz Ahmeds Tod genügte ihm nicht. Zwar bedrückte ihn die Verstümmelung seines Sohnes nicht sonderlich, aber er war es seiner Ehre schuldig, diese Demütigung zu rächen. Als Preis für das Gehör und die Sprache seines Sohnes würde er Prinz Ahmed Schwanz und Eier abschneiden lassen. Außerdem brauchte er de Vivar, um die Pläne, die er mit den beiden Juden hatte, in die Tat umzuset-

zen. Hätte er de Vivar zu einer außergewöhnlichen Audienz befohlen, wäre er Gefahr gelaufen, daß jemand Verdacht schöpfte. Die Tore des Palastes standen mehr unter Beobachtung als der Eingang zu einer öffentlichen Bedürfnisanstalt. Also hatte er de Vivar, seinen obersten Zuträger und Vorsitzenden der Stadtbruderschaft, in seinem Arbeitszimmer empfangen, und der Mann hatte gerade seinen Bericht beendet, der – anders als der Himmel draußen – Anlaß zur Freude gab. Die *Hermandades*, die das Recht hatten, Verbrecher zu verurteilen und das Urteil zu vollstrecken, verbreiteten oft Angst und Schrecken, doch die Könige unterstützten sie, da sie einen mächtigen Teil der Bürgerschaft vertraten und einen Schutz gegen allzu ehrgeizige Edelleute darstellten. Die *Hermandades* waren eine Bürgervereinigung, deren Aufgabe es war, Ruhe und Ordnung aufrechtzuerhalten. Die erste dieser Bruderschaften hatte sich im Jahre 1295 gegründet und war erst vor fünfunddreißig Jahren wiederbelebt worden. Da die Aufrechterhaltung von Ruhe und Ordnung zu den Pflichten des Königs gehörte, entlasteten die *Hermandades* die Staatskasse und dienten ihm auch, wenn nötig, als Geheimpolizei.
De Vivar war ein magerer, glatzköpfiger Mann, der ein enganliegendes, mit Amber parfümiertes braunes Wams trug. Sein Lächeln, bei dem er die schmalen Nasenlöcher blähte, war frostig. König Pedro wußte, daß de Vivar unerschütterlich an die Überlegenheit der weißen Rasse glaubte. Er war ein kleiner Grundbesitzer und fackelte nicht lang mit Juden, Schwarzen und Mauren. »Du scherzt wohl, mein König«, antwortete er auf die Frage, ob der den Rabbi und Herrn Jarom kannte. »Ich verkehre nicht mit Juden, Heiden, streunenden Katzen und Straßenkötern.«
König Pedros Kopfschmerzen hatten sich ein wenig gelegt, da sein Körper allmählich den Alkohol abbaute. »Und wieviel weißt du über sie?« fragte er und heuchelte mit einem Lächeln Verständnis. Mit Menschen, die so schwach waren, daß sie es

nötig hatten, sich auf ihren Vorurteilen auszuruhen, hatte er wenig Geduld. Doch er mußte diesem kleinen Emporkömmling heute Honig ums Maul schmieren.
»Was zum Beispiel, mein König?«
»Was ich dir jetzt zu sagen habe, ist streng geheim. Schwörst du beim Leib Christi, daß du mit keiner Menschenseele über unsere Verbindung sprechen wirst?«
In den schmalen, blauen Augen leuchtete Interesse auf. Der Mann spürte, daß ihm eine Gelegenheit winkte, sich Vorteile zu verschaffen. »Ich schwöre beim Leib Christi, daß ich dir, mein König, stets mit unverbrüchlicher Treue zugetan war, bin und sein werde.«
Da es dir noch nie Nachteile eingebracht hat, dachte der König spöttisch. »Ja, dessen bin ich mir bewußt«, erwiderte er laut. »Und in der Angelegenheit, die ich jetzt mit dir besprechen will, kannst du dir eine ordentliche Belohnung verdienen, wenn du sie zufriedenstellend erledigst.«
De Vivar reckte die knochigen Schultern, und seine Finger krampften sich um den schwarzen Hut, den er in Händen hielt. »Ich warte auf deinen Befehl, mein König.«
»Sag mir dann, wo in deinen Augen die Schwächen dieser beiden Männer liegen. Familienmitglieder, denen sie über Gebühr zugetan sind, unschickliche Verbindungen, geheime und verdächtige Handlungen.«
Die blaßblauen Augen leuchteten verstehend. »Der Rabbi verehrt, wie es heißt, sein Hausmädchen, eine junge Frau namens Ruth, die er an Kindes Statt angenommen hat. Zwar gibt es keine Hinweise auf Verstöße gegen Anstand und Sitte, aber der Rabbi würde sein Leben für Ruth opfern.«
»Gut.« Das Vermögen anderer Leute zu verschleudern würde den Rabbi wahrscheinlich weniger hart ankommen als der Verlust dieses Mädchens. »Und Herr Joram?«
»Der sammelt goldene Leiern, an denen ihm mehr liegt als selbst an seiner Familie.«

»Geht diese junge Frau, Ruth, vielleicht täglich auf den Markt, um Essen, Kleidung und Spezereien einzukaufen?«
»Ja, mein König.« Ein wissender Ausdruck trat in de Vivars Gesicht. »Solch eine junge Frau, Hausmädchen bei einem armen Rabbi, könnte leicht in Versuchung geraten zu stehlen. Man könnte sie mit den Waren im Beutel ertappen, sofort festnehmen und ins Gefängnis sperren.« Ein sehr einfallsreicher Mann, dieser de Vivar dachte König Pedro, Geheimpolizist mit Leib und Seele.
»Die gerechte Strafe für ein solches Verbrechen.« Die Augen des Monarchen funkelten grausam. »Vielleicht wird ein bißchen Folter notwendig sein, um ein Geständnis aus ihr herauszulocken.« Er brach ab und grinste böse. »Und wie steht es um die Schwächen des Herrn Joram?«
»Man könnte ihn wegen des Diebstahls von Leiern festnehmen.«
Schlau mochte dieser Mann sein, allerdings auch ein wenig simpel in seinen Gedankengängen. »Das würde vielleicht unklug sein. Herr Joram ist ein angesehener Mann, und seine Verhaftung könnte auf dich zurückfallen. Da er seine alten Leiern wahrscheinlich mehr liebt als sich selbst, wäre es doch viel erfolgversprechender, die wertvollsten davon zu beschlagnahmen; unter dem Vorwand, daß sie gestohlen sind.«
»Du bist so klug, mein König«, nickte de Vivar anerkennend.
Nein, ich bin nicht klug, dachte König Pedro, nur gerissen und grausam. »Am besten sperrst du dieses Hausmädchen – wie heißt sie noch einmal, Ruth? – unter Androhung der Folter in den Kerker und beschuldigst sie dann der Gotteslästerung. Den Herrn Joram kannst du davon in Kenntnis setzen, daß seine beschlagnahmten Leiern jeden Augenblick zerbrochen werden könnten.«
Ja, Pedro der Grausame würde diesen beiden beschnittenen Schlappschwänzen schon zeigen, daß sich mit der königlichen Gnade kein Schindluder treiben ließ. »Mach dich sofort

an die Arbeit«, befahl er. Er würde nur abwarten müssen, bis die Juden sich mit der Bitte um sein Eingreifen an ihn wandten, und ihnen für einen angemessenen Preis helfen.
»Gewiß, mein König«, antwortete de Vivar diensteifrig. »Hast du heute noch weitere Befehle für mich?«
»Wie steht es um deinen Plan für die Ermordung des Maurenkönigs Yusuf und die Entführung seines Sohnes?«
De Vivar blinzelte. »Mein König, dieser Auftrag ist um einiges schwieriger auszuführen. Wir haben es hier mit einem souveränen Königreich zu tun, das weit von Toledo entfernt liegt. Der Palast ist gut befestigt und wird scharf bewacht...«
»Die Geschichte strotzt von Beispielen, daß es möglich ist, einem Herrscher auch aus großer Entfernung den Tod zu bringen«, unterbrach König Pedro ungeduldig. »Der Kniff dabei ist, sich der Feinde des Königs im eigenen Palast zu bedienen und sie zu der Tat anzustiften.«
»Richtig, mein König. Aber im Gen al Arif ergibt sich eine zusätzliche Schwierigkeit, da sämtliche Dienstboten taubstumm sind. Ich habe mich bereits mit König Yusufs Feinden in Verbindung gesetzt. Wir treffen zur Zeit die notwendigen Vorbereitungen für die Tat.« Er lächelte entschuldigend. »Und das alles kostet auch Geld.«
»Du hast freien Zugang zu meiner Schatzkammer, um dich mit den nötigen Mitteln zu versorgen.« König Pedro überlegte eine Weile. »Besonders, um Prinz Ahmed zu entführen.«
»Das ist der schwierigste Auftrag, den ich je erhalten habe. Da es mir nicht gelungen ist, einen der Taubstummen unter Prinz Ahmeds Bediensteten für meine Pläne zu gewinnen, habe ich einen neuen Weg beschritten. Zweifle nicht, mein König, es ist nur eine Frage der Zeit, bis ich deine Wünsche erfüllen kann.«

9. Kapitel

Abgesehen von der Stunde, in der Zurika für ihn tanzte, war das gemeinsame Abendessen mit Prinz Juan zu Prinz Ahmeds liebster Zeit geworden. Obwohl bon Ebben meist anwesend war und Prinz Ahmed immer noch seine Studien vor der Schlafenszeit hinter sich bringen mußte, genoß er inzwischen das Gefühl der Entspannung, das eine gute Mahlzeit in angenehmer Gesellschaft in ihm wachrief. Da Abou bon Ebben die Taubstummensprache nicht verstand und sich deswegen nicht an den Gesprächen mit Prinz Juan beteiligen konnte, war er meist nur ein stiller Beobachter, der mit wäßrigen Augen auf ein Zeichen von unziemlicher Nähe zwischen den beiden Prinzen lauerte.

An diesem Abend schien der Lehrer ziemlich müde zu sein und wirkte geistesabwesend. Welche Gedanken mochten ihm wohl in seinem schlauen Kopf herumgehen, fragte sich Prinz Ahmed, als sie sich zu Tisch setzten. Über seinem grauen Gewand trug bon Ebben einen schwarzen Umhang, da es kühl war. In den letzten vier Jahren hatte Prinz Ahmed darauf bestanden, sich Hitze und Kälte schutzlos auszusetzen, um sich für seine zukünftigen Aufgaben abzuhärten. Sein Lebensziel war es, nach dem Tod seines Vaters den Thron von Granada zu besteigen und dann Kastilien, Aragon und Léon y Navarra wieder unter maurischer Herrschaft zu vereinen. Seltsam, wie diese Pläne in seinem Kopf an Deutlichkeit gewonnen hatten, seit er Prinz Juan begegnet war! Bis dahin hatten der Gen al Arif und sein Drang, seinem Gefängnis zu entfliehen, sein ganzes Sinnen und Trachten beherrscht. Nun aber hatte ihm Prinz Juans Ankunft unverhoffterweise eine neue Welt eröffnet. Aus den Gesprächen mit seinem neuen Kameraden kannte er die Ziele der anderen spanischen Herrscher – Ziele, die auch seinen Ehrgeiz geweckt hatten. Er war wie ein Frosch gewesen, gefangen in einem Tümpel, den er für unendlich gehalten hatte, nicht nur im wörtlichen, sondern auch im übertragenen Sinne. Nun hatte er den vorbeifließenden Strom der Außenwelt entdeckt und sich selbst in seinen spiegelnden Wassern gesehen – als zukünftiger Herrscher.

Das Speisezimmer wurde vom goldenen Licht der Deckenlampen erhellt, die an diesem Abend mit Moschus parfümiert waren. Das Flackern der Fackeln in ihren Haltern an der Wand ließ Lichtpunkte über das dunkle Mahagoni und das goldene und silberne Geschirr tanzen. Der Duft von Lammbraten und geröstetem Hammel, gewürzt mit Oregano und Basilikum, lag noch in der Luft, nachdem die taubstummen Diener den Tisch schon längst abgeräumt hatten. Auf leisen Sohlen gingen sie hinaus, um die Fruchtsäfte zu holen, die das Mahl abrunden sollten.

Abou bon Ebben schob seinen Stuhl zurück, streckte die Beine und rieb sich mit der knochigen Hand den Bauch. Er rülpste zweimal, erst kräftig, dann etwas leiser. »Dank sei Allah, dem Allmächtigen, für dieses gute Mahl«, murmelte er.

»Da wir gerade von Allah, dem Allmächtigen, sprechen«, wandte sich Prinz Juan in Zeichensprache an Prinz Ahmed. »Meiner Ansicht nach sind die Muslime ihrem Gott ebenso ergeben wie die Juden und Christen dem ihren, aber sie halten sich viel strenger an die täglichen Gebetszeiten. Als Katholik ist es mir nie gestattet gewesen, etwas über andere Religionen zu erfahren, wie du bereits weißt. Doch nachdem ich deinen Glauben in den letzten Wochen kennengelernt habe, bin ich zu dem Schluß gekommen, daß es ein guter Glaube ist, und möchte mehr darüber erfahren. Allerdings

nicht von den *imamen* und Lehrern, sondern von dir als gläubigem Moslem.«
Prinz Ahmed riß die Augen auf. Wieder erlebte er eine neue Seite an Prinz Juan. In seiner Güte sorgte er immer wieder für derartige Überraschungen. Er räusperte sich, spielte mit seinem Messer herum und überlegte sich, was er antworten sollte. Dann ließ er das Messer fallen, um die Hände für die Zeichensprache frei zu haben. »Die Moslims glauben daran, daß der Koran die Vorschriften für unser Leben enthält, die uns Gott, der Schöpfer und Herr des Universums, durch unseren Propheten Mohammed übermittelt hat, um die Menschen zu leiten. Um sich richtig zu entwickeln, braucht der Mensch nicht nur die Mittel, um sein Leben zu erhalten und die materiellen Bedürfnisse des einzelnen und der Gesellschaft zu erfüllen, sondern auch das Wissen um die Grundsätze des persönlichen und gesellschaftlichen Verhaltens. Nur so kann er ein erfülltes Leben in Gerechtigkeit und Frieden zwischen den Menschen führen.«
»Und Gott hat für die Befriedigung dieser Bedürfnisse gesorgt?«
»Im Überfluß. Alles, was die Natur zu bieten hat, steht dem Menschen zur Verfügung. Um auch die geistigen, gesellschaftlichen und kulturellen Bedürfnisse des Menschen zu befriedigen, hat Gott seine Propheten über alle anderen Menschen erhoben und ihnen die Vorschriften für ein gutes Leben enthüllt, die den Menschen auf den rechten Weg lenken.«
»Zu euren Propheten gehören Adam, Noah, Abraham, Moses und unser Herr Jesus Christus.«
Prinz Ahmed lächelte. »In der Tat. Unsere Propheten und euer Herr Jesus Christus. Das Wort Islam kommt aus dem Arabischen und bedeutet Unterwerfung, Gehorsam, Überantwortung und Friede. Wenn wir uns Gottes Willen unterwerfen, seinen Gesetzen gehorchen, uns seiner Obhut überantworten, dann werden wir mit uns selbst und mit der Erde

in Frieden leben. Gott hat das Universum geschaffen, und er erhält es. Er hat den Menschen geschaffen und weist einem jeden eine begrenzte Lebenszeit auf dieser Erde zu. Indem er Vorschriften für richtiges menschliches Verhalten erlassen hat, hat er dem Menschen auch die Freiheit gegeben, diese Vorschriften entweder abzulehnen oder sich daran zu halten. Wer sich daran hält, ist ein Moslem, wer nicht, ein *kafir.*«

»Wie wir Christen glaubt auch ihr an nur einen Gott.«

»Ja, die Einheit Gottes ist *Tawhid,* der Mittelpunkt, um den sich die Grundsätze und Lehren des Islam drehen. Das bedeutet, daß alle Menschen gleich sind.« Er sah Prinz Juan scharf an. »Moslems verurteilen niemanden aufgrund seiner Hautfarbe, seines gesellschaftlichen Standes, seiner Rasse oder seiner Herkunft.«

»Und Mohammed war der letzte Prophet?«

»Friede sei mit ihm. Er hat uns Gottes Vorschriften übermittelt, die wir *Shari-ah* nennen und die ihm der Engel Jibril, also Gabriel, durch seinen Geist enthüllt hat.« Prinz Ahmed blickte sich um, als die Tür aufging.

Ein dunkelhäutiger, graubärtiger Taubstummer, der die purpurrote und goldene Tracht der Bediensteten trug, kam mit einem goldenen Tablett herein, auf dem silberne Krüge voller Fruchtsäfte standen. Prinz Ahmed hatte den Mann noch nie gesehen. Wahrscheinlich ein Neuling, der einen der Greise ersetzen sollte. Er wandte sich wieder an Prinz Juan, um mit seiner Erörterung fortzufahren. In den blauen Augen seines Freundes, die auf den Bediensteten gerichtet waren, lag Erstaunen; dann jedoch wandte Prinz Juan rasch den Blick von dem Mann ab und starrte ins Leere.

Der Diener stellte das Tablett auf den Tisch, goß den Granatapfelsaft ein und verließ den Raum. Die Tür schloß sich hinter ihm.

»Du hast verwirrt und nachdenklich ausgesehen, als du den Diener erblicktest«, stellte Prinz Ahmed fest. »Warum?«

Prinz Juan wandte wieder den Blick ab. Offenbar dachte er angestrengt nach. Schließlich schien ihm ein Licht aufgegangen zu sein. Er nickte langsam und sah Prinz Ahmed an. »Ja, ich kenne diesen Mann«, formte er mit den Lippen. »Ich habe ihn einmal in Toledo bei einer Gerichtsverhandlung gegen Verräter gesehen. Er war ein Zuträger meines Vaters. Dieser Mann ist kein Taubstummer, sondern ein gedungener Mörder.«

Der Mörder war sofort in Eisen gelegt worden, doch Prinz Ahmed mußte jetzt erschüttert erkennen, daß Prinz Juan mit seiner Warnung recht gehabt hatte: König Pedro der Grausame betrachtete ihn als Rivalen um die Herrschaft in ganz Spanien. Zum erstenmal fühlte er auch, wie heftig sein eigener Ehrgeiz war. Eine Auseinandersetzung zwischen ihm, König Pedro, König Karl, König Heinrich, König Philipp und der katholischen Kirche würde unvermeidlich sein. Zuallererst würde sich der Streit an Prinzessin Beatrice entzünden. König Pedro brauchte seine Tochter, um seine Eroberungspläne in die Tat umzusetzen. Aber er, Prinz Ahmed, hatte bereits beschlossen, Prinzessin Beatrice zu befreien, weil er sich in demselben Augenblick, in dem er ihr Porträt sah, in sie verliebt hatte. Außerdem konnte er nicht leugnen, daß es auch für die Befriedigung seines Ehrgeizes von Vorteil war, wenn er sie zur Gemahlin nahm.

Als Prinz Juan ihm erzählt hatte, daß die Prinzessin so wie er seit ihrem zwölften Geburtstag als Gefangene gehalten wurde, hatte ihn tiefes Mitleid für sie ergriffen. Solch ein wunderschöner Vogel, eingesperrt wie er selbst, Opfer eines ehrgeizigen Vaters! Erfüllt von ihm bis dahin unbekannten ritterlichen Gefühlen brannte Prinz Ahmed darauf, loszureiten und sie zu befreien.

Doch wie konnte er sie retten, da er selbst doch ein Gefangener war?

Obwohl sich der gedungene Mörder geweigert hatte zu sprechen, wie bon Ebben Prinz Ahmed berichtet hatte, waren doch seine Schreie unter der Folter Beweis genug, daß er keineswegs an Stummheit litt. Schließlich war er in der Folterkammer gestorben, doch in der Alhambra war man ebenso klug wie zuvor, was den Namen seines Auftraggebers anbelangte. Allerdings wies Prinz Juans Aussage darauf hin, daß er von König Pedro geschickt worden war. Zum Dank gewährte man Juan eine bequemere Gefängniszelle und größere Freiheiten.

Obwohl die Sicherheitsmaßnahmen seit der Ergreifung des Mörders im ganzen Palast verschärft worden waren, spürte Prinz Ahmed immer stärker den Drang, einer anderen Gefangenen zu helfen: dem schönen Mädchen im fernen Toledo. Die nächsten Tage verbrachte er in heller Aufregung und auch in Angst vor dem, was geschehen würde, wenn sein Plan fehlschlug. Er wußte, daß sein Vater ihn umbringen oder verstümmeln lassen würde, wenn man ihn bei der Flucht ertappte. Auge für Auge, so hieß es im Koran, und selbst einem flüchtigen Thronerben konnte man die Beine abschlagen, wonach er immer noch in der Lage sein würde, das Land zu regieren. Allerdings empfand Prinz Ahmed die Aussicht auf eine Zukunft als beinloser König nicht als sonderlich verlockend.
Eigentlich hatte er die wichtige Entscheidung bereits an dem Morgen getroffen, als er das Bild von Prinzessin Beatrice in Prinz Juans Medaillon erblickte. Ohne zu wissen, was Liebe war, hatte er sich in die Prinzessin verliebt. Auf eigenartige Weise hinterließ dieses Bild in ihm einen nachhaltigeren Eindruck als Zurika, die Tänzerin, die er jeden Abend von seinem Turmfenster aus sah. Es lag an den Augen. Prinzessin Beatrices Augen hatte er tatsächlich gesehen, während er von Zurika nur die Umrisse ihrer Gestalt kannte. Abou bon Ebben

hatte ihm einmal von einer Vorstellung der alten Griechen erzählt. Sie glaubten, daß ein unsichtbarer Strahl aus dem Gehirn eines Menschen durch die Augen bis zwischen die Augen des Gegenübers drang und so ein unmittelbares Band zwischen den beiden schuf. Als Prinz Ahmed sich nach der genauen Beschaffenheit dieses Bandes erkundigt hatte, hatte bon Ebben sofort das Thema gewechselt. Nun hatte er, Prinz Ahmed, es selbst erlebt.

Gewiß, das Zigeunermädchen war ein Wesen aus Fleisch und Blut, während das Bild von Prinzessin Beatrice nur aus einer Zusammenstellung bunter Farben bestand. Doch die Art und Weise, in der man diese Farben zusammengestellt hatte, berührte Prinz Ahmeds Sinn für Schönheit. Jeder von Prinzessin Beatrices Zügen, jeder Farbton war so vollkommen, daß er schon mit dem Gedanken gespielt hatte, Prinz Juan um das Medaillon zu bitten. Das Bild hatte auf ihn eine Wirkung gehabt wie ein Donnerschlag und in ihm ein seltsames, schicksalhaftes Gefühl ausgelöst. *Kismet!* Auch so konnte sich der Wille Allahs offenbaren.

Doch wie sollte er sie retten, da er selbst ein Gefangener war? Seit diesem Tag beobachtete Prinz Ahmed aufmerksam die Wachen im Turm und auf den Zinnen und kundschaftete ihre Dienstpläne aus. Er stellte fest, daß sämtliche Schutzmaßnahmen den Einfluß der langen Friedenszeit verrieten. Man schien hauptsächlich darauf bedacht, das Eindringen eines Feindes zu verhindern, nicht aber den Ausbruch eines Gefangenen. Es waren nur wenige Männer, die ihn im Gen al Arif bewachten – aus dem einfachen Grunde, weil sie ursprünglich mit der Aufgabe betraut gewesen waren, einen kleinen Jungen zu behüten, und weil niemand in der Zwischenzeit daran gedacht hatte, den veränderten Umständen Rechnung zu tragen. Prinz Ahmed kam zu dem Schluß, daß der kürzeste Weg nach draußen auch der leichteste sein würde. Wenn es Zurika gelang, jeden Tag unentdeckt auf den Felsen zu kommen, mußte dies doch auch für ihn zu bewerkstelligen sein. War er erst einmal frei, würde er sich in die Stadt schleichen und sie wie ein ganz gewöhnlicher Bürger durch die schmale Pforte neben dem nördlichen Haupttor verlassen. Die Wachen machten ihre Rundgänge auf den Zinnen des Gen al Arif nur zwischen Sonnenuntergang und Sonnenaufgang des folgenden Tages. Er würde kurz vor Sonnenuntergang aus dem Palast schlüpfen, ehe die nächtliche Wachablösung ihren Dienst antrat.

Nachdem er aus der Stadt entkommen war, würde er immer noch den Weg nach Toledo finden müssen, das im Norden jenseits der schneebedeckten Berge lag. Und schließlich mußte er dort in den Palast gelangen. Er würde einen Führer brauchen, und da seine Wahl aus ganz offensichtlichen Gründen auf Prinz Juan fiel, zog er seinen Gefährten sofort ins Vertrauen. Als Prinz Juans Augen bei der Aussicht auf Flucht aufleuchteten, war dies Prinz Ahmeds schönste Belohnung gewesen.

Nachdem Prinz Ahmed festgestellt hatte, daß die Zeit der Wachablösung bei Sonnenuntergang die günstigste Gelegenheit zur Flucht darstellte, überredete er bon Ebben dazu, Prinz Juan zu gestatten, daß er an seinen abendlichen Studien und am Abendessen teilnahm. Erst zur Koranstunde nach dem Essen würde der Prinz seine Gemächer verlassen müssen. So würde es keinen Verdacht erregen, wenn sich Prinz Juan zum Zeitpunkt der Flucht dort aufhielt. Dies bedeutete zwar, daß Prinz Juan auch das Tanzmädchen Zurika zu Gesicht bekommen würde, aber inzwischen war Prinz Ahmeds Herz so für Prinzessin Beatrice entflammt, daß ihm das nichts weiter ausmachte,

Seine Wahl für den Tag der Flucht fiel auf den 28. November. Da es die Nacht vor Neumond war, würde es sehr dunkel sein, und weil es sich um einen Sonntag handelte, würden die meisten Menschen zu Hause bleiben, denn auch die Moslems nützten den christlichen Feiertag.

Endlich war der Abend der Flucht gekommen. Als sich die schicksalhafte Stunde näherte, klopfte Prinz Ahmed beim Gedanken an das, was ihm bevorstand, das Herz bis zum Halse. Auf einmal erschien ihm das ganze Abenteuer närrisch, und er hätte am liebsten aufgegeben. Selbst die Aussicht, die liebliche Prinzessin zu befreien, kam ihm plötzlich nicht mehr so anziehend vor. Nur der Gedanke, daß Prinz Juan ihn als einen Feigling ansehen würde, hielt ihn davon ab, wankelmütig zu werden. Welch ein Glück, daß er seinen Freund eingeweiht hatte!

Als er am Fenster stand und auf Zurikas Erscheinen wartete, wußte Prinz Ahmed mit einemmal, daß er ein Mann geworden war. Er hatte der nackten Angst ins Auge geblickt und sie überwunden. Statt sich feige zu drücken, war er um so entschlossener, sein Vorhaben in die Tat umzusetzen. Also besaß er den wahren Mut, die Fähigkeit, Furcht niederzuringen.

Als zusätzliche Vorsichtsmaßnahme hatte er gegenüber bon Ebben Kopfschmerzen vorgeschützt, um nicht am Abendessen und an der Koranstunde teilnehmen zu müssen. Sein Lehrer hatte keinerlei Verdacht geschöpft. Da sein Zögling sich so friedlich mit seiner Gefangenschaft abzufinden schien, wiegte sich der alte Weise völlig in Sicherheit. Und nachdem er sich überzeugt hatte, daß die beiden Prinzen einander nicht in unschicklicher Weise zugetan waren, hatte er diese Freundschaft sogar gefördert, da er hoffte, daß sie Prinz Ahmed über seine Sehnsucht nach Liebe hinweghelfen würde. Deswegen hatte er auch nichts dagegen einzuwenden, daß Prinz Juan seinem kranken Freund über Nacht Gesellschaft leistete.

Während er gemeinsam mit Prinz Juan Zurika an diesem Abend beim Tanzen zusah, wirbelten Prinz Ahmed viele Gedanken im Kopf herum. Über den schneebedeckten Bergen ging die Sonne unter; ihre letzten Strahlen hauchten einen zarten Rosaton auf die Gipfel. Würde er Zurika jemals wieder tanzen sehen? Sie hatte sein ganzes Dasein verändert. Außerdem hatte sie ihr Leben aufs Spiel gesetzt, indem sie jeden Abend ihre Verabredung einhielt. Trotzdem konnte er die verschwommenen Gefühle, die ihn beherrschten, immer noch nicht erklären. Er liebte Zurika, aber er hatte sich auch in Prinzessin Beatrice verliebt. Zurika mußte sehr viel für ihn empfinden. Was würde sie denken, wenn das Fenster, das für sie in all den Wochen so große Bedeutung gehabt hatte, auf einmal dunkel und leer blieb? Würde sie trotzdem weitertanzen und hoffen, daß er nur krank war und sich bald wieder zeigen würde, bis sie dann durch den Klatsch in der Stadt von seiner Flucht erfuhr? Er fühlte sich schuldig, als er sich diese Fragen stellte. Trotzdem war er fest entschlossen zu fliehen; ganz gleich, was geschah, er durfte nicht schwankend werden.

Kismet, der Wille Allahs.

Zurika beendete ihren Tanz, warf ihm eine Kußhand zu und ward von der Dunkelheit verschluckt.

Prinz Ahmed wandte sich an Prinz Juan, der schweigend und gebannt zugesehen hatte. »Zeit zum Aufbruch«, bedeutete er ihm in Zeichensprache.

Die blauen Augen des Kameraden blitzten vor Aufregung, und in den Augenwinkeln bildeten sich Lachfältchen. »Gott mit uns«, gab Prinz Juan zurück.

»Möge die Gnade Allahs uns behüten«, erwiderte Prinz Ahmed grinsend. »Möge dein Gott dich behüten, wie Allah mich sicherlich behüten wird.«

Prinz Ahmeds Gemächer nahmen das gesamte Obergeschoß des Turmes ein. Die Zinnen erreichte man vom darunterliegenden Stockwerk aus. Prinz Ahmed beabsichtigte, von den Zinnen hinabzusteigen, wobei er Prinz Juan so gut wie möglich gegen seine Höhenangst beistehen wollte. Nachdem sie erst einmal die Anhöhe unter den Zinnen erreicht hatten, würden sie den Abhang zum Felsen hinaufsteigen, wo Zurika immer tanzte. Von dort aus wollten sie zwischen Gestein und

Gebüsch verschwinden und den Pfad einschlagen, auf dem auch Zurika offenbar in die Stadt zurückkehrte.
»*Por favor*, hilfst du mir mit den Taschen?« bedeutete Prinz Ahmed seinem Freund. Als Prinz Juan nickte, ging er ihm voraus ins Schlafgemach. Es war ein großer Raum, wo die Öllampen aus Messing bereits für die Nacht entzündet waren. Er steckte sich einen einfachen Dolch in den Gürtel und packte eine der beiden braunen ledernen Satteltaschen, die auf dem weißseidenen Überwurf seines breiten Bettes am anderen Ende des Zimmers lagen. Die andere Tasche gab er Prinz Juan. Er warf einen letzten Blick auf das Zimmer, das seine geheimen Hoffnungen und Träume beherbergt hatte, seine lähmende Verzweiflung und seine unvergossenen Tränen, in all den Monaten, seit er angefangen hatte, sich aufzulehnen. Im goldenen Licht der Lampen schien das Schwarz und Rot der Bokharateppiche auf dem weißen Marmorfußboden weicher, und auch der kleine marmorne Tisch mit der Einlegearbeit und die beiden goldgepolsterten Diwane machten einen weniger prunkvollen Eindruck. Als er heute den vertrauten, stechenden Geruch des Weihrauchs und des Lampenöls roch, stellte er verwundert fest, daß dieser Raum für ihn kein Gefängnis mehr darstellte. Er drängte die Tränen zurück, die ihm in die Augen stiegen. »Jetzt, da ich ihn verlasse, wird dieser Raum endlich mein Zuhause«, formte er mit den Lippen, an Prinz Juan gewandt. »Wir brechen auf ins Unbekannte und sind beide heimatlos.« Er warf dem Prinzen einen schwarzen Umhang zu.
»So geht es immer«, antwortete Prinz Juan und lächelte dann spitzbübisch. »Selbst mein Kerker in deines Vaters Palast war mir ein Zuhause, obwohl ich froh war, ihn verlassen zu können.«
Ein Gedanke kam Prinz Ahmed in den Sinn, und sein Bedauern war fast wie weggeblasen. »Auch mich betrübt es, das alles hier aufgeben zu müssen, doch eine Zelle kann einen

Menschen nie gefangenhalten, solange die Freiheit sein wahres Zuhause ist. Die Taube, von der ich dir erzählt habe, konnte in ihrem Käfig keine Heimstatt finden.« Er klopfte auf seine Satteltaschen. »In den Taschen sind Kleider zum Wechseln für uns beide, und genug Gold und Edelsteine, um ein Königreich damit zu kaufen. Als mein Vater mir diese riesige Schatzkammer einrichtete, um mir die Gefangenschaft zu versüßen, ahnte er nicht, daß sie mir einmal zur Freiheit verhelfen würde.« Nachdenklich hielt er inne. »Ich frage mich, was der König Abou bon Ebben antun wird, wenn er entdeckt, daß wir beide entflohen sind.« Er nahm seinen schwarzen Umhang.

»Abou bon Ebben wird gefoltert und hingerichtet werden, selbst wenn man uns ergreift und zurückbringt.« Ein ernster Ausdruck erschien auf Prinz Juans Gesicht. »Als Christ habe ich Mitleid mit ihm, aber offen gesagt, hat er die Strafe verdient, da es zuallererst sein Einfall war, dich zum Gefangenen zu machen.«

»Vergeltung«, murmelte Prinz Ahmed. Allerdings war ihm beim Gedanken an das Schicksal des alten Weisen nicht recht wohl.

»Ursache und Wirkung«, gab Prinz Juan zurück. »Es ist Gottes unergründliches Gesetz, das das Rad dreht. Dein Lehrer hat es gewagt, dich deiner gottgegebenen Freiheit zu berauben, und jetzt muß er den Folgen ins Auge sehen.«

»Wir sind niemals frei. Nicht einmal mein Vater, der König, ist frei. Abgesehen von anderen Zwängen ist er auch Sklave seines Standes und des Wunsches, die Thronfolge sicherzustellen.« Prinz Ahmed zuckte die Achseln. »Genug philosophiert! Beeilen wir uns.« Er hielt inne. »Sicherlich wird Tarif mir fehlen, und ich weiß, daß auch er mich vermissen wird.« Er wandte sich um und ging in den Salon. Dann sah er sich seufzend ein letztes Mal um. Er warf einen Blick aus dem hohen Fenster auf den Himmel, der sich inzwischen dunkel-

rosa und golden verfärbt hatte, und schritt auf die schwere Eichentür zu, die zu der engen, gewundenen Stiege hinab zu den Zinnen führte. Entschlossen griff er nach dem Knauf, drehte ihn und drückte.
Die Tür gab nicht nach. Er schob; sie rührte sich nicht. Mit einer üblen Vorahnung und einem flauen Gefühl in der Magengrube hämmerte er verzweifelt an die Tür. »Bei Allah«, flüsterte er. »Sie ist über Nacht von außen verriegelt.«

Er mußte Prinzessin Mathilde an diesem Abend gar nicht ins Gesicht sehen, um zu wissen, daß sie etwas im Schilde führte. König Karl kannte sie so gut, daß er ihre Gedankengänge las, als ob es seine eigenen gewesen wären. Ihr kunstvoll frisiertes Silberhaar, die zart geschminkte weiße Haut, die großen grauen Augen mit den undurchdringlich schwarzen Pupillen, die Haltung, alles war so wie immer, als sie sich aus der Verbeugung erhob, um ihm die Hand zu küssen. Aber er spürte eine Veränderung bei ihr.
Er beugte sich auf dem Sofa leicht nach vorne und sah sie eindringlich an. »Du denkst heute an etwas ganz Bestimmtes, liebe Prinzessin«, stellte er fest. In all den Jahren hatte es ihnen Freude bereitet, einander mit ihrer bemerkenswerten Einfühlungsgabe zu verblüffen. Obwohl sie beide sich eigentlich schon längst nicht mehr wirklich davon überraschen ließen, blieb sie doch ein Zeichen ihrer innigen Verbundenheit.
Prinzessin Mathilde hob ihren rosagoldenen Fächer, der zu dem Kleid paßte, das sie heute abend trug. »Nun, wie kommst du denn auf diesen Gedanken, mein Lieber?«
Der altgewohnte Satz berührte ihn wie immer, und er gab darauf die eingespielte Antwort. »Es gibt nichts, was mir an dir entgeht.«
»Wirklich?«
»Wirklich, nicht einmal deine selbsteingestandenen kleinen

Abenteuer.« Heute hatten diese Worte für König Karl eine besondere Bedeutung.
Sie brach in ihr übliches trillerndes Lachen aus und deutete mit dem Fächer auf ihn. Im Kamin knisterte ein glühendes Scheit. »Hast du das gehört? Selbst mein Kaminfeuer tadelt dich für deine Worte.«
Er fühlte sich stark und erfrischt nach einem Tag militärischer Übungen, in denen er sich auf das Turnier vorbereitet hatte. »Beim Leib des Herrn, das ist aber eine unhöfliche Art, einen Tadel auszusprechen. Du solltest deinem Feuer Manieren beibringen.«
»Du klingst wie deine Mutter.«
»Meine Mutter kann mich kreuzweise.« Es gelang ihm nicht, den Fluch zu unterdrücken, was sonst in Gegenwart der Prinzessin nie vorkam.
Sie hob die zarten Augenbrauen. »Das wünschst du dir doch insgeheim, mein lieber Junge, oder?«
Nun war er doch überrascht, wie gut sie ihn durchschaute. »Woher weißt du das?« fragte er.
»Nichts an dir entgeht mir.«
Sein brüllendes Lachen hallte von den Wänden wider. »Gut gekontert.«
Durch seinen Lachanfall war er außer Atem geraten, und als er nach Luft schnappte, stieg ihm ihr zartes Geißblattparfüm in die Nase. Der Duft erinnerte ihn an das Lieblingsparfüm seiner Mutter, ein Myrtenwasser, das ganz anders roch als die Parfüms, die Prinzessin Mathilde bevorzugte. Ein neuer Gedanke stieg in ihm auf: Da die Prinzessin wußte, wie sehr er seine kalte, hochmütige Mutter haßte und sie doch gleichzeitig körperlich begehrte, vermied sie sorgsam alles – Kleidung, Frisur, Duft, Worte und Handlungen –, was ihn an sie hätte erinnern können. Was für eine wunderbare, weise Frau! Aber wollte sie damit auch verhindern, daß er sie körperlich begehrte? Diese Frage verwirrte ihn, und er schrak vor ihr

zurück. Wenn er vor etwas im Leben Angst hatte, dann davor, daß er etwas tun oder sagen könnte, was Prinzessin Mathilde verstimmen oder ihrer Freundschaft ein Ende setzen würde. Der Gedanke, daß sie sterben könnte, erfüllte ihn stets mit Schrecken. Und wenn er daran dachte, daß er bald eine Gattin haben würde – Prinzessin Beatrice, seine Königin – ergriff ihn der Wunsch, Prinzessin Mathilde ganz zu besitzen.

»Das bringt mich auf die Frage, liebe Prinzessin, wie es mit deinem inneren Feuer steht«, erklärte er ohne Überleitung.

»Oh!«

Unbeholfen rutschte er auf dem Sofa herum und reckte seinen Stiernacken, auf dem der riesige Schädel auf einmal unbequem zu sitzen schien. »Nun, da ich wahrscheinlich bald eine Gattin haben werde, muß Schluß mit deinen kleinen Abenteuern sein.«

»Ist das ein königlicher Befehl?« Sie schien nicht überrascht, sondern eher amüsiert; ihre grauen Augen funkelten, aber in den schwarzen Pupillen lag Verstehen.

»Es ist kein königlicher Befehl.« Zu seiner Verblüffung bemächtigte sich seiner ein völlig unbekanntes Gefühl der Demut. »Es ist die demütige Bitte eines gehorsamen Untertanen.«

»Oh!« Zum erstenmal im Leben war es ihm gelungen, sie wirklich zu verblüffen. Während er auf eine Antwort wartete und ihre durchscheinenden Augenlider mit den langen, hellen Wimpern betrachtete, blickte sie hinab auf den weißen, flämischen Teppich. Das Herz klopfte ihm bis zum Halse. »Wirklich eine merkwürdige Bitte ... äh ...«, sie räusperte sich, »äußerst ungewöhnlich und in ... äh ... bewegenden Worten vorgebracht, mein Lieber. Wollen wir eines klarstellen: Du wirst eine Ehefrau haben, und deswegen soll ich auf Liebhaber verzichten? Hmmmm. Wirklich äußerst ungewöhnlich, aber nicht völlig unvernünftig«, sie sah ihn unverwandt an, »und auch nicht unbedingt unerwartet.« Ein leichtes Lächeln huschte über ihr schönes Gesicht. »Außerdem sehr liebenswert und zudem ein Zeichen dafür, wie vollkommen eins du dich mit mir fühlst.« Sie runzelte die Stirn. »Aber was soll mit meinen eigenen Gelüsten geschehen?«

Sie hatte seiner Bitte weder zugestimmt noch sie abgelehnt. Aber wenigstens erörterten sie jetzt die Frage. Sein Herzklopfen ließ nach. »Was tun denn die Nonnen?«

»Da ich niemals Nonne war, mein lieber Junge, weiß ich das wirklich nicht!«

»Wahrscheinlich verschaffen sich viele selbst Lust, und von anderen heißt es, daß sie miteinander das Bett teilen. Doch die meisten sind wahrscheinlich keusch und halten Christus, dessen Bräute sie sind, die Treue.«

»Du hast dir offenbar wirklich Gedanken darüber gemacht.«

»Ja.«

»Allerdings verspüre ich nicht die geringste Neigung zu einer der Möglichkeiten, die du mir gerade aufgezählt hast. Zudem bin ich gewiß keine Braut Christi.« Wieder blickte sie hinab auf den Teppich.

»Du bist meine Braut, und du warst es immer. Vom ersten Tage an, da wir einander begegnet sind.« Die Worte sprudelten ohne Nachdenken aus ihm hervor.

Überrascht fuhr sie hoch. Sie starrten sich an, fast ohne einander zu sehen, während die Zeit für ihn stillzustehen schien. »O Karl, mein lieber, lieber Junge«, flüsterte sie. Tränen traten ihr in die Augen. »Wie schön du das gesagt hast.«

Sprachlos sah er sie an, fühlte sich verwundbar durch diese Erkenntnis, deren er sich selbst bis jetzt noch nicht bewußt gewesen war.

»Ja«, fuhr sie schließlich fort. »Du hast mir heute abend etwas offenbart, von dem ich bislang nichts ahnte: Ich bin deine Braut und werde es immer sein, in einer Ehe, die wie die Ehe zwischen Christus und seinen Bräuten niemals vollzogen werden wird. Also habe ich nun, da du davon gesprochen hast,

keine andere Wahl, als dir mit derselben Treue anzuhängen, selbst wenn du eine Gattin hast.« Sie zuckte die schmalen Schultern. »Schließlich hat auch Jesus ziemlich viele Bräute.«
»Ich danke dir.« Sein Mund war so ausgetrocknet, daß er kaum die Worte über die Lippen brachte.
Sie zögerte, blickte nachdenklich ins Feuer und sah ihn dann wieder an. »Ich werde dir etwas sagen, nur ein einziges Mal, und dann niemals wieder.« Sie hielt einen Augenblick inne. »Ich habe meine kleinen Abenteuer im nachhinein nie genossen. Sie unterschieden sich nicht sonderlich von der Nahrungsaufnahme. Man saugt die schönen Momente aus ihnen heraus und wirft den Rest weg. Nur ein rein körperlicher Vorgang, eigentlich unnötig, das Ergebnis von Begierden, die man genausogut unterdrücken könnte. Da deine eigenen Affären sich ohne mein Wissen abspielten, habe ich nie darüber nachdenken müssen. Nun aber wirst du das Bett mit einer ganz bestimmten Frau teilen, weil ich es in die Wege geleitet habe. Bei dem bloßen Gedanken daran steigt in mir ein derart unbändiger Haß auf, daß ich mich übergeben könnte.«
Übermannt von Gefühlen, versagte ihm fast die Stimme. »Ich werde nicht am Turnier teilnehmen – oder ich werde kämpfen und absichtlich unterliegen. Ich werde alles tun, nur damit du nicht leidest.«
»Das würdest du für mich tun?«
Er räusperte sich. »Und ich dachte immer, daß mir nichts an dir entgeht«, sagte er und rang um seine Fassung.
Sie lächelte, entblößte ihre weißen Zähne, und um ihre noch feuchten Augen bildeten sich kleine Lachfältchen. Sie lächelte das süßeste Lächeln, das er je gesehen hatte: das Lächeln einer Nonne. »Du verblüffst und erfreust mich, mein lieber, lieber Junge.« Sie nickte, zog ein rosafarbenes Spitzentaschentuch aus ihrem Ärmel, betupfte sich Augen und Wangen und steckte – inzwischen wieder damenhaft gefaßt – das

Tuch wieder an seinen Platz zurück. »Alle Staatskunst beruht auf Gegenseitigkeit«, bemerkte sie in scherzhaftem Ton. »Du hast mir meine Bemühungen vergolten, indem du für mich ein Opfer bringen und mein Liebling bleiben wolltest, wie du es schon von Kindheit an immer gewesen bist.« Sie hielt inne. »Jetzt kann ich dir meinen Plan enthüllen, den ich entwickelt habe und den du über dieser völlig unschicklichen Zurschaustellung von Gefühlen völlig vergessen hast – wenngleich ich dich deshalb um so mehr liebe.«

Er holte tief Luft und stellte verwundert fest, daß er tatsächlich nicht mehr an seinen ersten Eindruck am heutigen Abend gedacht hatte. Außerdem erstaunte ihn, daß er die ganze Zeit nicht einmal das Bedürfnis verspürt hatte, sie zu berühren. Wenn er Christus war und sie seine Braut, dann war sie die Heilige Jungfrau, der er sich versprochen hatte. Sonderbarerweise erleichterte ihn dieser Gedanke. »Beim Leib des Herrn, nun sprichst du wie meine Mutter. Erzähle mir von deinem Plan.«

»Alles ist wirklich ganz einfach. Du mußt veranlassen, daß Graf Gaston, der alles über Turniere weiß, König Pedro in Toledo aufsucht. König Pedro hat nämlich noch nie ein Turnier abhalten lassen und wird dem Grafen für seinen Rat zu Ablauf und Protokoll dankbar sein. Auf diese Weise wirst du dir nicht nur das Wohlwollen von König Pedro erwerben, sondern auch schon im voraus alles Nötige erfahren. Du wirst wissen, welche Waffengänge stattfinden und, was noch wichtiger ist, wer deine wichtigsten Gegner sind. Dann können wir Kundschafter aussenden, die feststellen sollen, auf welche Art sie kämpfen, und wo ihre Stärken und Schwächen liegen.«

»Erkenne deinen Feind. Welch fabelhafter Einfall!«

»Wenn Graf Gaston schon einmal in Toledo ist, kann er auch mit König Pedro den bevorstehenden Feldzug gegen die Mauren erörtern und dich so zu König Pedros wichtigstem Verbündeten machen. Gleichzeitig kann er König Pedros Pläne in Erfahrung bringen und auch die der anderen christlichen Herrscher. Du mußt der eigentliche Anführer des ... äh ... Kreuzzugs werden, auch wenn du es dem Namen nach nicht bist.«

»Mit anderen Worten, ich soll Graf Gaston zu König Pedros Feldmarschall machen, damit ich befehlshabender General werden kann. Graf Gaston ist für diese Rolle wie geschaffen, und es wird ihm Vergnügen bereiten.«

»Er darf nie erfahren, welches Ziel du damit verfolgst«, zischte sie.

»Warum?«

»Denk an sein Ehrgefühl. Er darf sich nie als Spitzel fühlen, weder im Lager des Feindes noch des Freundes.«

»Beim Leib des Herrn, du sprichst die Wahrheit. Ich kann mich wirklich glücklich schätzen, daß ich dich habe.«

Während sie noch die Einzelheiten des Plans besprachen, brannte das Feuer im Kamin allmählich herunter. Schließlich begann es sie zu frösteln, und sie griff nach ihrem goldenen Umhang. »Es ist Zeit zum Abendessen, mein lieber Junge. Du mußt jetzt gehen.«

»Ja.« Er erhob sich.

»*Bon appetit.*«

»*Buen provecho*«, antwortete er. Er fragte sich, ob sie heute abend etwas essen würde. Was ihn anbelangte, war ihm das Herz zu voll, als daß er etwas hätte herunterbringen können.

König Pedro hatte noch nie ein Turnier von den Ausmaßen abgehalten, wie er es jetzt plante. Es sollte ein Ereignis werden, das ihn über alle übrigen Könige der Iberischen Halbinsel erhob, seinen Ruf unter allen Herrschern Europas festigte und auch seinem Ehrgeiz Vorschub leistete, Kaiser von Spanien und Portugal zu werden. Deswegen hatte er König Karl gebeten, seinen Kanzler Graf Gaston zu einem Besuch nach Toledo zu entsenden. Angeblich wollte man lediglich den

Fortgang der Vorbereitungen für den Feldzug gegen die Mauren besprechen. Schließlich waren Aragon und Kastilien die größten spanischen Königreiche. Doch in Wirklichkeit benötigte König Pedro Graf Gastons Rat, um das Turnier auszurichten. Da der Graf über Erfahrung an französischen, deutschen und italienischen Höfen verfügte, galt er als Kenner auf diesem Gebiet.

Während des Essens im großen Saal am Abend von Graf Gastons Ankunft hatte der König an dem baskischen Adeligen zunehmend Gefallen gefunden. Abgesehen von anderen Gemeinsamkeiten stellte er fest, daß sie beide an das Leben, an Ereignisse und an Menschen mit einer gewissen spöttischen Grundeinstellung herangingen, wenngleich der Graf am liebsten seine scharfe Zunge gebrauchte und lächelte, während König Pedro der Streitaxt und einem finsteren Blick den Vorzug gab.

Am folgenden Tag, einem Sonntag, fand ein offizielles Bankett für den Grafen im großen Saal statt. Danach, kurz vor Sonnenuntergang, ließ König Pedro Graf Gaston in sein kleines Arbeitszimmer rufen, um sich vor dem Abendessen unter vier Augen mit ihm zu unterhalten.

Nach dem ausgezeichneten Mittagessen war König Pedro immer noch in höchst aufgeräumter Stimmung. Der geröstete Fasan war außergewöhnlich zart gewesen, und den Rotwein aus Penedes hatte er speziell für seinen Gast auffahren lassen, der als Weinkenner galt. Außerdem hatte König Pedro erst vor einer Stunde Rabbi Azor und Herrn Joram empfangen, die beide wegen der Unbill, die so urplötzlich über sie hereingebrochen war, weder aus noch ein wußten. Selbstverständlich hatte sich der König sogleich und ohne Bedingungen zu stellen bereit erklärt, zu ihren Gunsten einzugreifen. Doch die beiden Juden hatten wie erwartet versichert, daß sie das Geld besorgen würden, sofern sie nur die Nichte beziehungsweise die antike Leier zurückerhalten würden. Daraufhin hatte der König – ohne es zu zeigen, welche Genugtuung ihm die nackte Angst der beiden Juden bereitete und welche Befriedigung er empfand, da er sie in die Knie gezwungen hatte – den beiden geantwortet, er erwarte keinen Lohn dafür, daß er seinen Untertanen gegenüber seine Pflicht erfülle. Dabei blieb unausgesprochen, daß er dieser Pflicht nachkommen würde, sobald er das Geld zur Ausstattung seines Heeres erhielt, doch beide Parteien waren sich über diese Bedingung im klaren. Mögen auch die übrigen Hauptstädte Europas zu Vororten Jerusalems geworden sein, Toledo wird immer noch vom Palast seines Herrschers aus regiert, dachte König Pedro.

Er fühlte sich wohl in der Gegenwart Graf Gastons, der ihm nun im goldenen Lampenlicht am eichenen Tisch gegenübersaß. Endlich ein Mensch, gegenüber dem er kein Blatt vor den Mund nehmen mußte. Der Schrei der Eule drang gedämpft durch die Fensterläden.

Heute abend werde ich über allgemeine Dinge sprechen, beschloß der König. Einzelheiten über die Vorbereitungen zur Schlacht konnten bis morgen warten.

Er schob seinen Stuhl zurück, streckte die massigen Beine aus und betrachtete seine schwarzen, engen Stiefel. »Ich bitte dich, erzähle, was hältst du vom Leben, Graf Gaston?« fragte er aus heiterem Himmel.

Sein Gast hob unmerklich die Augenbrauen – und nur daran sah man, daß Graf Gaston über dieses plötzliche Eindringen in sein Privatleben überrascht war. Dann lächelte er und strich sich mit dem Finger über die linke Hälfte seines sauber gestutzten Schnurrbartes. »Das ist eine schwierige Frage, Herr, denn ich halte wirklich nichts vom Leben.« Er zögerte. »Ich glaube nur an Gott, den Gott meiner Vorstellung.«

»Du bist gläubiger Katholik, nicht wahr?«

»Bei Gott, das ist eine Notwendigkeit, wenn man die Annehmlichkeiten des Lebens in dieser Gesellschaft genießen will.

Allerdings hat mich die Ausübung meines Glaubens nicht zu einem vollkommenen Menschen gemacht, und meine religiösen Gewohnheiten stimmen weder mit meinem Glauben noch mit meinen Taten überein.« Ein herausfordernder Blick trat in seine dunklen Augen. »Wenn ich mir die Bemerkung erlauben darf, ist das doch etwas, das ich mit einigen Frauen und den meisten Männern gemeinsam habe.« Er brach ab und betrachtete König Pedro abschätzend. »Besonders mit dir, Herr.«

König Pedro räusperte sich erstaunt und befand dann, daß ihm diese Offenheit gefiel. »Aber solche Gedanken behältst du in der Öffentlichkeit lieber für dich«, warnte er. »Vor allem in Gegenwart von Bischof Eulogius.«

»Auch wir in Navarra haben Schwierigkeiten mit unseren Bischöfen, Herr, nach deren Ansicht man besser nur im geheimen sündigt und dabei Vorsicht walten läßt. Sie halten es für vorteilhafter, Beichten zu empfangen anstatt sie abzulegen.«

»So glaubst du also nicht an christliche Werte?«

»Nein, aber ich halte mich, ohne nachzudenken, an diejenigen, die ein Teil von mir geworden sind. Bewußt trage ich jene zur Schau, die notwendig sind, um mein ... äh ... Dasein in dieser Gesellschaft zu erhalten.«

Verwundert runzelte König Pedro die Brauen. »Was meinst du mit ›ohne nachzudenken‹ und ›bewußt‹?« fragte er.

»Nun, Herr, wie die Vögel in den Lüften und die Tiere auf dem Felde ist auch der Mensch mit gewissen Eigenschaften geboren, die, wie es heißt, für das Überleben unabdingbar sind. Manche nennen diese Eigenschaften Instinkt, aber ich glaube nicht an Instinkt. Außerdem glaube ich auch nicht, daß wir ihm folgen, um zu überleben. Wir neigen viel zu sehr dazu, unsere Pläne und Vorhaben nach den Ergebnissen zu beurteilen. Der Mensch hat die ihn irreführende Angewohnheit, die Dinge *ex post facto* zu beurteilen. Allerdings ist das, als wollte man sagen, daß Vernichtung den Grund für die menschliche Nahrungsaufnahme darstellt. Und dabei ist es doch nur eine Frage von Ursache und Wirkung.«

»Willst du damit behaupten, daß wir bei unserer Geburt lediglich sind – und sich aus dem, was wir sind, gewisse Folgen ergeben?«

»Die Folgen ergeben sich nicht einfach nur aus dem, was wir bei unserer Geburt sind, mein Herr, sondern auch aus unserer Beziehung. Kind sein ist unser Hauptberuf, während Vater und Mutter ihre Elternschaft nur als Freizeitbeschäftigung ausüben. In jedem gesellschaftlichen Stand und gegründet auf die willkürliche Einschätzung, was sich im jeweiligen Stand schickt, erziehen uns unsere Eltern, Freunde, Lehrer, Standesgenossen und gesellschaftliche Kreise mit der unfehlbaren Genauigkeit, die ein Hundeführer seiner Meute angedeihen läßt.« Er lächelte leicht. »Auch sie folgen einfach den Regeln der Herde. Gleichzeitig gebietet uns die Vernunft, uns eines Verhaltens zu befleißigen, von dem wir annehmen, daß es uns entweder sofort oder in einer nahen Zukunft von Vorteil sein wird. Und auf diese Weise finden wir unseren Beruf: den eines Überlebensfähigen.«

»Meinst du zum Beispiel den König, der seine Untertanen zufriedenstellt, selbst dann, wenn er sie verachtet? Oder den katzbuckelnden Höfling, der seinem Herrn schönredet?« König Pedro hatte zwar erwartet, daß der Graf ihn zum Denken anregen würde, allerdings nicht in diesem Ausmaß.

»Wir sind alle Diebe im Leben und lernen unseren Beruf.«

»Gibt es dann keine Grundsätze im menschlichen Dasein, keine Tugenden?«

»Die Menschen besitzen ausgebildete Eigenschaften oder sie pflegen sie, Herr, und diese loben wir als Tugenden oder verdammen sie als Laster. Ein Übermaß an Tugend gilt als heilig, ein Übermaß an Lastern als unmenschlich. Ich für meinen Teil verabscheue jede Form von Übermaß. Ein Übermaß an Tugend beraubt das Leben seiner Würze. Und vielleicht mündet es gar im Aussterben der Sünde, was entsetzlich wäre, da wir dann ständig auf der Hostie des Lebens herumkauen würden. Keine unserer Handlungen ist göttlich oder teuflisch, alle sind lediglich menschlich, auch jene, die wir als unmenschlich bezeichnen. Aber trotzdem sprechen wir weiterhin von göttlichen Tugenden und teuflischem Humor. Wie kann es göttliche Tugenden geben, wenn ein Schöpfer niemals über Tugenden verfügt? Und was den teuflischen Humor anbelangt, kann der Teufel sicherlich nur über einen göttlichen Sinn für Humor verfügen! Und der teuflische Humor ist dann ganz gewiß unserem Gott zuzuschreiben; welch andere Erklärung können wir sonst für einen Schöpfer finden, der den Menschen mitten in seine Schöpfung gesetzt hat? Den Menschen, der selbstsüchtig ist, sich an sein Heim klammert, während er von Sturm, Sintflut, Dürre und Hungersnot umgeben ist? Kann das nicht nur ein teuflischer Scherz sein? Ich bin der Ansicht, daß Gott, nachdem er in sechs Tagen den Himmel und die Erde geschaffen hat, den siebten Tag dazu nützte, sich über seine Schöpfung totzulachen, ehe er sich wieder ans Werk machte. Und noch etwas: Kein Schöpfer würde doch nach der geringen Arbeit einiger weniger Tage einfach für immer die Hände in den Schoß legen! Kannst du dir vorstellen, daß er mit seinem Werk so zufrieden ist, daß er sich seitdem damit begnügt, die Welt lediglich zu verwalten, ein Statthalter seines eigenen Besitzes?«

»Und das ohne einen Kanzler«, warf König Pedro grinsend ein. »Nun einmal ernsthaft: Glaubst du wirklich, daß ein Gott, der das Universum geschaffen hat, über die Schöpfung herrscht, so wie Menschen über unsere jämmerlichen Staaten, Herr? Wie können wir es wagen zu erwarten, daß er uns, wenn wir die kurze Zeit auf Erden an seinen Sohn, unseren Retter, glauben und uns an die Zehn Gebote halten, mit dem ewigen Himmelreich belohnt? Ewiges Glück im Austausch gegen das

winzige Fädchen einer Lebenszeit, weniger als nichts im Vergleich zur Ewigkeit? Und das alles für einen einzelnen Menschen, der nur ein Pünktchen im Unendlichen ist? Solch unglaubliche Überheblichkeit ist Gottes Scherz, geschaffen von der teuflischen Selbstüberschätzung des Menschen.«
In gespieltem Entsetzen hob König Pedro die Hände. »Gotteslästerung!« rief er aus. Dieser Graf Gaston gefiel ihm immer besser. »Du bist mit Leib und Seele ein Ketzer!«
»Dann verbrenn mich auf dem Scheiterhaufen, Herr. Aber du wirst mir dort Gesellschaft leisten müssen, weil du meine Ansichten teilst!«
König Pedro konnte ein Lächeln nicht unterdrücken. »Sprichst du auch zu anderen so frei von der Leber weg?« fragte er.
»Nein, Herr. Ich erlaube mir bescheiden ... äh ... dir zu gestehen, daß ich solche Gedanken nur gegenüber dir und meiner Bulldogge äußere.«
König Pedro brach in brüllendes Gelächter aus; dann aber wurde er auf einmal ernst und kam auf sein eigentliches Thema zu sprechen. »Kommen wir zum Turnier, Kanzler.« Ursprünglich hatte er vorgehabt, den Grafen verstohlen auszufragen, ohne sein eigenes Unwissen einzugestehen, aber nun scheute er sich nicht mehr, offen zu sprechen. »Wir haben noch nie ein Turnier von diesem Umfange abgehalten, und unser Protokoll unterscheidet sich vielleicht von dem anderer europäischer Länder. Von dir, Kanzler, heißt es, du seist ein Fachmann auf diesem Gebiet. Ehe ich also denjenigen, die für die Planung verantwortlich sind, meine Befehle erteile, würde ich mich sehr freuen, wenn du mir alles sagst, was du weißt. Ich nämlich weiß überhaupt nichts.« Er schob seinen Stuhl nach vorne, überkreuzte die Beine und stützte die Ellenbogen auf den Tisch, um zu zeigen, daß er ganz Ohr war. »Beginne von Anfang an. Wann und wo hat zum erstenmal ein Turnier stattgefunden?«
Angesichts dieser ungewohnten Bescheidenheit erschien ein

Funkeln in Graf Gastons Augen. »Der Gedanke fußt auf den gleichen Grundsätzen wie die griechische Olympiade.«

»*En verdad?* Fang also bei der Olympiade an.«

»Der Überlieferung zufolge wurde die erste Olympiade zu Ehren des olympischen Gottes Zeus im Jahre 776 vor Christi Geburt abgehalten. Die Spiele wurden alle vier Jahre veranstaltet, bis der römische Kaiser Theodosius I. sie im vierten Jahrhundert nach Christus einstellen ließ. Sie waren so eng mit dem vaterländischen Geist des alten Griechenland verwachsen, daß es heißt, ein Sieg in den Spielen habe die Bewohner der Staaten mit größerem Stolz erfüllt als eine gewonnene Schlacht. Das bedeutete auch, daß Frauen, Fremde, Sklaven und Menschen, die die bürgerlichen Ehrenrechte verloren hatten, nicht an den Wettkämpfen teilnehmen durften.«

»Unglaublich. Und die Frauen haben das hingenommen?«

Graf Gaston lächelte leicht. »Frauen haben Ungerechtigkeiten nie sang- und klanglos hingenommen, auch wenn sie sich im Bett damit zufriedengeben, unten zu liegen. Sie wehren sich mit ihren eigenen Waffen. So haben die Frauen zwei Jahrhunderte lang alle vier Jahre ihre eigenen Spiele abgehalten. Sie nannten sich *Hereae* und wurden von einer Dame namens Hippodemeia ins Leben gerufen. Die Römer setzten diese Spiele fort, nachdem sie Griechenland erobert hatten.«

»Die Römer waren Barbaren.«

»Vielleicht liegt Wahrheit in dem Satz, daß die Griechen ihre Eroberer erobert haben.« Graf Gaston schwieg einen Augenblick. »Aber nun zurück zu den olympischen Spielen. Ursprünglich bestanden sie nur aus einem Wettlauf. Der Sieger des ersten Rennens im Jahre 776 vor Christus hieß Coraebus. Der Marathonlauf wurde im Jahre 720 vor Christus erfunden. Damals gab man auch den Lendenschurz auf und lief nackt.«

»Die Griechen müssen Barbaren gewesen sein, wenn sie mit entblößten Schwänzen herumliefen.« König Pedro konnte sich nicht zurückhalten, ein deftiges Wort zu gebrauchen.

Graf Gaston hob spöttisch die Augenbraue. »Macht es einen Menschen zum Barbaren, wenn er seine Geschlechtsteile in der Öffentlichkeit entblößt?«
König Pedro lachte brüllend und wandte sich dann wieder seinem Thema zu. »Wann wurden die anderen Wettkämpfe in die Olympiade aufgenommen?«
»Der Fünfkampf im Jahre 708 vor Christus, der Faustkampf 688 vor Christus, das Wagenrennen 648 vor Christus, die Wettkämpfe für Knaben 632 vor Christus und der Wettlauf in voller Rüstung 580 vor Christus.«
»Woher weißt du das alles?«
»Aus den Werken griechischer und römischer Schriftsteller – wie zum Beispiel Pindar und Pausianias. Wir verfügen über Listen aller Sieger der olympischen Spiele von 776 vor Christus bis 217 nach Christus, welche Julius Africanus erstellt und dem Kaiser Eusebius überreicht hat.« Graf Gaston dachte einen Augenblick lang nach. »Der festliche Charakter der olympischen Spiele wurde durch den Eingangszug, die Fanfarenklänge, die religiösen Feste und die Bankette noch erhöht.«
»Und aus ihnen hat sich der zeremonielle Ablauf unserer heutigen Turniere entwickelt, obwohl diese eigentlich von der Germanen stammen. Schließlich gehören unter anderem auch die Goten zu unseren Vorfahren – ein kriegerisches Volk, das Freude am Gebrauch der Waffen hatte.
Der römische Schriftsteller Tacitus spricht von einem Waffentanz bei den Germanen. Und Kaiser Heinrich I. soll das erste Turnier abgehalten haben. In England wurden die Turniere von den normannischen Rittern unter der Herrschaft von König Stephan durchgeführt. Heinrich II. verbot sie, aber König Richard Löwenherz führte sie wieder ein, damit er seinen meisterhaften Umgang mit Waffen zur Schau stellen konnte. Außerdem nutzte er diese Ereignisse dazu, Gelder einzutreiben, indem er auf die Erlaubnis, ein Turnier abzuhalten, hohe Steuern erhob.«

»Schade, daß wir das nicht auch tun können«, warf König Pedro ein.
»Nicht in diesem Fall, Herr, außer du besteuerst dich selbst!« Der Graf lehnte sich bequem in seinem Stuhl zurück. »In Frankreich wird der Ursprung der Turniere auf Gaufroy de Preully zurückgeführt. Er war ein Ritter, der zu seinem Glück im Jahre 1066, als die Normannen England eroberten, verstorben ist. Seit wann Turniere in Italien und auf der Iberischen Halbinsel abgehalten werden, wissen wir nicht, wahrscheinlich aber erst seit ihrer Einführung in Frankreich.« Graf Gaston kratzte sich mit dem Daumennagel am Schnurrbart. »Dies, Herr, ist ein grober Überblick über die Geschichte des Turniers.«
Der Schrei der Eule durchbrach die Stille im Raum. Ein bemerkenswerter Mann, dieser Graf Gaston, dachte König Pedro. Er ist belesen, weltgewandt und kann gut mit dem Schwert umgehen. Warum kann ich keinen solchen Mann in meinen Diensten haben? Er selbst hatte keinen Kanzler berufen, da er es vorzog, sich selbst um die Regierungsgeschäfte zu kümmern; denn es gab niemanden, den er mochte und dem er vertrauen konnte.
»Da ich in diesem Turnier nicht, wie es sonst üblich ist, der Herausforderer bin, da ich die Einladungen versandt und die Belohnung ausgesetzt habe, werde ich an die Beteiligten keinen Herold mit einem Schwert entsenden.«
»Das müssen die Wettstreiter tun, Herr. Wenn wir wissen, wer teilnehmen wird, werden wir sie zu Herausforderern und Herausgeforderten erklären. Nachdem die Herausforderung angenommen ist, muß der Herausgeforderte vier *juges diseurs* benennen, wie sie bei den Franzosen heißen. Und zwar aus einer Liste von acht Rittern und vier Adeligen, die du aufstellen wirst. Der Herausgeforderte wird auch den Herold mit einem kostbaren Gewand ausstatten müssen, welches entweder mit Gold bestickt oder aus scharlachro-

tem Satin gefertigt sein wird. Zu Anfang des Turniers erhält der Herold von dir ein großes Stück Pergament, auf dessen vier Ecken die Wappen der Schiedsrichter abgebildet sind. Auf dem Pergament befinden sich Porträts des Herausforderers und des Herausgeforderten in voller Rüstung. Der Herold legt als Zeichen seiner Befugnis das Pergament auf seine Schultern und erscheint vor den Schiedsrichtern, welche bestimmen, wo und wann das Turnier abgehalten wird. In deinem Fall trifft der Punkt, daß auch der König in Kenntnis gesetzt werden muß, nicht zu, da das Turnier an deinem Hof stattfindet und die Schiedsrichter von dort stammen. Es werde einige Waffengänge stattfinden, und der Zeitpunkt eines jeden wird vom jeweiligen Schiedsrichter bestimmt.«

»Ist es immer noch Sitte, daß die Kämpfenden sich von jeglicher Feindschaft gegeneinander lossagen?«

»Ja, Herr. Auf diese Weise steht der Unterlegene nicht als Märtyrer da.«

»Da wir viele Bewerber erwarten, sollten die Kämpfenden zuerst alle aufeinander zustürmen.«

»Die Deutschen nennen dies *Behord.*«

»*En verdad.* Und nur jene, die am – wie nanntest du es noch einmal? – *Behord* teilnehmen, dürfen sich an den einzelnen Waffengängen beteiligen. Es wird mit stumpfen Waffen gekämpft, und es ist verboten, ungeschützte Körperteile zu verwunden, wenngleich es auch zu Todesfällen oder schweren Verletzungen kommen kann. Ich habe mich für die Lanze und das Schwert entschieden und Knüppel, Stöcke und Streitäxte vom Wettkampf ausgeschlossen. Schließlich will ich keine Schwiegersohn, dem man das Hirn zu Brei geschlagen hat. Die Spitzen der Lanzen dürfen nicht breiter als zehn Zentimeter sein. Der Durchmesser muß zweieinhalb Zentimeter betragen, damit die Lanze nicht ins Visier des Gegners eindringen kann. Die Lanzen sind nicht länger als ein Arm. Man muß die Brust oder den Körper des Gegners treffen, deswegen ist Geschick erforderlich, den Waffen auszuweichen oder sie abgleiten zu lassen. Wenn die Lanze gut gezielt ist und den Körper trifft, muß der Kämpfer vom Pferd steigen, und seine Waffe wird zerbrochen. Stürzt ein Kämpfer und bleibt seine Lanze dabei unversehrt, während die des Gegners bricht, so gilt auch er als ausgeschieden.«

»Vielleicht möchtest du auch das deutsche Gesellenstechen als Vorauswahl stattfinden lassen, falls es zu viele Bewerber sind. Die Gegner greifen einander in Gruppen an, bis nur ein einziger Sieger überbleibt. Dann treten die Sieger der Gruppen gegeneinander an.«

»Ein guter Einfall. Und wenn wir gerade von den Preisen sprechen: Zwar sind genügend Könige und Prinzen anwesend, aber die Damen werden die Preise überreichen. Ich bin sicher, daß dein König Karl das Turnier gewinnen und Prinzessin Beatrice heiraten wird. Haben sich die Königshäuser von Navarra und Kastilien auf diese Weise verbunden, werden wir unseren christlichen Kreuzzug planen, um die maurischen Herrscher aus Granada zu vertreiben.«

Graf Gaston nickte.

»Ein Jammer, daß du nicht am Turnier teilnehmen willst«, fügte König Pedro unvermittelt hinzu. »Wir hätten dich gern als unseren Schwiegersohn gesehen.«

Nur ein Funkeln in den dunklen Augen seines Gastes zeigte, wie bewegt Graf Gaston über diese Worte war. »Ich fühle mich geehrt, Herr, aber du bist besser damit beraten, wenn du einen König in die Familie bekommst. Außerdem würdest du wahrscheinlich einen recht schwierigen Schwiegervater abgeben!«

Nur einen Moment lang war König Pedro verblüfft. »Hol dich der Teufel, Graf«, antwortete er dann, und ein freundschaftliches Lächeln erschien auf seinem Gesicht.

10. Kapitel

Da Prinz Ahmed die Stiege zu den Zinnen nie nach Einbruch der Dunkelheit benutzt hatte, wußte er nicht, daß diese Tür nachts stets verriegelt wurde. Er war also in noch weit höherem Maße Gefangener gewesen, als er jemals geahnt hatte! Sein erstes Gefühl war Verzweiflung. Mit hängenden Schultern stand er da, und seine Hand glitt vom Türknauf. Auf einen Schlag waren all seine Hoffnungen zunichte geworden; er saß in der Falle.

Doch sein Entschluß stand immer noch fest, und er würde sich nicht davon abbringen lassen. Um nichts in der Welt würde er nachgeben! Niemals im Leben! Mit klopfendem Herzen drehte er sich um. Sollte er durch die Vordertür seiner Gemächer gehen und den üblichen Zugang zu den Zinnen benutzen? Nein, das war zu gefährlich. Überall wimmelte es von Dienstboten und Wachen. Nur in seinen Gemächern waren sie vor neugierigen Blicken sicher.

Das heisere Krächzen der Raben drang durch das Fenster herein, gefolgt vom gedämpften Gurren einer Taube. War das derselbe Vogel, den er einst aus seinem Käfig befreit hatte? Der Vogel, der durch das offene Fenster in die Freiheit geflogen war?

Das offene Fenster: Das war die Lösung! Er winkte Prinz Juan heran und erklärte ihm seinen neuen Plan. Dann griff er nach Prinz Juans Satteltasche und eilte zu dem Fenster. In der Ferne hatten die rosigen Strahlen der untergehenden Sonne die Gipfel der Sierra Nevada in rotgoldenes Licht getaucht. Er beugte sich über das Fensterbrett. Der Herbstwind strich ihm kühl übers Gesicht, doch er meinte, den Duft von Orangenblüten zu riechen. Zuerst warf er eine Tasche hinab, nachdem er sie vorher durch die Luft gewirbelt hatte, um sicherzugehen, daß sie an der richtigen Stelle landete. Mit einem Knall, laut wie ein Donnerschlag, kam sie unten auf den weißen Pflastersteinen auf. Mit klopfendem Herzen suchte er mit den Augen die Zinnen ab. Niemand hatte es gehört. Erleichtert seufzte er auf und sah sich nach Prinz Juan um. Dieser blickte starr vor Furcht hinab in die Tiefe. Offenbar hatte Prinz Ahmed die Höhenangst seines Freundes zu sehr auf die leichte Schulter genommen. Wieder ergriff ihn eine böse Vorahnung. Würde sein ganzer Plan nun fehlschlagen, nur weil sein Gefährte nicht schwindelfrei war? Waren die wochenlangen Vorbereitungen, all die Stunden des Hoffens und Verzagens vergeblich gewesen, weil er eine winzige Einzelheit außer acht gelassen hatte? Aber jetzt gab es kein Zurück mehr! Entschlossen warf er die beiden schwarzen Umhänge aus dem Fenster.

Die schöne Prinzessin Beatrice, das Mädchen seiner Träume, verschmachtete hinter Gefängnismauern, und er brauchte Prinz Juan, um sie zu befreien. Er würde mit ihm fliehen, und wenn er ihn eigenhändig aus dem Fenster und von den Zinnen würde stürzen müssen. Er überlegte rasch, war froh, daß es ihm gelang, auch angesichts der Gefahr ruhig zu bleiben. Langsam bewegte er seine Hand vor den Augen des Freundes auf und ab. Prinz Juan blinzelte und hob dann zögernd den Kopf. Mit einem aufmunternden Lächeln packte Prinz Ahmed ihn bei den Schultern. Ein Zittern durchfuhr Prinz Juans Körper.

»Es tut mir leid«, formte er mit den Lippen. »Ich muß mich erst ein wenig beruhigen.«

»Halt dich nur gut an mir fest.« Prinz Ahmed lächelte, um seinem Gefährten Mut zu machen. Er zeigte Prinz Juan, wie er durchs Fenster steigen wollte.

Der Prinz drehte sich gehorsam zum Zimmer um und umfaßte mit beiden Händen hinter sich das Fensterbrett. Dann kletterte er vorsichtig erst mit dem einen, dann mit dem anderen Bein auf das Sims, wo er in Hockstellung verharrte. Ganz langsam ließ er schließlich die Beine über die Kante gleiten, bis sie frei baumelten, und sein Gewicht an beiden Händen hing. Prinz Ahmed umfaßte Prinz Juans Handgelenke, dieser ließ das Fensterbrett los und blickte ängstlich nach oben.

»Schau ja nicht hinab, nicht einmal für einen Moment«, bedeutete ihm Prinz Ahmed. »Sieh nur immer mich an. Vertrau mir. Ich lasse dich nicht fallen.«

Die Antwort war ein Nicken des goldblonden Kopfes. Prinz Ahmed beugte sich aus dem Fenster und ließ Prinz Juan, der wie ein Mehlsack an seinen Armen hing, langsam hinab. Er dankte Allah für die akrobatischen Übungen, in denen man ihn unterwiesen hatte, und beugte sich vor, so weit es möglich war, ohne das Gleichgewicht zu verlieren. Als es nicht mehr weiter ging, löste er vorsichtig seine linke Hand und umfaßte damit den Fensterrahmen, um Prinz Juan noch weiter hinablassen zu können. Sein rechter Oberarm schmerzte und brannte bis zur Schulter hinauf wie Feuer. Es fühlte sich an, als würde er jeden Moment aus dem Gelenk gerissen.

»Jetzt!« formte er mit den Lippen und ließ los.

Prinz Juan landete sicher auf den Füßen, ging geschickt in die Hocke und verharrte in dieser Stellung, um nicht entdeckt zu werden. Prinz Ahmed stieß einen erleichterten Seufzer aus und massierte seine schmerzende Schulter. Dann kletterte er selbst aus dem Fenster, ließ sich einen Augenblick lang vom Fensterbrett baumeln und sprang dann hinunter auf den weißen Boden. Er landete mühelos und geschickt wie eine Katze.

»Danke«, formte Prinz Juan mit den Lippen. Er zitterte wie Espenlaub.

»*De nada*, keine Ursache«, antwortete Prinz Ahmed, wobei er sich Mühe gab, ein heiteres Gesicht zu machen. Er ließ den Blick über die Zinnen und den entfernten Turm schweifen. Nichts rührte ich. Das Schweigen war unheilverkündend. Er packte eine der Satteltaschen, kroch zu den Zinnen hinüber, erhob sich, beugte sich vor und warf die Tasche vorsichtig hinunter. Mit einem dumpfen Schlag landete sie im Gras. Ein zweites Geräusch sagte ihm, daß Prinz Juan seinem Beispiel gefolgt war. Darauf folgten – wie die Flügel einer riesigen Fledermaus – die beiden schwarzen Umhänge. Wieder dankte Prinz Ahmed Allah, diesmal, weil sein Freund tat, was von ihm erwartet wurde. Allerdings begann sein Herz wieder wie wild zu pochen, als er daran dachte, daß ihnen noch ein Abstieg bevorstand. Nur würde er sich diesmal, weil die zu überwindende Höhe größer war, an der Mauer festkrallen müssen, damit Prinz Juan an ihm hinunterklettern und sich zum Absprung an seine Knöchel klammern konnte. Doch auch dieses Vorhaben glückte.

Unten angekommen zitterte Prinz Ahmed vor Aufregung. Aber bald legte sich das Herzklopfen, und er bückte sich, um seine Tasche aufzuheben. Als er sich erhob, stieg ihm die Nachtluft in die Nase.

Oh, welch erhebendes Gefühl, endlich frei zu sein! Zum erstenmal im Leben stand er mit beiden Füßen fest auf einem Fleckchen Erde, das nicht von Mauern umgeben war. Und in der Satteltasche hatte er Geld, der Stoff, aus dem die Freiheit ist!

Er erhob den Blick zum dunklen Himmel. »Ich danke dir für deine Gnade, Allah«, flüsterte er.

Unter seinen Füßen erstreckte sich freie Erde, und über ihm spannte sich der freie Himmel; ein Lufthauch der Freiheit liebkoste seine Haut. Am liebsten hätte er die Arme erhoben und seine Freude laut herausgeschrien.

Doch er mußte seinen Jubel unterdrücken; ihn schwindelte. Er umfaßte die Tasche in seiner Hand fester und deutete mit

der anderen fragend auf den flachen Felsen, der etwas oberhalb am Abhang lag. Prinz Juan nickte zustimmend.
Das war der Felsen, auf dem als erstes Zeichen der Freiheit ein Mädchen für ihn getanzt hatte. Sie legten ihre Umhänge um. Mit einem ängstlichen Blick auf den nächstgelegenen Wachturm folgte Prinz Ahmed seinem Freund in den Schutz der Zypressen, die die Lichtung säumten. Man hatte sie einst gerodet, um von den Zinnen aus im Verteidigungsfall ein besseres Schußfeld zu haben, aber während des zehnjährigen Waffenstillstandes hatte das Gebüsch wieder Besitz von ihr ergriffen.
Die beiden jungen Männer bahnten sich einen Weg durch das Dickicht, stiegen in gleichmäßigem Schritt bergan und hatten schließlich den Felsen erreicht. Diesen schwarzen Granitfelsen hatten also Zurikas freie Füße berührt. Prinz Ahmed übernahm nun die Führung, und sie folgten durch Gestein und Gestrüpp dem Weg, auf dem Zurika sonst immer verschwunden war. Plötzlich regte sich in ihm wieder die Sorge um Zurika. Er hatte sie benutzt, und nun warf er sie fort wie eine abgelegte Sandale!
Ein trockenes Blatt raschelte. Er fuhr zusammen und spürte im gleichen Moment eine Berührung am Arm. Rasch drehte er sich um. Prinz Juan war stehengeblieben und hob warnend einen Finger an die Lippen. Das Schweigen wirkte auf einmal bedrückend.
Prinz Ahmed hielt die Luft an. »Wir werden verfolgt«, hatte ihm Prinz Juan soeben bedeutet.

König Yusuf konnte sich des Eindrucks nicht erwehren, daß Abou bon Ebben besonders selbstzufrieden aussah, als er ihm an diesem Abend kurz vor dem Abendessen in seinen Gemächern Bericht über Prinz Ahmed erstattete. Im goldenen Licht der Öllampen, die bereits für die Nacht entzündet worden waren, wirkten die tiefliegenden Augen des Weisen im

Gegensatz zu seinem weißen Bart noch dunkler. Bon Ebben, der wie immer kniete, kauerte viel selbstbewußter als sonst auf seinen Fersen und hielt den in ein lockeres graues Gewand gehüllten Oberkörper aufrecht.

»Ein ausgezeichneter Bericht, Weiser«, stellte der König fest. »Offensichtlich war es ein guter Einfall von dir, dem Prinzen einen Kameraden an die Seite zu geben.« Er nahm sich eine Süßigkeit aus dem reich ziselierten goldenen Kästchen, das vor ihm auf einem niedrigen, weißen Marmortisch stand. »Ich bin erfreut, daß nach all dieser Aufregung alles wieder ins rechte Lot gekommen ist. Habe ich dir nicht gesagt, daß dieser Widerstand nur in Prinz Ahmeds Jugend begründet war?«

»Ach, mein Gebieter, du hattest wie immer recht.« Bon Ebben konnte nicht verhindern, daß seine Greisenstimme zitterte. »Darf ich mir die Bemerkung erlauben, mein Gebieter, daß Prinz Ahmed seine dichterische Begabung von dir geerbt hat. Sie ist nur in seiner Gefangenschaft fehlgeleitet worden. Du bist ein berühmter Dichter, mein Gebieter, wenn ich dich bescheiden daran erinnern darf, und in den letzten Jahren des Friedens hast du dich den Künsten gewidmet. Du hast ohne Zweifel große Fortschritte in der Malerei, der Literatur, der Baukunst und der Musik bewirkt und gleichzeitig auch noch die Wissenschaft gefördert. Die Alhambra hast du ausgebaut und verschönert. Du hast sogar unser großes Babal-Shari-Portal erbauen lassen und auch die königlichen Bäder, das Tor der Gerechtigkeit und die Casa Real.«

König Yusuf konnte nicht umhin, sich über diese Aufzählung zu freuen, denn er wußte, daß bon Ebben nicht übertrieb. »Ich tue lediglich meine Pflicht, Weiser, unter der Führung des göttlichen Allah und mit den Werkzeugen, die er mir zugedacht hat. Nicht jeder Herrscher hat das Glück, über künstlerische Begabungen zu verfügen, und nicht jeder hat die Fähigkeit, andere Talente zu fördern. Ich freue mich, daß mein Sohn diese Begabung von mir geerbt hat, denn sie ist wertvoller als gesponnenes Gold.«

»Zudem bist du auch ein außergewöhnlich aufgeklärter Herrscher, mein Gebieter«, fuhr der Weise fort. »Du hast den Alcazar gebaut und Granada mit frischem Wasser versorgt, das aus marmornen Speicherbecken in der Sierra Nevada durch Bleirohre hierhergeleitet wird. Du hast in jedem Dorf eine Schule errichten lassen, wo jeder, unabhängig von Rasse oder Stand, Zugang zu Bildung erhält, ohne daß ihm dadurch Kosten entstehen. Du hast die Universität von Granada mit Forschungseinrichtungen für Botanik und Naturwissenschaften fertiggestellt. Du hast die Polizei im Königreich neu aufgebaut und Nachtwächter eingesetzt. Du hast die Verwaltungen der Städte dazu gebracht, mehr auf die Bedürfnisse des Volkes zu hören. Du hast den Angehörigen aller Religionen die gleichen Rechte eingeräumt, den Juden, den Christen und den Angehörigen des wahren Glaubens. Was kann ein Herrscher sonst noch erreichen? Bei der göttlichen Gnade des allmächtigen Allah, dessen Auserwählter du wahrhaftig bist, du wirst in die Geschichte Spaniens eingehen als der edelste, aufgeklärteste, zivilisierteste und fähigste Herrscher.«

Hoffentlich gelingt es mir, angesichts all dieser Errungenschaften die Demut zu bewahren, dachte der König bedrückt. Denn ich möchte nicht wie meine Vorgänger dem Fluch des Juden zum Opfer fallen. Wenn ich den Ungläubigen, den Juden und Christen, die gleichen Rechte eingeräumt habe, so liegt das daran, daß ich sie brauche, um meine Herrschaft gegen die Könige von Kastilien, Aragon und Navarra zu behaupten. Ich verabscheue die Christen, weil die meisten von ihnen uns Angehörige des wahren Glaubens in Spanien hassen. Und wie die meisten Angehörigen meines Glaubens verabscheue ich auch die Juden, denn der Prophet hat sie verflucht, weil sie ihm die Unterstützung verweigert haben, als er ihrer bedurfte. Die Juden ihrerseits verachten jeden, der einer anderen Religion anhängt, da sie sich für Gottes auserwähltes Volk halten. Wenn ich erst einmal meinen *jihad*, meinen heiligen Krieg begonnen habe, werden all diese Feindschaften offen zutage treten. Laut sagte er allerdings: »Wie du es so zusammengefaßt, scheint es tatsächlich, als wäre ich mit einem Leben voller Erfolge gesegnet worden.«

»In der Tat, mein Gebieter.«

König Yusuf machte eine nachdenkliche Pause und warf dann, wie es seine Art war, dem Alten blitzschnell eine Frage hin: »Und du bist dir sicher, daß zwischen den beiden Prinzen nicht mehr als die übliche Freundschaft besteht?«

»Vollkommen sicher, mein Gebieter. Die Freundschaft der beiden Prinzen gründet sich nur auf Kameradschaft, und diese hat auf Prinz Ahmed einen festigenden Einfluß gehabt. So ist er sowohl in seinen Studien als auch in den militärischen Übungen noch gewissenhafter geworden.«

»Nur noch zweieinhalb Jahre, dann kann ich den Prinzen in die Freiheit entlassen. Dann kann auch ich selbst endlich den Sohn kennenlernen, den ich nie hatte.« Er winkelte das rechte Knie an und begleitete seine Worte mit Gesten seiner juwelengeschmückten Hand. »Ich könnte sogar anfangen, ihm gewisse Aufgaben zu übertragen.« Bei dieser Aussicht funkelten seine Augen. »Es wird sehr viel mehr Arbeit geben, denn nächstes Jahr um diese Zeit werde ich die Königreiche Kastilien, Aragon und Navarra in mein Reich einverleibt haben.« Er hielt inne und fragte sich, ob er seine Neuigkeiten offenbaren sollte. Aber warum nicht? »Erst heute habe ich Nachricht von meinem Glaubensbruder König Abu Hassan von Marokko erhalten. Er wird mich mit einem Heer von hunderttausend Gläubigen, einschließlich Bogenschützen, bei der Eroberung des christlichen Nordens unterstützen.«

»Wann wir der Feldzug beginnen, mein Gebieter?«

»Es dauert seine Zeit, bis man Truppen von solchem Umfang gesammelt hat. Vergiß nicht, die Strategie verlangt nicht nur geübte Soldaten und Pferde, sondern auch Waffen, Wurfmaschinen, Männer, die sie instand halten können, Verpflegung, Ärzte und Wagen.« Der Gedanke an diesen Feldzug begeisterte ihn so, daß er sich davon mitreißen ließ. »Aber sorge dich nicht, nächstes Jahr um diese Zeit werden wir in Toledo sein.« Ich werde meinen Bruder in die Schranken weisen müssen, damit er seinem Haß auf die Christen und die Juden nicht freien Lauf läßt, überlegte König Yusuf. Soll er sie ruhig hassen, solange er sie nur nicht verfolgt. In Nordafrika müssen die Moslems ihre Abscheu gegen Ungläubige nicht verhehlen, da es in ihren Königreichen fast keine gibt. Hier allerdings werden sie in Versuchung geraten, alle Feinde des Islam niederzumetzeln.
»Und angesichts der Fortschritte, die dein Sohn und Erbe macht, wird er sich dir achtzehn Monate später anschließen«, bemerkte bon Ebben.
Freude ergriff König Yusuf. »Am liebsten würde ich Prinz Ahmed in eben diesem Augenblick sehen«, rief er leidenschaftlich aus. Dann aber besann er sich. »Ich weiß jedoch, daß ich Geduld haben muß.«
»Heute nacht könntest du ihn ohnehin nicht sehen, mein Gebieter, denn er liegt krank in seinem Gemach.« Bon Ebben hob die Hände. »Nichts Schwerwiegendes allerdings; nur starke Kopfschmerzen. Wahrscheinlich war er heute nachmittag zu lange in der Sonne. Ja, selbst im Winter kann die Sonne recht sengend sein, doch Prinz Ahmed läßt sich durch nichts von seinen militärischen Übungen abhalten. So ein Jammer, mein Gebieter, daß er nicht mit dir in die Schlacht reiten kann! Das ist sein sehnlichster Wunsch. Da er ein geschickter Reiter, ein unermüdlicher, starker und pflichtbewußter Soldat und ein ausgezeichneter Kämpfer ist, wäre er dir eine wirkliche Hilfe. Ich schwöre, daß inzwischen nie-

mand mehr außer dir selbst, mein Gebieter, ihn im Turnier besiegen könnte.«
Plötzlich ergriffen von bislang unbekannten Gefühlen für seinen Sohn, suchte König Yusuf nach einem Geschenk, das er dem kranken Prinzen übersenden konnte. Die Edelsteine, Münzen, Schmuckstücke, das Gold und das Silber, mit denen er den Jüngling überhäuft hatte, waren nur vom Verstand gegebene Geschenke gewesen, um ihm die Gefangenschaft zu versüßen. Doch nun drängte es ihn, etwas zu geben, das von Herzen kam.
Sein Blick fiel auf das goldene Kästchen, das er erst an diesem Abend erhalten hatte. Es enthielt bunte Süßigkeiten aus Arabien und war mit einer Karawane durch die Wüsten des mittleren Ostens und durch Nordafrika gereist. Ein geeignetes Geschenk für einen kranken Prinzen.
Er beugte sich vor und nahm das Kästchen in beide Hände. »Diese köstlichen Süßigkeiten sind mir als besonderes Geschenk von weit her durch die Türkei und Arabien geschickt worden. Gib sie meinen Sohn als Ausdruck unserer Lie ... äh ... Besorgnis um ihn. Da ich bereits ein Stück davon gegessen habe, teile ich den Inhalt dieses Kästchens mit ihm – es wird das erstemal sein, daß wir etwas wahrhaftig gemeinsam genießen. Sag ihm, daß dieses Geschenk nicht ein König einem Untertanen sendet, sondern ein Vater seinem Sohn.«
Der Weise senkte den Kopf. »Ich fühle mich geehrt, ein solch bewegendes Geschenk überbringen zu dürfen, mein Gebieter. Der Prinz soll es gleich morgen früh bekommen.«
»Gib es ihm noch heute nacht«, beharrte der König und schlug mit der Faust auf den Tisch, daß das Kästchen klapperte. »Sofort nachdem du mit uns gespeist hast.« Er klatschte in die Hände, um einen Bediensteten herbeizurufen.

Außer ihm wußten nur zwei Menschen von seinen Plänen: Ruy de Vivar und seine geliebte Maria de Padilla. An diesem

Abend hatte er Nachricht von de Vivar erhalten, daß einer der drei gedungenen Mörder als taubstummer Bediensteter im Gen al Arif untergebracht worden sei. Die beiden anderen standen in Verbindung mit dem Minister von Granada, Farouk Riswan, und sollten die Beseitigung einer wichtigeren Persönlichkeit vorbereiten. König Pedro konnte es kaum erwarten, dies alles Maria de Padilla zu erzählen.

Er suchte Maria nur selten vor der Schlafenszeit auf. An diesem Abend schien es ihm, als erzittere ihr schlanker, in ein langes, blaues Seidenkleid gewandeter Körper bereits bei seinem Anblick. Und aus ihren klaren, braunen Augen, die im goldenen Lampenschein funkelten, strahlte eine Liebe, die jedesmal wieder neu entflammte, wenn sie einander erblickten. Nun liebten sie sich schon seit mehr als siebzehn Jahren, und doch war ihre Liebe noch so jung wie am ersten Tage. Während König Pedro Marias Schönheit bewunderte, fiel ihm ein, daß hier die einzige Stelle in seinem Leben lag, wo er sterblich war. Wenn ihr etwas zustoßen sollte, würde er vor Trauer den Verstand verlieren.

Er hatte einen steinigen Weg zurücklegen müssen, bevor er das, was in seinen Augen den Heiligen Gral der Liebe darstellte, in Händen gehalten hatte. Hätten seine Feinde und Widersacher davon gewußt, wäre es für sie sicher Anlaß zur Belustigung gewesen. Von frühester Jugend an war König Pedro im Ruf eines Weiberhelden gestanden, und nur allzu oft hatte er sich mit Gewalt genommen, was er begehrte. Doch Maria hatte ihn vom ersten Augenblick, da sie sich begegnet waren, bedingungslos geliebt. Sie war eine der Hofdamen seiner Königin gewesen. Niemals hatte sie ihn getadelt, ihm vorwurfsvolle Blicke zugeworfen, anklagende Worte gesprochen oder sich ihm verweigert. Statt dessen hatte sie ihm ihre Jungfräulichkeit hingegeben, ihren Körper, ja, sogar ihre Seele. Sie war seine Gefährtin geworden, die ihm auch in trüben Augenblicken zur Seite gestanden hatte, auch wenn sie dabei entsetzlich gelitten haben mußte. Im Laufe der Jahre war er allmählich immer abhängiger von ihr geworden, und eines Tages hatte er festgestellt, daß sie es war, die den Palast zu seinem Heim machte. Es verwunderte ihn, daß ihm außer ihr keine Frau mehr anziehend erschien und er nicht das geringste Bedürfnis verspürte, das Zuhause zu verlassen, das sie füreinander geschaffen hatten, das Zuhause, das immer das seine bleiben würde, auch wenn er und Maria nicht beieinander sein konnten.

Das war das Geheimnis, das sie miteinander teilten, und so war es ihm leichter geworden, seine Königin zu verstoßen. Jene, die geschickt worden waren, um sie aus ihrem Kerker zu befreien, hatte er grausam mit eigenen Händen umgebracht. Er hatte gegen die Gesetze der Heiligen Kirche verstoßen, Maria zu seiner Gefährtin gemacht, ihr ein Kind geschenkt und dieses Kind zur kastilischen Thronerbin ernannt. Auch wenn sein Ruf als Schürzenjäger ihm erhalten bleiben sollte, so war er doch für den Rest seines Lebens geläutert, hatte einen sicheren Hort in den Armen einer liebenden Frau gefunden.

»Hast du neue Nachrichten, mein König!« rief sie nun aus und richtete sich aus dem Hofknicks auf.

»*En verdad,* in der Tat!« antwortete er und nahm ihre weichen Hände, die ihm wie immer Halt gaben. Er beugte sich zu ihr hinunter, um ihre weichen Lippen zu küssen, und mußte seine Erregung unterdrücken, als er sie berührte.

Dann führte er sie über den dunklen Täbriz-Teppich, den er ihr zur Geburt der gemeinsamen Tochter geschenkt hatte. Es war ein teurer Teppich gewesen mit 400 Schlingen je Quadratzentimeter. Er ließ sie sich auf einen mit goldenem Stoff gepolsterten Diwan vor dem marmornen Kamin setzen und stocherte mit einem Schürhaken in den gelben Flammen. Eine Wolke Funken und Rauch stob zum Kamin hinauf, und der Duft von Eukalyptusholz stieg ihm angenehm in die Nase.

Ein Holzscheit knisterte. »Man hat dir grünes Holz gegeben«, stellte er fest. »Ich werde mich morgen darum kümmern.« Er wandte sich ihr zu, das Feuer wärmte seinen Rücken, und er lächelte vor Freude darüber, daß ihre Züge freundlicher geworden waren. »Ich habe gute Neuigkeiten von Ruy de Vivar«, verkündete er. »Er hat einen Mörder bei Prinz Ahmeds taubstummen Dienstboten im Gen al Arif eingeschleust.«

»Aber er ist doch kein Taubstummer, mein König.«

Er lachte dröhnend auf. »An meinem Hof gibt es viele Taubstumme, die hören und auch sprechen können«, antwortete er. »Taubstummheit ist eine Frage der Wahrnehmung.«

»Oh!« In einer Geste des Verstehens legte sie einen ihrer langen, schlanken Finger ans Kinn, was ihn wie immer entzückte. »Er gibt also nur vor, taubstumm zu sein.«

»Genau. Aber am wichtigsten ist, daß wir endlich einen Weg in die Festung gefunden haben.«

»Und du hast vor, Prinz Ahmed zu entführen?«

»Ja. Ihn ermorden zu lassen ist nicht meine Absicht. Ganz im Gegenteil, es würde meinen Plänen zuwiderlaufen. Außerdem muß ich mich doch schließlich an die moslemischen Gesetze halten: Auge um Auge, Zahn um Zahn. Ein abgehackter Schwanz für Prinz Juans Kehle und zwei Eier für seine Ohren.«

»Du hast mir nie gesagt, daß dich die Verstümmelung deines Sohnes so erzürnt.«

Die Worte »deines Sohnes« ließen König Pedro aufhorchen. Wenn es um Prinz Juan ging, ließ Maria stets alle Vernunft fahren, obwohl sie sich immer bemühte, ihre Eifersucht auf alles, was mit seiner früheren Ehe zusammenhing, nicht zu zeigen. »Du irrst dich. Wie du wohl weißt, bereitet es mir lediglich Freude, einen Menschen leiden zu sehen«, beruhigte er sie. »Nur du bist wichtig, Geliebte, du und unsere Tochter, die Frucht unserer Liebe, Fleisch von unserem Fleisch.

Ich würde jeden in Stücke reißen, der auch nur ein Haar auf deinem Kopfe krümmt.« Beim bloßen Gedanken, daß Maria etwas zustoßen könnte, erbebte er vor Grimm, doch dann beruhigte er sich rasch wieder. »Das Los, das Prinz Juan zuteil geworden ist, kümmert mich nicht. Wie ich dir bereits gesagt habe, hätte ich es vorgezogen, wenn er bis zum Tode gekämpft hätte, anstatt sich gefangennehmen zu lassen. Jedoch muß ich als König von Kastilien handeln. Einer meiner Untertanen hat Schaden genommen, und unser Volk hat das Recht, Vergeltung für dieses Verbrechen zu fordern.«

»Glaubst du, daß Prinz Ahmed dafür verantwortlich ist?«

»Die Tat geschah um seinetwillen.«

»Auf Befehl seines Vaters.«

»*Ciertamente*, aber um des Sohnes willen.«

»Du willst den Vater umbringen lassen; warum nicht auch den Sohn, der dir in Zukunft zum Widersacher werden wird?«

König Pedro fragte sich, ob Maria etwa Prinz Ahmeds Tod wünschte. Doch der Gedanken verflog sogleich wieder. Er fuhr sich mit der Zunge über die fleischigen Lippen und kraulte seinen roten Bart. »Aber ja. Es wird sehr unterhaltsam werden, ein Schauspiel für das Volk. Brot und Spiele, und unseren Untertanen mangelt es nicht an Brot.« Er lachte auf. »Wahrscheinlich befindet sich Prinz Ahmed in diesem Augenblick bereits in der Gewalt seiner Entführer.«

Er warf Maria einen prüfenden Blick zu. Sie starrte ins Leere wie stets, wenn eine Vorahnung sie befiel, was jedoch nicht oft vorkam. »Prinz Ahmed wird nicht entführt werden.« Die Worte klangen, als kämen sie aus einer anderen Welt. »Dein Plan ist schon vereitelt worden.«

Auf Prinzessin Mathildes Vorschlag hin hatte König Karl den Grafen Rafael in seinen Palast eingeladen, während Graf Gaston bei König Pedro in Toledo weilte. Die Prinzessin erteilte ihm stets Ratschläge, was er tun mußte, um allen Rivalen zuvorzukommen, die Macht in Spanien an sich zu reißen. Es war anzunehmen, daß Graf Rafael als Kanzler des Königs von Aragon gut darüber Bescheid wußte, wie die Vorbereitungen König Heinrichs für das Turnier inzwischen gediehen waren. Außerdem konnte er von ihm sicherlich erfahren, welche Absichten König Heinrich im Zusammenhang mit dem bevorstehenden Feldzug hegte. Auf diese Weise würde König Karl besser Bescheid wissen als seine drei Rivalen. König Karl für seinen Teil focht es nicht weiter an, daß man ihn allgemein den Bösen nannte und für einen unbeholfenen Ränkeschmied hielt. Ganz im Gegenteil: Er wiegte seine Umgebung absichtlich in diesem Glauben, um seine Widersacher und Feinde zu täuschen.

Am liebsten führte König Karl geheime Gespräche unter vier Augen in seinem Garten. Als Zeitpunkt wählte er meist die Stunde vor seinem täglichen Stelldichein mit der Prinzessin. Überall herrschte tiefe Stille. Die schrillen Schreie der Raben, der letzten Vögel, die abends ihre Nester aufsuchten, waren verstummt. Es waren nicht die verklingenden Geräusche des Tages oder die aufkommenden Klänge der Nacht, an denen sich König Karl erfreute, während er mit Graf Rafael – wie immer herausgeputzt in burgunderrotem Samtwams und weißen Strumpfhosen – ruhelos auf den gepflasterten Pfaden zwischen den Rosenbüschen auf und ab ging; auch nicht der Duft des Eukalyptus aus den dunklen Bäumen oder die frische Brise, die seine glühenden Wangen streichelte, ihm durch den Bart fuhr und sein Gesicht kühlte.

Die Schönheit der Natur war ihm gleichgültig. Solch törichten Zeitvertreib hatte er seiner Mutter, der französischen Königin Johanna, überlassen. Und wohin hatte sie ihre Liebe zur Natur gebracht? In eine gottverdammte Krypta, wo ihre sterblichen Überreste jetzt vermoderten. Vielleicht hatte ihre unsterbliche Seele ja einen Platz im Himmelreich erhalten, wo sie sich wahrscheinlich entsetzlich langweilte, weil sie

dort weder die Räume schmücken noch Benimmvorschriften erlassen oder das höfische Protokoll zelebrieren konnte!
Nein, König Karl möchte diese Stunde, weil sie zwischen Tag und Nacht lag, weil die Stille und Abgeschiedenheit im Garten zum Ränkespiel regelrecht einluden.
Als er an seine Mutter dachte, entfuhr ihm ein verächtliches Lachen – der Teufel sollte sie holen!
Graf Rafael, dessen Pausbäckchen selbst in der Dämmerung noch rosig glühten, sah ihn prüfend an. König Karl hatte Verständnis mit dem Grafen, seit jener Nacht, in der er vergeblich versucht hatte, es Jacques, dem Pagen, zu besorgen. Er mußte zugeben, daß das rosige Hinterteil des Knaben auch ihn erregt hatte, und nur der Stolz hatte ihn davon abgehalten, sein Glück ein zweites Mal zu versuchen, als er wieder nüchtern war. Schließlich ging es nicht an, daß seine Grafen und Untertanen ihn für einen Liebhaber hübscher Jünglinge hielten. Die meisten Adligen waren doch nichts weiter als Huren, und wahrscheinlich hätte er sich vor Angeboten nicht mehr retten können.
König Karl mußte zugeben, daß Graf Rafael über ein außergewöhnlich gutes Einfühlungsvermögen verfügte, das er auch jetzt wieder an den Tag legte. »Dein Lachen war böse, verächtlich und verbittert, Herr«, stellte er fest. »Darf ich mir erlauben, dich nach dem Grund zu fragen?« Seine sonst blauen Augen hatten in der Dunkelheit eine unbestimmbare Färbung angenommen, doch sein Blick war durchdringend.
König Karl blieb stehen und legte dem Grafen die Hand auf den Arm. Hinter seinem Gast ragte der Palast auf, ein finsteres, dreistöckiges Gebäude, das von Türmchen und Schornsteinen gekrönt war. Die erleuchteten Fenster formten ein Mosaik aus goldenen Rechtecken, die in regelmäßigen Abständen angeordnet waren. Schatten bewegten sich hinter den Vorhängen: Die Bewohner der Räume kleideten sich zum

Essen um. Über dem dunklen Dachfirst erhob sich ein rosagoldener Himmel, der nach oben hin ins Blaue überging. Der Abendstern funkelte. In einem der Teiche quakte ein Ochsenfrosch, und andere fielen in den Chor ein. *Brunftschreie! Bin ich auch nichts weiter als ein Ochsenfrosch, der seine innersten Geheimnisse in Gegenwart dieses Mannes herausquakt? Warum nicht?* »Du hast recht. Ich habe mich soeben an meine verstorbene Mutter erinnert!« antwortete er schließlich. Im Tiergarten brüllte ein hungriger Tiger.

Der Graf hob die hellblonden Augenbrauen. »Und diese Erinnerung rief Verachtung und Verbitterung in dir hervor, Herr?«

Dieser Mann war nicht nur ein guter Beobachter, sondern verfügte auch über die Fähigkeit, andere Menschen zum Sprechen zu bringen. König Karl beschloß, auf die Frage des Grafen einzugehen, um sein Vertrauen zu gewinnen. Es gab nichts Besseres, als einem Mann zu schmeicheln, wenn man erreichen wollte, daß er Vertraulichkeiten ausplauderte, ohne es überhaupt zu bemerken. Und in diesem Fall war die Wahrheit der beste Weg. »Meine Mutter hatte einen so starken Sinn fürs Schöne, daß sie die Schönheit nahezu ebenso anbetete wie sich selbst.«

»Es heißt, daß sie es mit der gleichen Besessenheit tat, wie die Juden vor der Zeit Mose das Standbild von Baal anbeteten«, bemerkte Graf Rafael.

»Beim Leib des Herrn, du hast schon wieder recht, Kanzler.« König Karl mußte zugeben, daß er den Mann mochte. Geistesabwesend kratzte er sich in der Achselhöhle. »Weißt du, warum ich bewußt den sogenannten Pfad des Bösen beschritten habe?«

»Nein, Herr.«

»Schon als Knabe habe ich erkannt, daß gute Werke auf Erden nicht belohnt werden. Es hieß, man solle auf das Himmelreich warten. Und was wäre, wenn man nur ins Fegefeuer käme, oder gar in die Hölle? Welchen Nutzen«, er lächelte spöttisch, »hätten gute Werke auf Erden dann gehabt?« Nachdenklich nickte er mit dem Kopf. »Eine gottverdammte Zeitverschwendung, oder etwa nicht?«

»Ein äußerst ungewöhnlicher Gedankengang, Herr, aber nicht völlig aus der Luft gegriffen. Allerdings könnten unsere Theologen dagegen einwenden, daß es gerade die guten Werke sind, die den Unterschied zwischen Himmelreich und Fegefeuer und zwischen Fegefeuer und Hölle ausmachen.«

»Glaubst du denn wirklich, daß Gott das Fegefeuer betreibt wie eine Besserungsanstalt? Daß er uns den Eintritt in sein Königreich gewährt, nachdem er Buchhalter zu Rate gezogen hat, die Aufzeichnungen über unsere Schulden und Verdienste führen? Wie die jüdischen Geldverleiher oder Seine Heiligkeit, der Papst, der im Namen des Vatikans den Zehnten einfordert?«

»Ich gestatte nicht, daß meine Glaubensgrundsätze durch Gotteslästerung und Ketzerei in den Schmutz gezogen werden, mein König.« Graf Rafaels heisere Stimme klang entrüstet.

»Du bist ein gottverdammter Heuchler, Graf«, stellte König Karl in freundschaftlichem Ton fest. »Schließlich ist doch das, was sich in deinem Schlafzimmer abspielt, Gotteslästerung *par excellence*.«

»Ach, mein König, wir leben unter der Herrschaft einer Kirche, die es nicht zuläßt, daß wir unsere Taten an unserem Glauben messen. Ansonsten wäre doch jede Sünde Ketzerei, jeder Lustschrei Blasphemie. In Wahrheit ist es doch so, daß der Glaube nur geheuchelt, die Religion nur vorgespielt wird, daß Menschen gepeinigt, geschmäht und auf dem Scheiterhaufen verbrannt werden.« In der Dämmerung wirkten die Augen des Grafen fast farblos, doch das spitzbübische Funkeln darin war nicht zu übersehen.

König Karl blieb der Mund offen stehen, und er schloß ihn schnell wieder. »Meine königliche Mutter hielt bis ins hohe Alter an diesem Grundsatz fest. Doch gute Werke wurden von ihr nicht belohnt, da sie allein schon Lohn genug sein mußten. Statt dessen rauschte sie durchs Leben und nahm die guten Werke als selbstverständlich hin, ganz als besäßen sie ein eigenständiges Wesen.« Er hielt inne. »Nur die Schlechtigkeit konnte sie wieder auf den Boden der Tatsachen zurückbringen. Ja, Graf, ich stellte fest, daß ich nur durch Schlechtigkeit für kurze Zeit ihre Aufmerksamkeit auf mich ziehen und erreichen konnte, daß sie sich mit mir beschäftigte. Diese Erfahrung machte ich bereits im Alter von zehn Jahren.« Er betrachtete die Fenster der früheren Gemächer seiner Mutter im oberen Stockwerk.

Graf Rafael blieb reglos stehen und wartete auf die Fortsetzung der Geschichte.

Du bist ein schlauer Hund, stellte König Karl bei sich fest. Du verstehst es wirklich, Menschen dazu zu bringen, daß sie dir ihre Geheimnisse anvertrauen. »Also schlich ich eines Abends in die Sakristei der Palastkapelle und stahl den Meßwein.« Er kicherte.

»Hat man dich entdeckt?« Graf Rafaels Stimme klang überrascht, obwohl er sich doch sonst nicht so leicht aus der Ruhe bringen ließ.

»Selbstverständlich. So hatte ich es schließlich geplant, um herauszufinden, welche Wirkung das auf Königin Johanna haben würde.«

»Und trat die gewünschte Wirkung ein?«

»Wahrlich, in der Tat. Meine königliche Mutter stellte auf einmal fest, daß sie eine Schlange an ihrem Busen genährt hatte. Vielleicht befürchtete sie, eine Todsünde begangen zu haben, weil sie einen Ketzer unter dem Herzen getragen hatte. Möglicherweise hatte sie auch Angst, nicht in den Genuß des Himmelreiches zu kommen, wenn ihr Sohn in der

Hölle schmorte. Aber jedenfalls nahm sie mich unter ihre Fittiche. Nach diesem Vorfall sah ich sie täglich, bis sie sich endlich davon überzeugt hatte, daß ich bereute und daß Gott mir vergeben hatte. Selbstverständlich bestätigte ich sie in diesem Glauben, um ihrer ständigen Aufsicht zu entkommen, die ich durch mein Vergehen auf mich gezogen hatte.« Nachdenklich schüttelte er den Kopf. »Ich bin der Meinung, daß die Heuchelei die schlimmste Sünde darstellt. Gott, der in seiner Weisheit unsere innersten Geheimnisse kennt, verabscheut die Heuchelei wahrscheinlich mehr als Mord, Blasphemie oder Ketzerei.«

»Eine sehr ungewöhnliche Ansicht, mein König. Würdest du nicht sagen, daß in deinen Worten eine kleine Spur Gotteslästerung liegt?«

»Eine kleine Spur Gotteslästerung gibt es nicht, ebensowenig wie ein Hauch der Schwarzen Blattern.« König Karl grinste spöttisch. »All diese guten Werke müssen Gott doch ein Ärgernis sein. Und die übelsten Ausmaße nehmen sie im Martyrium an. Eigentlich ist es doch recht peinlich, wenn man Gott erklären muß, warum die Menschen für ihren Retter sterben wie die Fliegen; und das in dem festen Glauben, ihren Seelen auf diese Weise einen Platz im Himmelreich erkauft zu haben. Ich kann mir die Unterhaltung bildlich vorstellen, Graf. Gott sagt zu Jesus: ›Doch nicht etwa schon wieder einer von diesen verdammten Märtyrern, mein Sohn! Wo sollen wir diese Leute nur unterbringen? Was, zum Teufel, hast du da unten angerichtet? Ich habe dir doch gesagt, du sollst die Menschen das Leben lehren, und statt dessen hast du ihnen das Sterben beigebracht!‹«

Der Graf lachte laut auf. »Und Jesus antwortet: ›Warst du es nicht, der die Hölle auf Erden geschaffen und mich dann hinuntergeschickt hat, um den Schaden in Ordnung zu bringen? Ich habe festgestellt, daß man die Menschen nur gut machen kann, wenn man sie verdummt. Und das ist mir doch ziemlich gut gelungen. Die Menschheit sehnt sich seitdem nach dem Martyrium, nur, um meinem Beispiel zu folgen.«

»Jesus hat uns ein wunderbares Beispiel gegeben, damit wir schon auf Erden einen Vorgeschmack auf die Hölle bekommen«, erwiderte König Karl.

Seine Offenheit zeitigte das gewünschte Ergebnis, denn auch der Graf nahm jetzt kein Blatt mehr vor den Mund. »Du besitzt eine Gabe, die bei Herrschern selten ist, mein König«, stellte er fest. »Du hast einen klaren Blick, den du dir auch in deinen olympischen Höhen nicht vernebeln läßt.« Es raschelte im Gebüsch, und der Graf warf einen Blick zur Seite. »Eine gemeine Gartenratte erfährt in einer Nacht mehr als ihre blaublütigen Verwandten.« Belustigt über seinen eigenen Witz wandte er sich dem König zu.

König Karl erwiderte sein Lächeln. »Von dieser Sorte werden wir beim Turnier genug zu Gesicht bekommen«, sagte er und lenkte damit das Gespräch geschickt in die gewünschte Richtung.

»Selbstverständlich ist mein königlicher Herr eine Gattung für sich und gehört keineswegs der Familie der Ratten an. Aber er wird am Turnier teilnehmen.«

»Oh, wir dachten immer, er sei bereits verheiratet.« Mit seiner Lanze würde er diesen Hundesohn aus dem Sattel heben!

»Er hat sich von Königin Sophia getrennt, mein König, und hofft, bei Seiner Heiligkeit eine Annullierung der Ehe durchsetzen zu können.«

»Mit welcher Begründung?«

»Der Vatikan ist so fern von dieser Welt ...«

»Der Vatikan betrachtet sogar einen Furz zur falschen Zeit als Herausforderung!« unterbrach ihn König Karl. Er klopfte sich auf die Schenkel und brüllte vor Lachen.

»Für den richtigen Preis gewährt einem der Vatikan jede Gunst, mein König, solange das Ansinnen nicht politisch unklug ist.«

»Es macht ganz den Eindruck, Graf, angefangen beim Peterspfennig, damit er die Bitte einer armen Witwe erhört, bis zu einem fürstlichen Lohn für die Annullierung einer unbequemen Ehe. Und was die politischen Erwägungen anbelangt, hast du recht. Da der Papst gezwungenermaßen in Avignon residiert, könnte er niemandem einen Gefallen verkaufen, der seinem Gefängniswärter, dem König von Frankreich, Unwillen bereiten würde.« Er holte tief Luft. »Nun denn, wir alle sind Sklaven der Staatsräson, und dein Herr, König Heinrich, macht da keine Ausnahme. Erwartet er, das Turnier zu gewinnen und Aragon mit Kastilien zu verbinden?«
»Gewiß, mein König.«
»Zum Teufel soll er sich scheren!«
»Der wird sich hüten, ihn zu holen.«
Wieder brüllte König Karl vor Lachen und schlug sich auf die Schenkel. »Du bist mir aber ein Witzbold, Kanzler! Ich hätte dich gern an unserem Hof.«
»Es wäre mir eine Ehre, mein König. Doch wie Seine Heiligkeit habe auch ich meinen Preis.«
»Wenn ich erst einmal das Turnier gewonnen und mein Königreich mit Kastilien verbunden habe, kann ich mir deinen Preis sicher leisten«, meinte König Karl. »Und nachdem ich die maurischen Hundesöhne aus Granada vertrieben habe ... mit ... äh ... der Hilfe aller christlichen Könige Spaniens, wozu dein Herr seinen Anteil an Soldaten, Waffen und Vorräten beisteuern muß«, fügte er schlau hinzu. Zu diesem Kunstgriff hatte ihm Prinzessin Mathilde geraten.
»König Heinrich hat nicht die Absicht ...«, Graf Rafael brach plötzlich mitten im Satz ab und räusperte sich, »dir den Beistand zu verweigern, falls er das Turnier verliert.«
Du hast dich gut aus der Affäre gezogen, du warmer Bruder, aber nicht gut genug, dachte König Karl triumphierend.
Als sie die erleuchteten Tore des Palastes erreicht hatten, wo König Karl den Gruß der uniformierten Wachen erwiderte,

hatte er dem Grafen alles entlockt, was er wissen wollte. Er hatte sogar herausgefunden, wie König Heinrich im Turnier kämpfen wollte. Eigentlich wird mir der Name Karl der Böse nicht ganz gerecht, dachte er. Alle nennen mich so, nur weil ich einen Dreck darauf gebe, welchen Rang jemand innehat und was sich bei Hofe gehört. Doch niemand weiß, daß es in Wirklichkeit meine Schlauheit und Prinzessin Mathildes Ratschläge sind, aufgrund derer ich diesen Titel tatsächlich verdiene.

11. Kapitel

Er zückte den Dolch, wirbelte herum und suchte mit raschen Blicken den Pfad, das finstere Gebüsch und die grauen Felsen daneben ab. Als er die Waffe in seiner Hand spürte, ließ sein Herzklopfen ein wenig nach; doch vor Aufregung pulste ihm das Blut in den Adern. Um nichts in der Welt würde er sich lebendig gefangennehmen lassen! Sollte sein Vater doch eine Leiche zum Thronerben machen, aber wenn er schon sterben mußte, würde er dafür sorgen, daß noch andere sein Schicksal teilten.

Nichts rührte sich, und in der Ruhe kehrten seine klaren Gedanken zurück. Falls die Männer des Königs ihm wirklich folgten, hätten schon längst die Alarmglocken geläutet; überall würde es von bewaffneten Wachen wimmeln. Wenn ihnen jemand auf der Spur sein sollte, wollte dieser Jemand nicht bemerkt werden. Prinz Ahmed warf einen fragenden Blick auf seinen Kameraden. Dieser stand reglos am Rand des Pfades und deutete mit dem Finger immer wieder in die Richtung, aus der sie gekommen waren. War ihnen etwa ein Räuber auf den Fersen? Unwahrscheinlich, denn dieses Gesindel hielt sich für gewöhnlich vom Palast fern, da dieser scharf bewacht wurde. Oder hatte Prinz Juan einen Schatten für einen Verfolger gehalten?

Wieder knisterte es.

Prinz Ahmed bedeutete seinem Begleiter, sich hinter einem Felsen zu verstecken, und pirschte sich ins Gebüsch. Er würde den Unbekannten von hinten überfallen. Auf Zehenspitzen schlich er weiter und bemühte sich, keinen Lärm zu machen. Vor Anspannung stockte ihm der Atem. Nach all den Jahren militärischer Ausbildung bekam er nun endlich Gelegenheit, sich mit einem Feind zu messen. Schließlich war er ein Meister im Umgang mit Messer, Schwert und Dolch, und er verfolgte jetzt eine lebende Beute. Wie würde es sein, zum erstenmal jemanden zu töten? Aber er würde keine Gnade kennen. Ein Feind war ein Feind und mußte ausgelöscht werden.

Als er wieder auf den Pfad stieß, blieb er hinter einem Wacholderbusch stehen und suchte mit den Augen den Weg ab. Das Schweigen war unheimlich. Ein angenehmer, unbekannter Geruch stieg ihm in die Nase.

Er schlich wieder auf den Pfad und ging vorsichtig auf eine scharfe Kurve zu. Das Beste war es, wenn der Verfolger zwischen ihn und Prinz Juan zu stehen kam. Er bog um die Kurve. Keine zehn Schritte vor ihm ging auf Zehenspitzen eine Gestalt, die in einen schwarzen Umhang gehüllt war. Ganz langsam setzte sie einen Fuß vor den anderen. Hinter der nächsten Biegung lag der Felsen, hinter dem sich Prinz Juan versteckte.

Sollte er seinen ersten Feind wirklich von hinten töten wie ein feiger Mörder? Töten oder getötet werden; für Höflichkeiten war jetzt keine Zeit. Vor ihm stand der Feind. Mit erhobenem Dolch machte Prinz Ahmed einen leisen Schritt vorwärts. Als er nahe genug an die Gestalt herangekommen war, sprang er los, geschmeidig wie ein Berglöwe.

Der Kies knirschte unter seinem rechten Fuß. Blitzartig fuhr die Gestalt herum und zückte ein langes Messer. Prinz Ahmed hielt mit erhobenem Dolch inne, als er das Gesicht des Feindes unter der schwarzen Kapuze erkannte. Er schnappte nach Luft. Auch das Messer der Gestalt blieb in der Luft stehen.

Mit der linken Schulter zuerst prallte Prinz Ahmed gegen die Gestalt, und beide fielen zu Boden, wobei er seinen Gegner

unter sich begrub. Als er den weichen Körper an seinem spürte, erschauderte er. Erschrocken blickte er auf das Gesicht herab und sah schreckgeweitete Augen; endlich – die Augen.
»Warum hast du nicht zugestochen?« fragte er atemlos.
»Weil ich dich erkannt habe«, antwortete Zurika. »Nur um Haaresbreite bist du dem Tod entronnen.« Fragend sah sie ihn an; sie blinzelte, und ihre Nasenflügel bebten.
Prinz Ahmed erschauderte. »Du auch«, sagte er brüsk. Begierde ergriff ihn. Dieser betörende Duft von vorhin war also ihrer gewesen.
Er sah ihr in die Augen. Braun, nicht blau! Ich liebe doch Prinzessin Beatrice. Warum begehre ich diese junge Frau, obwohl sie keine blauen Augen hat?
»Was hast du hier zu suchen?« Er gab sich alle Mühe, das Gefühl zu unterdrücken, das in ihm tobte.
Sie schien sich wieder von ihrem Schrecken erholt zu haben. »Ich bin ein Vogel und tanze bei Sonnenuntergang meinen magischen Tanz.« Sie lächelte bezaubernd und entblößte dabei regelmäßige weiße Zähne. »Und was hast du hier zu suchen, Prinz? Warum sitzt du nicht in deinem Käfig?«
Er lachte. Dann hörte er leise Schritte und erinnerte sich wieder an Prinz Juan. Als er aufblickte, sah er den Prinzen näherkommen. Etwas verlegen, obwohl er nicht wußte, warum, löste er sich von Zurika. Er erhob sich, steckte den Dolch wieder in den Gürtel und reichte ihr die Hand. Sie aber wandte sich Prinz Juan zu, der überrascht stehengeblieben war und sie wie vom Donner gerührt anstarrte. Er versuchte zu sprechen, doch nur das übliche Lallen kam ihm über die Lippen. Ein schmerzlicher Ausdruck überzog sein Gesicht. Prinz Ahmed spürte, wie sehr sein Begleiter in diesem Augenblick litt, doch dann wandte Prinz Juan traurig den Blick ab.

»Warum bist nicht nach Hause gegangen, nachdem du heute abend getanzt hast?« wollte Prinz Ahmed von Zurika wissen.
»Meine Großmutter Pilar hat in ihrem Kristall gesehen, daß du einen Fluchtversuch machen würdest«, erklärte Zurika. »Sie wußte, daß du zu Fuß nicht weit kommen würdest, ehe die Wachen dich wieder eingeholt hätten. Abou bon Ebben hatte ihr einen Beutel Gold gegeben, weil sie dir geholfen hat, als dein Geist verwirrt war. Deswegen hat sie beschlossen, daß es am besten wäre, das Gold für deine Freiheit zu verwenden. Schließlich konnte sie es ohnehin nicht sofort ausgeben. Also hat sie einen Teil davon benutzt, um zwei Pferde zu kaufen, die beim nördlichen Stadttor auf dich warten. Sie vermutete, daß du den dunkelsten Sonntag in diesem Monat für deine Flucht wählen würdest, und darum hat sie mich angewiesen, nach meinem Tanz hier auf dich zu warten und dich zu den Pferden zu führen.«
Als Prinz Ahmed klargeworden war, worauf Zurika hinauswollte, übersetzte er alles in Taubstummensprache für Prinz Juan. Allerdings konnte er seine Verblüffung nicht verbergen. »Willst du damit sagen, daß deine Großmutter das alles vorhergesehen hat?« Ungläubig schüttelte er den Kopf. »Sie muß eine Hexe sein.«
Einen Moment lang flammte Zorn in Zurikas Augen auf. »Sie ist keine Hexe, Prinz Ahmed, sondern eine Zauberin, die dir helfen will.«
Prinz Ahmed bereute seine Worte sofort. »Es tut mir leid«, sagte er mit ungewohnter Bescheidenheit. Er stellte fest, daß Zurika ihn die ganze Zeit wie einen Gleichgestellten, nicht wie einen Prinzen behandelt hatte. Es hieß, daß manche Zigeuner sehr stolz waren, und sie mußte eine von ihnen sein.
»Ich verstehe, Prinz.« Zurika beruhigte sich wieder. »Jetzt werde ich euch beide auf einem geheimen Pfad zum nördlichen Stadttor führen, wo ihr beide hineinschlüpfen könnt, ohne daß man euch Fragen stellt.« Sie lächelte. »Diese

Dummköpfe von Wachen halten nur Leute auf, die nach Dunkelwerden in die Stadt hineinwollen. Wer sie verläßt, ist ihnen gleichgültig.«
Prinz Ahmed schöpfte wieder neue Hoffnung. »Wie sollen wir deiner Großmutter jemals danken?«
»Du wirst Gelegenheit erhalten, ihr persönlich deine Dankbarkeit zu erweisen.«
»Wie?« fing Prinz Ahmed an. Er hatte nicht die geringste Lust, seine Flucht zu unterbrechen, um eine Zigeunerin in ihrer Höhle zu besuchen.
»Erinnerst du dich an die Geschichte von den drei wunderschönen Prinzessinnen, die von ihrem Vater, König Mohammed dem Linkshändigen, gefangengehalten wurden?«
»Ja.«
»Heute nacht wird sich die Geschichte wiederholen.«
Allmählich dämmerte es dem Prinzen. »Meinst du damit ...« er deutete mit dem Finger auf Zurika, »daß du uns begleiten willst?«
»Gewiß. Und meine Großmutter Pilar auch.«
»Aber ... du ... kannst nicht mit uns kommen ... ich ... ich meine«, er fing an zu stottern.
»Aber warum denn nicht?«
»Weil ich es verbiete. Auf keinen Fall ...«
»Die Pferde gehören doch uns, oder nicht? Und du brauchst sie, richtig?« Sie lächelte spitzbübisch, und ihre Augen funkelten. »Außerdem, würdest du wollen, daß wir hierbleiben und hingerichtet werden, weil wir dir zur Flucht verholfen haben?«
»Ich werde deine Großmutter für die Pferde bezahlen«, erklärte er förmlich.
»Die Pferde sind nicht zu verkaufen. Da weder Großmutter noch ich reiten können, und ihr Prinzen ausgezeichnete Reiter seid, können wir hinter euch im Sattel sitzen. Meine Großmutter hat beschlossen, daß wir nicht auf der Hauptstraße

nach Toledo reiten werden, da der König dich und Prinz Juan bestimmt dort vermuten wird. Statt dessen werden wir uns in Richtung Cordoba auf den Weg machen, und zwar nehmen wir die gleiche Strecke, wie die drei spanischen Ritter mit zwei der Prinzessinnen und ihrer *duena*; nur daß sie damals drei Pferde gehabt haben. Wenn wir erst einmal über die Grenze sind, können wir die Richtung ja ändern und nach Jaén reiten, das in Kastilien liegt. Pilar wird dort zurückbleiben und sich mit dem Gold ein Haus kaufen, wo sie ihre … äh … Wahrsagerei betreiben kann. Ich werde mit euch nach Toledo weiterreisen.«

»Aber das geht doch nicht!« Doch er wußte, daß seine Worte vergebens waren. Diese junge Frau war offenbar zu allem entschlossen.

»Selbstverständlich geht das. Der Kristall meiner Großmutter hat gesagt, daß ihr mich in Toledo brauchen werdet.«

»Und wozu solltet wir dich brauchen?«

»Das hat mir der Kristall nicht verraten.«

Verwirrt warf Prinz Ahmed Prinz Juan einen Blick zu. Dieser schien verstanden zu haben und nickte zustimmend.

In ihren schmutzigen Kleidern roch Pilar, als hätte sie ein Bad nötig. Da Prinz Ahmed wußte, daß der Verlust von Sprache und Gehör den Geruchssinn seines Freundes geschärft hatte, wollte er ihm diesen Gestank ersparen. Deswegen hatte er sich bereit erklärt, die Alte zu sich aufs Pferd zu nehmen, während Zurika hinter Prinz Juan saß. Doch inzwischen bereute er seine Großzügigkeit bei jedem Hufschlag.

Die drei hatten ohne Zwischenfall den kleinen Seiteneingang des nördlichen Stadttors passiert. Selbst die wertvollen Satteltaschen, die die beiden Prinzen über den Schultern trugen, hatten keinen Verdacht erregt. Sich frei unter fremden Menschen zu bewegen, war eine völlig neue Erfahrung für Prinz Ahmed. Zwar genoß er dieses neue Erlebnis, aber er nahm sich trotzdem vor, ein ernstes Wort mit den Wachen zu reden, wenn er erst einmal König war. Wenn er erst einmal König war! Davon war er weiter entfernt denn je. Pilar hatte sie bei den Ställen einer heruntergekommenen Gastwirtschaft an der Straße nach Cordoba mit zwei Pferden erwartet. Prinz Ahmed entschied sich für den großen Braunen und überließ seinem Freund den kleinen Rotfuchs. Pilar hatte auch einen Wochenvorrat an Brot, Käse, Wurst und Wein eingepackt. Zwar hatte Prinz Ahmed die grauhaarige Zauberin bereits einmal gesehen, aber auf die Blicke, mit denen sie ihn förmlich auszog, war er nicht vorbereitet. Nun mußte er auf diesem Ritt dreifach leiden: unter ihrem gräßlichen Gestank, ihrer offensichtlichen Freude darüber, mit ihm und nicht mit Prinz Juan auf einem Pferd zu sitzen, und ihrem heiseren Kichern.

Fest entschlossen, so schnell wie möglich vom Palast wegzukommen, waren sie sofort aufgebrochen und ritten nebeneinander auf den Paß von Lope zu, der durch die Berge nach Cordoba führte.

»Sie suchen doch nach zwei Prinzen! Also werden sie sich nicht um vier Leute kümmern; vor allem nicht, wenn zwei Frauenzimmer dabei sind«, hatte Pilar gejammert. »Wozu also die Hetze?«

»Sie werden alle verfolgen, die die Stadt verlassen haben«, hatte Prinz Ahmed sie angefahren. »Wir brechen auf der Stelle auf.« Jetzt hatte er endgültig genug davon, daß alle ihm Vorschriften machten. Es schnallte die Taschen auf die Pferde, stieg auf und hielt der alten Frau die Hand hin.

Als sie die Straße entlangtrabten, bemerkte Prinz Ahmed, der gut zugerittene arabische Vollblüter gewohnt war, daß sein Pferd unbeholfen ausschritt. Pilar packte ihn fest um die Taille und nutzte jede Gelegenheit, ihr runzliges Gesicht an seinen Rücken zu pressen, wenn immer das Pferd ein wenig schwankte. Prinz Ahmed dankte Allah dafür, daß der Wind

ihren Geruch nach hinten wegblies. Aber trotzdem war er für jemanden, der die süßen Düfte des Palastes gewohnt war, noch gut zu riechen.
Was tu ich eigentlich hier? Warum reite ich durch die kalte Nacht über eine holperige Zypressenallee, von der ich nicht weiß, wohin sie führt? Steif saß er im Sattel und sah die dunklen Berge vor sich aufsteigen. Am Himmel über ihm funkelten silbern die Sterne. Ich folge meinem Stern, Prinzessin Beatrice, dem Stern meiner Seele. Aber wie wäre es, wenn Zurika hinter mir im Sattel säße? Wenn ich ihren weichen, anschmiegsamen, duftenden Körper spürte anstatt dieses Gerippes? Er blickte hinauf zu den Sternen, flehte um Schutz vor seinen schlechten Gedanken. Prinzessin Beatrice war wie das Licht der Sterne. Zurika war die Dämmerung. Alles an ihm gehörte der Prinzessin – all seine Treue und noch etwas, was er nicht beim Namen nennen konnte.

Nun spürte sie zum erstenmal den Körper eines Mannes an ihrem, und dieser Mann mußte ausgerechnet ein Taubstummer sein! Während sie sich an Prinz Juan klammerte, stellte sie fest, daß er ein ausgezeichneter Reiter war. Trotzdem hatte Zurika, die noch nie auf einem Pferd gesessen hatte, das Gefühl, als würde ihr jeder Knochen im Leibe durchgerüttelt. Aber immerhin hielt sie sich an einem echten Prinzen fest, obgleich sie lieber mit dem anderen Prinzen auf dem größeren Pferd geritten wäre.
Konnte all das wirklich wahr sein? Sie, Zurika, eine sechzehnjährige Zigeunerin, ein Tanzmädchen, die noch letzte Nacht in einer stinkenden Höhle zugebracht hatte? Seit sie angefangen hatte, für Prinz Ahmed zu tanzen, hatte sie in einer Traumwelt gelebt, die sich allerdings zum Teil mit der wirklichen Welt deckte. Sie hatte den ersten Schritt auf einem Weg getan, der sie zur Erfüllung ihrer Träume führen würde. Es war ihr Schicksal, die Höhlen der Zigeuner zu verlassen und

Majos gierigen Fingern zu entkommen. Hatte Pilar das nicht auch im Kristall gesehen? Seltsamerweise hatte sie anfangs keine Scheu gehabt, mit Prinz Ahmed zu sprechen, aber nach den wenigen erregenden Augenblicken, als er auf ihr gelegen hatte, hatte er sich ihr gegenüber verschlossen gezeigt. Jetzt fühlte sie sich diesem weißen Prinzen Juan vertrauter, obwohl sie kein Wort miteinander wechseln konnten.

Prinz Juans warmen Körper so nah an ihrem zu spüren, hatte in ihr einen erregten Kitzel ausgelöst, doch sie wäre trotzdem lieber mit Prinz Ahmed geritten. Er sah so stattlich aus mit seiner braunen Haut, den kantigen Zügen, dem gespaltenen Kinn und den dunklen grüblerischen Augen unter geraden schwarzen Brauen. Nachdem sie vorhin geredet hatte wie ein Wasserfall, war sie nun ebenso stumm wie Prinz Juan und antwortete nur, wenn sie etwas gefragt wurde. Und nachdem sich Pilar ihnen angeschlossen hatte, hatte sich kein Anlaß mehr ergeben, ein Gespräch zu beginnen. Sie warf einen Blick auf Prinz Ahmed, der neben ihnen auf der dunklen Landstraße ritt. In der Finsternis konnte sie nur sein entschlossenes Profil erkennen. Schon vor ihrer ersten Begegnung war sie in ihn verliebt gewesen, und nun, da sie ihn kennengelernt hatte – groß, breitschultrig, schlank, gutgekleidet und von königlicher Art – liebte sie ihn nur um so mehr.

Sie blickte zum nachtblauen Himmel und den Sternen hinauf, und zum erstenmal begriff sie, daß alle Dinge eine Einheit bildeten. Ihr wurde schlagartig klar, daß sie niemals zu den Höhlen zurückkehren würde. Obwohl sie nicht fror, zitterte sie. Lag es vielleicht doch an der kühlen Nachtluft? Nicht ganz. Aber was war es dann? Alles schien ihr wie ein Traum. Hier war sie nun mit zwei Prinzen, einer Thronerbe von Granada, der andere der Sohn des Königs von Kastilien. Und was würde aus ihr werden? Eine von Prinz Ahmeds Mätressen? Mehr konnte ein Mädchen von ihrem Stand nicht erwar-

ten. Aber auch wenn sie nur seine Haremsdame werden konnte, würde sie alles in ihrer Macht Stehende dafür tun, daß er nur sie allein liebte. Schon jetzt wollte sie ihn nie mehr wieder loslassen.
Wann würde er sie nehmen?
Eine dunkle Vorahnung ließ sie wieder erschaudern.

Sie überquerten die Vega und erreichten die Ausläufer der felsigen Berge von Elvira. Dort machten sie sich an den Aufstieg. Bis auf das Klappern der Hufe, das Knarzen der Sättel und das Schnauben der Pferde war kein Laut zu hören. Als sie um eine Kurve bogen, stockte Prinz Ahmed von Aufregung der Atem: Im dunklen Berg tat sich ein Lichtspalt auf – der Paß.
Während er den Weg zur Freiheit betrachtete, flammten plötzlich zwei Feuer auf beiden Seiten des Passes auf. Er zügelte sein Pferd und zeigte mit dem Finger darauf. »Siehst du die Feuer da drüben?« rief er Pilar über die Schulter hinweg zu. »Sie sind ganz plötzlich angezündet worden. Was hat das zu bedeuten?«
Pilar reckte den Kopf, um ihm über die Schulter sehen zu können und stieß einen Fluch aus.
»Also, was sind das für Feuer?« wollte er wissen.
»Die Signalfeuer von den Wachtürmen.« Sie wandte den Kopf erst nach links, dann nach rechts. »O heilige Jungfrau Maria, Petrus, Jakobus, Johannes, helft uns!«
»Und was haben sie zu bedeuten?« Er witterte Gefahr.
»Sieh dich um, dann wirst du noch mehr von diesen Feuern sehen. Das erste wurde an der Alhambra angezündet, dann das nächste und dann wieder das nächste. Eins nach dem anderen wird angezündet.«
»Du meinst, das ist eine Kette von Lichtzeichen, die von der Alhambra ausgeht?«
»Gewiß.« Sie fing an zu zittern.

Verzweiflung ergriff ihn. »Bei Allah, sie haben im Palast unsere Flucht entdeckt. Aber wie nur?« Er hielt inne. »Doch das ist jetzt unwichtig. Jedenfalls geben sie nun den Außenposten Zeichen, damit diese uns aufhalten sollen.« Er hatte damit gerechnet, daß sie mindestens eine Nacht lang ungehindert weiterreiten konnten, ehe ihre Flucht entdeckt wurde. Und jetzt waren sie kaum drei Stunden unterwegs! Allah sei Dank für die Pferde, doch was sollten die ihnen jetzt noch nützen, wenn sie bereits erwartet wurden, und sicherlich berittene Soldaten hinter ihnen her waren? Nur mit Mühe konnte er sein Zittern unterdrücken.
Er warf Prinz Juan, der sein Pferd neben ihm gezügelt hatte, einen Blick zu. In der Dämmerung erkannte er, daß auch der Prinz die Lichter entdeckt hatte und besorgt war.
Prinz Ahmed hatte alle Fluchtwege gründlich auf der Karte studiert. Genau vor ihnen lag die berühmte Brücke von Pinos, die über den Abgrund führte, in dem ein reißender Strom toste. Wenn sie diese erst einmal überquert hatten, blieb ihnen noch die Hoffnung, die Berge zu erreichen und die Posten am Paß zu umgehen. Er zeigte nach vorn und bedeutete Prinz Juan, ihm zu folgen. Sein Freund nickte.
»Halt dich fest!« befahl er Pilar. Er trat sein Pferd in die Flanken, aber das Tier rührte sich nicht vom Fleck. Noch einmal trat er zu, und endlich setzte sich der Gaul in Bewegung und verfiel in rascheren Trab. Bald rasten sie mit donnernden Hufen die Straße entlang; das Hufgetrappel hallte von den Felswänden wider. Prinz Ahmed betete zu Allah, daß keines der Pferde über einen losen Stein stolpern würde.
Die kühle Luft pfiff ihnen ins Gesicht. Da er aufrecht ritt, zog er den Mantel dichter um sich, damit der kalte Wind nur noch sein Gesicht berühren konnte. Sie galoppierten um eine Biegung, dann um die nächste.
»O Allah!« rief Prinz Ahmed aus und brachte sein Pferd zum Stehen. Vor ihnen lag die Brücke, doch der Turm daneben

war gleißend hell erleuchtet. Dutzende von roten Lichtern auf der Brücke selbst spiegelten sich in den Waffen der Wachmänner, die ihnen den Weg versperrten.

König Yusuf tobte vor Wut. Allerdings hatte er auch ein flaues Gefühl in der Magengegend. Er war gerade im *bano*, im königlichen Bad gewesen, als Abou bon Ebben ihm die Nachricht von der Flucht der beiden Prinzen überbracht hatte. Mauren, ebenso wie Christen, badeten üblicherweise während des Tages, aber König Yusuf hatte heiße und kühle Räume an die königlichen Bäder anbauen lassen und genoß es sehr, den Tag mit einem entspannenden Dampfbad zu beschließen, weil er danach besser einschlafen konnte.
Außerdem hatte er noch einen reich geschmückten Saal anbauen lassen, wo er jetzt den Weisen empfing. Hinzu kam noch ein Ankleidezimmer und ein Gang, der die heißen mit den kühlen Räumen verband. Man konnte diese Gebäude nur durch die Wohngemächer im unteren Teil der Daraxa erreichen und gelangte durch die Fenstertüren der Haupthalle zum Myrtengarten und zum Löwenhof. Zu diesem Zweck hatte man eine kunstvolle, turmähnliche Kuppel errichten müssen.
War es das Werk des toten Juden, daß er diese erstaunliche Nachricht erhielt, während er sich in einem Anbau der Alhambra aufhielt?
Abou bon Ebben war so aufgeregt gewesen, daß König Yusuf stehenblieb, während er mit dem Weisen sprach. Dann hatte er sich gesetzt und das weiße Leinentuch fest um seinen nackten Körper geschlungen. Abou bon Ebben hatte der Monarch bedeutet, er solle vor ihm niederknien. König Yusuf, der sich nicht so leicht aus der Ruhe bringen ließ, vermutete sogleich, daß sich die beiden Prinzen nach Toledo aufgemacht hatten, der Heimat Prinz Juans. Die nahegelegenste Grenze befand sich an der Straße nach Toledo. Deswegen

mußte er die Flüchtigen aufhalten, ehe sie kastilisches Gebiet erreichten. Mit einem Fingerschnippen rief er seinen obersten Berater herbei, einen riesenhaften, schwarzbärtigen Mauren, und erteilte ihm ruhig die notwendigen Befehle für die Ergreifung der beiden Prinzen. »Laß die Feuer auf den Zinnen anzünden und die Trompeten blasen. Und schick Husain, den Hauptmann der Reiterei zu mir, damit ich ihm Anweisungen für die Verfolgung geben kann.« Er lächelte böse. »Sie müssen unbedingt zurückgebracht werden. Lebendig ... oder tot.«

Nun würde er Abou bon Ebben befragen müssen. Sollte er auch den Großwesir rufen lassen? Doch eine innere Stimme riet ihm, Farouk Riswan noch nicht von dem Ereignis in Kenntnis zu setzen.

War es nicht ein Zeichen väterlicher Liebe gewesen, daß er seinem Sohn das Kästchen mit Süßigkeiten hatte schicken lassen? Daß er Abou bon Ebben aufgetragen hatte, das Geschenk noch am selben Abend zu überbringen? Sonst wäre die Flucht erst am nächsten Morgen entdeckt worden. Dann wäre es zu spät gewesen, die Flüchtenden aufzuhalten. Die Flucht war gut geplant und mutig in die Tat umgesetzt worden. Einen Augenblick lang kam er nicht umhin, seinen Sohn dafür zu bewundern. Was für ein Thronerbe! Aber das war nur noch mehr Grund, ihn unbedingt zurückbringen zu lassen. Furcht ergriff ihn. Ein Herrscher ohne Erbe war wie eine Festung ohne Mauern! Das Gefühl, das er zum erstenmal im Leben für seinen Sohn empfunden hatte, war von Allah gekommen. Der gnädige Allah wachte über ihn. Sein Sohn und Prinz Juan würden ergriffen und zurückgebracht werden. Sicherlich war es Prinz Juan gewesen, der seinen Sohn zur Flucht überredet hatte. Warum hätte er sonst davonlaufen sollen, nach all den Jahren, in denen er – abgesehen von seiner Aufsässigkeit in der letzten Zeit – die Gefangenschaft so fügsam hingenommen hatte? Er würde diesen kastilischen

Schweinehund foltern lassen, ihn dann entmannen und ihm die Eingeweide herausreißen.
Jetzt würde ihm Abou bon Ebben darlegen müssen, wie es zu der Flucht hatte kommen können. Der grauhaarige Weise kniete vor ihm, das Gesäß auf die Fersen gestützt. Der weiße Bart war ihm auf die Brust gesunken, er blickte zu Boden und wartete auf den Befehl des Königs, daß er sprechen sollte. Der Duft des Weihrauchs kam König Yusuf auf einmal erstickend vor, und die Melodie, die seine Musiker wie jeden Abend für ihn spielten, zerrte an seinen Nerven. Doch nach außen hin bewahrte er die Ruhe. »Ich verlange eine Erklärung für diesen unaussprechlichen Vorfall, Weiser«, forderte er mit leiser Stimme.
Der Weise blickte nicht auf. »Ich habe schon vor einiger Zeit versucht, dir zu erklären, mein Gebieter, daß Prinz Ahmed gegen sein Los aufbegehrt. Es war in der Nacht, als du nach deinem Sieg über König Pedro nach Granada zurückkehrtest. Damals sagte ich, daß wir beide gewisse Teile der menschlichen Natur außer acht gelassen hätten, die stärker sind als alle Mauern.« Endlich hoben sich die grauen Augen und blickten den König unverwandt an. »Ich weiß, ich habe versagt und mein Leben verwirkt.«
Wenigstens war die Angelegenheit schnell ausgestanden, und König Yusuf konnte sich weitere Erklärungen und Anschuldigungen ersparen. Obwohl er sonst Achtung vor solchem Mut gehabt hätte, machte ihn die Ruhe des alten Mannes heute wütend. »Das werde ich entscheiden«, brüllte er. »Ich verlange eine Erklärung, wie das geschehen konnte.«
Bon Ebben senkte wieder den Blick. »Soviel zu den Gründen, mein Gebieter«, antwortete er leise. Er hielt inne und betrachtete den weißen Marmorfußboden. »Mein letzter Fehler war, daß ich Prinz Ahmed in seine Gemächer im Turm des Gen al Arif eingesperrt habe, als er gegen sein Los aufbegehrte. Der Drang des Menschen nach Freiheit ist größer als alle irdische

Macht. Denk nur an die Freiheitsbewegungen, die die gesamte Geschichte der Menschheit durchziehen. Und was das Sehnen nach Liebe anbelangt, ist es göttlich, weil es der Liebe entströmt, die der göttliche Allah für alle Geschöpfe dieser Erde empfindet. Also habe ich geirrt, als ich Prinz Ahmed in einen noch kleineren Käfig innerhalb des großen sperrte, gegen den er sich aufgelehnt hatte. Statt dessen hätte ich ihm größere Freiheiten gewähren sollen.«

König Yusuf war zunehmend beeindruckt von der Ruhe, in der der Alte seine Begründung vortrug. Vor ihm stand ein Mann, der im Angesicht des Todes seinen Frieden mit sich selbst gemacht hatte. Wie war ihm das gelungen? »Ich habe deine Entscheidung gebilligt«, räumte er widerwillig ein.

»Zu großmütig, mein Gebieter, aber damals war es meine Aufgabe, eine Lösung zu finden, und ich allein bin dafür verantwortlich. Du hast lediglich meinem Vorschlag zugestimmt.«

»Warum hast du Prinz Juan zum Gefährten unseres Sohnes gemacht? Das hättest du nie tun dürfen!«

»Ach, mein Gebieter, ich tat es deshalb, weil Prinz Ahmed sich von Herzen nach einem Freund sehnte. Zuerst befürchteten wir, daß unsittliche Dinge zwischen den beiden vorfallen könnten, doch das geschah nie, und Prinz Ahmed war Prinz Juan sehr zugetan. Ich für meinen Teil bezweifle, daß Prinz Juan die Flucht geplant oder Prinz Ahmed dazu überredet hat. Ganz im Gegenteil, ich glaube, daß es sich wahrscheinlich genau umgekehrt verhielt.« Die runzligen Wangen des Weisen verzogen sich zu einem Lächeln. »Ich flehe dich demütig an, mein Gebieter, darüber nachzudenken, was im umgekehrten Falle geschehen wäre! Wenn du, Herr, gefangen gewesen wärest!«

»Unverschämter Kerl!« zischte König Yusuf, doch dann hielt er nachdenklich inne. Was hätte er tatsächlich getan? Widersprüchliche Gedanken schossen ihm durch den Kopf. Hatte er, was seinen Sohn anbelangte, wirklich einen Fehler gemacht? Aber was wäre dann die Lösung gewesen? Wie hätte man die Flucht verhindern können? Hatte er geirrt, als er seinem Sohn Liebe und Freundschaft verweigerte? Was sonst konnte er tun, um die Flüchtigen aufzuhalten und sie zurückzubringen? Wie hatten sie es nur wagen können, gegen seine Befehle zu verstoßen?

»Ich flehe dich an, vergib mir, mein Gebieter; doch du weißt genau, daß Anmaßung nicht zu meinen Fehlern gehört. Ich bin an vielen Höfen dazu erzogen worden, den König zu achten und ihm zu gehorchen.« Die Wangen des Alten zuckten erneut. »Es ist mehr als achtzehn Jahre her, daß ich versagt habe. Damals habe ich dir, Herr, vorgeschlagen, du könntest das mögliche Unheil, das die Wahrsager deinem Sohn geweissagt hatten, dadurch verhüten, daß du das Kind vor der Liebe schützt. Dabei habe ich zwei lebensnotwendige Grundsätze übersehen.«

»Und die wären?« fragte König Yusuf scharf, obwohl er die Antwort schon erraten hatte.

»Zuerst einmal die Sehnsucht alles Lebendigen nach der Freiheit. Und zweitens der naturgegebene Drang, zu lieben und geliebt zu werden. Das sind die Gesetze des allmächtigen Allah. Das Sehnen nach Freiheit bringt einen Stern dazu, seinen Platz am Himmel zu verlassen und durch den Weltraum zu schießen. Und was die Liebe anbelangt, brauche ich dir ja keine Beispiele zu geben, Herr.« Er seufzte auf. »Wir alle müssen für unsere Fehler bezahlen.«

In der Stille war nur das Flattern einer Motte zu hören. Wir sind nicht anders als diese Motte, dachte König Yusuf, auch bei uns fordert die Natur ihr Recht. Die Motte sehnt sich nach Freiheit, und das treibt sie zur Flamme hin; die Wärme, die sie anzieht, ist so unausweichlich wie die menschliche Liebe. In einem Königreich sind Gesetz und Ordnung ebenso unausweichlich. Sie hat der Mensch nach dem Beispiel der Gesetze

Allahs geschaffen, und sie haben ihre Wirkung. Und alles zusammen ist Schicksal, *kismet*.
»Ich habe deine Worte gehört, Abou bon Ebben«, verkündete König Yusuf schließlich. »Allahs Wille geschehe. Doch es ist auch Allahs Wille, daß Könige für das Volk, das sie regieren, Gesetze schaffen. Allerdings obliegt es dem König, die Strafe zu bestimmen. Dabei muß er alle Umstände, die du geschildert hast, bedenken und auch berücksichtigen, daß er selbst nicht unschuldig an diesem Vorfall ist.« Er lächelte, wobei er sich aber nicht im klaren war, ob er dieses Lächeln böse, milde oder unverbindlich meinte.
Der alte Mann ließ den Kopf sinken. »Eine sehr weise und gnädige ...«, begann er. Ein Stöhnen entfuhr ihm, und verzweifelt rang er nach Luft. Dann hob er das runzlige Gesicht, und in seinen weit aufgerissenen Augen stand Todesangst. Er preßte eine Hand an die Brust. »Ahhh«, röchelte er. Seine Augen verschleierten sich. Wie ein Schiff im Sturm neigte er sich langsam nach der Seite.
König Yusuf hatte sich rasch erhoben, wobei ihm das Handtuch von den Hüften rutschte. Er spürte den kalten Marmorfußboden unter seinen Füßen. Als er Abou bon Ebbens Gesicht berührte, war es kalt wie Stein. Der Weise hatte seinen letzten Atemzug getan.
Der allmächtige Allah hatte seinen Richtspruch gefällt, noch ehe der König ein Urteil verhängen konnte. Noch nie hatte sich König Yusuf so allein gefühlt. Ja, nun war er vollkommen allein und mußte sich den Folgen seines Handelns stellen. Er, ein König, der auf den Rat eines Weisen gehört hatte.
Wie hatte bon Ebben dieses Handeln genannt? Fehler! Ihm fiel die Inschrift neben zwei steinernen Löwenköpfen ein, die im Bad als Wasserspeier dienten. »Gibt es noch einen Mann wie Abou al Hajjaj, unseren Sultan, der Ruhm und Sieg nicht scheut?« Hatte ihm der tote Yusuf ibn Nagralla eine Botschaft gesandt?

12. Kapitel

Eine Hand am Sattelknauf, starrte Prinz Ahmed entsetzt auf das Bild, das sich seinem Auge bot. Er spürte kaum, wie sich der Brustkorb des Pferdes hob und senkte, und auch das Schnauben von Prinz Juans Rotfuchs drang nur wie aus weiter Ferne an sein Ohr. Sie saßen in der Falle – die Brücke, ihr einziger Weg in die Freiheit, war gesperrt. Obwohl sie noch zu weit entfernt waren, als daß die Wachen dort unten sie hätten bemerken können, kam es Prinz Ahmed vor, als würden die Männer nach ihnen Ausschau halten.
Vorne die Wachen, hinter ihnen die berittenen Soldaten – was sollten sie jetzt tun?
Wilde Gedanken schossen ihm durch den Kopf. Sollten sie versuchen, die Absperrung zu durchbrechen? Sollten sie sich im Wald verstecken und wie die Vogelfreien leben, bis man die Suche nach ihnen aufgab? Wieder tauchte das Gesicht der schönen Prinzessin Beatrice vor Prinz Ahmeds geistigem Auge auf, wurde immer größer. Prinzessin Beatrice, die seiner Seele Kraft gab. Wie ein Engel war sie: ihre zierliche Gestalt, die schmale Nase, die edle Stirn! Ihr Bild verfolgte ihn bis in seine Träume. Der Wunsch, sie zu retten, ließ alles andere unbedeutend erscheinen.
Schließlich gelang es ihm, die Angst zu verscheuchen, und seine Gedanken wurden wieder klar. Sie mußten einen Weg finden, diese Brücke zu überqueren. Aber wie? Nicht über die Brücke, du Narr, sondern daran vorbei, schaltete sich sein Verstand ein. Doch wo? Die Geschichte, die Zurika ihm zuvor erzählt hatte, fiel ihm blitzartig wieder ein, und er sah klarer.

Er schnippte mit den Fingern. Ja, auch Tarif hatte ihm vor langer Zeit von dieser Legende berichtet: Drei christliche Ritter, die in der Schlacht um Granada gefangengenommen worden waren, hatten mit zwei der drei Prinzessinnen entkommen können. Diese waren Töchter des maurischen Königs Mohammed des Linkshändigen, der unter seinem Dach ein strenges Regiment führte und die Mädchen und ihre *duena* wie Gefangene gehalten hatte. Auch die dritte Prinzessin hatte ursprünglich fliehen wollen, war im letzten Augenblick allerdings von Furcht erfaßt worden. Nun war diese alte Legende seine Rettung. Er warf einen Blick auf Prinz Juans bleiches, angespanntes Gesicht. Falls sie ergriffen werden sollten, hatte Prinz Juan weitaus mehr zu verlieren als er, und das gleiche galt auch für Zurika und Pilar. Die Folterkammer und der Galgen erwarteten sie. Kein Wunder, daß ihre Angst fast mit Händen zu greifen war.
Prinz Ahmeds lachte leise auf. »Etwas Besseres hätte uns gar nicht geschehen können«, sagte er ruhig und wiederholte an Prinz Juan gewandt seine Worte in Zeichensprache. Dabei gab er sich zuversichtlicher, als er in Wirklichkeit war. »Wir werden die Straße verlassen, uns in die Büsche schlagen und uns im Schutze von Felsen und Bäumen den Hügel hinabschleichen, bis wir den Strom erreichen. Dann reiten wir am Ufer entlang zur nächsten Furt. Wir überqueren den Fluß und reiten weiter nach Westen in Richtung Cordoba und über die Grenze.« Mit ausgestrecktem Arm zeigte er nach links. »In die Freiheit.«
»Wir hätten uns nicht zu fürchten brauchen. Peter, Paul und die Jungfrau Maria schützen Prinz Ahmed«, erklärte Pilar und umarmte ihn von hinten, so daß er vor Abscheu erschauderte. »Der Kristall hat mir verraten, daß man uns nicht ergreifen wird.«
Prinz Ahmed spürte, daß Zurikas bewundernder Blick auf ihm ruhte, doch er sah sie nicht an. Prinz Juan gab vor

Erleichterung ein kehliges Stöhnen von sich, warf den Rotfuchs herum und ritt auf das Gebüsch zu.
Auch Prinz Ahmed lenkte sein Pferd nach links. In wenigen Sekunden lag die Straße verlassen da; nur Pilars triumphierendes Kichern und eine Schwade ihres Gestanks lagen noch in der Luft.

Als er an diesem Morgen nach der Messe an der Spitze seines Gefolges den Mittelgang der gotischen Kathedrale von Pamplona entlanggeschritten war, hatte er die junge Frau sofort bemerkt. Selbst in der Menge, die ihm ehrerbietig Platz machte, war sie ihm aufgefallen. Sofort war König Karl der Böse von heftiger Begierde ergriffen worden. Die Frau war sehr groß; auf ihrem Gesicht lag ein hochmütiger Ausdruck. Ihre Wangen waren rosig, ihre Züge zart, ihre Lippen rot und geschwungen, und ihre blauen Augen blitzten schelmisch. Dieser Art von Schönheit hatte er sich noch nie entziehen können, und er gestand sich den Grund dafür offen ein: Er suchte nach einer Frau, die seiner Mutter ähnelte. Jedesmal, wenn er eine solche Frau nahm – am liebsten von hinten – zeigte er sich besonders gewalttätig. In Gedanken vergewaltigte und schändete er dann seine eigene Mutter, eine Strafe, die dieses dreckige Weib, das nun in einer Gruft ruhte, wahrlich verdient hätte. Zuweilen fragte er sich, ob er es diesem kalten, hochmütigen Frauenzimmer nicht tatsächlich hätte besorgen sollen, statt sich mit Ersatz zu begnügen. Beim Leib des Herrn, was für ein Genuß wäre das gewesen!
Da Graf Gaston immer noch in Toledo weilte, wurde er vom Vizekanzler vertreten. Graf Garcia erfüllte immer prompt seine Pflichten, vor allem wenn es darum ging, dem König Frauen zuzuführen. Gut, daß Graf Gaston fort war, denn er hätte sicherlich Einwände dagegen gehabt. Ein keuscher Mönch! Obwohl das nicht ganz zusammenpaßte, denn wenn man mit Frauen ins Bett stieg, war *keusch* eigentlich nicht das

richtige Wort. Trotzdem respektierte er Graf Gaston, denn er war einer der mächtigsten Fürsten seines Königreiches, ein tapferer Soldat, und bewährte sich in Zeiten, in denen Adelige und Bürger sich immer häufiger zusammenrotteten, um die uneingeschränkte Macht des Königs in Frage zu stellen, als Vermittler.

König Karl winkte den jungen Grafen Garcia zu sich, der lächelnd der Aufforderung Folge leistete. Dabei entblößte er sein entzündetes Zahnfleisch, aus dem einige schwarze Zähne ragten. Als der König ihm sein Anliegen zuflüsterte, kniff der Graf die Schweinsäuglein zusammen und errötete vor Aufregung. »Dein Wunsch ist mir Befehl, mein König«, antwortete er leise. Dann blieb er stehen und wartete, bis der König und sein Gefolge an ihm vorbeigezogen waren. König Karl wußte, daß Vizekanzler Graf Garcia die junge Frau auf jeden Fall in das königliche Schlafzimmer bringen würde, sei es mit Versprechungen, einer List oder offener Gewalt. Und als ihm Graf Garcia beim Abendessen im großen Saal Bericht erstattete, zeigte sich, daß seine Vermutung richtig war.

»Wie hast du das angestellt?« fragte der König.

»Es war wirklich ganz einfach. Glücklicherweise war sie allein zur Kirche gekommen. Ich folgte ihr zu ihrem Haus, verwickelte sie in ein Gespräch vor der Tür, indem ich vorgab, in der Nachbarschaft eine Wohnung zu suchen. Dann fragte ich sie sehr höflich nach ihrem Namen und woher sie denn stamme. Sie ist wirklich ein einzigartig leichtgläubiges junges Ding.«

»Vor allem in Anbetracht dessen, daß sie mit einem Spitzbuben sprach, der mit allen Wassern gewaschen ist.« König Karl wollte dem Grafen ein wenig Honig ums Maul schmieren.

»Hab Dank, mein König. Hab Dank.« Graf Garcia war hocherfreut. »Sie sagte mir, sie sei Französin und käme aus Paris.«

»Ah! Eine Französin. Wunderbar!« Um wieviel mehr Freude würde er daran haben, es einer Landsmännin seiner Mutter von hinten und von vorne zu besorgen! »Was tut sie denn in Pamplona?«

»Ihr Name ist Renée Latour. Sie ist achtzehn Jahre alt, mit einem jungen spanischen Künstler namens Manuel Avila verlobt und hergekommen, um ihn zu heiraten. Es heißt, sie sei noch Jungfrau. Und jetzt erwartet sie dich in deinem Schlafzimmer, mein König.« Der fast zahnlose Mund des Grafen verzog sich zu einem lüsternen Grinsen.

»Wie hast du sie dorthin gebracht?« wollte König Karl plötzlich besorgt wissen.

»Ich sagte ihr, du seist mein Herr und würdest gern einige Bilder kaufen. Wenn sie eines der Gemälde ihres Verlobten zum Palast brächte, würde ich sie an der Tür erwarten und in deine Gemächer bringen, wo du das Bild in Augenschein nehmen würdest. Falls das Bild dir zusagte und du es kauftest, würde das der Laufbahn ihres Verlobten nur dienlich sein.«

»Du verdammter Narr, hast du ihr etwa gesagt, wer ich bin?«

»Aber gewiß doch, mein König, aber unter der Bedingung, daß sie schweigt wie ein Grab.« Graf Garcia machte eine Kunstpause. »Als ich deinen Namen und den königlichen Palast erwähnte, glaubte sie mir meine kleine Geschichte aufs Wort, und sie hielt sich an meine strengen Anweisungen, keiner Menschenseele davon zu erzählen und allein in einen Umhang gehüllt hierher zu kommen. Ich machte ihr sogar den Vorschlag, sie solle ihrem Verlobten und ihren Eltern nur sagen, daß sie einen Käufer für das Gemälde habe und sie mit dem Ergebnis der Verhandlungen überraschen wolle. So erhielt sie auch die Erlaubnis, noch so spät am Abend auszugehen. Außerdem habe ich sie erst in deine Gemächer geführt, als die Diener bereits Feierabend hatten. Die Gemälde an den Wänden haben bei ihr jeden Argwohn zerstreut. In das Glas Wein, das sie trank, während sie auf dich wartete, habe ich ein Schlafmittel getan. Dann trug ich

sie in dein Schlafzimmer und verschloß die Tür.« Der Graf zuckte die Achseln. »Die Arbeitszeiten deiner Diener, mein König, eignen sich gut für eine Entführung und ... auch für eine Verführung.«
»Brillant! Du bist mir ein rechter Schurke, ein Spitzbube und gerissen wie der Teufel selbst; einfach brillant! Vor dir liegt eine große Zukunft.«
»Mein bescheidenes Bemühen ist es, dich, mein König, zufriedenzustellen. Dein kleinster Wunsch sei mir Befehl.« Graf Garcia machte eine Kunstpause. »Anders als vielen anderen an diesem Hofe, mein König.«

Noch ehe der Strom in Sicht kam, war ein dumpfes Dröhnen zu hören. Prinz Ahmed, dessen Pferd sich vorsichtig die steinige Böschung hinabtastete, schöpfte wieder Hoffnung. Aus so unsicherem Untergrund mußte er sich auf das Gespür des Tieres verlassen, denn in der Finsternis konnte man nicht die Hand vor Augen sehen. Hinter ihm folgte Prinz Juan, dessen Rotfuchs weniger sicher ausschritt. Die Luft war kalt und feucht, so daß beide Pferde hin und wieder niesten. Schon deshalb war Prinz Ahmed erleichtert, daß sie sich von der Landstraße entfernt hatten.
Jetzt wurde das Brausen des Stroms lauter, und ein gurgelndes Plätschern wies darauf hin, daß das Wasser dort in hoher Geschwindigkeit über die Felsen stürzte. Als Prinz Ahmed endlich einen hellen Schimmer zwischen den Baumstämmen ausmachen konnte, sprach er ein stilles Gebet und dankte Allah.
Schließlich hatten sie den Abhang überwunden und standen an dem flachen grasbewachsenen Ufer. Pilar ließ ein leises Kichern ertönen.
Der Strom war an dieser Stelle etwa drei Kilometer breit, und das Wasser floß reißend dahin. Zu ihrer Rechten konnte Prinz Ahmed in der Ferne flackernde Lichter erkennen: die Brücke.

Er wandte sich nach rechts und ritt auf eine Flußbiegung zu, wo man sie von der Brücke aus nicht würde sehen können. Hier war die Luft trockener, und als Prinz Ahmed zum Himmel aufblickte, wo die Sterne funkelten, überkam ihn wieder Freude darüber, daß er endlich frei war. Die völlige Stille, die nur vom Brausen des Flusses durchbrochen wurde, war wunderbar.

Als sie die Biegung umrundet hatten, ritt Prinz Juan an seine Seite. Der Strom war schmaler geworden, und Prinz Ahmed befand, daß sie ihn bald überqueren sollten. An einer schmaleren Stelle würde das Wasser noch reißender sein. Schließlich entdeckte er eine Stelle, wo offenbar Vieh die Uferböschung hinuntergestiegen war, und er beschloß, das Abenteuer zu wagen.

Er wandte sein Pferd nach rechts und ritt aufs Wasser zu. Wie sich herausstellte, war der Pfad schlammig; doch er trieb sein Pferd voran, das immer wieder ausglitt.

»Halt dich fest!« rief er Pilar zu und lehnte sich zurück, während sie auf das reißende Wasser zuschlitterten. Pilar klammerte sich noch fester an ihn. Sie kann keine Hexe sein, weil sie sich vor dem Wasser fürchtet, dachte er noch, bevor sie mit einem gewaltigen Platschen im Wasser landeten. Eisige Kälte drang ihm durch Stiefel und Hosen, und im Nu war er völlig durchweicht. Die Strömung trieb sie rasch flußabwärts.

Das Pferd fing an zu schwimmen. Prinz Ahmed ließ sich nicht aus der Ruhe bringen und lenkte das Tier aufs gegenüberliegende Ufer zu. Ein Platschen sagte ihm, daß Prinz Juan seinem Beispiel gefolgt war. Als er sich umblickte, stellte er fest, daß sein Begleiter direkt hinter ihm schwamm. Er winkte ihm zu, und Prinz Juan erwiderte den Gruß. Innerhalb kurzer Zeit hatten beide Pferde das gegenüberliegende Ufer erreicht und kletterten die Böschung hinauf. Oben angelangt blieben sie

erschöpft stehen, schnaubten und schüttelten sich das Wasser ab.
Erleichtert brachen die beiden Prinzen in lautes Gelächter aus; Zurika lachte, und Pilar kicherte wieder.

Nach seinem Gespräch mit Graf Garcia hatte König Karl beim Abendessen weniger getrunken als sonst. Beim Gedanken daran, was ihn in seinem Schlafzimmer erwartete, lief ihm das Wasser im Munde zusammen.
Sein Schlafgemach war ein großer Raum im zweiten Geschoß des Palastes von Pamplona. Das Gebäude im gotischen Stil stammte aus der Zeit, in der Karl der Große über Navarra geherrscht hatte. Vom Fenster des Zimmers aus konnte man den Haupthof sehen, doch jetzt waren die Läden wegen der kalten Nachtluft geschlossen. An den Wänden hingen Fackelhalter, und bronzene Kerzenständer auf den Mahagonitischen tauchten die burgunderroten, goldgesäumten Vorhänge und die venezianischen Teppiche, die den rosafarbenen Marmorboden bedeckten, in ein goldenes Licht. Den bronzenen Duftlampen entstieg der Rauch von Kampfer, der aber nicht ausreichte, die muffige Luft und den Geruch feuchter Bettwäsche zu überdecken.
Die hochgewachsene junge Frau, die unter einem Umhang aus weißer Wolle ein dunkelblaues Kleid trug, stand neben dem Bett mit dem roten Baldachin. Zum mit rosafarbener Seide bezogenen Bett hinauf führten drei breite Stufen. Die Frau hatte der Tür den Rücken zugewandt und die Hände zum Gebet gefaltet. Offensichtlich hatte sie sich von den Auswirkungen des Schlafmittels wieder erholt und wußte, was sie erwartete. Verglichen mit der bulligen Gestalt des Königs, der nach Knoblauch und Alkohol stank und ein Bad bitter nötig hatte, wirkte sie zart, rein und jungfräulich. Bei ihrem Anblick wurde König Karl von wilder Erregung ergriffen, so daß es ihn fast schmerzte. Ihr Schwanenhals würde

sich seiner Macht beugen, ihr Stolz unter seinem Ansturm brechen.

Mit vom Wein glasigen Augen glotzte er sie lüstern an und näherte sich langsam dem Bett. Zu seiner Überraschung senkte sie den Blick nicht, doch es lag ein Ausdruck darin, den er zunächst nicht einordnen konnte.

Dicht vor ihr blieb er stehen. Sie war fast so groß wie er. Sehr gut. Auch darin ähnelte sie seiner Mutter. »Man hat uns gesagt, dein Name sei Renée Latour«, sprach er sie auf Französisch an. »Willkommen in meinem Schlafgemach. Ich freue mich, dich hier zu sehen.« Zuerst wollte er ganz höflich sein und sich dann ohne Gnade auf sie stürzen. Allein die Vorstellung ihres entsetzten Gesichts, des Schmerzes, den er ihr zufügen wollte, genügten schon, um ihn in Verzückung zu versetzen.

»Mein Name ist wirklich Renée Latour, mein König. Ich bin Französin. Allerdings kann ich nicht behaupten, daß ich mich freue, hier zu sein.« Ihre Stimme klang glockenrein, und ihr Tonfall war hochmütig. »Als französische Bürgerin stehe ich unter dem Schutze meines Königs, und in seinem Namen verlange ich, sicher nach Hause geleitet zu werden; und im Namen der Menschlichkeit bitte ich dich ergebenst, mich zu verschonen.«

König Karl traute seinen Ohren nicht. »Verdammte Hure!« brüllte er und schüttelte seine riesige Faust dicht vor ihrem Gesicht. »Dafür sollst du den doppelten Preis einer Jungfrau bezahlen; von hinten und von vorne.«

Sie erbleichte, zeigte aber immer noch keine Furcht. »In der Tat bin ich noch Jungfrau«, erwiderte sie. »Und ich beabsichtige, das auch zu bleiben, bis ich meinem Verlobten meine Jungfräulichkeit hingebe.« Verächtlich sah sie ihn an. »Mit deinem Gebrüll kannst du mich nicht schrecken.«

»Du wirst vor mir auf Knien winseln!« schrie er.

Dann warf er sich auf sie, so daß sie zu Boden stürzte. Während er sie mit dem Gewicht seines Leibes niederdrückte, versuchte er gleichzeitig, seine feuchten Lippen auf die ihren zu pressen. Mit vor Ekel geschlossenen Augen wich sie ihm aus, indem sie den Kopf hin und her warf. Er holte aus und schlug sie mit der flachen Hand hart ins Gesicht. Sie stöhnte auf, doch kein Schrei kam ihr über die Lippen. Als sie sich mit einer weißen Hand an den Mund faßte, waren einige Tröpfchen Blut darauf.

Mit der Hand, mit der er sie geschlagen hatte, zerrte er ihr den weißen Umhang von der Schultern. Dann packte er den Halsausschnitt des blauen Kleides und riß ihr mit einem gewaltigen Ruck das Gewand vom Leibe. Vor ihm erhoben sich ihre weißen Brüste, die sich über einem hellblauen Mieder wölbten.

Weiße Brüste. Mutterbrüste, die nur darauf warten, daß er an ihnen saugte.

Dann sprengte er ihr das Mieder entzwei und preßte stöhnend die Lippen an ihre rosafarbene Brustwarze. Doch auf einmal stieg ihm ein beißender Geruch in die Nase. War das Riechsalz? Wozu brauchte sie jetzt Riechsalz? Da versteifte sich ihr Körper, bäumte sich auf, und er hörte ein Rasseln in ihrer Kehle. Im nächsten Augenblick sank sie leblos zurück.

Sein Stöhnen ließ nach, als die Brustwarze unter seinen Lippen erschlaffte. Er hob den zerzausten Kopf und starrte sie an.

Alles Leben war aus ihrem Gesicht gewichen, und ihr Kopf lag eigenartig verdreht da. In ihren Mundwinkeln hing weißer, blutiger Schaum. Entsetzt sah er ihr in die weit aufgerissenen Augen, die ihn anstarrten. Das blöde Stück war in Ohnmacht gefallen! Darum das Riechsalz! Ehe er sie vergewaltigen und schänden konnte, mußte er sie zuerst wieder aufwecken. Er konnte es kaum erwarten, ihr weißes Gesäß zu besitzen.

Doch da bemerkte er wieder den stechenden Geruch. Was

war das? Er kam ihm bekannt vor. Mit einem Seitenblick entdeckte er die Ursache – das Fläschchen mit Gift, das er immer neben seinem Bett aufbewahrte; jetzt war es offen und lag neben dem Gesicht der toten Frau.
Schlagartig ernüchtert sprang er auf. Ihm dämmerte, welche schreckliche Folgen dieses Ereignis für ihn haben konnte. Eine französische Jungfrau hatte sich in seinem Schlafgemach das Leben genommen! Das bedeutete Schwierigkeiten mit Frankreich, Schwierigkeiten mit den Eltern, den Bürgern; dazu würde noch sein Ruf als Weiberheld darunter leiden. Verdammtes Miststück! Wütend versetzte er der Leiche einen Tritt.
Nun galt es, Ruhe zu bewahren, aber schließlich war ihm das bis jetzt immer gelungen. Trotzdem schossen ihm unzählige Gedanken durch den Kopf. Außer ihm wußte nur noch Graf Garcia von dieser Frau; nicht einmal seine Diener hatten sie gesehen. Also blieb ihm noch eine ganze Nacht, die Leiche wegzuschaffen. Aber das würde er nicht selbst tun, sondern Graf Garcia damit beauftragen. Niemand würde von ihrem Geheimnis erfahren.
Auf einmal stieg der Ausdruck in den Augen der Frau wieder vor ihm auf, den er nicht hatte deuten können. Jetzt wußte er, was es gewesen war: blanker Haß.
Noch irgend etwas bedrückte ihn, doch er konnte es nicht beim Namen nennen. Er brauchte Hilfe. Jemanden, der einen klaren Kopf behielt und ihm einen Rat gab. Obwohl es schon spät war, taumelte er aus dem Schlafgemach und schloß die Tür hinter sich. Niemand würde es wagen einzutreten, während er sich Rat bei Prinzessin Mathilde holte, seiner Braut.

Entsetzt blickte König Pedro auf sein schlaffes Glied hinab. Sonst erhob sich sein Geschlecht schon allein aus der Liebe, die er zu Maria de Padilla empfand, noch ehe sie ihn entkleidet hatte. Doch heute nacht rührte sich aus unerklärlichen

Gründen nichts. Hatte er zuviel Wein getrunken? Allerdings hatte das bei ihm bis jetzt nie solche Auswirkungen gezeigt.
Langsam hob er den Blick und sah Maria an. Würde sie erstaunt sein oder enttäuscht oder ihn gar verhöhnen? Im goldenen Licht der Lampe strahlte sie ihn liebevoll an. Während sie ihm immer noch in die Augen sah, erhob sie sich langsam vom Bett, auf dem heute weiße Seidenlaken lagen. Dann knöpfte sie ihr rosafarbenes Nachthemd auf. Durch das blaßrosane Untergewand schimmerte ihr jugendlicher Körper, ihre dunklen Brustwarzen und ihre Scham zwischen weichen, rosigen Schenkeln.
Noch ehe König Pedro hinabblickte, kannte er die Antwort. Nichts rührte sich.
Mit mitleidheischendem Blick wandte er sich wieder an Maria, die ihn immer noch hingebungsvoll ansah. Langsam überkreuzte sie die Hände, raffte die Säume ihres Nachtgewandes und zog es sich über den Kopf.
Doch König Pedro brauchte gar nicht hinabzublicken. Obwohl er sich alle Mühe gab, blieb sein Geschlecht schlaff. Er schloß die Augen und ließ beschämt den Kopf sinken. Minuten vergingen, und draußen verkündeten die Trompeten eine neue Stunde. Doch König Pedro hörte sie kaum. Wurde er nun für seine Grausamkeit bestraft?
Am wohlbekannten Duft ihres Fliederparfüms erkannte er, daß sie ganz nah bei ihm war. Sie war vor ihm in die Knie gegangen und erhob ihr schönes Gesicht zu ihm. Dann nahm sie sein schlaffes Geschlecht liebevoll in die Hand und umschloß es mit weichen Lippen.
In ihm wallte es auf, als er die Liebe spürte, die von ihrem Mund, ihren Augen, ihrem ganzen Sein ausging. Erregung ergriff ihn.
»Ich liebe dich, du Lehnsherr meiner Seele«, flüsterte sie.
»Es ist dir gelungen!« rief er verwundert aus. »Du hast es in Ordnung gebracht!«

Das schelmische Lächeln, das er so liebte, erschien einen Augenblick lang auf ihrem Gesicht. »*Ciertamente*, aber nicht ich habe es getan, sondern meine große Liebe zu dir.«
Bewegt begann König Pedro zu sprechen, ohne über seine Worte nachzudenken. »Wenn eine Frau oder ein Mann Freude daran hat, den Verkrüppelten zu helfen und schlaffes Fleisch wieder zum Leben zu erwecken, ist das ein Zeichen des größten Geschenkes, das Gott den Menschen gemacht hat: Die Liebe. Ist es nicht Gottes Liebe, die die Erde nach den Verheerungen des Feuers, der Sturmflut und des Unwetters wieder zum Blühen bringt? Wenn man diese Liebe einem anderen Menschen schenkt, dann ist sie wahrhaft göttlich, denn jeder, der die Toten wieder zum Leben erweckt, muß göttlich sein. Solche Liebe entstammt der Unsterblichkeit des Himmels, Maria de Padilla, und sie wird uns gewiß in die Unsterblichkeit des Himmels erheben.«
Zwei Tränen hingen in Marias Wimpern. »Liebende Menschen machen so viele Fehler, da sie die Wahrheit nicht erkennen, mein geliebter Herr«, flüsterte sie. »Zu viele Menschen meinen, das erhobene Geschlecht eines Mannes sei das letztendliche Ziel. Doch das ist gar nicht wichtig. Der Liebe mag der Wunsch entspringen, Lust zu geben und zu empfangen, aber es ist die Vertrautheit, einander zu berühren, die die Frucht und auch die wahre Vollendung der Liebe ist. Also stellt eigentlich die Berührung des schlaffen Geschlechts eines Mannes oder der gefühllosen Brüste einer Frau die wahre liebevolle Vereinigung dar.«
Die beiden Tränen rollten ihr die Wangen hinab.
Und als sie dann miteinander verschmolzen, war es wie nie zuvor.

Als König Karl Prinzessin Mathildes Gemach erreichte, hatte er sich wieder ein wenig beruhigt. Niemand wagte es, ihn nach dem Ziel seines Weges zu fragen, als er raschen Schrittes die Korridore des Palastes durcheilte. Erfreut rief er sich wieder ins Gedächtnis zurück, daß er Karl der Böse war, ein Herrscher, dem sich keiner in den Weg stellen würde. Die Soldaten, die überall standen, wo ein Gang einen anderen kreuzte, salutierten, als er vorbeischritt. Sie gehörten der Palastwache an, die er eigenhändig ausgesucht hatte. Nicht einmal die etwas zerzausten Hofdamen, die ihm auf sein heftiges Pochen hin die Tür zu Prinzessin Mathildes Vorzimmer öffneten, machten ein überraschtes Gesicht. Waren sie es gar gewohnt, nächtliche Besucher einzulassen? Doch angesichts seiner eigenen mißlichen Lage war das völlig unwichtig.

Prinzessin Mathilde, die mit raschelndem Gewand durch eine Seitentür eintrat, niederkniete und ihm die Hand küßte, sah noch genauso aus, wie er sie vor wenigen Stunden verlassen hatte. Ihr silbernes Haar war kunstvoll frisiert, ihre Schminke ebenso makellos wie ihre Haltung. Sie benahm sich, als ob es nicht weiter ungewöhnlich wäre, daß der König sie zu so später Stunde noch aufsuchte. Das Feuer im Kamin war niedergebrannt, und im Zimmer herrschte Kühle. Prinzessin Mathilde zog ihren Umhang enger um die Schultern; die weißen, schlanken Finger hoben sich vom schwarzen Stoff ab. Dann wartete sie mit gesenktem Blick darauf, daß er das Gespräch eröffnete.

»Ich bin gekommen, weil ich auf der Stelle deinen Rat brauche.« Ohne Umschweife kam er zur Sache.

Sie hob den Kopf und zuckte mit keiner Wimper, als er seine Geschichte erzählte, wobei er kein Blatt vor den Mund nahm.

»Nun habe ich die Schwierigkeit, daß eine französische Untertanin und noch dazu eine Jungfrau in meinem Schlafgemach Selbstmord begangen hat. Dafür wird mir noch eine Ausrede einfallen, aber was ist mit meinem Ruf als Mann?« Er war froh, daß er mit ihr offen sprechen konnte. »Da mein Vizekanzler Graf Garcia mir das eingebrockt hat, soll er das

Weibsstück auch fortschaffen. Es wäre nicht weiter schwierig, die Frau in einem unterirdischen Gang verschwinden zu lassen, doch irgend etwas gefällt mir nicht an diesem Plan. Kannst du mir sagen, was es ist?«

Sie sah ihn ruhig an. »Selbstverständlich. Damit würdest du dich in Graf Garcias Hände geben.«

Er schnippte mit den Fingern. »Genau. Du hast völlig recht. Ich wußte doch, daß etwas nicht in Ordnung ist.« Er hielt inne und blickte sie an. »Was soll ich tun?«

»Tu genau das, was du ursprünglich vorhattest.«

»Aber ...«, setzte er an und brach dann verwirrt ab.

»Du wirst Graf Garcia dabei helfen, die Leiche heimlich fortzuschaffen. Niemand außer dir und ihm wird davon wissen.« Immer noch war ihre Stimme ebenso ruhig wie ihr Gesicht. »Danach werden du und Graf Garcia allein in dem unterirdischen Gang sein, ohne Zeugen. Was du dann zu tun hast, ist doch wohl offensichtlich.« Sie zuckte die schlanken Achseln, als ob es nur darum ginge, einen aufdringlichen Bettler fortzuscheuchen.

Verblüfft hob er die buschigen Brauen, und wie immer las sie seine Gedanken. »Für deine Sicherheit würde ich alles wagen«, sprach sie leise. »Im alten Theben galt der Tod als Preis der Ehre. Selbst der König mußte, wenn nötig, mit seinem Leben bezahlen. In unserem Fall ist der Tod eines anderen der Preis für deine Ehre.«

Da sie sich tagsüber im Unterholz versteckten und schliefen und nachts reisten, wobei sie sich nach den Sternen richteten, begegneten sie keiner Menschenseele. Nur am ersten Morgen sahen sie einige Waldarbeiter und am zweiten Tage einen Jäger, der glücklicherweise keinen Hund bei sich hatte. Doch in ihrem Versteck entdeckte sie niemand.

In der sechsten Nacht stiegen sie einen steilen Berg hinab und überquerten einen weiteren Strom, der durch eine

Schlucht floß. Dann kletterten sie den gegenüberliegenden Abhang empor und erreichten eine grasbewachsene windige Hochebene, wo hier und da knorrige Bäume wuchsen. Im Sternenschein erblickten sie eine niedrige Hügelkette, auf der sie einige kleine Lichter bemerkten. Da dort offenbar Menschen wohnten, setzten sie ihren Weg unter größter Vorsicht fort. Allerdings wußte Prinz Ahmed, daß sie entweder in dieser Nacht oder der folgenden in einer Ortschaft würden haltmachen müssen, um ihre Nahrungsmittelvorräte aufzufüllen, da das Essen nur noch für einen Tag reichte. Den Pferden schien das Gras und das andere Gewächs zu genügen, doch den vier Reisenden würde ansonsten nichts anderes übrig bleiben, als Lebensmittel von einem Bauernhof zu stehlen, wie Pilar es bereits vorgeschlagen hatte. Was Prinz Ahmed jedoch noch mehr zu schaffen machte, war, daß sie in den letzten beiden Tagen auf immer weniger kleine Flüsse gestoßen waren. Sie waren alle durstig, rochen nach Schweiß und hatten ein Bad bitter nötig. Es ist nicht zu fassen, dachte Prinz Ahmed, da sind wir nun, müde, hungrig und zerschunden wie eine Horde Vagabunden, und haben doch genug Gold in den Satteltaschen, um ein ganzes Königreich zu kaufen!
Inzwischen hatten sie sich nach rechts gewandt und ritten mit dem Morgenstern zu ihrer Linken ostwärts weiter. Der Morgen des siebten Tages war bereits angebrochen, als Prinz Ahmed bestelltes Land mit gepflegten Pflanzungen und niedrigem Gebüsch entdeckte. Er schöpfte wieder Hoffnung, zügelte sein Pferd und sah sich um. Bald war er sich seiner Sache sicher und lachte erleichtert auf. »Wir sind entkommen!« rief er aufgeregt und wandte sich gleichzeitig in Zeichensprache an Prinz Juan. »Wir befinden uns nicht mehr in Granada, sondern im Königreich Jaén, das zu Kastilien gehört!« Er ließ sich vom Pferd gleiten, und Prinz Juan folgte seinem Beispiel. Dann halfen sie den beiden Frauen aus dem Sattel.

»Woher weißt du das?« fragte Pilar argwöhnisch.
»Weil das Olivenhaine und Weinberge sind«, erklärte Prinz Ahmed. »Seit Jahrhunderten ist Jaén für Olivenöl und Wein berühmt. Die Stadt selbst ist sehr alt. Früher war sie die Hauptstadt des maurischen Königreichs Andalusien und besaß eine Festung. Im Jahre 1246 wurde sie von dem kastilischen König Ferdinand III. erobert. Er baute die Festung aus und errichtete auch einen Palast. Seitdem gehört die Stadt zu Kastilien. Die Schlucht vorhin muß die Grenze gewesen sein. Bald werden wir auf die Landstraße nach Granada stoßen und darauf nordwärts in die Hauptstadt reiten.«
»Jetzt müssen wir nicht mehr nachts herumschleichen wie die Fledermäuse und Eulen«, kicherte Pilar.
»Oder die Zauberer«, ergänzte Zurika. Sie warf Prinz Ahmed einen Blick zu. »Können wir uns heute baden und etwas essen?«
»Gewiß«, antwortete Prinz Ahmed, erfreut, daß dieses Zigeunermädchen die gleichen Wünsche hatte wie er. »Aber laßt uns den Tag über weiterreiten, bis wir in die Nähe von Jaén kommen. So müssen wir nur einmal rasten.«
Trotz Angst und Strapazen erlebte Prinz Ahmed den ganzen Ritt wie eine Reise in eine andere Welt. Der Morgen graute, und er fühlte sich wie im Traum. Den Himmel in all seinen Färbungen und Launen kannte er wohl, doch zum erstenmal sah er eine Landschaft, die von Menschen bevölkert war. Sauber gestutzte Hecken, hin und wieder ein hoher Baum, kreischende Raben, die aus dem Geäst aufstiegen, rechteckige Flecken brauner Erde, die vom Hellgrün der niedrigen Senfpflanzen und dem dunkleren Grün der Weinberge unterbrochen wurden. Der Duft des Geißblatts mischte sich mit dem Geruch von Mist. Allmählich tauchten von überall her Landarbeiter mit breitkrempigen Hüten auf, die Sicheln und Spaten in den Händen trugen. Andere Männer ritten auf Eseln oder zogen Karren, auf denen sich Obst und Gemüse

türmten. Jeder grüßte die Reisenden mit *buenos dias*. Jenseits der Felder sah man kleine weißgekalkte Häuser. Aus einem Hain auf einer entfernten Hügelkette ragte das Ziegeldach eines riesigen Gutshauses auf. Ein Mönch in einer braunen Kutte, der ihnen entgegenkam, bekreuzigte sich. »Gott mit euch«, grüßte er leise. Prinz Ahmed nahm den Segen dieses Ungläubigen freundlich entgegen, obwohl er das Gefühl hatte, Allah zu lästern. Allerdings war ihm klar, daß er sich der neuen Ordnung anpassen mußte. Er konnte jetzt nicht mehr leben wie ein Prinz in einem moslemischen Palast.

Neben einem Flüßchen am Straßenrand nahmen sie die Reste ihrer Mahlzeit zu sich und machten sich dann eilig auf den Weg nach Jaén. Auf der Straße begegneten sie nur wenigen Fußgängern; die meisten Leute waren mit Karren und Kutschen unterwegs. Alle sahen sie neugierig an, da vier Menschen auf zwei Pferden offenbar einen befremdenden Anblick boten. Auch zwei Ritter, die würdevoll im Sattel saßen und starr geradeaus blickten, kamen ihnen entgegen. Hin und wieder sahen sie einen Pferdewagen, in dem eine Dame saß. Prinz Ahmed überlegte, wie weit es wohl noch nach Jaén sein mochte, aber er unterdrückte den Wunsch, jemanden danach zu fragen.

Gegen Mittag wurde es ruhiger auf der Straße. Auch Zurika hatte es bemerkt. »Mittagsruhe«, rief sie aus.

Prinz Ahmed nickte. Zum erstenmal ritten sie heute bei Tage, und er hatte die Mittagszeit völlig vergessen, wie er auch seine Gebete versäumt hatte. Wenn sie weiterritten, obwohl die Sonne vom Himmel brannte, würden sie nur Aufsehen erregen. Obwohl sie sich jetzt außerhalb des Machtbereiches seines Vaters befanden, war es immer noch möglich, daß ein Kundschafter des Königs auf sie aufmerksam wurde. Seinem Vater war es durchaus zuzutrauen, daß er Männer schicken würde, um ihn zu entführen. Bei diesem Gedanken fiel ihm

Abou bon Ebben wieder ein, und er fragte sich, wie es dem alten Weisen wohl ergangen sein mochte.
In der Ferne entdeckte er glänzende Turmspitzen, die sich in der heißen Mittagssonne gegen den azurblauen Himmel abhoben, und er erblickte im gleichen Augenblick ein Wirtshaus am Straßenrand.
»Schau!« bedeutete er Prinz Juan und zeigte auf das Schild.
Sie ritten in den kopfsteingepflasterten Hof und blieben an dem hölzernen Trog stehen, um die erschöpften Pferde zu tränken. Dann luden sie die kostbaren Satteltaschen ab und befahlen einem tölpelhaften Stallburschen, der nasebohrend herankam, die Pferde zu füttern und abzureiben.
Selbst Prinz Ahmed, dem es an Erfahrung mangelte, erkannte, daß es sich bei dem Gasthof um ein umgebautes Bauernhaus handelte. Es war aus weißgekalkten Lehmziegeln errichtet und hatte ein Strohdach. Sie betraten die rotgekachelte Eingangshalle, von der aus man auf der einen Seite zu einem Schankraum mit offenem Kamin und auf der anderen zur Gaststube gelangte. Der Duft von Lammbraten, Basilikum, Oregano und Safran lag in der Luft, und von den Wänden hallten Gelächter und das Klirren von Gläsern und Krügen wider. Der Wirt kam händereibend herbei. Er war ein großer, dicker Mann mit einem glänzenden, runden Gesicht und einem dünnen Schnurrbärtchen. Mit seinem geölten schwarzen Haar und dem goldenen Ohrring wirkte er wie einer der Seeräuber, deren Bild Prinz Ahmed in einem Buch gesehen hatte. Aber dieser Pirat trug ein weißes Hemd und lederne Kniehosen. Auf seinem Gesicht lag ein schmieriges Grinsen.
»Buenos dias, señores«, er warf den beiden Frauen einen prüfenden Blick zu, ehe er zögernd *»y señoras«* hinzufügte. »Willkommen im Gasthaus Rosarita. Ich bin Miguel, der Besitzer und Wirt. Was kann ich für euch tun, meine Herren und … äh …« noch einmal musterte er die beiden Frauen, »Damen.«

Sein Zögern ärgerte Prinz Ahmed, aber er beherrschte sich. »Wir haben eine lange und beschwerliche Reise aus Badajoz hinter uns, Wirt, und wir wollen weiter nach Jaén.« Da Prinz Ahmed dem Wirt mißtraute, gab er seinen Worten einen herrischen Klang. »Wie du sicher selbst siehst, brauchen wir zwei Zimmer, ein Bad und etwas zu essen.« Als er den argwöhnischen Blick des Wirtes bemerkte, zog er eine Goldmünze aus der Tasche in seinem Gürtel. »Hier ist schon einmal etwas im voraus für deine Dienste.«

Im Nu war der argwöhnische Gesichtsausdruck des Wirtes verschwunden, und aus seinen Augen leuchtete Geldgier. Er steckte die angebotene Münze ein. Dann verbeugte er sich so tief, wie sein Wanst es ihm gestattete. »*Muchas gracias*. Wie das Glück es will, sind die beiden besten Zimmer meines bescheidenen Gasthofes gerade frei geworden. Wenn die Herren mir bitte nach oben folgen wollen, werde ich euch dorthin führen. Heißes Badewasser wird sofort gebracht. Die Küche steht euch zu Diensten, nachdem ihr euch gebadet und umgezogen habt.«

»Laßt das Wasser nur in das Zimmer der Damen bringen«, unterbrach ihn Prinz Ahmed. »Mein Vetter und ich werden uns draußen an der Quelle waschen. Also brauchen wir nur einen Bimsstein, parfümierte Seife und Handtücher.«

»Wie beliebt, die Herren.« Miguel warf einen raschen Blick auf die Satteltaschen und streckte Prinz Juan eine riesige Pranke entgegen. »Gestattet, daß ich sie euch abnehme.«

Prinz Juan schüttelte den Kopf.

»Nein, vielen Dank, *posadero*«, erwiderte Prinz Ahmed. »Wir werden sie selbst tragen.« Der Wirt hob fragend die Augenbrauen, und Prinz Ahmed wurde schlagartig klar, daß er soeben einen schweren Fehler gemacht hatte. Jetzt konnte Miguel sich wahrscheinlich denken, daß die Satteltaschen nicht nur Kleider zum Wechseln enthielten. Nun kam auch ein Bad an der Quelle nicht mehr in Frage, denn sie würden die Taschen mitnehmen müssen. »Ach, wenn ich es mir so überlege, ist es doch so heiß da draußen, daß mein Vetter und ich lieber in unserem Zimmer baden werden.« Nach einem Blick auf das undurchdringliche Gesicht des Wirtes wurde Prinz Ahmed klar, daß er noch einen Fehler gemacht hatte: Niemand würde ihm glauben, daß Prinz Juan sein Vetter war. Sie wurden in ein geräumiges Zimmer geführt, durch dessen Fenster das helle Sonnenlicht schien. Auf jeder Seite stand ein niedriges Bett, und in der Mitte des Raums befand sich ein Waschtisch mit Seife, Bimsstein, einem weißen Porzellanbecken und einer Wasserkanne. Wahrscheinlich war der dazugehörige Nachttopf im Fach darunter. Einen Augenblick lang sehnte sich Prinz Ahmed nach der Sauberkeit und Bequemlichkeit der Alhambra.

»Ihr werdet es hier sehr gemütlich haben, meine Herren«, erklärte der Wirt. »Ich werde sofort Dienstmädchen mit einer Wanne und viel Wasser hinaufschicken.« Als er sich katzbuckelnd rückwärts aus dem Zimmer begab, wanderte sein Blick immer wieder zu den Satteltaschen.

Prinz Ahmed und Prinz Juan kamen überein, daß sie nacheinander zum Essen hinuntergehen würden, damit einer von ihnen die Satteltaschen bewachen konnte.

»Du siehst fast wieder wie ein Prinz aus«, scherzte Prinz Ahmed, nachdem Prinz Juan gebadet und sich umgezogen hatte.

»Und du immer noch wie der zerlumpte Bettler, der mich auf dieser Reise begleitet hat«, Prinz Juan lächelte, um sicherzugehen, daß seine Bemerkung nicht als Beleidigung verstanden wurde. »Du stinkst wie eine Kanalratte, und ich kann nicht sagen, woher ich dich kenne. Was tue ich, ein Prinz von königlichem Geblüt, eigentlich mit einem Lumpensack wie dir?«

»Nun, dieser Unterschied gibt dir erst die Möglichkeit, überhaupt nach etwas auszusehen«, gab Prinz Ahmed lachend zurück. Doch dann wurde er ernst. Sie hatten ihre Lage bereits durchgesprochen und sich auch über die außergewöhnliche Aufmerksamkeit unterhalten, die Miguel ihren Satteltaschen schenkte. »Wir können uns nicht für den Rest unserer Tage bei der Bewachung abwechseln; und da wir nur einen Dolch haben, dürfte es schwierig werden, unseren Schatz zu verteidigen. Wir müssen uns Schwerter kaufen und für dich noch einen Dolch.«

»Mit diesen Waffen können wir das Gold gegen eine Handvoll Männer verteidigen«, gab Prinz Juan zurück. »Aber was ist, wenn es mehr sind?«

»Sollten wir aufbrechen und in die Stadt reiten? Dort sind wir vielleicht sicherer?«

»Jetzt, da die Gier dieses Wirtes erwacht ist, wird er uns womöglich verfolgen lassen. Er macht einen entschlossenen Eindruck.«

»Offensichtlich ist er ein Schurke, ein Dieb und ein ...«

Prinz Juan unterbrach ihn. »Jetzt hab ich es! Ich hätte schon früher daran denken sollen.«

»Was?«

»Die jüdischen Geldverleiher! Sie haben Banken mit gepanzerten Räumen, die sie Tresore nennen. Wenn wir in die Judengasse gehen, können wir den Inhalt der Satteltaschen noch heute nachmittag dort hinterlegen.«

»Was würde uns das auf der Reise nach Toledo nützen, wenn das Gold in einem Tresor in Jaén liegt?«

»Die jüdischen Bankiers schreiben uns ein Papier aus, das sie Kreditbrief nennen. Es ist unterzeichnet und mit einem Siegel versehen. Der Besitzer kann damit bei jedem jüdischen Geldverleiher, der zu ihrer Bruderschaft gehört, in ganz Spanien Geld abheben. Jeder abgehobene Betrag wird auf dem Brief eingetragen, unterschrieben und versiegelt.«

»Aber die Gesetze des Islam verbieten das Geldverleihen«, antwortete Prinz Ahmed entrüstet. »Außerdem befiehlt der

Prophet uns, die wir den wahren Glauben besitzen, die Juden zu verachten.«
»Weil sie sich geweigert haben, ihn bei seinem Feldzug gegen den mächtigen Quereshi zu unterstützen«, erwiderte Prinz Juan. »Folgst du als Angehöriger des wahren Glaubens immer den Gesetzen des Islam?«
»Sicherlich.«
»Warum hast du dann, seit wir die Alhambra verlassen haben, deine Gebete vernachlässigt und dich nicht fünfmal täglich gen Mekka gewandt? Warum bist du nicht im Gen al Arif geblieben, wo du das hättest tun können?«
Prinz Ahmed öffnete verblüfft den Mund und vergaß beinahe, ihn wieder zu schließen. »Es war nicht möglich. Ich meine, es ging um unsere Freiheit, um unsere Sicherheit...«
»Genau!« erwiderte Prinz Juan grinsend. »Und jetzt gebietet uns unsere Freiheit und unsere Sicherheit, das Geld bei den Juden zu hinterlegen. Schließlich beabsichtigst du ja nicht, dich zu verschulden, etwas zu verleihen oder Zinsen zu bekommen. Es ist dein Geld. Wenn es gestohlen wird, mußt du vielleicht allein zu deinem Vater zurückkehren.« Er lächelte freundlich, und seine blauen Augen leuchteten auf. »Und meine arme Schwester wird unter den Mißhandlungen eines grausamen Gatten leiden.«
Diese letzte Bemerkung gab den Ausschlag. »Du hast recht«, räumte Prinz Ahmed ein. »Heute abend gehen wir zu den Juden.«
Schritte und ein Scheppern auf der Treppe zeigten ihnen an, daß das Dienstmädchen mit Prinz Ahmeds Badewasser gekommen war. »Geh nun, du schlauer Prinz, genieß dein Mittagessen, wenn du es guten Gewissens herunterbringst«, bemerkte Prinz Ahmed. »Wenn du zurückkommst, werde ich gebadet haben und nach Moschus duften. Wahrscheinlich kenne ich einen Ungläubigen wie dich dann nicht mehr!«

Da Prinz Ahmed es nicht gewohnt war, in der Gesellschaft Fremder zu speisen, kam ihm die Gaststube des Wirtshauses sehr merkwürdig vor. In der Mitte des Raumes standen zwei lange, schmale Tische aus spanischer Eiche, auf denen sich Krüge und tönerne Schüsseln mit den fettigen Überresten des Lammbratens befanden. Der gestampfte Lehmboden war mit Heu bedeckt, das hie und da häßliche dunkle Weinflecken aufwies. Dazwischen lagen Knochen, die man den Hunden vorgeworfen hatte. Vor dem Kamin streckten sich mit zufriedenem Knurren zwei schwarze Köter, die an einem Knochen kauten. Daneben stand ein kupfernes Gefäß, in dem ein Schürhaken und eine Kohlenzange steckten; dazu noch ein ordentlicher Stapel Brennholz. Auf dem Kaminsims waren tönerne Figürchen aufgereiht, zwischen denen eine blaue Grotte mit einer Madonnenstatue stand. Doch all das reichte nicht aus, um den Raum freundlicher zu machen. Quer über die Decke verliefen riesige Holzbalken, die wahrscheinlich den Fußboden zu Prinz Ahmeds Zimmer abstützten. Die weißgekalkten Wände wurden von unbeholfenen Zeichnungen verunstaltet. Eine, die Prinz Ahmed besonders abstieß, stellte einen Mann dar, der Wein aus einer Karaffe trank und dabei gleichzeitig Wasser ließ. Da die Fenster wegen der Fliegen und anderer Insekten geschlossen waren, lag eine warme, abgestandene Luft im Raum, und Prinz Ahmed glaubte fast, den Urin auf diesem abscheulichen Bild riechen zu können. Wie der Schankraum war auch die Gaststube sehr einfach gehalten und offenbar nur dazu gedacht, Reisende zu verpflegen.

Die einzig angenehme Abwechslung war ein kleinwüchsiger Mann, der gegenüber den Tür an dem anderen Tisch saß. An seinem langen schwarzen Kaftan und dem Käppchen erkannte Prinz Ahmed ihn sofort als Juden. Noch nie war Prinz Ahmed einem Juden an einem solchen Ort begegnet.

»Shalom!« Für einen Greis hatte der Mann eine erstaunlich

kräftige Stimme. »Mein Name ist Aaron Levi. Du mußt auch einer von meinem Volk sein, da du nicht die heilige Sitte der Mittagsruhe pflegst.« Bei diesen Worten erschien ein spitzbübisches Grinsen auf dem Gesicht des Alten, denn Prinz Ahmed sah unverkennbar wie ein Maure aus. »Willst du nicht mit mir die Krumen teilen, die am Tische unserer Herren übriggeblieben sind?«
Prinz Ahmed gefiel der Mann, auch wenn er ein Ungläubiger war. *»Inshallah!«* Er verbeugte sich und legte die Hand erst aufs Herz, dann auf Mund und Stirn. »Ich gehöre in der Tat zu deinem Volk, denn du bist gewiß ein *imam*, ein moslemischer Geistlicher, und wir beide verehren den allmächtigen Allah.« Aarons Augen funkelten fröhlich, und er klatschte vergnügt in die Hände. »Für eine Mahlzeit aus welkem Obst gibt es keinen krönenderen Abschluß als einen jungen Mann, der es versteht zu scherzen.« Mit gespieltem Ernst sprach er weiter. »Da die Sonne den Zenit überschritten hat, hoffe ich, daß du bereits dem Ruf zum Gebet gefolgt bist, dich nach Mekka gewandt und dein Nachmittagsgebet gesprochen hast.« Er griff neben sich und holte einen langen Stab hervor, der auf der Bank unter dem Tisch gelegen hatte. »Sonst muß der *imam* einen Sünder wie dich bestrafen.« Mit leisem Gelächter legte er den Stab zurück.
Prinz Ahmed ärgerte sich. Wie konnte dieser Mann es wagen, über den Glauben zu spotten, in dessen Geiste er sein Leben lang erzogen worden war? Doch die kühle Brise der neugewonnenen Freiheit löschte die Flammen des religiösen Eifers. Nimm die Religion ernst, aber lerne auch darüber zu lächeln, drängte eine innere Stimme. Dieser Gedanke war ihm so neu, daß er ihn überraschte.
»Jetzt überlegst du gerade, ob du deinen Dolch in diesen Lammbraten oder in einen alten Juden bohren sollst.« Levi hatte seine Gedanken gelesen. Er kicherte. »Da du das Nachmittagsgebet heute offensichtlich hast ausfallen lassen, gibt

es doch keinen Grund, warum du nicht noch eine Sünde begehen und das Brot mit mir brechen solltest.« Er wies auf die Bank neben sich. »Dieses Brot und dieses Fleisch sind nicht koscher, also darf ich nicht davon essen. Doch es stammt nicht von einem verbotenen Tier, und so kannst du dich an diesem wundervollen ... äh ... fettigen Mahl gütlich tun.« Er hielt inne, bis Prinz Ahmed sich neben ihn gesetzt hatte. Der alte Mann roch nach einem kräftigen Parfüm. »Du hast mir noch nicht deinen Namen gesagt, *amir*.«

»Woher weißt du, daß ich ein *amir* bin?« platzte Prinz Ahmed heraus.

»Das erkenne ich an deiner Haltung. Eine hohe Geburt und eine gute Erziehung kann man auch durch gewöhnliche Kleidung nicht vor einem Mann verbergen, der die Augen offenhält. Alle vier Generationen wird in jeder Familie ein Prinz geboren, ganz gleich von welchem Stand sie auch sein mag. Also bist du ein Prinz, auch wenn du nicht als solcher geboren wurdest. Nun, sieh mich einmal an. Was denkst du, bin ich von Beruf?«

Prinz Ahmed legte den Kopf zur Seite und musterte Aaron. »Du mußt aus einer adligen Familie stammen«, entschied er und ließ sich dann wieder von der heiteren Laune des alten Mannes anstecken. »Gewiß bist du ein *imam*.«

Wieder klatschte der alte Mann in die Hände. »Du irrst, *amir*«, erklärte er und wurde plötzlich ernst. »Ich bin Geldverleiher, und ich glaube, du wirst mich brauchen.«

Woher in Allahs Namen ...? Doch Prinz Ahmed kam nicht mehr dazu, seine Frage zu stellen, denn von oben war Fußgetrappel zu hören. Dann folgte ein Krachen.

Was war das? Der Lärm war aus dem Zimmer im oberen Stockwerk gekommen.

Prinz Ahmed sprang auf, so daß die Bank umstürzte. Ohne noch weiter auf den alten Juden zu achten, rannte er zur Tür. Er glitt auf einem Stück feuchten Heus aus, hielt sich am

Türrahmen fest, sprang die Treppen hinauf, wobei er vier Stufen auf einmal nahm, und war endlich oben angelangt. Mit gezücktem Dolch stürmte er ins Zimmer.
Sprungbereit sah er sich um.
Prinz Juan lag besinnungslos mit dem Gesicht nach unten auf dem Boden. Sein goldblondes Haar war blutverschmiert.

13. Kapitel

Da Graf Gaston am nächsten Morgen nach Pamplona abreisen wollte, hatte Bischof Eulogius ihn und König Pedro zu einem Mittagsmahl in den bischöflichen Palast geladen, der zwischen der Kathedrale und dem Alcazar gelegen war. Die Kathedrale war nicht nur die größte in ganz Spanien, sondern auch eines der prunkvollsten gotischen Bauwerke in Europa. Bevor Königin Constancia im Jahre 1087 die Mauren vertrieben und das Gebäude in ein christliches Gotteshaus umgewandelt hatte, war es eine Moschee gewesen.

Das Speisezimmer des Bischofs war ein kleiner Raum, dessen Türen auf den Haupthof hinausgingen. Zur Rechten des dicklichen Bischofs, der ein scharlachrotes Gewand trug, saß König Pedro auf einem hochlehnigen Stuhl an einem schmalen Mahagonitisch. Von seinem Platz aus konnte er den weißgepflasterten Hof überblicken, wo spärliche Sonnenstrahlen auf das herumliegende welke Laub fielen. Im Zimmer war es kühl und schattig, aber dem König, der dem sonnengereiften Wein aus Jerez de la Frontera zu reichlich zugesprochen hatte, lief der Schweiß herunter. Wenn er zuviel von diesem Wein trank, der aus dem berühmten Anbaugebiet an der Südspitze Spaniens stammte, bekam er meist Kopfschmerzen; besonders dann, wenn er ihn untertags zu sich nahm. Doch er liebte den Geschmack, und es machte ihm nichts aus, dafür zu büßen.

En verdad, die Diener der Heiligen Kirche entschädigen sich für die mangelnden Freuden des Schlafzimmers mit einer reichgedeckten Tafel, dachte er spöttisch. Und der prächtige

Palast des Bischofs mit seinem kostbaren Marmor, den kunstvoll gefertigten Fenstern aus Buntglas, dem funkelnden Kristall und den prunkvollen Möbeln konnte sich durchaus mit der Kathedrale messen. In der Luft lag noch der Duft der Mahlzeit, die sie gerade beendet hatten: gedämpfte Fischpastete, die mit Pfeffer und Ingwer gewürzt war, geschnetzelter Fasan, süße Kuchen und Fettgebackenes. Das waren doch kaum Genüsse, die einem Mann der Kirche anstanden. »Daß wir unsere Planungen für das Turnier und den darauf folgenden Kreuzzug beinahe abgeschlossen haben, verdanken wir einzig dem Kanzler.« Er warf einen freundschaftlichen Blick auf Graf Gaston, der ihm gegenübersaß. »Ebenso wie wir dieses vollkommene Mahl nur deiner Gastfreundschaft zu verdanken haben, Bischof.« Er verbeugte sich leicht und drehte dann seinen goldenen Weinkelch in den Händen.
Bischof Eulogius' weingerötete Wangen verzogen sich, als er sein übliches engelhaftes Lächeln aufsetzte. »Es ist mir stets eine Ehre, meinen Lehensherrn an dieser bescheidenen Tafel zu bewirten, mein König.«
»Und Gott hat solche Genüsse geschaffen, nur um Heilige wie dich zu belohnen, Bischof.« Graf Gaston hob sein Glas und prostete dem Bischof zu.
Die blauen Augen des Kirchenmannes verschwanden fast zwischen Fettwülsten. »Ach, Graf, du solltest mich nicht in einem Atemzug mit den Heiligen erwähnen«, widersprach er.
»Jeder, der seinen Gästen ein solch köstliches Mahl vorsetzen kann, muß zu den Heiligen gezählt werden.«
Der rasche, prüfende Blick, mit dem der Bischof festzustellen suchte, ob Graf Gaston ihn auf den Arm nahm, erinnerte König Pedro an die Begebenheit, die sich vor einigen Monaten auf einem Korridor seines Palastes zugetragen hatte, als er gerade von seiner Niederlage gegen König Yusuf, diesen maurischen Hundesohn, zurückgekehrt war. Schon damals hatte er sich gefragt, ob nicht Bischof Eulogius sein eigentli-

cher Feind war. Außerdem hatte er es schon immer vorgezogen, die Beweggründe seines Gegenübers zu kennen. Wenn er diese erst einmal herausgefunden hatte, konnte er sein Wissen nutzen, um sich zu schützen oder den Betreffenden zu beeinflussen.
Er wußte, daß Bischof Eulogius machtgierig war, sich nach Reichtümern sehnte und eines Tages Papst werden wollte. Ganz abgesehen davon, daß er auch ein hübsches Mädchen mit Sicherheit nicht zurückgewiesen hätte. Er wußte zwar nicht, in welcher Reihenfolge der Bischof selbst seine Wünsche einstufte, aber Reichtum brachte Macht, und man brauchte beides, um das Oberhaupt aller Christen zu werden. Dann würden die hübschen Mädchen von ganz allein kommen.
Bis jetzt war es ihm auch noch nicht gelungen, Graf Gaston völlig zu durchschauen, doch in den letzten Tagen war er zu dem Schluß gelangt, daß er es mit einem einzigartigen Menschen zu tun hatte. Der Graf arbeitete auf kein bestimmtes Ziel hin; sein einziger Ehrgeiz war, daß ihm alles, was er in die Hand nahm, zur Vollkommenheit gelang. Dieses Streben nach Vollkommenheit war für ihn eins mit der Liebe zum Schönen. Offenbar stand der baskische Graf, was den Sinn für die Schönheit anbelangte, in der Tradition der antiken Griechen, und das allein hatte genügt, um König Pedro für ihn einzunehmen.
»Muß man denn ein Heiliger sein, um ein einfaches Mahl aufzutragen?« Der Bischof war wieder die Höflichkeit selbst.
Graf Gaston grinste spitzbübisch. »Vielleicht kein Heiliger, Bischof, aber es ist eine angeborene Gabe«, antwortete er leise. »Schließlich war unser Herr Jesus Christus der Sohn Gottes, obwohl er den Menschen nur fünf Brote und zwei Fische vorsetzte.«
Inzwischen wußte König Pedro, daß es sich hier nur um das übliche spöttische Geplänkel des Basken handelte, aber der Bischof warf dem Kanzler wieder einen forschenden Blick zu.

»Wenden wir uns doch wieder ... äh ... der ebenso wichtigen Frage des Kreuzzuges zu«, mischte der König sich ein. »Heute in drei Monaten wird das Turnier stattfinden. Die Ankündigung ist fertig und wird nächste Woche versandt werden. Die Wettstreiter sollen sich am vierten Tage des Monats Juni im Jahre 1351 an meinem Hofe einfinden. Da dieser Tag ein Samstag ist, werden jene, die keinen weiten Weg zurücklegen müssen, ausreichend Zeit zum Reisen haben, ohne den Tag des Herrn verunehren zu müssen. Das Turnier soll drei Wochen dauern, also gehen wir davon aus, daß wir den Namen des Siegers am fünfundzwanzigsten Juni bekanntgeben können. Den Rest des Monats wollen wir mit Festlichkeiten verbringen.« Mit erhobenen Augenbrauen sah er den Grafen Gaston an.

»Ich stimme zu, mein König.«

»In der Zwischenzeit sollen hinter den Kulissen des Turniers die Vorbereitungen für den Angriff auf Granada weitergehen, weil sich der heidnische Maurenkönig während dieser Wochen in Sicherheit wiegen dürfte«, warf Bischof Eulogius ein. »Der Feldzug wird von zwei Fronten aus beginnen, zu Land und zu Wasser, und zwar am Montag, nachdem am Sonntag, dem dritten Juli, in der Kathedrale eine heilige Messe stattgefunden hat.«

König Pedro lächelte. »Uns gefällt der Gedanke besser, den Mauren von hinten anzugreifen.«

»Wir haben alles dementsprechend geplant«, fügte Graf Gaston hinzu.

»Und du bist dir sicher, daß die Verlierer des Turniers keinen Rückzieher machen werden?« erkundigte sich der Bischof.

»Die Verlierer werden mit Sicherheit ihr Wort halten, auch wenn sie weniger mit dem Herzen bei der Sache sein werden als die Sieger«, erwiderte der Graf. »Immerhin geht es um ihre Ehre.« Er lächelte. »Und da mein eigener Herr überzeugt davon ist, daß er den Sieg davontragen wird, kann sich König

Pedro der Unterstützung des mächtigsten Kämpfers im Turnier sicher sein.«

»Dann, mein König, ist es an der Zeit, daß ich dich auf der Stelle um Schutz für die Heilige Kirche ersuche«, erklärte Bischof Eulogius, wobei er sich zu König Pedro umwandte.

»Schutz wovor, Bischof?« Der plötzliche Themenwechsel überraschte den König.

»In unserer Stadt gibt es einige Leute, die die Heilige Schrift in der Sprache des Volkes veröffentlichen wollen. Ich glaube, die Unternehmung wird heimlich von den Juden bezahlt.«

Verblüfft warf König Pedro dem Grafen Gaston einen fragenden Blick zu. »Hast du davon gewußt, Kanzler?«

Graf Gaston schüttelte den Kopf. »Nein, mein König.«

»Dieses ketzerische Vorhaben«, fuhr der Bischof fort, »das, soviel ich weiß, in England seinen Anfang genommen hat, verbreitet sich nun in ganz Europa. Diese Leute beabsichtigen, die Bibel in die jeweilige Landessprache zu übersetzen, damit das Volk ihre Bedeutung besser versteht. Das stellt einen höchst verurteilungswürdigen Versuch dar, die hohe Stellung und die heiligen Pflichten der Geistlichen zu untergraben.«

»Genauer gesagt, deine Macht würde darunter leiden, nicht wahr?« König Pedro nahm kein Blatt vor den Mund.

Bischof Eulogius errötete. »Die Macht der Heiligen Kirche ist göttlich, da Gott selbst sie ihr durch seinen Sohn Jesus Christus verliehen hat«, erwiderte er. »Kein Sterblicher darf sich ihr entgegenstellen. Denn das wäre Ketzerei in ihrer schlimmsten Form.«

Treibst du es mit den Jungfrauen denn auf Latein? überlegte König Pedro wütend. Warum mußte dieser kleine Pfaffe ausgerechnet jetzt seine Pläne durcheinanderbringen und ihm seine gute Stimmung sowie ein wunderbares Mittagessen verderben, indem er Unfrieden stiftete?

»Es ist schlimmer als Gotteslästerung und Ketzerei«, stellte Graf Gaston fest.

»Was könnte denn noch schlimmer sein?« fragte der Bischof.

»Nichts Schrecklicheres könnte der Christenheit geschehen, als daß ein solches Buch herauskäme«, antwortete Graf Gaston. »Alles, was leicht verständlich erscheint, ist ein Vorrecht der Menge und wird dadurch notwendigerweise in die Sphäre der gewöhnlichen herabgezogen. Wenn die Menge sich die Heilige Schrift aneignet, wird das Christentum alle Würde verlieren und auch … äh … gewöhnlich werden.« Der Graf nahm sich ein Stück Käse von einem goldenen Teller und steckte ihn mit einer hochmütigen Geste in den Mund.

Zum erstenmal schien es Bischof Eulogius die Sprache verschlagen zu haben. »Warum …?« setzte er an.

»Ah, immer die erste Frage. Warum?« Graf Gaston strich sich mit dem Daumennagel über den Schnurrbart. »Von der Schöpfung bis zur Auferstehung werden wir uns immer die gleiche Frage stellen: Warum? Und wenn wir glauben, die Antwort endlich gefunden zu haben, reckt sich uns schon wieder die Frage entgegen wie der Kopf einer Schildkröte.«

»Zum Beispiel, warum ich ausgerechnet jetzt Wasser lassen muß.« König Pedro schlug sich auf die Schenkel und brüllte vor Lachen.

»Wenn ich dir diese Frage beantworten darf, mein König, es wird vermutlich daran liegen, daß deine Blase voll ist. Diese sendet dann das Gefühl des Unwohlseins ans Gehirn, das dir befiehlt: Entleert mich. Doch ist dieses Gefühl des Unwohlseins der wirkliche Grund? Liegt die tatsächliche Ursache deines Unwohlseins nicht im Wein, den du getrunken hast? Und wenn das so ist, warum hast du ihn dann getrunken? Solch eine einfache Frage kann uns zurück zur Schöpfung führen oder«, er machte eine Kunstpause, »nach vorne zur Wiederauferstehung unserer Leiber und zum ewigen Leben.«

König Pedro erkannte, daß Graf Gaston das Gespräch absichtlich in sichere Gewässer gelenkt hatte. »Was ist dann die Wahrheit, Kanzler?« fragte er mit gespielter Anteilnahme. Eigentlich war ihm die Antwort vollkommen gleichgültig.

»Daß es kein Warum gibt, mein König. Von allen Lebewesen sind es nur wir Menschen, die ständig wissen wollen, warum, und dann doch nur die Antworten finden, welche uns unsere Sinne und unser beschränktes Gehirn eingeben. Wir beobachten und ziehen Schlüsse. Aber trotzdem ist unsere Beobachtungsgabe durch unser Menschsein begrenzt, und unsere Fähigkeit, die richtigen Schlüsse zu ziehen, ist in Wahrheit gar nicht vorhanden. Wir stellen uns mit unserem schwachen Sein gegen das, was wirklich ist, denn wir können uns einen Anfang und ein Ende in einem Nichts, in dem es nur das Nichts gibt, nicht vorstellen! Als wir anfingen nachzudenken, wußten wir weniger als die Vögel in der Luft und die Tiere auf dem Boden. Und was mich anbelangt, so bin ich Teil einer Schöpfung, die Gott ist. Eigentlich frage ich mich nicht einmal, ob ich Teil von ihr bin oder nicht, denn die Vorstellung, Teil von etwas zu sein, ist rein menschlich. Wir, wir alle, sind nur, weil das unsere Wirklichkeit ist, obwohl es uns in Wirklichkeit vielleicht gar nicht gibt.«

»Der Verstand ist uns von Gott gegeben«, tadelte der Bischof streng. »Wer das Gegenteil behauptet, ist ein Gotteslästerer. Deine Äußerungen widersprechen den Lehren der Heiligen Kirche, Graf, und ich werde vergessen, daß ich sie je gehört habe.« Er wandte sich an König Pedro. »Das führt mich zu meiner wirklichen Bitte, mein König.« Er erhob sich, stützte die rosigen Hände auf den dunklen Mahagonitisch und beugte sich vor. »Damit unser Feldzug gegen die heidnischen Mauren erfolgreich ist, muß die Macht der Heiligen Kirche dahinterstehen. Unsere Soldaten sollen christliche Soldaten sein, die beseelt von den Lehren Jesu Christi in die Schlacht ziehen. Also müssen wir erst das Böse in unserem eigenen Haus ausrotten.«

»Und wie willst du das tun?« fragte König Pedro, obwohl er sich die Antwort schon denken konnte.

»Durch die heilige Inquisition, mein König«, donnerte der Bischof. »Und indem wir alle Ungläubigen, besonders die Moslems und die Juden, entweder zum wahren Glauben bekehren oder sie der reinigenden Flamme des Scheiterhaufens übergeben.«

»Die Juden unterstützen unseren Feldzug mit großen Summen Geldes«, widersprach der König. »Es wäre Unsinn, unsere Goldminen in Brand zu stecken.« Er warf einen Blick auf Graf Gaston. »Was meinst du, Kanzler?«

»Toledo hat den Juden zuviel zu verdanken, als daß man sie verbrennen dürfte«, antwortete der Graf. »Auch bei dem großen Geschichtsschreiber Josephus heißt es, daß sie Toledo im Jahre 590 vor Christus gegründet und der Stadt den Namen Toldoth gegeben haben. Und selbst deine Kathedrale, Bischof, war einmal eine Moschee. Im Jahre 1087 nutzten Königin Constancia und Erzbischof Bernardo, Abt von Sahegun, die Abwesenheit des christlichen Königs aus, vertrieben die Moslems und weihten das Bauwerk der Kirche. Als der König davon erfuhr, kehrte er umgehend nach Toledo zurück, um die Schuldigen zu bestrafen. Einer der moslemischen Führer, Alfaqui Abu-Wahid, traf mit dem König im Dorf Magan zusammen und flehte den Herrscher an, diejenigen zu verschonen, die den Islam beleidigt hatten. Bewegt von soviel Güte gewährte der König Alfaqui diese Bitte, und so ist der vierundzwanzigste Januar unserer himmlischen Friedenskönigin gewidmet.« Er nickte. »Gewiß ist dir diese Geschichte wohlvertraut, aber zuweilen erscheint es notwendig«, er zuckte die schlanken Schultern, »daß wir uns an die Gedenkstätten christlicher Nachsicht erinnern.«

»Heute geht es nicht um die Vergangenheit, Graf.« In der Stim-

me des Bischofs lag nun Schärfe. »Die *Reconquista* wird ein neues Kapitel der Geschichte schreiben.« Er sah König Pedro geradewegs an, der schon ahnte, was nun kommen würde, und innerlich zusammenzuckte. »Du und ich haben einen Pakt, mein König, und deine Ehre verpflichtet dich, dich daran zu halten. Dieser Pakt wurde nicht zwischen zwei Herrschern geschlossen, sondern zwischen dem Königreich Kastilien und dem Königreich Christi. Die Inquisition ist der Preis für die Einheit aller Christen, ist der Sporn, der Jesu Streitroß in die Schlacht treiben wird. Ich habe dir die Einheit aller Christen geschenkt und nur du hast die Macht, sie auch zu erhalten.« Die Drohung in seinen Worten war offensichtlich.
Obwohl König Pedro sich über diesen kleinen Mistkerl ärgerte, mußte er zugeben, daß er die Wahrheit gesprochen hatte. »Aber man kann nicht einfach das Wort ›Inquisition‹ aussprechen und sie damit in Gang setzen«, sagte er. »Man muß gründlich darüber nachdenken und sie sorgfältig planen. Also fangen wir jetzt am besten mit der Planung an.« Er versuchte, Zeit zu gewinnen.
»Der Plan ist bereits fertig, mein König«, rief Bischof Eulogius triumphierend und mit erhobenem Zeigefinger aus. »Während du über deinen militärischen Kreuzzug nachgedacht hast, haben meine Kreuzritter und ich uns Gedanken über den Kreuzzug Gottes gemacht.«
König Pedro spürte, daß eine Auseinandersetzung in der Luft lag. Der dicke Kirchenmann lächelte, und Graf Gaston machte ein belustigtes Gesicht.

Nachdem er sich von dem ersten Schrecken erholt hatte, blickte Prinz Ahmed besorgt auf Prinz Juan. War sein Freund tot? Er stürzte zu dem Bewußtlosen hin und kniete neben ihm nieder. Doch noch ehe er die Hand ausstrecken konnte, um das blutverschmierte Blondhaar zu berühren, bewegte sich der Prinz und schlug die blauen Augen auf. Er faßte sich an den Hinterkopf und schrie vor Schmerz auf. Dann betrachtete er seine blutigen Finger.

Prinz Ahmed half ihm, sich aufzusetzen. »Wie geht es dir?« fragte er.

Prinz Juan nickte nur und fing dann wieder an, vorsichtig seine Wunde zu betasten.

»Was ist geschehen?«

»Jemand hat sich hereingeschlichen und mir über den Kopf geschlagen, als ich gerade am Fenster stand und hinausblickte.«

»Wo sind die Satteltaschen?«

Auf der Stelle sprang Prinz Juan auf. Ihm schwindelte, und Prinz Ahmed mußte ihn stützen. Mit ängstlichem Blick sah er sich im Zimmer um. »Fort!« Trotz seiner verstümmelten Zunge stieß er das Wort so heftig hervor, daß Prinz Ahmed es verstehen konnte.

Auch Prinz Ahmed sprang auf und mußte feststellen, daß sein Freund recht hatte. Verzweiflung ergriff ihn. Ihre Zukunft war dahin. Er mußte die Satteltaschen um jeden Preis wiederbekommen. Aber wie? Die Diebe konnten noch nicht weit gekommen sein. »Wie viele waren es?« fragte er.

»Nur einer, glaube ich.«

Wie immer, wenn es hart auf hart ging, dachte Prinz Ahmed erst einmal vernünftig nach. Die Zimmertür führte hinaus auf den Treppenabsatz, und auf diesem Stockwerk lag nur noch das Zimmer, das Zurika und Pilar bewohnten. Also mußte der Räuber über die Treppe gekommen sein und sich höchstwahrscheinlich auch auf dem gleichen Weg wieder davongeschlichen hatte. Aber ja ... wenn der Mann mit zwei Satteltaschen in der Hand heruntergekommen wäre, wäre er Gefahr gelaufen, daß man ihn entdeckte! Es gab nur noch einen weiteren Weg, auf dem er sich aus dem Staub gemacht haben konnte – die beiden offenen Fenster. Beide waren groß genug, um einen Mann durchzulassen.

Da es unwahrscheinlich war, daß der Mann durch das zum Haupthof führende Fenster geflohen war, rannte Prinz Ahmed zum anderen; Prinz Juan stolperte hinterher. Über ihnen spannte sich ein gleißend blauer Himmel, von dem die Sonne herunterbrannte. Der hintere Giebel des unteren Daches, der nur etwa anderthalb Meter unter dem Fenster lag, neigte sich zu einem kleinen Gärtchen, wo zwei Hühnerställe und ein Schweinekoben standen. Das Gackern der Hennen und das Grunzen der Schweine drangen an Prinz Ahmeds Ohr, ehe er erstaunt eine seltsame Entdeckung machte.

Auf dem staubigen Boden lag eine magere Gestalt, die in einen braunen Bauernkittel gehüllt war. Das Haar des Mannes war zerzaust, und er blickte verängstigt um sich. An seiner Kehle saß die Spitze eines langen Stabes, der sich in der Hand eines zweiten Mannes befand. Dieser trug einen schwarzen Kaftan, hatte ein Käppchen auf dem kahlen Kopf und war klein und verwachsen.

Während Prinz Ahmed noch erstaunt das Bild betrachtete, entdeckte er plötzlich einen Schatten, der sich unter dem Vordach bewegte. Zuerst sah er den dicken Wanst, dann erschien der Rest der massigen Gestalt. Ganz leise schlich Miguel voran; so leichtfüßig, wie es einem so beleibten Mann möglich war. Zwar war er nicht bewaffnet, aber seine Absicht war unmißverständlich. Immer mehr näherte er sich dem verwachsenen Greis.

Prinz Ahmed sah die braunen Satteltaschen auf der einen Seite des Gärtchens liegen und unterdrückte den Warnschrei, der ihm auf den Lippen lag.

Der Bericht des Kanzlers, der an diesem Morgen eingetroffen war, gefiel König Karl. Aber er wußte auch, daß Graf Gastons Unternehmungen für gewöhnlich erfolgreich verliefen, weshalb er die zuweilen hochfahrende Art des Grafen, seinen

Stolz und seine merkwürdigen Moralvorstellungen duldete. Diesem Mann konnte er vertrauen.
König Karl der Böse wünschte sich, der Kanzler könne heute nachmittag bei seiner Unterredung mit dem französischen Gesandten, Manuel Avila, dem Verlobten des toten Mädchens, und den Eltern des jungen Malers dabei sein. Seiner Ansicht nach war es das beste, wenn diese Unterredung in seinem Audienzzimmer stattfand, obwohl er den Raum verabscheute, da ihn die französische Einrichtung an seine Mutter erinnerte. Allerdings würde sich der französische Gesandte in diesem Zimmer mit seinen vergoldeten Möbeln, den flämischen Teppichen und dem belgischen Kristall wie zu Hause fühlen. Die Ausstattung stammte von Ludwig IX., dem Sohn von Blanche von Kastilien, welcher ein Bewunderer der gotischen Architektur gewesen war und die Kathedralen in Amiens, Beauvais, Bourges und Chartres hatte erbauen lassen, wofür er schließlich seliggesprochen wurde. Außerdem hatte er auch die französische Kriegsflotte geschaffen und die Sorbonne von Paris errichtet. Karl der Böse hoffte, daß der Einfluß dieses guten christlichen Herrschers, der sich in der Stimmung des Gemaches widerspiegelte, den französischen Gesandten milde stimmen würde.
Graf de Pitou war Gesandter von König Johann dem Guten, eines schwachen Herrschers, der erst vor kurzem seinem Vater, Philipp VI., auf den Thron nachgefolgt war. Nach der vernichtenden Niederlage gegen die Engländer in der Schlacht von Crécy vor vier Jahren hatten sich die Franzosen zurückgehalten, doch da sich inzwischen ein Weg aufgetan hatte, wie König Karl seinen Ehrgeiz in Spanien befriedigen konnte, brauchte er Frankreich als Verbündeten.
Der Gesandte war ein kleiner magerer Mann mit einem ordentlich gestutzten schwarzen Schnurrbart, einem Spitzbart und stechenden grauen Augen. Er war in burgunderroten, mit weißer Brüsseler Spitze abgesetzten Samt gewandet und

saß in vorbildlicher Haltung auf seinem vergoldeten Stuhl. Der junge Manuel sah aus, wie man sich einen Künstler vorstellte. Das zerzauste, hellbraune Haar fiel ihm über ein enges Wams in der gleichen Farbe. Dazu trug er einen Übermantel, der seit einiger Zeit aus der Mode war. Er war schlank, hatte ebenmäßige Gesichtszüge und verträumte Augen, die jetzt vom Weinen geschwollen waren. Seine Eltern waren brave Bürgersleute. Die Ähnlichkeit zwischen Vater und Sohn war unverkennbar, und auch in der Kleidung hatten die beiden Männer offenbar den gleichen Geschmack. Allerdings war Señor Avila der Ältere ordentlicher gekämmt. Anscheinend fürchteten Vater und Sohn die Mutter, die ein schwarzes Kleid und einen Umhang trug, mehr als ihren König. Ihr zurückgeschlagener Schleier enthüllte ein rundes, rotes Gesicht, auf dem ein selbstgerechter Ausdruck lag.
»Der Gesandte hat mir bereits die Gründe mitgeteilt, warum ihr um eine Audienz nachgesucht habt«, fing König Karl an. Er beugte sich leicht auf seinem vergoldeten Stuhl vor, der auf einem mit einem grüngoldenen flämischen Teppich bedeckten Podest stand. Der Stuhl diente ihm in diesem kleinen fensterlosen Audienzzimmer als Thron. König Karl hatte zum Mittagessen keinen Wein getrunken, weil er für diese Unterredung nüchtern bleiben wollte; also hatte er nun zwar einen klaren Blick, doch seine Stimmung war miserabel. »Ich empfinde tiefes Mitgefühl mit dem jungen Mann, der, wie ich gehört habe, der Verlobte von Renée Latour, einer eurer Untertaninnen, ist. Das Mädchen ist verschwunden.« Insgeheim dachte er, daß das diesem jungen Lüstling recht geschah. Ganz bestimmt hat sie ihn an sich herangelassen, während sie mich zurückwies. Andererseits hat sie mir schließlich ihr Leben hingegeben. Dieser Gedanke heiterte ihn ein wenig auf. »Selbst wenn die junge Dame nicht Untertanin meines Bruders König Johann gewesen wäre, dem ich meine vorzüglichste Hochachtung und Zuneigung entgegen-

bringen möchte, würde ich alle in unserem Königreich verfügbaren Mittel aufwenden, sie wiederzufinden.« Er bemühte sich, seiner Stimme einen aufrichtigen Klang zu geben. »Schließlich sind alle Untertanen meine Kinder, ich bin für ihr Wohlergehen verantwortlich.« Eine hübsche Wendung, zu der er sich nur beglückwünschen konnte. Der Graf von Pitou verbeugte sich leicht. »Wir wissen deine Anteilnahme zu schätzen, mein König.« Er strich sich über den Spitzbart. »Wenn ...«

»Wir wollen unsere Tochter zurück!« mischte sich da die Frau ein. Sie sah aus wie eine einfache Bäuerin und hatte eine Figur wie eine Kirchenglocke. Ihre Stimme paßte zu ihrem Erscheinungsbild und gellte ihm schmerzhaft in den Ohren.

»Das will ich auch«, erwiderte König Karl sanft. »Das will ich auch.« Er hielt inne. »Allerdings stehen wir vor der Schwierigkeit, daß die junge Dame spurlos verschwunden ist. Hätten wir ihre Leiche gefunden, wäre es möglich gewesen, den Mörder ausfindig zu machen.« Er wandte sich an den jungen Maler und versuchte, seine harten Worte durch einen mitleidigen Blick abzumildern. »Möglicherweise ist sie mit einem anderen Mann durchgebrannt. Schließlich ist einer jungen Frau, die den ganzen Weg von Paris hierher reist, um bei ihrem Geliebten zu sein ...« Mit einem Zucken der mächtigen Schultern beendete er den Satz.

»Nein, nein, mein König. Renée liebte nur mich allein!« rief der junge Mann aus. »Es war Liebe, unsere reine, leuchtende und romantische Liebe, die sie in diese Stadt geführt hat. Eine jungfräuliche Brise aus dem Paradies, wie sie noch nie über diese Erde gestrichen ist.«

Also war sie tatsächlich Jungfrau gewesen. Verdammtes Miststück! »Es ist wirklich traurig.« König Karl vollführte eine Geste mit seinen fleischigen Händen und wandte sich dann an die Mutter. »Gibt es überhaupt einen eindeutigen Hinweis darauf, daß sie verschwunden ist?« fragte er schlau.

»Gewiß, mein König.«
Eine bange Ahnung überkam ihn. Hatte dieser Dummkopf von einem Vizekanzler – Gott sei seiner Seele gnädig – einen Fehler gemacht? »Erzähl uns alle Einzelheiten«, befahl er.
»Sie sagte zu unserem Sohn, ein Mann sei an diesem Morgen in unser Haus gekommen und habe mit ihr gesprochen, als sie von der Kathedrale zurückgekommen sei. Er habe ihr angeboten, eines der Gemälde unseres Sohnes an einen reichen Herrn zu verkaufen, der, wenn ihm das Bild gefiele, Manuels Mäzen werden könne. Also nahm sie das beste Gemälde unseres Sohnes und ging abends allein fort. Er hat ihr ein Ölgemälde gegeben, das unsere Kathedrale bei Sonnenuntergang darstellt. Die Glasfenster leuchten in wundervollen Farben – Rot, Blau, Gelb und Grün. So ein schönes Bild, mein König! Unser Sohn ist ein begabter Künstler und verdient königliche Aufmerksamkeit.«
König Karl warf einen Blick auf den Grafen von Pitou, der angesichts der Prahlerei dieser Frau kaum merklich eine schmale schwarze Augenbraue gehoben hatte. Diese Geste ließ König Karl erleichtert aufatmen, bedeutete sie doch, daß der Graf keinen Verdacht gegen ihn hegte. »Ist das Bild gefunden worden?« fragte er die Frau. In Wirklichkeit lag es schon längst im Kamin seines Schlafzimmers.
»Nein, mein König.« Sie hielt inne. »Doch wir wissen, wer der Besucher gewesen ist.« Sie hob ihr Doppelkinn.
Jetzt begann König Karls Herz ängstlich zu pochen. »Und sein Name?«
»Graf Garcia, dein Vizekanzler.«
Sah ihn die Frau anklagend an? Zur Hölle mit seinem Ruf als Weiberheld! »Bei Gott, mein Vizekanzler?« König Karl versuchte Zeit zu gewinnen, bis ihm ein rettender Gedanke kommen würde, schnippte mit den Fingern und stellte fest, daß schwarze Härchen auf ihnen wuchsen. »Das ist aber seltsam«, verkündete er und tat, als dächte er nach. »Sagtest

du, daß die junge Frau, Renée Latour, diesen Mann nach der Messe getroffen hat?«
»Ja, mein König.«
»Letzten Sonntag?«
»Gewiß, mein König.«
Er nickte nachdenklich. »Auch mein Vizekanzler ist Sonntag nacht spurlos verschwunden.« Nun ja, wenn man in dem unterirdischen Gang, der von seinem Schlafzimmer aus dem Palast hinausführte, unter dem richtigen Stein nachsah, würde man schon Spuren finden. Er hatte beschlossen, daß es sicherer war, den Grafen sofort mit eigener Hand zu töten, nachdem der Mann Renée Latours Leichnam in den unterirdischen Gang gebracht hatte. Ein kurzer Hieb mit dem Schwert und außerdem viel sicherer, als sich einen Mörder zu dingen.
»Wir haben das bereits gerüchteweise gehört, mein König«, mischte sich der Graf ein, »und bedauern es aufrichtig. Überall verschwinden Menschen; heutzutage ist niemand mehr sicher.« Dann wandte er sich an die Frau. »Wie du siehst, ist der einzige Mensch, der Licht in diese Angelegenheit bringen könnte, ebenfalls verschwunden.«
Frau Avila hatte es offensichtlich die Sprache verschlagen. »Aber, aber, aber ...«, setzte sie an. Wahrscheinlich war sie enttäuscht, dem Grafen Garcia keine Szene machen zu können. Sollte sich das fette Frauenzimmer doch zum Teufel scheren – ein anderer würde sie sowieso nicht haben wollen.
»Anscheinend ist die Angelegenheit gar nicht so geheimnisvoll«, erklärte König Karl. »Jetzt kennen wir den Schuldigen. Graf Garcia verfügt über genügend Charme, um selbst des Teufels Großmutter um den Finger zu wickeln, obwohl er kaum noch einen Zahn im Mund hat. Offensichtlich hat er Renée Latour überredet, mit ihm davonzulaufen.«
Die Antwort auf seine grausame Bemerkung war ein unterdrückter Aufschrei von Manuel. Nun war es König Karl gelun-

gen, sich endlich an Renée zu rächen, denn Manuel würde sie jetzt verachten. Und was seine Mutter anbelangte, die jetzt wahrscheinlich irgendwo im Totenreich mit dieser jungen Frau gemeinsame Sache machte, war sie wahrscheinlich im Augenblick über diese entsetzliche Frucht ihres Lebens außer sich.

Bischof Eulogius hatte sich für einen Augenblick entschuldigt, da sein Sekretär, ein schwarzgewandeter kastilischer Abt, ihn zu sprechen wünschte. König Pedro bemerkte das spöttische Lächeln, das immer noch Graf Gastons Lippen umspielte. »Zum Teufel mit diesem dreckigen kleinen Pfaffen«, stieß er leise hervor.

»Dieses Los wirst du wohl für ihn in Erwägung ziehen müssen, mein König. Sonst dürfte es schwierig werden, den Feldzug gegen die Mauren durchzuführen, ohne daß in deinem Reich Mord und Totschlag ausbricht.«

»Ich kann es mir aber nicht leisten, ihn zu verärgern«, widersprach König Pedro. »Irgend etwas muß ich ihm geben, um seine Gier nach Grausamkeit zu befriedigen; irgend etwas, was ihn in die Verzückung versetzt, nach der er sich so sehr sehnt. Nachdem er so viele verführerische Mädchen begafft hat, braucht er ein wenig Abwechslung.«

»Ich vermute, mein König, daß er auch seinen Ehrgeiz befriedigen will. Ein Gottesmann, der eine Inquisition durchführt und mit Feuereifer unter den Ketzern wütet, ebnet sich damit nicht nur den Weg zum Papstthron und sichert sich einen Platz in der Geschichte, sondern wird womöglich auch noch seliggesprochen.«

»Seliggesprochen?« König Pedro hob fragend die buschigen Augenbrauen.

»Gewiß, mein König.«

»Daran hatte ich noch gar nicht gedacht.« Nachdenklich klopfte König Karl mit dem Zeigefinger auf die Tischplatte.

»Du hast recht«, verkündete er schließlich. »Immerhin hat sich der Bischof von ganz unten emporgearbeitet, und wenn ein Mann es erst einmal so weit gebracht hat, kann er nicht mehr aufhören. Es geht ihm wie einem bockenden Pferd; er bekommt soviel Schwung, daß es kein Halten mehr gibt. Bischof Eulogius genießt alle Annehmlichkeiten seines augenblicklichen Amtes: Reichtum, Lehen und die hübschen Mädchen, von denen ich dir erzählt habe.« Er lächelte. »Reichtum hat er nun, und Macht wird er noch mehr bekommen. Und was wird das nächste sein? Vielleicht hast du recht; er fehlt ihm nur noch die Seligsprechung.«
»Und das ewige Leben nach dem Tode, das er so zu gewinnen hofft.«
»Aber wie würde er das durch die Inquisition erreichen?«
»Seliggesprochen wird man entweder, wenn man Wunder vollbringt, oder durch das Martyrium. Da er außer den Wundern der Kochkunst nichts dergleichen zustande bringt – und selbst diese hat er seinem Koch zu verdanken –, wird er sich ans Martyrium halten.«
König Pedro riß erstaunt die Augen auf. »Glaubst du, er legt es darauf an, daß ihn irgendein Jude oder Moslem ermordet?«
»Nein, mein König. Daß er soweit gehen würde, bezweifle ich. Schließlich gelten auch jene als Märtyrer, die ihr Leben damit verbringen, gegen diejenigen zu wüten, welche ihren Glauben nicht teilen. Schon die frühen Christen haben das als Beruf betrieben.«
»Du meinst, das hat nichts mit Tugend zu tun?«
»Kaum. Ich frage mich oft, ob das Martyrium nicht manchmal eher eine Form des Trotzes ist. Ist es denn nicht besser, für seinen Glauben zu leben, als für ihn zu sterben? Und was soll falsch daran sein, wenn man Glauben heuchelt, um dem Tode zu entgehen und für seine eigene Religion leben zu können? Es gibt keinen besseren Weg, sich an seinen Feinden zu

rächen, als sich zum Opfer zu machen, zu einem ständigen Stachel in ihrem Fleisch.«

Selbst König Pedro, der viel für gewagte Worte übrig hatte, traute seinen Ohren kaum. »Wärst du dann also nicht bereit, für eine gute Sache zu sterben? Etwa auf dem Schlachtfeld?«

Graf Gaston zuckte die Achseln. »Wenn ich auf dem Schlachtfeld stürbe, läge das daran, daß ich der einen oder der anderen Seite angehöre. Mit einem Tod im Dienste der Vollkommenheit hätte das wenig zu tun. Du hingegen wirst, wenn die Zeit gekommen ist, ganz sicherlich dein königliches Leben deiner Überzeugung opfern.«

»Ich?« fragte König Pedro ungläubig. »Ich sollte für meine Überzeugungen zum Märtyrer werden? Du beliebst zu scherzen, Kanzler!«

»Nein, mein König. Ich bezog mich lediglich auf deine Überzeugung, daß eine bestimmte Herangehensweise dir am dienlichsten ist.«

König Pedro blieb der Mund offen stehen. Dann brach er in ein brüllendes Gelächter aus. »Du bist mir ein Spitzbube, Graf Gaston.«

»Und du, mein König, bist bekanntermaßen grausam, wenn man sich dir in den Weg stellt, und du findest Gefallen an deiner Grausamkeit. Mein eigener Herr ist, wie alle wissen, böse. Ein Mann kann böse sein, ohne dabei grausam sein zu müssen, doch die Bosheit bedarf einer Dauerhaftigkeit, die die Grausamkeit nicht benötigt. Mein König Karl findet ständig Gründe für diese Grausamkeit, und das mit dem Eifer eines Büßers, der sein eigenes Fleisch züchtigt, weil er gern ein Märtyrer wäre und seliggesprochen würde. Grausamkeit hingegen verlangt nach einem Anlaß! Man sollte dich seligsprechen, weil du so sehr für deine Überzeugung lebst.«

Einen Augenblick lang fühlte sich König Pedro versucht, dem Grafen von seiner Liebe zu Maria de Padilla zu erzählen, doch er verwarf den Gedanken sofort wieder. Das zu tun, wäre ein

Zeichen von Schwäche gewesen. »*En verdad*, die jüdischen Geldverleiher sind zur Erfüllung meiner ...«, er grinste, »... christlichen Ziele unbedingt erforderlich. Ich kann nicht zulassen, daß sie zu Märtyrern der Inquisition werden, wenn es doch ihre Schätze sind, die als Preis für ihr friedliches Dasein geopfert werden müssen.« Er wurde nachdenklich. »Wir müssen eine Lösung finden, die beide Seiten zufriedenstellt.«
»Zwischen dem Himmel der Seligsprechung, nach dem sich die christlichen Märtyrer verzehren, und der Hölle des jüdischen Goldes, das dem Inquisitor im Magen drückt, liegt das Fegefeuer, das der Moralist auf Erden bereitet, mein König! Und das steht dir bevor.«

Schnell wie der Blitz war Prinz Ahmed durch das Fenster geklettert und saß auf dem Dach, das von den Sonnenstrahlen erwärmt war. Rasch rutschte er hinunter. Inzwischen hatte Miguel den alten Aaron schon fast erreicht. Mit einem lauten Schrei sprang Prinz Ahmed auf ihn los, und der Wirt blieb wie angewurzelt stehen.
Mit einem kräftigen Tritt stieß Prinz Ahmed den Wirt zu Boden und drehte sich dann geschickt in der Luft, so daß er auf den Füßen landete. Miguel lag auf dem Rücken im Staub. Aufgeschreckt durch das Durcheinander hatte sich Aaron Levi umgedreht. Der Dieb nutzte die Gelegenheit, stieß den Stab beiseite, rappelte sich auf und rannte auf das Tor zu.
Noch ehe Prinz Ahmed ihm nachsetzen konnte, hörte er einen Aufprall und wirbelte herum. Zu seiner Überraschung war Prinz Juan neben ihm heruntergesprungen. Er warf sich auf den Flüchtenden, der mit einem Schrei niederstürzte. Juan setzte sich dem Dieb auf die Brust, so daß dieser sich nicht mehr rühren konnte.
»Danke, daß du mich gerettet hast«, sagte Aaron Levi freundlich. Er schulterte seinen Stab und warf dann einen Blick auf

den besinnungslosen Wirt und den Dieb, der sich nach Kräften wehrte. »Du bist vom Himmel gekommen, um einem alten Juden zu helfen. Also mußt du einer von Jahwes Engeln sein.« Seine Augen funkelten. »Übrigens, deine Satteltaschen sind in Sicherheit.«
Wieder war ein dumpfes Geräusch zu hören, da Prinz Juan den Kopf seines Gegners auf den Boden schlug. Sogleich hörte der Mann auf, sich zu sträuben.
»Ich danke dir, weil du unsere Satteltaschen gerettet hast«, antwortete Prinz Ahmed. »Du mußt ein Gesandter des gnädigen Allah sein, obwohl du ein Ungläubiger und unrein bist.« Dann wandte er sich an Prinz Juan. »Ich dachte, du leidest unter Höhenangst.«
Prinz Juan lachte. »Uns beiden scheint es bestimmt zu sein, aus Fenstern zu klettern und hinunterzuspringen«, bedeutete er dem Freund in Zeichensprache. »Also fand ich, es sei das beste, gleich mit dem Üben anzufangen.« Er erhob sich. »Dieser Kerl wird noch eine Weile schlafen.« Er ging zu den Satteltaschen hinüber und hob sie auf. »Die lasse ich nicht mehr aus den Augen«, meinte er.
In diesem Augenblick gab Miguel ein Stöhnen von sich und fing an, sich zu regen. Sofort war die Spitze von Aarons Stab an seinem Hals. Der Wirt röchelte, murmelte etwas und verlor dann wieder die Besinnung. Prinz Ahmed wandte sich Aaron Levi zu. »Wir sollten uns aus dem Staub machen, ehe diese Räuber wieder zu sich kommen.«
»Und das wird nicht mehr lange dauern«, erwiderte Aaron. »Offensichtlich hat der Wirt in dieser Gegend viele Freunde, und mit denen ist nicht gut Kirschen essen.« Seine scharfen Augen suchten das Gärtchen, die Umgebung und dann das obere Stockwerk des Gebäudes ab. »Niemand hat uns gesehen«, stellte er fest. »Laßt uns die beiden fesseln und knebeln und uns dann rasch nach Jaén aufbrechen.«
»Ist das das Ziel deiner Reise?«

»Ja, doch eigentlich will ich nach Toledo.«
»Wir auch«, rief Prinz Ahmed aus.
»Vortrefflich. Ihr habt Pferde, und ich bin mit einem Wagen gekommen. Die beiden Damen können bei mir mitfahren. Ich reise allein und versuche, einen bescheidenen Eindruck zu erwecken, um kein Diebsgesindel anzulocken. Ich hatte nur angehalten, um etwas zu essen, daher ist mein Pferd noch eingespannt. Kümmern wir uns erst einmal um diese beiden Schurken und machen wir uns dann schleunigst davon.« Er wies mit dem Kopf auf die beiden Satteltaschen und senkte die Stimme. »Ich kann mir denken, warum diese Taschen so wertvoll sind. Nur, damit ihr es wißt: Ich bin einer der angesehensten Geldverleiher Spaniens, und kann euch meinen Geschäftspartnern in Jaén vorstellen. Wenn ihr wollt, könnt ihr eure Schätze dort hinterlegen und euch dafür einen Kreditbrief ausstellen lassen. Mit diesem Kreditbrief könnt ihr überall in Spanien Geld bekommen.« Seine scharfen dunklen Augen funkelten in der Sonne. »Einverstanden?«
Ein weiser Rat. »Dich hat der allmächtige Allah geschickt«, wiederholte Prinz Ahmed. Dann hielt er inne und brach in lautes Gelächter aus. »An die Arbeit, Ungläubiger. Du redest zuviel, aber das tut dein Volk ja schon seit den Tagen des Propheten.«

König Pedro hatte seine wöchentliche Unterredung mit Ruy de Vivar verschieben müssen, da Maria de Padilla an diesem Morgen erkrankt war. Sie litt unter heftigen Magenkrämpfen und Erbrechen, hatte Blut im Stuhl und hohes Fieber. Die Hofärzte kümmerten sich schon seit Stunden um sie, legten ihr Blutegel an, machten heiße Umschläge und verabreichten ihr übelriechende Tränke. Da Maria selten schwer krank war, war der König von Angst erfüllt. Den ganzen Vormittag hatte er in ihrem Gemach verbracht und sie erst verlassen, als sie

endlich einschlief und die Krämpfe, das Erbrechen und das Fieber nachgelassen hatten. Trotzdem bedrückte ihn immer noch die Furcht, sie zu verlieren.
Schon der erste Blick auf das angespannte Gesicht seines obersten Zuträgers verriet König Pedro, daß ihm noch mehr schlechte Nachrichten bevorstanden.
»Setz dich!« befahl er barsch, und Ruy de Vivar ließ sich langsam auf den Stuhl auf der andern Seite des Schreibtischs aus Mahagoni sinken. Die knochigen Hände faltete er auf dem Schoß. Sein Gesicht wirkte noch magerer als sonst, und er war offensichtlich sehr beunruhigt.
»Sag, was gibt es Neues in Granada?« begann der König. »Und erzähle uns gleich das Wichtigste: Ist Prinz Ahmeds Entführung geglückt?«
»Mein König, unser gedungener Mörder wurde entlarvt, in Ketten gelegt, gefoltert und vor vier Wochen hingerichtet. Es heißt, er sei gestorben, ohne seinen Namen oder unsere Pläne preiszugeben.«
»Bei Gott, wie wurde er entdeckt?«
»Wir nehmen an, daß ihn jemand im Palast erkannt hat.« Ein wissender Ausdruck trat in die verschlagenen Augen des Kundschafters.
»Du meinst ...?«
»Ja, mein König. Ich bedaure, sagen zu müssen, daß der einzige Mensch in Prinz Ahmeds Hofstaat, der unseren Mann erkennen konnte, Prinz Juan war.«
Obwohl es an dieser Feststellung nichts zu rütteln gab, wurde König Pedro wütend. »Verdammter Bastard!« stieß er hervor, doch dann fiel ihm ein, diese Bezeichnung für seinen Sohn könne als Hinweis verstanden werden, daß seine Frau ihn betrogen habe. Unter anderen Umständen hätte ihn dieser Gedanke belustigt, doch heute erzürnte er ihn nur noch mehr.
»Du kannst doch einen anderen Mörder schicken – vielleicht einen wirklichen Taubstummen, selbst wenn wir den Mann

verstümmeln müßten. Wir können ihn ja für diesen Schaden reich entlohnen.«

Ruy de Vivar lächelte kalt. »Leider, mein König, wäre das völlig sinnlos, da Prinz Ahmed und Prinz Juan vor einigen Tagen aus dem Gen al Arif entflohen sind. Wohin, ist unbekannt.«

»Zum Teufel! Wie konnte das geschehen?«

»Das weiß kein Mensch, mein König. Wahrscheinlich hatte nicht einmal Prinz Ahmeds langjähriger Hauslehrer, Abou bon Ebben, eine Ahnung davon. Er erlag noch in der gleichen Nacht einer Krankheit. König Yusuf ließ die Flüchtenden selbstverständlich sofort verfolgen, aber eher hätte man eine Nadel in einem Heuhaufen aufspüren können.«

Stirnrunzelnd überlegte König Pedro, was er jetzt tun sollte. Endlich kam ihm ein Einfall. »Deine Kundschafter in Granada und in Kastilien sollen wachsam bleiben. Sobald sie etwas Neues erfahren, sollen sie mir sofort Bericht erstatten. Ansonsten können wir nur warten, bis die beiden Prinzen wieder auftauchen.«

TEIL II

Die Königsmörder

14. Kapitel

In den vergangenen vier Tagen hatten Scharen von Menschen die drei Landstraßen nach Toledo bevölkert. An der Puente de Alcantar, die die Mauren im Jahre des Herrn 866 neben einer alten römischen Brücke erbaut hatten, trafen die beiden Straßen von Norden und Süden aufeinander. Im Jahre 1257 war die Alcantar von einer Flut zerstört worden, und König Alfons X., ein Vorgänger von König Pedro, hatte sie wieder aufbauen lassen.

Nicht nur die zweiundzwanzig Prinzen, die sich auf König Pedros Einladung hin mit ihrem Gefolge zum Turnier aufgemacht hatten, waren unterwegs. Auch viele geistliche und weltliche Würdenträger, die das aufsehenerregende Ereignis unbedingt miterleben wollten, befanden sich auf dem Weg nach Toledo. Dazu kamen noch das schaulustige Volk, das sich gerne ein wenig amüsieren wollte, da es ohnehin noch zu früh für die Ernte war, Kaufleute, die einfach ihre Läden geschlossen hatten, und Handwerker, die vorhatten, sich zu unterhalten und gleichzeitig etwas zu verdienen. Außerdem noch die unvermeidlichen Straßenhändler. Offenbar war Gott und die Welt unterwegs nach Toledo.

König Pedro hatte einen geschichtsträchtigen Ort für sein Turnier ausgesucht: ein ebenes Gelände östlich des Vorgebirges, auf dem sich das Schloß von San Fernando erhob. Der spanische Freiheitsheld Rodrigo Diaz de Vivar, auch bekannt als El Cid Campeador, war einst der Herr von San Fernando gewesen. Später war das Schloß Stützpunkt der Templer gewesen, einem Ritterorden, der sich nach der Niederlage von

Acre auf das Geldverleihen verlegt hatte. Erst vor dreißig Jahren war er durch ein päpstliches Edikt aufgelöst worden. Die Kampfbahn war rechteckig und lang genug, daß Pferde darauf galoppieren konnten. Wie die Regeln es verlangten, war sie um ein Viertel länger als breit. An ihrem östlichen Ende hatte König Pedro bunte Pavillons aufstellen lassen, um die Kämpfer und ihr Gefolge unterzubringen. Er selbst, andere gekrönte Häupter, Richter, die Damen und hohe Staatsbeamte würden von einer Plattform am westlichen Ende der Bahn aus zusehen, das der Stadt am nächsten lag. Daneben hatte man Sitzreihen für weitere angesehene Gäste aufgebaut. Die Kämpfenden würden von Süden und von Norden aus aufeinander zustürmen, damit keiner durch die Morgensonne geblendet wurde. Das Volk konnte das Spektakel hinter zwei Absperrungen aus Balken am nördlichen und südlichen Ende verfolgen. In einem Abstand von vier Schritten würden Bedienstete und Soldaten darauf achten, daß niemand die Kampfbahn betrat.

In der Stadt wimmelte es bereits von Menschen mit ihren Pferden, die den Kaufleuten, Straßenhändlern, Gastwirten, Mietstallbesitzern und Freudenmädchen die Taschen füllten. Und auch der Heiligen Kirche des Bischofs Eulogius, wie König Pedro spitz zu Graf Gaston bemerkte. In dem Alcazar waren die wichtigen Besucher untergebracht, und der königliche Palast diente den Prinzen und ihrem Gefolge als Unterkunft.

Wer vor der Stadt sein Lager aufschlagen wollte, hatte dazu in einem bezeichneten Gelände östlich der Kampfbahn Gelegenheit, mußte allerdings dem König eine Gebühr entrichten. König Pedro hatte sogar Latrinen und Waschgelegenheiten aufstellen lassen, die die Besucher gegen einen kleinen Obolus benutzen konnten. Schließlich würde das Lager in den nächsten vier Wochen einer kleinen Stadt ähneln. Außerdem gab es noch ein Gelände, wo Händler ihre Waren feilbieten durften, denn die Läden in der Stadt würden dem Ansturm nicht gewachsen sein. Verschiedene Verkäufer hatten bereits Brot, gesalzenen Fisch, Geflügel und Gewürze ausgebreitet und bereiteten Paella zu. Kleine Häppchen, getrocknetes und frisches Obst und Süßigkeiten warteten auf hungrige Kundschaft. Gefüllte Fasane brieten am Spieß über dem Feuer, und Rinder und Schafe schmorten auf glühenden Kohlen. Eine unbeschreibliche Mischung von Gerüchen lag in der Luft, die sich mit dem Gestank der naheliegenden Latrinen mischte. Neben Rosenkränzen, von denen es hieß, der Heilige Vater habe sie eigenhändig gesegnet, wurden anzügliche Zeichnungen, Heiligenbilder, Schmuck und Andenken feilgeboten. In Weidenkörben pickten Hennen gackernd nach Körnern. Wilde Katzen und Hunde streunten herum und balgten sich knurrend um Essensreste. Schwarzgewandete Geistliche verkauften Ablaßbriefe, Zuhälter handelten mit Sünde, und rotweiß uniformierte Soldaten hielten nach Taschendieben, Räubern und Bettlern Ausschau. Der Wetzstein eines Scherenschleifers drehte sich knirschend, ein Schmied stand am glühenden Amboß und bearbeitete mit Hammerschlägen ein Stück Eisen, Händler priesen laut schreiend ihre Waren an, Kinder jubelten vor Freude, Säuglinge greinten. Es herrschte ein derartiger Höllenlärm, daß man ihn bis zum Palast auf der anderen Seite des Flusses hören konnte. »Wenn das Volk eine *fiesta* feiert, hört und riecht man das meilenweit«, bemerkte König Pedro.

Aber trotzdem war er sehr zufrieden, denn die Besucher brachten Geld in die Stadt, von dem ein Teil in seiner Staatskasse enden würde. Und abgesehen davon, daß ihm das Horten von Reichtümern im Blut lag, brauchte er sie auch, um sich im Feldzug gegen Granada hervorzutun. Immerhin konnte ihm die Eroberung des maurischen Königreiches den Weg zur Herrschaft über ganz Spanien ebnen, und das war noch keinem seiner Vorfahren gelungen. Wie er Maria de

Padilla anvertraute, waren die vielen Menschen, die dort draußen trotz der Beschwerlichkeiten und des Durcheinanders ihren Spaß hatten, nichts weiter als Schachfiguren in seinem Spiel um die Macht.

Die Kämpfer trafen, angekündigt von Fanfarenklängen, fünf Tage vor Beginn des Turniers ein. Hinter ihnen ritt ihr Gefolge, und danach kamen die Adligen und Bürger. Letztere hatten dreieckige Ärmel an den Gewändern, die mit hellen Borten eingefaßt waren; ihre Umhänge waren mit Kapuzen versehen. Die Ritter waren in Mänteln mit verzierten Säumen gehüllt und trugen turbanartige Hüte, die in diesem Jahr sehr in Mode waren. Lange Schärpen wehten hinter ihnen her, und die Hochrangigsten unter diesen Männern hatten kleine Kronen auf dem Kopf. Andere Männer von hoher Geburt trugen hohe Hüte und pelzgesäumte Umhänge.

Unter den Kämpfern befanden sich Ritter aus den verschiedensten Orden. Der einzige Ritter vom Spanischen Orden des heiligen Jakob war in ein weißes Gewand gehüllt, auf dem ein rotes Kreuz prangte; dazu trug er einen Gürtel und Stulpenhandschuhe und hatte eine Kappe auf dem Kopf. Die Ritter des Deutschen Ordens waren in schwarze Umhänge mit einem weißen Kreuz gewandet.

Um den Fortschritt in Kastilien unter Beweis zu stellen, hatte König Pedro eine riesige Uhr am östlichen Ende der Kampfbahn aufstellen lassen. Es war ein *horologium* mit Rädern, doch der Mechanismus war der gleiche, wie er fünfundsechzig Jahre zuvor in der St.-Pauls-Kathedrale in London eingebaut worden war; zu jeder Stunde schlug eine Glocke. Die üblichen Sonnenuhren und Sanduhren hatte man auf beiden Seiten der Uhr angebracht, für den Fall, daß das Räderwerk ausfallen sollte.

König Pedro thronte auf der Plattform und blickte stolz um sich. Solch ein Ereignis hatte es in Spanien noch nie gegeben.

Nachdem jeder Kämpfer einmal rund um die Kampfbahn geritten war, stellte er seine Rüstung und sein Wappen vor seinem Pavillon zur Schau. Als der letzte Ankömmling, der junge Prinz Peter von Schwaben, seine Runde gedreht hatte, ritten die vier Richter ein: Prinzen aus Spanien, Frankreich, Deutschland und Italien, die König Pedro ausgewählt hatte. Ihnen folgte der hochgewachsene Graf Fernando, der als Turniermeister fungierte, mit seinen *poursuivants*. Jeder der Richter trug ein langes wallendes Gewand als Zeichen seiner Würde. In der Hand hielt jeder einen Stab, ohne den er sich während der Dauer des Turniers nicht mehr in der Öffentlichkeit zeigen würde. Der Turniermeister, der die Fahnen der vier Richter trug, nahm seinen Platz als Ehrenwache vor dem Pavillon der Richter ein, während die Turnierteilnehmer ihre Wappen auf ihre Echtheit hin prüfen ließen.

Den Abschluß dieses ersten Tages bildeten ein großes Bankett und ein Ball.

Am nächsten Morgen kehrten die Richter zur Kampfbahn zurück und unterzogen den Charakter eines jeden Wettstreiters einer strengen Prüfung. Nachdem sie alle für würdig befunden hatten, an dem Turnier teilzunehmen, befahl König Pedro, die Damen, Adligen, Gesandten und anderen wichtigen Persönlichkeiten an ihre Plätze zu geleiten. Maria de Padilla führte die Damen des Hofes an. Prinzessin Beatrice, deren Hand der Preis des Siegers war, würde sich nur am Tag des eigentlichen Wettkampfes zeigen. Vor der Plattform hatte man die Helme und Waffen aufgereiht, und ein Herold verkündete die Namen ihrer Besitzer, worauf die Zuschauer Beifall klatschten. Wenn jemand Einwände gegen die Teilnahme eines bestimmten Bewerbers hatte, mußte er dessen Helm berühren, den die Richter oder ihre *poursuivants* dann umdrehten. Wäre es zu einem Einspruch gekommen, hätten die Richter am folgenden Tag darüber zu entscheiden gehabt. Gründe für einen Ausschluß waren ein gebrochener Schwur,

Geldverleih zu Wucherzinsen, eine nicht standesgemäße Ehe, Beleidigung einer Dame oder niedere Geburt. Allerdings konnte auch ein Mann mit ungeklärtem Familienstammbaum am Turnier teilnehmen, wenn ein König, ein Prinz oder ein anderer hoher Adliger ihn mit einem Schwert oder einem Stock berührte.

Am dritten Morgen ritten die Kämpfer reich geschmückt, aber mit zusammengerollten Fahnen und stumpfen Lanzen in die Kampfbahn ein. Dann legten sie den Turniereid ab, den ihnen einer der vier Richter, der weißhaarige Prinz Lorenzo von Medici aus Italien, abnahm. Die Ritter gelobten, den Gegner nicht unter die Gürtellinie zu treffen, niemanden anzugreifen, der keinen Helm trug und sich keiner unlauteren Finten zu bedienen. Wer diesen Eid brach, würde Pferd und Waffen verlieren und von der Liste gestrichen werden.

Dann bestimmten die Richter den *chevalier d'honneur*, den Ehrenritter. König Pedro hatte dafür gesorgt, daß Graf Gaston ernannt wurde, denn keiner war aufgrund seines Wissens, seiner Erfahrung und seiner Unbestechlichkeit so gut für dieses Amt geeignet. Man überreichte ihm als Zeichen seiner Würde eine Lanze mit goldener Spitze. Dann führten die Richter Maria de Padilla, die zwar nicht von hohem Adel, aber dafür unbeschreiblich schön war, und Prinzessin Mathilde, die beide Anforderungen erfüllte, zu Graf Gaston, damit sie ihm Prinzessin Mathildes Kopfschmuck überreichten. Diesen Kopfschmuck, *la Mercie des Dames*, würde Graf Gaston während jedes Wettkampfes auf der Spitze seiner Lanze tragen. Damit konnte er einem Kämpfer, der das Leben seines Gegners gefährdete, Einhalt gebieten. Auf Bitte der Dame hin würde der Ritter dann die Lanze senken.

Danach verkündeten die Richter die Regeln des Wettkampfes. Nur die Lanze war als Angriffswaffe zugelassen. Ihre Spitze endete in einer kleinen Krone, damit sie nicht das Visier des gegnerischen Helms durchdrang. Das Schwert wurde mit ei-

ner Kette am Gürtel befestigt, damit der Streiter nicht absteigen mußte, falls es hinunterfiel. Vor jedem Waffengang würde man alle Waffen überprüfen. Zum Schutz mußten *gambesons*, die an Schultern, Armen und Rücken gepolstert waren, getragen werden. Darunter hatten die Ritter dick wattierte Unterwäsche an, und über allem hatten sie eine Rüstung angelegt, die aus einem ledernen *cuirass* mit einem eisernen Brust- und Rückenpanzer bestand, welche von Riemen zusammengehalten wurden. Die Beine wurden von eisernen Beinschützern bedeckt, an den Händen trugen die Männer Stulpenhandschuhe und auf dem Kopf einen Helm.
Die Flanken der Pferde wurden durch Strohpolster geschützt, die mit Schnüren am Sattelknauf befestigt waren. Die Strohpolster waren mit Stoff in den Farben der Kämpfenden bezogen.
Das Protokoll verlief reibungslos, und König Pedro war zufrieden. Er hoffte, daß König Karl der Böse den Sieg davontragen würde. Falls er sein Schwiegersohn werden sollte, konnten die Königreiche Kastilien und Navarra gemeinsam ohne die Hilfe der anderen Könige Granada erobern. Allerdings konnte er sich auch auf den Beistand von Aragon und Katalonien verlassen. Und wenn König Pedro seine Macht in Granada erst einmal gefestigt hatte, würde er das kleine Königreich Katalonien von Kastiliens nordöstlicher Grenze aus angreifen und es einnehmen. Anschließend wäre dann Aragon an der Reihe. Danach würde König Pedro einen Verbündeten oder einen Schwiegersohn nicht länger nötig haben.

Schon vor zwanzig Tagen hatten sie Toledo erreicht und in Aaron Levis geräumigem Landhaus vor den Toren der Stadt Quartier bezogen.
Zurika, mit der sich Levi schnell angefreundet hatte, gewöhnte sich rasch an das Leben in der Villa, und bald war es, als hätte sie nie woanders gelebt.

Für Prinz Ahmed und Prinz Juan wäre es gefährlich gewesen, in der Stadt zu wohnen, wo sie leicht erkannt und gefangengenommen werden konnten. Außerdem hatten sie bereits bei ihrer Flucht aus der Alhambra festgestellt, daß es auf dem Lande sicherer für sie war. Wie sich die Dinge inzwischen in Granada entwickelt hatten, wußten sie nicht, da sie auf dem kürzesten Weg von Jaén nach Toledo gereist waren.

Erst einen Tag nach ihrer Ankunft hatten sie von dem Turnier erfahren, und Prinz Ahmed hatte sofort einen Entschluß gefaßt. Der beste Weg, um Prinzessin Beatrice zu retten, war es, am Wettkampf teilzunehmen und ihre Hand zu gewinnen.

Levi stellte die beiden Prinzen den jüdischen Geldverleihern in der Stadt vor, ohne ihre Namen preiszugeben. Nachdem die beiden ihr Geld gegen einige Kreditbriefe hinterlegt hatten, kauften sie vier herrliche Streitrosse. Dazu erstanden sie noch weiße Rüstungen, Lanzen, Schwerter und alles weitere Zubehör, das Prinz Ahmed für seine Teilnahme am Turnier brauchte.

Als sie an diesem Nachmittag, gefolgt von Pferden, Mauleseln und Trägern, zum Landhaus zurückkehrten, erwartete Levi sie schon an der Tür. Mit erstauntem Blick betrachtete er ihre Einkäufe.

»Also willst du deinen Plan tatsächlich in die Tat umsetzen! Wie willst du die Erlaubnis bekommen, am Turnier teilzunehmen, wenn du in den Augen der Richter nichts weiter als ein ungläubiger Maure bist?« wollte er wissen.

»Ich bin ein Prinz von königlichem Geblüt«, erwiderte Prinz Ahmed, während er zusah, wie Levis Stallburschen die Pferde zu den Ställen führten, und die Diener Rüstung und Waffen ins Haus trugen. Gleichzeitig übersetzte er, wie es ihm zur Gewohnheit geworden war, die Unterhaltung für Prinz Juan in die Zeichensprache. »Wenn ich den Sieger nur gebührend beleidige und ihn zum Kampf herausfordere, wird er annehmen müssen.«

»Aber wie willst du deine Herkunft nachweisen?«
»Prinz Juan hat den Rang inne, um mich mit seinem Schwert zu berühren. Nachdem er für mich gebürgt hat, kann er sich davonmachen, während ich mich in die Liste eintragen lasse. Schließlich wird König Pedro ihn nicht in aller Öffentlichkeit ergreifen lassen wollen. Jedenfalls ist das der schnellste Weg, um Prinzessin Beatrice zu retten, und deshalb müssen wir es wagen. Ich werde alle anderen Mitbewerber besiegen und ihre Hand gewinnen. Wenn wir ihr einfach nur zur Flucht aus dem Palast verhelfen würden, wäre sie immer noch nicht so sicher wie nach meinem Turniersieg.«
Levi sah sich um, um sicherzugehen, daß Zurika nicht in Hörweite war, denn ihre Gefühle für Prinz Ahmed waren offensichtlich. »Wirst du sie heiraten?«
»Auf jeden Fall.«
»Das ist Wahnsinn. Ich sehe keinen Weg, wie du das bewerkstelligen willst. Außerdem wirst du zum katholischen Glauben übertreten müssen oder sie zum Islam.«
»Fällt dir etwas Besseres ein?«
»Nein, aber ...«
»Wenn ich Klugheit, Mut und Entschlossenheit an den Tag lege, wird der gnädige und mitleidige Allah mir beistehen.«
»Meinst du Jahwe?« warf Levi ein, und seine Augen funkelten spitzbübisch aus dem mageren Gesicht.
Auch Prinz Juan grinste fröhlich. »Gott«, formte er mit den Lippen.
Sie steckten eine Kampfbahn im Park des Landhauses ab, wo Prinz Ahmed bis zur Erschöpfung von morgens bis abends für das Turnier übte. Zuerst erprobte er seine Lanze an Puppen und kämpfte später auch mit Prinz Juan. Prinz Juan war geschickt mit dem Schwert, aber wie schon im Gen al Arif trug Prinz Ahmed dank seiner angeborenen Begabung meist den Sieg davon. Nachdem sie die Vorbereitungen zum Turnier eine Zeitlang beobachtet hatten, beschlossen sie, sich

während der Eröffnungszeremonie am dritten Abend heimlich in den Palast zu schleichen. So würden sie sich einen vollen Tag und eine Nacht lang umsehen können, ehe das Turnier tatsächlich begann.

Prinz Juan kannte den Geheimgang, der eine Fortsetzung des alten römischen Aquäduktes war, welcher einst über den Fluß Tajo geführt hatte. Der Eingang wurde von dichten Büschen verdeckt und lag südlich der Alcantara-Brücke neben der Puerte de Dolce Cantos, die einmal eine Befestigungsanlage gewesen war. Der Geheimgang verlief unterirdisch bergan bis zum Palast, wo er in einem Hohlraum in der Mauer bis zu einer langen Treppe führte. Dahinter lagen die Gemächer der Damen. Der Gang befand sich zwischen den Räumen der Königin und jenen der ranghöchsten Prinzessin, und man konnte beide Zimmer durch Geheimtüren betreten.

Verkleidet als Bauern streiften sie an diesem Abend durch die Stadt, in der es wegen des Turniers von Menschen nur so wimmelte. Sie beobachteten begeistert das bunte Treiben, lauschten der Musik und sahen den tanzenden Leuten zu. Für Prinz Ahmed war das alles völlig neu, und es machte ihm große Freude. Als die Straßen allmählich stiller wurden, war es schon nach Mitternacht. Die beiden Prinzen gingen die Landstraße in südliche Richtung, passierten die Puente und das dunkle Schloß San Fernando und erreichten schließlich die Ruine der alten römischen Brücke.

Es kam ihnen nur gelegen, daß die Kampfbahn und das Zeltlager, wo immer noch Menschen unterwegs waren, weit nördlich vom Castello lagen. Hinter dem Alcazar war eine dünne Mondsichel aufgestiegen, und Anhöhe und Palast ragten wie eine dunkle Masse im fahlen Mondlicht auf. In der Ferne reckte die Kathedrale ihre hohen Türme gen Himmel, der nachtblau leuchtete. Kein Stern war weit und breit zu sehen. Die kleine Schlucht, in der die Landstraße verlief, war um diese Stunde finster und menschenleer, und die Stille

wurde nur vom Plätschern des Flusses und von den gedämpften Geräuschen aus der nahen Stadt unterbrochen.
Bei der dunklen Ruine der alten Brücke blieben sie stehen. Prinz Ahmed fuhr zusammen, als Prinz Juan mit dem Finger immer wieder nach unten wies. Dort würden sie das dunkle Flußufer hinabsteigen und hinüberschwimmen. Prinz Ahmed hatte bis vor zehn Tagen nicht schwimmen können, aber der Freund hatte ihm im Fluß neben dem Landhaus gezeigt, wie man sich über Wasser hielt. Die beiden Prinzen wollten sich von der Strömung zum Eingang des unterirdischen Tunnels am anderen Ufer treiben lassen.
Würde er es schaffen? Der Gedanke zu ertrinken ängstigte Prinz Ahmed noch mehr als der Anblick des dunklen, kalten Wassers unter ihm.
Plötzlich war Hufgetrappel zu hören, und Prinz Ahmed lauschte angespannt. Wer mochte das sein? Wachen? Ihm wurde flau im Magen, und er gab sich Mühe, ruhig zu bleiben. Als ihm einfiel, daß sein Freund ja taub war, legte er eine Hand auf dessen Arm und wies in die Richtung, aus der das Geräusch gekommen war. Mit Handzeichen bedeutete er ihm, daß sich aus südlicher Richtung einige Reiter näherten. Dann gab er Prinz Juan das vereinbarte Zeichen, und sie traten zurück auf die Straße. Prinz Ahmed klopfte das Herz bis zum Halse.

Prinzessin Beatrice schwankte zwischen Hoffnung und abgrundtiefer Verzweiflung. Die Hoffnung schöpfte sie aus der Ballade von Horn und Rymenhild, die Verzweiflung rührte daher, daß ihr schließlich die Bedeutung des Turniers klargeworden war. Sie mußte sich endlich damit abfinden, daß sie nicht in einer Traumwelt lebte. Wie sollte sie im letzten Augenblick von einem stattlichen jungen Prinzen gerettet werden, den sie noch nicht einmal kannte und der vielleicht gar nicht wußte, daß es sie überhaupt gab? Ihr blieb nur noch die

Hoffnung, daß sich einer der Bewerber als der Ritter ihrer Träume entpuppen würde, aber das war sehr unwahrscheinlich.
Nachdem ihre Mutter ihr wie sonst auch einen Gutenachtkuß gegeben hatte, war sie in einen unruhigen Schlaf gefallen. Die Fanfaren, die Mitternacht bliesen, hatten sie wieder aufgeweckt, und das war schon einige Stunden her. Sie hatte sich unter den blauseidenen Laken hin und her gewälzt, sie wegen der sommerlichen Hitze von sich geworfen und sich dann wegen der ängstlichen Schauder, die sie durchfuhren, wieder zugedeckt. Wie konnte sie ihr Leben und ihre Jungfräulichkeit einem fremden Mann hingeben? Wahrscheinlich würde – wenn ihre Mutter recht behielt – König Karl der Böse den Sieg davontragen. Gestern hatte sie einen kurzen Blick auf König Karl werfen können und sich sofort vor ihm gefürchtet. Wie konnte eine Mutter ihr Kind einem solchen Ungeheuer ausliefern? Allerdings gab es in der Geschichte genug Beispiele für Menschen, die ein derartiges Opfer hatten bringen müssen. Wenn es nötig sein sollte, würde sie sich selbst das Leben nehmen und hoffen, daß die Heilige Jungfrau Maria sich für sie verwandte, damit sie in den Himmel kam. Schließlich hatte sie doch ein tugendhaftes, makelloses und christliches Leben geführt.
Gab es einen Weg zu entkommen? Sie blickte nach der Wand hin, in der sich die Geheimtür befand. Ihre Gemächer und auch die Räume ihrer Mutter verfügten über eine Tür, von der aus man in den Geheimgang gelangte, den die Mauren nach ihrer Eroberung Toledos angelegt hatten. Auf diese Weise konnten sich die Frauen des Harems im Fall eines feindlichen Angriffs in Sicherheit bringen. Es hieß, daß der Gang unter dem Fluß hindurch vor die Tore der Stadt führte, doch das wußte Prinzessin Beatrice nicht mit Gewißheit. Niemand außer der Königin und ihrer Tochter hatte das Geheimnis gekannt, bis sie es Prinz Juan vor fast fünf Jahren anvertraut

hatte. So hatte er sie noch besuchen können, nachdem ihr Vater sie eingesperrt hatte.

Allerdings war der bloße Gedanke an den langen stockfinsteren Geheimgang, wo es wahrscheinlich von Ratten, Schlangen, Fledermäusen und allerlei Gewürm wimmelte, nahezu ebenso beängstigend wie die entsetzliche Zukunft, die sie nach dem Turnier erwartete. Und wenn ihr die Flucht gelingen sollte, wovon sollte sie dann leben? Zwar konnte sie ihre Juwelen mitnehmen, aber es gab keinen Ort, an den sie sich flüchten konnte. Vielleicht konnte sie ins Kloster gehen, ihre Juwelen als Dank für den Schutz der Nonnen spenden. Aber heute nacht fehlte ihr der Mut dazu. Würde sie ihn aufbringen, wenn es tatsächlich so weit war, wenn man sie mit König Karl, diesem Ungeheuer, vermählte? Sie wußte es nicht, denn das Unbekannte ängstigte sie noch mehr als eine entsetzliche Aussicht, die sie sich wenigstens ausmalen konnte.

Plötzlich hörte sie ein leises, aber beständiges Klopfen an ihrer Zimmertür. Sie fuhr zusammen, und das Herz pochte ihr bis zum Halse. Wer konnte sie um diese Stunde aufsuchen wollen? Sie unterdrückte den Schrei, der ihr auf der Zunge lag.

In der großen Halle war sehr ausgiebig getrunken und gefeiert worden, da am nächsten Abend kein Bankett stattfinden würde. Schließlich würden sich am folgenden Tage alle Turnierteilnehmer früh zurückziehen müssen, um für den Beginn der Wettkämpfe am nächsten Morgen frisch und munter zu sein. Obwohl es schon weit nach Mitternacht war und König Pedro schon ziemlich tief ins Glas geschaut hatte, betrachtete er die einundzwanzig Bewerber prüfend. Diese saßen gemäß ihrem Rang an dem langen Mahagonitisch: ein junger, blonder, blauäugiger und glattrasierter nordischer König von schlankem Wuchs, dunkelhäutige, schwarzhaarige deutsche Grafen und französische Adlige mit braunem

Haar, der glatzköpfige König eines kleinen italienischen Reiches, der große, magere Philipp von Katalonien und der bullige Karl der Böse. Viele waren einfach nur wegen des Kampfes gekommen, obwohl die Aussicht, einmal Prinzregent von Kastilien zu werden, auch nicht gerade zu verachten war. Aber König Pedro hatte bereits einen Wunschkandidaten für die Hand seiner Tochter.

»Warum hast du dich dennoch entschlossen, das Turnier abzuhalten, mein König?« fragte Graf Gaston. Er saß als Ehrenritter zur Rechten des Königs und hatte wie immer nur sehr wenig gegessen und getrunken. Hinter ihm stand ein Bediensteter, der die Lanze mit der goldenen Spitze trug. Wieder einmal war König Pedro überrascht, wie gut der Graf ihn durchschaute, denn er hatte seinen suchenden Blick aufgefangen und seine Schlüsse daraus gezogen. Von jedem anderen hätte er diese Frage als Unverschämtheit empfunden, doch Graf Gaston stand über diesen Dingen. Die beiden Männer waren sich in der letzten Zeit so nahe gekommen, daß sie offen miteinander sprechen konnten.

»Um sicherzugehen, daß wir keinen Verbündeten verlieren. Das wäre sicherlich geschehen, wenn ich einen Bräutigam ausgewählt und die Verlobung verkündet hätte.«

»Und Prinzessin Beatrice findet dieses Turnier romantisch?«

König Pedro hob die Augenbrauen. »*En verdad* ... ich ... äh ... weiß es nicht«, entgegnete er leise. »Ich nehme an, daß die junge Prinzessin es romantisch findet, wenn ... äh ... viele Bewerber im Turnier um ihre Hand kämpfen, doch ihre Vorstellungen haben nicht den geringsten Einfluß auf unsere Entscheidung.« Es war ihm noch nie in den Sinn gekommen, Prinzessin Beatrice nach ihren Wünschen zu fragen. Gegenüber jedem anderen hätte König Pedro das Gespräch jetzt abgebrochen, doch er hatte festgestellt, daß Graf Gaston ihn oft zu neuen Gedanken anregte. Deswegen beschloß er, auf die Fragen des Grafen einzugehen. »Am heimischen Herd bin

ich ebenso grausam und herrschsüchtig wie in der großen Familie unseres Königreiches«, fügte er mit einem gespielt bösen Lächeln hinzu.
»Dann wird dich das gräßliche Schicksal aller grausamen Herrscher ereilen, mein König.«
Während König Pedro die funkelnden Augen im schmalen Gesicht des Grafen musterte, stellte er wieder einmal fest, daß er nie herausfinden würde, was hinter dieser Stirn vor sich ging. »Und wie würde das aussehen, Chevalier?« fragte er.
»Deine guten Taten zeigen keine besonderen Auswirkungen. Verglichen mit deinen Grausamkeiten verblassen sie. Trotzdem sind es die guten Taten wie dieses Turnier, die in die Geschichte eingehen werden. Ich stelle mir vor, daß sich König Herodes jedesmal im Grabe umdreht, wenn man seiner um des Tempels von Jerusalem und des Hafens von Tyrus willen gedenkt, anstatt sich wegen seiner unzähligen grausamen Morde an ihn zu erinnern.«
König Pedros brüllendes Gelächter übertönte das Stimmengewirr im Raum. Er schlug auf den Tisch, doch niemand blickte in seine Richtung. Was war schon ein Lachen inmitten des Lärms, der im Saal widerhallte?
Nur König Karl beugte sich neugierig vor. »Was hasch ... äh ... hasch ...« Außerstande, das Wort auszusprechen, versuchte er es anders. »Was hat unser kluger Kanzl ... Kanzler gesagt?« Rülpsend griff er nach seinem Weinkelch.
»Daß es wichtiger ist, wegen seiner Grausamkeit«, König Pedro warf König Karl einen scharfen Blick zu, »und Bosheit in die Geschichte einzugehen, als aufgrund seiner guten Taten.«
König Karl neigte den Kopf auf die Seite und dachte angestrengt nach. Doch bald gab er es auf, da es ihm unmöglich war, seine vom Wein verwirrten Gedanken zu ordnen. Er wischte sich den Bart und starrte finster in seinen Kelch.

Dieser Mann konnte bestimmt recht unangenehm werden, dachte König Pedro. »Also hältst du es nicht mit den Tyrannen?« wandte er sich wieder an Graf Gaston.
»Wie du sicherlich schon bemerkt hast, mein König, halte ich es mit niemandem. Trotzdem glaube ich, daß ein Tyrann seine Untaten nur dann ins Buch der Geschichte schreiben kann, wenn er sie mit Würde begeht. Das ist das Wenigste, was sein Volk von ihm erwarten kann. Das Volk ist Unheil gewohnt, denn meist wird es zuerst von den Unbillen der Natur und der Willkür seiner Herrscher getroffen; deswegen ist es auch nicht in der Lage, selbst Geschichte zu machen. Tyrannen andererseits bringen ihren Untertanen doppelt Unglück: das erstemal, wenn sie geboren werden, und das zweitemal, wenn sie sterben.«
»Darüber müssen wir nachdenken.« König Pedros Aufmerksamkeit wurde von einem jammervollen Aufschrei am anderen Ende des Saales abgelenkt. Ein deutscher Prinz mittleren Alters, an dessen Namen sich König Pedro nicht mehr erinnern konnte, war in lautes Schluchzen ausgebrochen. Sein breites Gesicht war vor Kummer verzerrt. »Was fehlt diesem Mann?« erkundigte sich der König überrascht.
»Er befindet sich im vierten der sieben Stadien des Rausches, mein König«, antwortete Graf Gaston. »Fröhlich, streitlustig, lüstern und weinerlich.«
»Und die letzten drei?«
»Fettsüchtig, rotgesichtig, besinnungslos.«
»Wunderbar! Aber er klingt, als wäre das erste Geräusch, das er auf dem Schoß seiner Mutter gehört hat, sein eigener Furz gewesen. Ha! Ha! Ha!«
»Das ist Prinz Karl. Er hat allen Grund, sich zu grämen. Im nüchternen Zustand soll er ein arger Sünder sein, der kein Gewissen hat; außer sonntags, wenn es sich wieder meldet, aber nur, damit es danach wieder lange schlafen kann.«
König Pedro nickte grinsend und warf dann einen Blick auf

König Karl, der sich nun wütend im Raum umsah. »Dein Herr, König Karl, verachtet seine Mitbewerber.« Einen Augenblick lang war ihm ein wenig unbehaglich zumute, und er senkte die Stimme. »Ich befürchte, daß er gleich hier an Ort und Stelle zum Angriff übergehen könnte, besonders gegen König Philipp, den er verabscheut. Wenn ihm heute abend ein Fehler unterläuft, könnte er vom Turnier ausgeschlossen werden.«

»Du solltest dir beim Essen keine Sorgen machen. Das ist, als würde man Gläubiger in seine privaten Gemächer einlassen«, erwiderte der Graf.

Sogleich strafte König Karl diese Worte Lügen. Mit einem Aufschrei erhob er sich von seinem Stuhl, der krachend umstürzte. Er stützte die riesigen Fingerknöchel auf die Tischplatte, und sein Gesicht sah so furchteinflößend aus, daß das Stimmengewirr in der Halle erstarb. Eisiges Schweigen lag in der Luft, und alle, ganz gleich, wie betrunken sie auch sein mochten, blickten erstaunt nach ihm hin. Als ein Diener vor Schrecken eine silberne Platte fallen ließ, achtete niemand auf den Lärm.

»Ich kann jeden ... in diesem Raum besiegen!« brüllte König Karl. »Warum sollte ich bis übermorgen warten? Nach den Regeln zu ... zu ... kämpfen ... ist was für Weisch ... Weichlinge. Drum fordere ich jetzt jeden, der mag, auf, mit ... mit mir zu ringen.« Aus blutunterlaufenen Augen glotzte er die Anwesenden an. Er wandte den massigen Schädel, bis ihm der hochgewachsene König Philipp ins Auge fiel. »Ah, der Katalonier! Willst du mit mir ringen?«

Noch ehe König Pedro wußte, was er tun sollte, hatte sich König Philipp schon erhoben; er überragte den bulligen König Karl um Haupteslänge. »Ich werde mich dir in jeder Art von Kampf stellen«, donnerte er. »Mit oder ohne Waffen; zu Pferde oder zu Fuß.«

Die Spannung im Saal konnte man fast mit Händen greifen.

Jetzt würde dieser betrunkene Narr alles zerstören, was König Pedro monatelang so sorgfältig geplant hatte! Als er sich erhob, scharrte auch der Stuhl an seiner Seite; Graf Gaston war ebenfalls aufgestanden. »Der Wettkampf beginnt übermorgen«, erklärte er ruhig und in freundlichem Ton. »Offensichtlich haben wir uns dank König Pedros großzügiger Gastfreundschaft im Tag geirrt. Heute abend wird nicht gekämpft.«

15. Kapitel

Als er das Hufgetrappel gehört hatte, war ihm vor Schrecken fast das Herz stehengeblieben. Doch dann atmete er ruhig durch, packte Prinz Juan am Arm und zog ihn zurück auf die Landstraße. Das Geräusch wurde lauter und übertönte bald das Plätschern des Flusses. Prinz Ahmed spähte in die Dunkelheit und versuchte auszumachen, wann die Reiter nahe genug herangekommen sein würden.

Prinz Juan, der seit dem Verlust seines Gehörs besser sehen konnte, erkannte die Männer zuerst. Sofort fing er an, wie betrunken zu taumeln. Prinz Ahmed folgte seinem Beispiel und stimmte dabei grölend und lallend ein spanisches Lied an.

»Auf den Schwingen der Liebe
Trieb's mich zu Maria hin.
In einer schmutzigen Gasse
Da wohnt meine Königin,
Ich sang vor ihrem Fenster
Von Liebe ewiglich,
Da öffneten die Läden
Ein ganz klein wenig sich,
Dann hab' ich ihre Stimme
Aus luft'gen Höhn gehört
Sie rief nur ›Vorsicht Nachttopf‹
Und hat ihn ausgeleert!«

»Wer da!« Der Anführer der Gruppe hatte die beiden schwankenden Gestalten entdeckt. Das Hufgetrappel verstummte,

als die Reiter ihre Pferde zügelten. Der Anführer des Trupps war jetzt nur noch wenige Meter von den beiden Prinzen entfernt. Außer dem Knirschen des Zaumzeugs und dem Schnauben der Pferde war es totenstill.
Durch halbgeschlossene Lider erkannte Prinz Ahmed, daß der Anführer die Uniform eines Hauptmanns der königlichen Palastwache trug. Er torkelte zu dem Mann hinüber und blickte zu ihm auf. »Ach, Maria, schönste Maria, du hast dich an deinem Fenster gezeigt!« rief er aus.
»Aus dem Weg, du stinkender Säufer!« brüllte der Hauptmann und hob drohend die Reitpeitsche.
»Vorsicht, Nachttopf!« schrie Prinz Ahmed. »Maria leert ihren Nachttopf aus!« Er packte Prinz Juan am Arm und zog ihn an den Straßenrand; gerade noch rechtzeitig, um der Peitsche des Hauptmanns auszuweichen.
»Vorwärts!« befahl der Hauptmann, und sofort war wieder das Donnern der Hufe zu hören, das sich rasch in der Ferne verlor. Erst als die Reiter in der Dunkelheit verschwunden waren, ließ Prinz Ahmed den Arm des Freundes los. Sie waren den Wachen des Königs entkommen.
Sofort eilten sie zurück zur Ruine der Brücke. Diesmal ging Prinz Juan vorneweg, und die beiden kletterten die Uferböschung hinab, bis sie unten am Wasser angekommen waren. Prinz Juan zog die Schuhe aus und ließ sich in die Fluten gleiten.
Angsterfüllt betrachtete Prinz Ahmed das schwarze Wasser. Er zitterte von Kopf bis Fuß wie Espenlaub. Lauf weg, schrie eine Stimme in ihm. Jetzt konnte er endlich Prinz Juans Höhenangst nachvollziehen. Aber beim Gedanken an die Flucht aus dem Gen al Arif erinnerte er sich wieder an Prinzessin Beatrice. Ihre Haut, so weiß wie der Schnee auf der Sierra Nevada, der von den rosigen Tönen der untergehenden Sonne geküßt wurde; ihr Haar, das wie gesponnenes Gold anmutete; ihre Augen, blauer noch als der Himmel im

Sommer. Wenn Prinz Juan seine Angst überwinden konnte, dann konnte er das auch! Nachdem er tief Luft geholt hatte, zog er die Schuhe aus und stellte sie am Ufer ab. Dann drehte er sich mit dem Rücken zum Wasser und stieg hinein. Um sich zu entspannen, ließ er sich auf dem Rücken liegend treiben, und als die Strömung ihn flußabwärts zu tragen begann, benutzte er Arme und Beine, wie Prinz Juan es ihm beigebracht hatte.

Das Wasser drang ihm eiskalt durch die Kleider, doch als er Arme und Beine bewegte, wurde ihm allmählich wärmer. Er betrachtete den Umriß der Brücke und blickte dann hinauf zum dunklen Himmel, wo heute nacht kein Stern zu sehen war. Als er sich das Wasser aus den brennenden Augen wischen wollte, fing er an zu sinken. Angst ergriff ihn. Gütiger Allah, hilf mir! Er riß sich zusammen und versuchte, sich zu beruhigen.

Dann stieß er mit dem Kopf an einen Felsen und tastete nach Grund. Doch seine Füße trafen ins Leere, und er sank wieder. Schließlich spürte er unter den Sohlen einen glitschigen Stein. In seiner Aufregung rutschte er zuerst aus, doch dann hatte er endlich sicheren Boden unter den Füßen. Er stand bis zur Taille im Wasser. Nach Luft schnappend wandte er sich zum Ufer um, wo Prinz Juan einige Meter stromaufwärts schon auf ihn wartete. Er stieg die Böschung hinauf.

Ohne Schwierigkeiten fand Prinz Juan den Eingang zum Tunnel, und die beiden Prinzen schoben den Felsen beiseite, der ihn verdeckte. Bald gähnte ihnen eine schwarze Höhle entgegen, aus der der beißende Gestank von Rattenkot drang. Dazu hörten sie das Scharren unzähliger kleiner Pfoten und das Schwirren von Flügeln. Eine Fledermaus schoß nur wenige Zentimeter an Prinz Ahmeds Gesicht vorbei. Bei Allah, was für ein finsteres Höllenloch!

Prinz Juan ging voran, blieb unmittelbar hinter dem Eingang stehen und tastete die Felswand ab. Dann schob er mit einem

zufriedenen Grunzen Prinz Ahmed einen eisernen, glatten und kühlen Gegenstand in die Hand. Als dieser ihn in das Mondlicht hielt, stellte er fest, daß es sich um eine Fackel handelte.
Er hörte das Schaben eines Feuersteins, sah die Funken und beobachtete, wie sie zu einer kleinen, ruhig brennenden Flamme wurde. Als die Fackel endlich brannte, ergriff Prinz Juan sie und ging voraus. Die Fledermäuse, die kopfüber von der Decke hingen, flatterten davon in die Dunkelheit. Dank des Lichts, das die Fackel verbreitete, fand Prinz Ahmed den Geheimgang weniger angsteinflößend. Allerdings war es feucht und muffig, und der scharfe Harzgeruch der Fackel trug nicht unbedingt zur Verbesserung der Luft bei. Der Gang war eng – gerade breit genug, um einen Menschen durchzulassen – und führte steil bergan. Prinz Ahmed bemerkte einige Stufen, die offenbar dazu dienten, den steilsten Teil des Ganges zu überwinden.
Der Boden des Ganges war mit Kot und toten Ratten übersät, und der Gestank wurde immer ekelerregender. Als Prinz Ahmed etwas Weiches und Glitschiges unter seinem Fuß spürte, drehte sich ihm fast der Magen um; es war eine riesige tote Ratte, die offenbar erst vor kurzem das Zeitliche gesegnet hatte. Der Widerwillen fuhr ihm von den Fußspitzen aus durch den ganzen Körper. Und durch diesen Gang würde Prinzessin Beatrice gehen müssen, um sich zu retten!
Nachdem sie scheinbar eine Ewigkeit weitergegangen waren, erreichten sie zwei lange Treppen. Prinz Juan blieb vor einer Felswand stehen und wandte sich dann nach links. Sie waren angekommen. Prinz Ahmeds Herz pochte rascher, während er zusah, wie sein Begleiter die Fackel in einen eisernen Halter steckte. Nun kam der Augenblick, vor dem er sich am meisten gefürchtet hatte.
Prinz Ahmed besann sich wieder auf das, was ihm an ihrem Plan Sorgen bereitete: Prinz Juan hatte darauf bestanden, als

erster einzutreten, damit Prinzessin Beatrice sich nicht zu Tode erschreckte. Prinz Ahmed sollte sofort folgen, um der Prinzessin den Plan zu erklären, da es zu lange dauern würde, wenn Prinz Juan alles aufschrieb. Dann sollte er sich zurückziehen, damit die beiden Geschwister ein wenig Zeit allein verbringen konnten. Er würde im Geheimgang auf sie warten. Was Prinz Ahmed allerdings an diesem Plan störte, war das Versprechen, das er Prinz Juan gegeben hatte: Falls sein Begleiter im Zimmer seiner Schwester entdeckt werden sollte, sollte er, Prinz Ahmed, fliehen und später zurückkehren, um die Prinzessin zu retten. Jedoch erschien der Gedanke, einen Freund in der Not im Stich zu lassen, Prinz Ahmed so verachtenswert, daß er sich lieber durch eine unverfänglichere Überlegung ablenkte: Wohin waren nur die Fledermäuse verschwunden?

Das Klopfen an der Tür hatte Prinzessin Beatrice Angst eingejagt. Es war bereits nach Mitternacht. So etwas war noch nie vorgekommen, und Prinzessin Beatrice mußte sogleich an die unheilvollen Vorahnungen denken, die sie schon den ganzen Abend plagten. Rasch rief sie sich wieder ins Gedächtnis, daß die Frauengemächer des Palastes gut bewacht wurden. Außerdem hatte das Klopfen ganz leise geklungen. Da sie die Tür niemals abschloß, hätte ein nächtlicher Besucher, der ihr Schaden zufügen wollte, einfach hereinkommen können.

Sie faßte sich wieder, stand auf, zog ihren weißen Morgenmantel über und lief zum Spiegel hinüber, um sich das Haar zu glätten. Sie warf einen Blick auf die blaugewandete Statue der Heiligen Jungfrau Maria und sprach ein leises Gebet.

Dann ging sie zur Tür und legte ein Ohr gegen das Holz. »Wer ist da?« fragte sie.

»Ich bin es, Teresa. Verzeih, daß ich dich so spät noch störe, aber ich muß dich unbedingt unter vier Augen sprechen.«

Prinzessin Beatrice unterdrückte eine Bemerkung, die sich auf die späte Stunde bezog. Teresa war eine vollbusige junge Frau aus Barcelona, die Tochter eines Fischers. Sie war mit einem jungen Tänzer namens Lopo Reyes nach Toledo gekommen, um hier ihr Glück zu machen. Doch Lopo hatte bei einer Messerstecherei den Tod gefunden, und Teresa war mittellos zurückgeblieben. Daraufhin hatte sich der Gemeindepfarrer, Vater Dominik, der jungen Frau angenommen und ihr eine Stellung als Magd in der Palastküche verschafft. Dank ihrer lebensfrohen Art, ihrer funkelnden braunen Augen, ihrer olivfarbenen Haut und ihres üppigen schwarzen Haars hatte es Teresa bald bis zur Kammerzofe gebracht, und es hieß, daß der *major domo* des Palastes, Ramon Castro, hierbei seinen Einfluß geltend gemacht hatte. Dieser war ein magerer Mann über sechzig, der eine dicke Frau und eine große Familie hatte. Teresa gab sich ihm heimlich hin. Aber Prinzessin Beatrice kümmerte es wenig, auf welche Weise Teresa in dieser Welt vorankam, denn sie war stets freundlich, gehorsam und tüchtig.

Teresa schlüpfte zur Tür hinein. Sie trug die Dienstmädchentracht des Palastes, die mit weißen Rüschen verziert war. Offenbar war die junge Frau völlig verzweifelt; ihr Gesicht war erhitzt, die Augen waren gerötet, und die Lider vom Weinen geschwollen.

Beatrice empfand sofort Mitleid mit ihr. »Was ist denn geschehen, Teresa?« Sie legte dem Mädchen eine Hand auf die wohlgerundete Schulter. »Komm, setz dich und erzähl es mir.« Sie führte Teresa zu einem der mit weißem Samt gepolsterten Sessel im Vorzimmer.

»Wie könnte ich mich in deiner Gegenwart setzen, Prinzessin!«

»Selbstverständlich kannst du das.« Sanft schob Prinzessin Beatrice ihre Besucherin auf den Sessel und zog sich selbst einen heran. »Und nun erzähl mir alles.«

Gerührt von soviel Freundlichkeit, brach Teresa in Tränen aus. Prinzessin Beatrice wartete, bis sie sich ein wenig beruhigt hatte, zog ein weißes Leinentaschentuch hervor und hielt es der jungen Frau wortlos hin. Diese nahm es mit einem verlegenen Lächeln entgegen und betupfte sich Wangen und Augen.

»Wahrscheinlich würde man mich aus dem Palast jagen oder sogar auspeitschen lassen, wenn du jemandem von meinem Besuch erzähltest«, begann sie.

»Du bist gekommen, weil du weißt, daß ich ein Geheimnis bewahren kann.«

»Ja, Prinzessin. Du bist immer so gut zu mir gewesen, und so wußte ich, daß du mich nicht verraten würdest.« Teresa hielt inne, zog die Nase hoch und wischte sich dann mit dem Handrücken über die Wange. »Ich stecke in ernsten Schwierigkeiten, Prinzessin ...« Sie zögerte, doch dann brachen die Worte aus ihr heraus. »Ich bin schwanger.«

»Heilige Jungfrau Maria!« Für Prinzessin Beatrice, die immer abgeschirmt von der Welt gelebt hatte, kam diese Eröffnung völlig überraschend. Was erwartete Teresa jetzt von ihr? »Wie ist es geschehen?« fragte sie verlegen. »Ich meine, schließlich weiß ich, daß du nicht verheiratet bist. Wer ist denn der Vater?«

Nachdenklich blickte Teresa zu Boden. »Ramon Castro«, erwiderte sie leise, ohne aufzusehen.

Viele Gedanken schossen Prinzessin Beatrice durch den Kopf. Schwanger von einem verheirateten Mann! Und dazu noch von einem, der das Vertrauen des Königs genoß! Die arme Frau steckte wirklich bis zum Hals in Schwierigkeiten.

Als ob sie ihre Gedanken gelesen hätte, fing Teresa wieder an zu sprechen. »Ich habe schon mit Señor Castro darüber gesprochen, doch er beteuert, das Kind sei nicht von ihm. Ich hätte mich mit anderen Männern herumgetrieben und wolle ihm nun ein Kind anhängen. Wenn ich doch nur etwas tun

könnte, damit er mich wenigstens anhört! Ich hätte mich nie einem verheirateten Mann hingeben dürfen; besonders nicht einem, der bereits Kinder hat. Kannst du mir nicht einen Rat geben, wie ich mein Kind ernähren soll, Prinzessin?«
»Ich werde noch mehr für dich tun«, erklärte Prinzessin Beatrice entschlossen. »Meine Mutter kann dich in ein Kloster bringen, wenn deine Zeit gekommen ist, und nachdem das Kind geboren ist, sollst du zurückkehren und in meinen Dienst treten.«
Teresa fiel auf die Knie, ergriff Prinzessin Beatrices Hand und küßte sie. »Dank dir, dank dir, Prinzessin. Ich wußte, daß du mir helfen wirst. Ich stehe auf ewig in deiner Schuld. Möge die Heilige Jungfrau dich belohnen.«
Kaum hatte sie den letzten Satz beendet, als Prinzessin Beatrice ein Klopfen an der Wand ihres Schlafzimmers vernahm. Einen Augenblick lang fragte sie sich, was das wohl sein mochte, doch dann traf sie die Erkenntnis wie ein Donnerschlag. Das Pochen kam aus dem Geheimgang; es war Prinz Juans Klopfzeichen, das er stets benutzt hatte, wenn er sie besuchen wollte; damals, als er ihre einzige Freude in einer kalten, unwirtlichen Welt gewesen war! Ihr Bruder war gekommen! Aber wie? Wie um alles in der Welt war es ihm gelungen, aus Granada zu entfliehen? Gleichgültig – jedenfalls war er nun da, um sie zu retten. Sie entzog Teresa ihre Hand und sprang auf. Die junge Frau sah sie überrascht an.
»Ich muß …«, begann Prinzessin Beatrice, doch dann hielt sie inne. Die Vorsicht gebot, daß Teresa nichts über den Geheimgang und Prinz Juans Rückkehr erfahren durfte. »Wir werden morgen weiter darüber sprechen, Teresa. Versuch, dir keine Sorgen zu machen und ein wenig zu schlafen.« Sie half der jungen Frau auf und schob sie sanft zur Tür.
Wieder klopfte es.

Teresa blieb wie angewurzelt stehen. »Das ...« Ein wissender Ausdruck trat in ihre Augen.
Heilige Jungfrau Maria! Sie glaubt, daß ich einen Liebhaber habe. Fast hätte Prinzessin Beatrice ihrem Dienstmädchen die Wahrheit erzählt, aber sie hielt sich zurück. »Geh jetzt, Teresa«, befahl sie. Als sie Teresas verschwörerischen Blick auffing, befiel sie ein unbehagliches Gefühl.
Sie wartete, bis sich die Tür hinter Teresa geschlossen hatte, und erinnerte sich bestürzt, daß Prinz Juan inzwischen taubstumm war. Also suchte sie Schreibzeug zusammen und eilte dann in ihr Schlafzimmer. Sie schloß die Tür hinter sich und legte das Schreibzeug auf einen Tisch.
Wieder das Klopfen. Das Herz schlug ihr bis zum Halse. Sie lief zur Wand und drückte auf die Täfelung, um Prinz Juan einzulassen.

Mit einem unterdrückten Fluch lehnte sich König Pedro in seinem Stuhl zurück. Graf Gaston tadelte seinen eigenen König. Wie konnte er das nur wagen? Doch das spielte eigentlich keine Rolle. Hauptsache war, daß der Baske das Turnier rettete. Er mußte verhindern, daß dieser betrunkene Grobian seine ganzen Pläne durcheinanderbrachte. Also war es besser, daß Graf Gaston etwas sagte, während er, König Pedro, sich ruhig verhielt und abwartete.
Karl der Böse war herumgewirbelt und sah den Grafen Gaston ungläubig an. Im Saal war es totenstill geworden. Die meisten Gäste beobachteten schlagartig ernüchtert das Schauspiel. »Was ... was hast du gesagt?« fragte König Karl überrascht.
»Ich sagte, daß heute abend nicht gekämpft wird, mein König. Ich möchte dich in aller Bescheidenheit darauf hinweisen, daß das Turnier erst übermorgen beginnt.« Er lächelte. »Oder morgen, um genau zu sein.«
König Karl stieß einen Wutschrei aus. »Du ... mein Unter-

tan ... mein Diener, wagst es, dich einzumischen!« Vor lauter Zorn war auch er wieder nüchtern geworden. Er trat auf den Grafen zu. König Pedro hielt den Atem an.
»Ich habe nicht als dein Untertan, als dein Kanzler oder als dein Diener zu dir gesprochen, mein König.« Ein kalter, herrischer Ton in der tiefen Stimme des Grafen ließ König Karl innehalten. Mit freundlichem Blick sah der Kanzler seinen König an und winkte den Bediensteten herbei, der hinter ihm stand. »Ich spreche als *Chevalier d'honneur* dieses Turniers, das vor vier Tagen begonnen hat und erst morgen abend endet. Wenn du meiner Aufforderung nicht Folge leistest, beleidigst und entehrst du die Damen, die ich vertrete, und verwirkst dadurch dein Recht, am Turnier teilzunehmen.« Fest umfaßte er die Lanze mit der goldenen Spitze, die der zitternde Diener ihm hinhielt. König Pedro atmete geräuschvoll aus. Das war ja besser als im Theater!
König Karl schaute verblüfft drein. Bei dem Versuch, den Nebel in seinem Kopf zu verscheuchen, schielte er fast; schnaubend zerrte er an seinem schwarzen Bart. »Ha!« Er hielt inne, und ein schlaues Funkeln trat in seine Schweinsäuglein. »Heute nacht bist du der *Chevalier*, und selbst der König muß dir gehorchen.« Er sprach zwar ruhig, aber in seinen Augen sprühten Funken. »Doch nachdem das Turnier vorüber ist, sollst du deinem König Rede und Antwort stehen. Bei Gott, das sollt du!« Er grinste hämisch. »Aber in der Zwischenzeit kannst du dich ja hinter Weiberröcken verkriechen.«
Doch Graf Gaston lächelte unbeirrt und ließ die Beleidigung von sich abgleiten. König Pedro kam nicht umhin, der inneren Größe dieses Mannes Bewunderung zu zollen. Warum konnte der Graf denn nicht an seinem Hofe dienen? Aber vielleicht würde es ja eines Tages soweit kommen. »Für mein Handeln als *Chevalier* brauche ich keinem Menschen Rede und Antwort stehen; nicht einmal meinem König«, erwiderte

Graf Gaston. »Um genau zu sein, überhaupt niemandem, abgesehen von den beiden Damen, denen ich diene. Ich habe mich als dein Untertan dir gegenüber stets ohne Fehl betragen, mein König, wenn ich das bescheiden behaupten darf; auch wenn mein Betragen gegenüber Gott oft ein wenig fragwürdig ist. Deswegen flehe ich dich an, mein König, nicht deine Teilnahme am Turnier aufs Spiel zu setzen.« Ein belustigtes Lächeln huschte über sein Gesicht. »Und was das Verstecken hinter Weiberröcken anbelangt, mein König, welch galanteres und angenehmeres Versteck könnte es für einen Mann sonst geben?«

Gelächter erschütterte den Saal. König Karl sah sich verwirrt um und beschloß dann, in das Lachen einzustimmen. Erleichtert atmete König Pedro auf. Graf Gaston, der es verstand, eine Beleidigung zu überhören und sie sogar in einen Scherz zu verwandeln, hatte einen Streit geschlichtet, der gefährliche Folge hätte haben können.

König Karl sah sich nach dem Stuhl um, den er umgeworfen hatte, und sofort eilte ein Page herbei, um ihn wieder aufzustellen. Dann griff der König zu seinem Weinkelch, und auch König Philipp nahm wieder Platz.

»Einen Trinkspruch!« rief König Karl, der nun fast wieder nüchtern war. »Auf den *Chevalier!*« Nur Graf Gaston blieb sitzen, während alle anderen im Saal aufsprangen und ihre Weinkelche erhoben. »Auf den *Chevalier!* Gott segne ihn!«

Die Männer nahmen einen tiefen Schluck, ließen die Kelche auf die Tischplatte krachen und setzten sich wieder. Nur König Karl blieb stehen. »Du verabscheust doch Katzen, nicht wahr, *Chevalier?*« fragte er.

»Sie sind nicht unbedingt meine Lieblingstiere«, antwortete der Gefragte freundlich.

»Gefällt dir eigentlich, was du unter diesen Röcken siehst?« König Karl brach in brüllendes Gelächter aus und ließ sich offenbar zufrieden auf seinen Stuhl fallen.

Die vergangenen Tage hatten Zurika sehr verwirrt. Die Reise von Jaén zum Landhaus hatte sie trotz des herzzerreißenden Abschieds von Pilar sehr genossen. Zum erstenmal im Leben waren sie voneinander getrennt. Doch wenigstens hatte Pilar mit Prinz Ahmeds Hilfe ein Häuschen am Stadtrand erwerben können, und wenn Zurika aus Toledo zurückkehrte, würde sie endlich ein gemütliches Heim haben. In der Zwischenzeit brachte jeder Tag neue Abenteuer, und Zurika fühlte sich Prinz Juan und Aaron Levi immer näher. Endlich hatte sie Freunde, Männer, denen sie vertrauen konnte, und die sie beschützen würden, anstatt sie zu belästigen. Diese Erfahrung war völlig ungewohnt für Zurika, und als sie schließlich ankamen, war sie sich sicher, daß sie für jeden der beiden Männer ohne Zögern ihr Leben geben würde. Was Prinz Ahmed anbelangte, gab es nichts, was sie nicht mit Freude für ihn getan hatte. Sie liebte ihn aus tiefstem Herzen, doch es gelang ihr nie, ihm näherzukommen. Obwohl er sich ihr gegenüber stets höflich, rücksichtsvoll und freundlich verhielt, unternahm er nie einen Versuch, ihr seine Liebe zu zeigen. Was war nur mit dem jungen Prinzen geschehen, mit dem sie jeden Abend ein Stelldichein gehabt, dem sie vorgetanzt hatte?

Sie war gerade erst aufgewacht und stellte fest, daß es weit nach Mitternacht war. Prinz Ahmed und Prinz Juan hatten sich auf den Weg zum Zeltlager gemacht, und Zurika wußte, daß sie noch nicht zurück sein konnten. Sonst hätte sie sie im Nebenzimmer gehört. Seit ihrer gemeinsamen Flucht aus dem Gen al Arif war sie noch nie so viele Stunden von ihnen getrennt gewesen. Konnte es sein, daß die beiden in Schwierigkeiten steckten?

Die Nacht war heiß, und Zurika schwitzte in ihrem seidenen Nachthemd. Sie sah sich im Zimmer um, das von silbernen Hängelampen erleuchtet wurde. Der Raum war groß und roch nach Moschus, der zwei Duftlampen auf einem vergoldeten Tischchen an der gegenüberliegenden Wand entstieg. Die beiden weißen Steintüren waren mit rosafarbenen und weißen Teppichen bedeckt, welche Aaron Levi aus einer Stadt namens Venedig mitgebracht hatte. An den Wänden hingen Ölgemälde, die Gruppen von Damen darstellten.

Kaum zu glauben: Jetzt schlief sie, Zurika, das Zigeunermädchen, in einem prächtigen Zimmer auf einem bequemen Bett mit seidenen Laken, über dem ein rosafarbener Baldachin prangte! Doch heute nacht brachte ihr dieser Gedanke keinen Trost. Sie beschloß, mit Aaron Levi zu sprechen, der um diese Stunde sicherlich noch wie an fast jedem Abend in seiner Bibliothek über der Buchhaltung brütete; drei oder vier Stunden Schlaf waren ihm genug.

Sie erhob sich und zog ihr blaues Gewand über. Die Lebensweise einer feinen Dame, in der die beiden Prinzen und Aaron Levi sie unterwiesen hatten, war ihr mittlerweile zur zweiten Natur geworden. Zwar hatte sie noch immer viel zu lernen, aber es würde ihr schon noch gelingen, und Prinz Ahmed würde stolz auf sie sein. Wenn er erst einmal König von Granada war, würde sie seine oberste Konkubine werden. Er konnte heiraten, sich eine Königin nehmen, mit ihr das Nachtlager teilen oder jede andere Frau in seinem Harem besitzen; aber sie, Zurika, würde seine einzige wahre Liebe bleiben. Jeder Nebenbuhlerin würde sie die Kehle aufschlitzen! Als sie zur Tür ging und den Riegel zurückschob, lachte sie bei dem Gedanken, daß sie tief im Herzen immer noch eine Zigeunerin war.

Aaron Levis Bibliothek lag am anderen Ende der breiten Veranda, die sich in einen Atriumhof öffneten. Noch nie zuvor hatte sie Aaron Levi bei der Arbeit gestört. Also war sie ein wenig ängstlich, als sie an die braune Eichentür klopfte.

»Wer ist da?« rief Aaron mit zitternder Stimme, die nur schwach durch die dicke Tür drang.

»Ich bin es, Zurika!« antwortete sie.
»Komm herein!« An seiner Stimme konnte sie hören, daß er überrascht war.
Als sie eintrat und die Tür wieder hinter sich schloß, erhob sich Aaron Levi. Auf seinem Gesicht lag ein Ausdruck von Besorgnis. Wie immer hatte er sein schwarzes Käppchen auf dem Kopf. Ob er wohl damit zu Bett ging? Dann entdeckte sie erschrocken, daß seine Augen von zwei runden Glasscheiben bedeckt waren, die von einem Rahmen gehalten wurden. Auf der Nase saß ein hölzerner Bügel, und das Ganze war mit einer Schnur am Kopf befestigt.
»Was ist geschehen, Señor Levi?« rief sie aus und deutete mit dem Finger darauf. »Deine Augen ... was hast du mit ihnen getan?«
Ein Lächeln erschien auf seinem Gesicht, und er entblößte zwei Reihen weißer Zähne. Er betastete die Konstruktion mit seiner rechten Hand. »Nichts ist geschehen, mein Kind. Ich würde eher sagen, daß dieses Ding hier in Ordnung bringt, was das Alter zerstört hat. Damit können meine alten Augen besser sehen, weil die Schrift auf dem Papier so größer wirkt. Und das ist besonders wichtig, wenn man sich mit Buchführung beschäftigt. Man nennt dieses Gerät eine Lesebrille.« Er nahm die Brille ab, legte sie auf den Schreibtisch und wies auf einen Stuhl. »Setz dich und erzähl mir, was dich um diese späte Stunde zu mir führt.«
Zurika ließ sich auf der Kante des Eichenstuhls nieder, der mit schwarzem Leder gepolstert war. Sie warf noch einen Blick auf die Brille und unterdrückte ein Gähnen. »So etwas könnte meine Großmutter Pilar gut gebrauchen.« Sie lächelte, und die Verlegenheit fiel plötzlich von ihr ab. »Wenn sie lesen könnte.«
Er hob die grauen Augenbrauen und setzte sich. »Ein guter Gedanke, würdig der Philosophen, die stets nach Wahrheiten suchen, welche es nicht gibt.«

Überrascht riß sie die Augen auf. »Meinst du also, daß es keine Wahrheit gibt?«
Er seufzte. »Ich finde die Wahrheit in meinem einzigen Gott Jahwe und in meiner Religion, die alles in meinem Dasein lenkt: arbeiten, essen, schlafen«, er lächelte spitzbübisch, »und deine Gesellschaft genießen. Ob das nun tatsächlich allgemeingültige Wahrheiten sind, weiß ich nicht, und es kümmert mich auch wenig. Ich denke nicht darüber nach.«
»Hmmm.« Allmählich dämmerte ihr, worauf er hinauswollte. »Also ist nichts wirklich?« Sie dachte an die Gefühle, die Prinz Ahmed ihr entgegenbrachte.
Er wurde nachdenklich. »So weit würde ich nicht gehen, mein Kind.«
Das Gespräch nahm ihr eine zu ernste Wendung. »Wer hat sie dir gegeben, diese – wie nennst du sie? – Brille?« wechselte sie das Thema.
»Sie wurde vor ungefähr fünfundsiebzig Jahren von einem Genie erfunden. Einem Engländer namens Roger Bacon, der außerdem noch einen Stoff entwickelt hat, den man Schießpulver nennt und mit dem man irgendwann einmal die ganze Welt in die Luft sprengen wird.«
Neugierig betrachtete sie den eichenen Schreibtisch, an dem er saß. Auf der Tischplatte stapelten sich in Leder gebundene Bücher. Zwei von ihnen lagen aufgeschlagen da, und die Seiten waren mit schwarzen Schriftzeichen und Zahlen bedeckt. Das war die Arbeit seiner Schreiber und Buchhalter, die im rückwärtigen Teil des Landhauses lebten. Keines dieser Zeichen ergab keinen Sinn für sie, da sie kaum lesen und schreiben konnte. Allerdings hatte Prinz Ahmed auf der Reise begonnen, sie darin zu unterrichten, und Aaron Levi hatte einen Hauslehrer aufgetan, der nun täglich zu ihr kam.
Auf der Weide draußen vor dem Haus blökte ein Bulle in der Stille der Nacht. »Ach! Den Bullen bedrückt etwas.« Aarons dunkle Augen funkelten. »Und was bedrückt dich?«

»Señor, die beiden Prinzen sind noch nicht zurückgekehrt. Ich konnte nicht schlafen, also bin ich zu dir gekommen. Wohin sind sie gegangen? Kann es sein, daß sie sich in Gefahr befinden?«
Ein seltsamer Ausdruck trat in seine Augen. »Sie sind nicht in Gefahr, mein Kind«, beruhigte er sie. »Sie sind in die Zeltstadt gegangen, um sich dort vor dem Turnier ein wenig umzusehen. Schließlich findet es schon übermorgen – nein, morgen – statt.«
»Warum kann Prinz Juan denn nicht einfach in den Palast gehen? Immerhin ist er der Sohn des Königs.« Zwar hatte man ihr das alles bereits erklärt, doch auf diese Weise konnte sie auf die Sorge zu sprechen kommen, die sie wirklich beschäftigte.
»Kein König will einen taubstummen Sohn«, antwortete Aaron Levi geduldig. »Wenn sich Prinz Juan offen im Palast zeigt, wird man ihn in den Kerker werfen.«
»Und was geschieht, wenn Prinz Ahmed morgen das Turnier gewinnt?«
Aaron Levi griff nach einem Federkiel und spielte damit herum. Sein Schweigen und das Blöken des Bullen versetzten Zurika in gereizte Stimmung. »Prinz Ahmed hat dann das Recht, vom König jeden Gefallen zu erbitten, und er wird verlangen, daß Prinz Juan wieder in seinen alten Rang eingesetzt wird«, erwiderte Aaron.
»Ich habe die beiden Prinzen heute nachmittag belauscht. Sie sprachen von Prinz Juans Schwester, einer gewissen Prinzessin Beatrice. Ich glaube, sie wollen sie retten, da sie in den Frauengemächern des Palastes gefangengehalten wird. Ist das richtig?«
Schweigend betrachtete Aaron die Feder in seiner Hand. »Gewiß wollen sie Prinzessin Beatrice retten.« Er seufzte. »Sie mußte fast das gleiche Los erdulden wie Prinz Ahmed, der sein Leben lang in der Alhambra eingesperrt war.«

»Heißt das, daß sie und Prinz Ahmed verwandte Seelen sind?« fragte sie. Eifersucht flammte in ihr auf.

»Das muß nicht unbedingt sein.« Er strich sich über den Bart und wich ihrem Blick aus.

»Und was werden sie tun, nachdem sie die Prinzessin gerettet haben?« Warum sah Aaron Levi sie nicht an?

»Wahrscheinlich wird Prinz Juan im Palast von Toledo bleiben, und Prinz Ahmed wird«, er hielt inne, »Prinzessin Beatrice mit sich nach Granada nehmen.«

»O nein!« Ein gequälter Schrei entrang sich der Kehle des Mädchens. Sie sprang auf, und Tränen der Wut und Trauer traten ihr in die Augen.

Aaron erhob sich, ging rasch um den Tisch herum und legte ihr sanft die Hand auf den Kopf. Sie konnte förmlich spüren, wie er versuchte, ihr Ruhe einzuflößen, doch auch so konnte er ihre Qualen nicht lindern. »Wir sind alle Gefangene der äußeren Umstände, mein Kind.« Zärtlich strich er ihr über das Haar. »Du warst in den Zigeunerhöhlen gefangen, und Prinz Ahmed hat dich befreit. Prinz Juan schmachtete im Kerker der Alhambra und ist immer noch nicht frei, obwohl Prinz Ahmed auch ihn gerettet hat. Nun ist Prinzessin Beatrice an der Reihe, gerettet zu werden, und du mußt dabei helfen. Das ist der Grund, warum wir auf dieser Welt sind: um jenen zu helfen, die sich in Not befinden.« Mit der anderen Hand hob er ihr Kinn, damit er sie ansehen konnte.

Noch nie zuvor hatte sie ein Mann berührt, doch seine väterliche Zuneigung bewegte nichts in ihr.

»Niemals werde ich helfen!« brach es aus ihr hervor, und sie wischte sich mit dem Handrücken über die Nase. Aus tränenfeuchten Augen sah sie ihn traurig an. »Wenn Ahmed, mein Prinz, Prinzessin Beatrice zur Frau nimmt, werde ich sie umbringen!«

Aaron schüttelte traurig den Kopf. »Du bist noch immer eine Gefangene, mein Kind, Gefangene deiner Leidenschaft.«

Während Prinz Ahmed wartete, bis Prinz Juan sich durch den schmalen Türspalt in Prinzessin Beatrices Zimmer geschoben hatte, pochte ihm das Herz bis zum Halse. Nun würde er endlich die Frau seiner Träume sehen und ihre Stimme hören, die sicherlich klang wie Musik!
Nach Monaten der Gefahr, des Wartens, des Hoffens, der Zweifel und der Bemühungen würde es nun endlich geschehen. Sein ganzes Leben hatte er sich nach Liebe verzehrt, und so fiel es ihm nicht schwer, alle Sorgen beiseite zu schieben, und nur noch daran zu denken, daß sich seine Sehnsucht nun endlich erfüllen würde. Hin und wieder hatte er sich gefragt, was Prinzessin Beatrice wohl zu ihm sagen würde; doch das war nur selten vorgekommen, denn er glaubte fest daran, daß sie sein Schicksal war. Außerdem war er sich sicher, daß die langen Jahre der kargen Selbstzucht ihn vollkommen auf seine Aufgabe als Retter vorbereitet hatten.
Einen Augenblick lang beschlich ihn die Furcht, in den Frauengemächern des Palastes entdeckt zu werden – ein Verbrechen, das schwerer geahndet wurde als Mord. Doch als sich die Täfelung quietschend öffnete, verflogen seine Bedenken. Er duckte sich, um Prinz Juan durch die Öffnung zu folgen, aber der Atem stockte ihm.
Im Dämmerlicht der einzigen Öllampe erblickte er Prinz Juans Rücken in einer schwarzen Tunika. Dahinter erkannte er ein weißes Gewand und eine Schulter, über die üppiges blondes Haar fiel. Prinzessin Beatrice warf sich ihrem Bruder in die Arme, preßte den Kopf an seine Schulter und stieß unzusammenhängende Worte hervor, die Prinz Juan nicht hören konnte. »Mein armer, armer Juanito. Was haben sie nur mit dir gemacht?« Ihre Stimme klang gedämpft, hatte aber einen silbrigen Klang. Offenbar war ihr Mitleid mit ihrem Bruder größer als ihre Freude, ihn wiederzusehen. Wie wunderbar!
Prinz Ahmed konnte nur erkennen, daß die Prinzessin groß

und schlank war. Als er den Geißblattduft roch, der von ihr ausging, wurde er von einer stillen Verzückung ergriffen. Sie war das Sinnbild der Vollkommenheit!
Endlich ließ Prinz Juan seine Schwester los und wandte sich lächelnd zu Prinz Ahmed um. Nun sah er ihre vollkommene Schönheit, und ihm stockte der Atem. Das Bild war ein Nichts, verglichen mit ihr selbst. Haar wie gesponnenes Gold, zierliche Figur, eine Haut, so weiß wie der Schnee der Sierra Nevada, und Augen … oh, diese leuchtend blauen Augen, die nun überrascht dreinblickten, weil der Bruder nicht allein gekommen war! Bei Allah! Alles um ihn drehte sich und hielt plötzlich inne, während die Zeit stillzustehen schien.
Zum erstenmal im Leben fühlte sich Prinz Ahmed befangen – wie ein Sterblicher in Gegenwart einer Göttin, denn ihre Schönheit war ganz sicherlich göttlich. Er verbeugte sich tief, und als er sich wieder erhob, stellte er fest, daß sich ihre Augen geweitet hatten. »Ich bin Prinz Ahmed, der einzige Sohn König Yusufs I. von Granada und wahrscheinlich immer noch sein Thronfolger.« Er hielt inne und beobachtete gebannt, wie ein Ausdruck des Erkennens in ihr Gesicht trat. »Ich bin mit deinem Bruder Prinz Juan gekommen, um dich zu befreien, wenn du es wünschst.«
»Horn!« flüsterte sie.
Er verstand nicht. »Horn, Prinzessin?«
»Ja, Horn.« Sie flüsterte immer noch. Dann schüttelte sie ungläubig den Kopf. »Das werde ich dir später erklären. Doch nun erzähl mir von eurem Plan.«
Beim Sprechen betrachtete sie immer noch prüfend sein Gesicht. Während Prinz Juan den Plan erklärte, schüttelte sie immer wieder verblüfft den Kopf. »Prinz Juan wird mich trotz der großen Gefahr begleiten und meine Schulter mit seinem Schwert berühren, als Zeichen dafür, daß er als Prinz von königlichem Geblüt mich für wert befindet, am Turnier teil-

zunehmen«, schloß er. »Dann werde ich den Sieg davontragen, und du wirst frei sein.«
Seine Augen suchten nach einem Zeichen, daß sie dann seine Frau werden würde, doch er entdeckte keines. Enttäuschung ergriff ihn, und er spürte eine eigenartige Leere. Aber seine Liebe beflügelte ihn, selbstbewußt weiterzusprechen. »Falls ich unterliege, werden Prinz Juan und ich morgen nach Mitternacht durch den Geheimgang kommen und dich mitnehmen. Nach dem Turnier werden alle feiern und sich betrinken; also ist das der geeignete Zeitpunkt für eine Flucht. An der Landstraße warten schnelle Pferde auf uns, und bis es hell wird, werden wir weit genug von Toledo entfernt und vor Verfolgern sicher sein. Ich habe dafür gesorgt, daß wir auf dem Weg nach Granada mehrere Male die Pferde wechseln können. Sind wir erst einmal dort angekommen, wirst du endlich in Sicherheit sein.« Wieder schüttelte sie erstaunt den Kopf. »Horn!« flüsterte sie nur.
»Stimmst du zu, Prinzessin?« fragte er verwirrt, da sie stets nur das gleiche Wort wiederholte.
Sie nickte.
»Ich werde jetzt in den Geheimgang zurückkehren und beim Eingang warten, damit dein Bruder und du eine Zeitlang allein miteinander verbringen könnt. Bitte schließt hinter mir die Tür, und faßt euch kurz. Wenn der gnädige Allah es will, werdet ihr bald soviel Zeit haben, wie ihr es euch wünscht.«
Lächelnd verbeugte er sich, und Freude ergriff ihn. Sie war sein Schicksal. Sie gehörte ihm, und er gehörte ihr!
Die Täfelung schloß sich quietschend, und er war allein. Doch nun erschien ihm der Harzgestank der brennenden Fackel wie ein köstliches Parfüm.
Unzählige Gedanken, Pläne und Hoffnungen wirbelten ihm im Kopf herum. Jetzt würde sein Traum Wirklichkeit werden. Doch sie war Christin und er Moslem. Wie würden sie diese Schwierigkeit überwinden? Würde sie seinen Glauben anneh-

men? Würde ihr Vater, König Pedro, verlangen, daß er Christ wurde, wenn er das Turnier gewann? Niemals! Niemals würde er seinen Glauben aufgeben!
Niemals? Ein sehr großes Wort, und nur Allah wußte, was die Zukunft bringen würde. Ein neuer Gedanke schoß ihm durch den Kopf. Die Liebe hatte es schon lange vor dem Christentum oder dem Islam gegeben. Die Liebe würde einen Weg finden.
Zuerst hörte er es nicht, so versunken war er in seine Gedanken. Doch dann fuhr er auf. Aus Prinzessin Beatrices Schlafzimmer drang ein lautes Poltern. Dann ertönte ein Aufschrei, und eine Tür wurde krachend aufgebrochen. Die Prinzessin rief um Hilfe, Befehle wurden gebrüllt; dann Fußgetrappel und eine rauhe Männerstimme, die den Tumult übertönte. Bei Allah, Prinz Juan war entdeckt worden!

16. Kapitel

War es das unheimliche Schweigen oder ein Geräusch gewesen, das ihn geweckt hatte? König Yusuf sah sich in seinem Schlafgemach um und wünschte sich, das Lampenlicht wäre heller gewesen. Im rosigen Licht der vier Lampen, die Tag und Nacht in seinem Zimmer brannten, konnte er nichts Außergewöhnliches erkennen. Kein Eindringling schlich über die weißen Marmorfußböden, die mit bunten Teppichen bedeckt waren. Kein Feind kauerte hinter den Diwanen oder den niedrigen, mit Einlegearbeiten verzierten Marmortischen. Die kleinen Statuen aus Ebenholz und Gold in ihren Wandnischen standen da wie immer, und auch die flämischen Wandteppiche hingen noch genauso da wie vor einigen Stunden, als er zu Bett gegangen war.

Trotz der kühlen Laken aus golddurchwirkter Seide wurde ihm auf einmal warm in seinem Bett. Es würde ein heißer Sommer werden. In den Tagen des maurischen Reiches hatten die Herrscher die Sommermonate im Norden verbracht, wo es kühler war. Er warf die Decke beiseite und ließ die Hand über die Bettkante baumeln, um sich zu entspannen.

Bald würde er die Sommer in Pamplona zubringen können. Er hatte Nachricht aus Fez erhalten, wo noch immer König Abu Hassan regierte. Sein Glaubensbruder brannte darauf, sich für die bittere Niederlage zu rächen, die er vor elf Jahren bei der Schlacht von Salado hatte hinnehmen müssen. An diesem Tag hatte sein Vormarsch in die östliche Mittelmeerregion Spaniens ein Ende gefunden, und sein tapferster General, Abdul Malik, war gefallen. In einunddreißig Tagen, am Ende des christlichen Monats Juli, würden fünfzigtausend maurische Soldaten von Marokko aus nach Algeciras übersetzen und nach Granada marschieren. Dann konnte sein *jihad* gegen die ungläubigen Christen beginnen.

Wegen dieser Nachricht war König Yusuf immer noch guter Stimmung. Vielleicht würde er bei der Eroberung Toledos auch seinen Sohn Prinz Ahmed wiederfinden. Der Prinz mußte sich dort befinden, da er doch mit dem taubstummen Prinz Juan geflohen war. Von den beiden Flüchtigen hatte König Yusuf bislang nichts gehört. Obwohl er Kundschafter in alle Himmelsrichtungen ausgesandt hatte, schienen die Prinzen wie vom Erdboden verschluckt. Wie war ihnen das nur geglückt? Waren sie etwa irgendwo in der Wildnis zu Tode gekommen? Beim bloßen Gedanken an diese Möglichkeit krampfte sich ihm der Magen zusammen. Was würde die Eroberung des christlichen Nordens ihm nutzen, wenn er keinen Thronfolger mehr hatte? Und ohne Thronfolger wuchs mit jedem Fußbreit Land, den er eroberte, auch die Wahrscheinlichkeit, daß man versuchen würde, ihn zu ermorden. Was Abu Hassan anbelangte, hatte König Yusuf keine Bedenken. Sein Glaubensbruder wollte nichts weiter, als dem Islam neue Gebiete zu erschließen, wo er brandschatzen, morden und plündern konnte. Für den zukünftigen Herrscher von ganz Spanien stellte er keine Bedrohung dar. Vielmehr waren es die Feinde im eigenen Palast, die König Yusuf fürchten mußte. Da war zum Beispiel sein Wesir Farouk Riswan. Einst hatte er ihm geholfen, den Thron zu erringen, aber in der letzten Zeit machte er den Eindruck, als habe er sich gegen seinen König verschworen. Der große, hagere Riswan hatte es sicherlich auf den Thron abgesehen; vor allem jetzt, da der Thronerbe verschwunden war.

In den vergangenen Monaten war König Yusuf klargeworden, daß er einen schweren Fehler begangen hatte. Er hätte seinen Sohn nicht von der Welt abschirmen sollen, um ihn vor den

Gefahren der Liebe zu schützen. Jetzt hatte diese falsche Entscheidung verheerende Folgen gezeitigt. Außerdem dämmerte dem König allmählich, daß er sich selbst der väterlichen Liebe beraubt hatte, indem er seinem Sohn dieses Gefühl verweigerte. Damals, vor neunzehn Jahren, hätte man auch beachten sollen, was die Sterne für ihn, den König, vorhersagten.

Nun war ihm nichts geblieben als der heilige Krieg, die Eroberung und die Hoffnung, entweder durch diese das Paradies zu erringen, oder – falls er im Kampf fallen sollte – sofort dorthin zu gelangen. Sein Leben war auf eigenartige Weise leer geworden, und keiner der Erfolge, die er in der Zeit seiner Herrschaft errungen hatte, konnte es füllen. Mariam, seine mädchenhafte Gattin, die er mehr als alles auf der Welt geliebt hatte, war ganz plötzlich an einem Anfall gestorben. Sein Sohn war aus dem Palast geflohen. Außerdem hatte er nicht einmal die Genugtuung gehabt, diesen alten Narren Abou bon Ebben hinrichten zu lassen. Vielleicht wollte ihn der allmächtige Allah für irgend etwas strafen. Oder war es gar der alte Jude, der aus dem Grab die Hände nach ihm ausstreckte? Allerdings waren all seine Sterndeuter der Ansicht, daß sein Leben zur Zeit seinen Höhepunkt erreicht hatte. Sterndeuter, solche Narren!

In diesem Augenblick stieg König Yusuf ein übler Geruch in die Nase. Auf der Stelle wußte er, was ihn geweckt hatte. Als der kalte, schleimige Körper über seine rechte Hand kroch, erstarrte er vor Furcht. Ohne sich zu bewegen, blickte er auf seine Hand hinab.

Beim Anblick der Natter stockte ihm der Atem.

Entrüstet sah die Prinzessin Beatrice die Männer an, die in ihr Schlafzimmer stürmten. Als sie allerdings entdeckte, daß es ihr Vater war, der sie anführte, sank ihr das Herz. Daß der König von zwei Wachen in rotweißer Uniform begleitet wur-

de, verstand sie, aber was hatte Ramon Castro, der *major domo*, hier zu suchen? Ängstlich erkannte sie den Ausdruck des Zornes in den Augen ihres Vaters, senkte den Blick und wartete auf seinen Wutausbruch.
»Offenbar hast du heute nacht Familienbesuch«, bemerkte König Pedro mit einem kalten Hohn, der schlimmer war, als wenn er getobt und geschrien hätte.
Doch Prinzessin Beatrice blickte weiterhin zu Boden.
»Antworte!« rief der König.
»Ja, mein König.« Nur mühsam kamen die Worte ihr über die Lippen.
»Wie ist er hereingekommen?«
Prinzessin Beatrice wußte, daß sie Zeit gewinnen mußte, damit Prinz Ahmed fliehen konnte. Also wies sie mit dem Kopf nach der Tür, durch die ihr Vater gerade den Raum betreten hatte.
»Verlogenes Miststück!«
Er hob die Hand, um sie zu schlagen, doch gelähmt vor Angst fuhr sie nicht einmal zurück.
Prinz Juan stieß ein unverständliches Lallen aus und warf sich zwischen Vater und Schwester, um den Schlag abzufangen.
»Du dreckiger Krüppel, willst du dich mir widersetzen?« brüllte der König. Er holte aus und schlug Prinz Juan gegen die Schläfe, daß dieser zu Boden stürzte.
Dann wandte sich König Pedro an die Wachen. »Ergreift ihn und werft ihn in den tiefsten Kerker! Und zu niemandem ein Wort, wenn euch euer Leben lieb ist!« Ungerührt sah er zu, wie die beiden Wachen den besinnungslosen Prinz Juan bei den Armen packten und aus dem Gemach schleppten. »Falls irgend jemand davon erfährt, werde ich euch auspeitschen lassen und euch bei lebendigem Leib den Ameisen zum Fraß vorwerfen!« rief er ihnen nach. Dann fiel die Tür ins Schloß.
Der König nickte Ramon Castro zu. »Dank dir, *major domo*, daß du uns diesen ... Verrat so rasch zur Kenntnis gebracht hast.«

»Es ist das Mädchen Teresa, dem wir alle danken müssen, mein König«, antwortete Ramon Castro mit heiserer Stimme. »Sie ist gerade eben bei der Prinzessin gewesen, um nach dem Rechten zu sehen, weil sie weinte und nicht schlafen konnte. Trotz der späten Stunde hat die Prinzessin sie in ihrem Vorzimmer empfangen, was Teresa argwöhnisch machte. Ihr Verdacht wurde bestätigt, als sie ein Klopfen aus dem Schlafgemach hörte und feststellte, daß die Prinzessin sehr aufgeregt war. Da sie befürchtete, daß jemand eingebrochen haben könnte, suchte sie mich sofort auf. Glücklicherweise habe ich in letzter Zeit im Palast übernachtet«, beim Grinsen entblößte Castro gelbe Zähne, »damit ich meine Pflichten besser erfüllen kann. Schließlich findet zur Zeit ein wichtiges Ereignis hier in Toledo statt, das für unser ganzes Königreich von Bedeutung ist. Wie du weißt, hielt ich die Angelegenheit für wichtig genug, um dich, mein König, davon in Kenntnis zu setzen.«
Also war sie von Teresa verraten worden, der jungen Frau, mit der sie solches Mitleid gehabt hatte! Prinzessin Beatrice erschauderte. Ging es so in der Welt zu? Keine Dankbarkeit, kein Ehrgefühl! Waren alle Menschen so? Oder waren es nur die niedrigen Stände, die so tief sanken? Warum hatte Teresa ihr das angetan? Offensichtlich, um sich bei ihrem Liebhaber einzuschmeicheln und ihn dazu zu bringen, das ungeborene Kind als das seine anzuerkennen.
»Du sollst reich belohnt werden, *major domo*.« Diese Worte des Königs bestätigten Prinzessin Beatrices Vermutungen. »Du verstehst doch sicherlich, wie wichtig es ist, daß dieser Vorfall geheim bleibt«, fuhr er fort. »Schärfe dies auch dem Mädchen ein. Wie sagtest du noch einmal, war ihr Name?«
»Teresa, mein König.«
»Was wollte Prinz Juan heute nacht hier? Wie ist er hereingekommen?« Wütend wandte sich der König an Prinzessin Beatrice. Da die Antwort ausblieb, schüttelte er grimmig den

Kopf und sah sie drohend an. »Laß uns jetzt allein, *major domo*, damit wir unsere Tochter befragen können«, befahl er. Nachdem die Tür hinter Castro ins Schloß gefallen war, blickte der König nach der Wandtäfelung hinüber, durch die Prinz Juan hereingekommen war. Nur er und ihre Mutter wußten noch von der geheimen Tür. Prinzessin Beatrice stockte der Atem. Wahrscheinlich wartete Prinz Ahmed noch hinter der Tür.

Als Prinz Ahmed klar geworden war, daß Prinzessin Beatrice und Prinz Juan in Lebensgefahr schwebten, hätte er am liebsten gegen die Geheimtür gehämmert und sich Zutritt verschafft. Allerdings erkannte er sofort, daß das eine Torheit gewesen wäre, und sein Kopf wurde wieder klar. Dennoch konnte er sich von seinen Gefühlen nicht frei machen. Zumindest sollte er bleiben, wo er war, und den Freund nicht im Stich lassen. Doch dann erinnerte er sich wieder an das Versprechen, das er Prinz Juan gegeben hatte. Es war doch klüger, die Fackel aus ihrer Halterung zu nehmen und die Stufen hinabzusteigen. Während er treppab hastete, knisterte die Fackel, und der Geruch des Harzes stieg ihm in die Nase. Das gedämpfte Gebrüll des Mannes im Schlafgemach wurde leiser und leiser. Prinz Ahmed roch seinen eigenen Angstschweiß.

Als er den engen Gang entlangrannte, verliefen seine Gedanken trotz der Angst allmählich wieder in geordneten Bahnen. Es war, als würden Herz und Verstand ein voneinander unabhängiges Dasein führen, und er stand zwischen ihnen, ohne zu wissen, wohin er sich wenden sollte. Einerseits war da die Furcht, von den Wachen ergriffen zu werden, andererseits wußte er, daß er Prinzessin Beatrice unbedingt retten mußte. Den Gestank verwesender Rattenkadaver und die huschenden Pfoten nahm er nicht mehr wahr. In seinen Gedanken versunken, erkannte er erst am Plätschern des Flusses, daß er den Ausgang des Tunnels jeden Augenblick erreicht haben mußte. Er lief auf die erleuchtete Öffnung zu. Dort angekommen, löschte er die Fackel und steckte sie wieder in ihre Halterung. In der plötzlichen Finsternis konnte er nicht die Hand vor Augen sehen, stolperte und wäre zu Boden gefallen, wenn er sich nicht mit ausgestreckten Armen abgestützt hätte.

Den Felsen, der den Eingang zum Tunnel verdeckte, würde er nicht zurückschieben. Vielleicht würde er den Geheimgang ja noch einmal benützen müssen. Wie mochte es wohl Prinzessin Beatrice und Prinz Juan ergangen sein? Der Gedanke daran ließ ihn nicht los. Gütiger Allah, steh ihnen bei!

Die kühle, frische Luft draußen war so heilsam wie der Segen eines *imams*; jedoch konnte auch sie die Seelenqualen des Prinzen nicht lindern. Schuldgefühle und Furcht hinderten ihn daran, den blauen Nachthimmel über sich zu bewundern, den Duft der Eukalyptusbäume zu genießen und das Rascheln der Blätter zu hören. Eine Zeitlang stand er da und atmete tief durch, um die muffige Luft aus seinen Lungen zu vertreiben. Dann warf er einen Blick auf die Straße, wo ihm bewegte Schatten verkünden würden, ob er vom Palast aus verfolgt wurde.

Auf der felsigen Uferböschung arbeitete er sich flußaufwärts vor. Wenn er sich hier über den Fluß treiben ließ, würde er wieder an der Stelle ankommen, wo Prinz Juan und er ihre Schuhe gelassen hatten.

Diesmal empfand er das kühle, reißende Wasser trotz seiner Angst als angenehm. Während er sich quer zum anderen Ufer treiben ließ, schossen ihm unzählige Gedanken durch den Kopf; allmählich entstand ein Plan. Doch plötzlich wurde er von einem scharfen Schmerz wieder in die Gegenwart zurückgeholt; er war mit dem Kopf an einen Felsen gestoßen. Er warf sich herum und ließ langsam die Beine sinken. Erleichtert stellte er fest, daß seine Füße festen Boden berührten.

Jetzt war es gleichgültig, daß er bis auf die Haut durchnäßt war.
Dank dir, allmächtiger Allah!
Endlich stand er am Ufer und atmete tief durch. Kühl drang ihm die Nachtluft durch die Nase. Bald hatte er seine Schuhe gefunden, setzte sich auf einen Stein und zog sie an. Beim Aufstehen fiel sein Blick auf Prinz Juans Schuhe. Er hob sie auf und drückte sie an seine Brust. Sie fühlten sich kalt und hart an wie die Mauern des Kerkers in der Alhambra, den er einmal als kleiner Junge hatte besichtigen dürfen. Der Schmerz schnürte ihm die Kehle zu. Feierlich erhob er die Augen zum Himmel und schwor beim allmächtigen Allah, Prinz Juan zu retten, auch wenn es ihn das Leben kosten sollte.

Nur einen Augenblick lang war König Yusuf vor Angst wie gelähmt. Rasch hatte er sich wieder gefaßt und beobachtete die Natter, während er überlegte, was er tun sollte. Schon bei der kleinsten Bewegung würde die Schlange blitzschnell zubeißen. Er hielt den Atem an. Irgend jemand hatte die Natter in sein Schlafgemach gesetzt; jemand, der gewußt haben mußte, daß die Wärme seines Bettes das Tier anziehen würde. Das war eine alte List, deren sich Königsmörder immer wieder gern bedienten.
Laß die Schlange weiterkriechen, aber verhindere, daß sie zubeißt, riet ihm eine innere Stimme. Aber wie? Die Natter hatte sich um seinen Arm geringelt. Ihr Kopf lag auf seinem Ellenbogen. Mit scharfen Augen beobachtete das Tier das Bett und züngelte. Konnte er sie durch pure Willenskraft zwingen, von ihm abzulassen? Was für ein törichter Gedanke! Doch was sollte er sonst tun?
Im gleichen Augenblick wußte er die Antwort.
Glücklicherweise baumelte sein linker Arm über der Bettkante. Er gab sich alle Mühe, den Oberarm still zu halten, und

winkelte den Unterarm ganz langsam an. Dabei versuchte er, entspannt zu bleiben, und bog den Arm Zentimeter um Zentimeter, bis seine Fingerspitzen fast die Schulter berührten. Die Schlange hatte aufgehört, auf seinem nackten Arm nach oben zu kriechen. Sie schien ihn zu beobachten. Irgend etwas hatte das Tier vor der drohenden Gefahr gewarnt.
Während König Yusuf den restlichen Körper vollkommen still hielt, schob er seine Hand ganz langsam zur Schlange hinüber. Als er die Natter fast erreicht hatte, hielt er inne. Er war in Schweiß gebadet. Hoffentlich würde er jetzt nicht abrutschen.
Blitzschnell griff er nach dem Hals der Schlange, die sofort nach ihm schnappte – aber zu spät. Mit der Kraft der Verzweiflung umklammerte König Yusuf ihren Leib. Das abscheuliche kleine Maul öffnete sich, die Zunge trat hinaus, der Körper des Tieres erstarrte in seiner Hand. Dann begann die Schlange sich zu winden, um sich aus König Yusufs tödlichem Griff zu befreien. Jetzt wagte der König wieder, Luft zu holen. Der Schweiß brach ihm aus. Mit zusammengebissenen Zähnen drückte er fester zu, wobei ihm vor Anstrengung fast die Augen aus den Höhlen traten. Endlich erschlaffte der Körper der Schlange.
Erleichtert atmete König Yusuf auf und wickelte sich das abscheuliche Tier vom Arm. Der allmächtige Allah hatte ihn gerettet. Einen Augenblick lang dachte er an die ägyptische Königin Cleopatra, die sich eine Natter an den Busen gehalten hatte, als sie sterben wollte. Doch wie war eine nordafrikanische Schlange nach Granada und ins königliche Schlafgemach gekommen?
Es gab also jemanden im Palast, der seinen Tod wünschte.

Obwohl König Pedro inzwischen wieder nüchtern war, konnte er seinen Zorn kaum im Zaum halten.
Wenn man ihn hinterging, konnte er schrecklich in Wut gera-

ten, doch die vielen Jahre auf dem Thron hatten ihn Selbstbeherrschung gelehrt. Könige sollten sich nicht von den Gefühlen des Augenblicks leiten lassen.
Doch wenn er sich erst einmal wieder beruhigt hatte und es nicht mehr notwendig schien, Klugheit und List an den Tag zu legen, kehrte die Wut zurück. Meist war sie stärker als zuvor, weil er sie so lange hatte unterdrücken müssen – wie aufgestautes Wasser, das sich seinen Weg durch einen geborstenen Damm bahnt. Dann gewann sein grausamer Wunsch, anderen Leid zuzufügen, die Oberhand.
Allerdings sah er im Augenblick noch einen weiteren Grund, seinen Zorn zu zügeln: Außer Prinz Juan mußten noch andere an dem Plan beteiligt sein. Wenn ja, war es bestimmt ein leichtes, sie zu ergreifen.
In diesem Augenblick wurde dem König schlagartig bewußt, daß es sich hier auch um eine Verschwörung gegen ihn handeln konnte. Vielleicht hatte Prinz Juan ja im Auftrag von anderen agiert, die die Absicht verfolgten, ihn, den König, zu ermorden und den Thron an sich zu reißen. Wenn ja, steckten sicherlich die Mauren dahinter, und Prinz Juans Belohnung für seine Mittäterschaft war die Freiheit!
Die Antwort lag im Geheimgang hinter der Tür in der Wandtäfelung. Außer ihm wußten nur Maria de Padilla und Prinzessin Beatrice von diesem Tunnel. Wie und wann hatte Prinz Juan ihn entdeckt?
Um das herauszufinden, mußte er vorsichtig ans Werk gehen und durfte seiner Wut nicht freien Lauf lassen. Er zog den Gürtel seines Gewandes fester und marschierte entschlossenen Schrittes auf die Geheimtür zu.
»Nein! Nein! Vater, nein!« Mit flehend erhobenen Händen warf sich Prinzessin Beatrice zwischen ihn und die Tür. Tränen strömten ihr die Wangen hinab. Überrascht blieb König Pedro stehen. Die junge Frau war völlig verzweifelt; das lange, goldblonde Haar hing ihr wirr um den Kopf. »Ich flehe dich

an, den Geheimgang nicht zu betreten«, wiederholte sie eindringlich.
Also war auch Prinzessin Beatrice an der Verschwörung beteiligt! Sein Verdacht hatte sich bestätigt, und er sah keinen Grund mehr, Milde walten zu lassen. Er holte mit dem Arm aus und schleuderte seine Tochter beiseite, so daß sie taumelnd zu Boden stürzte. Zufrieden hörte er, wie sie vor Schmerz aufschrie.
Dann drückte er auf die richtige Stelle an der Wand, und die Täfelung begann zurückzuweichen. Als er in den finsteren Gang hinabblickte, stieg ihm der beißende Geruch verbrannten Harzes in die Nase. Es war totenstill.
»Glaubst du, daß sich noch jemand im Geheimgang versteckt hat, Vater?« vernahm er die Stimme seiner Tochter hinter sich. Sie klang so gefaßt, und ihr Tonfall ähnelte so sehr dem seiner geliebten Maria, daß er innehielt. Das gedämpfte Licht aus dem Schlafgemach fiel auf eine Fackel, die in ihrer Halterung steckte; die andere Halterung war leer.
»Wenn du allein in diesen Tunnel gehst, begibst du dich in Todesgefahr.« Er war überrascht über die ruhige Bestimmtheit in ihrer Stimme. War das wirklich seine Tochter, die da sprach? Seine Wut verebbte. »Du möchtest gerne nachsehen, ob Prinz Juan Begleiter hatte. Wir müssen tatsächlich davon ausgehen, daß es viele waren, aber warum solltest du dein Leben aufs Spiel setzen? In diesem übelriechenden Gang könnte ein Mörder mit einem Dolch auf dich warten. Du würdest mutterseelenallein dort unten verbluten und auch nicht klüger sein als zuvor. Die Geschichte hätte dann nichts als Mitleid mit dir.«
Diese Worte hatten ihn getroffen; er wirbelte herum. »Ich werde die Wachen rufen«, schrie er. »Dank für deine Warnung.« Dann fiel sein Blick auf sie. Sie saß nach dem Stoß, den er ihr versetzt hatte, immer noch an die Wand gelehnt da. Auf ihrer Wange leuchtete ein flammendroter Striemen. Doch es

war der Ausdruck in ihren Augen, der ihn nicht losließ. Im Lampenlicht wirkten sie unergründlich blau, ganz ohne Angst, und ihr Blick war so fest und kalt, daß er erschauderte. Undeutlich dämmerte ihm, daß er sie nie hätte schlagen dürfen. Noch nie zuvor hatte sie körperliche Gewalt erfahren müssen. Zwar bereute er sein Handeln nicht, aber er wußte, daß er sie nun für immer verloren hatte. Erinnerungen an ihre Kindheit schossen ihm durch den Kopf; Balgereien im Kinderzimmer, ein lachendes kleines Mädchen, das auf seinem Rücken ritt, während er das Pferd spielte; Maria de Padilla, die zufrieden zusah. Doch diese Gedanken verflogen augenblicklich, als die Stimme seines Kindes, das so plötzlich zur Frau geworden war, das unheimliche Schweigen brach. »Wenn du die Wachen rufst, mein König, wirst du das Geheimnis nicht bewahren können, das dir doch so am Herzen liegt. Mein Bruder ist gekommen, um mich zu besuchen. Er wollte nur wissen, wie du es aufnehmen wirst, wenn dein Sohn als Krüppel zurückkehrt.« Sie wies mit dem Kopf nach dem Schreibzeug auf dem Tisch hin. »Wie du siehst, hatten wir nicht die Zeit, uns auszutauschen. Aber Prinz Juan ist zu sanft, zu gut, um dich zu stürzen. Und seine innere Größe würde ihm einen Verrat nie gestatten.«
Er mußte zugeben, daß sie recht hatte, und stapfte zum Schreibtisch hinüber, wo er mit einem zufriedenen Nicken das Schreibzeug begutachtete. »Woher wußte er von dem Geheimgang?«
»Er hat mich regelmäßig besucht, nachdem du mich so ... grausam in meinem Gemach eingekerkert hattest. Er ist der einzige Mensch auf der Welt, der mich wirklich liebt.«
»Deine Mutter liebt dich«, unterbrach er sie barsch.
»Vergib, daß ich dir widerspreche, Vater, aber du irrst. Meine Mutter liebt dich so sehr, daß in ihrem Herzen kein Platz mehr ist, um einen anderen Menschen zu lieben. Ihre Liebe und Treue zu dir sind stärker als die zu Gott.«

Verblüfft starrte er sie an. Sie hatte bei ihm den einen Punkt berührt, der mit Schlauheit, List, Wut und Grausamkeit nichts zu tun hatte – Maria de Padilla, die seine einzige, alles überragende Liebe war, seine Verbindung zu Himmel und Erde und zum ewigen Leben. Er freute sich, Marias Liebe zu ihm von einer Außenstehenden bestätigt zu bekommen; besonders, da es sich um ihre gemeinsame Tochter handelte. »Du meinst also, sie würde um ihrer Liebe willen jeden, auch dich, opfern?«
»*Ciertamente*. Hat sie nicht mich geopfert, damit du deinen Plan in die Tat umsetzen kannst? Nämlich, mich mit jemandem zu verheiraten, der dir hilft, deinen Ehrgeiz zu befriedigen?«
König Pedro bemerkte die Verbitterung in ihrem Ton und erinnerte sich an Graf Gastons Frage: Hast du deine Tochter nach ihrer Meinung gefragt? Aber dazu war es nun zu spät. Außerdem mußte ein König dem Ruf der Stunde folgen. Er wechselte das Thema. »Warum sollte ich nicht die Wachen rufen?«
Er stellte fest, daß die Minuten nur so dahinflogen. Versuchte seine Tochter, Zeit zu gewinnen, damit Prinz Juans Spießgesellen sich aus dem Staub machen konnten? Als er ein leises Knistern hörte, blickte er auf. Eine Fliege war der Lampe zu nahe gekommen und stürzte mit versengten Flügeln in die Flamme.
»Der Ausgang des Turniers ist für dich lebenswichtig, mein König.« Ihre Stimme klang jetzt noch eindringlicher. »Du hast viel zuviel Zeit, Kraft und Geld für die Vorbereitungen aufgewendet und kannst es dir jetzt nicht leisten, das Gesicht zu verlieren. Wenn bekannt wird, daß dein Sohn, dein einziger Sohn und Thronerbe jetzt taubstumm ist und den grausamen Mauren entfliehen konnte, nur damit der eigene Vater ihn in den Kerker wirft, würde dies das gesamte Turnier verderben. Auch die gekrönten Häupter ganz Europas, die zum Turnier

zusammengekommen sind, würden dich verachten.« Schärfe trat in ihre Stimme. »Dann würden sie dich nicht nur grausam nennen. Schon aus purem Neid würden sie dich verhöhnen. Schließlich hast du als Herrscher viel erreicht, und ein so prächtiges Turnier hat es in Spanien nie zuvor gegeben. Und sie würden dich für einen Narren halten, weil du Prinz Juan in den Kerker werfen ließest, anstatt ihn auszufragen. Sicherlich weiß er viel über die Mauren und ihre Kriegsvorbereitungen, und das kann sich für deinen Feldzug als wichtig erweisen ...« Sie hielt inne. Aus ihren blauen Augen, in denen nun keine Furcht mehr lag, schimmerte ihm eine Grausamkeit entgegen, die ihn erschaudern ließ.

»Du selbst hast den Wachen und dem *major domo* die schrecklichsten Strafen angedroht, falls sie nicht schweigen sollten. Gerechterweise müßtest du dich selbst auspeitschen lassen. Danach würde man dein rohes Fleisch mit Honig übergießen und dich bei lebendigem Leibe auf einen Ameisenhügel binden. Denn dann wärst du es gewesen, der das Geheimnis verraten hätte.«

Völlig verzweifelt holte Prinz Ahmed die Pferde aus dem Stall nahe der Zeltstadt, wo Prinz Juan und er sie zurückgelassen hatten. Als er zu Aaron Levis Landhaus zurückritt, war sein Herz vor Kummer so leer wie der Sattel des reiterlosen Pferdes, das er am Zügel führte. War die Sommernacht kühler geworden, oder kam die Kälte, die er spürte, von innen? Auf seinem Weg die Landstraße entlang begegnete er keiner Menschenseele, denn selbst die Trinker hatten sich um diese Stunde schon in ihre Betten zurückgezogen. Prinz Ahmed zermarterte sich das Hirn, wie er seinen Freund retten sollte, aber der zündende Gedanke wollte einfach nicht kommen.

So sehr war er in Gedanken versunken, daß er fast am Tor des Anwesens vorbeigeritten wäre, das sich zu seiner Rechten in der Dunkelheit erhob. Er zügelte sein Pferd und klopfte mit dem Knauf seines Schwertes kräftig an die Pforte. Sofort war der Lichtschein einer Fackel zu sehen. »Wer da?« fragte eine verschlafene Stimme.

»*Conquistadore*«, antwortete Prinz Ahmed mit dem Losungswort für diese Nacht. Auf der Stelle wurde ein Riegel quietschend zurückgeschoben, eine Kette rasselte, und das Tor ging knirschend auf. In der Öffnung stand eine Gestalt, die in einen schwarzen Umhang mit Kapuze gehüllt war. Im Licht der Fackel, die der Mann in der linken Hand trug, war ein drohend erhobener Stock zu sehen.

Als der Wächter Prinz Ahmed erkannte, ließ er die Waffe sinken. »Willkommen, Señor. Du kommst spät heute. Warst du in der Zeltstadt?«

»*Buenos dias*«, erwiderte Prinz Ahmed, da es mittlerweile fast Morgen war.

Mit dem reiterlosen Pferd am Zügel ritt er langsam am Pförtnerhaus vorbei in den kopfsteingepflasterten Hof, während sich das Tor quietschend hinter ihm schloß. Der Weg führte pfeilgerade zum Haus, das auf einem Hügel erbaut war. Es überragte die Reihe dunkler Bäume, italienische Zypressen, wie Prinz Ahmed wußte. Vor dem Säulengang, der entlang der Vorderfront des Gebäudes verlief, zügelte er sein Pferd. Sofort kamen zwei Stallburschen herbeigelaufen, die offenbar auf seine Rückkehr gewartet hatten. Sie sagten kein Wort, als sie feststellten, daß Prinz Ahmed allein war. Einer der Männer half ihm beim Absteigen, während der andere das reiterlose Pferd wegführte. Prinz Ahmed durchschritt den Säulengang und ging zur Tür. Noch ehe er anklopfen konnte, öffnete sie sich schon. Ein weißgewandeter Diener mit einem schwarzen Käppchen auf dem Kopf verbeugte sich tief.

»Der Herr erwartet dich in seinem Studienzimmer«, sagte er lächelnd, wobei sein Mund strahlend weiße Zähne unter einem schwarzen Schnurrbärtchen entblößte.

Als Prinz Ahmed anklopfte und eintrat, sah er zu seiner Überraschung Zurika bei Aaron Levi sitzen. Sie verbeugte sich tief zur Begrüßung, während Aaron sitzenblieb, wie es seinem Alter geziemte.

»Zurika!« rief Prinz Ahmed aus, nachdem die Tür hinter ihm ins Schloß gefallen war. »Was tust du hier zu dieser späten Stunde?«

»Wo ist Prinz Juan?« fragte sie anstelle einer Antwort. Angst stand in ihren braunen Augen. »Ist er schon auf sein Zimmer gegangen?«

Wortlos schüttelte Prinz Ahmed den Kopf und schluckte, um den Kloß loszuwerden, der ihm in der Kehle saß.

»Bitte, setz dich, Prinz«, forderte ihn Aaron Levi auf.

Prinz Ahmed nahm auf einem Sessel gegenüber von seinem Gastgeber Platz und bedeutete Zurika, sich auch wieder zu setzen.

»Wo ...?« rief Zurika, fast außer sich vor Angst.

»Du mußt sehr müde sein, Prinz«, unterbrach Aaron Levi. »Möchtest du ein Glas Wein? Und deine Kleider sind ganz naß. Hat es heute nacht in der Stadt geregnet? Erzähl uns, was geschehen ist.« Er hielt inne und zwang sich zu seinem üblichen spitzbübischen Lächeln. »Oh, ich vergaß, deine Religion verbietet dir Alkohol. Wie wäre es dann mit Granatapfelsaft oder Wasser?«

»Nein, danke.« Gerührt bemerkte Prinz Ahmed, daß der alte Mann versuchte, ihn aufzuheitern, obwohl er sich sicherlich selbst um den Verbleib von Prinz Juan Sorgen machte.

»Ist er tot?« Zurika war den Tränen nahe.

»Nein.«

»Dank sei Gott und der Heiligen Jungfrau Maria.«

Da Prinz Ahmed noch nie viel Geduld mit Leuten gehabt hatte, die ewig um den heißen Brei herumredeten, kam er sofort zur Sache. »Er wurde von den Wachen des Königs ergriffen, als er seine Schwester besuchte.« Dann berichtete er von den Ereignissen. Am besten war es, wenn Aaron

und Zurika alles erfuhren, denn er brauchte sie als Verbündete.
Sie hörten schweigend zu.
Kaum war Prinz Ahmed am Ende seiner Erzählung angelangt, als Zurika sich schon zu Aaron umwandte. »Darum konnte ich heute nacht nicht schlafen«, brach es aus ihr heraus. »Ich habe das Unheil vorausgeahnt. Der arme Prinz Juan! Statt in der Alhambra sitzt er nun im Palast von Toledo im Kerker! Wir müssen ihn retten, ehe sein Vater ihn umbringen läßt.«
Aaron Levi nickte langsam. »Aber wie?«
»Ja, wie?« wiederholte Prinz Ahmed hilflos. »Hundertmal habe ich jede Möglichkeit durchdacht. Aber ich bin zu keinem Ergebnis gekommen. Der Kerker wird sicherlich gut bewacht.«
»Vielleicht können wir den Prinzen mit einem Lösegeld freikaufen«, meinte Aaron nachdenklich. »Die anderen Geldverleiher haben mir erzählt, daß König Pedro dringend Geld braucht, um den Feldzug gegen dein Königreich, Granada, vorzubereiten, das er gerne erobern möchte.«
Prinz Ahmed erschrak. Die Christen wollten also in Granada einmarschieren! Ein Hindernis nach dem anderen schien sich vor ihm aufzutun. Es war zuviel. Gewiß war das einer jener Lebensabschnitte, in denen die Sterne unglücklich standen. Einen Augenblick lang fragte er sich bedrückt, ob er wohl auch im Turnier unterliegen würde. Doch dann kehrte seine Entschlossenheit zurück. Wenn der allmächtige Allah ihn schon soweit gebracht hatte, würde er ihm auch zum Erfolg verhelfen, solange er jedes Hindernis mutig als Stufe zum Triumph betrachtete. Aber ohne Prinz Juan fühlte er sich ziemlich verlassen.
»Ach, eigentlich ist es ja streng geheim«, sprach Aaron Levi weiter. »Ich weiß es nur, weil König Pedro die Geldverleiher gezwungen hat, ihm für seinen Feldzug ein Darlehen zu

gewähren. Doch davon erzähle ich dir später mehr. Im Augenblick beschäftigen wir uns lieber mit Prinz Juan. Meiner Ansicht nach wird sich der König nicht viel um ein Lösegeld für Prinz Juan scheren, ehe das Turnier nicht vorüber ist.«
Prinz Ahmed schöpfte wieder Mut. »Und wenn ich siege, kann ich als Preis Prinz Juans Freiheit erbitten.«
»Und was kommt dann?« fragte Aaron Levi ernst.
Bis jetzt hatten es alle vermieden, von Prinzessin Beatrice zu sprechen. Ehe Prinz Ahmed antwortete, warf er einen Blick auf Zurika. Doch diese schien in Gedanken versunken. »Prinz Juan und ich sind immer davon ausgegangen, daß König Pedro uns nach dem Turnier nach Granada zurückkehren läßt. Wenn wir vor allen Adligen und seinem eigenen Volk diese Bitte an ihn richten, verbietet es seine Ehre, uns diesen Wunsch abzuschlagen.«
»Ich wollte euch diese Frage nicht eher stellen. Schließlich sind Prinz Juan und du erwachsene Männer und klug genug, um ihre eigenen Entscheidungen zu fällen«, stellte Aaron Levi fest. »Doch seit Prinz Juans Ergreifung ist es meine Pflicht, deiner Verwegenheit ein wenig Vernunft entgegenzusetzen. Was ist, wenn du unterliegst?«
Prinz Ahmed war verblüfft. Weder er noch Prinz Juan hatten diese Möglichkeit jemals ins Auge gefaßt. »Wenn ich verliere, wird man mich als Turnierteilnehmer immer noch mit der gebührenden Achtung behandeln«, begann er. »Wie ich von Prinz Juan erfahren habe, verlaufen Turniere nach strengen Ehrenregeln. Weder der Sieger noch der Besiegte verlieren das Gesicht.«
Mit einem Schnauben hob Aaron Levi den Kopf und blickte Prinz Ahmed an. »Dein Vater König Yusuf hat König Pedros Sohn gefangengenommen und ihn verstümmelt. Warum sollte sich König Pedro nicht an König Yusufs Sohn rächen? Schließlich ist die Gegenseitigkeit doch die Grundlage aller Staatskunst.«

»Prinz Juan wurde in der Schlacht gefangengenommen. Morgen handelt es sich um ein Turnier.«
»Da hast du recht. Doch wer wird dich nun mit seinem Schwert berühren und für dich bürgen, damit du teilnehmen kannst?«
»Das ist freilich eine Frage, die ich mir auch schon gestellt habe. Auf meinem Rückweg vom Palast habe ich beschlossen, mich als Prinz und Thronerbe von Granada zu erkennen zu geben. Mein Rang und meine Geburt und auch mein tadelloser Ruf berechtigen mich, auch ohne Bürgschaft als Herausforderer aufzutreten.«
»Nach den Regeln des Turniers bist du ein heidnischer Moslem.«
»Und du bist ein ungläubiger Jude«, fauchte Prinz Ahmed, der seiner Verbitterung endlich Luft machen mußte.
Aber dieser Seitenhieb entlockte Aaron nur ein Lächeln. »Und im Augenblick arbeiten der heidnische Moslem und der ungläubige Jude gut zusammen.«
»Dann sollten sie einander nicht beschimpfen.«
»Ich habe dich nicht beschimpft, sondern nur versucht, dir zu erklären, was du in König Pedros Augen bist. Aber wenn du meinst ...« Er zuckte die knochigen Schultern.
Prinz Ahmed bedauerte seine Heftigkeit. Er allein hatte den Streit vom Zaun gebrochen, obwohl er diesem alten Juden doch so viel verdankte. »Du hast recht, und es tut mir leid. Bitte vergib mir«, sagte er.
»Du hast heute viel erlebt. Die Pferde gehen mit dir durch.«
»Kein Erlebnis sollte einen Mann dazu bringen, seine guten Manieren, die Höflichkeit und die Dankbarkeit zu vergessen.«
»Jetzt sprichst du wie ein wahrer Prinz. Wir drei hier sind wie eine Familie und müssen uns nicht ständig beieinander bedanken. Doch gute Manieren und Höflichkeit sind in einer Familie sogar noch wichtiger als unter Fremden. Stimmst du mir nicht zu?«

»Prinz Ahmed wird am Turnier teilnehmen, wenn er sagt, wer er wirklich ist«, mischte sich plötzlich Zurika ein.
Prinz Ahmed und Aaron Levi sahen sie beide an. Ihre ruhiger, bestimmter Ton ließ sie aufhorchen.
»Du, Prinz Ahmed, wirst deinen Rang beim Turnier zu erkennen geben und nur den Sieger herausfordern. Du wirst für den Fall, daß du verlierst, dein Leben als Pfand einsetzen«, fuhr Zurika fort, als ob sie aus einer anderen Welt zu ihnen spräche. »Dieses Angebot werden sie nicht ablehnen. Und falls sie es doch tun, wird der Sieger fordern, daß dir dein Wunsch gewährt wird, weil er sonst als Feigling dasteht.« Sie warf einen Blick auf Aaron Levi. »Du hast mir Pläne vom Palast gezeigt und gesagt, der Mann, der sie für König Pedro gezeichnet hat, hätte sie dir gegeben, als du ihm ein Darlehen für Umbauarbeiten gewährtest. Hast du sie noch? Aus ihnen können wir erfahren, wo sich die Kerker befinden.«
Überrascht hob Aaron die Brauen. Er schob sein schwarzes Käppchen zurück und kratzte sich am Kopf. »Wozu brauchst du die Pläne?«
»Bei uns Zigeunern gibt es eine Sage von einem Tanzmädchen, das seinen Geliebten aus dem Kerker eines maurischen Königs befreit hat.«
Prinz Ahmed kannte die Geschichte. Sie war nichts weiter als ein Märchen, doch trotzdem flammte eine unvernünftige Hoffnung in ihm auf. Die Benommenheit war auf einmal von ihm gewichen, und sein Verstand begann fieberhaft zu arbeiten. Während er Zurikas Plan lauschte, versuchte er, das Märchen in die Wirklichkeit zu übertragen.
Als sie fertig war, lächelte er sie bewundernd an. Da er das wahre Wesen der Liebe noch nicht völlig verstand, begriff er nicht, daß er Prinzessin Beatrice wahrscheinlich auch dann heiraten würde, wenn der Plan fehlschlug. Zurika hingegen, seine Freundin und Helferin, würde durch die Hölle gehen müssen.

17. Kapitel

Der Tag des Turniers war angebrochen. Prinz Ahmed räkelte sich im warmen Bad, das für ihn in dem Waschraum, der an sein Gemach grenzte, vorbereitet worden war. Er versuchte, seine Gedanken zu ordnen. Obwohl der Morgen noch nicht graute, waren schon das Gurren der Tauben, das Krächzen der Krähen und das Schwatzen der Amseln zu hören; friedliche Geräusche aus einer unberührten Natur. Jedesmal, wenn er sich bewegte, plätscherte das mit Sandelholz parfümierte Wasser in der hölzernen Wanne, und der Bimsstein rieb sanft gegen seine Haut. Simeon, Aarons junger Ziehsohn, hatte ihn geschnitten. Der junge Mann sollte beim heutigen Turnier Ahmeds Knappe sein, und der Gedanke an ihn rief den Prinzen wieder in die Wirklichkeit zurück.

Das Turnier würde sein Schicksal, vielleicht sogar die Zukunft Spaniens bestimmen. Nachdem Prinz Ahmed einige Stunden geschlafen hatte, hatte er mit Aaron und Zurika den Rest des Vortages damit zugebracht, den Plan noch einmal durchzugehen. Danach waren Zurika und Aaron zum Palast gefahren, um die Lage auszukundschaften. Ein kleines Bestechungsgeld für einen Hauptmann der Wache hatte ihnen Zugang zum Dienstplan der Wachleute verschafft. Prinz Ahmed hatte seine Freunde nicht begleitet, sondern war noch einmal für drei Stunden zu Bett gegangen, bevor er sich auf das Turnier vorbereitete. Dabei hatte er auf seinem weißen Schlachtroß Wendemanöver geübt, wie sie nötig waren, um den feindlichen Lanzen auszuweichen. Als er damit zufrieden war, hatte er seine Lanze an aufgehängten Strohpuppen erprobt.

Doch ganz gleich, wie er sich auch ins Zeug legte, die Sorge um Prinz Juan und Prinzessin Beatrice ließ ihm einfach keine Ruhe. Ihn tröstete nur der Gedanke, daß König Pedro seine Tochter sicherlich verschonen würde, war ihre Hand doch der Siegerpreis des Turniers. Heute würde er die Dame seines Herzens wiedersehen, und er würde sie retten. Der Gedanke, welches Schicksal ihr drohte, falls ein anderer den Sieg erringen sollte, beflügelte nur Prinz Ahmeds Entschlossenheit. Er war in Höchstform und bereit, sich dem Kampf zu stellen. Es war ihm sogar gelungen, sich trotz seiner bedrückten Stimmung zum Essen zu zwingen, obwohl er bei jedem Bissen an das Wasser und das Brot dachte, das Prinz Juan jetzt wahrscheinlich vorgesetzt bekam. Außerdem hatte er acht Stunden lang gut geschlafen und fühlte sich nun entspannt und gestärkt.

Das plätschernde Wasser erinnerte Prinz Ahmed an das rituelle Bad vor dem Turnier. Als er noch ein Knabe war, hatte Abou bon Ebben darauf bestanden, daß er ein etwa fünfhundert Jahre altes französisches Gedicht mit dem Titel *Hugh de Tabarie* las. Darin wurden die Zeremonien, die zur Erlangung der Ritterwürde vorgeschrieben waren, genau geschildert, und Prinz Ahmed ging das Gedicht im Geiste noch einmal durch:

Hugh, der Prinz von Tiberias, ist Gefangener des Sultans Saladin. Schließlich gestattet der Sultan dem Prinzen, in seine Heimat zurückzukehren, doch er knüpft daran die Bedingung, daß dieser sich freikaufen muß. Drei Jahre gibt er ihm Zeit, die verlangte Summe zu beschaffen. Kurz vor Prinz Hughs Abreise verlangt der Sultan, in den Ritterstand erhoben zu werden.

Da der Sultan ein Ungläubiger ist, weigert sich der Prinz zunächst, und nachdem er sich schließlich doch dazu bereit erklärt hat, unterwirft er den Sultan einer ganzen Reihe von Zeremonien.

Zuerst frisiert er dem Sultan Bart und Haupthaar und bereitet ihm danach ein Bad, das er erst verlassen darf, wenn er von allen Lastern und Sünden gereinigt ist wie ein Kind, das man aus dem Taufbecken hebt. Der Sultan muß geloben, sich in Zukunft stets ehrlich, höflich und ritterlich zu betragen, seinen Mitmenschen Güte entgegenzubringen und sich ihre Achtung zu verdienen. Nachdem das vollbracht ist, legt der Prinz den Sultan auf ein Bett und sagt: »Dieses Bett steht für das Ruhelager im Paradies, dessen man sich durch ritterliches Verhalten würdig erweist und das dem Ungerechten verweigert wird.«
Und als sich der Sultan vom Bett erhebt, kleidet ihn Prinz Hugh in weißes Leinen und spricht: »Das ist das Zeichen der Reinheit, in der du deinen Körper in diesem Dasein halten sollst, wenn du von Gott empfangen werden willst.« Dann legt er dem Sultan einen scharlachroten Mantel um: »Diese Farbe steht für das Blut, das du stets bereit sein mußt, im Dienste Gottes und zur Verteidigung der Kirche zu vergießen.« Er streift dem Sultan Schuhe über: »Diese schwarzen Hüllen an deinen Füßen sollen dich stets an den Tod erinnern, an den Staub, aus dem du gemacht bist und zu dem du zurückkehren wirst. Deshalb sei nicht stolz, denn das steht einem Ritter nicht an.«
Der Sultan erhebt sich, und der Prinz bindet ihm einen weißen Gürtel um, wobei er noch einmal den Schwur ewiger Reinheit wiederholt. Er fügt hinzu, daß der Sultan keusch und rein bleiben muß und sich jeglicher Verderbtheit und Willkür enthalten soll.
Dann befestigt der Prinz goldene Sporen an des Sultans Füßen: »Du sollst so flink und wendig sein wie ein Streitroß in der Schlacht, um Gott zu dienen und deine ritterlichen Pflichten zu erfüllen.« Er übergibt dem Sultan ein zweischneidiges Schwert: »Die eine Klinge dient deiner Selbstverteidigung, mit der anderen sollst du die Armen vor Unterdrückung

durch die Reichen und die Schwachen vor Mißhandlung durch die Starken schützen.«
Schließlich bedeckt der Prinz den Kopf des Sultans mit einer weißen Kappe und spricht: »Deine Seele soll so fleckenlos weiß sein wie diese Kopfbedeckung; sie soll sich vom Verlangen des Fleisches nicht vom rechten Wege abbringen lassen, so daß du sie am Tag des Jüngsten Gerichtes Gott überantworten und ins Paradies eingehen kannst.«
Die letzte Zeremonie, den Ritterschlag, enthält Prinz Hugh dem Sultan vor. Dieser besteht üblicherweise aus einem dreimaligen Berühren der Schulter mit dem Schwert und einem Schlag ins Gesicht, damit der neue Ritter nicht vergißt, daß sein neuer Stand auch Pflichten beinhalten. Da Prinz Hugh als Gefangener den Sultan Saladin nicht zum Ritter schlagen kann, erinnert er ihn statt dessen noch einmal daran, daß er verpflichtet ist, gerecht, ritterlich und fromm zu handeln und sich den Armen gegenüber mildtätig zu zeigen.
Würde man ihn, Prinz Ahmed, angesichts dieser Anforderungen an einen Ritter zum Turnier zulassen? In Europa wurde die Ritterwürde allen durch Geburtsrecht dazu befugten jungen Männern nach ihrem einundzwanzigsten Geburtstag verliehen. In Spanien mußte ein Mann zwanzig Lenze zählen; aber er, Prinz Ahmed, war erst achtzehn. Der Ritterschlag konnte auch ohne Zeremonie erfolgen. Oft erteilten Könige ihn auf dem Schlachtfeld, damit die Männer tapferer kämpften.
Außerdem konnte der Eigennutz der Mächtigen in dieser Stadt verhindern, daß er heute am Turnier teilnahm. Gerade Männer wie die christlichen Könige, die sich ganz sicherlich nicht ritterlich verhielten, neigten am häufigsten dazu, den guten Ruf eines anderen in Frage zu stellen, auch wenn dieser von hoher Geburt war. Wahrscheinlich war es eben jene Heuchelei, durch die sie sich an der Macht hielten; die ritterlichen Tugenden hatten sie längst durch Regeln, Gesetze und zeremonielle Vorschriften ersetzt.

Prinzessin Beatrice saß neben ihrer Mutter auf der Damentribüne. In ihr tobten widersprüchliche Gefühle, doch es gelang ihr, nach außen hin die Fassung zu bewahren. Stets Haltung zu zeigen, war Teil ihrer Erziehung gewesen, und so bot sie in ihrem Gewand, an dem die Hofschneider tagelang gearbeitet hatten, ein Bild vornehmer Kühle. Das lange, fließende, ärmellose Kleid aus weißem Satin war mit einer breiten perlenbesetzten Borte eingefaßt. Über dem Busen wurde es von einer riesigen Perlmuttbrosche zusammengehalten. Um den Hals trug die Prinzessin drei Perlenschnüre, die dem Schwung des Ausschnittes folgten. Das, so hatte der oberste Schneider gesagt, würde ihren Schwanenhals betonen. Der goldene Saum des Gewandes paßte vollkommen zu ihrem schimmernden Haar, das sich offen hinab bis zur Taille wellte. Auf ihrem Kopf saß ein perlenbesetztes Diadem. Über dem Kleid trug Prinzessin Beatrice ein knöchellanges Obergewand, das aus durchscheinender Seide gewirkt war. Sechs Reihen von Perlen, die bis hinunter zu ihren goldenen Schuhen verliefen, waren der einzige Schmuck daran.

»Ein Bild jungfräulicher Reinheit«, hatte die Mutter bemerkt, als sie ihre Tochter an diesem Morgen in ihrem Schlafzimmer begutachtet hatte.

Eine Jungfrau, die vom eigenen Vater auf dem Altar des Ehrgeizes geopfert wird, hatte Prinzessin Beatrice spöttisch gedacht und ihre Mutter dabei trotzdem freundlich angelächelt. Eine Vestalin, die zum Wohle Roms an die Barbaren verschachert wird. Der gestrige Tag war sehr anstrengend für sie gewesen. Da sie es nicht gewohnt war, so lange aufzubleiben, war sie nicht nur todtraurig aufgrund der tragischen Ereignisse, sondern dazu noch vollkommen erschöpft. Allerdings waren ihr Mitleid mit Prinz Juan und die Gewißheit, in Prinz Ahmed den Mann ihrer Träume gefunden zu haben, stärker als die Angst vor der Zukunft. Gewiß würde es Prinz Ahmed gelingen, sie zu befreien. Da es ihr unmöglich war zu schlafen, hatte sie den Großteil des Tages kniend vor ihrem Altar zugebracht und zu Gott und der Heiligen Jungfrau um die Rettung ihres Bruders und des heidnischen Prinzen, in den sie sich verliebt hatte, gebetet. Sie flehte um Kraft, alles zu ertragen, ganz gleich, was das Schicksal ihr bringen würde. Mit Freuden wollte sie alles erdulden, wenn sie damit nur die beiden Prinzen retten konnte.

»Du kannst mit Gott nicht verhandeln«, hatte die Heilige Jungfrau sie sanft erinnert.

»Dann flehe ich dich an, erhöre meine Gebete, Heilige Mutter.«

Doch die blaugewandete Statue hatte nur gelächelt.

Trotzdem hatte Prinzessin Beatrice in der vergangenen Nacht vor lauter Erschöpfung tief und fest geschlafen und fühlte sich beim Aufwachen ausgeruht. Als sie mit ihrer Mutter die Korridore des Palastes entlanggeschritten war, hatte sie die bewundernden Blicke der Höflinge, Wachen und Dienstboten bemerkt; doch sie hatte keine Freude darüber empfunden, daß alles über ihre Schönheit staunte. Statt dessen hatte sie atemlos die prächtigen Wandgemälde, die Bilder, Podeste und Kleinodien betrachtet. Seit mehr als vier Jahren hatte sie diesen Teil des Palastes nicht mehr betreten dürfen, und alles erschien ihr neu, unbeschreiblich prunkvoll und prächtig. Gleichzeitig dachte sie bedrückt daran, daß man sie nur aus den abgeschiedenen Frauengemächern herausgelassen hatte, um sie an den Sieger des Turniers zu verkaufen.

Mit ihrer Mutter stieg sie in eine Kutsche, die von vier weißen Pferden gezogen wurde. König Pedro fuhr an der Spitze des Zuges, und voran ritt eine Abteilung Soldaten. Als der Zug den Palast durch das Osttor verließ und in die breite Straße einbog, die die ganze Stadt umrundete, brachen die Menschen, die sich am Wegesrand aufgestellt hatten, um einen Blick auf den König zu werfen, in Jubelrufe aus. Die prächtigen Kutschen fuhren weiter in Richtung der Puente-de-Alcantara-

Brücke, die über den Tajo führte, und die Hufe der Pferde klapperten auf dem Kopfsteinpflaster.
Das erste, was Prinzessin Beatrice an der Welt außerhalb der Palastmauern auffiel, war ein unbeschreiblicher Lärm. Zum erstenmal im Leben roch sie den entsetzlichen Gestank von Abwassergräben, Kot und Abfällen. Sie hielt sich ihr amberduftendes Riechfläschchen unter die Nase und betrachtete die grünen Zypressen, die entlang der Straße in einen leuchtendblauen Himmel ragten. Schäfchenwolken zogen über das Firmament, und Prinzessin Beatrice konnte erahnen, was der Mensch Gottes Schöpfung angetan hatte.
Die Zeltstadt und die Kampfbahn erinnerten sie an den Turmbau zu Babel, doch sie betrachtete mit wachen Augen, was um sie herum vor sich ging. Gerade nahmen die prunkvoll gewandeten königlichen Gäste ihre Plätze ein. Ihr Vater sah unbeschreiblich stattlich aus, seine hochgewachsene Gestalt war in ein gold- und purpurfarbenes Gewand gehüllt, auf dem Rubine und Amethyste funkelten. Mit seiner goldenen Krone auf dem Kopf wirkte er sehr majestätisch.
Die Damen, die auf ihrer Tribüne Platz genommen hatten, waren in gedämpftere Farben gekleidet. Ihre Mutter trug Blau und Prinzessin Mathilde Taubengrau, was im Vergleich mit den prächtig gewandeten Männern, die wie die Pfauen herumstolzierten, sehr dezent und vornehm wirkte.
Prinzessin Beatrice saß zwischen ihrer Mutter und Prinzessin Mathilde, den beiden *Grandes Dames* des Turniers. Nur Graf Gaston, der in voller Rüstung erschienen war, durfte als *Chevalier d'honneur* und einziger Mann bei den Damen sitzen. Als der Graf sich über Prinzessin Beatrices ausgestreckte Hand beugte, fing sie einen Blick aus seinen dunklen Augen auf, der etwas in ihr anrührte. Dieser Mann hatte Mitleid mit ihr und zollte gleichzeitig ihrer Schönheit mit der gebührenden Achtung Respekt. Ihr gefiel sein klar geschnittenes Gesicht mit dem dunklen Schnauzer und dem Spitzbart. Obwohl sie wuß-

te, daß er der Kanzler von König Karl dem Bösen war, dem Wettstreiter, vor dem sie sich am meisten fürchtete, spürte sie, daß sie ihm vertrauen konnte. Würde sie in Graf Gaston einen Freund haben, wenn sie sich doch nicht das Leben nahm und sich statt dessen König Karl hingab?

Seit Jahren hatte die Prinzessin nicht mehr so viele Männer auf einmal gesehen, aber sie machten keinen großen Eindruck auf sie. Jeder von ihnen konnte sich als ihr Feind erweisen. Als die zwanzig Kämpfer den beiden *Dames* und Prinzessin Beatrice vorgestellt wurden, entdeckte sie nicht einen unter ihnen, bei dessen Anblick ihr kein Schauder über den Rücken fuhr. Selbst der goldblonde dänische Prinz und der dunkelhäutige Schwabe waren sicherlich nur darauf aus, sie zu schänden und ihre Ehre mit Füßen zu treten. In diesem Augenblick fühlte sich Prinzessin Beatrice unendlich einsam, und eine Mattigkeit senkte sich über ihre Seele. Sie war an diesem sonnigen Tag allein inmitten einer Menschenmenge. Der Geruch der Erde mischte sich mit dem Duft von Gardenien, Moschus und Myrrhe. Doch irgendwo in dieser Einsamkeit spürte sie die Gegenwart von Prinz Ahmed – wie einen Hoffnungsschimmer, der ihr den Weg aus den Tiefen der Verzweiflung wies.

Während all die anderen Damen sich auf das Schauspiel zu freuen schienen, sah Prinzessin Beatrice nur die sinnlose Gewalt darin. Fand all das wirklich ihretwegen statt? Männer, die einander aus dem Sattel warfen, sich Wunden zufügten, ihr Leben aufs Spiel setzten? Und trotzdem hatte das alles etwas Fesselndes an sich. Vielleicht würde sie nie mehr etwas derartiges zu Gesicht bekommen. Einen Augenblick war sie fast stolz darauf, im Mittelpunkt der Ereignisse zu stehen.

Sobald alle Damen ihre Plätze eingenommen hatten, begann das Turnier. Graf Gaston, der das Zeichen seiner Amtswürde auf der Spitze seiner Lanze trug, bestieg ein weißes Pferd und ritt mit den vier Richtern, die ebenfalls auf weißen Pferden saßen, rund um die Kampfbahn, um zu prüfen, ob alle Teilnehmer zum Turnier bereit waren. Ein Platz in der Mitte der Kampfbahn war mit Stricken abgesperrt worden, und die Turnierteilnehmer standen sich auf beiden Seiten der Abgrenzung gegenüber. Graf Gaston steckte seine Lanze in einen Schlitz vor dem Podium der Damen und schloß sich danach wieder den Richtern an. Dann begaben sich die fünf Männer in die Absperrung, wo einer der Richter Graf Gaston den Helm abnahm, zurück zu den Damen ritt und ihn auf die Spitze der Lanze setzte. Nachdem das vollbracht war, nahmen die Richter auf ihrem eigenen Podium Platz.

Die Turnierteilnehmer waren in zwei Gruppen – die Herausforderer und die Herausgeforderten – aufgeteilt worden. Nun stellten sich die Männer auf beiden Seiten der Stricke einander gegenüber auf. Ihre berittenen Knappen, die leichte Panzer und Helme trugen, hielten die Lanzen in der Hand; dahinter folgten Knappen zu Fuß. Dann riefen die Herolde den Namen eines jeden Kämpfers auf. Fanfarenklänge folgten. Die Menschenmenge jubelte, die Kämpfer stießen ihren Schlachtruf aus und schwenkten ihre Schwerter. Ein entsetzlicher Tumult brach los.

Plötzlich entdeckte Prinzessin Beatrice eine neue Seite an dem, was da vor ihren Augen vor sich ging: Eigentlich war die ganze Angelegenheit unbeschreiblich närrisch! Warum mußten Männer Mummenschanz treiben und sich wie Toren aufführen, wenn es sich nicht einmal um eine wirkliche Schlacht handelte?

Wieder bestieg Graf Gaston sein weißes Pferd und hob die behandschuhte Rechte. Daraufhin trat allmählich Ruhe ein; nur das Meckern einer Ziege und das Wiehern eines Maulesels waren aus der Ferne zu hören.

Der Turniermeister, ein Hüne namens Graf Fernando, der ebenfalls volle Rüstung trug, kam auf einem schwarzen Schlachtroß angeprescht. Er zügelte sein Pferd und verkün-

dete mit drohender Stimme die Turnierregeln. Auf Anweisung der Richter wiederholte er sie dreimal und schnitt dann die Stricke durch, die die beiden kämpfenden Parteien voneinander trennten. Jeder Fahnenträger stieß den Schlachtruf seines Herrn aus, und Fanfarenklänge eröffneten den ersten Teil des Turniers: der Schlacht, bei die Angehörigen der beiden Parteien aufeinander einstürmen mußten.
Donnerndes Hufgetrappel verkündete, daß der Kampf begonnen hatte.
Prinzessin Beatrice schloß die Augen. Sie konnte einfach nicht mitansehen, wie Menschen einander Gewalt antaten. Allerdings wußte sie, daß die Lanzen zerbrachen, wenn sie den Körper des Gegners im richtigen Winkel trafen. Der Gegner fiel dann aus dem Sattel. Wenn beide Kämpfer ihre Lanzen zerbrachen und aus dem Sattel fielen, konnten sie sich neue Lanzen holen und zum zweitenmal antreten. Ein Turnierteilnehmer, der aus dem Sattel stürzte, ohne daß er seine Lanze am Panzer des Gegners zerbrochen hatte, galt als geschlagen.
Prinzessin Beatrice horchte auf, als die Namen der Sieger ausgerufen wurden. Ihre gesamte Zukunft hing davon ab, wer gewinnen würde. Doch die ganze Zeit fragte sie sich, wann Prinz Ahmed auftauchen und ob er überhaupt erscheinen würde. Sie glaubte fest daran, denn schließlich war auch Horn gekommen, um Rymenhilde zu befreien.

Zurika hatte ihr rotweißes Tanzkleid mit dem enganliegenden Oberteil und den weiten Röcken angezogen, dessen breite Rüschen an den Waden endeten. Einen Weidenkorb in der Hand, marschierte sie schnurstracks zum Palast, wo sie den Passierschein vorzeigte, den Aaron Levi ihr verschafft hatte. Sie gab vor, den Gefängniswärtern einige Leckerbissen und Wein bringen zu wollen; eine kleine Aufmerksamkeit des Königs, weil die Männer das Turnier versäumen mußten. Wie Aaron Levi, Prinz Ahmed und sie vorausgesehen hatten, war der Palast an diesem Vormittag wie ausgestorben. Selbst die Posten waren nur spärlich mit alten Männern besetzt, und die Wächter am Tor ärgerten sich offensichtlich, weil sie den Spaß draußen verpaßten.

Nachdem sie die erste Hürde überwunden hatte, durchquerte sie den Palastgarten in Richtung Nordosten, wo die Kerker nahe dem Hauptquartier der Wachen lagen. Auf diese Weise würde es ihr gelingen, den Wachen im eigentlichen Palastgebäude aus dem Weg zu gehen, denn diese wären sicherlich aufmerksamer gewesen. Ohne daß jemand sie aufgehalten hätte, erreichte sie das kleine Gebäude, in dem die Vorräte für das Gefängnis lagerten. Die Kerker des Palastes waren wichtigen Persönlichkeiten vorbehalten, die Verbrechen gegen den König begangen hatten. Gewöhnliche Übeltäter landeten in den Gefängnissen in der Stadt.

Das einstöckige weißgekalkte Gebäude war von einer hohen Mauer umgeben, deren nördlicher und östlicher Teil zur Palastmauer gehörte. Obwohl es noch nicht einmal Mittag war, hatte sich die Luft bereits ziemlich erwärmt. Zurika konnte sich gut ausmalen, wie unwohl sich Gefangene und Wächter fühlen mochten, wenn es nachmittags erst richtig heiß wurde, denn hinter diesen Mauern wehte kein Lüftchen. Sicherlich mußten Prinz Juan und die übrigen Insassen des Kerkers entsetzlich leiden.

Zurika war schon völlig durchgeschwitzt, als sie an die riesige eisenbeschlagene Tür klopfte, die in die westliche Mauer eingelassen war. Nichts rührte sich. War das Gefängnis etwa unbewacht? Sie klopfte wieder, diesmal ein wenig heftiger.

Endlich öffnete sich der eiserne Türriegel. »Wer bist du?« fragte eine heisere Stimme. »Was willst du?«

Ein dunkelhäutiger Mann glotzte sie finster an. Beim Anblick seines verfilzten schwarzen Haares und der rotunterlaufenen Augen begriff Zurika, was sie vielleicht würde erdulden müssen, und kalter Schweiß brach ihr aus. Dieses Gefängnis wurde von den hartgesottensten Soldaten bewacht. Außerdem wußten nur Aaron Levi und Prinz Ahmed, wo sie war, und die beiden hatten keine Möglichkeit, in den Palast zu gelangen. Vor Angst wurde ihr flau im Magen, und ihre Knie fingen an zu zittern. Am liebsten hätte sie sich umgedreht und wäre davongelaufen.

Doch beim Gedanken daran, daß Prinz Juan diesen Ungeheuern ausgeliefert war, faßte sie wieder Mut. »Ich komme vom Palast, um dir etwas zu bringen«, antwortete sie kühn. Damit stellte sie den Korb, der von Minute zu Minute schwerer zu werden schien, auf der Türschwelle ab.

Die rotunterlaufenen Augen tasteten sie ab, schienen sie förmlich auszuziehen. Zurika fühlte sich wie nackt. »Was hat der Palast mir schon zu bieten?« fragte der Mann mit einem widerwärtigen Grinsen. »Außer du hast es zwischen deinen Beinen mitgebracht.«

Seine groben Worte machten sie wütend. Am liebsten hätte sie ihr langes Messer, das Messer ihres Vaters, genommen, und ihm damit das Schandmaul gestopft. Doch mit der Wut kehrte auch ihr Mut zurück. Sie deutete auf den Korb. »Der König hat mich nicht geschickt, damit du dein schmutziges Spiel mit mir treiben kannst«, zischte sie. Dann hielt sie inne und beherrschte sich. »Wenn du erst gesehen hast, was man dir aus dem Palast schickt, wirst du nicht mehr auf deinen Herrn schimpfen.« Wieder wurde sie von Angst ergriffen. Wie sehnte sie sich in diesem Augenblick nach den sicheren Zigeunerhöhlen in Granada! Außer Majo hatte sie dort keinen Mann fürchten müssen.

»Und wer im Palast sollte uns all diese Leckereien schicken?« fragte der Mann nun argwöhnisch.

»Wer auch immer die Anordnung getroffen hat, tat es auf ausdrücklichen Befehl des Königs. Unser Herrscher mag sich zwar seinen Feinden gegenüber als grausam erweisen, aber für seine Männer hat er ein Herz.«

»Und was hast du da drin?« Der Mann klang schon weniger mißtrauisch.
»Brot, Käse, Kapaunpastetchen und zwei Krüge Rotwein.«
»Das klingt gut, aber warum schickt man eine Frau, eine junge dazu, und allein?« Die roten Augen funkelten. »Und noch dazu eine so hübsche.«
»Weil alle Küchenburschen und Wachen beim Turnier sind und nur die niedrigen Dienstboten zurückgelassen haben. Alle Männer, die noch im Palast sind, hat man zum Wachdienst eingeteilt.« Ungeduldig stampfte Zurika mit dem Fuß auf. »Jetzt habe ich diese Fragen aber satt. Wenn du mich nicht hineinläßt, nehme ich den Korb eben wieder mit. Dann kannst du deinen Kameraden und meinem Herrn Rede und Antwort stehen.«
»Beruhige dich. Das ist doch kein Grund, sich so zu ereifern. Schließlich muß ich meine Pflicht tun.« Das Gesicht verschwand, ein Riegel knirschte, und eine kleine Pforte zu Zurikas Rechten öffnete sich.
Sie bückte sich nach dem Korb, während der Wächter ihr die Tür aufhielt. Beim Eintreten sah Zurika sich aufmerksam um. Der Mann trug die Uniform der Kerkerwache, die aus weißen Hosen und einem Wams bestand. Dieses stand an der Brust offen, so daß man sein buschiges, schwarzes Brusthaar sehen konnte. Der Mann war kräftig gebaut und stank nach saurem Schweiß. Nun vollführte er eine übertriebene Verbeugung, preßte eine Hand aufs Herz und streckte die andere weit von sich. »Ich bin Miguel Pedro, dein ergebenster Diener. Bitte hier entlang, Señorita …« Mit einem hinterhältigen Grinsen richtete er sich wieder auf, wobei er seine verfärbten Zähne entblößte. Er beäugte sie lüstern. »So ein appetitliches junges Ding.« Die Tür fiel quietschend ins Schloß; der Riegel knirschte.
Vor lauter Angst hatte Zurika ein flaues Gefühl im Magen. Jetzt war sie in diesem kleinen gepflasterten Innenhof mit

einem Mann eingeschlossen, der sich ganz offensichtlich an ihr vergehen wollte. Außerdem befanden sich, wenn Aaron Levi recht hatte, noch drei weitere Wachen im Gebäude. Ihr einziger Schutz gegen eine Vergewaltigung war, daß die Männer sie für eine Bedienstete des Palastes hielten. Ansonsten hätten sie nichts zu befürchten, wenn sie sie danach kurzerhand umbrachten. Doch eine innere Stimme sagte ihr, daß es klüger war, die Wachen nicht herauszufordern. Sie holte tief Luft, versuchte sich zu beruhigen und sah dem Soldaten tief in die Augen. »Hör zu, ich bin nur ein armes Mädchen und habe meine Pflicht zu tun, genau wie du. Warum gehst du nicht wieder an deine Arbeit, und läßt mich zurück zu meiner? Außerdem bin ich nicht nur gekommen, um Speisen und den Wein abzuliefern. Ich bin auch Tänzerin und habe den Befehl, dich und die anderen Wachen zu unterhalten. Sicherlich wird es ihnen nicht gefallen, wenn du ihnen Speisen, Wein und Unterhaltung vorenthältst.«

Zu ihrer Erleichterung ließ sein lüsterner Blick nach, und er kratzte sich nachdenklich die Brust. »Ich werde dich zu Villejo bringen«, sagte er schließlich. »Komm mit!« Er ging zur Tür des niedrigen Gebäudes, dessen vorderes Zimmer nahezu unmöbliert war, wie Zurika bei einem Blick durch die vergitterten Fenster bemerkte.

Sie folgte ihm, obwohl ihr das Herz bis zum Hals pochte. Eine Fliege surrte ihr um die Nase, und sie verscheuchte sie mit einer Kopfbewegung. Ein Vogel zwitscherte in einem der Kastanienbäume des Hofes. Als sie die Tür erreicht hatte, nahm Zurika Pedros Gestank noch stärker wahr.

Die Tür öffnete sich quietschend. »Da ist eine Señorita für dich«, verkündete Pedro. »Sie behauptet, daß sie Tänzerin ist, und daß man sie mit Speisen und Wein vom Palast geschickt hat.«

Zurika trat in das schattige kleine Zimmer. Die niedrige Dekke des Raumes wurde von schwarzen Pfeilern gestützt, die weißen Wände waren schmutzig. Zwar war der Fußboden sauber gefegt, aber in der Luft lag ein Gestank nach Füßen, die zu lange in Stiefeln gesteckt hatten. Möbliert war der Raum nur mit einigen Schemeln, die an der Wand standen, und einem schlichten Holztisch, an dem ein kleiner Mann in Uniform saß. Die Füße hatte er auf die Tischplatte gelegt und kaute an seinen Fingernägeln. Zurika fiel zuerst sein üppiger, rötlicher Schnurrbart auf. Die kleinen hinterhältigen Äuglein des Mannes weiteten sich bei ihrem Anblick. Ganz offensichtlich galt seine Aufmerksamkeit mehr ihrem Körper als ihrem Auftrag. Er musterte sie von Kopf bis Fuß und nickte dann langsam.

Dieser Mann war verschlagen wie ein Frettchen, und Zurika ahnte, daß er ihr wirklich gefährlich werden konnte. Mit der Hilfe Gottes und der Heiligen Jungfrau hatte sie bis jetzt drei gute Männer kennengelernt: die beiden Prinzen und Aaron Levi. War es nun an der Zeit, daß sie dafür bezahlen mußte? Doch wieder gab ihr der Gedanke an Prinz Juan Kraft. Ich bin Zigeunerin, sagte sie sich, und ich kann diese lüsternen Männer überlisten. Doch trotzdem ließ ihre Angst nicht nach.

»Ich heiße Carmenita«, erklärte sie, wobei sie sich mutiger gab, als sie sich fühlte. »Du mußt Villejo sein.« Sie stellte ihren Korb auf den Boden und holte den Passierschein aus dem rechten Ärmel. »Mein Herr, der *major domo*, hat mir auf Anordnung des Königs befohlen, dir und deinen Männern Speisen und Wein zu bringen und euch zu unterhalten.« Sie räusperte sich. »Unser König läßt jenen seine Großzügigkeit zuteil werden, die heute für ihn ihre Pflicht tun, während alle Welt beim Turnier ist.«

Der Feldwebel antwortete nicht, sondern starrte sie nur aus unbewegten gelben Augen an. Zurika achtete nicht auf ihn, sondern kniete nieder, um den Korb zu öffnen. Dabei entdeckte sie einen riesigen Schlüsselbund, der hinter dem Mann an einem Nagel an der Wand hing. Gewiß waren dies die Schlüssel zu den Zellen und zum Kerker! Sie griff in den Korb und holte die beiden tönernen Weinkrüge heraus. Dann erhob sie sich und stellte sie klappernd auf den Tisch. Danach folgten die Speisen. Brot und Teller baute sie daneben auf. Der Duft des frischen Brotes überdeckte wohltuend den widerlichen Gestank im Raum.

Schon wollte sich der Gefreite Pedro auf das Essen stürzen, doch Feldwebel Villejo stieß ihn mit einem Tritt zurück. Dann nahm er die Füße von der Tischplatte und beugte sich vor. »Gegessen wird später«, stellte er ruhig fest, wobei er Zurika weiter musterte. Seine Stimme klang schneidend und bedrohlich. »Versuchen wir doch erst einmal den Wein.« Er griff nach dem ihm am nächsten stehenden Krug, zog den Korken heraus, hob das Gefäß an die Lippen und nahm einen tiefen Schluck. *»Bueno!«* rief er aus und stellte den Krug wieder auf den Tisch. Schmatzend wischte er sich dann mit dem Handrücken den Wein vom Mund. »Jetzt bist du an der Reihe, Pedro.« Er wies mit dem Kopf auf den Krug.

Der bullige Wächter warf Zurika einen lüsternen Blick zu. »Ich kann's kaum noch erwarten, Feldwebel.« Zurika erschauderte bei dieser finsteren Andeutung.

Feldwebel Villejo grinste. »Das kommt später.« Er streckte die Hand nach einem Kapaunpastetchen aus, hielt es zwischen Daumen und Zeigefinger hoch und schnupperte. »Köstlich, aber ein junges Fötzchen riecht besser.« Bei diesen Worten sah er sie nicht an, sondern ließ seine Zunge anzüglich über das Pastetchen gleiten. Dann biß er hinein und verzehrte es schmatzend, wobei Teigkrümel auf die Tischplatte fielen.

Ein Glucksen war zu hören, als Pedro sich mit zurückgelegtem Kopf den Wein in die Kehle schüttete.

Zurikas Hals war trocken, und sie spürte eine Beklemmung in der Brust. In ihr brodelte es: Die nackte Angst gebot ihr, auf der Stelle etwas zu unternehmen, die Vernunft verlangte, daß sie ruhig und besonnen blieb. Sie mußte dafür sorgen, daß diese beiden Dreckskerle sich betranken; und nicht nur sie, sondern auch die anderen Wachmänner. Je mehr es waren, desto besser, denn vielleicht fingen sie ja ihretwegen eine Prügelei an, und sie konnte sich rasch der Schlüssel bemächtigen. Waren die Gefangenen erst einmal befreit, würde sie viele Verbündete haben und in all dem Durcheinander entkommen können.

Aber wie konnte sie auch die anderen Wachen in dieses Zimmer locken, solange der Feldwebel und Pedro offenbar zufrieden waren, allein zu essen und zu trinken?

Blitzartig kam ihr der zündende Gedanke, und sie machte sich sofort daran, ihn in die Tat umzusetzen. Sie stützte die Hände in die Hüften, warf den Kopf zurück, warf sich in Positur und stimmte einen *cante jondo* an. Hohe schwingende Töne quollen aus ihrer Kehle und hallten in dem kleinen Raum wie goldene Glocken wider. Pedros Hand mit dem Krug erstarrte in der Luft; Rotwein ergoß sich auf seine haarige Brust. Auch Feldwebel Villejo hörte auf zu kauen und saß mit offenem Mund da.

Zurika spürte, daß sie wie immer die Zuhörer in ihren Bann zog. Zum erstenmal an diesem Morgen fühlte sie sich frei. Nun hatte sie die Zügel in der Hand; nun würde sie siegen. Sie schloß die Augen und stieß eine Reihe von Trillern aus. Hie und da wurde die Melodie von schrillen Aufschreien unterbrochen, den *saetas*, den Pfeilen des Gesanges, die ihre Botschaft von Liebe, Trauer und Abschied rasch in die Herzen der Menschen trugen. Zurika war nicht länger im Palast Toledo und auch nicht im heiligen Berg gegenüber der Alhambra, wo die Zigeunerhöhlen lagen. Sie war nur noch eine Botschaft von Herz zu Herz.

Als sie schließlich schwieg, klangen die letzten Töne noch in dem kleinen Zimmer nach. Sie öffnete die tränenfeuchten Augen. Erst als sie den Beifall von der Tür, die ins eigentliche

Gefängnis führte, hörte, wurde sie auf die drei Wächter aufmerksam, die nebeneinander dastanden und sie ansahen. Ihr Plan war gelungen; die Männer waren dem Ruf ihres Liedes gefolgt. Alle drei trugen die schwarzweiße Uniform der Wachen. Der eine war klein, rundlich und glatzköpfig. »Mein Name ist Carlos«, rief er mit hoher schriller Stimme. »Du singst wie eine Nachtigall.«
Der zweite Mann war mager und dürr. Schwarze Augen funkelten aus seinem eingefallenen Gesicht, das dem eines Totenschädels ähnelte. »Tonio«, stellte er sich grunzend vor.
Der Dritte im Bunde sah stattlich aus und wirkte wie ein Draufgänger. Er war hochgewachsen und hätte mit seiner schlanken Taille einen guten Tänzer abgegeben. Auf seiner Oberlippe prangte ein schmales Schnurrbärtchen, und er hatte eine Narbe auf der rechten Wange. Mit seinen hellblauen Augen schien er Zurika regelrecht zu durchbohren, so daß sie erschauderte. »Eine Sängerin wie du gehört an den Hof«, erklärte er mit sanfter Stimme. »Ich heiße Pepe Ruiz. Wollen wir es miteinander treiben?«
Zurika traute ihren Ohren nicht, doch der Feldwebel wies nur auf den Tisch. »Essen wir erst mal, und dann besorgen wir es ihr abwechselnd.« Er nickte mit dem Kopf. »Und da ich hier das Kommando führe, bin ich zuerst an der Reihe.«
Zurika wurde wieder von Angst ergriffen. Doch dann fiel ihr wieder ein, wie sie die Männer mit ihrem Gesang in ihren Bann gezogen hatte, und sie schöpfte neuen Mut. Wenn sie schon mit einem Lied soviel erreicht hatte, konnte ihr Tanzen bestimmt noch mehr ausrichten. »Ihr müßt mich erst noch tanzen sehen, ehe ihr mich weiter mit diesem Unsinn belästigt«, rief sie aus. Dann klatschte sie in die Hände und stampfte mit dem Fuß eine *golpe*. »Kommt schon, meine Herren, erst wird gegessen und getrunken.«
Zu ihrer Erleichterung gingen die drei Männer zum Tisch hinüber. Pepe Ruiz ergriff als erster den Krug und nahm

einen tiefen Schluck. Dabei stellte er sich so hin, daß seine hellblauen Augen weiter auf sie gerichtet blieben. Er war der Mann, den sie gegen den Feldwebel aufhetzen mußte, entschied sie. Allerdings würde er sicherlich auch der gefährlichste Gegner unter den fünf Männern sein.

Sie ließ ihnen Zeit, die Speisen zu verzehren und den Großteil des Weins auszutrinken, lachte bei ihren schmutzigen Witzen mit, um sie in dem Glauben zu wiegen, daß sie ihr gefielen. Mit Blicken kokettierte sie mit jedem von ihnen, und gab vor, sich nach ihnen zu verzehren. Doch tief in ihrer Seele verachtete sie sich für das, was sie da tat. Aber sicherlich würden Gott und die Heilige Jungfrau ihr vergeben, denn alles geschah nur um Prinz Juans willen.

Als die fünf Männer dem Wein schon kräftig zugesprochen hatten, entschied Zurika, daß der richtige Zeitpunkt gekommen sei.

Abermals klatschte sie laut in die Hände und stampfte eine *golpe*. »Seid ihr bereit für meinen Tanz, Señores?«

»Nein!« stellte Pepe Ruiz ruhig fest. »Ich bin bereit, es dir zu besorgen.« Er holte tief Luft, schleuderte das Stück Käse beiseite, das er in der Hand hielt, und wischte sich den Mund ab. »Du kannst ja dann zum Takt meines Schwanzes tanzen. Der ist größer als der meines Esels.«

»Nun aber halblang, Pepe Ruiz«, unterbrach ihn Feldwebel Villejo. Als er aufsprang, stürzte sein Stuhl krachend zu Boden. »Ich bin hier der Ranghöchste; also ist die Reihe zuerst an mir.«

Sie war zu voreilig gewesen, und nun saß sie in der Falle. Gefangen in diesem kleinen Raum mit fünf Männern, die sich alle nacheinander an ihr vergehen würden. Verzweifelt versuchte Zurika, einen Ausweg zu finden. Schließlich kam ihr der rettende Einfall. »Hört zu, Señores, denn es geht um euer Leben«, erwiderte sie, wobei sie sich bemühte, ruhig zu sprechen. »Ich bin vom *major domo* zu euch geschickt worden, und er weiß, wo ich bin. Wenn ich nicht bald zurückkehre oder falls mir etwas zustößt, wird man euch dafür zur Verantwortung ziehen.«

»Ist schon gut«, höhnte Pedro. »Dann sitzen wir eben in der Tinte.«

»Gewiß«, spottete Pepe Ruiz, und seine Stimme klang dabei so selbstsicher, daß Zurika ihm wie gebannt in die grausamen Augen sah. Langsam schüttelte er den Kopf. »Wir brauchen dem *major domo* nur zu erzählen, daß du zu uns gekommen, Speisen und Wein abgeliefert und für uns getanzt hast. Wir danken ihm und seinem Herrn, dem König, von ganzem Herzen.« Höhnisch verzog er das Gesicht, und durch die Narbe auf der Wange sah er grausam und bösartig aus. »Und dann bist du brav gegangen.«

»Doch das kleine Miststück wird uns verraten«, widersprach Tonio. Es war der längste Satz, den er bislang von sich gegeben hatte.

»Wenn wir sie wieder gehen lassen.« Feldwebel Villejo hatte offenbar begriffen, worauf Pepe Ruiz hinauswollte.

»Das hier ist ein Gefängnis«, warf Pepe Ruiz ganz leise ein. »Hier gibt es Kerker, eine Folterkammer und sogar Galgen.« Seine eiskalten Augen durchbohrten Zurika förmlich. »Sie wird dieses Haus nicht lebend verlassen.«

18. Kapitel

Zufrieden blickte König Pedro um sich. Alles verlief genau nach Plan. Innerhalb von knapp zwei Stunden waren alle Teilnehmer bis auf sechs ausgeschieden. Nachdem auch sie gegeneinander gekämpft hatten, waren nur noch König Karl von Navarra und der mürrische König Philipp von Katalonien übrig. Beide Könige hatten sich als tapfere Kämpfer erwiesen; König Karl hatte sich dank seiner Grausamkeit, rohen Kraft und List durchgesetzt, während König Philipp geschickt mit der Lanze umzugehen wußte und ein ausgezeichneter Reiter war.

Dann hatten sich die beiden Könige in ihren Zelten ausgeruht und standen sich nun, begleitet von ihren Gefolgsleuten in schimmernder Rüstung, ihren Fahnenträgern, prunkvoll gekleideten Herolden und rotwangigen Trompetern, auf der Kampfbahn gegenüber. Man hatte die beiden Könige, die volle Rüstung trugen, auf ihre Pferde heben müssen. König Karl hatte für den letzten entscheidenden Kampf ein riesiges schwarzes Schlachtroß gewählt, König Philipp saß auf einem hochbeinigen Rotfuchs. Bewundernd betrachtete König Pedro das glänzende Fell und die spielenden Muskeln der Tiere. Doch offenbar verursachten die Strohpolster vor der Brust König Karls Pferd Unbehagen. Immer wieder warf es den Kopf hin und her, aber sein Reiter bändigte es mühelos.

Dank König Pedros ausgezeichneter Planung liefen nach jedem Waffengang Dienstboten auf die Kampfbahn und beseitigten die geborstenen Lanzen, das verstreut herumliegende Stroh und den Pferdemist. Nur am Gras, das von den Hufen

der galoppierenden Pferde niedergetrampelt worden war, konnte man erkennen, was sich hier noch vor wenigen Minuten abgespielt hatte. Auf der gegenüberliegenden Seite der Kampfbahn schien sich das Volk prächtig zu amüsieren. Menschen aus aller Herren Länder waren hier zusammengekommen: Weiße, Mauren und Afrikaner. Jeder trug die Tracht seines Volkes – bunte Farbtupfer in Grün, Braun, Blau, Rot und Weiß – und die dazu passende Kopfbedeckung: Man sah die schwarze *yarmulke* der Juden, den roten *fez* der Moslems und selbst die hohe Mitra der griechisch-orthodoxen Priester. König Pedro erkannte einen rotwangigen Säugling, der auf dem Arm einer Kastilierin saß und am Daumen nuckelte. Daneben standen ein hochgewachsener, würdiger *caballero* mit einem hohen, schwarzen Hut und zwei Knaben, die miteinander rauften. Am blauen Himmel zogen weiße Schäfchenwolken vorbei. Ein Schwarm hungriger Krähen flatterte – offenbar auf der Suche nach ein paar Leckerbissen – über die Kampfbahn. Der Geruch der sonnenverbrannten Erde mischte sich mit dem Parfüm der Damen und dem Gestank der Latrinen. Das war Kastilien, und Kastilien war Spanien. Nur durch eine Einheit, wie er sie heute erreicht hatte, konnte sich Spanien bis zu den Küsten an seinen östlichen, südlichen und westlichen Grenzen ausdehnen.
An diesem Vormittag hatte König Pedro immer wieder mit Stolz daran gedacht, welche Voraussetzungen er durch dieses Turnier geschaffen hatte. Alles war reibungslos verlaufen, und man hatte ihn von allen Seiten gelobt. Gekrönte Häupter, Adlige, Gesandte und kirchliche Würdenträger hatten ihm ihren Dank ausgesprochen.
Zu König Pedros Rechten saß der engelsgesichtige Bischof Eulogius als Vertreter Seiner Heiligkeit des Papstes. Er hatte sich anläßlich des Ereignisses in eine purpurrote Kutte gehüllt und trug eine goldene Mitra auf dem Kopf. Allerdings blickte er genauso boshaft drein wie immer. »Würde mein

König wagen, auf den Sieger zu wetten?« fragte der Bischof lächelnd, wobei seine blauen Augen fast zwischen Fettwülsten verschwanden. Hier war der Mann, der die eben geschaffene Einheit unterwandern konnte.
König Pedro ahnte, daß der Bischof etwas im Schilde führte. Schließlich wußte er genau, daß König Pedro sich König Karls Sieg wünschte. »Ich nehme die Wette an«, erwiderte König Pedro, allerdings ohne den Einsatz zu nennen. »Du sollst der Sieger sein.« Als er in brüllendes Gelächter ausbrach, wandten sich alle Köpfe in seine Richtung.
Der Bischof warf den Kopf in den Nacken und kicherte. »Wie grausam von dir, mein König, mir die Freude einer gewonnenen Wette zu versagen, wenn ich schon nicht im Turnier siegen kann. Wie du weißt, kommt es mir ohnehin nicht auf den Einsatz an, um den du mit mir wettest. Mir geht es nur um den letztendlichen Sieg.«
Du Bauerntölpel hast es wohl auf meine Tochter abgesehen; wenn ja, werde ich dir eigenhändig die Eier abreißen, dachte König Pedro wütend. »Ich werde einen Wettbewerb veranstalten müssen, an dem du teilnehmen und nicht nur die Freude des Sieges genießen, sondern auch einen angemessenen Preis gewinnen kannst.«
»Und was wäre dieser Preis, mein König? Heilige Feuer?«
»Hübsche Mädchen.« Mit einem brüllenden Lachen wandte König Pedro seine Aufmerksamkeit wieder der Kampfbahn zu, weil inzwischen die Fanfaren erklungen waren. Trotzdem bereitete ihm der Gedanke an Bischof Eulogius und dessen Wunsch, die Inquisition auszurufen, Kopfzerbrechen. Auch wenn König Karl der Böse als Sieger aus dem Turnier hervorging, war die Einigkeit zwischen den Völkern Kastiliens, Navarras, Kataloniens und Aragons immer noch notwendig. Und da die meisten dieser Völker katholisch waren, würde er die Unterstützung der Heiligen Kirche brauchen. Allerdings dienten auch einige treue Mauren und Juden in seiner Armee

und Verwaltung, weswegen Bischof Eulogius' Ansinnen eine ernsthafte Bedrohung darstellte.
Wieder begab sich der riesenhafte Graf Fernando in die Mitte der Kampfbahn und befahl den Trompetern, ihre Fanfaren zu blasen. Nachdem der Ton erstorben war, forderte er die Herolde der beiden Könige auf, ihre Herren noch einmal anzukündigen.
Da König Philipp schon länger regierte als König Karl, stand er mit seinen Männern rechts von der Tribüne König Pedros. Verwundert lauschte König Pedro, wie König Philipps Herold, ein winziger Mann mit einer unglaublich lauten Stimme, ausrief: »Hört! Hört! Hört! Hört all ihr Könige, edle Herren und alle anwesenden Männer, daß der edle, mächtige und starke Herrscher des Königreichs Aragon und seines Volkes ...« Pah! So viele Titel für einen König, der gerade einmal eine halbe Millionen Menschen regierte! Ungeduldig wandte König Pedro sich einer juckenden Stelle am Nacken zu, die er mit dem Zeigefinger ausgiebig bearbeitete. Wann würde der Kampf endlich beginnen? Auf einmal fühlte er ein Stechen in der Nase und ein Kratzen im Hals. Ob eine Erkältung im Anzug war? Er drehte sein Gesicht der Sonne entgegen, da er einmal gehört hatte, daß man so einem Schnupfen Einhalt gebieten konnte. Die Hitze wurde immer unerträglicher, was König Pedro an seinen Sohn erinnerte, der jetzt in den stickigen Kerkern des Palastes schmachtete. Das geschah diesem frömmelnden kleinen Heuchler nur recht! Warum nur empfand er, König Pedro, keinerlei väterliche Gefühle für die Frucht seiner Lenden? Lag es daran, daß Prinz Juan von einer Frau geboren worden war, die er verabscheute, der Königin Juana? Oder erinnerte ihn der Prinz ständig daran, daß er seine wahre Liebe, Maria de Padilla, betrogen hatte? Allerdings hatte er Prinz Juan gezeugt, bevor er Maria begegnet war. Ach, Maria! Sein Blick schweifte hinüber zur Damentribüne. Er hatte Maria so plaziert, daß er sie immer ansehen

konnte. Wie immer spürte sie seinen Blick sofort und erwiderte ihn. Sie lächelten einander an; das vertraute Lächeln zweier Liebenden. Erst als die Fanfaren wieder erklangen, wandte er den Blick ab.
Die Herolde hatten ihre Ankündigung beendet, und die Trompeter der beiden Könige bliesen das Schlachtsignal ihrer Herren. Ihr schmetternder Klang kündete vom bevorstehenden Kampf. Dann ritten der Turniermeister und sein Gefolge davon. Graf Gaston, der auf der Spitze seiner Lanze seinen Helm trug, kam herangaloppiert. Stallburschen halfen ihm vom Pferd und führten das Tier weg. Der Graf ging zur Damentribüne hinüber und nahm seinen Platz hinter den beiden *Grandes Dames* ein.
Endlich standen sich beide Kämpfer gegenüber. Reglos saßen sie im grellen Licht der Mittagssonne auf ihren Pferden, und das Gewicht der Rüstungen drückte auf ihre Schultern. Die Menschenmenge verstummte, und eine Trompete gab das Signal zum Angriff.
Die beiden Männer senkten die Lanzen und setzten sich in Bewegung. Immer schneller ritten sie aufeinander zu, stürmten einander mit donnernden Hufen entgegen.
Gespannt beobachtete König Pedro, wie sich die Spitzen ihrer Lanzen näherten. Näher und näher. Er hielt den Atem an. König Karls Pferd war plötzlich nach links ausgewichen, und König Philipp schwenkte seine Lanze in dieselbe Richtung. Wieder wich König Karl aus; diesmal nach rechts, so daß der Kopf von König Philipps Pferd der Lanze seines Herrn im Wege war und diese an König Karls gepanzertem Körper vorbeischoß. Am liebsten wäre König Pedro angesichts dieser reiterischen Meisterleistung vor Begeisterung aufgesprungen. Im gleichen Augenblick traf König Karls Lanze aus einem Winkel, den nur ein Mann mit gewaltigen Kräften zustande bringen konnte, König Philipp gegen die Brust und zerbrach. König Philipp wurde nach rechts geworfen, sein

linker Fuß glitt aus dem Steigbügel. Verzweifelt versuchte er, das Gleichgewicht zu bewahren, doch sein Pferd wollte nicht stillhalten. Ganz langsam rutschte der Herrscher von Aragon nach rechts. Sein Pferd schien sich seiner entledigen zu wollen; es galoppierte davon. Schweiß glänzte auf seinem nun leeren Rücken. König Philipp stürzte krachend zu Boden.
Die donnernden Beifallsrufe der Menge schallten über die Kampfbahn und übertönten das Klatschen von den Tribünen der Adligen und der Damen.
»Bravo!« ... »*Fantastico!*« ... »Hoch lebe König Karl!«
König Karl ritt langsam weiter und zügelte dann sein schwarzes Streitroß, während König Philipp reglos im Staub liegenblieb. Seine Rüstung schimmerte im Sonnenlicht.
»Er rührt sich nicht«, stellte Bischof Eulogius mit zitternder Stimme fest. »Ist er tot?«
Doch dann bewegte sich die gepanzerte Gestalt.
»Nein, aber heute wird er nicht mehr kämpfen«, beruhigte ihn König Pedro. Aufregung hatte ihn ergriffen. Alles verlief genau nach Plan.

König Yusuf lehnte sich schweißgebadet zurück. Nachdem er die Natter getötet hatte, war sein erster Gedanke gewesen, die Klingelschnur zu ziehen und die Wachen herbeizurufen. Aber eine innere Stimme hatte ihn mitten in der Bewegung innehalten lassen, und nach weiterem Nachdenken hatte er von seinem Vorhaben abgelassen. Wer die Schlange auch immer in seinem Schlafgemach ausgesetzt haben mochte, er hatte es darauf abgesehen, daß sie ihn – angelockt von seiner Körperwärme – töten würde. In Granada gab es keine Nattern. Jedesmal, wenn er den toten Körper des Tieres, der sich wie eine braune Peitschenschnur auf dem rosafarbenen Marmorfußboden ringelte, betrachtete, erschauderte er. Der bloße Anblick des kleinen, weit aufgerissenen Mauls, in dem die tödlichen Zähne lauerten, verursachte ihm Übelkeit.

Daß eine Schlange, die nicht in Granada heimisch war, ihren Weg ins königliche Schlafgemach gefunden hatte, konnte einfach kein Zufall sein. Mit dem Tod auf dem Schlachtfeld hatte König Yusuf immer gerechnet. Dank der königlichen Flagge bildete er ein leicht auszumachendes Ziel. Doch dieses Kriechtier zeugte von einem tückischen Feind. Wer mochte es wohl sein?
Unter jenen, die Zugang zu seinem Schlafgemach hatten, gab es nur einen, der vielleicht seinen Tod wünschte: der hochgewachsene, magere Wesir Farouk Riswan mit seinen hellbraunen Augen und dem verbitterten Gesicht. Dieser Mann hatte König Yusufs Vorgänger ermorden lassen, damit der jetzige König den Thron besteigen konnte. Also war König Yusuf gezwungen gewesen, Riswan in seinem Amt zu belassen, damit die Verschwörung nie ans Tageslicht kam. Aber anstatt die schützende Macht hinter dem Thron zu sein, war Riswan der Fußschemel, über den man ihn besteigen konnte. Sicherlich würde der Wesir einst ihm, König Yusuf, nach dem Leben trachten, damit ein anderer sein Nachfolger werden konnte. Nur daß er diesmal einen Mann wählen würde, der ihm gefügig war. Wer mochte das wohl sein? Gewiß mußte er der königlichen Familie angehören.
Andererseits aber konnte es sich bei dem Mordversuch durchaus auch um eine Verschwörung der Christen handeln. Sein oberster Kundschafter im Palast von Granada hatte erfahren, daß König Pedro gemeinsam mit seinen christlichen Bruderkönigen heimlich einen Feldzug gegen König Yusuf vorbereitete. König Pedro war ein grausamer und mitleidloser Gegner, und der Tod des Königs von Granada konnte nur von Vorteil für ihn sein. Außerdem hätte er so auch die Gelegenheit, die Verstümmelung seines Sohnes Prinz Juan zu rächen.
Seit Prinz Ahmeds Flucht aus dem Palast bereute König Yusuf immer wieder, daß er damals Abou bon Ebbens Rat gefolgt

war und den Knaben im Gen al Arif eingesperrt hatte. Wo mochte der junge Mann in diesem Augenblick wohl sein?
Doch er, König Yusuf, würde es seinem unbekannten Feind mit gleicher Münze heimzahlen. Zuerst einmal mußte er die tote Schlange heimlich beseitigen. Zweitens war es wohl das beste, vorzugeben, daß er den Mordversuch nicht bemerkt hatte. So würde er die Verschwörer in Sicherheit wiegen. Nur dem taubstummen entmannten Tarif wollte er von diesem Vorfall erzählen. Er hatte ihn nach Prinz Ahmeds Flucht in seine Dienste genommen, weil er sich so dem verlorenen Sohn näher fühlte. Tarif hatte sich als so treu und pflichtbewußt erwiesen, daß König Yusuf ihn zu seinem Leibdiener gemacht hatte. Mit der Klingel hätte er nur einen anderen Bediensteten herbeigerufen; also würde er bis zum Morgen warten, wenn Tarif wie immer als erster kam, um seinen Herrn aufs Morgengebet vorzubereiten. Genauso hatte er es immer für Prinz Ahmed getan. Da König Yusuf die Taubstummensprache nicht beherrschte, erhob er sich, nachdem er diesen Beschluß gefaßt hatte, von seinem Lager, hielt die Ereignisse für Tarif schriftlich fest und erteilte ihm auf diesem Wege auch einige Anweisungen.
Dann wälzte er sich unruhig im Bett herum und wartete auf die sanfte Musik, die ihn täglich bei Morgengrauen weckte. Aber die traurigen Gedanken, die ihn jeden Morgen quälten, wurden immer bedrückender. Er war doch ein guter König, ein Dichter, und er hatte die Malerei, die Bildhauerei, die Baukunst, die Literatur und die Wissenschaft nach Kräften gefördert! Außerdem hatte er den ersten Sieg über die Christen seit dem Ende des schändlichen zehnjährigen Nichtangriffspaktes errungen, der nach der beschämenden Niederlage der wahren Gläubigen in der Schlacht von Salado im Jahre 1340 geschlossen worden war. Überdies hatte König Yusuf Wasserleitungen in Granada legen lassen, Moscheen erbaut und in jedem Dorf eine Schule errichtet, wo die Kinder ko-

stenlos unterrichtet wurden. Hatte er sich vom Hochmut hinreißen lassen, als er die Alhambra ausgebaut und neu geschmückt hatte? Ereilte ihn nun der Fluch von ibn Nagralla, seinem Namensvetter? Was war nun der Lohn für all seine Mühen? Was hatte er wirklich damit erreicht?
Als Tarif hereinkam und die tote Schlange entdeckte, machte er zuerst ein erschrockenes Gesicht. Doch bald hatte er sich, ganz vorbildlicher Diener, wieder gefaßt. Wortlos zeigte König Yusuf auf seinen Brief. Tarif las ihn rasch durch, berührte dann mit einer Verbeugung Herz, Mund und Stirn und schwor, das Geheimnis zu bewahren, wie sein Herr es von ihm verlangte. Dann trug er die Schlange in einem Korb hinaus.
Den ganzen Vormittag ging König Yusuf gemeinsam mit dem Wesir seinen Geschäften nach. Allerdings verspürte er dabei eine seltsame Mattigkeit. Einerseits hätte er den Mann gerne aus dem Amt geworfen und in der Folterkammer ein Geständnis aus ihm herausgepreßt, doch sein Gerechtigkeitssinn siegte. »Wir werden uns heute zum Mittagsgebet in die Palastmoschee begeben«, wandte er sich während der öffentlichen Audienz im großen Saal an den Wesir. »Es ist nicht notwendig, dafür besondere Vorkehrungen zu treffen.«
»Aber mein Gebieter, du bist doch unser König und Herr.«
»Keine Widerrede.« König Yusuf zwang sich zu einem Lächeln. »Vor dem allmächtigen Allah sind wir alle gleich.« Mit scharfen Augen musterte er den Wesir. »Ganz gleich, ob man König, Wesir, Heiliger«, er machte eine bedeutungsvolle Pause, »oder Meuchelmörder ist.«
Ein eigenartiger Ausdruck trat kurz in Riswans hellbraune Augen, aber der König konnte ihn nicht deuten. Doch er hatte zumindest seinen warnenden Pfeil abgeschossen. Nun würden sich die Verschwörer vielleicht in ihren Löchern verkriechen wie Giftschlangen in ihre Höhle.
Nach der Audienz überkamen den König auf einmal Erinne-

rungen an längst vergangene Tage. »Wir werden uns allein im Palast ergehen«, erklärte er, »und uns dann sofort zum Mittagsgebet in die Moschee begeben.«
Er begann seinen Spaziergang im großen Vorhof des Palastes. Dieser war etwa dreihundert Meter lang und mehr als zweihundertfünfzig Meter breit. An jedem Ende erhoben sich schlanke maurische Säulen, und eine stützte eine elegant geschwungene Galerie mit verschnörkelter Verzierung. Entlang der geschwungenen Kanten der Gesimse und an den Wänden waren Wappenschilder, Ziffern und arabische Schriftzeichen im Hochrelief angebracht. Letztere verkündeten die Wahlsprüche der Könige, die den Palast erbaut hatten. In der Mitte des Hofes stand ein gewaltiges, von Rosenhecken umgebenes Brunnenbecken, welches aus zwei marmornen Vasen gespeist wurde. Beim Anblick der Rosen konnte König Yusuf einen Seufzer nicht unterdrücken. Wie oft hatte er in glücklicheren Tagen eine Rose für seine geliebte Mariam gepflückt! Ihre braunen Rehaugen hatten aufgeleuchtet, wenn er sie ihr überreichte. Beim Gedanken an ihr Entzücken versetzte es ihm einen Stich ins Herz, ein Schmerz, der inzwischen sein ständiger Begleiter war.
»Diese Rose aus der Hand des Gebieters meiner Seele bedeutet mir mehr als alle Rosen in seinem Königreich«, hatte Mariam immer geantwortet. Und stets hatte er in atemloser Erwartung dieser Worte geharrt.
Vor einer dunkelroten Rose, einer Knospe, die sich gerade erst geöffnet hatte, blieb er stehen. Er bückte sich, um an ihr zu schnuppern, und Tränen stiegen ihm in die Augen.
Solche Schönheit hatte der allmächtige Allah den Menschen geschenkt, die seine Schöpfung für ihre finsteren Machenschaften mißbrauchten!
Aus dem warmen, sonnendurchfluteten *al beerkah* trat er durch einen maurischen Säulengang in den Löwenhof. Im Vorbeigehen erwiderte er den Gruß der Bediensteten und

der Wachen, die die Speere senkten und mit den Fingern Herz, Lippen und Stirn berührten. Auch wenn sie es vielleicht merkwürdig fanden, daß der König ohne sein Gefolge einherschritt, ließen sie sich nichts anmerken. Das hätten sie niemals gewagt! König Yusuf schlenderte an den Wasserbecken aus schimmerndem Alabaster vorbei, in denen funkelnde Fontänen sprühten. Das regelmäßige Plätschern und der leise Windhauch übten eine beruhigende Wirkung auf ihn aus. Er betrachtete die zwölf Löwen, von denen jeder einen kristallenen Strahl ausspie. Warum nur hielt er inne, als wolle er sich von jedem einzelnen verabschieden? Mit Trauer im Herzen gedachte er der Worte, die Ibn Gabirol vor vielen Jahrhunderten geschrieben hatte:

> Das Meer soll so voll sein wie Salomons Meer,
> jedoch nicht lasten auf eines Ochsen Schultern,
> doch da steh'n Löwen aufgereiht an seinen Gestaden,
> die nach Beute brüllen, diese Welpen,
> deren Brust wie eine Quelle ist, die sprudelt, um
> den Myrthengarten zu bewässern, der duftet aus
> weißen Blüten.

Er erinnerte sich, mit welcher Ehrfurcht er als Knabe diese steinernen Figuren zum erstenmal betrachtet hatte. Damals waren sie ihm wie lebendig erschienen. Warum nur verspürte er heute diese Trauer?

Einer der Gärtner, die die Brunnen säuberten, war ein dunkelhäutiger, gedrungener alter Maure, dessen Glatzkopf im Sonnenlicht vor Schweiß glänzte. König Yusuf kannte ihn schon seit seiner Kindheit. Damals war Iqbal ein junger Mann gewesen, und jetzt war er alt. Auch König Yusuf fühlte sich auf einmal wie ein Greis.

Auf seinem Weg über den mit roten und grünen Kacheln gepflasterten Pfad, der entlang der vier Seiten des Hofes

verlief, blieb König Yusuf immer wieder stehen. Er betrachtete die Säulengänge mit ihren Einlegearbeiten, die von vergoldeten schlanken Marmorpfeilern getragen wurden. Wie vornehm das alles aussah!
Er durchschritt den Saal der Kavaliere und das reich verzierte Portal, das in die Halle der Zwei Schwestern führte. Dort lag ein schwerer Duft nach Sandelholz, Weihrauch und Myrrhe in der Luft. Riesige nubische Eunuchen, mit Schwertern und Speeren bewaffnet, grüßten ihn wortlos, als er vorbeiging. Sie bewachten einen Ort, den außer König Yusuf kein Mann betreten durfte.
Was ging wohl in den Köpfen dieser schwarzen Eunuchen vor? Warum wanderte er, König Yusuf, einsam durch diesen Palast, da er doch jenseits dieser Gittertüren die Freuden seines Harems hätte genießen können? Dutzende von Frauen warteten dort nur auf ihn – Nordeuropäerinnen mit schneeweißer Haut, Afrikanerinnen und sogar eine Inderin. Kleine, große, dicke, dünne, flachbrüstige und vollbusige Frauen. Die meisten von ihnen waren in den Künsten der Liebe bewandert, denn wenn eine Jungfrau in den Harem kam, nahm sich die oberste Konkubine ihrer an und brachte ihr alles bei, was sie wissen mußte. Ein unterdrücktes Kichern verriet ihm, daß er beobachtet wurde. Wahrscheinlich verzehrten sich die Frauen nach ihm, denn er schenkte nur ungefähr einmal in der Woche einer von ihnen seine Aufmerksamkeit. Für ihn erfüllte dieses Vergnügen eher den Zweck der Erleichterung – angenehm zwar, aber nicht wichtiger, als wenn er sich an einer juckenden Stelle kratzte. Die Vereinigung mit einer seiner Haremsdamen hatte nichts mit der tiefen Zufriedenheit gemein, mit der ihn die Liebe zu Mariam erfüllt hatte.
Es war still, als er die Treppe hinauf zu Mariams Gemächern schritt. Offensichtlich war ihm das Wort vorausgeeilt, daß er allein sein wollte. Doch auf einmal waren die Klänge einer

Leier zu hören, eine goldene Stimme begann zu singen, und silberne Fußkettchen und Tschinellen klirrten.
Wie immer herrschte in Mariams Zimmer Grabesstille. König Yusuf hatte angeordnet, daß nichts im Raum verändert werden sollte. Nur Putzfrauen durften ihn jeden Morgen betreten. Jedesmal, wenn König Yusuf hierherkam, glaubte er, Mariams Lachen zu hören, und ihre warme, samtige Stimme, die ihm Zärtlichkeiten ins Ohr flüsterte. Doch die Tage des Glücks waren vorüber; ihm war nur eine Sehnsucht geblieben, die er niemals mehr erfüllen konnte.
Aus Mariams Badezimmer drang der Geruch nach moschusduftendem Wasser. Obwohl hier niemand mehr badete, wurden auf seinen Befehl hin die drei Hähne, aus denen kaltes, warmes und parfümiertes Wasser rann, täglich aufgedreht.
Alles im Zimmer war unverändert geblieben. Allerdings waren das nichts als Äußerlichkeiten, die zu bestimmen der König in der Lage war – über Leben und Tod hatte er keine Macht. Nur die Erinnerungen waren geblieben. Aber so lebendig sie auch sein mochten, die kalte Sonne, die auf sein augenblickliches Leben niederbrannte, hatte seine Seele verdorren lassen wie Wüstensand. Für König Yusuf war das wirkliche Leben in weite Ferne gerückt; in eine Oase namens Paradies.
Auf den rosafarbenen Marmorböden lagen grün und weiß gemusterte Teppiche – Mariams Lieblingsfarben. Möbliert war der Raum mit gleichfarbenen Diwanen, auf denen sich rosafarbene Kissen türmten. Aus den goldenen Duftlampen auf ihren Alabastersäulen drang immer noch jasminduftender Rauch. Die goldenen Schalen auf den niedrigen Ebenholztischen mit Einlegearbeit enthielten immer noch Süßigkeiten. An den Wänden hingen immer noch die riesigen bunten Wandteppiche, die friedliche ländliche Szenen darstellten. Auf dem, der ihm am besten gefiel, floß ein Strom friedlich durch Weideland, wo braune und schwarze Kühe

grasten. Im Hintergrund waren schneebedeckte Berge zu sehen. In den Wandnischen standen juwelenbedeckte Kleinodien aus aller Herren Länder. Einige der goldenen, mit Rubinen, Smaragden und Saphiren besetzten Vasen waren ein Vermögen wert. König Yusuf ging zum offenen Fenster hinüber. Es war, als blickte man über einen Abgrund hinweg. Die Höfe zwischen den Palastgebäuden wirkten winzig, verglichen mit dem Darrotal, das friedlich im Licht der silbernen Vormittagssonne lag.

Hol die Sonne vom Himmel, allmächtiger Allah, denn da du mir die Liebste genommen hast, brauche ich sie nicht mehr!

In diesem Augenblick schallte die hohe Stimme des Muezzin, der die Gläubigen zum Gebet rief, durch die Luft.

»Allah ist der Größte
Es gibt keinen Gott außer Gott,
Und Mohammed ist sein Prophet
Kommt zum Gebet
Zu beten ist besser als zu schlafen
Allah ist der Größte
Es gibt keinen Gott außer Gott.«

König Yusuf wandte sich um und eilte hinaus, um sein Stelldichein mit Gott einzuhalten. Und in diesem Augenblick überkam ihn eine unheimliche Vorahnung, warum er diese Reise in die Vergangenheit unternommen hatte.

Atemlos und fast außer sich vor Angst begann Zurika zur Heiligen Jungfrau zu beten. Es erschien ihr wie eine Antwort auf ihr Flehen, als sie spürte, wie sich der Griff des langen Messers gegen ihren Brustkorb preßte. Ihr Widerstandsgeist erwachte, und sie beschloß, zu kämpfen wie ein Tier, das man in die Ecke gedrängt hat. Feldwebel Villejo stand jetzt nur noch zwei Schritte von ihr entfernt.

»Schnapp sie dir, Feldwebel.«
»Beeil dich, ich kann es kaum noch erwarten!«
»Soll ich sie festhalten, falls sie sich wehrt?« Dieser Vorschlag kam von Pedro Cruz.
Zurika brach der Angstschweiß aus, doch als sie nach dem Messer griff, war es, als durchfahre eine Welle des Mutes ihren Arm und ihren gesamten Körper. Vor Wut schossen ihr die Tränen in die Augen. Mit einem Aufschrei zog sie das Messer. Die gelben Augen des Feldwebels weiteten sich einen Augenblick lang, doch dann wurden sie zu zwei schmalen Schlitzen. Er beugte leicht die Knie und streckte auffordernd die Hände aus. »Komm schon, du dreckige kleine Hure!« stieß er zwischen zusammengebissenen Zähnen hervor.
»*Amigo*, brauchst du Hilfe?« Aus dem Augenwinkel erkannte sie, daß Pedro einen Schemel über dem Kopf schwang. »Soll ich ihr eins über den Schädel geben?«
»Nein!« Der rote Schnurrbart sträubte sich vor Entrüstung. »Ich werde schon allein mit dieser Wildkatze fertig.« Er durchbohrte sie mit seinen Blicken. »Na los, du Miststück!«
Auch Zurika beugte sich vor und hielt das Messer in Taillenhöhe vor sich hin, wie sie es bei kämpfenden Zigeunern gesehen hatte. Dabei ließ sie ihren Gegner nicht aus den Augen. Dann sprang sie los und tat, als wolle sie nach ihm stechen. Doch er zuckte nicht mit der Wimper. Offenbar verfügte er über einige Kampferfahrung. Sie unternahm noch einen Vorstoß. Diesmal blinzelte er, als ob er sie nicht richtig sehen könne, und schüttelte zweimal den Kopf. Im gleichen Augenblick begann er zu schwanken, und seine ausgestreckten Arme sanken schlaff herunter. Mühsam hob er die Hände, fing wieder an, rasch zu blinzeln und stieß eine entsetzlich nach Knoblauch und Wein stinkende Dunstschwade aus. Dann taumelte er, und Pepe Ruiz sprang vor, um ihn festzuhalten.

Ein Triumphgefühl überkam Zurika! Das Schlafmittel im Wein fing an zu wirken.
»Ahhh ... du ... ahhhh.« An Pedro Cruz' Lallen erkannte sie, daß das Schlafmittel auch bei ihm bereits seine Wirkung tat. Nun waren noch drei Wächter übrig, und es konnte eine Weile dauern, bis auch sie einschliefen, da sie erst später zu trinken angefangen hatten. Doch wenn es sein mußte, würde sie gegen alle drei kämpfen bis zum Tod. Aber würde sie durchhalten können, bis die drei endlich die Besinnung verloren? Beim bloßen Gedanken an ihre rohe männliche Kraft wurde ihr übel.
Heilige Jungfrau, steh mir bei!
Für dich, mein geliebter Prinz Ahmed, will ich meine Jungfräulichkeit bewahren. Doch selbst wenn sie mich schänden, werde ich dich befreien, Prinz Juan, mein lieber Freund.
Wilde Gedanken schossen ihr durch den Kopf.
Nachdem Pedro Cruz zusammengebrochen war, hatte Tonio versucht, ihm wieder auf die Beine zu helfen. »He, *amigo*, was ist denn los mit dir?«
Nur Carlos hatte noch die Hände frei. Sollte sie sich auf ihn stürzen und ihn töten, damit nur noch zwei Gegner übrig blieben? Aber zu ihrer Freude war das nicht mehr nötig. Carlos blinzelte benommen und fuhr sich mit der Hand über die Augen. Als er sie ansah, glomm Verstehen in seinem Blick auf. »Du Miststück. Ich werde ... werde ...« Er setzte sich in Bewegung, doch die Glieder wollten ihm nicht mehr gehorchen. Haßerfüllt sah er sie an, ehe er ebenfalls langsam zu Boden sank.
Da gab auch Tonio ein Stöhnen von sich und ließ seinen Kumpanen los. Pedro fiel mit einem Krachen nieder, während Tonio ihn eine Zeitlang benommen anstarrte. Dann verschleierte sich sein Blick, und er verlor die Besinnung.
Jetzt war nur noch Pepe Ruiz auf den Beinen. Er blickte Zurika mit einer solchen Wut an, daß ihr ganz flau wurde. »Jetzt weiß

ich, was du vorhattest, du Hure.« Langsam nickte er mit dem Kopf. »Und wenn es das letzte ist, was ich im Leben tue, aber ich werde dich mir vornehmen.« Er machte eine unheilverkündende Pause. »Ich werde dich mir vornehmen, daß dir Hören und Sehen vergeht.«
Mit einer raschen Bewegung schleuderte er den bewußtlosen Feldwebel beiseite, als sei er eine Puppe. Angesichts seiner ungeheuren Körperkraft wurde Zurika von wilder Angst ergriffen. Würde sie ihn abwehren können?
»Nur zu!« zischte sie.
Plötzlich sprang er geschmeidig wie ein Berglöwe auf sie zu. Mit der linken Hand schlug er ihr gegen das Handgelenk. Ein entsetzlicher Schmerz schoß ihr durch den Arm, und das Messer fiel klappernd zu Boden. Dann warf er sich auf sie und drückte sie so gewaltsam gegen die Wand, daß ihr der Atem stockte. Seine ungeheure Kraft erinnerte sie an Majo, und sie wehrte sich nach Leibeskräften. Sabbernde Lippen preßten sich auf ihren Mund. Sein Atem stank. Langsam ließ sie sich die Wand hinuntergleiten, um seinem Mund auszuweichen. Sie tastete mit den Händen nach dem Boden; auf keinen Fall durfte sie jetzt stürzen! Da berührten ihre Finger einen harten Gegenstand.
Das Messer! Erleichtert griff sie danach, doch ihre schweißnasse Hand rutschte ab. Inzwischen hatte Pepe Ruiz begonnen, sie niederzudrücken. Mit der rechten Hand schlug er ihr ins Gesicht. Funken tanzten vor ihren Augen, und fast hätte sie die Besinnung verloren.
Noch ein heftiger Schlag, diesmal mit dem Handrücken. Wieder sprühten Funken, doch jetzt tastete sie mit der Hand verzweifelt nach dem Messer, bis sie es endlich fest umfaßte.
»Nimm mich!« Eine innere Stimme riet ihr, zu dieser List zu greifen, die Worte zu sagen, die er hören wollte, und sich nicht mehr zu sträuben.

»Ha! Ich wußte doch, daß du mich willst, du dreckige Schlampe.« Er entspannte sich.

In diesem Augenblick holte sie aus und stach ihm mit blinder Wut das Messer in die Seite. Sie traf ihn genau zwischen dem untersten Rippenbogen und dem Hüftknochen. Als das Messer tief in sein Fleisch drang, überkam sie wilde Freude.

Ruiz stieß ein Stöhnen aus und schnappte dann nach Luft.

Gnadenlos riß sie das Messer aus der Wunde, und sein entsetzlicher Schmerzensschrei gellte durch den Raum. Sein übelriechender Atem paßte schlecht zu dem Sandelholzduft, mit dem er sich parfümiert hatte. Mit den Händen griff er nach ihrem Hals, doch sie hatten keine Kraft mehr. Vergebens versuchte er, Atem zu holen. Dann wurde sein Körper schlaff.

Zurika rollte ihn von sich weg. Hilflos lag er da. Sein Gesicht war schmerzverzerrt, und aus der Wunde in seiner Seite quoll das Blut. In seinen vor Entsetzen geweiteten Augen stand Haß. Sie hob das Messer. »Siehst du das, du dreckiges Schwein?« Mit diesen Worten stieß sie ihm das Messer in den Bauch, freute sich beinahe darüber, wie mühelos es eindrang.

Schrill heulte er auf, doch in ihren Ohren klang es wie Musik.

Zurika war jetzt völlig außer sich. Wieder und wieder stieß sie ihm das Messer in den zuckenden Leib. »Nimm das ... und das ... für jede Frau, der du Gewalt angetan hast!« Ihre haßerfüllten Schreie mischten sich mit seinem Wimmern.

Plötzlich bemerkte sie, daß er sich nicht mehr rührte. Das Messer in der erhobenen Hand, starrte sie auf seine blicklosen Augen hinab. Ein Schluchzen entwand sich ihrer Kehle, und sie wurde von heftigem Weinen geschüttelt. Schweiß strömte ihr vom Gesicht, und der Speichel hing ihr in den Mundwinkeln.

»Wie gefällt dir das, du Dreckhaufen?« stöhnte sie.

Doch allmählich nahm sie seine starren Augen, die klaffenden Wunden, den verstümmelten Körper wahr. Ein Schauder durchfuhr sie, doch die Hand mit dem Messer hielt sie immer noch erhoben.

Ich habe einen Mann getötet; ein menschliches Wesen. Ich habe eine Todsünde begangen. Werde ich jetzt für immer in der Hölle schmoren? Heilige Muttergottes, vergib mir!

Dann erinnerte sie sich wieder an ihren Auftrag. Aber statt sich in Bewegung zu setzen, blieb sie nur stöhnend und zitternd sitzen.

Endlich gelang es ihr, sich wieder zu fassen. Eine innere Stimme sagte ihr, daß sie richtig gehandelt hatte. Entschlossen stand sie auf und wankte zu dem Schlüsselhaken hinüber. Zuerst starrte sie nur benommen auf den Schlüsselbund, doch dann holte sie tief Luft und ging zur Kerkertür. Auf dem Weg stolperte sie über das Messer; selbst der Griff war blutverschmiert. Ein weißer Schmutzfleck darauf hob sich ab wie eine widerliche Narbe.

Galle und die Überreste ihres Frühstücks stiegen ihr in die Kehle. Nur das Gewicht der Schlüssel in ihrer Hand holte sie zurück in die Wirklichkeit. Sie nahm die Schlüssel in die linke Hand und hob das Messer auf.

Dann ging sie zu dem besinnungslosen Feldwebel Villejo hinüber und wischte das Messer an seiner weißen Hose ab. Dieser Blutstreifen und die Leiche des Mannes, von dem das Blut stammte, würden ihn daran erinnern, wie knapp er selbst dem Tode entronnen war.

Sie schob das Messer wieder unter ihre Bluse. Nun mußte sie nur noch die Tür öffnen, hinter der Prinz Juan gefangen saß.

19. Kapitel

Je weiter das Turnier voranschritt, desto mehr wuchs Prinzessin Beatrices Angst. Kampf folgte auf Kampf, Waffengang auf Waffengang, und noch immer keine Spur von Prinz Ahmed! Wenn sie ihn nicht vor zwei Tagen mit eigenen Augen gesehen hätte, wäre sie fast sicher gewesen, daß der Mann ihrer Träume nichts weiter war als ein Hirngespinst. Allerdings war auch der Umstand, daß Prinz Juan im finsteren Kerker schmachtete, ein weiterer Beweis dafür, daß sie nicht träumte.

Und jetzt hatte König Karl der Böse das Turnier gewonnen! Sein Sieg war so eindeutig, daß die beiden *Grandes Dames* keine letzte Entscheidung fällen mußten.

König Philipps Gefolgsleute scharten sich um ihren Herrn und halfen ihm wieder auf die Beine, während König Karl sich seinen Herolden, Trompetern und Reitern zuwandte. Obwohl Prinzessin Beatrice im Schatten eines Baldachins saß, brach ihr vor Aufregung der Schweiß aus.

Nun ritt der hünenhafte Graf Fernando, gefolgt von seinen Gehilfen, auf die Kampfbahn. Er gab König Karl ein Zeichen, neben ihm zur Tribüne des Königs hinüberzureiten. Als der Jubel der Menge verebbte, stießen die königlichen Trompeter in ihre Fanfaren. Dann verstummten auch sie, und Schweigen senkte sich über die Kampfbahn. Nur das Greinen eines Säuglings und das Meckern einer Ziege waren zu hören.

»Gestattet mein Gebieter, König Pedro, Herrscher des großen Königreichs Kastilien und Schirmherr dieses Turniers, seinem Turniermeister, den Sieger auszurufen?« dröhnte Graf Fernandos Stimme.

»Es ist mir ein Vergnügen, tapferer Graf«, erwiderte König Pedro. »Verkünde deinen Spruch.«

»Der Sieger heißt ...«

Auf einmal wurden Graf Fernandos Worte vom Schall einer Trompete unterbrochen. Er hielt inne und wandte sich überrascht nach dem Geräusch um.

Prinzessin Beatrice klopfte das Herz bis zum Halse. Als sie dem Blick des Grafen folgte, entdeckte sie in der grellen Mittagssonne eine kleine Gruppe von Männern, die auf die Kampfbahn zukamen. Voran ritt ein weißgekleideter Trompeter, der die Fanfare blies, auf einem weißen Pferd. Dahinter kamen zwei Herolde in goldenen Gewändern, die ebenfalls auf weißen Pferden saßen. Ihnen folgte ein Fahnenträger mit einer zusammengerollten Flagge. Den Abschluß des kleinen Zuges bildeten ein Reiter in voller Rüstung auf einem weißen Schlachtroß und ein Knappe mit einer Lanze.

»Horn ist gekommen, um mich zu befreien! Ich danke dir, Heilige Mutter Maria!« hauchte die Prinzessin Beatrice. Vor Aufregung, Freude und Erleichterung blieb ihr fast das Herz stehen.

Schweigend und überrascht beobachtete die Menge dieses ungewöhnliche Schauspiel. Schwungvoll nahm der Trompeter das Instrument von den Lippen und fiel in leichten Trab; die anderen Männer folgten ihm.

Vor dem Turniermeister kam die kleine Gruppe zum Stehen. Der hatte sich inzwischen wieder von seiner Verblüffung erholt und sah König Pedro fragend an. Der Monarch gab ihm ein Zeichen, sein eigenes Urteilsvermögen walten zu lassen. Rings um Prinzessin Beatrice begannen die Damen aufgeregt zu tuscheln. »Wer sind diese Männer?« ... »Nehmen sie auch am Turnier teil?« ... »Was für wunderschöne Pferde!«

Prinzessin Mathilde beugte sich zu Maria de Padilla hinüber. »Ist diese Unterbrechung nicht ein wenig merkwürdig, meine Liebe?« fragte sie. »Soll das unserer Unterhaltung dienen?«
Maria de Padilla zuckte hilflos die Achseln. »Das kommt für uns alle sehr überraschend.«
Prinzessin Mathilde wandte sich an den Grafen Gaston. »Ist es denn möglich, daß ein weiterer Herausforderer hier antritt?« fragte sie, und ihre Stimme klang ein wenig verärgert. »Nach den Regeln ist unser lieber König Karl doch schon der Sieger des Turniers und sollte als solcher ausgerufen werden. Würdest du dich bitte darum kümmern, werter *chevalier?*« Nun hatte sie einen herrischen Ton angeschlagen. Langsam wedelte sie mit ihrem Fächer aus grauen Taubenfedern. »Diese Hitze ist ziemlich anstrengend. Nachdem der Sieger ausgerufen worden ist, können wir Damen uns in den Palast zurückziehen. Sei bitte so gut und rette uns.«
»Mit Freuden würde ich alles tun, Prinzessin, um den Damen zu dienen«, erklärte Graf Gaston ernst. Die Unterbrechung schien ihn nicht weiter zu verwundern, und er war so gefaßt wie immer. »Allerdings wäre es leichter für mich, die Sonne abzustellen, als in das Protokoll eines Turniers einzugreifen. Das ist Graf Fernandos Aufgabe, und die letzte Entscheidung liegt bei König Pedro.«
»Wer seid ihr?« donnerte Graf Fernando dem Neuankömmling entgegen. »Wie könnt ihr es wagen, die Kampfbahn zu betreten?«
»Ich bin gekommen«, entgegnete die jugendliche Stimme des Mannes in der Rüstung, »um den Sieger herauszufordern!«
Das Raunen in der Menge wurde nun von höhnischen Zwischenrufen unterbrochen. Trotzdem konnte Prinzessin Beatrice nicht ausmachen, auf wessen Seite die Leute standen. Wahrscheinlich auf der des Neuankömmlings, da so ein weiterer Kampf stattfinden würde.
»Regeln, die von Menschenhand gemacht sind, können auch

vom Menschen wieder geändert werden. Nur die Gesetze Gottes sind unabänderlich. Falls die Regeln des Turniers es nicht gestatten, soll sich der Sieger an das halten, was seine Ehre ihm gebietet, und meine Herausforderung annehmen. Ansonsten soll man ihn einen Feigling nennen.«

König Karls wütendes Gebrüll hallte durch die Luft. »Ich fürchte mich vor nichts und niemandem und nehme jede Herausforderung an, selbst wenn sie von einem Emporkömmling stammt. Kümmere dich darum, Turniermeister.«

»Doch vorher mußt du beweisen, daß du würdig bist, am Turnier teilzunehmen, du Fremder in der weißen Rüstung.« Graf Fernandos Stimme klang erleichtert. »Beweise uns, daß du von hoher Geburt bist und einen tadellosen Ruf hast.«

Prinzessin Beatrice erstarrte vor Furcht. Nun war der gefürchtete Augenblick gekommen; vielleicht würde Prinz Ahmed zurückgewiesen werden. Dann würde man ihn verhöhnen, ihn vielleicht sogar ins Gefängnis werfen. Denn er war zwar von königlichem Geblüt, aber trotzdem ein Heide. Voller Überraschung wurde ihr klar, welchen Mut dieser junge Mann besaß. Schließlich war er der Kronprinz von Granada und setzte ohne Zwang sein angenehmes Dasein, eine gesicherte Zukunft und sogar sein Leben aufs Spiel, um sie und Prinz Juan zu retten!

»Bei allem, was heilig ist! Dieser Mann verdient es allein wegen seines Mutes, zugelassen zu werden«, sagte Graf Gaston leise.

Prinzessin Beatrice empfand Achtung vor Prinz Ahmed. Dieser junge Mann, ein Fremder und ein Ungläubiger obendrein, stellte sich ganz allein einer riesigen Überzahl von gekrönten Häuptern, Adligen und gewöhnlichen Bürgern. In diesem Augenblick wußte sie, daß sie Prinz Ahmed liebte und ihm bis ans Ende der Welt folgen würde. Sie würde zu ihm stehen, in Armut oder in Reichtum, in einer bescheidenen Hütte oder in einem Palast.

Erwartungsvolles Schweigen senkte sich über die Menschenmenge und die Reihen der Adligen. Prinzessin Beatrice warf einen Blick auf ihren Vater. Der Zorn, der sich in seinen Zügen gezeigt hatte, war inzwischen einem höhnischen Ausdruck gewichen, und um seinen Mund zuckte es böse. Doch als Graf Fernando ihn fragend ansah, nickte er zustimmend. »König Karl wird diesem fremden Emporkömmling eine Lektion erteilen, die dieser nicht so rasch wieder vergißt.«
Gespannt sah Prinzessin Beatrice zu, wie der Fremde langsam sein Visier hob. Sein Gesicht lag im Schatten des Helmes, weil die Sonne genau über ihm stand. Doch als sie sein dunkles, schönes Profil erblickte, stockte ihr der Atem.
»Ein sehr stattlicher Mann«, bemerkte Prinzessin Mathilde.
»Hmmm, und wahrhaft königlich, aber noch so jung.«
»Offensichtlich ein Fremder«, schnaubte Maria de Padilla.
Auf ein Zeichen von Prinz Ahmed hob der Trompeter wieder sein Instrument an die Lippen und blies einen Tusch, der ein wenig maurisch klang. Noch ehe der letzte Ton verklungen war, entfaltete der Fahnenträger die Flagge. Ein plötzlicher warmer Windstoß rollte sie vollständig auf. Prinzessin Beatrice schnappte nach Luft, und ein Raunen ging durch die Menge.
Die Fahne war grün und zeigte einen silbernen Stern und einen Halbmond in der oberen rechten Ecke: Es war die Flagge des Islams.
Auf der Tribüne der Damen wurde wieder getuschelt. »Die Fahne der Ungläubigen« ... »Wie kann er es wagen?« ... »Ein Heide!« Der Rest der Worte wurde vom Lärm der Menge übertönt.
Graf Fernando erholte sich rasch wieder von seinem Erstaunen. Er hob die behandschuhte Rechte, um für Ruhe zu sorgen. Endlich wurde es wieder still. »Sage uns deinen Rang und deinen Stand.«
»Ich bin Prinz Mo-Ahmed al Kamal, der Sohn von König

Yusuf I., dem Herrscher von Granada. Meine Mutter war eine Prinzessin von königlichem Geblüt und die uneheliche Tochter des Königs von Marokko. Ich bin Erbe des Throns von Granada.«

Ein Raunen ging durch die Menge, und Rufe wurden laut. »Ungläubiger!« ... »Heide!« ... »Islamischer Bruder!« ... »Allah-hu-Akbar!« Diese letzten Worte kamen von den Mude'jar, den moslemischen Mauren, die im Land der Christen lebten, und den Moriscos, jenen Mauren, die zum Christentum übergetreten waren.

»Du bist nicht berechtigt, in diesem Turnier um die Hand einer christlichen Prinzessin zu kämpfen«, stellte Graf Fernando fest. »Du bist kein Ritter, sondern ein Barbar.«

»Ich bewerbe mich nicht um die Hand von Prinzessin Beatrice. Ich bestehe nur auf mein Recht, gegen den tapfersten Ritter zu kämpfen. Als Preis fordere ich die Freiheit für Prinzessin Beatrice, damit sie sich ihren Gatten selbst wählen kann. Falls ich verliere, bin ich bereit, mein Leben hinzugeben.«

O mein Gott, dachte Prinzessin Beatrice, er bietet sein Leben für das meine!

»Unverschämter Hundesohn!« rief König Pedro aus.

Prinzessin Beatrice wurde sich voller Enttäuschung bewußt, daß ihr Traumprinz nicht um ihre Hand angehalten hatte. *Er will mich nicht. Mein Horn will mich nicht.* Tränen traten ihr in die Augen. Vielleicht ist er ja einer anderen Dame versprochen. Kann sein, daß er sogar verheiratet ist. Doch das ist mir einerlei. Ich werde ihm folgen und bin sogar bereit, seine Konkubine zu werden, solange er mir gestattet, in seinem Harem meinen christlichen Glauben auszuüben.

Graf Fernando war entsetzt. »Was hat mein königlicher Herr soeben gesagt?« fragte er.

»Laß seinen Glauben kein Hindernis sein, wenn du über sein Recht, am Turnier teilzunehmen, entscheidest«, antwortete

der König. Dann wandte er sich an Bischof Eulogius, der schon die Hand ausgestreckt hatte, um ihn zurückzuhalten. »Sei unbesorgt, Bischof«, meinte König Pedro leise. »König Karl wird diesen grünen Jungen zu Hackfleisch verarbeiten. Außerdem wird, noch ehe der Tag vorüber ist, unsere Verschwörung in Granada Früchte tragen.« Ein böses Grinsen huschte über sein Gesicht. »Dann ist die Zeit reif für unser eigenes ... Turnier.«
»Wer bürgt für dich?« fragte Graf Fernando den Herausforderer.
Mit einer Handbewegung lenkte Prinz Ahmed sein Pferd zur Tribüne des Königs hinüber. Zu Prinzessin Beatrices Überraschung sah Prinz Ahmed ihren Vater geradewegs an. »Der Prinz, der für mich bürgen wollte, ist durch einen Akt der Grausamkeit schuldlos ins Gefängnis geworfen worden. Deswegen wende ich mich an seinen königlichen Gefängniswärter, damit dieser an seiner Stelle für mich bürgen möge.«
Wieder brach Tumult in der Menge aus. König Pedro sprang auf. »Niemals!« schrie er. »Wie kannst du, Abkömmling des wilden Barbaren, der meinen Sohn so entsetzlich verstümmelt hat, so daß er nun taubstumm ist, unsere Unterstützung verlangen? Du bist ohne Einladung hier erschienen und hast unser Turnier gestört. Nun berufe dich auf deine eigenen Verdienste und unterwirf dich der Entscheidung meines Turniermeisters. Du kannst von Glück reden, daß die Turnierregeln mich daran hindern, dich ergreifen und aufknüpfen zu lassen.« Wütend setzte er sich wieder. »Wenn das Turnier vorbei ist, werde ich ihm seinen beschnittenen Schwanz in den Hals stopfen«, knurrte er böse.
Prinz Ahmed warf sein Pferd herum, und Prinzessin Beatrice stellte bewundernd fest, was für ein ausgezeichneter Reiter er war. »Dann wird der König, den ich zum Kampf herausfordere, für mich bürgen – es sei denn, er befürchtet, daß ich ihn besiege.«

Mit einem Wutschrei stieß König Karl seinem Streitroß die Sporen in die Flanken. Das riesige Pferd zuckte zusammen und stürmte dann trotz des Gewichts auf seinem Rücken voran. Dann zog König Karl das Schwert, schwenkte es hoch über dem Kopf und preschte über die Kampfbahn auf Prinz Ahmed zu.
Bei Gott, dachte Prinzessin Beatrice. Er will meinen Liebsten in Stücke hacken. Sie sprang auf und unterdrückte den Schrei, der ihr auf den Lippen lag.
Graf Gaston stieß einen leisen Fluch aus.
Doch Prinz Ahmed stand reglos da und machte keine Anstalten, sich zu verteidigen, als König Karl auf ihn zugestürmt kam. Prinzessin Beatrice hielt den Atem an.
Im letzten Augenblick schwenkte König Karl nach links und berührte im Vorbeireiten Prinz Ahmeds Schulter leicht mit dem Schwert. »Hiermit habe ich für diesen Heiden gebürgt!« brüllte er. Während er an der Gruppe vorbeigaloppierte, brach die Menschenmenge in lauten Jubel aus, der tosend in den Himmel stieg.

Ein Mann konnte überall auf Gottes Erdboden beten, wenn der Ort nur sauber war. »Die ganze Welt ist meine Moschee«, hatte der Prophet schließlich gesagt. Als König Yusuf die Treppe hinabeilte und sich im Eingangshof des Palastes seinem Gefolge anschloß, um sich zur großen Moschee zu begeben, fragte er sich, warum er heute gerade sie für sein Mittagsgebet ausgesucht hatte.
Die Moschee war ein großes, rechteckiges Gebäude, das an allen vier Ecken Minarette trug. Als König Mohammed ben Ahmer den Palast vor hundert Jahren hatte ausbauen lassen, hatte er auch die große Moschee geschmückt. Doch da er stets einfach und asketisch gelebt hatte, hatte er vierzig Jahre lang geherrscht und war vom Fluch des Juden verschont geblieben.

Die zeitlose Schönheit der Moschee war nicht zu übersehen, obwohl sie um diese Uhrzeit von Gläubigen wimmelte. Alles drängte sich um das Wasserbecken in der Mitte des großen marmorgefliesten Innenhofes, um die rituellen Waschungen vorzunehmen. Entlang der Mauern des Hofes wuchsen Orangenbäume, deren weiße Blüten köstlich dufteten.
Die symbolischen Waschungen vor dem Gebet waren vom Propheten vorgeschrieben. König Yusuf und seine Männer mischten sich unter die anderen Gläubigen. Sie wuschen sich die Hände, um sich von allen schlechten Taten zu reinigen, den Mund, um schmutzige Worte wegzuspülen, das Gesicht, um rein vor das Angesicht Gottes zu treten und seine Vergebung zu erflehen. Zuletzt wuschen sie sich die Füße, weil sie vom richtigen Pfade abgewichen waren, und sprachen das *niyah*, mit dem sie die Absicht bekräftigten, aller Unreinheit zu entsagen und sich dem ewigen Gebet zu widmen.
Während König Yusuf sich wusch, dachte er über die Einigkeit der islamischen Welt nach. In der Bruderschaft der Moslems waren alle gleich, was auch einen König zu einem gewöhnlichen Sterblichen machte. Er hielt inne und betrachtete voll Freude die Säulen aus rotem, gelbem und braunem Jaspis, die mehr als fünf Meter emporragten. Da jeder der Gläubigen mit seinem eigenen Gebet beschäftigt war, achtete niemand auf ihn. Auch nicht der graubärtige, runzlige alte Mann, dessen Haut die Farbe von Rosinen hatte. Der Schweiß auf seinem kahlen Schädel glänzte in der Mittagssonne. Der dunkle, glattrasierte riesige Marokkaner, wahrscheinlich ein Gast in Granada, und auch der pausbäckige, beleibte Araber, offensichtlich ein Händler, würdigten ihn ebenfalls keines Blickes.
Gefolgt von seinem Hofstaat, durchschritt König Yusuf das schattige Portal zur Moschee. Nun war er nur noch Teil der Menschenmenge, die sich hineindrängte. Drinnen empfing ihn ein Nebel aus Weihrauch, der aus den Hunderten von

Duftlampen aufstieg. Vor der *mihrah*, der achteckigen Nische mit ihren Wänden und dem Dach aus Marmor blieb er stehen. Die Unterseite des großen Marmorblockes, der die *mihrah* deckte, war so behauen, daß sie einer Muschel ähnelte. Rechts von der *mihrah* stand die *nimbar*, die Kanzel, von der aus der *khatib*, der Vorbeter, sich an die Gläubigen wandte. Auf der Kanzel lag ein riesiger, mit Juwelen besetzter Koran. Eine Moschee ist eigentlich ein schlichtes Gebäude, weil sie nichts enthalten soll, was die Betenden ablenkt. Trotzdem war das Innere dieser Moschee kunstvoll gestaltet. Die Böden bestanden aus bunten Mosaiken. Wie ein zarter Wald wuchsen Säulen aus erdfarbenem Stein aus den marmornen Fliesen. Sie trugen ein hohes Dach, und die Decke des Raumes konnte man nur erkennen, wenn man den Kopf in den Nacken legte. Sie bestand aus geschnitztem, lackiertem und vergoldetem Zedern- und Lärchenholz.

König Yusuf bedeckte sein Haupt mit einem viereckigen Tuch aus Musselin und kauerte sich auf seine Fersen vor die *mihrah* auf den kalten Marmorfußboden. Seine Untertanen um ihn herum taten das gleiche.

O göttlicher Allah, es heißt, du verhängst deine Strafen nach deinem Gutdünken. Deine Gnade übertrifft alles. Im Leben eines Herrschers gibt es viel Böses; sonst kann er nicht nach deinen Gesetzen regieren. Ich habe in diesem Dasein Schmerzen erlitten, Strafen ertragen und getrauert, alles nach deinem Willen, so wie jeder Mensch nach deinem Willen handeln und sich vom kismet *leiten läßt. Die Qualen, die ich seit dem Tode meiner geliebten Mariam habe erdulden müssen, waren dein Wille. Ich habe auch einen hohen Preis dafür bezahlt, daß ich mir gegenüber meinem Sohn, Prinz Ahmed, deine Rolle angemaßt habe. Ich habe versucht, sein Schicksal zu bestimmen. Ebenso habe ich an Prinz Juan gesündigt, denn ich habe ihn grausam der Fähigkeiten beraubt, die du ihm bei seiner Geburt verliehen hattest. Trotzdem, o Allah, erschienen mir die Qualen*

und die Strafen, die ich anderen Menschen zufügte, zum damaligen Zeitpunkt angemessen.
Heute allerdings weiß ich nicht, ob ich immer nur gehandelt habe, um meinen Pflichten als von dir eingesetzter Herrscher meines Volkes zu genügen. Vielleicht bin ich zu oft nur Mensch gewesen und habe mich von selbstsüchtigen Beweggründen leiten lassen.
Ich bete zu dir, gewähre mir deine göttliche Gnade und nimm mich, wenn meine Zeit gekommen ist, auf in dein Paradies, damit ich wieder mit meiner Mariam vereint bin, die mein Glück war und mein Leid, seit sie gestorben ist ...
Der plötzliche scharfe Schmerz zwischen seinen Schulterblättern ließ ihn stöhnend zu Boden sinken. Er krümmte sich, und sein Kopf schlug auf dem Marmorfußboden auf. Während es langsam schwarz um ihn wurde, bemerkte er noch, daß sein Mörder geflohen war.
Der Fluch hat mich ereilt, weil ich versucht habe, es Gott gleichzutun. Der weiße Boden wird mit meinem Blut befleckt werden. Doch Marmor ist kühl ... so kühl ... wie das Paradies.

Ein Bestechungsgeld für die Wachen hatte es Prinz Ahmed ermöglicht, alle Wettkämpfe vom Eingang der Kampfbahn aus aufmerksam zu beobachten. So war es ihm gelungen, sich ein Bild von den Fähigkeiten seiner Gegner zu machen. Sein besonderes Augenmerk hatte König Karl und König Philipp in ihrem letzten Zweikampf gegolten. Danach war er in das kleine Wäldchen zwischen dem Palast und der Kampfbahn geeilt, wo sein kleines Gefolge mit seiner Rüstung und der Hebevorrichtung auf ihn wartete, die nötig war, um ihn auf sein Pferd zu hieven. Falls eine Flucht nötig werden sollte, wollten sie sich dort wieder treffen.
Nachdem er auf seinem weißen Pferd Amir zur Kampfbahn zurückgekehrt war, hatte er seine Herausforderung ausgesprochen, und nun stand er König Karl im grellen Sonnenlicht

gegenüber. Erst jetzt bemerkte er, mit was für einem Hünen er es zu tun hatte. Außerdem hatte er feststellen müssen, daß sein Gegner ein äußerst geschickter Reiter war. Prinz Ahmed versuchte sich auszumalen, wie König Karl wohl vorgehen würde, doch gleichzeitig waren alle seine Sinne hellwach, um jeden überraschenden Schlag des Königs sofort parieren zu können.
Bis jetzt war er erfolgreich gewesen; wenn Zurika ebensoviel Glück gehabt hatte, würde alles ein gutes Ende nehmen. Er gab sich alle Mühe, die Sorgen um Zurika und Prinz Juan aus seinen Gedanken zu verbannen. Seine ganze Aufmerksamkeit mußte nun seiner gegenwärtigen Aufgabe gelten. Seit seiner Flucht aus der Alhambra war er erwachsener geworden, und besonders in den beiden letzten Tagen hatte er viel dazugelernt. Still flehte er den allmächtigen Allah an, ihm in dem folgenden Kampf beizustehen und ihm Kraft zu geben.
Die Herolde der beiden Kämpfer hatten ihre Herren angekündigt; sein Trompeter hatte dem von König Karl geantwortet. Als Prinz Ahmed sein Visier senkte, stellte er überrascht fest, daß ihm von der Tribüne des Königs und auch von jener der Damen nur eisiges Schweigen entgegenschlug. Doch viele in der Menge des Volkes jubelten ihm zu, obwohl er ein Ungläubiger war. Was die edlen Damen und Herren von ihm dachten, kümmerte ihn nicht, denn als sein Blick auf seine Dame, Prinzessin Beatrice, fiel, erwiderte sie ihn, und er erkannte, was sie für ihn empfand. Nun wußte er, daß sie ihm heimlich Glück wünschen würde. Ihr Bild prägte sich in sein Gedächtnis ein, und nur seine gute Erziehung hinderte ihn daran, noch einmal zu ihr hinzusehen. Während er zu Allah betete, würde sie ihren Gott anflehen, ihm zu helfen. Jetzt habe ich zwei Götter auf meiner Seite, dachte er spöttisch, wie kann ich da noch verlieren? Prinz Ahmed schwitzte unter seiner Rüstung. Obwohl es in Toledo viel kühler war als in Granada, war es ihm trotzdem, als würde er in einem eisernen

Topf allmählich gargekocht. Doch er richtete seine gesamte Aufmerksamkeit auf König Karl.
Die königlichen Trompeter verkündeten den Beginn des Kampfes. Prinz Ahmed hörte, wie die Menge verstummte. In der Stille nahm er den Geruch nach Öl und Metall, der aus seiner Rüstung drang und sich mit dem der ausgedörrten Erde mischte, noch stärker wahr.
Der Turniermeister senkte sein Schwert, gab seinem Pferd die Sporen und galoppierte von der Kampfbahn. Er nahm seinen Platz neben der Tribüne des Königs ein.
Nun erscholl wieder eine Trompete. Prinz Ahmed zückte die Lanze, ließ die Zügel ein wenig locker und setzte sich im Sattel zurecht. Dann drückte er mit den Fersen leicht gegen die Flanken seines Pferdes. Amir spürte sofort, worauf sein Herr hinauswollte. Du und ich, wir beide werden heute ein Wunder vollbringen, dachte Prinz Ahmed, während das Pferd in leichten Trab und dann in Galopp fiel. Das Reiten geschah wie von selbst, während Prinz Ahmed die riesige Gestalt auf dem schwarzen Pferd im Auge behielt, die erst langsam und dann immer schneller auf ihn zukam. Prinz Ahmeds Nerven waren zum Zerreißen gespannt.
Beide Pferde fingen fast gleichzeitig an zu galoppieren. Prinz Ahmeds Blick war auf die Spitze von König Karls Lanze gerichtet, die rasch näherkam. Als der König nur noch etwa zwei Lanzenlängen entfernt war, wich er nach links aus, wie er es schon bei König Philipp getan hatte. Ein Triumphgefühl überkam Prinz Ahmed, als er es seinem Gegner gleichtat. Er würde seinem Gegner nicht so leicht ins Netz gehen. Durch die überraschende Bewegung änderte König Karls Lanze die Richtung. Zwar gelang es ihm noch unter Aufbietung fast übermenschlicher Kräfte, die Waffe wieder auf den Prinzen zu richten – aber zu spät! Prinz Ahmed war bereits nach links ausgewichen.
Prinz Ahmeds Lanze traf die Brust seines Gegners und zer-

brach, König Karl, der wegen seines eigenen Manövers nicht mehr sicher im Sattel saß, schwankte, während Prinz Ahmed seine Lanze fahren ließ und an ihm vorbeischoß. Er wußte, daß er seinen Gegner aus dem Sattel gehoben hatte.
Doch würde er wieder auf die Beine kommen?
Hinter ihm ertönte ein gewaltiges Krachen, gefolgt vom Hufgetrappel eines Pferdes, das, seiner Last ledig, davonsprengte. Prinz Ahmed hörte, was geschehen war, noch ehe er einen weiten Kreis beschrieben hatte und zurückritt. König Karl lag reglos im Staub; durch sein Gewicht war der Sturz noch heftiger ausgefallen. Als das Bein des Königs zuckte, erkannte Prinz Ahmed, daß sein Gegner noch lebte, doch er würde nicht mehr aufstehen. Das Turnier war vorüber – schon beim ersten Angriff hatte er gesiegt!
Nun kam der entscheidende Augenblick. Was würde König Pedro tun? Prinz Ahmed schob sein Visier hoch und warf einen hoffnungsvollen Blick auf den Eingang der Kampfbahn. Noch ehe die Zuschauer Beifall klatschen konnten, war von dort ein gewaltiges Getöse zu hören. Ein Triumphgefühl überkam ihn, und sein Herz schlug schneller, als er sah, wie das Volk auf die Kampfbahn strömte. Die Wachen wurden einfach beiseite geschoben, wie Trümmer in einer Flutwelle. Inmitten der Menschen erkannte Prinz Ahmed einen Reiter mit wirrem blondem Haar und zerlumpten Kleidern. Sein Herz machte vor Freude einen Sprung. Der Reiter war Prinz Juan. Zurika war also erfolgreich gewesen!
König Pedro war zuerst aufgesprungen und brüllte Befehle, die in dem Tumult niemand hören konnte. Auch Graf Gaston hatte seinen Platz hinter den beiden *Grandes Dames* verlassen und lief auf den reglosen Körper seines Herrschers zu, der immer noch auf der Kampfbahn lag. In der Zwischenzeit hatte die Palastwache einen Ring um die Tribüne des Königs und der Damen gebildet.
Nun war keine Zeit mehr zu verlieren. Prinz Ahmed preschte

auf die Damentribüne zu. Prinzessin Beatrice, die seinen Blick aufgefangen hatte, ahnte, was er beabsichtigte. Rasch stand sie auf, sprang auf den Rasen hinab, kletterte über die Brüstung und lief zu ihm hinüber, ohne auf die Schreie der anderen Damen zu hören.
Als Prinz Ahmed nahe genug an sie herangekommen war, verlangsamte er seinen Ritt, beugte sich so weit hinunter, wie seine Rüstung es ihm gestattete, und streckte den rechten Arm aus. Prinzessin Beatrice hielt sich daran fest und sprang gerade im richtigen Augenblick hoch. Mit der Kraft der Verzweiflung hob er sie in den Sattel. Dabei verlor sie fast das Gleichgewicht, und Prinz Ahmed fühlte sich, als würde ihm der Arm aus dem Schultergelenk gerissen. Doch schließlich gelang es ihm, sie vor sich auf den Sattel zu setzen. Er legte einen Arm um ihren Körper, ergriff die Zügel mit beiden Händen und gab seinem Pferd die Sporen.
Wieder gehorchte das edle Roß sofort und stürmte davon. Die Menge der zerlumpten Gefangenen machte Platz, um ihn vorbeizulassen. Die Männer reckten ihm ihre ausgezehrten schmutzigen und unrasierten Gesichter entgegen. Mit leuchtenden Augen streckten sie die mageren Hände nach ihm aus. Der Gestank ungewaschener Leiber, der zu ihm aufstieg, verursachte Prinz Ahmed Übelkeit, doch er war den Männern von Herzen dankbar. Diesen Leuten, manche von ihnen unschuldig, andere wiederum hartgesottene Verbrecher, aber alle Opfer von König Pedros Gerichtsbarkeit, hatte er seine Rettung zu verdanken. Prinz Ahmed spürte, daß Prinzessin Beatrice sich eng an ihn schmiegte, und er hätte sich am liebsten die Rüstung vom Leibe gerissen, um ihren warmen Körper zu spüren.
Dann hatte er Prinz Juan erreicht. Soldaten schlugen mit Hellebarden auf die Gefangenen ein, um sie von der Kampfbahn zu treiben. Während er und Prinz Juan dem Ausgang entgegenritten, hörte er, wie hinter ihnen der Tumult lauter wurde. Stöhnen und Schreien erfüllte die Luft.

Als Prinz Ahmed einen Aufschrei und ein ohrenbetäubendes Krachen hörte, blickte er nach links. Über das Meer weißer, grauer und dunkler Köpfe hinweg sah er, daß die Zuschauer die Absperrung durchbrochen hatten, auf die Kampfbahn stürmten und sich ins Getümmel stürzten.
Einen Augenblick lang hielt Prinz Ahmed verblüfft inne. Welchen Grund hatten diese Menschen, sich für ihn einzusetzen? Doch dann wurde ihm alles klar. Die heißblütigen Spanier liebten es eben zu kämpfen, besonders, wenn es gegen die Obrigkeit ging, und nun stürzten sie sich begeistert auf die Soldaten des Königs.
Mit donnernden Hufen preschten Prinz Ahmed und Prinz Juan von der Kampfbahn. Zu Prinz Ahmeds Schrecken hatte sich vor dem Ausgang eine Reihe Fußsoldaten in schwarzen Wämsern und weißen Hosen aufgebaut, die sie mit drohend gesenkten Hellebarden erwarteten. Offenbar gehörten sie zu der Abteilung, die inzwischen die gesamte Kampfbahn umzingelt hatte. Da erblickte Prinz Ahmed einen noch bartlosen verängstigten Jüngling, der das Kämpfen offenbar noch nicht gewohnt war. Er lenkte Amir auf den Knaben zu. An den vor Furcht weit aufgerissenen Augen erkannte Prinz Ahmed, daß er die Schwachstelle gefunden hatte. Die Hellebarde des Jünglings schwankte, und als Prinz Ahmed weiter auf ihn zuhielt, sprang er zur Seite, um nicht niedergeritten zu werden.
Wie der Blitz fegte Prinz Ahmed durch die so entstandene Lücke und schrie den fluchenden Soldaten noch ein paar Schimpfworte zu. Dabei erinnerte er sich an die Worte seines Reitlehrers: Im Kampf gewinnt derjenige, der entschlossen zur Tat schreitet.
Dann hatte er die Reihe der Soldaten passiert, die Hufe seines Pferdes klapperten auf der kopfsteingepflasterten Straße. Prinz Juan folgte ihm auf den Fersen.
Sein Blick fiel auf Prinzessin Beatrices goldenes Haar. Endlich konnte er den Duft ihres Geißblattparfüms riechen. Obwohl

sie auch in völliger Abgeschiedenheit aufgewachsen war, hatte sie sich furchtlos gezeigt, und ohne zu zögern gewußt, was zu tun war. Sie war zur Königin geboren!
Ohne anzuhalten ritten sie zu dem verborgenen Wäldchen, wo Aaron Levi und Zurika sie mit frischen Pferden und dem Wagen erwarteten. Auch die Hebevorrichtung, die nötig war, um ihn vom Pferd zu hieven, stand schon bereit.

20. Kapitel

König Pedro ließ sich in seinem geschwungenen Sessel zurücksinken und stützte die Ellenbogen auf die eichenen Armlehnen. Heute abend empfand er das sanfte Licht der Hängelampe als unangenehm. Sogar der Geruch des brennenden Öls stieg ihm störend in die Nase, und auch die Gemälde mit den Stierkampfszenen waren ihm auf einmal ein Dorn im Auge. Zu sehr erinnerte ihn der Matador, der dem riesigen schwarzen Bullen den Todesstoß versetzte, an König Karls Niederlage und daran, daß er von seinem maurischen Gegner aus dem Sattel gehoben worden war. Wahrscheinlich lag es daran, daß die Gestalt des Stierkämpfers auf dem Bild der des Prinzen aus Granada ähnelte.

Seit den Vorkommnissen auf dem Turnierplatz war König Pedro zwischen Wut, Bestürzung und Fassungslosigkeit hin und her gerissen. In seinem Hinterkopf pochte es, und die Kiefer schmerzten ihm, weil er die Angewohnheit hatte, im Zorn mit den Zähnen zu knirschen. Er schob seinen Sessel zurück und streckte die kräftigen Beine aus. »Zum Teufel!« fluchte er.

Bischof Eulogius saß ihm am großen eichenen Schreibtisch gegenüber, seine Worte und die ganze Szene ließen König Pedro an die Nacht denken, in der alles seinen Anfang genommen hatte. Nur daß heute Graf Gaston, ganz in makelloses Weiß gehüllt, neben dem Bischof saß und daß der Kirchenmann vor Wut kochte. Was zu tun war, hatte er, König Pedro, mit seinen Gästen beim Abendessen ausführlich besprochen, das eigentlich als Abschlußfeier des Turniers gedacht gewesen war. Nach der hitzigen Auseinandersetzung, im Laufe derer auch verhüllte Beleidigungen gefallen waren, hatte er sich in sein Arbeitszimmer zurückgezogen. Für den morgigen Tag war eine Versammlung anberaumt, in der eine endgültige Entscheidung gefällt werden sollte.

»Eine christliche Prinzessin, eine Jungfrau, ist von einem schwarzen Mauren entführt worden«, ereiferte sich der Bischof zum wohl hundertsten Male. Seine Pausbäckchen waren noch stärker gerötet als sonst, und auch die blauen Äuglein hatte er nicht wie üblich zu schmalen Schlitzen zusammengekniffen. Mit kaltem Blick sah er in die Runde, und auch seinen salbungsvollen Ton hatte er abgelegt. Dieser Mann blickt auf jeden herab, der kein Weißer ist, stellte König Pedro geistesabwesend fest. »Wie haben wir so etwas zulassen können, mein König? Wir hätten den Heiden ergreifen lassen sollen, sobald er die Kampfbahn betrat. Sein Verhalten stellt einen Affront dar; eine Beleidigung der gesamten weißen Christenheit. Alle Ungläubigen müssen auf dem Scheiterhaufen verbrannt werden!«

Ich stehe vor der schwierigsten Entscheidung meines Lebens, und du denkst an nichts anderes als an die Befriedigung deiner Lüste, dachte König Pedro. Dich kleinen Mistkerl beschäftigt nur die Verzückung, die dich ergreifen wird, wenn du zusiehst, wie Menschen auf dem Scheiterhaufen zugrunde gehen. Am liebsten hätte er seinem Ärger freien Lauf gelassen, aber die Vernunft gebot ihm, sich zu mäßigen.

»Ich vermute, mein König, daß kühle Überlegung uns in diesem schwierigen Augenblick mehr von Nutzen sein wird als Feuerstein und lodernde Flammen«, warf Graf Gaston ruhig ein.

Von allen Gästen hatte der Graf als einziger die Fassung bewahrt und sogar Verständnis für die schwierige Lage des Königs aufgebracht. Die meisten anderen hatten ihn nur mit Vorwürfen überschüttet oder herablassende Bemerkungen von sich gegeben. Wahrscheinlich glaubten sie jetzt, daß er, König Pedro, nicht in der Lage war, Toledo und das kastilische Volk zu regieren und daß man ihm deswegen nicht die Führung eines christlichen Heers anvertrauen durfte. Dann würden sie sich sicher auch an seine Niederlage gegen König Yusuf von Granada im vergangenen Jahr erinnern und auch daran, daß sein taubstummer Sohn, Prinz Juan, sich mit diesem jungen Mauren verbündet hatte. Er saß wirklich fürchterlich in der Klemme.

»Mein König, du hast alles getan, was angesichts dieses unerwarteten und außergewöhnlichen Vorkommnisses menschenmöglich war«, fuhr Graf Gaston fort. »Deine Soldaten haben den Aufstand niedergeschlagen, und die königliche Familie konnte in Sicherheit gebracht werden, ohne daß jemand verletzt wurde. Mehr als hundert der Aufrührer wurden ergriffen und auf deine Anordnung hin umgehend aufgeknüpft. Ihre Leichen baumeln nun an hastig errichteten Galgen, um dem ganzen Volk eine Warnung zu sein. Ich für meinen Teil werde meinem Herrn, König Karl, empfehlen, dich, König Pedro, in allen Schritten zu unterstützen, zu denen du dich entscheiden wirst. Was die Eroberung von Granada anbelangt, muß ich zugeben, daß jetzt nicht der richtige Zeitpunkt ist, übereilt an Rache zu denken. Statt dessen muß man sorgfältig planen. Schließlich, Bischof, waren es doch die ersten christlichen Märtyrer, die in der Arena den hungrigsten Löwen gegenüberstanden.«

Dankbar lächelte König Pedro dem Grafen zu; er war wahrscheinlich ein edler Mann. »Ich danke dir, Graf, für deine Unterstützung in dieser Stunde der Not«, erklärte er. »Trotzdem steht die Rache bei mir an erster Stelle.« Er stieß die Worte förmlich hervor. Dann fiel sein Blick auf das Bild an der gegenüberliegenden Wand, und er dachte plötzlich daran, daß er, vollständig mit den Turniervorbereitungen beschäftigt, in der letzten Zeit vielleicht zu milde gewesen war. Möglicherweise hatte das Volk deshalb vergessen, wie gnadenlos er vorgehen konnte, und hatte sich darum gegen ihn erhoben. Nun denn, die Hinrichtungen hatten die Leute sicher wieder zur Vernunft gebracht, und noch mehr Hinrichtungen würden folgen, wenn seine Kundschafter unter der Leitung von Ruy de Vivar erst ihre Arbeit getan hatten. »Monatelang habe ich dieses prächtige Turnier geplant und große Summen Geldes aufgewendet. Doch einem bartlosen moslemischen Jüngling und seinen Spießgesellen ist es trotzdem gelungen, damit Schindluder zu treiben und mich vor den gekrönten Häuptern ganz Europas zu verhöhnen und zu demütigen.« Er wurde immer wütender. »Alle Völker werden über mich lachen, und auch die Geschichte wird nur Spott für mich übrig haben.« Beim bloßen Gedanken daran stöhnte er auf. Quietschend schob er seinen Stuhl nach vorne und schlug krachend auf den Tisch. »Was bleibt mir also noch außer der Rache?« Zornig funkelte er den Grafen Gaston an. »Wie sonst soll ich meinen Ruf vor den Augen der Welt wiederherstellen?« Doch gleichzeitig wußte er, daß er die Inquisition im Augenblick noch verhindern mußte. Noch vor wenigen Stunden hatte kein Wölkchen den Horizont verdunkelt, und nun türmte sich vor ihm eine Unzahl von Schwierigkeiten auf. »Die verfluchten maurischen Könige in Nordafrika werden sich vor Lachen ausschütten, wenn sie die Nachricht hören.« Wieder stieg ihm die Zornesröte ins Gesicht. Gottes Vergeltung sollte diejenigen treffen, die ihm das eingebrockt hatten; besonders seinen Sohn, seinen einzigen Sohn, der sich gegen ihn gewendet hatte! Er würde ihn noch mehr verstümmeln, ja, er würde diesen Hurensohn entmannen! Beim bloßen Gedanken an diese Strafe besserte sich seine Stimmung ein wenig, aber jetzt sehnte er sich danach, in Maria de Padillas Schlafzimmer zu eilen, wo er seinen Kummer vergessen konnte.

»Mein Herr ist beim Turnier unterlegen«, erinnerte ihn Graf Gaston. »Das ist das folgenschwerste Ergebnis dieses Tages.

Er wird damit leben müssen. Wenn er gesiegt hätte, hätten sich die Dinge völlig anders entwickelt. Deswegen flehe ich dich an, mein König, Klugheit walten zu lassen und deinen Zorn im Zaum zu halten. Inzwischen ...«
»Du würdest dich also mäßigen, während im gleichen Augenblick eine christliche Jungfrau von einem schwarzen barbarischen Mauren geschändet wird«, fauchte Bischof Eulogius. Er legte eine derartige Wut an den Tag, daß König Pedro sich fragte, ob sie nicht gespielt war. »Am wichtigsten ist es jetzt, Nutzen aus der tödlichen Beleidigung zu ziehen, die bei diesem Turnier der gesamten Christenheit zugefügt wurde! So können wir die Einheit aller Christen vorantreiben«, er erhob seine pummelige, rosige Hand, »und uns grausam an den Heiden rächen.«
»Die Ereignisse von heute nachmittag hatten nichts mit Ketzerei zu tun«, widersprach Graf Gaston. »Und ich kann nicht sehen, daß jemand geschändet worden wäre. Ich habe mit eigenen Augen gesehen, wie Prinzessin Beatrice über die Brüstung gesprungen und freiwillig zu Prinz Ahmed aufs Pferd gestiegen ist.«
Bischof Eulogius lief rot an und konnte sich nur mit Mühe zurückhalten. »Ich werde dir sogleich Punkt für Punkt antworten, Kanzler.« Inzwischen hatte er sich wieder beruhigt und war in seinen üblichen Singsang verfallen. »Zuerst einmal beschränkt sich die Ketzerei nicht auf den Gedanken oder Worte und Taten gegen unserer Glauben. Mit seinem Handeln hat der Maure unsere althergebrachten Sitten und Gebräuche mit Füßen getreten.« Er lächelte triumphierend, und seine Pausbäckchen leuchteten. »Zweitens waren es nicht die weißen Christen, sondern die Ketzer, die die Kampfbahn gestürmt und sich gegen die Soldaten unseres Königs aufgelehnt haben. Mit eigenen Augen habe ich Mauren und Juden im Getümmel entdeckt. Sie haben unseren König verspottet und die Verfolgung der Schuldigen verhindert, da die Solda-

ten zuerst die königliche Familie schützen mußten. Die verfluchten Übeltäter hätten den Zeitpunkt gar nicht besser wählen können. Es sah aus wie eine geplante Verschwörung, und das liegt durchaus im Bereich des Möglichen. Wenn ja, geben bestimmt die Juden das Geld dazu.«

»Du hast keinen Beweis dafür, daß es nur die Heiden waren, die an dem Aufruhr teilgenommen haben«, widersprach Graf Gaston. »Ich habe auch viele weiße Gesichter im Getümmel gesehen, und auch ihnen schien die Prügelei großen Spaß zu machen.«

»Juden!« beharrte Bischof Eulogius. »Juden, Moriscos und Mauren. Alles Ungläubige, die unseren verehrten Herrscher beleidigt haben.«

Dieser Drecksack von einem Bischof versucht mich zu reizen, damit ich tue, was er will, dachte König Pedro, der inzwischen ruhiger geworden war. Graf Gastons Worte hatten ihn nachdenklich gemacht. Er steckte in der Klemme und mußte nun schlau vorgehen. »Meine Gattin, die Mutter der Prinzessin, ist bedrückt«, erklärte er. »Sie versteht nicht, wie sie so eine undankbare Schlange an ihrem Busen hat nähren können.«

»Schließlich hat sie es nicht allein getan!« erinnerte Graf Gaston kühn. »Vergib mir meine Unverschämtheit, mein König, doch den Mut, den Prinzessin Beatrice an den Tag gelegt hat, hat sie doch eher dem, der sie gezeugt hat, zu verdanken, als den Umständen, unter denen sie aufwuchs.«

König Pedro konnte ein Lachen nicht unterdrücken. »Ich habe noch nicht bedacht, daß die Ereignisse auch so zu meinen Gunsten ausgelegt werden können«, meinte er. Nachdem er zum erstenmal an diesem Tage wieder herzhaft gelacht hatte, legten sich seine Kopfschmerzen ein wenig. Er dachte rasch nach. »Du hast recht, Graf Gaston. Ich werde auf eine Weise vorgehen, die mich unserem letztendlichen Ziel näherbringt und mit trotzdem die Befriedigung der Rache verschafft. Doch die kann warten, bis die letzte enthauptete

Leiche vor uns liegt, und dann wird sie noch süßer sein, weil wir ihrer so lange geharrt haben. Außerdem wird sie dann noch viel fürchterlicher ausfallen.«

»Und was genau beabsichtigst du, mein König?« fragte Bischof Eulogius. Seine blauen Augen blickten kalt.

»Ich werde so vorgehen, daß jeder damit zufrieden sein wird; auch du, Bischof.« König Pedro hatte sich endgültig wieder in der Gewalt. »Laßt mich zuerst die entstandene Lage überdenken.« Er hielt inne und hob den massigen Schädel. »Die Sitzung mit unseren königlichen Gästen am heutigen Abend endete mit Anschuldigungen und Beschimpfungen, die uns alle nicht weiterhelfen. Daraus habe ich geschlossen, daß den christlichen Königen außerhalb Iberiens das Schicksal von Prinzessin Beatrice völlig gleichgültig ist.« Er nickte. »Vor allem deswegen, weil die Prinzessin eine Bürgerliche zur Mutter hat. Ich weiß ja, was sich diese europäischen Bastarde auf ihr blaues Blut einbilden. Nun, da sie keine Möglichkeit mehr haben, den kastilischen Thron im Turnier zu erringen, werden sie nach Hause zurückkehren, nachdem sie mir ihren Stammbaum unter die Nase gehalten haben. So können sie sich brüsten, eigentlich nichts weiter verloren zu haben als eine Ehe mit einer Bürgerlichen, die es vorgezogen hat, mit einem Mauren durchzubrennen. Und da alle Verlierer schmähen, was sie ohnehin nicht bekommen, können sie uns herzlich gleichgültig sein. Zur Hölle sollen sie fahren.«

»Gewiß, mein König«, entgegnete Graf Gaston.

»Und trotzdem kann dir keiner dieser christlichen Könige den Beistand verweigern, wenn du mit der Unterstützung der Heiligen Kirche die *Reconquista* ausrufst«, warf Bischof Eulogius ein. »Das wolltest du doch eigentlich.«

»*En verdad!* Ich werde den Vorsitz bei der Versammlung führen, die ich für morgen einberufen habe. Dann werde ich versuchen, ein christliches Bündnis ins Leben zu rufen, um unseren Glauben«, der König bekreuzigte sich fromm, und es war ihm gleichgültig, ob er sich dabei der Heuchelei schuldig machte, »auf der gesamten Iberischen Halbinsel wieder zu seinem Recht verhelfen. Das können sie mir kaum verweigern, nicht wahr, Bischof? Ich werde jedem seine Aufgabe zuteilen, damit er dann für mich in die Bresche springt, wenn es in meinen Plan paßt.«

»Wann wirst du in Granada einmarschieren, mein König?« beharrte Bischof Eulogius. »Und warum sollten wir nur Spanien in unseren Kreuzzug einbeziehen und nicht ganz Europa? Geht es denn nicht wieder gegen die Moslems?«

König Pedro brachte ihn mit einer Handbewegung zum Schweigen. »Alles zu seiner Zeit, Bischof. Um eine Entscheidung zu fällen, müssen wir erst einmal ihre Grundlagen bedenken.« Mit beiden Händen umfaßte er die Tischkante und beugte sich vor. Nun verliefen seine Gedanken wieder in geordneten Bahnen. Er würde nicht allein einen Vorstoß gegen die Mauren wagen, wie er es schon einmal versucht hatte, denn dann würde er Gefahr laufen, wieder eine Niederlage und eine Demütigung zu erleiden. Zuerst mußte er ein Bündnis aller Beteiligten schmieden, einschließlich dieses kleinen Dreckskerls, dessen ständige Bemerkungen über die Jungfräulichkeit der Prinzessin ihn anwiderten. Doch da er der oberste Bischof von Spanien war, konnte König Pedro ohne seine Hilfe nichts ausrichten. »Meine berittenen Soldaten verfolgen die Flüchtlinge, obwohl diese einen Vorsprung von zwei Stunden haben. Ich vermute, daß sie auf dem Weg nach Granada sind.« Er grinste böse und senkte seine Stimme. »Doch dort erwartet sie wahrscheinlich ein völliges Durcheinander, das unser Werk ist«, fügte er in verschwörerischem Ton hinzu. »In diesem Augenblick hat das maurische Königreich vermutlich keinen Herrscher mehr.« Sein Grinsen wurde noch breiter. »Wenn unser Vorhaben geglückt ist, wird Prinz Ahmed, der Thronerbe, ein Königreich ohne Herrscher vorfinden. Und wir werden so bald wie möglich angreifen, solange das Land von den inneren Auseinandersetzungen über die Thronfolge erschüttert wird.« Zufrieden bemerkte er den bewundernden Blick des Bischofs. »Zuerst sollten wir zuschlagen, dann werden wir uns um den unverschämten Mauren kümmern.«

»Hast du, Herr, auch Soldaten auf die Landstraßen nach Osten und nach Westen ausgeschickt, um die Flüchtlinge zu verfolgen? Schließlich könnten sie einen Umweg gewählt haben, ehe sie sich nach Granada aufmachen«, meinte Graf Gaston.

»Ich hatte, dies zunächst erwogen. Doch dann habe ich beschlossen, meine Soldaten auf der Straße nach Granada zusammenzuziehen. Falls die Flüchtigen tatsächlich einen Umweg eingeschlagen haben sollten, können die Soldaten das unterwegs feststellen. Und wenn sie aufgeholt haben, können sie sie an einer der Kreuzungen, wo die Straße nach Granada auf eine andere trifft, abfangen.«

»Mein König ...« setzte der Bischof an.

»Einen Augenblick«, unterbrach ihn der König. Er war davon überzeugt, daß dem Bischof wenig daran gelegen war, die Flüchtlinge aufzuhalten. So würde es leichter sein, einen Krieg gegen Granada vom Zaun zu brechen und dazu noch die Inquisition auszurufen. Dann würde Bischof Eulogius die Gelegenheit haben, auch über Iberien hinaus zu herrschen, Kardinal zu werden und sich später vielleicht sogar zum Papst wählen zu lassen. »Graf Gaston hat recht. Wir dürfen unseren Durst nach Rache nicht mit den Zielen der Heiligen Kirche verwechseln ...« Wieder bekreuzigte er sich fromm und freute sich, da der Bischof offensichtlich Unbehagen empfand, was er nur schwer verbergen konnte. »Die Verfolgung der Flüchtigen ist eine rein persönliche Angelegenheit, die Ausbreitung der Heiligen Kirche hingegen einer unserer Glaubensgrundsätze.« Er hielt inne und warf dem Bischof einen scharfen Blick zu, mit dem er ihm zu schweigen befahl. »Um einen Plan zu entwickeln, muß ich unbedingt wissen, wer hinter dieser ... dieser«, wieder mußte er innehalten, um die aufkommende Wut zu unterdrücken, »Unverschämtheit steckt.« Er warf einen Blick zur Tür. »Bevor ich mich nach dem Essen hierher zurückgezogen habe, erhielt ich einen Bericht vom Führer der Stadtbruderschaft, der den Schuldigen benennt. Damit du im Bilde bist, Graf, mein Zuträger heißt Ruy de Vivar und ist angeblich ein Nachfahre unseres Helden El Cid de Campeador. Seine *Hermandad* arbeitet so gut, daß er innerhalb weniger Stunden alles herausfinden konnte, was ich erfahren wollte. Ich habe ihn gebeten, draußen zu warten, damit er mir seine Erkenntnisse umgehend mitteilen kann.« Meine Schläue ist mir noch nicht verlorengegangen, dachte König Pedro, während er nach der Klingelschnur griff. Um seine Ziele zu erreichen, brauche ich Navarra und die Heilige Kirche. Deswegen ist es auch das beste, daß sich ihre Vertreter noch heute nacht mit der Angelegenheit befassen.

Er nickte dem mageren, glatzköpfigen Mann, der auf sein Klingeln hin mit einer tiefen Verbeugung den Raum betrat, gnädig zu.

Ruy de Vivar vollführte noch einmal eine tiefe Verbeugung. »Ich fühle mich geehrt«, verkündete er, als er sich wieder aufrichtete, und lächelte dabei so kalt wie immer. »Hohe Herren, meine Nachforschungen haben ergeben, daß die gesamte Verschwörung – und darum handelt es sich – mit dem Ziel, die Prinzessin zu ... entführen ...« – absichtlich vermied er das Wort »retten« – »das Werk von drei Männern und einer jungen Frau ist.« Nun lächelte er böse, und um seine Mundwinkel zuckte es. »Einer von ihnen ist ein Jude, dessen einziger Sohn vor einigen Jahren auf Befehl unseres Königs irrtümlicherweise für ein Verbrechen, das er nicht begangen hatte, enthauptet worden ist. Der Vater, der ohne weitere Angehörige zurückblieb, hat sich seitdem der Rache verschrieben.«

»Wie heißt dieser Jude?« wollte der Bischof wissen.
»Aaron Levi.«
»Der Geldverleiher?« Der Geistliche machte eine Pause. »Ich habe ja gewußt, daß die Juden hinter der ganzen Sache stekken«, fügte er triumphierend hinzu.
Besorgt stellte König Pedro fest, daß dem Bischof mehr an der Strafe als an der Aufdeckung des Verbrechens selbst gelegen war. »Er gehört zu den reichsten Männern in ganz Europa. Warum sollte er seinen gesamten Wohlstand und Besitz bei einem solchen Unterfangen aufs Spiel setzen?« fragte er.
»Das habe ich bereits geklärt: um der Rache willen. Auge um Auge, Zahn um Zahn. Eine Auffassung, die so alt ist wie das Judentum. Offenbar ist das der Lebensinhalt des alten Mannes. Du nimmst mir den Sohn, ich nehme dir die Tochter. So sieht seine Auffassung von Gerechtigkeit aus.«
König Pedro hatte Mühe, seine Wut im Zaum zu halten. »Er besaß ein Landhaus vor den Toren unserer Stadt, das den Verschwörern als Hauptquartier diente«, warf er ein.
»Sagtest du *besaß*, mein König?« Graf Gaston war aufgefallen, daß der König in der Vergangenheit gesprochen hatte.
»Jawohl, *besaß*.« König Pedro fletschte die Zähne »Ich habe das Landhaus bis auf die Grundmauern niederbrennen lassen und das Grundstück beschlagnahmt.« Dann wandte er sich wieder Ruy de Vivar zu. »Ich habe dich unterbrochen. Bitte fahre fort.«
»Die anderen beiden Verschwörer sind Prinz Ahmed und Prinz Juan«, sprach de Vivar weiter. »Es ist uns noch nicht gelungen festzustellen, was sie zu diesem Schritt bewogen haben könnte; abgesehen von dem romantischen Wunsch eines Bruders, die Schwester mit der Hilfe eines Freundes vor einem grausamen Vater zu retten.« Er lächelte verlegen. »Das klingt vielleicht verrückt, mein König, aber du kennst ja dein spanisches Volk. Es wird heißen, es sei darum gegangen, das Mädchen aus der Gefangenschaft zu befreien.«

»Zur Hölle damit, was die Leute sagen«, rief König Pedro trotzig aus, doch sein Blick verdüsterte sich.
»Und was ist mit dem Mädchen?« Ein hoffnungsvoller Unterton hatte sich in die Stimme des Bischofs eingeschlichen. »War sie eine erfahrene Kurtisane oder ...«
»Eine verdammte Jungfrau?« unterbrach ihn der König erbost. »Wie zum Teufel soll ich das wissen, ehe ich sie mir vorgenommen habe?« Er versuchte, seine Wut zu zügeln. »Sie hat meinen Sohn Prinz Juan aus dem Kerker befreit, in den ich ihn vorgestern nacht werfen ließ, nachdem ich ihn dabei ertappte ... wie er ... äh ... versuchte, die Frauengemächer zu betreten. Die vier Wächter haben mir, nachdem sich die Wirkung des Schlafmittels, das die Frau ihnen verabreicht hat, verflüchtigt hatte, nur erzählt, daß sie eine gute Sängerin war und sich als Tänzerin ausgab. Außerdem hat sie den fünften Wächter grausam niedergestochen. Wahrscheinlich ist sie eine Zigeunerin – noch ein Volk, gegen das du mit deiner Inquisition wüten kannst.« Der König stellte fest, daß sich die Augen des Bischofs weiteten, als er dieses Wort aussprach.
»Auch gegen die Zigeuner, mein König?«
»*Ciertamente!*« König Pedros Augen funkelten vor Zorn. »Jedes gottverdammte Volk, das mich beleidigt, soll bestraft werden.« Er warf dem Bischof einen warnenden Blick zu. »Aber alles zu seiner Zeit und am richtigen Ort. Für die grausame Ermordung meines Gefängniswärters habe ich die Frau bereits zum Tode verurteilt.«
»Wie du uns bereits erzählt hast, mein König, hat diese junge Frau vier Wächtern ein Schlafmittel verabreicht. Offenbar gehörte das zum Plan der Verschwörer«, stellte Graf Gaston fest. »Aber die Ermordung des fünften Wächters paßt mir nicht ins Bild. Daß sie ihn förmlich in Stücke gehackt hat, ist meiner Ansicht nach ein Zeichen dafür, daß sie entsetzlich in Wut geraten sein muß. Könnte es nicht sein ...?« Er beendete den Satz mit einem Schulterzucken.

»Das kümmert mich einen feuchten Dreck! Sie hat einen meiner Wächter ermordet. Dafür muß sie sterben.« König Pedro fing einen kalten Blick des Grafen auf, und nach einem kurzen Anflug von Zorn über diesen stummen Tadel rief er sich wieder ins Bewußtsein, daß er den Grafen brauchte. Ohne ihn würde er König Karl nie auf seine Seite bringen können. »Ich werde alle deine Vorschläge eingehend prüfen.« Er schob seinen Stuhl zurück, streckte die Beine und gab de Vivar mit dem Kopf ein Zeichen, fortzufahren.

»Wie du sicher weißt, mein König«, de Vivars Knopfaugen funkelten grausam, »sind Herr Joram und Rabbi Azar die Führer der jüdischen Gemeinde in Toledo. Sie sind entsetzt über Aaron Levis Untat und behaupten, sie hätten nichts mit ihm zu tun; abgesehen von dem Kreditbrief, mit dem Prinz Ahmed sich Pferde, eine Rüstung, Wagen und die notwendige Ausrüstung gekauft hat. Da Herr Joram sich vor Strafe fürchtete, hat er sich bereit erklärt, uns alle Unterlagen über Aaron Levi zugänglich zu machen. Ich werde sie dir auf der Stelle überbringen lassen, mein König. Allerdings befürchte ich, daß der Jude in Erwartung der heutigen Ereignisse die meisten seiner Besitztümer hat fortschaffen lassen. Trotzdem ist sicherlich noch genügend Geld vorhanden, um die königlichen Schatztruhen zu füllen, auch wenn das keinen Ersatz für ein verlorenes Kind darstellt.« Er hob eine knochige Hand wie zum Segen.

»Der gesamte Besitz dieses verfluchten Juden in ganz Kastilien soll beschlagnahmt werden«, tobte König Pedro.

»Jedoch wird er, soweit ich weiß, aufgrund seiner Guthaben in Granada, Portugal und anderswo immer noch ein schwerreicher Mann sein«, erwiderte de Vivar.

»Es gibt noch andere Mittel und Wege, ihn zu vernichten«, erwiderte König Pedro erbost.

»Die Inquisition«, ergänzte Bischof Eulogius, wie zu erwarten gewesen war.

König Pedro, dessen Kopfschmerzen sich inzwischen gelegt hatten, hatte sich wieder gefaßt und überhörte die Bemerkung des Bischofs. »Was meine vordringlichste Aufgabe, die Eroberung von Granada, anbelangt, werde ich mich mit meinen Brüdern aus Navarra, Aragon und Katalonien besprechen, um die Vorbereitungen voranzutreiben. Das Geld dafür werde ich auftreiben, indem ich alle Juden für das Verbrechen ihres Glaubensbruders mit einer Sondersteuer belege. Außerdem werde ich einen Teil des beschlagnahmten Vermögens dazu verwenden, eine Belohnung für die Ergreifung des Übeltäters auszusetzen.« Dieser Gedanke gefiel ihm sehr gut.

»Und was ist mit der Inquisition, mein König? Wir brauchen sie, um unsere Soldaten mit religiösem Eifer zu beflügeln«, beharrte Bischof Eulogius.

Ärgerlich fletschte König Pedro die Zähne. »Dazu bleibt noch genügend Zeit, wenn wir erst einmal den Juden das Geld abgenommen haben und vor den Toren der Alhambra stehen.«

»Wann willst du mit dem Feldzug beginnen, mein König?« Graf Gaston klang besorgt.

»Innerhalb der nächsten dreißig Tage, damit wir Granada erobert haben, bevor der Winter kommt.«

»Wenn ich mir die Bemerkung erlauben darf, mein König«, mischte sich der Bischof ein, wobei er nicht im mindesten demütig aussah, »du gehst genauso vor wie dein berühmter Vorgänger König Alfons VII. Ihm und seinen Kastiliern ist es aufgrund ihrer Entschlossenheit gelungen, eine Niederlage in einen Sieg zu verwandeln. Sicherlich erinnerst du dich an die verheerende Niederlage gegen die Mauren im Jahre 1195.« Er warf Graf Gaston einen spöttischen Blick zu. »Diese kam teilweise deswegen zustande, weil Léon ihn im letzten Augenblick im Stich ließ. Daraufhin bat König Alfonso Seine Heiligkeit den Papst, einen Kreuzzug zu verkünden und Freiwillige aus aller Herren Länder zu den Waffen zu rufen. So wurde er siebzehn Jahre später in der Schlacht bei Solosa von Navarra, Aragon und Portugal unterstützt; Léon glänzte wieder einmal durch Abwesenheit.« Als er Graf Gaston wieder einen Blick zuwarf, erwiderte dieser ihn mit einem belustigten Lächeln. »Die christlichen Heere zerschmetterten die Mauren und beendeten so die Herrschaft der Heiden auf unserer Halbinsel.« Er strahlte König Pedro an.

»Und worauf willst du mit deiner Geschichtsstunde hinaus? Die Tatsachen sind mir wohlbekannt«, entgegnete König Pedro ungeduldig.

»Ah!« Mahnend hob der Bischof den rosigen Zeigefinger. »Wenn die Mauren sich in einem Heiligen Krieg befinden, sind sie fast nicht zu schlagen. Allerdings waren sie stets unterlegen, wenn sie von unseren christlichen Heeren angegriffen wurden. Denn ein christlicher Soldat wird immer über die Heiden siegen, da er über einen unbeugsamen Willen, Charakterstärke und Unermüdlichkeit verfügt. Außerdem verleihen ihm Heldentum und Glaube innere Kraft. Wie kannst du diese Tugenden also für dich nutzen, mein König? Am besten, indem du König Alfons' Beispiel folgst! Mit dem Schlüssel der göttlichen *Reconquista* öffnest du die Tür zum christlichen Glauben. Du mußt ein Zeichen setzen.« Wieder erhob er den Zeigefinger. König Pedro mußte den Drang unterdrücken, sein Messer zu ziehen und ihn einfach abzuhacken. Wie lächerlich hätte es ausgesehen, wenn er einfach, abgetrennt von einem blutigen Stumpf, auf dem Tisch gelegen hätte! »Und dieses Zeichen ist die Inquisition, sind die lodernden Scheiterhaufen, auf denen die Ketzer in Flammen aufgehen!«

»Bischof, ich möchte dich und auch den König daran erinnern, daß die Einigkeit für einen Kreuzzug das Wichtigste ist. Diese Einigkeit, die König Alfonso damals von Léon versagt blieb, ist heute vorhanden.« In die dunklen Augen des Grafen trat auf einmal ein harter Ausdruck. »Wir werden nur unter der Bedingung Beistand erhalten, daß diese Einigkeit besteht. Nur wenn alle christlichen Königreiche sich miteinander verbünden, können wir die Mauren schlagen. Dabei dürfen wir nie vergessen, daß die bekehrten Mauren und auch die Juden sehr viel für unser Land getan haben. Sie verfügen über Reichtümer. Sie sind die besseren Landwirte, Handwerker und Händler. Sie stellen die Lederwaren, Rüstungen und Schwerter her, die wir für unseren Feldzug dringend brauchen. Ihre Ländereien sind fruchtbarer, ihr Reichtum ist größer als der unsere. Ihre Kulturen sind uns in handwerklicher, wirtschaftlicher und sogar geistiger Hinsicht überlegen. Deswegen sollten wir sie vor unseren Wagen spannen, damit sie uns bei der Vorbereitung unseres christlichen Kreuzzugs behilflich sind.«

»Ketzerei!« donnerte Bischof Eulogius.

»Nur die Wahrheit«, entgegnete Graf Gaston ruhig.

König Pedro mußte feststellen, daß die christliche Einheit bereits die ersten Risse zeigte. »Ich werde die Inquisition ausrufen lassen, wenn der richtige Zeitpunkt dafür gekommen ist«, wiederholte er.

Graf Gaston machte ein entschlossenes Gesicht. »Mein König, ich weise dich untertänigst darauf hin, daß der Glaube das Bindemittel ist, das die christliche Welt zusammenhält«, rief er aus. »Und wodurch wird die Einheit in Staaten wie Spanien, Frankreich, Italien, Deutschland und England begründet? Durch die Vaterlandsliebe. Länder lassen sich nicht mehr durch Grenzen, Sprachen oder Kulturen bestimmen; auch nicht durch Stammeszugehörigkeit, Rasse, den Herrscher oder eine einheitliche Religion. Die Nation ist ein geistiges Gefüge. Ich flehe dich an, keine Schritte zu unternehmen, die die Bevölkerung der Iberischen Halbinsel in Kastilier, Aragonier, Katalonier, Léoneser und Navarresen aufspalten könnten; nicht in Christen und Heiden, Mauren und Juden, deren einzige Aufgabe es ist, Steuern zu entrichten. Vereine sie statt dessen als Spanier unter deiner Flagge in einem gemeinsamen Spanien.«

Daß König Karl der Böse im Turnier unterlegen war, hatte Prinzessin Mathilde sehr entsetzt. Bis jetzt hatte sie ihn immer für unbesiegbar gehalten. Als sie ihn im Staub hatte liegen sehen, hatte sie kein Mitleid mit ihm empfunden. Statt dessen hatte sie sich eher über ihn geärgert. Nun war er vom hohen Roß hinuntergestoßen worden, und ihr kam es wie ein böses Omen vor, das sie noch mehr erschütterte als die Tatsache, daß er entgegen aller Vorhersagen verloren hatte. So sehr hatte sie sich daran gewöhnt, daß er immer siegte – sei es im Turnier, in Reiterwettkämpfen oder auch in den politischen Ränkespielen, die sie für ihn in die Wege leitete, um seine Zukunft zu sichern –, daß sie sich an diesem Nachmittag fragte, ob er nicht doch ein Versager war. Hatte die Zuneigung, die sie zu dem einsamen Knaben empfand, der eigentlich immer noch tief in ihm schlummerte, ihr Urteilsvermögen getrübt?
Diese Frage hatte sie immer weiter beschäftigt. Zu viel stand für sie beide auf dem Spiel, als daß sie sich einen Fehler hätten leisten können. Jedesmal, wenn sie darüber nachgrübelte, überkam sie eine eigenartige Leere. Die Tage, in denen ihre eigene Zukunft noch unsicher gewesen war, lagen lange zurück, und wie König Karl war auch sie Niederlagen nicht mehr gewöhnt. Als sie ihr Leben noch selbst in die Hand genommen hatte, waren solche Fehler nie vorgekommen.
Hatte ihre Liebe zu König Karl nach seiner Niederlage nachgelassen? Die Antwort war ein klares »Nein«. Die Liebe war der Amboß, auf dem sie ihre Pläne zu seinen Gunsten schmiedete, und daran hatte sich nichts geändert. Allerdings mußte sie den Sinn und Zweck dieser Pläne neu überdenken und alle

Gefühle beiseite schieben, damit sie im Überlebenskampf bestehen konnte.
Als sie sich nach langem Nachdenken endlich zu einer Lösung durchrang, hatte sie sich zuvor eine einfache Frage beantwortet: Warum hatte sie überhaupt gewünscht, daß König Karl Kaiser wurde? Die Antwort war, weil sie die Macht hinter dem Thron sein wollte. Sie sehnte sich nach der Macht, die sie niemals innegehabt hatte; Macht, aufgrund derer sie nicht mehr von anderen Menschen abhängig sein würde, wie es seit dem Tod ihres Verlobten der Fall gewesen war. Machte es für sie einen Unterschied, wer das gekrönte Oberhaupt von ganz Europa wurde? Nein! Es hätte ebensogut eine Vogelscheuche sein können, die die Kaiserkrone auf dem Kopf trug. Also warum nicht König Karl? Warum eigentlich nicht?
Seit ihrer Ankunft im Palast von Toledo hatte sie König Karl jeden Abend in ihren Gemächern empfangen. Doch heute hatte ihre Zusammenkunft nicht stattgefunden. Prinzessin Mathilde, die nie viel auf Gebote und Verbote gegeben hatte und stets tat, was ihr in diesem Augenblick als richtig erschien, unternahm den unerhörten Schritt, den König in seinen Räumen aufzusuchen.
Im goldenen Licht der Hängelampen, das auf dem rosafarbenen Marmorfußboden schimmerte, fand sie König Karl in weißseidene Kissen gelehnt vor. Er lag auf einem riesigen Bett mit vier Pfosten; das vergoldete Kopfende ragte hinauf zu einem mit Röschen besetzten Baldachin in der gleichen Farbe. Aus Gründen des Anstandes war die Tür des Schlafzimmers offengeblieben, und davor saß Prinzessin Mathildes oberste Hofdame Gräfin Isabella und unterhielt sich mit den beiden Ärzten des Königs. Von ihrem hochlehnigen Stuhl aus konnte sie das ganze Schlafzimmer überblicken. Der Geruch von Medikamenten und Salbölen, die in Tonkrügen auf einem vergoldeten Tischchen standen, erfüllte die Luft. König Karl,

der eine Schlafmütze auf dem riesigen Schädel trug, sah fast ein wenig lächerlich aus.
Nachdem ein livrierter Diener Prinzessin Mathilde angekündigt hatte, hatte sie sich zur Begrüßung verbeugt und dann auf einem vergoldeten Stuhl neben dem Bett Platz genommen.
Als sie endlich allein waren, ließ König Karl bedrückt den Kopf hängen. »Ich habe verloren«, murmelte er zu ihrer Überraschung.
Er wirkte so sehr wie ein kleiner Junge, daß sich ihre mütterlichen Gefühle regten und ihr Ärger auf ihn nachließ. »Du hast eine Schlacht verloren, aber den Krieg wirst du gewinnen«, widersprach sie heftig. »Vergiß nie, daß es der Endsieg ist, der zählt.« Sie mußte ihm und auch sich selbst wieder neuen Mut einflößen. »Du wirst Rückschläge einstecken müssen, aber eines Tages wirst ... du ... Kaiser ... sein.«
»Aber wie soll ich die Schande der Niederlage ertragen?« Der König schien mit sich selbst zu sprechen. »Bislang bin ich immer Sieger geblieben.«
Ihr Karl hatte sich verändert. Fehlte ihm die Charakterstärke, derer es bedurfte, Niederlagen unbeschadet zu überstehen? Hatte sein Gehirn durch den Sturz gelitten? Ungeduld ergriff sie, und sie mußte den Drang unterdrücken, ihn zu tadeln. Schließlich war es töricht gewesen, das gleiche Manöver innerhalb einer halben Stunde zweimal anzuwenden. »Alle Gegner, die du bezwungen hast, einschließlich König Philipp, haben es verkraftet«, antwortete sie ruhig. »Wenn man an einem Wettstreit teilnimmt, läuft man immer Gefahr, zu unterliegen, und das ist keine Schande. Man darf nur nicht zulassen, daß man durch eine Niederlage sein eigentliches Ziel aus den Augen verliert. Ein wahrer Sieger erhebt sich wieder aus dem Staub und entfacht aufs neue die Feuer des Triumphes.« Sie konnte sich eine mahnende Bemerkung nicht verkneifen. »Gott gebe dir die Größe, einen Sieg anzunehmen, als ob es nichts Besonderes wäre, und eine Niederlage in einen Sieg zu verwandeln.«

»Das Mädchen«, flüsterte er. »Was wird sie nur von mir denken?«
Erstaunt hob sie die Augenbrauen. »Welches Mädchen?« fragte sie, ehe ihr dämmerte, daß er Prinzessin Beatrice meinte.
»Die Prinzessin, deren Hand der Siegerpreis war.« Immer noch schien er mit sich selbst zu sprechen.
Hatte er durch den Sturz den Verstand verloren?
»Sie ist noch schöner, als ich mir erträumt habe«, sprach er weiter. »Eine reine, weiße Jungfrau. Und noch fast ein Kind.«
Die Wahrheit traf sie wie ein Blitzschlag. Dieser Schürzenjäger, dieser Weiberheld, dessen roher Umgang mit dem anderen Geschlecht sie stets am meisten angezogen hatte, hatte sich tatsächlich verliebt! Fast noch ein Kind, eine reine, weiße Jungfrau, hatte er gesagt! Was machte das aus ihr, Prinzessin Mathilde? Eine alte, abgenutzte Vettel? Zum erstenmal dachte sie an ihr Alter, daran, daß sie in ihrer Jugend nicht wählerisch gewesen war, und die Schamesröte stieg ihr ins Gesicht. Sie fühlte sich zurückgewiesen, erniedrigt, und sie erinnerte sich an Erlebnisse in der Vergangenheit, über die sie einfach nicht hinwegkommen konnte. War König Karl vielleicht deshalb unterlegen, weil er beim Anblick von Prinzessin Beatrice zu sehr an den Sieg gedacht hatte? Ihr letztes gemeinsames Gespräch im Palast von Pamplona fiel ihr wieder ein; damals hatten König Karl und sie sich Treue geschworen, die auch fortdauern würde, wenn er einmal verheiratet war. Dieser Schwur war auf der Grundlage dessen abgelegt worden, daß er nur sie allein liebte. Nun flammte Eifersucht in ihr auf. Wie konnte dieses ... dieses wie ein Pfau herausgeputzte kleine Flittchen es wagen, sie wie eine Hure zu behandeln? In diesem Augenblick haßte sie König Karl, und nur ihre gute Erziehung hinderte sie daran, ihm die Augen auszukratzen.
Sie atmete tief durch, um ihre Fassung zurückzugewinnen. Viele Prinzessinnen hatten sich herumgetrieben wie die Straßendirnen, aber nicht sie. In all den Jahren hatte sie Könige

ihrem Willen unterworfen, ohne sich ihnen jemals hinzugeben. Sie war keine Hure, sondern eine Prinzessin von königlichem Geblüt und hatte es dank ihrer unerschütterlichen Willenskraft weit gebracht. Alle ihre heimlichen Schlachten hatte sie kühl und leidenschaftlich geschlagen. Nur gegenüber König Karl hatte sie von seiner frühesten Kindheit an ihre Gefühle zugelassen, denn sie hatte wie eine Mutter für ihn empfunden. Doch inzwischen war er kein Kind mehr, und sie mußte ihn ziehen lassen. Undeutlich dämmerte ihr, daß sie ihn immer noch zur Befriedigung ihrer Machtgelüste nutzen konnte, auch wenn ihr Verhältnis weniger eng sein sollte.

Aber eine Stimme in ihr wollte nicht aufhören zu bohren. Würde sie ihn wirklich weiterhin lenken können, wenn er eine kluge und ehrgeizige Frau, die er liebte, zu seiner Königin machte? Würde eine solche Frau zulassen, daß sie, Prinzessin Mathilde, ihn wie eine Schachfigur herumschob? Und was sollte sie dann tun?

Allerdings ließ die Antwort nicht lange auf sich warten. Kristallklar wie der Morgentau auf den grünen Wiesen Pamplonas entstand sie in ihren Gedanken: Diese Frau mußte sterben.

»Bei Gott, ich sehne mich mit jeder Faser meines Körpers und von ganzem Herzen nach ihr«, fuhr er fort. »Habe ich sie für immer verloren?«

»Vielleicht«, antwortete sie grausam und streute dann noch Salz in seine Wunde. »In diesem Augenblick teilt sie vielleicht schon mit dem Sieger, Prinz Ahmed, das Lager.«

Ein gequältes Stöhnen entrang sich seiner Kehle. »Ich hatte ohnehin vor, diesen schwarzen maurischen Bastard zur Hölle fahren zu lassen. Aber wenn er mir das Mädchen genommen hat, werde ich ihm den Schwanz abschneiden und ihm das Maul damit stopfen.«

Wenn es um die Befriedigung seiner Lüste ging, vergaß er seinen Rang und seine königliche Erziehung. Aber was konn-

te Prinzessin Mathilde auch anderes von einem Mann erwarten, der eine Frau geschändet und ermordet hatte? Allerdings hatte sie sich doch mehr erhofft als dieses kindische Gejammer, denn vor der rohen Gewalt, die bei ihm so dicht unter der Oberfläche brodelte, hatte sie bislang stets Achtung empfunden. Solange er sich hingegen als romantischer Liebhaber aufführte, konnte sie ihn nur noch verachten. »Du solltest dich selbst an die Verfolgung der Flüchtigen machen, Prinz Ahmed gefangennehmen und ihm genau das antun, wovon du gerade gesprochen hast«, riet sie ihm. Dann gewann der Haß auf ihre Nebenbuhlerin die Oberhand. »Ganz gleich, ob Prinzessin Beatrice mit dem Mauren das Lager geteilt hat oder nicht«, fuhr sie listig fort, »solltest du sie mir übergeben, damit ich sie für das bestrafen kann, was sie dir angetan hat.«
Zum erstenmal sah er ihr geradewegs in die Augen. Vor lauter Wut waren sie rotunterlaufen, und als er zornig den Kopf vorstreckte, sah es aus, als habe er keinen Hals. »Das werde ich mit Sicherheit tun«, grollte er. »Ich verspreche es.«
Endlich verhielt er sich wieder wie der König Karl, den sie kannte! Allerdings war ihr Haß gegen ihn und Prinzessin Beatrice noch lange nicht verraucht. Den heutigen Abend würde sie den beiden niemals vergessen!
Und während des gesamten Gesprächs hatte sie sich nicht einmal nach seiner Gesundheit erkundigt.

Sie konnte nicht leugnen, daß sie erschüttert war, als sie mit Gräfin Isabella im Schlepptau König Karls Gemächer verließ. Was für ein entsetzlicher Tag! Alle Pläne, die sie für König Karl und sich entworfen hatte, waren in dem Augenblick dahin gewesen, als er in den Staub gestürzt war. Und das Gespräch von vorhin hatte alles nur noch schlimmer gemacht. Doch tief in ihrem Innersten spürte sie, daß auch König Karls Seele bei diesem Sturz gelitten hatte. Der wirkliche Schmerz würde erst später kommen.

Trotzdem war sie zufrieden mit dem Rat, den sie ihrem Schützling gegeben hatte. In jedem Kampf gab es Rückschläge, und sie würde die ihren als Stufen zum Erfolg nutzen. Heute nacht hatte sie einen Vorteil gewonnen; nun konnte sie skrupellos mit dem Mann umgehen, der ihr zum Sieg verhelfen würde – König Karl. Nach außen hin würde sie die liebenswürdige, beherrschte und wohlerzogene Prinzessin Mathilde bleiben, die wie immer ein sorgloses Dasein führte.

Als sie Graf Gaston entdeckte, der ihr auf dem Weg in seine Gemächer entgegenkam, hellte sich ihre Stimmung ein wenig auf.

Bei ihrem Anblick blieb er stehen und verneigte sich tief. Wenn es ihn überraschte, daß sie zu dieser späten Stunde noch im Palast unterwegs war, ließ er es sich nicht anmerken.

»Ach, Kanzler, was für ein angenehmer Abschluß eines so merkwürdigen Tages.« Sie streckte ihm ihren mit Diamanten besetzten Elfenbeinfächer entgegen. »Und überdies eine Belohnung dafür, daß wir uns in den geheiligten Flügel dieses Palastes gewagt haben, der sonst den Männern vorbehalten ist.«

Ein freundliches Lächeln erschien auf dem Gesicht des Grafen. »Wie kannst du dich als Eindringlich fühlen, Prinzessin, da du doch die Hohepriesterin der weiblichen Schönheit bist?«

»Selbst zu dieser späten Stunde bist du noch galant.«

»Die Wahrheit über dich, Prinzessin, ist immer galant.«

Dieser Mann gefiel ihr immer besser. Endlich ein Mensch, mit dem sie sich unterhalten konnte. »Du kennst Gräfin Isabella?«

Er vollführte eine leichte Verbeugung in Richtung der Hofdame. »Wer hätte nicht bereits von ihr gehört?«

Und Gräfin Isabella errötete! Warum konnte sie, Prinzessin Mathilde, nicht einen solchen Mann als Schützling haben? Die Antwort lag auf der Hand: Weil Graf Gaston sich von niemanden für dessen Zwecke mißbrauchen lassen würde. In vieler Hinsicht erinnerte er Prinzessin Mathilde an ihren

Vater, den Grafen von Beauvais, den sie angebetet hatte. Da ihre Mutter bei ihrer Geburt gestorben war, hatte ihr Vater viel Zeit mit ihr verbracht. Er hatte ihr, seinem einzigen Kind, alles beigebracht, was er wußte, obwohl sie von Lehrern in Fremdsprachen, in Geschichte, Politik, Mathematik, Reiten und sogar Fechten unterwiesen worden war. Dann, als sie gerade erwachsen geworden war und ihren Vater besser hätte kennenlernen können, hatte er sie fortschicken müssen. Damals hatte sie sehr darunter gelitten, aber sie war nie in ihre Heimat zurückgekehrt, was auch daran lag, daß ihr Vater kurz nach ihrer Abreise gestorben war. Aber manchmal kehrte sie in Gedanken zu den gemeinsamen Mahlzeiten bei Kerzenlicht zurück und sah vor ihrem geistigen Auge die Jagdhunde, die sich vor dem Kaminfeuer räkelten.

»Kommst du gerade vom Essen, Graf? Hat es dir gemundet?«

Lachend warf er den Kopf zurück. »Was würdest du sagen, wenn ich mit ja und mit nein antworten würde? In Kastilien verwendet man weniger Gewürze als in meiner baskischen Heimat.«

»Ich würde dir glauben.«

»Der Etikette zufolge gebietet es die nüchterne Vernunft, mit der Wahrheit zurückhaltend umzugehen, Prinzessin.«

»Nachts vor dem Zubettgehen noch nüchtern zu sein, ist etwas für Speichellecker, findest du nicht, Graf? Das wenigste, was man tun kann, um seiner Verachtung für den Tag Ausdruck zu verleihen, ist, sich abends zu betrinken.«

»Gut gesagt. Nüchternheit am Abend zeigt, wes Geistes Kind man ist, während schlechte Stimmung am Morgen beweist, daß es einem im Grunde seines Herzens an Kultur mangelt.«

»Die Leute sollten ihre Kinder lehren, wie man ein vergnügtes Leben führt und am Ende durch Trunksucht das Zeitliche segnet.«

»Heutzutage gibt es nur noch wenig, was die Eltern ihre Kinder lehren können. Früher wurde von Kindern erwartet, daß sie höflich und unschuldig sind. Heute sind sie nicht einmal mehr höflich.«

Während ihr Gelächter den Korridor entlangschallte, bemerkte Prinzessin Mathilde an den Wänden die riesigen, goldgerahmten Ölgemälde, die König Pedros Vorgänger und Ahnen darstellten.

Aufmerksam wie immer war Graf Gaston ihrem Blick gefolgt. »Der Nachteil solcher Porträts ist, daß sie die schwachen Stellen einer Familie und eines Landes für die Nachwelt festhalten«, bemerkte er trocken. »Und um deine erste Frage zu beantworten, ich komme nicht aus dem Speisesaal. Nach dem Essen haben König Pedro, Bischof Eulogius und ich uns in das königliche Arbeitszimmer zurückgezogen. Ich war als Vertreter meines Herrn anwesend.«

»Und zu welchen Entscheidungen seid ihr gelangt?«

Er warf einen raschen Blick auf Prinzessin Isabella, die geduldig neben Prinzessin Mathilde stand. »Weitaus wichtiger ist, daß es König Pedro und mir gelang, die Ungeduld des Bischofs in ihre Schranken zu weisen. Dieser brannte nämlich darauf, eine christliche Jungfrau aus den Klauen der Mauren zu befreien und die Beleidigung zu rächen, die unseren christlichen Königen zugefügt wurde.«

Prinzessin Mathilde war dankbar, daß er nicht weiter auf die christliche Jungfrau einging. »Ich nehme an, daß Bischof Eulogius am liebsten den Heiligen Krieg ausgerufen hätte, ohne vorher ausreichend Zeit für die Vorbereitungen einzuräumen.«

»König Pedro und mein Herr haben bereits die meisten Vorbereitungen erledigt. Wir werden nicht kopflos handeln.«

»Ich werde den geringen Einfluß, den ich auf König Karl habe, geltend machen, damit dieser Tag bald kommt.«

Selbst der sonst so wache Graf Gaston hätte nie erraten, daß sie damit den Tag des Jüngsten Gerichts für Prinzessin Beatrice meinte.

21. Kapitel

Wie so oft im Gebirge war es schlagartig dunkel geworden. Hinter der dichten Wolkendecke schimmerte der Mond nur schwach hervor, und die steilen Felswände zu beiden Seiten des Weges machten die Straße noch finsterer. Deshalb kam die kleine Gruppe nur langsam voran, da lediglich die Fackeln in den Händen der Reiter und die Laternen an der Kutsche ihnen Licht spendeten.

Inzwischen war es Mitternacht geworden, und Prinz Ahmed suchte am Straßenrand nach einer geeigneten Stelle, wo sie einige Stunden lang Rast machen konnten. Gleichzeitig lauschte er nach dem Plätschern eines Baches, denn sie brauchten Wasser für die Pferde.

Prinz Ahmed hatte nach der Flucht aus Toledo das Kommando übernommen. Prinzessin Beatrice, Zurika und Aaron Levi hatte er in den geschlossenen schwarzen Zweispänner des Geldverleihers gesetzt, in dem sich außerdem ihre Rüstungen, Kleidung und Lebensmittel unterbringen ließen. Das Gepäck türmte sich in Körben hinten im Wagen und auf dem Dach. An der Spitze ritten er selbst und Prinz Juan. Vier vertrauenswürdige Reiter, die Aaron Levi angeheuert hatte, bewachten den hinteren Teil des Wagens.

Simeon, der junge Jude, den Aaron Levi Prinz Ahmed als Knappe zugeteilt hatte, bildete mit vier weiteren Reitern die Nachhut. Insgesamt waren sie also elf bewaffnete Männer und würden so mit allen Wegelagerern fertig werden.

In unbesiedelten Gebieten versuchten sie, so rasch wie möglich voranzukommen, um einen möglichst großen Vorsprung vor den Verfolgern zu gewinnen, die ihnen sicherlich schon auf den Fersen waren. Wenn sie jedoch in die Nähe von Ortschaften kamen, verlangsamten sie ihre Fahrt. Durch anscheinend unbegründete Hast hätten sie nur die Leute auf sich aufmerksam gemacht. Prinz Ahmed konnte an den neugierigen Blicken der Bauern und Dorfbewohner feststellen, daß sie nicht unbemerkt geblieben waren. Doch sicherlich würden nach dem Turnier noch weitere Reisende vorbeikommen, so daß sich wahrscheinlich niemand an sie würde erinnern können.

Erst vor wenigen Wochen war er mit Prinz Juan, Zurika und Aaron Levi auf dieser Straße nach Toledo gereist. So viel war geschehen, seit er die Flucht aus dem Gen al Arif gewagt hatte, um sein Leben von Grund auf zu ändern. Und Prinz Ahmed hatte in dieser Zeit etwas für die Zukunft gelernt: Wenn das Schiff den Heimathafen erst einmal verlassen hat, ging die Reise los, und Veränderungen und Stürme waren unvermeidlich. Nun kehrte er also mit einer wunderschönen jungen Prinzessin, die sein Herz gewonnen hatte und für die er jetzt die Verantwortung trug, nach Granada zurück. Oft mußte er seine gesamte Willenskraft aufwenden, um nicht unter irgendeinem Vorwand langsamer zu reiten und einen Blick auf seine schneeweiße Schöne zu werfen. Sicherlich litt Prinzessin Beatrice entsetzlich unter der Hitze in dem geschlossenen Wagen, in den nur durch kleine Schlitze frische Luft eindringen konnte. Immer wenn er daran dachte, wie sich ihr Körper bei ihrem Ritt vom Turnierplatz gegen seinen gepreßt hatte, erschauderte er. Im Wäldchen angelangt, hatten sie so manchen scheuen Blick gewechselt, und jeder davon entschädigte ihn für die durchlebten Gefahren.

Diesmal kam ihm die Landschaft anders vor, und er erinnerte sich an die Worte des Lehrers, der ihn in der Kriegskunst unterwiesen hatte: Wenn du davon ausgehst, daß du deinen Rückzug durch unbekanntes Gebiet antreten mußt, sieh dich

schon beim Vormarsch gut um. Denn wenn man das Gelände von der entgegengesetzten Richtung aus betrachtet, sieht es meist völlig anders aus, und oft erkennt man es gar nicht wieder.
Selbst jetzt, als sie in rascher Fahrt das weite unbesiedelte Land zwischen den Dörfern, Weilern und Städtchen durchquerten, fiel Prinz Ahmed wieder auf, wie zerklüftet und menschenleer die Schluchten im südlichen Kastilien waren. Wie offene Wunden klafften felsige Abgründe, deren Gestein safrangelb und orangefarben schimmerte. Dazwischen erhoben sich Hügel, auf denen Pinien, Eichen und dunkelgrünes Gebüsch wuchsen. Als Prinz Ahmed den süßen Duft der Kastanienblüten einsog, war er froh, daß Prinz Juan sich wenigstens am Anblick der Natur und an ihren Gerüchen erfreuen konnte. Doch leider konnte der Freund weder die Axt des Holzfällers noch das Bellen der Hunde, die den Pferden nachliefen, hören. Auch der Gesang der Vögel, der das Klappern der Wagenräder übertönte, würde für immer für ihn verloren bleiben.
Als sie die letzten beiden Male Rast gemacht hatten, war das Glück mit ihnen gewesen. Prinz Ahmed hoffte, daß das auch diesmal der Fall sein würde, da sie unbedingt einige Stunden schlafen mußten. Das erstemal hatten sie sich am späten Nachmittag auf einer kleinen Wiese gelagert, wo Kräuter und Gänseblümchen wuchsen. Daneben plätscherte ein kleines Bächlein. Die nächste Rast hatten sie neben einem alten steinernen Brunnen mit kristallklarem Wasser eingelegt, der mit Moos und kleinen schneeweißen Flechten bewachsen war. An keinem dieser beiden Orte waren sie einer Menschenseele begegnet und hatten genug Zeit gehabt, die Pferde zu tränken und abzureiben, sich die Beine zu vertreten, zu essen und sich eine Stunde lang auszuruhen. Fast hätte sich Prinz Ahmed von dem Frieden, der an diesen Orten herrschte, einlullen lassen. Doch eine innere Unruhe trieb ihn, bald wieder aufzubre-

chen. Auch wenn niemand, dem sie bis jetzt begegnet waren, ihnen neugierige Fragen gestellt hatte, bedeutete das nicht, daß man sie nicht bemerkte. Wenn die Verfolger diese Leute verhörten, würden sie bald erfahren, daß sich die Flüchtenden auf der Straße nach Granada befanden. Würden die Häscher des Königs in der Nacht ebenfalls rasten oder weitereilen? Mittlerweile fühlte sich Prinz Ahmed nach diesem langen, anstrengenden und aufregenden Tag ziemlich schläfrig, und er stellte fest, daß auch Prinz Juan immer wieder im Sattel vornübersank. Allerdings konnte man nach zwei Nächten im Kerker auch kaum erwarten, daß er vor Tatendrang strotzte. Aaron Levi hingegen hielt sich trotz seines Alters erstaunlich gut; aber er schlief jede Nacht ohnehin nur wenige Stunden. Bei jeder Rast hatte Prinzessin Beatrice eine überschäumende Lebensfreude an den Tag gelegt. Zurika hingegen war zurückhaltend, nachdenklich und in sich versunken gewesen. Da Prinz Ahmed über keinerlei Erfahrungen im Umgang mit Frauen verfügte, konnte er nicht mit Sicherheit sagen, was der Grund dafür war. Die ganze Zeit über fragte er sich, warum Zurika, die doch sonst immer so freundlich war, sich gegenüber der Prinzessin so kühl verhielt. Das Gefühl der Eifersucht war ihm völlig fremd, und so schob er es darauf, daß diese Zigeunerin es zum erstenmal in ihrem Leben mit einer wirklichen Prinzessin zu tun hatte.

Klingelnde Glöckchen, deren Schall wie goldene Tropfen durch die Nacht perlte, kündigte die Ankunft einer Herde Maultiere mit ihren Treibern an. Dazu waren laute Männerstimmen zu vernehmen, die ein altes Lied sangen.

Gleich darauf konnte man hinter der nächsten Wegbiegung die ersten Laternen sehen; eine kleine Prozession winziger rechteckiger Lichter, wie sie die Meßdiener in Toledo bei einem der vielen Umzüge vor sich hergetragen hatten. Ohne den Schritt zu verlangsamen, wich die Eselskarawane an den Straßenrand aus, um den Wagen vorbeizulassen.

»Hola!«
»Buenas noches!«
Freundliche Stimmen riefen diesen Gruß, als die Flüchtlinge die Esel passierten, und bärtige, dunkelhäutige Gesichter nickten ihnen zu. Noch als das Hufgetrappel der Esel längst verklungen war, lag der Geruch von Schweiß und Mist in der Luft.
Als Prinz Ahmed das Rauschen des Flusses hörte, erinnerte er sich daran, daß er sich lange vor Morgengrauen waschen mußte, wenn sie die Flucht rechtzeitig fortsetzen wollten. Erst an diesem Morgen hatte er noch im Landhaus sein Morgengebet abgehalten – es kam ihm vor, als seien seitdem Jahrhunderte vergangen. Was die Gebete am frühen und am späten Nachmittag, bei Sonnenuntergang und zur Nacht anbelangte, hatte er sie still im Sattel gesprochen. Hatte nicht der allmächtige Allah durch seinen Propheten verkünden lassen, daß die ganze Welt sein Tempel war? Also galt das Gebet wohl auch, wenn er, Prinz Ahmed, nicht nach Mekka gewandt auf den Knien lag.
Prinz Ahmed ließ den kleinen Troß anhalten und nahm einem Reiter die Fackel aus der Hand. Ein kleiner Pfad, den offenbar die Karren der Holzfäller gespurt hatten, führte in ein Wäldchen. Unter dunklen Zypressen ritt er weiter, bis er einen flachen Bach erreichte, der in einem Kiesbett dahinplätscherte. Er durchquerte ihn und entdeckte am anderen Ufer eine grasbewachsene Lichtung. Einen besseren Rastplatz konnten sie gar nicht finden. Obwohl die Wiese so nahe an der Straße gelegen war, konnte man die Flüchtenden, ihren Wagen und die Pferde von dort aus nicht sehen.

Zurika hatte sich an das Gesetz der Zigeuner gehalten, das gebot, Familienmitgliedern und Freunden stets die Treue zu halten. Deswegen hatte sie sich überhaupt auf dieses Abenteuer eingelassen und vorgeschlagen, Prinz Juan zu retten.

Da sie ganz von ihrer augenblicklichen Aufgabe in Anspruch genommen gewesen war, hatte sie nicht weiter darüber nachgedacht, was nach der Rettung kommen würde. Und jetzt war sie eifersüchtig, so schrecklich eifersüchtig, wie es nur eine Zigeunerin sein konnte. Allein die Vorstellung, Prinz Ahmed könnte einer anderen Frau Beachtung schenken, war ihr unerträglich. Erst als sie im Wäldchen neben dem Turnierplatz angekommen war, um auf die beiden Prinzen und Prinzessin Beatrice zu warten, war ihr allmählich klar geworden, daß sie ihr Leben und ihre Unschuld für einen Plan aufs Spiel gesetzt hatte, der ihr nichts als Nachteile brachte. Und nun war vielleicht ihre größte Hoffnung dahin – eines Tages Prinz Ahmeds Geliebte zu werden.
Als Prinz Ahmed dann eng umschlungen mit Prinzessin Beatrice angeritten gekommen war, war ihre Vermutung zur Gewißheit geworden. Und nachdem Zurika die zwar ein wenig zerzauste, aber vornehm gekleidete Prinzessin näher in Augenschein genommen hatte – ihre schneeweiße Haut, ihr goldenes Haar, ihre schlanke Gestalt –, hatte es ihr einen Stich ins Herz versetzt. Der Schmerz drohte sie zu überwältigen.
Da Prinz Ahmed es eilig gehabt hatte, das Wäldchen zu verlassen, hatte er Zurika nur kurz gedankt, während man ihm die Rüstung abnahm. Er konnte ja nicht ahnen, was sie im Gefängnis durchgemacht hatte. Nachdem er dann alles erfahren hatte, hatte er das Versäumte überschwenglich nachgeholt, doch der Schaden war nicht mehr gutzumachen gewesen, denn Zurika hatte bereits die Blicke bemerkt, die er mit Prinzessin Beatrice wechselte. Während der ganzen Flucht tobten Enttäuschung, Verzweiflung und Wut in ihr. Aber inzwischen war nur noch ein unglaublicher Zorn zurückgeblieben. Offenbar war der Prinzessin anfangs nichts Ungewöhnliches an Zurika aufgefallen, und sie hatte sie mit Fragen überhäuft, jedoch nur einsilbige Antworten erhalten. Schließ-

lich hatte sie es aufgegeben, Aaron Levi in ein Gespräch verwickelt und war hin und wieder in dem überhitzten Wagen eingedöst. Zurika stellte fest, daß der alte Jude ihr eisiges Schweigen besorgt beobachtete. Immer wieder lächelte er sie an und tätschelte sogar einige Male ihre Hand.

Unter anderen Umständen wäre Zurika das Wäldchen, das Prinz Ahmed für die Rast ausgesucht hatte, wie das Paradies erschienen. Die Wolken hatten sich gelichtet, und der Himmel wurde nun vom gelben Mondlicht erhellt. Sterne funkelten, und das Kreuz des Südens war am Firmament zwischen den Baumwipfeln und den Bergen zu sehen. Doch das Plätschern des Wassers, das Flüstern des Windes in den Ästen, der Duft des gebratenen Lammes und der Geruch nach Pferdeschweiß und Leder erfüllte Zurika nur mit Schmerz. Wie hätte sie das alles genossen, wenn es Prinzessin Beatrice nicht gegeben hätte, die sich zwischen sie und ihren geliebten Prinz Ahmed stellte!

Die beiden Pferde waren ausgespannt worden, die Deichsel wurde nun von zwei Pflöcken gehalten. Dann hatte man Wagen und Pferde abgerieben und die Tiere mit Heuballen versorgt. Dann waren sie in der Mitte der Wiese an einen Baum festgebunden worden. Die Männer hatten sich nach dem Essen in ihre Decken gewickelt, Zurika und Prinzessin Beatrice sollten auf Mänteln neben dem Wagen schlafen. Daß Prinz Ahmed so um Prinzessin Beatrices Wohlbefinden besorgt war, ließ Zurikas Eifersucht um so stärker auflodern. Alle Vernunft war dahin, und in ihr brannte nur noch der Wunsch, sie alle zu zerstören.

Aaron Levi mußte ihre Gefühle erraten haben, denn er nahm sie beim Arm und führte sie auf die andere Seite des Wagens. Da er kleiner war als sie, blitzten seine dunklen Augen in der Finsternis zu ihr empor.

»Was bedrückt dich?«

Sie wußte, daß sie nichts vor ihm verbergen konnte, und seine

Besorgnis machte sie nur noch wütender. »Nichts, gar nichts«, murmelte sie und schüttelte den Kopf, daß ihre dunklen Locken flogen.

»Du mußt dir darüber im klaren sein, daß wir an die Beschwerlichkeiten des Reisens gewöhnt sind, während sie für Prinzessin Beatrice eine völlig neue Erfahrung darstellen. Sie hat ein sehr behütetes Leben ...«

»Nicht wie eine gewöhnliche Zigeunerin!« unterbrach ihn Zurika erbittert.

Levis dunkle Augen blickten mitleidig drein. »Kein Geschöpf Jahwes, besonders nicht die Menschen, die wir lieben, sind gewöhnlich, mein Kind.«

Bei der bloßen Erwähnung des Wortes Liebe schien ihr das Herz zerspringen zu wollen. Aber sie biß die Zähne zusammen und unterdrückte die zornigen, harten Worte, die ihr auf der Zunge lagen. »*Buenas noches,* Señor!« stieß sie statt dessen hervor, wandte sich um und ging zu ihrem Schlafplatz hinüber. Aaron Levis Seufzer folgte ihr, tröstend wie ein kühler Lufthauch an einem heißen Tag, doch sie zitterte wie im Fieber.

Dann lag sie auf ihrem Mantel und blickte in den Sternenhimmel hinauf. Neben sich hörte sie Prinzessin Beatrices ruhigen Atem und wurde von dem wilden Verlangen ergriffen, dieses Leben zum Verlöschen zu bringen. Freudig wollte sie zusehen, wie sich das bleiche Gesicht erst rot und dann bläulich verfärbte, wie die blauen Augen aus den Höhlen traten und noch im Tode abscheulich ins Leere glotzten. War das Mord? Hatte sie nicht erst an diesem Morgen einen Mann getötet? Der Schmerz wallte in Zurika auf, wurde zu einem entsetzlichen Zorn, einem Verlangen, alles um sie herum zu zerstören. Wilde Schreie stiegen in ihrer Kehle auf, doch sie umklammerte fest ihren Mantel und drängte sie zurück. Bald überkam sie Ruhe, eine Ruhe, die so hart war wie ein eisbedeckter Felsen.

Prinzessin Beatrice war schöner als jede Frau, der Zurika bislang begegnet war. Immer wieder hallte eine alte Ballade in ihren Ohren wider; sie handelte von einer Frau, die so schön war, daß …

… die Kirche im Licht tanzte,
als sie zur Messe ging …

Zurika konnte diese Worte einfach nicht aus ihren Gedanken verbannen, und schließlich reifte in ihr ein Plan, den sie immer wieder durchging und ausfeilte. Eigentlich hätte sie todmüde und erschöpft sein sollen, aber statt dessen war sie wach und ihr Gehirn arbeitete fieberhaft. Sie wartete auf ihre Gelegenheit.

Bis jetzt hatte Prinzessin Beatrice ein behütetes Leben in völliger Abgeschiedenheit geführt, und nun hatte sich alles mit einem Schlage verändert. Noch in der vergangenen Nacht hatte sie zwischen seidenen Laken geschlafen und sich Sorgen um die Zukunft gemacht; heute lag sie auf der harten Erde und hatte nur eine braune Decke unter sich und einen Mantel, der sie wärmte. Sie beobachtete, wie die ersten Sterne durch die Wolkendecke blitzten. Zum erstenmal im Leben fühlte sie einen inneren Frieden. Warum also hatte sie diese böse Vorahnung, daß ihr von diesem jungen Zigeunermädchen, das da neben ihr lag, Unheil drohte?

Schon vom ersten Augenblick an, als ihr das junge Mädchen vorgestellt worden war, hatte Prinzessin Beatrice gespürt, daß Zurika sie nicht leiden konnte. So sehr sie sich auch bemüht hatte, ein Gespräch mit ihr anzuknüpfen, war ihr einziger Lohn eine einsilbige Antwort oder verstocktes Schweigen gewesen.

Anfangs hatte sie das auf die offensichtliche Schüchternheit des jungen Dings geschoben; schließlich begegnete das Mädchen zum erstenmal im Leben einer Prinzessin. Doch im

Laufe des Tages hatte sie festgestellt, daß sich die Kühle in Feindseligkeit verwandelt hatte, die sich offenbar gegen ihre Person richtete. Schon bei der ersten Rast war aus Feindseligkeit Haß geworden, ein Haß, den man fast mit Händen greifen konnte und von dem sich Prinzessin Beatrice im muffigen, heißen Wageninneren förmlich erdrückt fühlte. Nun war sie sich sicher, daß dieser Haß ihr galt, und da sie eine Frau war, ahnte sie, daß der Grund in Prinz Ahmeds aufmerksamem Verhalten gegenüber ihr lag. Zurika war eifersüchtig. Obwohl die junge Zigeunerin Prinz Juan unter Einsatz ihres Lebens aus dem Kerker befreit hatte, war Prinzessin Beatrice nicht gewillt, sich mit einer Nebenbuhlerin so einfach abzufinden. Was würde Zurika tun, wenn sie herausfand, daß Prinzessin Beatrice Prinz Ahmeds Gefühle erwiderte? Schließlich ließ sie sich ja schon von bloßen Vermutungen so aus der Fassung bringen!

Warum nur mußte ihre Freude, nach jahrelanger Gefangenschaft endlich die Freiheit kennenzulernen, auf so unschöne Weise getrübt werden?

Zurikas Verhalten hatte Prinzessin Beatrice so aus der Ruhe gebracht, daß sie sich bei der zweiten Rast an Prinz Juan gewandt hatte, um ihm ihre Empfindungen mitzuteilen. Einfühlsam wie immer hatte der Bruder die Lage sofort durchschaut und ihr versichert, er werde ein Auge auf das Zigeunermädchen haben. Allerdings erinnerte er Prinzessin Beatrice auch daran, daß sie tief in Zurikas Schuld stand, denn immerhin hatte die junge Zigeunerin ihr Leben und ihre Unschuld aufs Spiel gesetzt, um ihn zu retten. Nach nur zwei Tagen im Kerker sah er schon erschöpft und abgemagert aus, also hatte er Zurika wirklich viel zu verdanken.

Würde sich Prinz Juan wachhalten können, um sofort zur Stelle zu sein, falls dieses wilde Zigeunermädchen etwas gegen sie unternahm? Wahrscheinlich nicht; also war es das beste, wenn sie selbst wach blieb, obwohl sie vor Erschöpfung kaum die Augen offenhalten konnte. Am liebsten hätte sie Holzkeile zwischen ihre Lider geklemmt. Bevor sie schließlich doch einschlief, ging ihr noch ein Gebet durch den Kopf: »O Heilige Jungfrau, du hast deine jungfräuliche Tochter vor der Schande bewahrt, nun rette sie vor dem Tode!«

König Karl saß an Kissen gelehnt auf seinem riesigen Bett und blickte seinen neuen Besucher fragend an. Nachdem Prinzessin Mathilde gegangen war, hatten sich seine Gedanken langsam wieder entwirrt. Zwar hatte er eben erst mit der Prinzessin gesprochen, aber die genauen Worte waren ihm entfallen. Doch irgend etwas an diesem Gespräch beunruhigte ihn immer noch.

»Bei Gott, muß man erst vom Pferd gestoßen werden, um zu dieser nachtschlafenden Zeit so hohen Besuch zu bekommen?« fragte er Bischof Eulogius, der auf einem vergoldeten Stuhl neben der Leiter saß, die zu dem hohen Bett hinaufführte.

Der Bischof verzog das Gesicht zu seinem entwaffnendsten Lächeln, und seine Augen verschwanden fast zwischen Fettwülsten. »Ich bedaure die Störung und bitte dich, mir zu vergeben, mein König. Doch wie du sicherlich weißt, kennt das Wort Gottes keine Zeit und achtet nicht auf den Rang eines Menschen.« Er strich seine Robe glatt. »Tag und Nacht trage ich das Kreuz des Herrn, und ich begebe mich oft in Gefahr, den Zorn der Könige auf mich zu ziehen. Also muß ich es ihrer Gnade überlassen, mir diese kleinen Übertretungen nachzusehen.«

Nachdenklich betrachtete König Karl seinen Besucher. Er hatte nie erlaubt, daß die Kirche über die weltliche Macht herrschte. Von seinen Zuträgern wußte er, daß Bischof Eulogius seine kleinen Bequemlichkeiten liebte; besonders sein Bett und dieses vor allem dann, wenn man ihm eine Jungfrau hineinlegte. Außerdem hieß es, der Bischof sei ein gnadenlos ehrgeiziger Mann, der über Leichen ging, um seine Ziele zu erreichen. Wenn er nicht etwas auf dem Herzen gehabt hätte, wäre er nicht auf diesem Stuhl gesessen. Es mußte sich um etwas handeln, das er nicht einmal mit seinem eigenen König besprechen konnte. Etwas, wofür er auch das Risiko einging, daß König Pedro von seinem nächtlichen Besuch erfuhr. Endlich ging Karl ein Licht auf: Dieser Mann brauchte noch heute nacht eine Antwort.

Er entschloß sich, nicht um den heißen Brei herumzureden. »Was willst du, Bischof?« fragte er. »Ich bin mir sicher, daß du mich nicht zu dieser unchristlichen Stunde aufgesucht hast, um dich nach meinem Befinden zu erkundigen, außer falls dies deinen ... äh ... heiligen Zielen dienlich sein sollte.«

Bischof Eulogius lächelte engelhaft. »Wie gut du mich durchschaust, König. Bitte sei versichert, daß mir deine Gesundheit am Herzen liegt – sowohl was dich als Mensch wie auch was dich als Herrscher von Léon y Navarra anbelangt. Doch das sind zwei völlig verschiedene Dinge, wenn sie auch nebeneinander bestehen, und deshalb bin ich zu dieser Stunde gekommen, da die Angelegenheiten der Heiligen Kirche keinen Aufschub dulden.«

Cherubim und Seraphim, Herrscher und Mensch bestehen nebeneinander in einer Person, dachte König Karl spöttisch. Eine hübsche Vorstellung. Eigentlich hätte er wütend sein sollen, doch er war nicht in der Stimmung zu toben, denn ihm war klar, daß Bischof Eulogius nach den Ereignissen des heutigen Tages mit ihm gemeinsame Sache machen wollte. Er, König Karl, gab einen Dreck auf die Heilige Kirche, obwohl er stets seinen Zehnten zahlte. Aber er konnte die Kirche und den fetten Bischof benutzen, um sich an diesem maurischen Schweinehund zu rächen und Prinzessin Beatrice zu seiner Geliebten zu machen. Um dieses Ziel zu erreichen, würde er sich alles anhören, ganz gleich, wie spät es auch sein mochte oder wie er sich gesundheitlich fühlte. Selbst mit dem Teufel hätte er sich verbündet, um seine geheimsten Gelüste zu befriedigen. »Da ich ans Bett gefesselt bin, weißt du wahrscheinlich besser als ich, was heute vorgefallen ist, und wie es geschah«, fuhr er fort. Er setzte sich auf und rückte seine Schlafmütze zurecht. »Bitte erzähl uns alles, was du weißt.«

»Ich komme gerade von einer Besprechung mit meinem königlichen Herrn«, fing Bischof Eulogius in seinem Singsangton an. Er schnüffelte und hielt sich, da ihn der Geruch nach Salben und Tinkturen im Zimmer zu stören schien, ein Riechfläschchen unter die Nase. »Also höre, was König Pedro bis jetzt herausfinden konnte.«

Dann berichtete er König Karl, was er angeblich eben erst erfahren hatte.

Schweigend und erstaunt lauschte König Karl dem Bericht des Bischofs. Obwohl er ihn teilweise kaum glauben konnte, paßte alles so gut zusammen, daß er nicht mehr nachfragen mußte. Als der Bischof schließlich schwieg, wußte König Karl, daß er gekommen war, weil sein eigener Herrscher keine Anstalten machte, die Inquisition auszurufen. Glaubte dieser blutrünstige kleine Fettkloß denn allen Ernstes, daß ihn die Rauchschwaden, die von den Scheiterhaufen aufstiegen, bis auf den Papstthron tragen würden? Ganz gewiß wollte der Bischof einmal Papst werden, doch er führte sicherlich noch etwas anderes im Schilde. Was hatte er soeben über seine Gesundheit gesagt? Als Bischof ging es ihm um das höchste Amt, aber was wollte Eulogius als Mann? Verzehrte er sich vor Verlangen, Juden, Hexen und Ungläubige brennen zu sehen? Und wenn ja, warum? Und warum Feuer? War das seine Rache dafür, daß die Frauen ihn links liegenließen, außer wenn er sie für ihre Gunst bezahlte? Verfolgte er sie deswegen als Hexen, weil er nie eine von ihnen besitzen würde?

König Karls Gedanken verwirrten sich, denn solche tiefergehenden Überlegungen überstiegen seine geistigen Fähig-

keiten. Dafür brauchte er Prinzessin Mathilde und Graf Gaston. Außerdem tat ihm heute nacht jeder Knochen im Leibe weh, und dazu hatte man noch seinen Stolz in den Staub getreten. Er, König Karl, folgte im Kampf lieber einer plötzlichen Eingebung, anstatt sich die Angelegenheit lange im Kopf herumgehen zu lassen. »Offenbar bist du gekommen, da du glaubst, daß ich der ... äh ... Heiligen Kirche helfen kann, wo andere untätig geblieben sind«, stellte er fest. »Und du brauchst sofort eine Antwort.«
Der Bischof klatschte in die Hände. »Du bist so weise, mein König. Fürwahr, in dir vereinen sich Weisheit und ...« Beinahe hättest du Unbesiegbarkeit gesagt, doch dann hast du es dir anders überlegt, du Waschlappen, dachte König Karl. Aber sonderbarerweise war er nicht ärgerlich. Er würde sich daran gewöhnen müssen, daß man ihn so lange nicht mehr Unbesiegbaren nannte, bis er diesen Ruf wiederhergestellt hatte. »... göttliche Gnade«, schloß der Bischof strahlend.
»Bitte, sag mir deinen Wunsch«, forderte ihn König Karl barsch auf.
»Wie ich dir bereits mitgeteilt habe, spreche ich im Namen der Heiligen Kirche, mein König, doch mein irdischer Herrscher hat in seiner ... äh ... gottgegebenen Weisheit anders entschieden.« Er seufzte. »Und er allein verfügt über die irdische Macht, die heilige Inquisition auszurufen.« Genußvoll ließ er das letzte Wort über seine schmalen Lippen gleiten. Dann seufzte er wieder, diesmal mit mehr Inbrunst, und beugte sich in seinem Stuhl vor. »Doch wir beide, du und ich, mein König, könnten den Anfang wagen..« Er sprach nun leise, und seine Stimme hatte einen beschwörenden Ton angenommen. »Wenn du dich heute mit der Heiligen Kirche verbündest, wirst du morgen ihren Dank erfahren.« Sein Blick sagte mehr aus als tausend Worte.
Du hast erraten, was ich will, und bietest mir deine Hilfe an, dachte König Karl. Wenn du sogar bereit bist, dich gegen

deinen eigenen König zu stellen, mußt du dafür persönliche Gründe haben. Du bist schlau, listiger als ein Fuchs, denn dein Angebot hast du mir so unterbreitet, daß ich deine wahre Absicht aussprechen muß und niemand dir etwas nachweisen kann. Du bist ein gefährlicher Mann und von Grund auf böse, denn du hast die Fähigkeit, andere Menschen zu verderben. Wie kann ich dich für meine Zwecke nutzen?

König Karl entschied, daß Schweigen in diesem Fall vorteilhafter sei. Er wartete, bis der Bischof fortfuhr, und wich dem Blick der blauen Augen aus, indem er ins Leere starrte und so tat, als sei er noch vom Sturz benommen. Amüsiert nahm er wahr, daß seine Verweigerung einer Antwort dem Besucher offenbar Unbehagen bereitete.

»Während mein König die Macht hat, die Inquisition auszurufen«, fuhr Bischof Eulogius nun rasch fort, »kann jeder Mann der Kirche einen Menschen zur Hexe erklären. Nur durch Hexerei kann es diesem Zigeunermädchen gelungen sein, fünf Wachen zu überlisten und sogar einen der Männer zu ermorden. Zwar hat man sie schon zum Tode verurteilt, aber wenn man sie ergreift, schlage ich vor, sie zur Hexe zu erklären. Nur so wird sie alle Strafen erleiden, die man üblicherweise über Angehörige ihrer verabscheuungswürdigen Zunft verhängt.«

Obwohl König Karl nicht zu Gefühlsduselei neigte, lief es ihm bei diesen Worten des Bischofs kalt den Rücken hinunter. Doch er sagte kein Wort. Eine Frau war zum Tode verurteilt worden, und König Karl war erfahren genug, um sich denken zu können, daß sie wahrscheinlich ihr Leben und ihre Tugend gegen die fünf Männer verteidigt hatte. Hatte er nicht selbst einige dieser Frauen erlebt? Manche von ihnen hatten gekämpft wie Löwinnen, was ihn zwar nur um so mehr erregt hatte, aber eigentlich als Selbstverteidigung gedacht gewesen war. Und nun wollte dieser kleine Mistkerl von einem Bischof noch Leichenfledderei betreiben! Nun gut, jedem das

Seine … Aber eigentlich bestand doch gar kein Unterschied zwischen dem Vergnügen, das er empfand, wenn er sich eine Frau gewaltsam zu Willen machte, und der Verzückung des Bischofs, wenn er eine Frau, die bereits zum Tode verurteilt war, foltern ließ. Dennoch verabscheute er diesen Mann und hegte Argwohn gegen ihn, da er zuließ, daß seine Gelüste die Oberhand über den Verstand gewannen. »Und was erwartest du von uns?« fragte er barsch.

»Deine Unterstützung, wenn ich heute nacht bei meiner Rückkehr in die Kathedrale das Urteil der Heiligen Kirche über das Zigeunermädchen spreche. Dann werde ich die christlichen Soldaten zur Landstraße nach dem Süden ausschicken, damit sie die Auslieferung der jungen Frau verlangen, nachdem die Soldaten des Königs sie gefangen haben.« Er fuhr sich mit der Zunge über die Lippen. »Ich brauche die Unterstützung eines christlichen Königs.«

König Karl scherte sich einen Dreck um dieses unbekannte Zigeunermädchen. Die einzige Frau, die ihn inzwischen kümmerte, war Prinzessin Beatrice. Eigentlich verlangte Bischof Eulogius nur einen kleinen Preis dafür, daß er ihm, König Karl, half, sein eigenes Verlangen zu stillen. Was für ein Tauschhandel! Eine junge Frau, die Bischof Eulogius auf dem Scheiterhaufen verbrennen konnte, gegen eine jungfräuliche Prinzessin für das Bett von König Karl!

Es war später als gewöhnlich, als König Pedro in Maria de Padillas Schlafgemach trat. Zum erstenmal, seit sie sich liebten, war er böse auf sie. Und obwohl er sonst keine Furcht kannte, fühlte er sich deswegen einsam und verlassen.

Wie immer begrüßte sie ihn an der Tür, doch ihr zartes schmales Gesicht sah angespannt aus, und in ihren grauen Augen stand ein merkwürdig leerer Blick. Als er sie in die Arme nahm, war ihr Körper anschmiegsam wie sonst, doch

die Lebendigkeit war verschwunden. Er konnte seine Wut nicht mehr länger zügeln.
Sie spürte offenbar die Veränderung, die in ihm vorgegangen war, machte sich los und ging zum Bett hinüber.
»Also kehrst du mir jetzt auch den Rücken wie deine Tochter!« brüllte er zornig.
Zitternd wandte sie sich um und sah ihn an. Im goldenen Lampenlicht konnte er nun erkennen, daß sie geweint hatte.
»Darf ich dich untertänigst daran erinnern, mein König, daß Beatrice *unsere* Tochter ist«, sagte sie entschlossen.
So kannte er seine Geliebte noch nicht. Doch der Schmerz in ihren Augen machte ihn nur noch wütender, und er verspürte Lust, ihr Schmerzen zuzufügen. »Mutterschaft ist immer eine Tatsache; Vaterschaft nichts weiter als eine Ansichtssache«, stieß er hervor und senkte dabei die Stimme, damit die Worte noch schärfer und bedrohlicher klangen. Als sie zusammenfuhr, empfand er Befriedigung. »Ich wiederhole, du hast mir gerade zum erstenmal den Rücken zugekehrt wie deine Tochter, die heute nachmittag davongelaufen ist. Wie konntest du einer solch verräterischen Kreatur das Leben schenken?«
Wut blitzte in ihren grauen Augen auf, und einen Moment lang trat ein harter Ausdruck in ihren Blick, ehe sie ihn wieder demütig ansah wie gewöhnlich. Da er spürte, daß sie diese Demut nur ihm zuliebe an den Tag legte, fragte er sich, wie oft sie sich schon in der Vergangenheit verstellt haben mochte. Auf einmal überkam ihn eine eigenartige Leere, so als ob ihm der Boden unter den Füßen weggezogen würde.
»Mein König, darf ich dich untertänigst daran erinnern, daß du es warst, der das Turnier veranstalten wollte, um deine Tochter, als die du sie damals noch betrachtetest, für deine Ziele einzusetzen. Du warst es, mein König, der entschied, Beatrice, nachdem sie zur Jungfrau herangewachsen war, buchstäblich als Gefangene zu halten, damit sie später einen Mann deiner Wahl heiraten könne. Einen Mann, der dir hel-

fen sollte, deine Ziele zu erreichen. Als gute Frau und Mutter habe ich Beatrice im Sinne der Heiligen Kirche und gemäß ihres Standes erzogen und dafür gesorgt, daß niemand sie zu Gesicht bekam, bis du beschlossen hast, sie beim Turnier vorzuführen wie ein Stück Vieh«, bei diesem Wort fuhr er zusammen, »wie einen Schinken bei einer Landwirtschaftsausstellung. Diese Gelegenheit hat sie genutzt, um aus dem Gefängnis zu entfliehen, in das du, mein König, sie gesperrt hast. Wie kannst du mir an dem, was vorgefallen ist, die Schuld geben?«

So hatte er seine Maria noch nie erlebt. Er versuchte sich zu erinnern, wie es damals wirklich gewesen war, doch sein Gehirn war vom Alkohol umnebelt. Alles war schon so lange her. Aber soweit er sich entsinnen konnte, war es nicht er, sondern Maria gewesen, die König Karl den Bösen als Gatten für ihre Tochter vorgeschlagen hatte, um ein Bündnis mit dem Königreich Navarra zu schmieden und schließlich das christliche Spanien unter der Herrschaft König Pedros zu einigen. Und war es nicht auch Maria gewesen, die ihm zu dem Turnier geraten hatte, damit die anderen Fürsten sich nicht übergangen fühlten?

Aber der König war so daran gewöhnt, bei seinen Entscheidungen auf Ratschläge anderer Menschen zurückzugreifen, daß er sich diese Fragen nicht beantworten konnte, da sich alles in seiner Erinnerung vermischte. Bei Gott! Das war nicht die Maria de Padilla, mit der er bis jetzt sein Leben geteilt hatte, sondern eine fremde Frau mit leeren, grauen Augen und üppigen Brüsten in einem rosafarbenen durchscheinenden Nachtgewand. Er rätselte, was er ihr antworten sollte, und fühlte sich wie ein gereizter Bulle, der mit gesenktem Kopf dasteht und nicht weiß, in welche Richtung er sich wenden soll. Einen Augenblick lang überkam ihn der Wunsch, sie zu schlagen, doch er hielt sich zurück, weil eine innere Stimme ihm sagte, daß er sie zu Tode prügeln würde.

Ganz gleich, in welcher schrecklichen Lage er sich im Augenblick befand, er brauchte sie. Für alle Welt war der König Pedro der Grausame, nur nicht für sie. Und jetzt drängte es ihn, auch zu ihr grausam zu sein, sie zu bestrafen.

»Weib«, erklärte er zornig, nachdem er sich entschieden hatte. »Wer auch immer verantwortlich sein mag, ich stehe vor einer Schwierigkeit, die ich eigenhändig aus der Welt schaffen werde.« Nun war er wieder ganz der König, obwohl er sich in ihrer Gegenwart eigentlich sonst nie so zeigte. »Und ich werde die Angelegenheit sofort in Angriff nehmen. Morgen werde ich an der Spitze meiner Armee losreiten und meine Tochter verfolgen.« Befriedigt bemerkte er ihre erstaunt aufgerissenen Augen. »Das bedeutet Krieg, auch wenn ich eigentlich noch nicht darauf vorbereitet bin, doch die Entscheidung liegt allein bei mir. Und auch du wirst unter den Folgen zu leiden haben!«

Ehe er sich umwandte, um zur Tür zu gehen, sah er, wie sie erbleichte, und hörte ein Schluchzen. Er blieb stehen, um sich ihr flehentliches Bitten anzuhören. »Sechzehn Jahre lang haben wir miteinander das Bett geteilt, mein König. Ich bitte dich, verlaß mich nicht in dieser Stunde, da ich dich am meisten brauche.«

Eine grausame Freude überkam ihn, als er die Tür hinter sich zuschlug und davonschritt.

22. Kapitel

Sie wartete ab, bis sie an Prinzessin Beatrices regelmäßigen Atemzügen erkannte, daß diese eingeschlafen war; sonst war nur das Schnarchen der Wachen zu hören. Alles war still, am Himmel funkelten die Sterne, und nur gelegentlich knackte ein Zweig. Die Blätter der Bäume raschelten in der leichten Brise, die den Geruch von Pferdemist zu Zurika hinübertrug. Das erinnerte Zurika an den üblen Gestank nach menschlichen Ausscheidungen, der sie in den Höhlen gegenüber der Alhambra so angewidert hatte. Sie dachte an ihre Großmutter, die im Augenblick wahrscheinlich in Jaén friedlich in ihrem Bett lag, und fragte sich, ob sie wirklich auf einen Schlag alles aufgeben sollte, was sie seit ihrer Flucht aus den Höhlen gewonnen hatte.

Warum hatte sie die Höhlen eigentlich verlassen? Ein leises Aufstöhnen der Prinzessin gab ihr die Antwort. Sie wollte leben wie eine Prinzessin, aber an der Seite eines Prinzen. Dieser Traum war Wirklichkeit geworden, nachdem sie Prinz Ahmed begegnet war. Für sie bedeutete Liebe, einen anderen Menschen vollständig zu besitzen. Und nun hatte diese schnarchende Prinzessin mit ihrer weißen Haut, den blauen Augen und dem goldenen Haar all ihre Träume zunichte gemacht! Wieder stieg Wut in ihr auf, noch heftiger als zuvor, weil sie einen Augenblick lang geschlummert hatte. Sie würde sie alle zerstören, und es war ihr völlig gleichgültig, ob sie selbst dabei zugrunde gehen würde!

Ganz leise schob sie ihren Mantel beiseite, setzte sich auf und sah sich um. Nichts rührte sich. Selbst die Wachposten muß-

ten eingeschlafen sein. Den noch körperwarmen Mantel in der Hand erhob sie sich langsam und hielt dabei weiterhin Ausschau, ob sich doch jemand regte.
Dann zog sie den Mantel über und schlich leise, wie sie es bei den Zigeunern gelernt hatte, zu den Pferden hinüber. Um zu verhindern, daß ihre Schritte ein Geräusch verursachten, ging sie auf Zehenspitzen. Falls doch jemand sie bemerken sollte, würde sie einfach vorgeben, sie habe nur ihre Notdurft verrichten müssen. Bald sah sie die Pferde, die mit gesenkten Köpfen rund um einen Baum standen. Ihre dunklen Umrisse hoben sich gegen das Mondlicht ab. Ihr schoß der Gedanke durch den Kopf, was für glückliche Geschöpfe sie doch waren, weil sie im Stehen schlafen konnten. Als sie ein schauerliches Geräusch über sich hörte, gefror ihr fast das Blut in den Adern. War das ein Geist? Nein, nur das Heulen einer Eule.
Noch einmal sah sie sich um, ob auch niemand sie bemerkt hatte. Dann schlängelte sie sich zwischen den Pferden zum Baum durch und machte leise die Zügel los. Sie hatte beschlossen, einen Rotfuchs zu nehmen, der einem der Reiter gehörte, denn das Tier war schlank und sah aus, als könne es schnell laufen. Als sie das Tier berührte, erwachte es und liebkoste sie mit seiner feuchten Schnauze. Sie nahm es beim Zügel und führte es langsam aus dem Kreis hinaus und zum Wagen hinüber.
Nun kam der gefährlichste Teil. Jede falsche Bewegung, jedes unerwartete Geräusch konnte sie verraten. Sie ließ den Zügel los und hielt den Atem an, aber zu ihrer Erleichterung senkte das Pferd den Kopf und fing an zu grasen.
Zurika ging zu ihrer Decke hinüber. Kurz blieb sie stehen, um einen Blick auf die reglos daliegende Prinzessin zu werfen. Ein wahnsinniger Haß bemächtigte sich ihrer, und sie zog das Messer unter ihrem Gürtel hervor. Wie gern hätte sie es wieder und immer wieder in die schlafende Gestalt gestoßen! War die Waffe denn nicht dazu gedacht, daß sie sie gegen ihre

Feinde benutzte? Hatte die Klinge nicht erst gestern Blut gekostet? Dieses Mädchen, das so friedlich dalag und schlief, hatte ihr Leben zerstört. Sie war ihre wirkliche Feindin.

Zurika hob das Messer, doch sie konnte nicht zustoßen. Eine unsichtbare Macht lähmte ihre Hand, und sie konnte sich nicht gegen sie zur Wehr setzen. Einen Augenblick lang war sie unentschlossen, doch dann meldete sich ihr Verstand zu Wort. Vielleicht würde die verhaßte Feindin ja aufschreien, ehe sie starb. Dann würden alle anderen erwachen, und Zurika würde keine Möglichkeit mehr haben, sie alle zu vernichten.

Langsam ließ sie das Messer sinken und schob es wieder in ihren Gürtel.

Dann wandte sie sich um, griff nach ihrer Decke und warf sie in den Wagen. Sie holte die Zunderbüchse heraus, schlug eine Flamme und sah zu, wie sie an dem kleinen Docht züngelte. Als die Flamme stetig brannte, hielt sie sie an die Decke. Innerhalb weniger Sekunden fing die trockene Wolle Feuer. Sie zwang sich, ruhig abzuwarten, bis auch der Wagen brannte, und packte dann eine andere Decke, die sie in die Flammen hielt. Als auch sie Feuer fing, lief sie damit zu den Pferden hinüber und schleuderte sie den Tieren entgegen.

Erschrocken fingen die Pferde an zu wiehern und bäumten sich in wilder Angst auf. Zurika ergriff die Zügel des Rotfuchses, schwang sich auf seinen sattellosen Rücken und preschte davon. Hinter ihr ertönten die Rufe der Wachen, unter ihr donnerten die Hufe des Pferdes, das mit wildem Galopp dahinschoß.

Als sie die Landstraße erreichte, wandte sie sich nach rechts. Nach Norden, wo Toledo lag und die Männer des Königs auf sie warteten.

Prinz Ahmed hatte auf einer Decke nahe beim Wagen geschlafen. In den Tiefen seines Traumes spürte er plötzlich,

daß er unbedingt aufwachen mußte. Um ihn herum wieherten schrill die Pferde, und er hörte Hufgetrappel und die Rufe der Männer. Im Hintergrund sah er Rauch und Flammen aus dem Wagen aufsteigen. Der Gestank verbrannter Wolle stieg ihm in die Nase.
Die Männer des Königs waren da! Sein erster Gedanke galt Prinzessin Beatrice. Er packte sein Schwert und sprang auf. Hastig suchten seine Augen die Umgebung des Wagens ab, wo sie geschlafen hatte. Da sah er sie nahe beim Wagen stehen und verängstigt in die Flammen starren. Als sie sich umwandte, entdeckte sie ihn und warf sich in seine Arme. Fest drückte er sie an sich. Ihr Körper war so warm, so weich, und als er spürte, wie ihr Herz klopfte, wurde auch sein eigener Herzschlag schneller.
Da kam Sanchez, ein gedrungener, bärtiger Wächter, angelaufen.
»Sind es die Männer des Königs?« fragte Prinz Ahmed in scharfem Ton.
»Nein, Señor. Es war die junge Frau. Sie hat die Pferde losgemacht und ist auf einem davongeritten.«
»Warum? Warum sollte sie ...?« Doch da dämmerte es ihm, und er fuhr erschrocken zusammen.
»Sie tat es, weil sie mich haßt«, sagte Prinzessin Beatrice tonlos.
Nun blieb keine Zeit mehr nachzudenken. Prinz Ahmed mußte handeln. »Rasch!« befahl er Sanchez. »Besorg einen Eimer und hol Wasser vom Fluß. Wir müssen das Feuer löschen.«
»Was nutzt uns ein Wagen ohne Pferde, Señor? Sollten wir nicht besser zuerst die Pferde verfolgen?«
Da hallte ein schriller Schrei durch das Wäldchen. Rasch wandte sich Prinz Ahmed nach dem Geräusch um. Zwischen zwei Baumstämmen erblickte er ein Pferd, das sich wild aufbäumte. Der Mann, der sich verzweifelt an seine Zügel klammerte, wurde in die Luft gehoben. Prinz Ahmed stieß

einen Warnruf aus, doch im gleichen Augenblick trafen die Hufe des Tieres den Mann mit einem widerlich dumpfen Geräusch am Kopf. Eine Sekunde lang schien sein Körper in der Luft stehenzubleiben. Dann stürzte er auf den Boden nieder. Das Pferd stürmte mit einem schrillen Wiehern zur Straße.

Prinz Ahmed löste sich von Prinzessin Beatrice. »Bleib hier stehen!« befahl er.

Gefolgt von Sanchez lief er zu dem reglos daliegenden Wächter hinüber und kniete sich auf den kalten Erdboden.

Selbst in der Dunkelheit bedurfte es keiner langen Untersuchung. »Sein Schädel ist zertrümmert«, murmelte er.

»Er heißt ... hieß ... Leon und war erst neunzehn Jahre alt«, sagte Sanchez mit belegter Stimme. »Er ist aus Barcelona gekommen, um sein Glück zu machen, weil er seine alte Großmutter unterstützen mußte. Gott verfluche die Frau, die ihm das angetan hat!«

Das Wort Großmutter erinnerte Prinz Ahmed an Pilar. Prinz Juan, Aaron Levi und er waren so gut zu dieser alten Hexe und auch zu Zurika gewesen. Vergalt sie ihnen so ihre Freundlichkeit? Waren Undankbarkeit, Bosheit und Rachsucht Eigenarten der Zigeuner? Aber warum sollte Zurika auf Rache sinnen, da sie erst am vergangenen Morgen ihre Unschuld aufs Spiel gesetzt hatte, um Prinz Juan zu retten?

Einen Augenblick lang fühlte sich Prinz Ahmed von den Widersprüchen dieser Welt überfordert. Er sehnte sich nach dem Frieden und der Ruhe seiner Kindertage, die er im Gen al Arif allein mit Abou bon Ebben verbracht hatte. Zu Tode betrübt senkte er den Kopf und flehte in einem stillen Gebet zu Allah, er möge die Seele des ungläubigen Leon in sein Paradies aufnehmen.

»Prinz!« hörte er auf einmal Aaron Levis Stimme.

Prinz Ahmed sah auf und erblickte die verwachsene Gestalt des alten Juden, die von der Straße aus auf ihn zukam. Neben ihm ging der schlanke Simeon. Offenbar hatten die beiden Männer die Pferde verfolgt. Also mußte er, Prinz Ahmed, der letzte gewesen sein, der von dem Tumult geweckt worden war! Diese Erkenntnis beschämte ihn, und eine neue Entschlossenheit bemächtigte sich seiner. Niemals wieder! »Wir müssen überlegen, was wir als nächstes tun wollen«, sagte er und übersetzte seine Worte gleichzeitig für Prinz Juan in die Taubstummensprache. Hilflos blickte er Aaron Levi an. »Warum hat Zurika uns das angetan?«

Die Augen über der Hakennase waren in der Dunkelheit kaum zu erkennen, aber die Trauer ließ sich dennoch deutlich in ihnen ablesen. »Das uralte Gefühl der Liebenden, das die Angehörigen leidenschaftlicher Völker noch feuriger ergreift: die Eifersucht«, antwortete er bedrückt. »Dieses Gefühl kann alles aufzehren, was gut in einem Menschen ist, und das Böse in seiner Seele beflügeln.« Langsam schüttelte er den Kopf. »Ich hätte wissen müssen, daß es soweit kommen wird. Vielleicht hatte ich Zurika eindringlicher befragen und ihr einen Rat geben sollen, als ich gestern nacht vor dem Schlafengehen kurz mit ihr sprach. Ich habe den Schatten des Teufels in ihr erkannt, aber ich habe nicht weiter darauf geachtet.« Er ließ den Kopf hängen.

Daß es ein Gefühl wie Eifersucht gab, war Prinz Ahmed völlig neu, hatte er doch erst vor kurzem die Liebe kennengelernt.

»Du meinst, Zurika hat mich geliebt?«

»Ja.«

»Aber warum sollte jemand einen geliebten Menschen zerstören wollen? Die Liebe bewirkt doch, daß man ihm dienen und, wenn nötig, sein Leben für ihn hingeben will.« Prinz Ahmed sprach aus, was er für Prinzessin Beatrice empfand, das Gefühl, das ihn bereits in dem Augenblick ergriffen hatte, als er zum erstenmal ihr Bild sah.

Unzählige Gedanken schossen ihm durch den Kopf, von denen ihm einige völlig unbekannt waren.

Liebe – die Qual für einen, das Glück für zwei, die Feindschaft für drei. Ach, die Feindschaft für drei.
Die Anziehungskraft, die zwei Vögel zueinandertreibt, sie durch unerklärliche Gefühle aneinander bindet, die sie glücklich macht, wenn sie zusammen sind, und traurig, wenn sie sich trennen müssen.
Das große Geheimnis der Lebenskraft, der Rausch der Jugend, die einfache Freude des Alters.
Wie der Vogel seiner Liebsten ein Lied singt, wie der Käfer seiner Dame im Staub den Hof macht, wie der Pfau bei Sonnenuntergang sein Rad schlägt und vor seinem schlichten Weibchen tanzt, so will auch ich mich meiner Liebsten nähern …

In diesem Augenblick der Angst und der Verzweiflung begriff Prinz Ahmed endlich das wahre Wesen der Liebe, und diese Erkenntnis machte ihn frei.
All die unbekannten, wirren Gefühle, die er bis zum heutigen Tage durchlebt hatte, waren also Liebe gewesen! Er liebte, und er war verliebt. Endlich hatte er die Fesseln der Unwissenheit abgeschüttelt, in die er während seiner Gefangenschaft geschlagen worden war. Der allmächtige Allah hatte ihn und Prinzessin Beatrice zueinandergeführt. In ihm reifte ein Entschluß, der ganz von ihm Besitz ergriff. Er würde Prinzessin Beatrice retten und sie auf ewig lieben.
Er fing Prinz Juans Blick auf. »Wir müssen jenen vergeben, die uns Leid zufügen«, bedeutete ihm dieser. »Wenn dein Feind dich auf die eine Wange schlägt, dann halt ihm auch die andere hin. Laß uns also ohne Zorn, Haß und Rachsucht handeln.«
Im Kreis der Wachen saßen sie neben dem brennenden Wagen und besprachen, wie sie weiter vorgehen wollten. Kaum jemand achtete auf das Knistern und Zischen der Flammen.
»Gut, dann sind wir uns also einig«, stellte Prinz Ahmed schließlich fest. »Wir werden zwei Gruppen bilden und die

Decken und Vorräte untereinander aufteilen. Da wir keine Pferde haben, werden Señor Levi, Prinz Juan, Prinzessin Beatrice und ich durch das Bergland Richtung Granada weiterziehen. Ihr Wachen müßt getrennt nach Toledo zurückkehren. Ihr sollt genügend Geld erhalten, damit ihr auf der Reise euer Auskommen habt. Herr Joram, ein Freund von Señor Levi und Geldverleiher, wird euch reich belohnen, wenn ihr ihm die Papiere vorzeigt, die der Señor euch jetzt geben wird.« Er schwieg einen Augenblick. »Es wird nichts nützen, wenn wir unsere Spuren hier verwischen, denn Zurika kennt den Platz und wird die Soldaten des Königs hierher führen. Offenbar hofft sie, daß man ihr ihre gestrigen Taten vergeben wird, wenn sie uns ans Messer liefert. Wir brechen auf, sobald Leon ein christliches Begräbnis bekommen hat.«
Die Männer murmelten zustimmend.
Was Prinz Ahmed allerdings seinen Freunden nicht mitgeteilt hatte, war, wie er seinen Verfolgern auf der Reise nach Granada aus dem Weg gehen wollte.

Obwohl es schon weit nach Mitternacht war, erwartete Farouk Riswan, der allerdings auch sonst nur einige Stunden kurz vor Morgengrauen schlief, seinen heimlichen Besucher in einem Zimmer seines kleinen Hauses, das neben der Alhambra lag. Der Mann war nur als Mizra bekannt und arbeitete als oberster Kundschafter für den Wesir. Das Haus seines Herrn konnte er durch einen geheimen Eingang betreten, eine verborgene Falltür unter einem der Pflastersteine im äußeren Hof, hinter der ein Gang in Riswans Zimmer führte. Der Wesir hatte diesen Geheimgang vor vielen Jahren anlegen lassen, um seine Zuträger zu empfangen und im Notfall rasch entkommen zu können.
Farouk Riswan hatte König Yusuf den Weg zum Thron geebnet, indem er dessen Bruder, König Mohammed IV., umbringen ließ. Doch bald hatte er mit Bedauern feststellen müssen,

daß der König nicht mehr hinter ihm stand. Offenbar wollte er sichergehen, daß sein Sohn und Thronerbe, Prinz Ahmed, einmal König werden würde. Gewiß hatte er Riswan verdächtigt, daß er noch weitere Anschläge, auch gegen das Leben von Prinz Ahmed, planen würde, um die Macht nicht zu verlieren.
Schon lange vor Prinz Ahmeds Flucht, durch die der König seines Thronfolgers beraubt worden war, hatte der Wesir seine Fühler nach Toledo ausgestreckt. Er hatte König Pedro von Kastilien angeboten, König Yusuf ermorden zu lassen und statt seiner Prinz Saad, den Neffen des Königs, auf den Thron zu setzen. Dieser würde dann als Marionette unter der Oberherrschaft König Pedros regieren. Dafür sollte König Pedro dem Wesir zusichern, daß er als Statthalter des kastilischen Herrschers in Granada fungieren könne. Nach Niederlage der Kastilier gegen König Yusufs Armee waren die geheimen Verhandlungen unterbrochen worden. Doch vor einigen Monaten hatte König Pedro einen geheimen Gesandten nach Granada geschickt, der verlangte, daß der Mordanschlag möglichst rasch in die Wege geleitet werden sollte. Auch Prinz Ahmed sollte beseitigt werden, und dann wollte der Wesir veranlassen, daß Prinz Saad den Thron bestieg. Wenn der Wesir dann erst einmal die eigentliche Macht innehatte, wollte er dafür sorgen, daß gegen König Pedros geplanten Einmarsch keine Vorkehrungen getroffen wurden. Und wenn König Pedro Granada dann erobert hatte, würde Prinz Saad seine Befehle direkt von Riswan erhalten, der seinerseits nur dem Herrscher von Kastilien verantwortlich war.
Dieser Plan gefiel Farouk Riswan vortrefflich, doch durch Prinz Ahmeds Flucht aus dem Palast hatten sich bereits die ersten Schwierigkeiten ergeben. Trotzdem hatte er Mizra den Auftrag erteilt, König Yusuf zu töten.
Prinz Saad, den sich der Wesir als Strohmann ausgesucht hatte, war ein stattlicher junger Moslem, der sich mit Weinen

und Frauen besser auskannte als mit Staatsgeschäften, und dem seine Vergnügungen wichtiger waren als alles andere.
Allerdings zeigte sich, daß Riswans Vorhaben schwieriger in die Tat umzusetzen war, als zunächst angenommen. Nach König Yusufs Tod hatten sich der Rat der Prinzen und die Versammlung der Mullahs verbündet und unerwartet gefordert, man müsse sich an den alten moslemischen Brauch der Erbfolge halten. Also wurde der Wesir angewiesen, im ganzen Land verkünden zu lassen, daß Prinz Ahmed unter allen Umständen gefunden werden müsse, um den Thron zu besteigen. Erst an diesem Morgen hatten die Prinzen und Mullahs einen aus drei Prinzen bestehenden Rat eingesetzt, der, mit Prinz Saad als nominellem Oberhaupt, das Land in der Zwischenzeit regieren sollte. Prinz Saad durfte in der Alhambra wohnen, und Farouk Riswan würde Wesir bleiben – allerdings ohne irgendeine Machtbefugnis. Nun konnte er nur noch sehnsüchtig auf den Tag warten, an dem König Pedro Granada erobern würde.
Er betrachtete das reich verzierte goldene Stundenglas, das auf einem marmornen Sims mit Einlegearbeiten in seinem Arbeitszimmer stand. Bald würde Mizra an die Tür in der Wandtäfelung klopfen. Farouk Riswan, der auf seinen Fersen vor einem niedrigen Marmortisch kauerte, auf dem sich unzählige Papiere türmten, erhaschte einen Blick auf sein Bild im Spiegel. Belustigt stellte er fest, daß er mit seiner knochigen, gebeugten Gestalt, die wie immer in ein weißes, fließendes Gewand gehüllt war, dem roten *fez*, dem eingefallenen Gesicht und der Hakennase aussah wie ein riesiger Raubvogel. Der mittlerweile fünfundsechzigjährige Mann hatte sich mit seinem Aussehen abgefunden. Die Macht sollte ihn dafür reichlich entschädigen. Seine mangelnde Körperkraft machte er durch Verschlagenheit wett.
Da pochte es zweimal leise an die Wand, so schwach, daß man es auch für ein Knarzen der Bodenbretter hätte halten kön-

nen. Der Wesir erhob sich, ging zur Wand hinüber und schob einen großen Wandteppich beiseite, auf dem ein persischer Marktplatz dargestellt war. Dann klopfte er dreimal gegen das Holz – das Erkennungszeichen. Als er leicht auf die Täfelung drückte, öffnete sie sich.

Vor ihm stand ein kleines, wieselartiges Männchen. Mizra hatte einen fuchsroten Schnurrbart, ein runzliges, spitzes Gesicht und ausdruckslose, sehr hellbraune Augen. Beim Anblick seines Herrn nahm er den roten *fez* ab, unter dem ein kahlrasierter Schädel zum Vorschein kam. Mizra betrat den Raum nie. Seine Gespräche mit dem Wesir fanden immer auf der Türschwelle statt, damit der Hausherr rasch den Wandteppich sinken lassen konnte, falls jemand unerwarteterweise hereinkam.

»Hast du wichtige Nachrichten?« fragte Riswan, ohne den Mann zuvor zu begrüßen.

»In der Tat, mein Herr und Wesir.« Für einen so kleinen Mann hatte Mizra eine überraschend tiefe, dunkle Stimme. Beim Lächeln entblößte er verfärbte Zähne, und seine Augen blitzten triumphierend. Was mochte dieser Mizra wohl für ein Mensch sein, fragte sich Riswan. Er hatte weder Freunde noch Familie, aber das war auch etwas, was sie beide miteinander verband. »Wir haben Prinz Ahmed in Toledo ausfindig gemacht.«

Vor Freude fing Riswans Herz an zu klopfen. »Das sind wunderbare Neuigkeiten. Gelobt sei der allmächtige Allah! Weißt du genau, wo er sich aufhält?«

»Ja, mein Herr. Er, der taubstumme Prinz und eine Zigeunerin namens Zurika wohnen in einem Landhaus vor der Stadt, das dem reichen Juden Aaron Levi gehört.«

»Ha! Ein Moslem, ein Christ, ein Jude und eine ungläubige Zigeunerin! Eine wunderbare Mischung. Doch was tun sie in Toledo?«

»Die beiden Prinzen üben den ganzen Tag mit der Lanze.«

»Aber wozu . . .?« Doch dann dämmerte ihm schlagartig der Grund. »Ha!« rief er abermals aus. »Der christliche Prinz will am Turnier teilnehmen.«
»Wenn ja, hat er wahrscheinlich schon gekämpft, da das Turnier heute ... nein, gestern morgen stattfand. Aber warum sollte er daran teilnehmen, Herr, wenn der Preis die Hand seiner Stiefschwester ist? Und warum sollte Prinz Ahmed sich der Gefahr aussetzen, daß man ihn ergreift, in den Kerker wirft und vielleicht sogar verstümmelt, als Rache für das, was unser verstorbener ...«, Mizra räusperte sich verlegen, »verehrter König Yusuf Prinz Juan angetan hat. In den Beziehungen zwischen Ländern wird doch immer nach dem Grundsatz Auge um Auge verfahren.« Er grinste und sah dabei aus wie ein Frettchen, das die Zähne fletscht.
Der Wesir dachte eine Weile nach. »Vielleicht möchte er, daß sein Vater ihn als einen würdigen Thronerben betrachtet, obwohl er taubstumm ist.«
Mizra grinste spöttisch. »Aber andererseits könnte Prinz Juan auch den finsteren Plan hegen, Prinz Ahmed in die Falle zu locken, damit König Pedro sich an ihm rächen kann.«
Farouk Riswan schüttelte den Kopf. »Ihr Kundschafter seid doch alle gleich. Ihr geht immer vom Schlechtesten im Menschen aus.« Er hielt inne. »Man hat mir gesagt, daß Prinz Juan ein vorbildlicher Christ ist, der stets nach dem Grundsatz verfährt, Haß mit Liebe zu vergelten.« Wieder überlegte er. »Prinz Ahmed muß ohne Verzögerung aus dem Weg geräumt werden. Er darf nie nach Granada zurückkehren, außer als Leiche.«

Wegen des blassen Mondlichtes, das auf das ausgetretene Kopfsteinpflaster fiel, konnte Zurika den Weg vor ihren Augen gut sehen. Aber sie ließ ihr Pferd nur leicht traben, da sie gelernt hatte, daß die Tiere bei dieser Gangart auf langen Reisen am besten mit ihren Kräften haushielten. All ihre Aufmerksamkeit war auf den Verlauf der Straße gerichtet. Um

sie herum war alles wie ausgestorben, und die Zweige über ihrem Kopf warfen geisterhafte Schatten. Sie fühlte sich wie ein Gespenst, das vergnügt mit klappernden Hufen vor sich hin ritt. Ein Jammer, daß ihr Pferd nicht schwarz war, sondern ein Rotfuchs! Mit teuflischer Freude dachte sie an das Unheil, das sie bereits angerichtet hatte, und an das Leid, das sie über jene bringen wollte, die sie so verletzt hatten. In ihrem Gürtel trug sie etwas Geld und einige Juwelen, und an ihrer Seite baumelte das lange Messer. Irgendwo in Toledo würde sie ihr Glück machen. Sie brauchte weder die Prinzen noch einen jüdischen Kaufmann dazu.
Als sie bereits einige Kilometer weit geritten war, kam sie an eine steile Kurve. Ein kalter Wind aus dem offenen Tal unter ihr stieg ihr in die Nase, und sie mußte heftig niesen. Nur einen Moment lang lockerte sich ihr Griff um die Zügel. Das Pferd mißverstand ihre Absicht und stürmte vorwärts, und als sie noch einmal niesen mußte, streckte das Tier den Hals vor. Ein Zügel rutschte Zurika aus der Hand. Das Pferd witterte die Freiheit und warf sich herum. Zurika fing an zu rutschen, und vor Furcht wurde ihr flau im Magen. Sie ließ auch den anderen Zügel los und klammerte sich verzweifelt an den Hals des Rotfuchses, der mit einem Schnauben wieder auf die Straße zurückkehrte. Da Zurika das Reiten nicht gewohnt war, konnte sie vor lauter Angst kaum noch atmen. Immer noch rutschte sie langsam vom Rücken des Pferdes. War es nicht besser, sich gleich hinabgleiten zu lassen, statt zu warten, bis sie abgeworfen wurde?
Sie ließ sich auf den Rücken fallen. Ein Stöhnen entfuhr ihr. Seiner Last ledig, preschte das Pferd mit schlitternden Hufen davon und fiel bald wieder in einen regelmäßigen Trab.
Einen Augenblick blieb Zurika am Boden liegen. Sie befürchtete, sie könnte gelähmt sein, und bewegte vorsichtig die Beine. Nachdem sie festgestellt hatte, daß sie nicht verletzt war, stützte sie die Handflächen auf das kalte Kopfsteinpflaster und kam

mühsam wieder auf die Beine. Sie drehte den Kopf und reckte die Glieder. Abgesehen davon, daß ihr Hinterteil schmerzte, war ihr nichts geschehen. Dann machte sie einige Schritte vorwärts. Mit verschränkten Armen stand sie da, blickte die Straße hinab und hörte bestürzt, wie sich der Hufschlag des Pferdes immer mehr entfernte. Sie stieß einen Fluch aus.
»Heilige Mutter Gottes, wie konntest du zulassen, daß mir so etwas zustößt?« Ohne nachzudenken hatte sie diese Worte gesprochen, aber ihr Entschluß stand immer noch fest. Wahrscheinlich waren die berittenen Soldaten des Königs ganz in der Nähe. Nachdem sie sich zum Schutz gegen die Kälte enger in ihren Mantel gewickelt hatte, ging sie am Straßenrand weiter. Aufmerksam sah sie sich um, damit sie sich rechtzeitig verstecken konnte, falls ihr jemand begegnen sollte, denn der Gedanke, ihre Unschuld noch einmal mit dem Messer verteidigen zu müssen, behagte ihr gar nicht.
Plötzlich tauchten zu ihrer Linken Gräber auf; ein verlassener Friedhof lag vor ihr. Sofort schossen ihr Gedanken an Geister und Gespenster durch den Kopf, und sie mußte den Drang unterdrücken, davonzulaufen. Statt dessen zwang sie sich, ruhig weiterzugehen und kämpfte die aufsteigende Furcht nieder.
Als sie etwa zwei Stunden lang gegangen war, ohne jemandem zu begegnen, hörte sie in der Ferne ein leises Rumpeln, das sie zuerst für Donnergrollen hielt. Doch als das Geräusch näherkam, erkannte sie, daß es sich um einen Trupp Reiter handeln mußte. Vor Freude klopfte ihr das Herz bis zum Halse.
Doch dann überkam sie wieder Furcht. Was war, wenn die Soldaten versuchen sollten, sie zu schänden? Ihr Schritt verlangsamte sich, und einen Augenblick lang fühlte sie sich versucht, umzukehren und zu fliehen. Aber der Durst nach Rache siegte. Ganz sicherlich würde sie auf freiem Felde mit einer großen Gruppe Männer unter dem Kommando eines Offiziers sicherer sein als in dem kleinen Raum des Palastgefängnisses, umgeben von jenen Ungeheuern in Menschen-

gestalt. Trotzdem umfaßte ihre Hand das Messer; so fühlte sie sich wohler.
Zum erstenmal kam ihr der Gedanke, daß sich ihre Pläne für die Zukunft in Luft auflösen würden, wenn man die Flüchtigen einfing und bestrafte. Dann standen ihr nur noch zwei Möglichkeiten offen: Sie konnte zu Großmutter Pilar nach Jaén zurückkehren oder in Toledo als Tänzerin ihren Lebensunterhalt verdienen. Vielleicht würde ihr der König als Belohnung für ihre Dienste ja eine Stellung als Tänzerin bei Hofe anbieten.
Das herannahende Donnern der Hufe klang wie eine Verheißung, ein Ausweg aus der düsteren Stimmung, die ihre Gedanken verdunkelte. Sie eilte dem Geräusch entgegen wie ein Vogel, der von einem Luftwirbel aufgesaugt wird. Die dunklen Gestalten der Reiter tauchten an der Wegbiegung auf. Zurika stellte sich breitbeinig mitten auf die Straße und hob die Hand. Die Vorhut war nur noch wenige Meter entfernt, als die Männer sie entdeckten.
»Hooooo!« Mit erhobenen Armen gaben sie den Reitern hinter ihnen ein Zeichen. Sie blieben so dicht vor Zurika stehen, daß sie den Atem ihrer Pferde riechen konnte.
»Wer bist du?« rief der Mann in der Mitte. »Und warum zum Teufel stehst du hier mitten auf der Straße herum? Wir hätten dich niederreiten können!«
»Wie du siehst, ist mir nichts geschehen«, erklärte Zurika kühn. Sie versuchte, einen herrischen Ton anzuschlagen. »Bring mich zu deinem Hauptmann, denn ich habe Neuigkeiten von größter Dringlichkeit, die für euren Auftrag von Bedeutung sind.«
»Für wen hältst du dich eigentlich? Eine Frau, noch dazu ohne Begleitung, taucht so einfach aus der Dunkelheit auf und meint, uns herumkommandieren zu können. Bist du eine Hure oder ein Geist?«
Noch ehe Zurika antworten konnte, erschien ein weiterer Reiter aus der Finsternis. »Was gibt es, Feldwebel?« Die

Stimme gehörte offenbar einem Mann, der das Befehlen gewohnt war.
Zurikas Herz schlug schneller, als ein hochgewachsener, bärtiger Mann auf einem großen Grauschimmel links von ihr stehenblieb. »Ich nehme an, du bist der Hauptmann dieses Trupps, Señor«, wandte sich Zurika an ihn.
»Hauptmann Carlos Montoya, zu deinen Diensten, Señorita.« Die Stimme des Mannes klang dunkel und kultiviert. Ganz offensichtlich verbot es ihm seine gute Erziehung, angesichts ihres überraschenden Erscheinens Erstaunen zu zeigen. »Was können wir für dich tun?«
»Ihr verfolgt doch die Leute, die nach dem Turnier geflohen sind.«
Er kniff die Lippen zusammen. »In der Tat.«
»Ich bin ihnen vor ungefähr zwei Stunden entkommen.«
Wieder ließ er sich seine Überraschung nicht anmerken. Sein Grauschimmel nickte mit dem Kopf und kaute am Geschirr. »Willst du etwa sagen, daß du mit Prinzessin Beatrice und den beiden Prinzen zusammen warst?«
»Ja, Señor. Ich stand im Dienst des jüdischen Kaufmanns Aaron Levi, der Pferd und Wagen für die Flucht zur Verfügung gestellt hat. Ohne zu wissen, wie mir geschah, bin ich in die ganze Angelegenheit verwickelt worden. Als ich auf der Reise die Wahrheit entdeckte, beschloß ich, zu fliehen. Da ich eine treue Untertanin unseres Königs bin, wollte ich mit einer solchen Verschwörung nichts zu schaffen haben. Also habe ich, als wir in einem Wäldchen rasteten und alles schlief, eines der Pferde gestohlen und bin geflohen. Doch leider habe ich mit Pferden wenig Erfahrung, und darum hat mich das hinterhältige Biest abgeworfen. Deswegen bin ich zu Fuß weitergegangen, um euch zu finden.«
Er betrachtete sie nachdenklich. »Sind die Verschwörer denn nicht aufgewacht, und haben sie dich nicht verfolgt, als du davongeritten bist?«

Sie lächelte selbstzufrieden. »Das konnten sie nicht. Ich habe alle ihre Pferde freigelassen und sogar den Wagen angesteckt, ehe ich geflohen bin.«
Er nickte. »Wie man sieht, mangelt es dir nicht an Einfällen. Ich weiß, daß deine Geschichte zumindest teilweise wahr sein muß, denn dein Pferd ist uns bereits entgegengekommen. Wir haben es eingefangen.« Weiß schimmerten seine Zähne durch seinen Bart. »Außerdem wissen wir, daß eure Gruppe aus einem Wagen und ungefähr einem Dutzend Reiter bestand. Wir haben keine Zeit zu verlieren. Wenn wir uns beeilen, haben wir sie vielleicht bis zum Morgengrauen eingeholt. Ich werde meinen Burschen nach dem Pferd schicken.« Er hielt inne. »Übrigens, welche Farbe hat es denn?« fragte er dann beiläufig.
»Man nennt es einen Rotfuchs.«
Zufrieden hob er die Hand. »Du kannst neben mir herreiten und mir alles erzählen, während wir die Verfolgung fortsetzen.«
»Señor, ich habe dem König einen wertvollen Dienst erwiesen, auch wenn du die Flüchtigen nicht gefangennehmen kannst. Versprichst du mir, daß er mich schützen und mir eine Belohnung zahlen wird?«
»Es ist verständlich, daß du eine Belohnung willst. Aber wozu brauchst du Schutz?«
Zurika stockte. Schließlich benötigte sie den Schutz wegen der gestrigen Ereignisse. »Äh … wir alle brauchen den Schutz des Königs«, stammelte sie, doch dann kam ihr ein rettender Gedanke. »Die Prinzen und der Jude haben nun allen Grund, mich zu hassen. Vielleicht werden sie Lügen über mich verbreiten, um sich an mir zu rächen.«
»Für den König kann ich nicht sprechen«, erwiderte Hauptmann Montoya ernst. »Vergiß nicht, Señorita, daß Verbrechen zwar stets bestraft, gute Taten aber nicht immer belohnt werden.« Hatte er dabei geseufzt? »So ist das Leben nun

einmal. Du wirst dich der Gnade von König Pedro überantworten müssen.«
Während sie weiterritten, erzählte Zurika dem Hauptmann Montoya die Geschichte, die sie sich ausgedacht hatte. Sie sei von Aaron Levi als Haushälterin von Jaén, wo ihre Großmutter lebte, nach Toledo gebracht worden. Auf seine Anordnung hin sei sie mit den anderen an besagtem Morgen zu dem Wäldchen nahe beim Turnierplatz gekommen. Nein, sie sei nicht die Geliebte eines der drei Männer. Auf alle Fragen des Hauptmanns wußte sie sofort eine Antwort.
In der Ferne kündigte das Krähen der Hähne den neuen Tag an. Schon zeigten sich am noch dunklen Himmel die ersten rosigen Wolken. Bei ihrem Anblick bemerkte Zurika, daß sie unbeschreiblich müde war. Seit mehr als vierundzwanzig Stunden hatte sie nicht geschlafen!
Inzwischen waren auch die ersten Leute zu sehen. Ein Ziegenhirte und sein kleiner Sohn, beide in dunkle Decken gehüllt, trieben ihre Herde zungenschnalzend mit Stöcken an den Straßenrand.
»Buenos dias!« Der Gruß kündigte den Morgen an.
Kleinbauern, den Spaten in der Hand, waren auf dem Wege zu ihren winzigen Feldern. Auch sie riefen *buenos dias!* und hielten zum Gruß die Hand an die Stirn. Die Erde erwachte.
Ein Klosterbruder in brauner Kutte kam ihnen entgegen. Seine Füße steckten in Sandalen. Wahrscheinlich befand er sich auf der Pilgerfahrt. *»Buenos dias!«* begrüßte er sie, und seine Hand beschrieb das Kreuzzeichen.
Als sie sich dem Lagerplatz näherten, war Zurika schon so müde, daß ihre Entschlossenheit schwand. Die ersten Zweifel meldeten sich. Hatte sie richtig gehandelt? Wie konnte sie Menschen, die gut zu ihr gewesen waren, so etwas antun? Aaron Levi, dem gütigen alten Mann, dessen sanfte Art von einer unglaublichen inneren Kraft zeugte. Dem Prinzen Juan mit der empfindsamen Seele, ihrem Lehrer und Freund, der

immer soviel Verständnis für sie gehabt hatte. Und auch Prinz Ahmed, ohne den sie nie den Zigeunerhöhlen entronnen wäre. War es vielleicht möglich, daß Prinz Ahmed Prinzessin Beatrice nicht wirklich liebte, daß er nur eine Prinzessin hatte befreien wollen wie zuvor das Zigeunermädchen?

Prinzessin Beatrice! Die zarte, weiße Haut, die blauen Augen, das goldene Haar, die königliche Haltung! Ihr Haß flammte wieder auf.

Das Plätschern des Baches, eine Rauchwolke und der Brandgeruch sagten ihr, daß sie am Lagerplatz angekommen waren. Ihr Magen krampfte sich zusammen, als sie wortlos auf den Pfad zeigte, der von der Straße abging. Du Judas, zischte eine innere Stimme. Schweig, brachte sie sie wütend zum Verstummen.

Hauptmann Montoya hob die Hand und bedeutete dem Trupp, stehenzubleiben. Das Hufgetrappel verstummte, und nur das Rauschen des Wassers war zu hören. »Führe mich!« befahl der Hauptmann Zurika. Er wandte sich im Sattel um. »Ihr wartet hier. Ich werde allein mit der Frau weiterreiten. Wahrscheinlich sind die Flüchtigen schon über alle Berge, aber ich will mir rasch einmal ansehen, was sie zurückgelassen haben.« Er nickte Zurika zu.

Langsam ritt Zurika den kleinen Abhang hinab und zwischen den Bäumen hindurch zu der kleinen Wiese. Ihre Nerven waren zum Zerreißen gespannt, doch über ihre Gefühle war sie sich nicht im klaren. Am Lagerplatz angekommen blieb sie stehen und betrachtete die verkohlten Überreste des Wagens. Drei Rüstungen lagen im Gras verstreut wie Leichen auf dem Schlachtfeld. Neben dem Baum, an dem die Pferde angebunden gewesen waren, sah sie die verbrannte Decke.

Scham überfiel Zurika; Scham, weil sie ihre Freunde verraten hatte. Was dachte nur Jesus Christus, der am Kreuz für die Menschen gestorben war, welche ihm Leid zugefügt hatten, von ihr? Was würde wohl die Heilige Jungfrau ...?

»O mein Gott, o mein Gott! Was habe ich getan?« Wilde Schreie entrangen sich ihrer Kehle, durchschnitten die Luft und hallten von den Baumstämmen wider. Da sie die Zügel lockergelassen hatte, senkte ihr Pferd den Kopf und fing an zu grasen.

Ungerührt wartete Hauptmann Montoya, bis ihre Schreie sich in ein Schluchzen verwandelt hatten. Schließlich verstummte sie. »Weine nur«, sagte er leise. »Du bist eine unglaublich törichte junge Frau. Deinetwegen haben wir jetzt wahrscheinlich nicht die geringste Möglichkeit mehr, die Flüchtigen noch einzuholen. Solange sie Pferde hatten, sind sie auf der Straße geblieben. Nun müssen sie zu Fuß gehen und können sich überall hier in dieser Wildnis verbergen. Dazu haben sie mindestens vier Stunden Vorsprung.« Er schüttelte den Kopf. »Jetzt hast du dein Gewissen mit einer Todsünde belastet, denn du hast deinen Herrn und seine Freunde verraten.« In seiner Stimme lag Verachtung. »Ich werde vier Männer abstellen, die hier mit dir warten sollen, während du dich ausruhst. Dann werden sie dich nach Toledo bringen, wo du dich vor dem König verantworten mußt.«

23. Kapitel

König Pedro war erfreut. Die anderen christlichen Könige, die immer noch als Gäste an seinem Hofe weilten, nahmen die Nachricht, daß eine Vorhut der kastilischen Armee zum Angriff auf Granada ausrücken würde, genauso auf, wie er es sich gewünscht hatte. Sowohl König Karl der Böse als auch König Philipp hatten sogleich ihren Sturz vom – wie König Pedro es ausdrückte, hohen – Roß vergessen, ihm ihre Aufwartung gemacht und ihre Unterstützung zugesagt. König Philipp würde umgehend in seine Hauptstadt Barcelona zurückkehren und seine Truppen formieren, während König Karl aus dem gleichen Grund den Grafen Gaston nach Pamplona senden wollte. König Karl selbst beabsichtigte, König Pedro bei der Verfolgung der Flüchtigen zu begleiten. Alles schien sich zum Guten zu wenden. Und was Bischof Eulogius anbelangte, so war er einfach außer sich vor Freude.

Graf Gaston würde Prinzessin Mathilde zurück nach Pamplona begleiten. Sofort nach seiner Ankunft würde er eine Abteilung Soldaten nach Cordoba schicken und sich dann selbst an der Spitze einer berittenen Einheit zur Straße nach Westen aufmachen. Möglicherweise hatten die Flüchtigen ja das Land durchquert, um auf diesem Wege nach Granada zu gelangen. Wenn die kastilische Armee Jaén erst einmal erreicht hatte, würden die christlichen Heere Granada von zwei Fronten aus angreifen. Das einzige, was König Pedro jetzt noch Sorgen bereitete, war der Umstand, daß König Karl unbedingt in Toledo zurückbleiben wollte, um sich an der Suche nach den Entflohenen zu beteiligen. Der Herrscher von Navarra war fest entschlossen, sich für die Demütigung, die Prinz Ahmed ihm zugefügt hatte, umgehend zu rächen. Und nun bat auch Bischof Eulogius, sie begleiten zu dürfen.

Währenddessen plante König Philipp nach seiner Ankunft in Barcelona eine kleine Flotte nach Alicante zu schicken, wo sie vor Anker gehen und sich bereithalten würden, um Granada zum richtigen Zeitpunkt an der Ostküste anzugreifen. Jaén würde auch ihr Stützpunkt sein. Außerdem wollte König Philipp berittene Soldaten durch Valencia zur östlichen Straße entsenden, um die Flüchtigen, wenn nötig, weiter südlich abzufangen. Erst wenn alle Armeen ihre Stellung bezogen hatten, würde der Feldzug gegen Granada beginnen. König Pedro hatte den anderen Herrschern bislang verheimlicht, daß Farouk Riswan König Yusuf hatte ermorden lassen. Der Wesir und Prinz Saad würden ihm Granada übergeben, ohne daß er auch nur einen einzigen Pfeil würde abschießen müssen. Allerdings war es für das Gelingen von König Pedros Plan unabdingbar, daß Prinz Ahmed Granada nie erreichte.

Nun saß ihm König Alfonso IV. von Portugal an seinem eichenen Schreibtisch in seinem Arbeitszimmer gegenüber. Auch er wollte sich an der Unternehmung beteiligen. Wahrscheinlich befürchtete er, den Kreuzzug zu versäumen, dachte König Pedro spöttisch. Aber er hatte König Alfonso schon immer gemocht. Der Herrscher Portugals war älter als er selbst und hatte im Jahre 1325 den Thron des Landes bestiegen. Zunächst war er mit Prinzessin Isabella verheiratet gewesen, dann aber hatte er sich in eine ihrer Hofdamen, Ines de Castro, verliebt und befand sich nun in einer ähnlichen Lage wie König Pedro. Nachdem dieser die vergangene Nacht zum erstenmal seit vielen Jahren allein verbracht hatte, was ihm gar nicht gefiel, hatte er beschlossen, sich wieder mit seiner geliebten Maria zu versöhnen, ehe er Toledo verließ.

König Alfonso war vierschrötig und von kleinem Wuchs. Seine eigenartig flachen Gesichtszüge wurden von einer Haken-

nase und einem dichten schwarzen Schnurrbart aufgelockert. Seine dunklen Augen blicken sein Gegenüber durchdringend an. Er trug ein grünes Wams aus Samt, dessen Ärmel gezackte Säume aufwiesen. Als Schmuck hatte er drei riesige Goldketten umgelegt und wirkte so eher wie ein Seeräuber als wie ein König. Doch seine tiefe Stimme hatte einen gebieterischen Klang.
»Edler König, Portugal kann sich für dich als unverzichtbarer Verbündeter erweisen. Dein weiser Plan läßt jedem König die Möglichkeit, unabhängig zu handeln. Deswegen haben sich meine Bedenken, die portugiesischen Truppen einem großen christlichen Heer unter spanischem Oberbefehl anzugliedern, zerstreut. Wenn Portugal vom Westen aus gegen Granada zieht, werden die heidnischen Mauren noch an einer weiteren Front zu kämpfen haben.«
Der hochmütige Ton des portugiesischen Herrschers mißfiel König Pedro. »Obwohl ich es zu schätzen weiß, daß du mir deine Hilfe anbietest, edler König, besonders da du unser christlicher Bruder bist, würdest du damit nur den Angriff von Westen her verstärken, da auch die Truppen Navarras aus dieser Richtung vorrücken werden.«
König Alfonso spielte mit seinen Fingern, an denen goldene Ringe mit Smaragden blitzten. »Aber du, edler König, hättest zwei Vorteile, wenn ich mit dir ... äh ... zusammenwirke.« Beim Lächeln entblößte er große, weiße Zähne. »Erstens können wir die Flüchtigen vom Westen her rascher erreichen als Graf Gaston, und zweitens könnten wir den Hauptteil unserer Flotte nach Cadiz entsenden, um Granada an seiner schmalen Westgrenze anzugreifen.« Mit einem triumphierenden Ausdruck auf dem Gesicht strich er sich über den Schnurrbart. »Machen wir gemeinsame Sache, um die Herrschaft über Granada zu gewinnen. Was meinst du dazu?«
König Pedro fand diesen Vorschlag gar nicht so übel, aber wer würde dann wirklich über das eroberte Land herrschen?

Diese Frage würde man später klären müssen. Außerdem verringerte sich durch König Alfonsos Angebot die Gefahr, daß Kastilien eine weitere schändliche Niederlage würde hinnehmen müssen. »Ich nehme dein großzügiges Anerbieten dankbar an. Meine Berater sollen die Einzelheiten besprechen. Ich nehme an, daß der Oberbefehlshaber deiner Armee hier weilt. Wenn ja, soll er sich auf der Stelle mit dem meinen beraten.«

König Alfonso nickte. »Gibt es Neues von den Flüchtigen, edler König?«

»Es heißt, sie befänden sich auf der Straße nach Osten«, erwiderte König Pedro barsch. Er konnte es kaum erwarten, diesen Prinz Ahmed in die Hände zu bekommen. Beim Gedanken an die Qualen, die er diesem maurischen Schweinehund zufügen wollte, geriet er gleich in bessere Laune.

Prinz Ahmed hatte den Reitern vorgeschlagen, in die Wildnis auszuschwärmen. Wenn sie sofort auf die Landstraße zurückkehrten, würden sie nur König Pedros Häschern in die Hände fallen. »Gebt ihnen ein paar Stunden, um an euch vorbeizureiten, und begebt euch dann auf der nördlichen Landstraße nach Toledo«, hatte er ihnen geraten. Wie er es sich vorgestellt hatte, erreichte seine Gruppe, nachdem sie sich in einem Bogen nach rechts gewandt hatte, bei Anbruch des folgenden Tages die Straße nach Toledo. Inzwischen liebte Prinz Ahmed Prinzessin Beatrice nicht nur, nein, er bewunderte sie auch. Besonders in der Nacht, als sie das unwegsame Bergland durchquert hatten, hatte sie tapfer und fröhlich die Strapazen ertragen, obwohl alles für sie völlig neu war. Sie war die Frau seiner Träume, und der Gedanke, sie zu seiner Gattin und Königin zu machen, erfüllte ihn mit Stolz.

Nun standen sie auf einem Felsvorsprung, der hinter Bäumen verborgen lag, und blickten einen kahlen gelben Hang hinab. Unter ihnen beschrieb die graue kopfsteingepflasterte Straße nach Toledo eine scharfe Kurve. Wie ausgestorben lag sie da, und Eichen breiteten ihre dicken Äste über sie. Im Süden waren hinter weiteren Wegbiegungen andere Abschnitte der Straße zu sehen, aber ihr nördlicher Teil lag hinter den Bergen verborgen. Würde es nicht zu gefährlich sein, die Straße zu benutzen?

Der Himmel war mit grauweißen Wolken verhangen. Obwohl es hell war, konnte man die Sonne nur als matten Silberschein am fernen Horizont erkennen. Unterhalb der Straße befand sich ein Tal, in dem ein kleiner Bach floß. Zwischen den grünen Zweigen eines Olivenhains war er nur als schwarzsilbernes Band auszumachen. Zu seiner Linken entdeckte Prinz Ahmed ein Feld mit Sonnenblumen, die man wegen ihres Öls anbaute. Die Blüten wandten sich der Sonne entgegen. Das einzige Gebäude, das man von hier aus erblicken konnte, war ein *horreo*, ein Getreidespeicher, auf dessen gekacheltem Dach ein Kreuz aufragte. Daneben sah man Maisfelder. Auf einer Hochebene weideten Bergziegen das spärliche Gras ab, und ein Schwarm Wildenten erhob sich gen Süden. Das einzige Unsaubere in dieser Umgebung war sein eigener Geruch nach abgestandenem Schweiß. Wie sehnte sich Prinz Ahmed nach einem parfümierten Bad!

»Was glaubst du, wird mit Zurika geschehen?« fragte er Aaron Levi, der neben ihm stand und sich auf seinen Stab stützte.

Prinz Ahmed zürnte Zurika nicht mehr wegen ihres Verrates, doch die Gefahren und Entbehrungen, die Prinzessin Beatrice nun ihretwegen erdulden mußte, konnte er ihr nicht so schnell verzeihen. Da das moslemische Gesetz der Rache sich nicht auf Frauen und Kinder bezog, fiel es ihm leichter, Zurika zu bemitleiden. Auf dem Marsch durch die Wildnis am vergangenen Tage hatte er mit Aaron Levi und Prinz Juan ausführlich darüber gesprochen. Anfangs hatte er Verwünschungen ausgestoßen, während Aaron Levi vornehm schwieg. Prinz Juan hingegen hatte in seiner sanften christlichen Art kein böses Wort über Zurika verloren. Statt dessen hatte er lediglich bemerkt, daß sie ihr jetzt ihre Liebe nicht verweigern durften.

Aaron Levi seufzte. »Ich befürchte stark, daß sie bereits auf die Soldaten des Königs gestoßen ist«, antwortete er. »Sie wird sie zu unserem Lagerplatz führen. Danach werden sie keine Verwendung mehr für sie haben und sie zurück nach Toledo schicken. Und dort wird man sie nicht wie eine Heldin behandeln, sondern wie eine ganz gewöhnliche Verbrecherin.«

»Warum das?« Darüber hatte Prinz Ahmed mit seinen Freunden noch gar nicht gesprochen. »Gewiß kann sie sich eine Geschichte ausdenken, die sie von aller Schuld reinwäscht, und sich als arme ... äh ... Magd ausgeben, die nur ihrem Herrn gehorcht hat und nun aus Treue zu ihrem König die Wahrheit ans Licht bringt.«

»Wenn sie in Toledo eintrifft, wird das Auge der Öffentlichkeit auf ihr ruhen.« Bedrückt schüttelte Aaron Levi den Kopf. »Ganz gleich, was sie erzählt, die überlebenden Gefängniswächter werden in ihr die Frau erkennen, die ihnen Schlafmittel in den Wein getan und einen ihrer Kameraden umgebracht hat. Dann wird man sie als Mörderin verurteilen. Du weißt es noch nicht, Prinz, aber im Leben darf man keine Belohnung dafür erwarten, daß man seine Pflicht tut. Der einzige Lohn ist die Freude, die man dabei empfindet. Andererseits aber ist es ein Verbrechen, seine Pflicht nicht zu tun, und jedes Verbrechen zieht unweigerlich die Strafe nach sich.«

»Ist das Leben wirklich so?«

»So hat der Mensch die Weltordnung gestaltet.«

»Der allmächtige Allah hat die Weltordnung geschaffen.«

»Jahwe!« widersprach Aaron Levi aus reiner Gewohnheit. Er lächelte. »Als gläubiger Jude sollte ich eigentlich nicht weiter denken, als man mich gelehrt hat. Doch wie kann ich die Augen vor dem verschließen, was ich in all den Jahren beobachtet habe? Der allmächtige Allah, Jahwe, der Gott der Christen, ganz gleich, an welchen du auch glaubst, ist doch immer der Kern der Schöpfung. Und die Schöpfung wiederum besteht aus unzähligen kleinen Einheiten, wie zum Beispiel der Sonne, der Erde und dem schäbigen Geschöpf, das man den Menschen nennt. Jede dieser Einheiten erlebt Gutes und Schlechtes, aber jede von ihnen hängt auch von verschiedenen Umständen ab. Die Vögel in der Luft, die Tiere auf dem Felde können ihre Nester bauen oder sich eine Höhle graben und mit dem Wetter ziehen. Doch sie tun das alles aus Instinkt. Es geschieht, ohne daß sie darüber nachgedacht oder Pläne geschmiedet hätten. Unter all diesen Einheiten scheint der Mensch der einzige zu sein, der seine eigene Ordnung schaffen kann. Deswegen sind die Menschen auch Sklaven eben dieser Ordnung, die sie geschaffen haben, einige aus Instinkt, andere durch Überlegung. Wieder andere unterwerfen sich einfach den Umständen, auf die sie keinen Einfluß haben.«

»Und was ist mit der Gerechtigkeit, mit Gut und Böse?« fragte Prinz Ahmed erregt.

»Das sind nur vom Menschen geschaffene Vorstellungen«, erwiderte Aaron Levi ernst. »Also sind sie genauso wertlos wie der Wunsch und die Fähigkeit des Menschen, sich seine Geschöpfe zu unterwerfen.« Er wandte sich um und sah Prinz Ahmed eindringlich an. »Oder gibt es irgendwo im Universum etwas, das der menschlichen Vorstellung von Gut und Böse ähnelt? Ist es gerecht, daß die gleiche Sonne, die Licht und Leben gibt, auch die Dürre bringt, die Mensch und Tier, Baum und Strauch vernichtet?«

Prinz Ahmed lag schon eine heftige Antwort auf den Lippen, die ihm die Lehren des Islam eingaben; doch er hielt sich zurück. Plötzlich erschien ihm dieser Augenblick als ein Werk von Allahs göttlichem Willen zu sein. Aaron Levi war ihm geschickt worden, um seinem Geist Klarheit zu geben, sein Denken zu leiten und sein Herz zu erweichen. Die Zeit schien stillzustehen. »Willst du also sagen, daß die göttliche Schöpfung Gutes und Schlechtes als Selbstzweck hervorbringt und daß der Mensch, der Teil davon ist, einfach nur die Folgen dieser ständigen Veränderung ertragen muß?«

»Ein Vogel kann, wenn er kräftig genug ist, vor einem Sturm, der ihn zerstören würde, in sein Nest oder in eine menschliche Behausung fliehen. Das Wort Zerstörung allerdings hat mehr als nur eine Bedeutung, denn der Mensch kann durch Worte, Taten und Gefühle sein Zuhause zerstören, auch wenn das Gebäude selbst noch steht. Gut und böse und die Gerechtigkeit sind Schöpfungen des Menschen, der der Gott seines Universums – seiner Lebenszeit – ist. Und diese Vorstellung ist gut für ihn, so glaubt er zumindest. Letztendlich aber muß jeder von uns nach seiner eigenen Schöpfung, der Furcht seiner eigenen Wirklichkeit, leben. Ganz gleich, was mein Glaube mich lehrt, weiß ich, daß alle nach den Maßstäben leben müssen, die wir uns selbst gesetzt haben, und diese wiederum hängen von unserer eigenen Lebenstüchtigkeit ab. Also müssen wir uns an diese Maßstäbe halten, nicht weil sie von sich aus richtig oder falsch sind, sondern weil wir uns, wenn wir dies nicht tun, selbst zerstören; durch die guten und schlechten Folgen von Gottes Schöpfung, die in unseren Körpern, Hirnen und Herzen wirken.«

»Was du da behauptest, ist Gotteslästerung. Es verstößt gegen die Lehren des Islam, der uns sagt, daß jede unserer Handlungen, auch die allerkleinste, den Willen Allahs widerspiegelt!« erklärte Prinz Ahmed. Doch er konnte dem kleinwüchsigen Juden, der ihn eindringlich ansah, nicht böse sein.

»Dann sind wir eben beide Gotteslästerer, Prinz«, stellte Aaron Levi ruhig fest. Er grinste spitzbübisch. »Ich mit Worten und du mit Gedanken.« Er hielt inne. »Trotzdem sehe ich keinen Grund, warum meine Worte den Lehren deines oder meines Glaubens widersprechen sollten«, fuhr er fort. »Denn alles bleibt weiterhin der Wille unseres Schöpfers.«

»Ich denke ...«, fing Prinz Ahmed an. Aber er hielt inne, als er ein leises Geräusch hörte. Sofort erkannte er, daß es sich um das Klappern von Hufen handelte, das aus der Ferne zu ihnen hinüberdrang. Sein Herz klopfte rascher, und er blickte nach Süden. Fünf Reiter waren um eine Kurve gebogen; einige Augenblicke später waren sie wieder hinter einem Hügel verschwunden.

Prinzessin Mathilde saß im Herrensitz auf ihrem grauen arabischen Rennpferd. Vom Damensattel hielt sie nicht viel; nicht weil sie auf Gleichberechtigung beharren oder ihre Weiblichkeit verleugnen wollte, sondern weil man im Herrensattel besser das Gleichgewicht halten konnte. Früher hatten die würdigen Matronen am Hof von Pamplona sie wegen dieser Angewohnheit scharf getadelt, doch die meisten waren wahrscheinlich nur auf ihre Jugend und Anziehungskraft neidisch gewesen. Aber mit der Zeit hatten sich die Leute daran gewöhnt und bewunderten sie inzwischen sogar für ihre Reitkünste. Bei Wettbewerben schlug sie häufig sogar die Männer.

Sie hatte darauf bestanden, nach Pamplona zu reiten, anstatt in der Kutsche zu fahren, weil sie sich in Graf Gastons Gesellschaft wohl fühlte. Außerdem paßte der Grauschimmel wunderbar zu ihrem silbergrauen Haar und zu dem grauen Reitkostüm, das aus einem knöchellangen Gewand über langen Hosen bestand. Der Graf stand ihr mit seinem weißen Seidenwams und einer Samthose an Eleganz um nichts nach.

Prinzessin Mathilde war von König Karl enttäuscht. Der arme liebeskranke Tölpel hatte darauf bestanden, in Toledo zurückzubleiben. Er war so in Prinzessin Beatrice verschossen, daß er König Pedros Armee begleiten wollte! Verglichen mit ihm empfand sie Graf Gaston als welterfahren, liebenswürdig und gebildet. In seiner Gegenwart fragte sie sich sogar, ob sie das Ränkeschmieden nicht überhaupt aufgeben sollte. Warum sollte sie sich nicht zurückziehen und ein angenehmes, ruhi-

ges Leben führen? Warum sollte sie sich nicht ein wenig mehr verwöhnen?
Heute war der zweite Tag ihrer Reise, und sie waren schon bei Morgengrauen aufgebrochen, um die kühlen Vormittagsstunden zu nutzen. Ihre Eskorte bestand aus hundert berittenen Soldaten. Die Hälfte von ihnen bildete die Vorhut, und dahinter ritten sie und Graf Gaston. Ihnen folgten die Adligen, Höflinge und Hofdamen, die auch das Turnier besucht hatten, zu Pferde oder in Kutschen. Dann kamen die Dienstboten und die Wagen mit dem Gepäck. Die zweite Hälfte der Soldaten bildeten die Nachhut.
»Es sieht aus, als würde es wieder ein wunderschöner, sonniger Tag werden, Graf Gaston«, stellte Prinzessin Mathilde fest. Mit einem Kopfnicken wies sie auf den rosigen Lichtstrahl am östlichen Himmel. »Ich muß zugeben, daß ich es manchmal vorziehen würde, ein Mann zu sein, denn ich liebe die Gesellschaft von Männern in Uniform. Mir gefällt der Geruch nach Pferdeschweiß und feuchtem Leder und der *esprit-de-corps.*«
»Unter diesen angenehmen Bedingungen mag es dir vielleicht gefallen, Prinzessin.« Graf Gaston warf einen Seitenblick auf sie und lächelte. »Aber was ist, wenn es in die Schlacht geht? Denke an die Schreie der Verwundeten, die blutverschmierten Uniformen, den Gestank nach ungewaschenen Leibern und verfaulenden Leichen. Diese Gerüche können den *esprit-de-corps* manchmal überdecken.«
Sie rümpfte die Nase. »Mußt du mir meinen Traum durch die rauhe Wirklichkeit verderben?« Sie lächelte, um ihren Worten die Schärfe zu nehmen.
»Der Krieg ist kein Traum«, antwortete er ernst. »Da unsere gegenwärtige Reise das Vorspiel zu einem Krieg darstellt, sollten wir der Wirklichkeit ins Auge sehen.«
»Du billigst die Entscheidung, Granada anzugreifen, nicht?«
»Es steht mir nicht zu, solche Entscheidungen zu billigen oder zu mißbilligen, Prinzessin, aber ich habe das gottgege-

bene Recht, den Krieg als solchen abzulehnen. Und das auch, wenn meine Pflicht mir gebietet, in einem Krieg mit aller Kraft für meinen König zu streiten.«
Prinzessin Mathilde ahnte, daß der Graf schon seit vielen Jahren so über den Krieg dachte. Nun mußte er seine persönliche Meinung seinen Pflichten als Untertan unterordnen. Diese Erkenntnis bewirkte, daß sie sich ihm noch näher fühlte, und sie spürte die Trauer, die in seiner Seele schlummerte. Am liebsten hätte sie ihn bei der Hand genommen, hätte ihre Erziehung sie nicht daran gehindert. Das war ihre Wirklichkeit! »Während andere über den Schall der Trompeten jubeln, werden sie für dich klingen wie Totenglocken«, meinte sie statt dessen mit leiser Stimme.
Ein rascher Blick sagte ihr, daß er sich über ihr Verständnis freute, doch er erwiderte nichts. Da sie auch keine Antwort erwartet hatte, wechselte sie geschickt das Thema. »Was die sicherlich noch wichtigere Frage aufwirft, wie lange es wohl dauern wird, bis du an der Grenze von Granada stehst.«
Er mußte ihre Beweggründe erraten haben, denn um seine Augen bildeten sich wieder kleine Lachfältchen. »Meinem gegenwärtigen Plan zufolge werden wir Pamplona in fünf Tagen erreichen. Zwei Tage habe ich eingerechnet, um die notwendigen Befehle zu geben, damit die Offiziere die Truppe in Marsch setzen können. Allerdings wird der Vormarsch der berittenen Einheiten keine großen Schwierigkeiten darstellen. Also werden wir in sieben Tagen aufbrechen. War es das, was du wissen wolltest?« Der freundliche Ausdruck seines Gesichts nahm seiner Erklärung allen Hochmut.
»Ja«, erwiderte sie rasch und wechselte dann wieder das Thema. »So weit ich weiß, besteht unser Heer aus fünfundzwanzigtausend Mann.«
»Ja, alle Waffengattungen eingeschlossen.«
Plötzlich ahnte sie, daß sie Graf Gaston vermissen würde. War sie etwa im Begriff, sich in einen Mann zu verlieben, der vor

weniger als einem Jahr noch ein Fremder für sie gewesen war? Gott behüte! Und was war mit dem Schwur, König Karl treu zu bleiben? Auf einmal war er wie weggeblasen! »Und wie lange wird das Heer brauchen, um Cordoba zu erreichen?«
»Schätzungsweise eine Woche, wenn man rasch reitet.«
»Also wird König Alfonso einen Vorsprung haben.«
»Möglicherweise.«
Plötzlich spürte sie, wie ihre Eifersucht auf Prinzessin Beatrice nachließ. »Werde ich dich sehen, nachdem wir in Pamplona angekommen sind?«
»Ich werde sehr beschäftigt sein.« Enttäuschung überkam sie. »Aber für die Dinge, die man wirklich tun will, findet sich immer Zeit.«
Konnte es sein, daß er sie liebte? Doch ein Seitenblick auf sein Gesicht sagte ihr, daß sein Innerstes von dicken Mauern umgeben war, die nie ein Mensch würde durchdringen können.

Da Aaron Levi Prinz Ahmeds Anspannung spürte, hörte er auf zu sprechen und blickte ebenfalls nach Süden. »In solchen Augenblicken bedaure ich immer mein Alter«, murmelte er. »Die alten Augen wollen einfach nicht mehr ...«
Da tauchten die Gestalten hinter der nächsten Wegbiegung auf. »Allmächtiger Allah!« flüsterte Prinz Ahmed.
»Was siehst du?« drängte Aaron Levi.
»Zwei kastilische Reiter mit einer Frau, die an ihr Pferd gefesselt ist. Ein dritter Soldat reitet vor ihr, ein vierter ein Stück weit hinter ihr. Ich kann die Frau nicht genau erkennen, aber es muß Zurika sein.«
Aaron Levi stieß mit dem Stab auf den Boden. »Ich wußte es. Ich wußte, daß so etwas geschehen wird.« Er hielt inne und packte dann Prinz Ahmed beim Arm. »Wir müssen sie befreien.«
»Was? Sie hat uns schändlich verraten, und du willst, daß wir unser Leben für sie aufs Spiel setzen? Niemals!«

Da fühlte Prinz Ahmed eine Hand auf seinem Arm. Prinz Juan war lautlos herangetreten. »Es ist Zurika«, bedeutete er in Zeichensprache. Seine blauen Augen blickten Prinz Ahmed flehend an. »Wir haben keine Zeit zu verlieren, wenn wir sie befreien wollen.«
»Jetzt bekommt sie endlich, was sie verdient.« Prinz Ahmeds Wut war einer eigenartigen Unerbittlichkeit gewichen, die so starr war wie die Granitfelsen, welche sich hinter ihnen auftürmten. »Sobald sie an uns vorbei sind, können wir sicher nach Granada weiterreiten.«
Prinz Juans Gesicht drückte Entschlossenheit aus. »Sie hat mich aus dem Kerker gerettet«, widersprach er. »Und auch wenn sie es nicht getan hätte, verlangt die Ritterlichkeit, daß ich jeder Frau in Bedrängnis helfe, ganz gleich, was sie mir angetan hat.« Er wies mit dem Kopf in Richtung Straße. »Da sind sie wieder. Und die Gefangene ist wirklich Zurika.«
Noch ehe Prinz Ahmed den Blick wieder zur Straße wandte, konnte er schon das Klappern der Hufe hören. Doch er blieb unnachgiebig. »Ich habe gesagt, daß wir nichts unternehmen«, knurrte er entschlossen.
»Dann muß ich es allein versuchen«, antwortete Prinz Juan, und es war klar, daß er sich nicht von seinem Vorhaben würde abbringen lassen.
Nun wurde Prinz Ahmed wirklich wütend. »Was?« fragte er.
»Prinz Juan wird nicht allein sein.« Ungläubig drehte sich Prinz Ahmed nach Aaron Levi um. Der Jude stampfte mit dem Stab auf die Erde. »Wahrscheinlich habe ich durch dieses Unternehmen mehr verloren als du, Prinz«, fügte er kalt hinzu. »Und mein einziger Lohn ist ein edles Verhalten, das mein Glaube eigentlich nicht von mir verlangt, wenn es sich um einen Feind handelt.« Er wandte sich an Prinz Juan. »Überlegen wir uns, wie wir vorgehen wollen.«
Das Hufgetrappel war wieder leiser geworden, weil die Reiter hinter einer weiteren Kurve verschwunden waren.

Sogar Aaron Levi stellte sich jetzt gegen ihn! Prinz Ahmeds Zorn kannte keine Grenzen mehr, doch der Verstand riet ihm, sich zu mäßigen. »Wenn ihr das tut, bringt ihr Prinzessin Beatrice in Gefahr«, stellte er fest und übersetzte seine Worte für Prinz Juan in die Taubstummensprache. Mit einem triumphierenden Lächeln verschränkte er dann die Arme vor der Brust und wartete auf ihre Antwort.

»Wenn ja, dann nur deswegen, weil ich mich an der Rettung beteiligen werde.«

Erschrocken wirbelte Prinz Ahmed herum. Unbemerkt war Prinzessin Beatrice herangekommen. Offenbar hatte sie das ganze Gespräch mitangehört, aber sie war nicht wütend, sondern blickte flehend drein. »Mein Bruder hat dich an die Pflichten eines Ritters erinnert«, sagte sie ruhig. »Obwohl du nie zum Ritter geschlagen wurdest, bist du doch ein Prinz. Deinen Eid hast du mit deiner Geburt abgelegt, und er verlangt von dir, daß du dich über gewöhnliche Sterbliche erhebst, und wenn nötig, auch über dich selbst.«

In Prinzessin Beatrices Flehen lag soviel Liebe für ihn, daß sein Zorn verrauchte. »Du hast recht, edle Prinzessin«, erklärte er überrascht, »aber du darfst dich nicht dieser Gefahr aussetzen. Aaron Levi, Prinz Juan und ich selbst werden uns allein darum kümmern.« Das Klappern der Hufe wurde wieder lauter. »Jetzt haben wir keine Sekunde mehr zu verlieren.« Rasch dachte er nach, ließ seinen Blick über das Gelände schweifen und wandte sich dann aufgeregt zu seinen Begleitern um. »Ich habe einen Plan. Laßt ihn uns schnell durchgehen ...«

»Entschuldigt«, unterbrach Prinzessin Beatrice. »Aber sie sind zu viert, und ihr seid nur drei. Ich bestehe darauf, euch zu begleiten.«

Prinz Ahmed hatte wieder Grund, sich zu wundern, diesmal über ihren entschlossenen Tonfall, der keinen Widerspruch duldete.

Zurika hatte beschlossen zu fliehen, solange sie noch weit genug von Toledo entfernt waren. Die überraschende Wendung, die ihr Schicksal genommen hatte, hatte ihr endlich ihre wirkliche Lage vor Augen geführt. Wie leichtgläubig war sie nur gewesen! Sie war nicht weiter als ein junges Zigeunermädchen in einer Welt, die ihr fremd war. Und die Gefahr, in der sie schwebte, machte ihr klar, wie sicher sie bei ihren Freunden gewesen war. Als sich ihre Rachsucht legte, wurde sie von Furcht ergriffen. In Toledo würden die Gefängniswächter sie wiedererkennen. Dann würde man sie foltern, um die Wahrheit aus ihr herauszupressen, und sie würde schließlich lügen, um dem Leiden ein Ende zu bereiten und endlich sterben zu dürfen. Was für einen entsetzlichen Fehler sie doch begangen hatte! Hätte sie das nicht getan, wäre sie jetzt mit ihren Freunden auf dem Weg nach Granada.

Bis jetzt hatten die Soldaten sie noch nicht durchsucht, weshalb ihr langes Messer noch unter ihrer Bluse steckte. Die vier Soldaten, die Hauptmann Montoya zurückgelassen hatte, waren sehr höflich zu ihr gewesen. Wären ihre Füße nicht unter dem Leib des Pferdes zusammengebunden gewesen, hätte sie auch eine Dame sein können, die von vier Soldaten eskortiert wurde. Der Gefreite Ramirez, der vorausritt, war ein großer, schlaksiger Mann mit einem langen grauen Schnurrbart und traurigen braunen Augen. Angelo, der rechts von ihr hielt, und José zu ihrer Linken waren erfahrene alte Kämpfer, und Pedro, der sich hinter ihr befand, hatte ein rundes runzliges Gesicht und eine Glatze. Zurika vermutete, daß Hauptmann Montoya diese vier ausgesucht hatte, weil sie vertrauenswürdige Familienväter waren und sie nicht belästigen würden. Offenbar hatten sie keine Eile, nach Toledo zu kommen, denn sie trabten nur langsam voran. Die vergangene Nacht hatten sie in einer Schäferhütte verbracht, und Zurika hatte nicht baden können, wie sie es sich in Aaron

Levis Landhaus angewöhnt hatte. Sie mußte mittlerweile wie ein Bergziege stinken!
Obwohl sie nur langsam ritten, würden sie Toledo am Abend erreicht haben. Sie mußte bald handeln, ehe zu viele Leute unterwegs waren. Zu ihrer Rechten ging im Osten die Sonne auf, ein silberner Schimmer am Horizont. Sicherlich lebten in diesem Tal Menschen, denn sie sah einen Olivenhain, Felder und sogar einen Getreidespeicher. Sie blickte nach links. Die Gipfel der Berge zeichneten sich scharf über den Bäumen ab, die entlang der Straße wuchsen. Dorthin mußte sie fliehen.
Sie ritten immer noch im Trab und bogen jetzt um eine scharfe Kurve. Im Sonnenlicht warfen die Eichen Schatten auf die Uniform des Gefreiten Ramirez und auf den Rücken seines schwarzen Pferdes, bei dessen Gang Zurika an das wackelnde Hinterteil einer Dirne denken mußte.
Es war eher eine Eingebung als das leise zischende Geräusch, was sie veranlaßte, sich im Sattel umzuwenden. Pedro röchelte, und sie sah die Schlinge, die eng um seinen Hals lag. Er ließ die Zügel los und griff sich an die Kehle, während sein Pferd einfach weitertrabte, als wäre nichts geschehen. Pedro baumelte in der Luft, als ob er am Galgen hinge und versuchte verzweifelt, sich das Seil vom Hals zu reißen.
Was in Gottes Namen ging hier vor? Konnten das Wegelagerer sein?
Nun geschah alles gleichzeitig. Zwei Gestalten sprangen lautlos auf José und Angelo herab und rissen sie zu Boden, während die Pferde sich aufbäumten und dann, ihrer Last ledig, einfach weitertrabten.
Da ertönte vor ihnen der Schrei einer Frau. Zurika sah rasch zu der weißgekleideten Gestalt mit dem zerzausten Haar hin, die wie der Blitz auf die Straße gesprungen war. Als Zurika Prinzessin Beatrice erkannte, klopfte ihr Herz wie wild. Also versuchte man, sie zu befreien! Der Gefreite Ramirez hatte die Gestalt entdeckt, blickte sich rasch nach

hinten um und ritt dann auf die Frau zu. Neben ihr hielt er an und packte sie.
Beim Anblick von Prinzessin Beatrice ergriff Zurika blinde Wut; was die Prinzessin vorhatte, war ihr völlig gleichgültig. Sie stieß ihrem Pferd heftig die Fersen in die Flanken, so daß er vorwärtsschoß. Dann zog sie das Messer und schwang es durch die Luft. Alles andere um sie herum hatte sie vergessen.

König Karl war noch jung genug, um sich rasch von den Folgen des Sturzes beim Turnier zu erholen. Auf dem Ritt an der Seite König Pedros hatte er genug Zeit gehabt, an Prinzessin Beatrice zu denken. Inzwischen war er besessen von ihr. Jedesmal, wenn er sich ihren hochgewachsenen, schlanken Körper, ihre schmale Taille, ihre vollen Brüste und ihre wohlgerundeten Hüften vor Augen führte, überkam ihn der Wunsch, ihr die Kleider vom Leibe zu reißen. Obwohl ihn ein unbeschreibliches Verlangen nach ihr erfüllte, trug er sich keineswegs mit romantischen Gefühlen. Er hatte nicht vor, ihr den Hof zu machen oder abzuwarten, bis ein Blick aus ihren blauen Augen mit seinem verschmolz. Statt dessen malte er sich aus, wie sie über seine Gemeinheit und Roheit in Verzückung geriet.
Selbst als junger Bursche hatte er sich nie so gefühlt!
Auf seinem Rappen ritt er neben König Pedro her, der auf einem Rotfuchs saß. Zu seiner Linken trabte Bischof Eulogius auf einem kleinen grauen Araber. König Karl betrachtete König Pedros bulligen Schädel und fragte sich, wie so ein Mensch ein so zartes Geschöpf wie Prinzessin Beatrice hatte zeugen können. Wie würde wohl die Frucht seiner Vereinigung mit Prinzessin Beatrice aussehen? Sollte ihm nicht sein Stolz und seine Stellung verbieten, eine Frau zu heiraten, die mit einem Ungläubigen davongelaufen war? Doch schließlich war er es, der König, der die Gesetze machte! Wenn er wollte, konnte er sogar seinen Esel heiligsprechen lassen!

Am Spätnachmittag des Vortages hatten sie Toledo mit der Vorhut von König Pedros Armee verlassen, die hauptsächlich aus berittenen Einheiten bestand. Nachdem sie die Nacht in einem Tal zugebracht hatten, waren sie bei Morgengrauen weitergeritten. Aber König Karl war wach genug, um eine Frage stellen zu können. »Wie war es möglich, daß deine Armee so rasch aufbrechen konnte, edler König?«

König Pedro warf den Kopf zurück. Sein Gelächter übertönte das Klappern der Hufe. »Unsere Armee hält sich schon seit Monaten bereit, sofort auszurücken«, antwortete er. Seinem Tonfall war anzumerken, daß er nicht mehr dazu sagen wollte.

»Unser König ist allzeit bereit«, warf Bischof Eulogius grinsend ein. »Besonders, wenn es um die Fleischeslust geht.«

»Außer in Gegenwart unseres liebsten ränkeschmiedenden Bischofs und unseres liebsten ränkeschmiedenden zukünftigen Schwiegersohnes«, knurrte König Pedro. »Ich meine damit, daß ihr das Zigeunermädchen Zurika hinter unserem Rücken zur Ketzerin erklärt habt.«

»Bei Gott, wir dachten, daß du unser Handeln gutheißt, edler König, und haben deshalb die Verantwortung für diesen Schritt auf uns genommen«, log König Karl. »Das Mädchen soll ergriffen und als Hexe verbrannt werden.«

»Dazu muß man sie erst einmal fangen«, meinte König Pedro.

»Sie muß auf dem Scheiterhaufen verbrannt werden«, erklärte Bischof Eulogius, »nachdem ein kirchliches Gericht das Urteil über sie gefällt hat.«

Zurika ritt von links an den Gefreiten Ramirez heran und schwang ihr Messer, um es Prinzessin Beatrice in den Leib zu stoßen. Doch eine innere Stimme riet ihr, den Rotfuchs zu zügeln. Blitzschnell ließ sie die Klinge sinken. Die Messerspitze zwischen Daumen und Zeigefinger, hob sie die Waffe wieder und warf sie, wie sie es in den Zigeunerhöhlen gelernt hatte.

Das Messer traf sein Ziel. Der schlaksige Gefreite Ramirez zuckte heftig zusammen. Sein Griff um Prinzessin Beatrice lockerte sich, und sie schrie auf, als sie auf die Straße stürzte. Dann glitten dem Gefreiten die Zügel aus der Hand, und er rutschte vom Pferd. Das Messer steckte in seinem Nacken.
Zurika brachte ihr Pferd zum Stehen. Warum hatte sie ihre Meinung plötzlich geändert? Gewiß war dies das Werk von Gott und der Heiligen Jungfrau gewesen. Nun fühlte sie sich geläutert, und überglücklich wendete sie ihr Pferd. In der Zwischenzeit hatten Prinz Ahmed und Prinz Juan ihre Gegner niedergerungen und saßen ihnen auf der Brust, während Aaron Levi von dem Baum stieg, an dem Pedro baumelte.
Zurika näherte sich Ramirez' reiterlosem Pferd und packte es beim Zügel, wobei sie Prinzessin Beatrice keines Blickes würdigte. »Du hast mich gerettet, Zurika«, stieß diese dankbar hervor, sobald sie sich wieder aufgerappelt hatte.
Bald waren die Freunde wieder glücklich vereint, und jeder hatte jetzt sein eigenes Pferd. Niemand stellte Zurika Fragen, und niemand machte ihr Vorwürfe. Zurika konnte diese Menschen einfach nicht begreifen; ihre eigenen Leute hätten ihr für ihren Verrat schon längst die Kehle aufgeschlitzt.
Die Leichen von Ramirez und Pedro stürzten sie einen Abhang hinab, nachdem Prinz Juan ein Gebet für ihre Seele gesprochen hatte. Dann fesselten und knebelten sie die beiden anderen bewußtlosen Soldaten und legten sie an den Straßenrand.
»Diese armen Kerle haben überhaupt nicht gewußt, wie ihnen geschah«, jubelte Prinz Ahmed. »Wahrscheinlich haben sie geglaubt, daß sich der Himmel geöffnet hat und Blitze auf sie herniederfuhren.«
Zurika war glücklich, daß seine Blicke auch ihr galten. Er war überhaupt nicht böse auf sie und sah sie sogar freundlich an. Doch dann drängte sich ihr eine unangenehme Frage auf. War er ihr nur deshalb dankbar, weil sie seine Liebste gerettet hatte?

»Du hast Prinzessin Beatrice gerettet, Zurika.« Zu ihrem Unbehagen sprach Aaron Levi diesen Gedanken aus.

»Und wir sind dir alle dankbar«, erklärte Prinz Ahmed knapp.

»Ich habe euch verraten, und trotzdem habt ihr mich vor Folter und Tod gerettet. Wie kann ich euch das jemals vergelten?« Alle Anspannung der vergangenen Tage löste sich, und Zurika fing an heftig zu weinen, bis ihr Körper von Schluchzen erschüttert wurde.

»Sprich nicht mehr darüber«, wies Aaron Levi sie an. Da wurde Zurikas Weinen vom Klappern von Wagenrädern übertönt. Dazu hörte man Stimmengewirr. »Schluß mit den Tränen«, sagte Prinz Ahmed. »Da kommen Leute. Wir haben keine Zeit zu verlieren.«

24. Kapitel

Der Kundschafter Mizra hatte sich erboten, den Mordanschlag gegen Prinz Ahmed selbst auszuführen, nachdem ihm Farouk Riswan eine hohe Belohnung in Aussicht gestellt hatte. »Diese Aufgabe ist zu wichtig, als daß man sie jemandem überlassen könnte, der nicht über die nötige Erfahrung verfügt, Herr«, hatte er Riswan gegenüber beteuert. »Deshalb werde ich mich selbst darum kümmern.«

»Eine sehr weise Entscheidung«, hatte der Wesir geantwortet, obwohl er die wahren Gründe kannte. »Allah sei mit dir.«

Nachdem Mizra alle Mörder, die er kannte, im Geiste durchgegangen war, hatte er sich für drei Männer entschieden. Keiner von ihnen lebte in Granada. Er wollte sie in Jaén, Baéza und Ciudad Real abholen, was mehrere Vorteile hatte. Erstens würden die Männer einander nicht kennen. Zweitens würde es leichter sein, sie nach dem Mordanschlag zu beseitigen, damit sie nicht etwa reden oder versuchen konnten, ihn zu erpressen. Drittens konnte er auf diese Weise die gesamte Belohnung für sich behalten. Und schließlich würde er, wenn er allein von Granada aus aufbrach, keinen Verdacht erregen, wie es bei einer Gruppe Reiter vielleicht der Fall gewesen wäre.

Nach seinem Gespräch mit dem Wesir hatte er vier Stunden lang geschlafen und war dann zu Pferde nach Norden aufgebrochen. Als er beim Morgengebet in der Moschee der Alhambra Abdul erblickte, wußte er, daß der allmächtige Allah mit ihm war. Abdul, der gerade aus Jaén zu Besuch war, hatte den Auftrag gern angenommen. Und so hatten bei Morgengrauen zwei unauffällig wirkende Araber die Hälfte des Weges zur nördlichen Grenze Granadas zurückgelegt. Ihrem ausdruckslosen Blick war nicht anzumerken, daß sie sich mit Mordgedanken trugen.

Sie hatten eine Woche im Gebirge warten müssen, bis die Verletzung an Prinzessin Beatrices Rücken, die sie sich beim Sturz zugezogen hatte, wieder geheilt war. Vor der Höhle, in der sie sich versteckten, sprudelte eine kleine Quelle; wahrscheinlich war die Höhle früher einmal bewohnt gewesen. Niemand störte sie, und außer den Hasen, die Prinz Ahmed und Prinz Juan fingen, rührte sich nichts, so daß sie ohne Furcht vor Entdeckung ihre Mahlzeiten zubereiten konnten. Prinz Ahmed fand Gefallen an dem Zigeunerleben und war nicht mehr in Eile, seit er wußte, daß sie wegen Prinzessin Beatrices Rücken ohnehin nicht weiterreiten konnten. Also konnte er ihr wahrheitsgemäß versichern, daß ihre Verletzung ihm eine willkommene Gelegenheit bot, sich ein wenig auszuruhen.
Die Ruhe tat ihnen allen gut, besonders nach den Abenteuern der vergangenen drei Tage. Während der ganzen Zeit näherten sie sich nie der Straße, und deshalb wußten sie auch nicht, was mit den toten Soldaten und den beiden, deren Leben sie geschont hatten, geschehen war. Aber Prinz Ahmed war sicher, daß man die beiden bald befreit hatte. Abgesehen von ihrem verletzten Stolz hatten sie gewiß keinen Schaden davongetragen. Die beiden Prinzen und Zurika unternahmen jeden Abend einen langen Ausritt, um Lebensmittel zu beschaffen. Zurika erwies sich als geschickte Diebin, die auf einsam gelegenen Bauernhöfen Eier, Tomaten und Obst stahl, ohne dabei die Wachhunde aufzuwecken. Tagsüber schliefen die drei, während Aaron und Prinzessin Beatrice, die nachts geruht hatten, Wache hielten.
Prinz Ahmed war vom Leben in den Bergen noch begeisterter

als davon, sie nur zu durchreiten oder zu durchwandern. Die kühle Schönheit und die unendliche Stille, die nur von den Geräuschen der Natur unterbrochen wurden, waren Balsam für seine Seele. Einzig die Möglichkeit zu baden fehlte den Flüchtigen sehr, denn sie mußten das kostbare Wasser zum Trinken aufsparen. Obwohl die armen Leute in Spanien gewöhnlich nicht an der körperlichen Reinlichkeit hingen, war auch Zurika sehr viel daran gelegen.

»Die Juden und die Moslems baden sich regelmäßig«, hatte Prinz Ahmed an ihrem ersten Abend in der Höhle mit einem spitzbübischen Funkeln in den Augen gegenüber Prinz Juan bemerkt, da dieser gerade wegen seines eigenen strengen Körpergeruchs die Nase gerümpft hatte. »Eure spanischen Mönche hingegen halten schon seit langem das Gegenteil für erstrebenswert und verehren den Körperschmutz als ein Zeichen moralischer Reinheit und wahrer Stärke. Das ganze Jahr hindurch essen und schlafen sie in der gleichen wollenen Kutte, um möglichst heilig zu riechen, da ein übler Gestank den Gipfel der Vergeistigung darstellt. Einige eurer Heiligen sind sogar abgebildet worden, wie sie in ihrem eigenen Mist sitzen! Und das einfache Volk ist diesem Beispiel gefolgt. Warum störst du dich also an deiner Heiligkeit, Prinz?« Bei diesem Worten grinste er, damit der andere auch erkannte, daß es sich um einen Scherz handelte.

»Ich bin kein Heiliger!« erwiderte Prinz Juan ebenfalls lächelnd. »Aber ich gehöre auch nicht zum gewöhnlichen Volk«, fügte er hinzu, »und ich schlage vor, daß du dir merkst, was der große römische Redner Cicero über uns Spanier gesagt hat: ›Wenn Gott nicht schon Gott wäre, würde er König von Spanien werden, und der König von Frankreich wäre sein Koch.‹ Dem würde ich noch hinzufügen, daß der König von Granada sich wohl gut zum Tellerwäscher eignen würde, solange er sich so rein hält, wie sein moslemischer Glaube es von ihm verlangt.«

Brüderlich klopfte Prinz Ahmed ihm auf die Schulter. Seit die beiden Prinzen sich nähergekommen waren, liebten sie dieses freundschaftliche Geplänkel.
Nachdem ihnen die Pferde auf der Lichtung davongelaufen waren, hatten sie nur soviel Gepäck mitgenommen, wie sie tragen konnten, besonders das Geld und die Juwelen, die Prinz Ahmed und Aaron Levi gehörten. Dazu hatten sie ein wenig Kleidung zum Wechseln, Waschutensilien und Feuerstein und Zunder eingepackt. Prinzessin Beatrice hatte das prächtige Gewand, das sie beim Turnier getragen hatte, gegen einen von Zurikas schlichten Röcken mit Bluse eingetauscht. Also sah die kleine Gruppe ziemlich abgerissen aus. Glücklicherweise waren an den Pferden, die ihnen in die Hände gefallen waren, Satteltaschen festgeschnallt gewesen, welche Lebensmittel und Waschutensilien enthielten. »Die kastilische Armee hat uns nicht nur Pferde, sondern auch die Bequemlichkeiten eines Zuhauses verschafft«, hatte Prinz Ahmed trocken zu seinen Begleitern bemerkt.
Doch schließlich mußten sie die Höhle verlassen. Prinz Ahmed führte die kleine Gruppe gemächlich den kahlen Südhang der Bergkette entlang. Seiner Überlegung nach hatten sie Hauptmann Montoya und seiner Abteilung nun genügend Vorsprung gelassen, so daß dieser inzwischen wahrscheinlich unverrichteterdinge zurückgekehrt war.
»Werden wir durch Jaén kommen?« fragte Zurika beim Aufbruch.
»Wenn alles gut geht«, antwortete Prinz Ahmed vorsichtig.
»Kann ich meine Großmutter besuchen?« wollte Zurika wissen.
»Wenn wir nach Jaén kommen, kannst du ja eine Weile dort bleiben und uns später nach Granada folgen.«
Sie ritten zuerst in einem weiten Bogen nach Westen und wandten sich dann nach Süden. Ihren Weg bestimmten sie tagsüber nach dem Stand der Sonne und nachts nach den

Sternen, wobei Aaron Levi erstaunliche Kenntnisse an den Tag legte.
Die scheinbar endlosen Weiten der Meseta-Ebene im mittleren Spanien waren ihnen allen unbekannt. Die Überquerung der Meseta auf der Straße war nicht vergleichbar mit den Strapazen, die man auf sich nahm, wenn man sich quer durch die riesige eintönige Wildnis schlagen mußte. So hatte sich Prinz Ahmed bis jetzt immer die arabische Wüste vorgestellt. Da die kleine Gruppe einen Bogen um alle Ortschaften machte, begegnete sie nur Bauern, die sich zu ihrem eigenen Schutz rings um eine Kirche angesiedelt hatten und nun ziemlich weit zu ihren Feldern und Olivenhainen gehen mußten. Tagsüber brannte die Sonne sengend vom Himmel, doch wenn es dämmerte, wurden sie für die Beschwerlichkeiten entschädigt, denn während die Bauern im rotschimmernden Sonnenuntergang nach Hause gingen, sangen sie uralte Weisen.
Überglücklich gelangten die Reisenden am fünften Tage zum Guadalquivir, der in der Sommerhitze fast ausgetrocknet war. Nun hatten sie die Grenze zu Granada fast erreicht und würden bald auf die Straße stoßen, weshalb sie nun vorsichtiger weiterreiten mußten. Als sie den Fuß einer kleinen Anhöhe erreichten, wies Prinz Ahmed die beiden Frauen an, mit den Pferden unten im Schutze des Hügels zu warten, während er mit Prinz Juan und Aaron Levi zum Gipfel hinaufstieg, um das Gelände auszukundschaften. Oben angekommen blickten sie nach Osten, wobei sie darauf achteten, daß man sie von unten nicht sehen konnte. Dank seiner scharfen Augen entdeckte Prinz Juan als erster die alte Römerstraße. »Da ist sie!« bedeutete er Prinz Ahmed und wies mit dem Finger darauf. Prinz Ahmed blickte in die angegebene Richtung, und der Atem stockte ihm. Soweit das Auge reichte, wimmelte es auf der Straße von Menschen. »Reiter!« flüsterte er, als hätte man ihn dort unten hören können, wenn er lauter sprach. »Allmächtiger Allah! Dort marschiert eine ganze Armee gen Süden. Wer kann das sein?«

»Das ist die kastilische Armee auf dem Weg nach Granada«, antwortete Aaron Levi ernst. »Meine Geschäftspartner haben mich davor gewarnt.«
»Aber wie sind sie so schnell hierhergekommen?« fragte Prinz Ahmed erstaunt. »Haben sie Toledo vielleicht schon vor dem Turnier verlassen?«
»Mein Vater ist schnell wie der Blitz«, erwiderte Prinz Juan. »Allerdings wäre er sicherlich noch nicht hier, wenn er den Vormarsch nicht schon vor Wochen geplant hätte.«
»Das bedeutet Krieg«, stellte Prinz Ahmed langsam fest. Zuerst war er erschüttert gewesen, doch jetzt überkam ihn Wut. »Ich muß sofort nach Granada, um meinem Vater und meinem Volk zu helfen.«
»Aber wie?« fragte Prinz Juan. »Die Straße können wir nicht benutzen.«
»Wir müssen zurück. Zuerst überqueren wir die Meseta, und dann nehmen wir die Straße nach Westen.« Prinz Ahmeds Herz klopfte wild. Er erinnerte sich, wie sein Vater gegen den König von Kastilien in die Schlacht gezogen war und ihn zurückgelassen hatte. Damals war er wütend gewesen, und seine Hoffnung auf eine Zukunft war verflogen, als der letzte Schall der maurischen Kriegsfanfaren in seinen Ohren verhallte. Diesmal würde er mit dem Schwert in der Hand in die Schlacht reiten! Er warf einen Blick auf Prinz Juan. Dieser Mann hätte eigentlich sein Feind sein sollen. Doch Prinz Juan erwiderte aufmerksam wie immer seinen Blick und las seine Gedanken. Eine Weile sahen sie einander an.
Schließlich schüttelte Prinz Juan traurig den Kopf. »Ich werde gegen niemanden in den Krieg ziehen«, meinte er. »Und auf keinen Fall gegen dich, Prinz Ahmed, meinen Freund, oder gegen dein Land.«
»Hast du denn keine Gefühle für dein eigenes Land?«
»Spanien ist unser gemeinsames Land. Wir sollten nicht gegeneinander kämpfen, denn so haben ausländische Mächte

ein leichtes Spiel mit uns. In der Geschichte wimmelt es von Beispielen, wozu diese Spaltung führen kann. Wenn mich mein Feind auf die eine Wange schlägt, muß ich ihm auch die andere hinhalten.«

»Aber ich bin Moslem«, gab Prinz Ahmed heftig zurück. »Ich glaube daran, daß nur die Verbreitung des Islam auf der ganzen Welt die Menschheit retten kann. Granada ist der Same, aus dem der Islam wieder wachsen wird und sich zu einem riesigen Baum entwickelt. Seine prächtigen Äste werden sich über ganz Spanien, ganz Europa und irgendwann einmal über die ganze Welt spannen, weit über die Horizonte hinaus, die er über zwei Jahrhunderte hinweg erreicht hat. Irgendwann wird er auch die unbeschreiblichen Weiten ergreifen, die zwischen dem westlichen Meer und dem Indischen Ozean liegen. Ich stamme aus Granada, und Granada wird von Eroberern bedroht. Sie sind meine Todfeinde. Deswegen muß ich alles und jeden verlassen, um ihre finsteren Pläne zunichte zu machen.«

Aaron Levi zuckte nur mit den Achseln, und Prinz Juan blickte seinen Freund traurig an. In seinen blauen Augen schimmerten Tränen. »Was willst du tun?«

Prinz Ahmed hatte endlich einen Entschluß gefaßt. »Ich werde euch sofort verlassen und auf dem schnellsten Wege nach Granada aufbrechen.« Auf einmal überkam ihn Verzweiflung, denn ihm war eingefallen, daß er sich so auch von Prinzessin Beatrice würde trennen müssen. Der allmächtige Allah würde sie von nun an beschützen müssen. »Nach meiner Ankunft in der Alhambra werde ich meinen Vater, der sicherlich hocherfreut über meine Rückkehr sein wird, bitten, euch sicher in sein Königreich geleiten und in den Palast bringen zu lassen. Dort werdet ihr Schutz finden, auch wenn ringsum der Krieg tobt. Ich schlage vor, daß ihr vier nach Jaén reitet, aber ihr müßt euch vor der kastilischen Armee in acht nehmen. Wie wir wissen, verfügt Señor Levi dort über einflußreiche Verbin-

dungsleute. Zurika kann euch in das Haus ihrer Großmutter bringen, wo ihr euch verstecken könnt.«
»Du hast recht«, antwortete Aaron Levi. »Ich schlage vor, daß wir die Meseta so rasch wie möglich in südlicher Richtung durchqueren. Dabei sollten wir parallel zur Straße reiten und dann darauf weiterreisen, nachdem wir die kastilische Armee überholt haben.« Das Funkeln in seinen dunklen Augen verriet, wie aufgeregt er war. »Ich möchte, daß du weißt, Prinz, wie dankbar ich dir und deinen Freunden bin. Ihr habt mir das Leben wiedergegeben.«
»Aber eine Sache dürft ihr nicht vergessen«, warnte Prinz Ahmed. »Vielleicht ist Hauptmann Montoya mit seinen Männern vor euch, wenn ihr auf die Straße kommt. Gebt acht, daß ihr nicht zwischen zwei feindliche Abteilungen geratet.«

Mizra hatten allen Grund anzunehmen, daß der allmächtige Allah auf seiner Seite war. Zuerst hatte er nicht den ganzen Weg nach Jaén zurücklegen müssen, um sich mit Abdul zu treffen. Und dann hatten sie drei Tage später ohne größere Schwierigkeiten Rauf ausfindig gemacht, der wie immer seinen Gemüsestand auf dem Marktplatz von Baéza bewachte. Er war ein schlanker, zierlicher junger Mann, dem das Morden im Blut lag, der grausamste von allen. Rauf war nur zu gerne bereit gewesen, sich auf das Unternehmen einzulassen, und die versprochene Belohnung lockte ihn sehr. Später, am Nachmittag des fünften Tages, waren die drei auf ihrem Weg nach Ciudad Real von einem gewissen Hauptmann Montoya und einer Abteilung kastilischer Reiter auf der Landstraße aufgehalten und verhört worden. Man hatte sie gefragt, ob sie einer Gruppe Flüchtiger begegnet seien, die versuchten, sich König Pedros Gerichtsbarkeit zu entziehen. Selbstverständlich hatte Mizra nichts als Lügen von sich zu geben, aber dank seines Geschicks war es ihm gelungen, dem Hauptmann alles Wissenswerte zu entlocken.

Durch das, was er erfuhr, änderte sich alles. Die Verfolgungsjagd war schwieriger als vermutet, doch Mizra hatte nicht vor, die Aussicht auf eine märchenhafte Belohnung so einfach fahren zu lassen. Mit diesem Geld konnte er sein Handwerk aufgeben und sich zur Ruhe setzen, wenngleich er das vermutlich nie tun würde. Er brauchte die Aufregung, das Machtgefühl, das Wissen, daß er das Schicksal anderer Menschen bestimmte. Außerdem liebte er die Spannung, die ihn überfiel, wenn er mordete. Darin unterschied er sich nicht von den anderen. Auch sie waren mordlustig, besonders der junge Rauf. Mizra wußte, daß es ein innerer Drang war, der ihn antrieb zu töten. Er geriet dadurch in lustvolle Verzückung, die sich entlud, wenn er den Dolch in den Leib seines Opfers stieß.

Nach der Begegnung mit Montoya wandte sich Mizra nach Norden, um zu dem Ort zu gelangen, wo die Flüchtigen gerastet hatten. Wieder war der gnädige Allah auf seiner Seite, denn zwei Tage später kam ihm und seinen Spießgesellen die Vorhut der kastilischen Armee entgegen. Mizra verlangte, zum Hauptmann geführt zu werden, und gab vor, wichtige Nachrichten für ihn zu haben. Dann erzählte er eine erfundene Geschichte von einem Wagen, dem sie angeblich unterwegs begegnet waren, und lockte die Kastilier so auf eine falsche Fährte. Auf diese Weise erfuhr Mizra nicht nur von dem Hinterhalt und Zurikas Befreiung, sondern auch, wo genau der Vorfall sich zugetragen hatte.

Mizra und Abdul waren zwar beide erfahrene Fährtensucher, aber es gab keine Spuren. Also überlegten sie, was sie an Prinz Ahmeds Stelle getan hätten. Da Prinz Ahmed nicht wissen konnte, daß sein Vater nicht mehr lebte, würde er wahrscheinlich den Weg durch das Bergland wählen und die Straße meiden, bis er sich in Sicherheit wähnte.

Pferdeäpfel und Hufspuren wiesen darauf hin, daß die Flüchtigen hier vorbeigekommen sein mußten. Sie hatten sich

nicht die geringste Mühe gegeben, ihre Spuren zu verwischen. Als Mizra dann schließlich die Höhle entdeckte, schlug sein Puls schneller – die Spur war offensichtlich noch heiß. Warum aber diese Verzögerung? Hatten die Flüchtigen nur für einige Tage Rast gemacht, oder war einer von ihnen verwundet? Mizra trieb seine Spießgesellen zur Eile an.
Nun standen sie im fahlen Abendlicht auf einer niedrigen Anhöhe. Ungefähr einen Kilometer vor ihnen hoben sich drei Gestalten gegen den Himmel ab. »Seht euch diese drei an. Einer von ihnen muß unser Mann sein«, bemerkte Mizra.
Raufs scharfe Augen entdeckten noch zwei Gestalten und fünf Pferde am Fuße des Hügels. Er deutete mit dem Finger auf sie. »Frauen«, stellte er fest.
Mizra wurde nach der anfänglichen Aufregung von jener eisigen Ruhe erfüllt, die er immer verspürte, ehe er zuschlug.

Als die beiden Prinzen und Aaron Levi zurückkehrten, konnte Zurika an ihren ernsten Mienen erkennen, daß etwas Schreckliches geschehen sein mußte. Scheinbar ruhig lauschte sie ihrem Bericht, aber das Herz klopfte ihr bis zum Halse. Nachdem Prinz Ahmed geendet hatte, wußte sie nicht, ob sie sich darüber freuen sollte, daß er von Prinzessin Beatrice getrennt werden würde, oder traurig, weil auch sie ihm Lebewohl sagen mußte. Das Schlimmste war die Ungewißheit. Was sich zwischen Prinz Ahmed und Prinzessin Beatrice abspielte, konnte sie nur vermuten, und deshalb hämmerten die Fragen wild in ihrem Hirn. Verheimlichten sie ihre Liebe zueinander, oder waren sie nichts weiter als Freunde? Niemand hatte bislang ihren Verrat erwähnt. Hieß das, daß man sie zwar freundlich behandelte, aber daß sie nur geduldet war? Trotzdem empfand sie Dankbarkeit für Prinz Juan und Aaron Levi, liebte Prinz Ahmed und haßte Prinzessin Beatrice.
»Wenn ich mir die Bemerkung erlauben darf, finde ich es sehr weise, daß du allein weiterreiten willst, mein edler Prinz«,

bemerkte sie zu Prinz Ahmed. Sie versuchte, mit den Augen die Dunkelheit zu durchdringen. Über ihren Köpfen flogen zwei Bussarde in Richtung Straße. Aasfresser, die es zu den menschlichen Aasfressern zieht, dachte sie. Es kümmerte sie nicht, daß Granada erobert werden sollte. Wer auf dem Thron saß, war für die Zigeuner ohne Bedeutung, denn ihr Leben änderte sich dadurch nicht.

Doch auf einmal ergriff sie eine böse Vorahnung. Würde sie zum Opfer der menschlichen Bussarde werden? Diese Frage erfüllte sie mit namenloser Trauer, und ein Gefühl der Verlassenheit bemächtigte sich ihrer. »Willst du sofort aufbrechen?« fragte sie Prinz Ahmed.

»Das muß ich in der Tat.« Ihre Niedergeschlagenheit schien ihn zu überraschen.

Doch dann gewann ihre Vernunft die Oberhand. »Das ist auch am besten«, sagte sie. »Wir werden uns verstecken, bis die kastilische Armee an uns vorbeigezogen ist, und dann nach Jaén weiterreiten.« Einer Eingebung folgend zog sie ihr geliebtes Messer heraus und hielt es Prinz Ahmed hin. »Du wirst allein reisen, Prinz. Bitte nimm das, damit du sich verteidigen kannst.« Nun hatte sie den Gegenstand weggegeben, an den sie sich bis jetzt immer geklammert hatte.

»Ich habe doch mein Schwert und meinen Dolch ...«, begann er, doch dann änderte er seine Meinung. »Es ist das Messer deines Vaters. Deshalb nehme ich es demütig an und werde es für dich aufbewahren. Du hast mir beigebracht, es zu benutzen, und ich bete darum, daß ich es nicht brauchen werde, bis ich es dir zurückgeben kann.«

Die Nachricht hatte Prinzessin Beatrice getroffen wie ein Donnerschlag. Der Gedanke, daß Prinz Ahmed fortgehen würde, erfüllte sie mit Verzweiflung. Aus tränenfeuchten Augen sah sie ihn wortlos an. Aber dann wandte sie die Augen rasch ab und blickte in die Ferne, um ihre Gefühle nicht zeigen zu müs-

sen. Wie konnte Prinz Ahmed sie verlassen, wenn er sie wirklich liebte? Diese uralte Frage hämmerte in ihrem Kopf, bis ihr die Schläfen schmerzten. Doch sie bemühte sich, ihre Fassung zu bewahren und ihr Schluchzen zu unterdrücken.
War Prinz Ahmed wirklich der Mann ihrer Träume oder hatte sie sich geirrt? »Ich möchte dich ja nicht vor den Kopf stoßen, Zurika«, wandte sie sich lächelnd an das Zigeunermädchen. »Aber wenn wir nach Jaén kommen, soll mein Bruder mich dort ins Benediktinerinnenkloster bringen, damit er und Aaron Levi sich frei bewegen können.«
»Willst du etwa Nonne werden?« fragte Prinz Ahmed.
Die Entrüstung in seiner Stimme ließ sie wieder Hoffnung schöpfen, doch sie zwang sich, kühl zu bleiben. »Nein«, antwortete sie. »Ich wünsche mir nur einen sicheren Ort, wo ich bleiben kann, ohne daß sich jemand für mich verantwortlich fühlen müßte.« Bei diesen Worten warf die Prinz Ahmed einen kurzen, vielsagenden Blick zu. »Außerdem möchte ich den Zielen eines Prinzen nicht im Weg stehen.«
Als sie erkannte, wie sehr sie Prinz Ahmed mit dieser Bemerkung verletzt hatte, überkam sie ein schlechtes Gewissen. Immerhin hatte dieser junge Mann für sie sein Leben aufs Spiel gesetzt! War das wirklich der richtige Weg, ihre Dankbarkeit zu zeigen, besonders da sie ihn liebte?
Reumütig warf Prinzessin Beatrice ihm einen sanfteren Blick zu. »Ich meine damit, daß ihr Männer zur Zeit große Aufgaben vor euch habt«, fügte sie verlegen hinzu. »Zurika wird in Jaén bei ihrer Großmutter wohnen. Ich bin euch nichts weiter als eine Last, und ihr habt alle schon zu viel für mich getan. Nun ist es an der Zeit, daß ich mich selbst um meine Angelegenheiten kümmere. Im Kloster werde ich sicher sein.«
»Aber ... aber«, stotterte Prinz Ahmed. »Was ist, wenn dich jemand erkennt?«
Seine Stimme klang so besorgt, daß Prinzessin Beatrice wieder in ihrem Glauben bestärkt wurde, daß er doch der Mann

ihrer Träume sein mußte. »Die ehrwürdige Mutter Euphrasia ist die Äbtissin dieses Klosters. Sie ist eine Base meiner Mutter Maria de Padilla. Die beiden sind sich schon seit ihrer Kindheit sehr nahegestanden, und meine Mutter hat im Laufe der Jahre dem Kloster viele Geschenke und großzügige Spenden zukommen lassen. Niemand außer Mutter Euphrasia braucht zu erfahren, wer ich bin, und sie würde lieber sterben, als mich zu verraten.«

Prinz Ahmed blinzelte. »Und was ist, wenn du doch in die Hände deines Vaters fallen solltest?« beharrte er. »Vielleicht verheiratet er dich mit König Karl dem Bösen.« Seine Stimme klang flehend.

Prinzessin Beatrice bemerkte die Funken, die aus Zurikas Augen sprühten, und erschauderte. Würde das Zigeunermädchen sie noch einmal verraten? Hatte sie einen Fehler begangen, als sie den anderen von ihrem Plan, ins Kloster zu gehen, erzählte? »Diese Gefahr besteht immer, ganz gleich, wo ich mich auch befinde, bis ich endlich in deinem Königreich bin«, erklärte sie, wobei sie sich selbstsicherer gab, als sie sich in Wirklichkeit fühlte. Trotzdem erfüllte sie die Erwähnung von König Karl mit einer düsteren Vorahnung, und ein kalter Schauer lief ihr den Rücken hinunter.

Nachdem Mizra und seine Spießgesellen ihre Beute entdeckt hatten, hatten sie ihre Pferde im Schutze eines Geröllhaufens zurückgelassen. Mizra entdeckte ein Gebüsch, das nicht weit von der Stelle entfernt war, wo die beiden Frauen mit den Pferden warteten. Er beschloß, sich dahinter zu verbergen, um die Flüchtigen besser beobachten zu können und sie möglicherweise zu belauschen. »Falls sie mich entdecken, was ich bezweifle«, meinte er mit einem selbstbewußten Grinsen, »greift nicht ein, denn ich werde mir schon eine gute Geschichte einfallen lassen. Sie werden keinen Verdacht gegen einen einzelnen Mann schöpfen, doch beim Anblick von

dreien könnten sie mißtrauisch werden. Offenbar wollen sie zur Landstraße, weil sie hoffen, ungehindert nach Granada reiten zu können. Gewiß haben sie nicht die geringste Ahnung, daß Truppen gegen Granada ziehen. Ich muß versuchen herauszufinden, was sie vorhaben.«
»Bist du dir sicher, daß das die richtigen Leute sind?« fragte Abdul. »Du hast diesen Prinz Ahmed ja schließlich noch nie gesehen.«
Abdul war vorsichtig wie immer. »Genau das möchte ich ja herausfinden.« Mizra warf einen Blick auf Rauf. Der junge Mann hatte seinen Dolch gezogen und fuhr mit dem Zeigefinger über die scharfe Klinge. Seine sonst so leblosen Augen hatten beim Anblick der Klinge einen so träumerischen Ausdruck angenommen, daß es Mizra kalt den Rücken hinunterlief. *Allah hilf, daß dieser Mann nicht zu meinem Feind wird, ehe ich die Möglichkeit habe, ihn zu beseitigen!*
Mizra deutete Raufs Schweigen als Zustimmung und kroch geschickt wie eine riesige Eidechse auf dem Bauch voran. Die Frauen blickten aufmerksam zur Spitze des Hügels auf und hatten Mizra den Rücken zugekehrt, so daß dieser unbemerkt sein Ziel erreichte. Als die drei Männer zurückkehrten, lag er schon sicher verborgen hinter einem Busch.
Er belauschte das Gespräch, das klar und deutlich über die stille Meseta zu ihm hinüberdrang. Die kastilische Armee marschierte also auf der Landstraße voran. Der dunkle junge Mann, der tatsächlich Prinz Ahmed war, wollte allein nach Westen weiterreiten. Die anderen beiden Männer und die Frauen beabsichtigten, am westlichen Fuße des Hügels zu warten, bis die kastilische Nachhut vorbeigezogen war, und hinter den Soldaten her nach Jaén zu reiten, wo die Prinzessin in einem Kloster Schutz suchen wollte. Ihr Bruder würde sie dort zurücklassen und dann mit dem Juden nach Sevilla weiterreiten, wo Aaron Levi Freunde hatte, welche ihnen helfen würden, die Alhambra zu erreichen. Mizra kannte das Kloster ziemlich gut, aber Ab-

dul, der aus Jaén stammte, würde es noch besser kennen. Als Mizra leise zu seinen Freunden zurückkroch, hatte er einen, wie er es bescheiden ausdrückte, großartigen Einfall.

Abduls Augen leuchteten freudig auf, als Mizra berichtete, was er soeben erfahren hatte. »Du bist einmalig!« rief er aus, wobei er sich aber mühte, gedämpft zu sprechen. »Beim Kriechen hast du wirklich ausgesehen, als wärst du ein Teil der Meseta, Bruder. Wenn ich nicht gewußt hätte, daß du da bist, hätte ich dich nie entdeckt.«
»Das ist nur eine Frage der Übung«, erwiderte Mizra, der sich über dieses Lob freute. »Du mußt nur alle deine Sinne darauf richten, mit der Erde zu verschmelzen, und darfst nicht mehr an dein Ziel denken, denn deine Beute könnte deine Gedanken auffangen. Und abgesehen von deinen Gedanken mußt du noch gelenkig sein.« Er blickte über Abduls Schulter. »Wie diese Schlange da drüben, die du nicht bemerkt hast, weil auch sie dich noch nicht sah.«
Sofort wirbelte Abdul herum und griff nach dem Messer an seinem Gürtel. Belustigt weidete sich Mizra an seiner Angst, während die Schlange davonkroch.
Rauf hingegen hatte sich weder gerührt noch ein Wort von sich gegeben.
»Was hast du vor, Bruder?« fragte er nun leise, während er die lange Klinge seines Messers an einem Wetzstein schärfte. Angesichts der bedrohlichen Ruhe, die der junge Mann ausstrahlte, überlief Mizra wieder ein Schauder.
»Wie unsere Opfer müssen auch wir uns trennen«, fing Mizra an und zwang sich dabei, Rauf ruhig in die Augen zu sehen. »Du und Abdul folgt denen, die nach Jaén reiten, und ich bleibe Prinz Ahmed auf den Fersen.«
In Raufs kalte Augen trat ein mörderischer Ausdruck. »Die Belohnung gibt es aber für Prinz Ahmeds Tod.«
»Aber Abdul kennt Jaén besser als den heiligen Koran.

Kannst du dir vorstellen, welche Belohnung König Pedro euch zahlen wird, wenn ihr ihm seinen Sohn, den Juden und das Mädchen Zurika ausliefert? Dann teilen wir alle Belohnungen untereinander auf.«
Rauf dachte einen Augenblick darüber nach und nickte. »Das bedeutet, daß wir sie lebend ausliefern?«
Wieder lief es Mizra kalt den Rücken hinunter. Keine Lustgefühle für dich, du mieser kleiner Dreckskerl! »Ohne Zweifel«, bestätigte er.
»Und Prinz Ahmed?«
»Tot.«
»Dann würde ich mich lieber um ihn kümmern.«
Würde er sich jetzt mit ihm herumstreiten müssen? Nun war es an der Zeit, klarzustellen, wer hier die Befehle gab. »Mein Herr«, fing er an, wobei er wieder nicht den Namen seines Auftraggebers nannte, »macht nur mit mir Geschäfte. Mein Wort wird ihm als Bestätigung genügen, daß die Tat wirklich vollbracht worden ist. Nur ich kann die Belohnung abholen und euch euren Anteil auszahlen.« Ruhig wartete er, ob seine Worte die gewünschte Wirkung zeigten.
»Und was ist, wenn dir hier draußen in der Meseta etwas zustößt? Vielleicht bringt Prinz Ahmed dich ja um.«
»Das ist ja gerade das Schöne an meinem Plan, Bruder. Denn dann können Abdul und du immer noch die Belohnung von König Pedro abholen. Außerdem«, sein Mund verzog sich zu einem bösen Grinsen, »werdet ihr für Prinzessin Beatrice noch eine weitere Belohnung bekommen.«
Rauf hob die dünnen Augenbrauen. »Von ihrem Vater?«
Mizras Gesicht war der Triumph nicht anzumerken. »Nein, von ihrem Verlobten.«
»Und wer wäre das?« wollte Abdul wissen.
»König Karl der Böse von Léon y Navarra verzehrt sich nach ihr. Wenn ihr ihm helft, sie in sein Bett zu verfrachten, wird er euch königlich dafür bezahlen.«

Wie sollte man einen einzelnen Reiter bei hellem Tageslicht auf der Meseta verfolgen, ohne daß dieser einen bemerkte? Und wie sollte man in der Nacht vorgehen, wenn man seine Beute nicht einmal sehen konnte? Das waren die beiden Schwierigkeiten, für die Mizra eine Lösung finden mußte. In früheren Jahren hatte er sich öfter als Kundschafter denn als Mörder betätigt, doch auch damals hatte er seine Opfer stets in Städten verfolgt. Falls Prinz Ahmed beschloß, im Galopp zu reiten, würde das Hufgetrappel von Mizras Pferd den Verfolger verraten. Am schlimmsten aber war, daß Mizra nicht einmal wußte, wohin Prinz Ahmed reiten wollte. Falls er ihn in der Dunkelheit aus den Augen verlieren sollte, würde er ihn nicht mehr finden.
All diese Umstände erschwerten Mizras Aufgabe nicht unbeträchtlich, weshalb er rasch einen Entschluß faßte. Es mußte noch heute nacht geschehen. Er würde Prinz Ahmed in sicherer Entfernung bis zum Abend verfolgen, dann einfach auf ihn zugaloppieren und zuschlagen.

Seit Graf Gaston Pamplona verlassen hatte, verspürte Prinzessin Mathilde eine eigenartige Leere. Ihr Lebensinhalt war in dem Augenblick dahin gewesen, als sich König Karl der Böse, der Weiberheld, der sich jede gewaltsam nahm, die ihm gefiel, wegen Prinzessin Beatrice in einen liebeskranken Jüngling verwandelt hatte. Ihr Schützling, der ihr ewige Liebe geschworen hatte, auch wenn er vielleicht aus Gründen der Staatsräson eine andere würde heiraten müssen, hatte sie im Stich gelassen!
Seit ihrer Rückkehr in den Palast von Pamplona hatte sie sich den Kopf darüber zerbrochen, ob diese eigenartige Leere, die bewirkte, daß sie sich müde, bedrückt und antriebslos fühlte, aus dem Kopf oder aus dem Herzen kam. War König Karl der wichtigste Mann in ihrem Leben gewesen oder hatte sie ihn nur benutzt, um ihren Ehrgeiz zu befriedigen und ein Kaiserreich zu regieren, damit sie sich endlich sicher fühlen konnte?

Auf dem Ritt von Toledo nach Pamplona hatte Graf Gastons Gegenwart etwas Neues in ihr angerührt. Was es auch war, konnte sie nicht genau bestimmen, aber das wollte sie eigentlich auch gar nicht. Ich bin eine erwachsene Frau, sagte sie sich, und zu alt, um mich in einen Mann zu verlieben, den ich ohnehin nie bekommen werde. Trotzdem mußte sie zugeben, daß ihr auf der Heimreise von Toledo etwas zuteil geworden war, das sie in ihrem bisherigen Leben vermißt hatte: die Gesellschaft eines Mannes, der ebenso lebenserfahren, klug und einfühlsam war wie sie selbst. Obwohl er nach ihrer Ankunft in Pamplona sehr beschäftigt gewesen war, hatte er sie täglich aufgesucht, ehe er an der Spitze einer berittenen Abteilung nach Granada hatte aufbrechen müssen. Allerdings hatten sie nie über persönliche Dinge gesprochen, sondern nur ihre Erfahrungen ausgetauscht. Trotzdem war da ein Gefühl von Nähe gewesen. Sie waren vom gleichen Schlag und wie füreinander geschaffen. Doch sie würden nie zueinander finden, da Graf Gaston seine Seele nur Gott offenlegte.
Seit der Abreise des Grafen waren einige Tage vergangen, und dennoch stand sein Bild, sein Gesicht mit den dunklen nachdenklichen Augen, das so oft von einem Lächeln erhellt wurde, unverrückbar vor ihrem geistigen Auge. Seltsamerweise fühlte sie sich abends um die Zeit, zu der sie sonst ihre tägliche Unterredung mit König Karl geführt hatte, am einsamsten. Viele Jahre lang hatten sie sich jeden Abend miteinander unterhalten, und trotzdem er sie jetzt im Stich gelassen hatte, waren ihre Zusammenkünfte eine Verbindung zur Wirklichkeit gewesen. Prinzessin Mathilde hatte inzwischen beschlossen, König Karl nicht weiter in seinem Streben nach dem Kaiserthron zu unterstützen, und der Preis dafür war, daß sie ihren Lebensinhalt verloren hatte.
Nun saß sie in ihrem Lieblingszimmer und blickte sich wehmütig um. Sie erinnerte sich, wie ihr liebster Karl, der er damals noch war, ihr nach seiner Krönung Geld gegeben

hatte, um die Räume neu ausstatten zu lassen. Obwohl die Sofas, deren schwarzweiß gestreifte Satinüberzüge mit dem Marmorfußboden und den flämischen Teppichen harmonierten, verhältnismäßig neu waren, wirkten sie so alterslos wie das riesige Gemälde von Prinz René über dem Kamin. Dagegen war der sanfte goldene Schein der Kristallampen so vergänglich wie ihr Dasein auf dieser Erde. Wie lange hatte sie noch zu leben?

»Ich habe zu lange gelebt«, sagte sie leise zu sich. Doch nach dem Tode gab es keinen Ort, an den sie gehen konnte, wenn Prinz René nicht auf sie wartete. Die Menschen gingen, wohin ihre Glaubensgrundsätze sie trugen, und Prinzessin Mathilde glaubte nicht an ein Leben nach dem Tode.

Ihr Blick fiel auf die dunklen Umrisse der Kastanienbäume vor den Balkonen, die hinter den drei großen Fenstern lagen. Plötzlich erschien ihr der Sandelholzduft aus den Duftlampen beklemmend. Sie brauchte frische Luft, doch sie hatte nicht die Kraft, sich zu erheben. Ganz gleich, wie sehr sie sich auch mühte, sie konnte es nicht. Ihr Körper und der Sessel schienen miteinander verschmolzen zu sein, ihre Beine gehorchten ihr nicht mehr.

Die Schmerzen begannen in den Oberarmen, direkt unter den Schultern, und breiteten sich wie ein Feuer zum Hals aus. Sie ergriffen die Lungen und schnürten ihr die Brust zu. O mein Gott, nur ein einziger Atemzug! Mit aufgerissenem Mund schnappte sie vergeblich nach Luft. Erst tanzte ihr ein roter Schleier vor den Augen, dann wurde es dunkel um sie. Doch trotz der entsetzlichen Schmerzen empfand sie eine innere Zufriedenheit. Endlich wußte sie, daß das Leben nach dem Tode nicht davon abhing, wohin sie ging, sondern zu wem.

»René, mon chéri«, flüsterte sie tonlos.

25. Kapitel

Prinz Ahmed sprach sein Abendgebet, während er über die Meseta ritt. Das Herz war ihm schwer, weil er Prinzessin Beatrice hatte verlassen müssen. Außerdem waren Prinz Juan, Aaron Levi und Zurika zum erstenmal seit Monaten nicht bei ihm. Sie waren seine Freunde, und bis jetzt hatte er, abgesehen von dem Diener Tarif, nie wirkliche Freunde besessen. Oft hatte er sich gefragt, was wohl aus Tarif geworden war. Würde er ihn je wiedersehen? Wann würde er wieder mit seiner geliebten Prinzessin Beatrice vereint sein? Wieder einmal lag seine Zukunft um Ungewissen, und dieser Gedanke bedrückte ihn sehr.

Während Prinz Ahmed gemächlich durch die Dämmerung trabte, fiel ihm ein, daß seine Zukunft eigentlich schon immer ungewiß gewesen war. Selbst im Schutz des Gen al Arif hatte er immer durch den Nebel der Gegenwart in die Dunkelheit gestarrt, hinter der irgendwo seine Zukunft liegen mußte. Doch er hatte weder sein Heute noch sein Morgen oder sein Schicksal bestimmen können. War das der Wille Allahs? Und nun befand er sich wieder in einer ähnlichen Lage. Dabei hatte seine Zukunft so rosig ausgesehen! Er war mit seinen Freunden und seiner geliebten Prinzessin Beatrice auf dem Weg in das Königreich seines Vaters gewesen. Doch nun war er mitten in einen Feldzug geraten, der eben jenes Königreich, von dem er sich Schutz erhofft hatte, bedrohte.

Allerdings ließ seine Aufmerksamkeit trotz dieser düsteren Gedanken nicht nach. Schon als Knabe in der Alhambra hatte er diesen sechsten Sinn entwickelt, um die kleinen Freuden der Gefangenschaft vor der Entdeckung durch Abou bon Ebben oder die taubstummen Diener zu bewahren, und die Ereignisse der letzten Monate und Wochen hatten diesen Sinn noch geschärft.

Der Abend dämmerte, und die Geräusche der Steppe waren leiser geworden. Bald würden die Tiere der Nacht sich regen. Hatte er da nicht ein leises Knirschen rechts hinter sich gehört, das nicht zu den Geräuschen der Meseta paßte? Sofort waren seine düsteren Gedanken wie weggeblasen. Offenbar drohte ihm Gefahr, und er mußte sich in acht nehmen.

Er widerstand dem Wunsch, sich nach hinten umzusehen, aber er spitzte die Ohren und ließ seinen Grauschimmel langsamer gehen. Dann hielt er plötzlich an und blickte rasch nach links und nach rechte, als ob er den richtigen Weg suchte. Wirklich hörte er einen Augenblick lang hinter sich den Hufschlag eines Pferdes, der jedoch sofort verstummte.

Er schwebte also in Gefahr. Ein Reiter verfolgte ihn. Aber warum war es nur einer? Ein Kundschafter der kastilischen Armee vielleicht? Aber das war unwahrscheinlich. Möglicherweise ein Straßenräuber? Er erschauderte bei diesem Gedanken. Hier war er nun, mutterseelenallein auf der ihm unbekannten Meseta, und spürte hinter sich einen Feind, der nicht nur die Gegend kannte, sondern ihn ganz offensichtlich verfolgte. Er wußte, daß es in den einsamen Weiten Kastiliens von Räubern wimmelte, die ständig auf der Suche nach Beute waren. Mühsam unterdrückte er den Drang, seinem Pferd die Fersen in die Flanken zu stoßen und davonzupreschen. Jetzt durfte er nichts Unüberlegtes tun; nur wenn er eiskalt und entschlossen vorging, würde er seinem Schicksal entrinnen. Sein Gehirn arbeitete fieberhaft: Er würde den Unbekannten in seinem eigenen Spiel schlagen. Also ließ er die Zügel locker und drückte mit den Schenkeln gegen den Leib des Pferdes. Das Tier gehorchte sofort und ging weiter.

Prinz Ahmed griff nach seinem Dolch, doch er zog die Hand

sogleich wieder zurück. Ein Dolch war nur im Nahkampf etwas wert. Unauffällig lockerte er sein Schwert.
Im gleichen Augenblick hörte er das Donnern von Hufen. Er lenkte sein Pferd, das sich wild aufbäumte, nach links und stieß ihm dann die Fersen in die Flanken. Da hörte er schon ein Krummschwert durch die Luft pfeifen und spürte den Lufthauch an seinem Nacken. Aber der Schlag ging ins Leere. Der Angreifer mußte also Linkshänder sein. Prinz Ahmed wandte sein Pferd in einem großen Bogen nach links und ließ es gleichzeitig einige Schritte zurückweichen. Dann stürmte er auf den Unbekannten zu, der sich nach rechts gewandt hatte, um im richtigen Winkel noch einmal zuschlagen zu können. Prinz Ahmed nahm beide Zügel in die linke Hand und griff mit der rechten an seinen Gürtel.

Würde es ihm gelingen, Zurikas Messer rechtzeitig zu ziehen? Er schob seine schweißnasse Hand unter den Gürtel und bekam die Klinge anstatt des Griffes zu fassen. Er zog das Messer und nahm die Spitze zwischen Daumen und Zeigefinger, wie Zurika es ihm beigebracht hatte. Dann hob er den Arm und zielte. Als der Angreifer schon fast an ihm vorbei war, warf Prinz Ahmed das Messer, wobei er der Geschwindigkeit seines Gegners Rechnung trug. Einen Augenblick später hörte er, wie es den Körper des Unbekannten traf, und fast gleichzeitig ertönte ein Aufschrei. Innerlich jubelnd packte Prinz Ahmed die Zügel mit beiden Händen und trieb sein Pferd zur Eile an. Er zog sein Schwert. Beim Sturz vom Pferd war der Angreifer mit einem Fuß im Steigbügel hängengeblieben. Das Tier wurde langsamer und blieb schließlich stehen, während sein Reiter reglos wie ein Mehlsack an seiner Seite baumelte. Prinz Ahmed stieg ab und blickte sich mit gezogenem Schwert um. Nichts rührte sich; nur das Pferd seines Gegners stieß ein Schnauben aus.
Immer noch wachsam näherte sich Prinz Ahmed seinem

Angreifer. Ein Stöhnen sagte ihm, daß der Mann noch lebte. Beim Näherkommen erkannte er den roten *fez*, der neben dem kahlen Schädel des Mannes auf der Erde lag, und fuhr zusammen. Dieser Mann war also ein moslemischer Bruder! Also war es um so wichtiger, daß er herausfand, wer ihn geschickt hatte, warum er ihn verfolgte, und warum er versucht hatte, ihn anzugreifen. Mit gezücktem Schwert kauerte er sich neben den Fremden, dem das Messer noch aus dem Hals ragte. Der Brust des Verwundeten entwichen rasselnde Geräusche, und aus seiner Wunde quoll das Blut. Der Mann stöhnte. »Wer bist du?« fragte Prinz Ahmed. »Warum hast du mich überfallen?«

»Ich flehe dich an ... bei Allah ... mach mich los ... ich habe entsetzliche Schmerzen.«

»Erst wenn du mir erzählt hast, was dein Auftrag war und wer dich geschickt hat.« Mit diesem Mann hatte er kein Mitgefühl. Er haßte ihn aus tiefster Seele.

»Farouk ... Riswan hat mich bezahlt. Ich habe deinen Vater umgebracht.« Die Stimme verlor sich in einem gepreßten Flüstern. »Tot ... tot.« Der Mann schnappte nach Luft, und sein Gesicht verzerrte sich. »Farouk hat mich ... Mizra ... geschickt, um dich umzubringen. Ich habe ... habe ... Abdul und Rauf geholt, damit sie mir helfen ...« Der Mann stieß noch einen gurgelnden Seufzer aus. Dann verkrampfte sich sein Körper und sank schließlich schlaff zurück. Mizra war tot. Rasch blickte Prinz Ahmed sich um, zog das Messer des Zigeunermädchens aus dem Körper der Leiche, wischte es am blutigen Gewand des Mannes ab und steckte es wieder in den Gürtel. Im stillen dankte er Zurika.

Sein Vater war also tot. Doch Prinz Ahmed empfand keine Trauer bei diesem Gedanken. Schließlich hatte er seinen Vater nie wirklich gekannt. Für ihn war er immer nur der König gewesen, der seinen Sohn von Geburt an eingesperrt und Prinz Juan verstümmelt hatte. Als Prinz Ahmed so auf der

Erde kauerte, spürte er, daß alles seine Ordnung hatte. Der allmächtige Allah wachte über ihn. Das Schicksal Mizras, der seine Untat eingestanden hatte, lag nun in Allahs Hand. Allerdings hatte Mizra noch zwei weitere Namen erwähnt: Abdul und Rauf. Wo waren sie? Prinz Ahmed sprang auf und sah sich aufmerksam um. Aber er entdeckte nur zwei Hasen. Falls sich noch mehr Mordbuben in der Gegend herumtreiben sollten, hätten sie sich gewiß schon längst auf ihn gestürzt. Er entspannte sich wieder.
Obwohl er Farouk Riswan nie begegnet war, hatte ihm Abou bon Ebben viel über ihn erzählt. Der Wesir sei ein Mann, der von unstillbarer Gier und krankhaftem Ehrgeiz getrieben werde, hatte ihm der Weise berichtet. Außerdem kenne er keine Skrupel und habe König Yusuf auf den Thron verholfen, indem er seinen Bruder habe ermorden lassen. Aber warum hatte der Wesir nun Mörder gedungen, um den König von Granada aus dem Weg zu räumen? Und warum hatte er diesen Gauner entsandt, um den rechtmäßigen Thronerben zu beseitigen? Die Antwort auf diese Fragen lag auf der Hand: Riswan wollte einen Thronfolger seiner Wahl an die Macht bringen, den er nach Belieben lenken und leiten konnte!
Eine entsetzliche Lage! Nach der Ermordung des Königs herrschte in Granada jetzt sicherlich ein heilloses Durcheinander. Überdies stand auch noch der Angriff einer feindlichen Armee bevor! Prinz Ahmed bedauerte, daß er der kastilischen Armee nicht gefolgt war. Auf diese Weise hätte er ihre Stärke ermitteln können. Doch er war davon ausgegangen, daß die Zuträger seines Vaters bereits darüber Bescheid wußten. Nun drängte es ihn mit aller Macht, Granada so rasch wie möglich zu erreichen.
Aber dann fielen ihm die anderen beiden Mordbuben wieder ein. Wenn er sich nur vorstellte, ein Messer in den Rücken oder einen Dolch in die Nieren zu bekommen, lief es ihm kalt den Rücken hinunter. Er mußte so schnell wie möglich das

Weite suchen. Alle Grundsätze des Islam, nach denen ein Leichnam ordentlich beerdigt werden mußte, waren vergessen. Prinz Ahmed dachte jetzt nur daran, seinen unbekannten Mördern zu entgehen.
Er steckte sein Schwert in den Gürtel und dankte Allah für das Messer, für Zurika und für ihren Vater, der ihr das Messer gegeben hatte. Dann zog er Mizras Fuß aus dem Steigbügel und ließ das leblose Bein auf den harten, kahlen Boden der Meseta sinken. Wie ein Bündel Lumpen lag der Mörder mit nach oben gekehrtem Gesicht da. Wie viele Menschen hatte er wohl auf dem Gewissen? Nun würden sich die Geier, Bussarde und Hyänen an ihm laben.

Vier Tage später erreichten Prinz Juan, Aaron Levi, Zurika und Prinzessin Beatrice bei Sonnenuntergang den Stadtrand von Jaén. Daß ihnen zwei Mörder auf den Fersen waren, hatten sie bis jetzt noch nicht bemerkt. In einem Wirtshaus hatten sie erfahren, daß es in der ganzen Stadt wegen der Ankunft der kastilischen Armee drunter und drüber ging und alles nur über den bevorstehenden Angriff auf Granada sprach. Offenbar bildeten sich bereits die ersten Parteien, wobei sich viele Mauren auf die Seite ihrer islamischen Glaubensbrüder stellten. Prinzessin Beatrice fing an, sich um ihren Vater und ihr Königreich zu sorgen. Es hieß, König Pedro und König Karl hätten südlich der Stadt Quartier bezogen und die Einladung abgelehnt, im alten Palastgebäude zu wohnen. Auch alle anderen Armeen wollten sich in Jaén vereinigen.
Nachdem sie übereingekommen waren, sich zuerst zum Benediktinerinnenkloster zu begeben, das nördlich von Großmutter Pilars kleiner Hütte lag, ritten sie zu zweien gemächlich nebeneinander her, um keine Aufmerksamkeit zu erregen. Prinzessin Beatrice ritt neben Aaron Levi her, Zurika und Prinz Juan folgten ihnen. Prinzessin Beatrice erinnerte sich, daß diese alte Straße, die man die Via Augusta nannte, vor

vielen Jahrhunderten von den Römern erbaut worden war und von Rom nach Cadiz führte. Da sie nun zu Pferde darauf ritt, anstatt in der geschlossenen Kutsche zu fahren, hatte sie Gelegenheit, dieses großartige Bauwerk zu betrachten, das sie bis jetzt nur aus Geschichtsbüchern gekannt hatte. Wie hatten die Römer nur solche Wunder zustande gebracht? Sie mußten gewußt haben, daß es nötig war, rasch voranzukommen, wenn man ein Imperium beherrschen wollte. Außerdem hatten sie über die Fähigkeit verfügt, Arbeitskräfte und Baustoffe bis in die entferntesten Winkel der Erde zu schaffen, und dazu noch den Mut, die Kraft und die Ausdauer besessen, jede einmal angefangene Arbeit zu beenden, ganz gleich, wie lange sie auch dauern mochte. Diese Straßen gaben römischen Bürgern Schutz, ganz gleich, wo sie lebten. »Civis Romanus sum« – ich bin ein römischer Bürger: Ein Römer, dem ein Unrecht widerfahren war, mußte nur diese Worte sprechen, und schon setzten sich die Legionen in Bewegung.
»Buenas noches!« Ein vorbeireitender Ritter, dem offenbar Prinzessin Beatrices Schönheit ins Auge gefallen war, grüßte sie. Seltsam, wie es ihm gelungen war, ein hübsches Gesicht mitten auf einer bevölkerten Straße auszumachen! Die meisten, die in Wagen unterwegs waren, hatten es ebenso eilig wie sie, die Stadttore zu erreichen, ehe sie für die Nacht geschlossen wurden. Dann würden nur noch Fußgänger durch kleine Seitenpforten die Stadt betreten können. Nur zwei Männer mit rotem *fez*, die auf Kamelen ritten, und einige Leute zu Fuß kamen ihnen von der Stadt aus entgegen.
Aaron Levi mit seiner fast unheimlichen Auffassungsgabe erriet Prinzessin Beatrices Gedanken. »Die Römer mußten Tausende von Meilen zurücklegen, um diese Straße zu bauen«, sagte er. »Unser spanisches Volk hingegen ähnelt jenem verwegenen *caballero*, der sich soeben gegrüßt hat. Die Liebe, die Musik, die Kunst und eine kräftige Rauferei – das

alles ist ihm wichtiger, als Werke für die Zukunft zu schaffen. Da die Spanier das leidenschaftlichste Volk der Welt sind, haben sie weder Zeit für lange Eroberungsfeldzüge noch für Dinge, die einer gründlichen Vorbereitung bedürfen.« Seufzend schüttelte er das Haupt. »Mein Volk hingegen«, und dabei wies er auf zwei schwarzgekleidete Gestalten, die Käppchen auf dem Kopf trugen und Stäbe in den Händen hielten, »gibt sich keinen lockeren Vergnügungen hin. Seit Jahrhunderten widmet es alle Kraft der Verteidigung Zions. Hier in Spanien allerdings gehen die Juden alltäglicheren Beschäftigungen nach als dem Krieg. Wir sind Landwirte, Geschäftsleute, Handwerker und«, bei diesen Worten grinste er, »Bankiers, was ein beschönigender Begriff für Geldverleiher ist.«

»Meine Mutter hat mir oft erzählt, daß mein Vater, König Pedro, dein Volk sehr schätzt«, sprudelte es aus Prinzessin Beatrice heraus. »Seiner Ansicht nach seid ihr das Rückgrat Kastiliens, wenn nicht gar ganz Spaniens.«

Aaron Levi runzelte die Stirn. »Wir Juden sind uns dessen bewußt, und dennoch muß ich mit allem Respekt feststellen, daß auch König Pedro sein Fähnchen nach dem Wind der katholischen Kirche hängen mußte. Erst kürzlich hat er . . .«, Aaron Levi zögerte, und Prinzessin Beatrice erkannte, daß er ursprünglich etwas anderes hatte sagen wollen. »Erst kürzlich ist er von der katholischen Kirche in Person von Bischof Eulogius stark unter Druck gesetzt worden, uns Juden zu verfolgen und uns sogar der Inquisition zu unterwerfen.« Sein Gesicht wurde ernst.

»Woher weißt du das?«

»Wir haben unsere Quellen«, erwiderte er nur kurz. In diesem Augenblick rumpelte ein Pferdewagen an ihnen vorbei, dessen Fahrer aufrecht auf dem Bock saß und seine Umgebung keines Blickes würdigte. »Das muß ein Maure sein«, meinte Aaron Levi und lenkte das Gespräch auf ein weniger

verfängliches Thema. »Siehst du seinen rasierten Kopf und seine dunkle Haut?« Er hielt inne und wies mit dem Kopf nach vorne. »Ich finde immer, daß die gedämpften Lichter einer Stadt hinter Mauern geheimnisvoll aussehen.« Er zeigte auf den Lichtschein, der sich über den dunklen Dächern der Häuser erhob. »Erfüllt dich nicht auch das Gefühl, heimzukehren, selbst wenn die Stadt dir fremd ...«
Als er rasches Hufgetrappel hörte, hielt er inne. Ein maskierter Reiter kam herangeprescht und näherte sich Prinzessin Beatrice von links. Noch ehe sie wußte, wie ihr geschah, hatte der Unbekannte schon die Zügel ihres Pferdes gepackt und zerrte so heftig daran, daß das Tier sich aufbäumte.
Vor Schrecken war Prinzessin Beatrice wie gelähmt. Die Zügel entglitten ihren zitternden Händen, und sie rutschte nach links. Inzwischen hatte der Reiter den Zügel losgelassen. Mit einer raschen Bewegung packte er Prinzessin Beatrice, die im nächsten Augenblick vom Pferd gestürzt wäre, und faßte sie mit dem rechten Arm um die Taille. Sie konnte spüren, wie stark er war. Dann stieß er seinem Pferd heftig die Fersen in die Flanken.
»Wenn du um Hilfe schreist, wird man euch alle entdecken«, rief der Fremde über die Schulter hinweg Aaron Levi zu.
Prinzessin Beatrice begriff inzwischen, was vor sich ging, und fing an, sich heftig zu wehren.
»Hör mit dem Gestrampel auf«, zischte der Mann. »Ich heiße Rauf und komme von Prinz Ahmed. Er hat mich geschickt, um dich vor einem Hinterhalt zu retten.«
Als Prinzessin Beatrice Ahmeds Namen hörte, klopfte ihr das Herz bis zum Hals. Sie hörte auf, sich zu sträuben. »Aber du hast meine Freunde ihrem Schicksal überlassen.«
»Es sind König Karls Männer, die dir auflauern. Sie haben es nicht auf deine Freunde abgesehen, sondern nur auf dich allein.« Er machte eine Pause. »Willst du dich jetzt vor mir in den Sattel setzen?« Beim Lächeln entblößte er weiße Zähne.

»Ich bin schließlich kein Gewichtheber, und du wiegst nicht eben wenig. Bald fällt mir der Arm ab.«
Sein scherzhafter Tonfall zerstreute ihre Befürchtungen, obwohl sie sich ihm gegenüber immer noch ein wenig unbehaglich fühlte. Was er gesagt hatte, ergab Sinn. Wie sonst hätte ein Fremder wie er etwas von König Karl wissen können?
»Warum die Maske?« fragte sie.
»Was glaubst du? Soll man mich etwa erkennen?«
Auch das ergab Sinn. Während sie sich von der Stadt entfernten, kletterte sie vor ihn auf den Sattel. Er roch abscheulich, obwohl er sich reichlich mit Sandelholzparfüm überschüttet hatte. Bald gelangten sie wieder auf die Landstraße. Die Menschen, die unterwegs waren, sahen sie nur neugierig an, als sie wie Geister aus der Dämmerung auftauchten. Da die meisten in die Stadt wollten, hatten sie freie Bahn, und Rauf ritt schnell dahin. Prinzessin Beatrice versuchte zurückzublicken, aber der Körper des Reiters war ihr im Weg. »Wo sind meine Freunde?« fragte sie.
Sein Lachen klang ehrlich. »Keine Sorge. Der Jude folgt uns, und die anderen beiden kommen sicherlich hinterdrein. Bald werdet ihr alle wieder vereint sein.«
»Und Prinz Ahmed?«
»Er erwartet uns auf der Straße; es ist nicht mehr weit.«
Und wirklich hörte sie hinter sich Hufgetrappel. Als sie sich vorstellte, wie Aaron Levi im Sattel auf und nieder hüpfte, war sie wieder beruhigt, und als ihr eigenes Pferd neben ihnen auftauchte, machte sie sich keine Sorgen mehr.
Rauf ritt in raschem Galopp weiter. Bald war die Straße bis auf einen gelegentlichen Fußgänger menschenleer. Auf einmal bog er in einen Feldweg ein.
»Wohin reiten wir?« fragte Prinzessin Beatrice.
»Dorthin, wo Prinz Ahmed dich erwartet.«
»Aber er ist doch auf dem schnellsten Wege nach Granada aufgebrochen!«

»Aus Liebe zu dir hat er seinen Plan geändert.«
Freude ergriff sie, und sie konnte vor Glück kaum noch an sich halten. *O Heilige Jungfrau Maria, o Jesus Christus, ihr habt meine Gebete erhört!*

Trotz des Lärms auf der Straße hatte Zurika Aaron Levis Rufe gehört. »Der Señor!« schrie sie, hielt an und drehte sich im Sattel herum. Sie packte Prinz Juan beim Arm.
Obwohl er nichts hören konnte, spürte auch Prinz Juan die Gefahr und wandte sich um. Aaron Levi hatte verzweifelt die Arme zum Himmel erhoben. Ohne zu zögern preschte Prinz Juan zurück und gab Zurika ein Zeichen, ihm zu folgen. Daß er dabei einem Mann, der ihnen auf einem Maulesel entgegenkam, den Weg abschnitt, kümmerte ihn nicht. Zurika hielt am Straßenrand an und sah sich suchend um. In der Ferne entdeckte sie einen Reiter, der eine Frau um die Taille gepackt hielt und über die Felder davongaloppierte. Aaron Levi folgte ihm auf den Fersen. Sofort stürmte Prinz Juan den Reitern hinterdrein.
Prinzessin Beatrice war entführt worden. Aber von wem? Zuerst sorgte sich Zurika um ihre eigene Sicherheit, doch dann überfiel sie wilde Freude. Endlich war ihre Nebenbuhlerin aus dem Weg geräumt! Warum sollte sie sich also an der Verfolgungsjagd beteiligen? Am besten ritt sie einfach weiter zu Großmutter Pilar. Doch dann meldete sich die Zigeunerin in ihr: Freunde durfte man nicht im Stich lassen! Also folgte sie den anderen, ohne auf die Fragen zu achten, die die Schaulustigen auf der Straße ihr nachriefen. Da die Leute weder helfen noch ihre Neugier befriedigen konnten, würden sie sicher bald wieder ihrer Wege gehen. Vielleicht würde der eine oder andere den Vorfall bei den Wachen melden, und die würden nur die Achseln zucken und den Vorfall als Verzweiflungstat eines unglücklichen Liebhabers abtun. Eine Zeitlang würde man noch über das Ereignis reden, aber niemand würde helfen. So war das Leben nun

einmal; niemand mischte sich gern in die Angelegenheiten anderer ein.
Zurika wußte kaum, wo sie sich befand, als sie den drei Reitern und Prinzessin Beatrices reiterlosem Pferd wieder zur Landstraße folgte. Bald hatte sie den Feldweg erreicht, in den der Entführer eingebogen war, und bemerkte, daß Prinzessin Beatrice sich nicht mehr wehrte. Aber dieser Mann konnte doch gewiß kein Freund sein! Sie waren doch Flüchtlinge, und Flüchtlinge hatten keine Freunde.
Zurika folgte dem Feldweg, der nach einigen Kilometern in einem düsteren Olivenhain endete. Dort verlor sie die anderen aus den Augen. Es war so finster, daß sie den Weg kaum ausmachen konnte. Am Ende des Olivenhains kam sie an ein offenes Tor. Dahinter lagen ein kleines Feld und eine weiße Hütte, aus deren beiden Fenstern ein gelber Lichtschein drang.
Aaron Levi und Prinz Juan waren vor dem Tor stehengeblieben und sahen sich verwundert um. Prinzessin Beatrice und ihr Entführer waren verschwunden. Zurika hielt neben den beiden an, während Aaron Levi Prinz Juan beim Arm faßte und auf die Hütte deutete. Sofort zog Prinz Juan sein Pferd und wandte sich nach links; Aaron Levi ritt mit gezücktem Stab nach rechts.
Ein entsetzlicher Fehler! Alles in Zurika hätte am liebsten laut aufgeschrien: Diese Leute wollen nur erreichen, daß ihr euch trennt! Sie stieg ab und schlich zur rechten Seite der Hütte hinüber. Ein eigenartiges Pfeifen, ein Röcheln und das Wiehern eines Pferdes erinnerten sie an etwas. Erst kürzlich hatte sie diese Geräusche gehört! Als sie um die Hütte herumging, erblickte sie eine große Scheune, die zwischen Bäumen auf einem kleinen Feld stand, wo Kühe grasten. Einige Ziegen glotzten sie dümmlich an.
Dann entdeckte sie zwei dunkle Gestalten und zwei reiterlose Pferde und wußte sogleich, was geschehen war. Der Entfüh-

rer war zuerst in die Scheune geritten und hatte Prinzessin Beatrice dort zurückgelassen. Todesangst ergriff Zurika. O Gott, nicht noch mehr Gewalt! Dann hatten der Entführer und ein wartender Spießgeselle Prinz Juan und Aaron Levi Schlingen um den Hals geworfen und sie vom Pferd gezerrt. Nun lagen ihre Freunde reglos im Gras.

All das war reibungslos und rasch vor sich gegangen. Die Entführer mußten über einige Erfahrung auf diesem Gebiet verfügen! Ihr blieb nichts anderes übrig, als zu fliehen und ihre Freunde später zu befreien. Als sie sich umwandte, um davonzulaufen, stolperte sie über einen Stein. Sie griff nach ihrem Messer, aber es war nicht da – sie hatte es ja Prinz Ahmed gegeben! Blitzschnell sprang sie auf, rannte zu ihrem Pferd hinüber und warf sich in den Sattel. Hinter sich hörte sie auf dem Kiesweg Fußgetrappel. Das Herz klopfte ihr bis zum Halse, als sie die Fersen so fest wie möglich in die Flanken des Pferdes stieß. Aber das Tier schoß so plötzlich voran, daß es unter ihr davonglitt.. Mit einem dumpfen Krachen fiel sie zu Boden. Sie schnappte nach Luft. Die Augen vor Schmerz fest zusammengekniffen, stemmte sie die Handflächen gegen den Erdboden und versuchte, sich aufzurichten. *Herr Jesus Christus, rette mich!* Doch im gleichen Augenblick warf sich schon ein Mann auf sie, so daß sie keine Luft mehr bekam. Eine geübte Hand fand die Vene an ihrem Hals. Der üble Geruch des Mannes stieg Zurika in die Nase, dann wurde ihr schwarz vor Augen.

TEIL III

Autodafé

26. Kapitel

Die hölzerne Tür des kleinen Raums wurde rasch aufgerissen, und Prinzessin Beatrice erkannte im dämmrigen Licht der Öllampe voller Schrecken die massige Gestalt von König Karl dem Bösen.

Nachdem sie und ihre drei Begleiter am vergangenen Abend von Rauf und Abdul überfallen worden waren, hatte sie voller Angst den leeren Blick in den Augen der beiden Männer wahrgenommen. Die letzte Nacht war entsetzlich gewesen, denn die beiden Entführer hatten sie, Prinz Juan, Aaron Levi und Zurika gefesselt und geknebelt auf Strohballen in der Scheune geworfen. Abgesehen davon, daß die Lage an sich beängstigend war, hatten das Quietschen der Ratten, das Rascheln der Käfer, die Flöhe und der dumpfe Geruch modrigen Strohs das ihre dazu beigetragen, um ihre Furcht noch zu steigern.

Zum Abendessen hatte es Brot und Käse gegeben. Die beiden Männer hatten ihnen zwar die Knebel abgenommen, damit sie etwas essen konnten, aber sie waren danebengestanden, um es ihnen unmöglich zu machen, miteinander zu sprechen. Nach dem Essen hatten die Entführer abwechselnd vor der Tür der Scheune gewacht, was zumindest den Vorteil hatte, daß die Gefangenen sich bemerkbar machen konnten, wenn sie ein menschliches Rühren überfiel. Bei ihren beiden Besuchen auf dem Abtritt, wo es so abscheulich stank, daß Prinzessin Beatrice es kaum über sich brachte, ihre Notdurft zu verrichten, hatte sie festgestellt, daß weit und breit keine anderen Menschen lebten.

Wenigstens machte der Knebel für Prinz Juan keinen Unterschied, dachte Prinzessin Beatrice bitter, aber die quälende Ungewißheit mußten sie alle gemeinsam erdulden. Was hatten ihre Entführer mit ihnen vor?
Prinzessin Beatrice wußte noch immer keine Antwort auf diese Frage, als man sie am nächsten Tag vor Morgengrauen allein hinüber zur Hütte brachte. Zuerst nahm sie an, daß die Männer ihr Gewalt antun wollten, doch statt dessen nahmen sie ihr Knebel und Fesseln ab. Dann führte man sie in ein kleines Zimmer, in dem ein Feldbett, ein aus rohen Brettern gezimmerter Tisch, zwei Schemel und ein Waschtisch standen. Man brachte ihr eine hölzerne Wanne mit Wasser, einen Kamm, eine Bürste, einen Spiegel und Waschutensilien. Außerdem bekam sie sogar Kleider zum Wechseln aus Zurikas Gepäck und ein Frühstück, das aus Trockenfisch und einer süßen Orange bestand. Während der ganzen Zeit hüllten sich ihre Entführer in finsteres Schweigen.
Warum erfuhr sie nun auf einmal diese Sonderbehandlung? Die Frage ängstigte sie. Wahrscheinlich wollten die Männer sie möglichst unversehrt zu ihrem Vater zurückbringen und hofften auf eine große Belohnung. Als sie Rauf fortreiten hörte, kurz nachdem das Krähen der Hähne und das Mekkern der Ziegen den neuen Tag ankündigten, wurde ihr diese Vermutung zur Gewißheit.
Am Nachmittag dann erkannte sie an dem Hufgetrappel, Raufs leisen Worten und den gebrüllten Befehlen, daß offenbar Soldaten eingetroffen waren. Sie unterdrückte den Drang, um Hilfe zu rufen. Zu ihrer Überraschung allerdings gingen die Neuankömmlinge wieder, ohne die Hütte betreten zu haben, doch durch einen Ritz im Fensterladen erkannte sie, daß die Männer die Uniform von Bischof Eulogius' Leibwache trugen. Als sie wieder davonritten, hatten sie Zurika und Aaron Levi bei sich.
Warum nur diese beiden? Warum nicht auch Prinz Juan und

sie selbst? Und warum die Männer von Bischof Eulogius? Was sollte der Bischof mit einem Juden und einer Zigeunerin anfangen? Die Frage hämmerte in ihrem Kopf. Gewiß, so folgerte sie, hielt man sie und Prinz Juan hier zurück, um sie ihrem Vater zu übergeben. Was konnte sie tun, um ihrem Schicksal, das hieß, der Ehe mit König Karl dem Bösen zu entrinnen? Prinz Ahmed hatte sie schon einmal gerettet. Würde er wiederkommen? Doch soviel durfte sie nicht erwarten. Wie mochte es ihm wohl ergangen sein? War er in Sicherheit? Den Rest des Tages verbrachte sie in Hoffnungslosigkeit und abgrundtiefer Verzweiflung. Sie gab sich selbst die Schuld am Schicksal ihrer Freunde und warf sich immer wieder auf die Knie, um zu Gott, Jesus Christus und zur Jungfrau Maria zu beten.

Als Prinzessin Beatrice später am Abend wieder auf dem kahlen Fußboden kniete, erinnerte sie sich an ihr bequemes Gebetskissen im Palast von Toledo. Sehnte sie sich etwa wieder zurück hinter seine sicheren Mauern?

Doch in diesem Augenblick wurde die Tür krachend aufgerissen.

Sie sprang auf und starrte den vierschrötigen König Karl entsetzt an. Dieser stand breitbeinig und mit in die Hüften gestemmten Armen in der Tür. Trotz seines purpurroten und goldenen Gewandes sah er immer noch aus wie ein wütender Bulle. Plötzlich dämmerte es ihr, warum man sie so zuvorkommend behandelt hatte. Man wollte sie nicht zu ihrem Vater zurückbringen, sondern an König Karl verkaufen! Und ihm würde sie nicht entfliehen können. Selbst Gebete konnten nun nicht mehr helfen.

König Karl mußte ihre Furcht gespürt haben. Eigenartigerweise wurden seine Gesichtszüge weicher. Er verneigte sich tief und legte die rechte Hand aufs Herz. »Jetzt bist du in Sicherheit, Prinzessin«, meinte er beruhigend.

Was ging hier vor? Wollte dieser Mann, der bekanntermaßen

ein Ungeheuer in Menschengestalt war, sie vor dem Tode erretten, um ihr etwas noch viel Schlimmeres zuzufügen?
»Wirst du mich also zu meinem Vater zurückbringen, edler König?«
Statt einer Antwort hielt er ihr entgegen, was er bis jetzt hinter seinem Rücken verborgen hatte – einen riesigen Strauß roter Rosen. Mit den Blumen in der Hand trat König Karl vor und schloß die Tür hinter sich. Dann blieb er vor ihr stehen und vollführte noch einmal eine tiefe Verbeugung. »Diese Rosen sind rot, weil sie angesichts deiner Schönheit vor Scham erröten«, knurrte er, aber seine Stimme klang belegt.
Diese poetische Bemerkung stürzte Prinzessin Beatrice in Ratlosigkeit. Schließlich wußte alle Welt, daß König Karl der Böse schon so manche Frau geschändet hatte! Beatrices Dienstboten hatten getuschelt, daß Frauen für ihn nur dazu da waren, seine unstillbaren Gelüste zu befriedigen. Und nun stand er vor ihr und benahm sich wie ein liebeskranker Jüngling! Da sie nicht wußte, was sie antworten sollte, besann sie sich auf ihre Rolle als Prinzessin. »Edler König, du äußerst hier Gefühle, die so nobel sind wie deine Haltung.« Sie vollführte einen tiefen Knicks, nahm den Strauß entgegen und hielt ihn sich an die Nase, um seinen Duft zu riechen. Das half ihr, ihre Angst ein wenig zu unterdrücken, doch sie vermied König Karls liebestrunkenen Blick.
»Dann brauchst du nur noch heimzukehren«, erklärte er. Seine Stimme klang plötzlich heiser.
»Mein König, ich würde lieber in Jaén ins Kloster eintreten, als nach Toledo zurückkehren.«
»Ich habe nicht von Toledo gesprochen, sondern von meinem Palast in Pamplona«, widersprach er ihr sanft. »Ich möchte dich heiraten.«
Überrascht hob sie den Kopf und sah ihn zum erstenmal an. Der sanfte Ausdruck in seinen sonst so wilden Augen verblüffte sie. »Doch das ist nicht mein Zuhause«, wandte sie ein.

»Von nun an wird es das sein. Ich habe im Turnier deines Vaters deine Hand gewonnen. Daß ein Unbekannter, der nicht berechtigt war, daran teilzunehmen, mich zufällig besiegte, zählt nicht.« Ein zorniger Unterton lag in seiner Stimme. »Ein Grund meines Hierseins ist es, mich an diesem Mauren für die Beleidigung zu rächen. Die Turnierrichter haben mich zum rechtmäßigen Sieger erklärt. Erst heute nachmittag hat dein Vater ihren Spruch bestätigt, indem er sein Siegel unter das königliche Edikt setzte. Nachdem ich deine Hand gewonnen habe, schöne Prinzessin, werde ich dich nun zu unserem Palast geleiten, wo ich darauf hoffe, dich zu ehelichen, aber erst nachdem ich auch dein Herz gewonnen habe.«

Seine Stimme klang so bescheiden und gleichzeitig so würdevoll, daß sie nicht wußte, ob sie ihm ins Gesicht lachen oder ihn bemitleiden sollte. Trotzdem spürte sie zum erstenmal, daß sie die Fäden in der Hand hatte. Dieser Schürzenjäger liebte sie ja tatsächlich! Sicherlich würde er dann auch Verständnis für ihre Liebe zeigen und sich erweichen lassen, wenn sie für Prinz Ahmed bat. »Wie du weißt, mein König, habe ich mein Land und mein Erbe verlassen und bin mit Prinz Ahmed von Granada geflohen«, begann sie.

»Aber dein Bruder Prinz Juan und andere waren doch die ganze Zeit dabei, so daß nichts Unkeusches vorgefallen sein kann?« Klang seine Stimme nicht auf einmal besorgt?

»*Ciertamente*, edler König. Und du sollst wissen, daß Prinz Ahmed mir kein einziges Mal zu nahe getreten ist.«

»Gewiß ist es ihm nicht gelungen, da du aufgrund deiner Keuschheit die nötige Vorsicht walten ließest. Schließlich weiß man ja, wozu diese barbarischen Mauren in der Lage sind.«

»Prinz Ahmed ist kein Barbar!« widersprach sie.

König Karls Augen blitzten zornig, und Prinzessin Beatrice beobachtete überrascht, wie plötzlich sich sein Gesichtsausdruck veränderte. »Du verteidigst den Mann, der dich geraubt hat?« fragte er drohend.

Prinzessin Beatrice überhörte den unheilverkündenden Unterton in seiner Stimme. »Er hat mich nicht geraubt, edler König. Er ist mein Ritter und mein Befreier.«
König Karl blieb der Mund offenstehen. Ungläubig starrte er sie an. Als er weitersprach, stieß er bei jedem Wort mit dem Zeigefinger nach ihr. »Du ... erkennst ... einen heidnischen Mauren ... als deinen Ritter ... an?«
Sie hob das Kinn. »Mit Stolz, edler König!«
Er holte aus und schlug ihr mit dem Handrücken ins Gesicht, daß ihr Sterne vor den Augen tanzten. Ein höllischer Schmerz schoß ihr durch den Kopf, und sie taumelte zu Boden. Benommen stützte sie die Handflächen auf und versuchte, sich zu erheben, aber noch ehe sie die Augen öffnen konnte, hatte er sich schon auf sie geworfen. »Du dreckige Hure, du hast für einen Heiden die Beine breit gemacht. Jetzt kannst du das auch für mich tun!«
Sein Gewicht drückte sie nieder, daß sie nicht mehr atmen konnte. Ein erstickter Schrei entfuhr ihrem Mund, und sie trommelte hilflos mit den Fäusten gegen seine Brust.
»Du kannst schreien, soviel es dir Spaß macht, du Hure! Du bist genau so ein Dreckstück wie meine Mutter.« Seine heißen, sabbernden Lippen suchten die ihren, und mit der freien Hand riß er ihr die Bluse vom Leibe. Als ihre Brüste entblößt vor ihm lagen, meldete sich ihr Schamgefühl, und sie wehrte sich um so heftiger. Sein Geschlecht preßte sich gegen ihren Schoß. Mit einer heftigen Bewegung schob er ihr den Rock hoch.
O Horn, rette mich!
Durch den Nebel der herannahenden Ohnmacht spürte sie den scharfen Schmerz, als er ihre Jungfräulichkeit zerstörte. Sie war geschändet worden.
»O mein Gott! O Heilige Jungfrau Maria!«
Sie schrie auf. Ehe ihr die Sinne schwanden, fühlte sie noch, wie er von ihr Besitz ergriff.

Zurika und Aaron Levi waren von den Wachen des Bischofs nach Jaén gebracht worden. Zurika, die dem purpurrot gewandeten Bischof noch nie begegnet war, hatte inzwischen erfahren, daß er Eulogius hieß. Als die geschlossene Kutsche, in die man sie und Aaron Levi geworfen hatte, über einen gepflasterten Hof rumpelte, erkannte Zurika, daß sie sich nun in einem Kloster in Jaén befanden. Um welchen Orden es sich handelte, war ihr ziemlich gleichgültig. Aber warum brachte man sie nun zum Haus des Bischofs und nicht zu König Pedro? Sie spürte, daß Aaron Levi die gleiche Frage beschäftigte, obwohl er schwieg. Da noch zwei Wachen im Wagen saßen, hatten sie nicht miteinander sprechen können, doch der Jude hatte versucht, sich heiter zu geben. Also war sie seinem Beispiel gefolgt – Juden und Zigeuner hatten viel gemeinsam, denn sie waren beide unterdrückte Völker!
Endlich hielt die Kutsche an. Die Tore des Klosters öffneten sich, und ein goldener Lichtstreifen fiel auf den Weg. Als Zurika aus der Kutsche stieg, erblickte sie einen riesigen gepflasterten Hof, der von Fackeln erhellt wurde. Ringsherum wuchsen in einer Reihe dunkelgrüne Zypressen. Die erleuchteten Fenster des düsteren dreistöckigen Gebäudes warfen ein Muster aus Rechtecken an die Wand. Zurika und Aaron Levi schritten durch eine hohe hölzerne Doppeltür in eine helle Eingangshalle. Dort wies der Hauptmann der Wache Aaron Levi an, zu warten, während man Zurika einen langen Korridor mit Marmorfußboden entlangführte. Dieser war mit einem roten Teppich bedeckt, und an den kahlen, weißen Wänden hingen Fackeln in Messinghaltern. Am Ende des Ganges bogen sie rechts in einen Torbogen und stiegen zwei Treppen hinauf, auf denen ebenfalls ein roter Teppich lag. Oben angekommen, wandten sie sich wieder nach rechts und schritten einen Korridor entlang, der zu einer hölzernen Tür führte. Verglichen mit dem Erdgeschoß fühlte man sich in diesem Stockwerk wie in einer anderen Welt. Der Teppich

war viel prunkvoller, die Fackelhalter an der Wand bestanden aus purem Gold, die Griffe der Fackeln waren aus Kristall, und entlang der Wände befanden sich dunkelrote Mahagonisäulen, die Heiligenstatuen aus Alabaster trugen.
Der Hauptmann der Wache klopfte an die Tür.
»Herein!« Die Stimme, die gedämpft an Zurikas Ohr drang, klang volltönend und erinnerte sie an den Pfarrer in der Kirche.
Der Hauptmann öffnete die Tür. »Deine Gefangene, Bischof!« verkündete er und bedeutete Zurika, einzutreten.
Während die Tür hinter Zurika ins Schloß fiel, sah sie sich in dem geräumigen Gemach um. Vor den Fenstern, die auf den Hof hinausgingen, befand sich ein Balkon. Auf dem Boden lagen prächtige Teppiche, die vergoldeten Möbel waren mit üppigem rotem Samt gepolstert, die Hängelampen bestanden aus Kristall, die Statuen aus Marmor. Dann erblickte sie eine Gestalt am gegenüberliegenden Ende des Raumes.
Sie hatte ihn sich groß, hager und streng vorgestellt. Und nun stand sie vor einem kleinen, dicklichen Männchen in purpurrotem Gewand. Der Bischof hatte runde, rosige Wangen und Augen, die auch aus der Entfernung blau aussahen. Sie machte einen unbeholfenen Knicks.
»Komm herüber, mein Kind.« Die Stimme des Bischofs war so sanft wie sein Gesichtsausdruck.
Während er zusah, wie sie zu ihm hinüberging, trat ein merkwürdiger Ausdruck in seine Augen. »Du verfügst über eine außergewöhnliche Schönheit, wild, aber jungfräulich«, stellte er fest, als sie vor ihm stand. Sein Blick glitt langsam über ihren Körper und tastete genüßlich jede Rundung ab. Zurika begann, sich unbehaglich zu fühlen. War dieser Mann wirklich ein Priester, ein Bischof dazu? Mit seinen blauen Augen sah er sie an. »Und du bist tatsächlich noch Jungfrau?«
Diese peinliche Frage ließ ihr die Schamesröte in die Wangen

steigen. Doch dann ergriff sie Wut, und sie starrte ihn nur wortlos an.
Er mußte ihre Gedanken erraten haben, denn sein Blick wurde eiskalt. »Du schwebst in äußerster Lebensgefahr, Zigeunermädchen, und nur ich kann dich retten.« Er hielt inne. »Erwiesenermaßen hast du einen Mord begangen und mußt dich dafür vor einem Gericht des kastilischen Königs verantworten. Außerdem klagt man dich wegen Gotteslästerung und Hexerei an, weshalb du gegenwärtig Gefangener der katholischen Kirche bist. Ich habe darum gebeten, dich mir zu übergeben, und König Pedro hat sich gnädig bereit erklärt, seine Rechte hinter die der Heiligen Kirche zurückzustellen. Verstehst du, was ich sage?«
Zurikas Wut war bei seinen Worten der Angst gewichen. Sie blickte zu Boden. »Ja«, antwortete sie.
»Wenn du die Heilige Kirche zufriedenstellst, wird sie ihren Einfluß geltend machen, um dich vor dem weltlichen Gericht zu bewahren. Verstehst du auch das?« Er sprach immer noch leise und war in einen leichten Singsang verfallen.
»Jawohl.« Sie zögerte. »Und wie kann ich die Heilige Kirche zufriedenstellen?«
»Ah! Ich freue mich, daß du Vernunft annimmst.« Mit einem seiner pummeligen Finger berührte er ihre Wange. »Was für ein schönes Mädchen! Aber du hast mir meine Frage noch nicht beantwortet. Die Heilige Kirche braucht Jungfrauen, weil sie rein sind und sich noch nicht durch die Sünde der Fleischeslust beschmutzt haben. Genauso haben es die alten Römer mit ihren Vestalinnen gehalten. Ich wiederhole: Bist du noch Jungfrau?«
Durfte der Bischof sie denn so etwas fragen? Hatte sie ihn vielleicht falsch eingeschätzt? Schließlich waren ja auch die Nonnen, die Bräute Christi, Jungfrauen. »Ich bin Jungfrau«, antwortete sie leise und sah ihn kurz an.
»Ah, das trifft sich gut!« Die Lüsternheit in seinem Blick war

unmißverständlich. Zurika konnte ihr Zittern kaum unterdrücken, und wieder ergriff sie Wut. Dieser kleine Heuchler war um keinen Deut besser als Majo, eher noch schlimmer, da er ja Bischof war!
»Zieh deine Kleiner aus, Jungfrau, und zeige der Heiligen Kirche deine Reinheit.« Die Lüsternheit in der Stimme des Bischofs erinnerte sie ebenfalls an Majo. Nun kannte ihr Zorn kein Halten mehr.
Als er die Hand ausstreckte, um ihre Wange zu berühren, spuckte sie ihm ins Gesicht.

Er hatte sich Mut angetrunken, als er zu Prinzessin Beatrice geritten war, um um ihre Hand anzuhalten. Doch sie hatte ihn zurückgewiesen, was ihn in unglaubliche Wut versetzt hatte. Enttäuschung, verletzter Stolz und Zorn hatten ihn mit solcher Wut übermannt, daß sein Drang, sie zu bestrafen, nicht mehr zu unterdrücken war – Karl der Liebhaber hatte sich wieder in Karl den Bösen verwandelt. Deswegen hatte er sich auf sie gestürzt. Er verzehrte sich nach ihr, weil sie so große Ähnlichkeit mit seiner Mutter besaß, so daß er erst nach dem drittenmal erschöpft von ihr abließ. Danach lag er noch keuchend und schwitzend eine Zeitlang auf ihr und wischte sich dann mit dem Handrücken über den Mund. Dann betrachtete er triumphierend ihre reine Schönheit. Bei Gott, was für eine wunderbare Frau! Und dazu ein Ebenbild seiner Mutter! Als er sie nahm, hatte er es endlich gleichzeitig auch dieser dreckigen Hure besorgt!
Er wälzte sich von ihr herab, erhob sich und zog sich die Hosen hoch. Doch beim Anblick ihres zerschrammten Gesichtes kehrten seine zärtlichen Gefühle zurück. Dann erblickte er die Rosen, die verstreut auf dem Boden lagen, und das Blut auf ihrem Unterrock und ihren Schenkeln, und all seine Hoffnungen waren dahin. Was hatte er getan? Der Teufel in ihm, dem er in all den Jahren freie Hand gelassen

hatte, hatte seine Zukunft zerstört! Tränen traten ihm in die Augen, und ein wilder Schrei entrang sich seiner Kehle.
Doch bald hatte er sich wieder gefaßt. Sie hatte kein Recht, ihm zu widersprechen oder sich einfach einen anderen Liebhaber zu nehmen! Hastig zog er sich an. Aber im gleichen Augenblick brachte ihn ein neuer Gedanken zurück in die Wirklichkeit. Was hatte er getan? Er hatte die Tochter seines Verbündeten, des Königs von Kastilien, geschändet; die Thronerbin, und das noch dazu auf dem Gebiet ihres Königreiches! Eine entsetzliche Untat, die sicherlich Folgen haben würde. Und hier stand er nun, in einem fremden Land, und hatte nur einige Soldaten, um sich König Pedros Heer entgegenzustellen. Man würde ihn gefangennehmen und hinrichten!
Er mußte fort. Sollte er zur westlichen Landstraße fliehen, sich Graf Gaston anschließen und nach Pamplona zurückkehren? Damit wären all seine Zukunftspläne dahin! Das war ein hoher Preis für einige Minuten der Verzückung, doch wenigstens würde ihm sein eigenes Königreich nicht verlorengehen. Er fragte sich, wie Graf Gaston die Nachricht wohl aufnehmen würde. Und Prinzessin Mathilde? Nun, sie sollten sich zum Teufel scheren! Er hatte das Mädchen genommen, und er würde die Folgen dafür tragen. Schließlich hatte sie nicht das Recht gehabt, ihn zurückzuweisen! Sein Blick fiel wieder auf Prinzessin Beatrices Gesicht. War sie ein so großes Opfer wert? Er konnte sich diese Frage nicht beantworten, doch es war ihm bislang immer gelungen, die Folgen seines Handelns aus dem Wege zu räumen, und das würde er auch heute wieder tun. Sollte er sie töten und den Entführern die Schuld dafür in die Schuhe schieben? Dieser Gedanke gefiel ihm vortrefflich.
Er bückte sich und legte die Hände um ihren schlanken, weißen Hals. Doch dann gewann seine Bauernschläue die Oberhand. Diese besinnungslose Frau konnte niemandem

erzählen, was vorgefallen war. Besser war es, sie am Leben zu lassen. Dann stand sie ihm auch weiterhin zur Verfügung, und er konnte sie benutzen, um sein Bündnis mit Kastilien zu stärken.

Auf einmal wußte er, was zu tun war.

Er stapfte aus dem Zimmer und schloß hinter sich sorgfältig die Tür, damit niemand hineinsehen konnte. Draußen vor der Eingangstür stand Abdul, der hastig vor ihm auf die Knie fiel und sich dann mit einem finsteren Grinsen die Hände rieb.

»Bist du zufrieden, mein König?«

»Nicht wirklich«, antwortete König Karl barsch.

»Wird die Prinzessin dich begleiten, mein König?«

»Sie ist keine Prinzessin.«

»Was?« Ein gefährliches Glitzern trat in die Augen des Entführers. »Bekommen wir also keine Belohnung?«

»*En verdad*, die sollst du trotzdem bekommen. Du hast doch die beiden Schatullen mit Gold und Juwelen gesehen. Meine Wachen sollen sie dir bringen. Erst die eine, dann die andere, damit ihr euch nicht um die Beute streitet.« Beim Grinsen entblößte er die Zähne. »Die erste Schatulle ist für dich bestimmt. Sie enthält auch Geld, das du vor deinem Spießgesellen verstecken sollst.« Teile und herrsche, dachte er wütend, als er in der Dunkelheit verschwand. Aus dem Augenwinkel erkannte er noch, daß Abdul sich mehrmals verbeugte.

Aus Vorsicht hatte König Karl nur zwei Männer mitgenommen: Hauptmann de Villa war sein Adjutant und der Kommandant seiner Leibwache, dem er voll und ganz vertraute. Ein treuer Gefolgsmann des Hauptmanns trug die beiden eisernen Schatullen. Die Vernunft und auch eine innere Stimme hatten König Karl geraten, die Angelegenheit streng geheim zu halten, damit auch König Pedro nicht erfuhr, daß er Prinzessin Beatrice gefunden hatte, bevor sie nicht seinen Antrag angenommen hatte. Nun dankte er den Sternen für diesen glänzenden Einfall. Als er zu seinem Pferd ging, entdeckte er

den anderen Entführer, der müßig an einem Olivenbaum lehnte und ein Messer wetzte. Der Mann machte einen eiskalten, gefährlichen Eindruck.
»Man hat mich getäuscht«, teilte König Karl dem Hauptmann de Villa mit. »Diese beiden Männer sind Narren. Sie haben mir zwar Zeit geraubt, aber die Belohnung sollen sie trotzdem bekommen. Bring die erste Schatulle ins Haus und übergib sie dem Mann namens Abdul.« Sein wölfisches Grinsen verriet seine finsteren Gedanken. »Nachdem du so mein Versprechen eingelöst hast, warte, bis er damit beschäftigt ist, die Schatulle zu öffnen. Dann zieh dein Schwert und bring ihn um, aber mach dabei keinen Lärm. Danach nimmst du die andere Schatulle, gibst sie dem Mann, der da an dem Baum lehnt, und schaffst auch ihn aus dem Weg. Wenn du fertig bist, kannst du beide Schatullen wieder zurückbringen.«
Hauptmann de Villa war ein hochgewachsener, muskulöser Mann, der an die Einfälle seines Königs schon gewöhnt war. Er verbeugte sich tief. »Dein Wunsch, mein König, ist mir Befehl.« Er erhob sich, nahm die größere der beiden Schatullen, ging zum Haus und schloß die Tür hinter sich.
Der andere Entführer hatte sich aufgerichtet und hielt die Spitze des Messers nun lässig zwischen Daumen und Zeigefinger. König Karl wußte, was das zu bedeuten hatte. Er lächelte dem Mann freundlich zu und wies dann mit dem Kopf auf den Soldaten mit der zweiten Schatulle. »Unser Hauptmann wird dir eigenhändig deine Belohnung überreichen.« Dann wandte er sich scheinbar gleichgültig ab und ging zu seinem Rotfuchs hinüber. Er griff die Zügel, schwang sich in den Sattel und wartete. Dann hörte er die Tür der Hütte gehen. Der Mann namens Abdul hatte seine Seele seinem Schöpfer befohlen. Ohne sich umzublicken, gab König Karl seinem Pferd die Sporen und ritt langsam los. Er hatte das Tor noch nicht erreicht, als er einen entsetzlichen Schmerzensschrei hörte. Hauptmann de Villa tat seine Pflicht; ein

Schwerthieb in den Magen war mit Sicherheit die schmerzhafteste Todesart.
Nun wußte niemand außer diesen beiden vertrauenswürdigen Soldaten, daß König Karl der Böse hier gewesen war. Prinzessin Beatrice, die nun weiter nach Granada fliehen konnte, würde niemandem davon erzählen.

Die unterirdischen Zellen des Klosters waren von alters her auch für Gefangene der Kirche benutzt worden. Schon oben auf der Treppe stieg Zurika der Gestank menschlicher Ausscheidungen in die Nase. Dazu kamen die Ausdünstungen des Angstschweißes von den armen zerlumpten Gestalten, die in den Zellen schmachteten. Hin und wieder ertönte ein Stöhnen oder ein Aufschrei. Vor Angst wurde Zurika flau im Magen, doch sie faßte gleich wieder Mut, als man sie in die gleiche Zelle wie Aaron Levi stieß. Ungläubig schüttelte dieser den Kopf, als Zurika ihm erzählte, was geschehen war.
»Also wird er sich rächen wollen«, schloß Zurika ihren Bericht. »Er sagte, er würde mich nicht auf die Folter spannen, da der König mich sonst begnadigen könnte. Auch will er mich keinem peinlichen Verhör unterwerfen, damit ich gestehe, daß ich eine Hexe bin. Statt dessen beabsichtigt er, mich morgen höchstpersönlich bei einem Autodafé der Ketzerei anzuklagen, mich schuldig zu sprechen und mich für meine Sünden zum Tode auf dem Scheiterhaufen zu verurteilen. Er möchte mitansehen, wie ich verbrenne und die Qualen der Verdammnis erleide. ›Das Feuer wird auch deinen Speichel austrocknen, damit du mich nicht mehr anspucken kannst, während du ganz langsam stirbst‹, hat er mir noch zum Abschied gesagt. Der Mann ist nicht nur ein Verrückter, er ist von Grund auf böse, ein Teufel in Menschengestalt.«
»Und was hast du darauf geantwortet?« fragte Aaron Levi.
Dieser Mann kennt mich gut, daher weiß er, daß ich mir eine

Antwort nicht verkneifen konnte, dachte Zurika erfreut. Wenigstens gibt es auf dieser entsetzlichen Welt einen Menschen, der mich versteht. »Ich habe ihm erwidert, daß der Speichel zwar aus meinem Mund kommt, aber in Wirklichkeit meiner Seele entspringt. Und selbst im Tode würde meine Seele ihn noch verachten.«

»Wunderbar! Und was hat er darauf gesagt?«

»Nichts, er hat mich nur angestarrt«, log sie. Sie brachte es nicht übers Herz, ihm zu sagen, daß Bischof Eulogius noch eine weitere Drohung ausgesprochen hatte. Der kleine rundliche Mann mit dem engelhaften Lächeln hatte mit sanfter Stimme verkündet, daß sie zuerst der Verbrennung von Aaron Levi zusehen müsse, ehe ihr eigener Scheiterhaufen entzündet würde.

Dieses Mitgefühl hätte sie sich sparen können, denn nur eine knappe halbe Stunde später erschienen zwei Wachen und reichten Aaron Levi eine Pergamentrolle, die eine Reihe eindrucksvoller Siegel trug.

Der Jude hielt das Schriftstück vor das vergitterte Fenster, setzte seine Brille auf und las laut vor:

»Ich, Thomas Eulogius, Erzbischof aller christlichen Kirchen Spaniens, erkläre hiermit – ermächtigt durch mein Amt, das mir die Heilige Kirche übertragen hat, und die weltliche Macht, die mir König Pedro, der alleinige Herrscher über Kastilien, zugesteht – folgendes: Gegen den Juden Aaron Levi und die Zigeunerin Zurika, beide ohne Wohnsitz, ist ein Strafverfahren eingeleitet worden. Sie werden von einem ordentlichen Gerichtshof der Heiligen Kirche am Donnerstag, dem zweiten Tag des Monats August, im Jahr des Herrn dreizehnhundertundeinundfünfzig vernommen werden. Also ordne ich an, daß der besagte Aaron Levi und die besagte Zurika ohne Familiennamen am Morgen des besagten Tages, wenn die Glocken läuten, auf den Platz vor dem Rathaus von Jaén gebracht werden sollen, um die Anklage gegen ihre Person zu hören und das Urteil entgegenzunehmen, das besagter Gerichtshof über sie fällen wird.«

Aaron Levi überflog das Schriftstück noch einmal und wandte sich dann mit einem traurigen Lächeln zu Zurika um. »Vor diesen sogenannten Gerichtshöfen darf sich der Angeklagte nicht einmal verteidigen«, sagte er leise. »Ich befürchte, daß wir beide am Ende unseres Weges angelangt sind. Mein Weg ist lang und voller Abenteuer gewesen, deswegen bereue ich nichts, denn ich habe selbst einen König an der Nase herumgeführt.« Er seufzte. »Aber du, mein Kind, bist noch so jung.«

Als sie wieder zu Besinnung kam, erblickte sie zuerst Prinz Juan, der sich über sie beugte und ihr das Gesicht mit einem feuchten Tuch abwischte. Wo war sie? Doch da überfiel sie wieder mit aller Macht die Erinnerung, und sie wäre von einem Strudel der Angst erfaßt worden, wäre ihr Bruder nicht bei ihr gewesen. Hatte sie all die Qualen nur geträumt? Doch die Schmerzen in ihrem Schoß belehrten sie eines Besseren. *Lieber Gott, Jesus Christus, Heilige Muttergottes, ich bin von einem Mann geschändet worden, der mir Blumen gebracht hat!* Trotz ihrer Benommenheit überkam sie wilde Verzweiflung, obwohl sie immer noch nicht ganz begreifen konnte, was mit ihr geschehen war. Nur Prinz Juans sanften Händen, seinem zärtlichen Blick und seinem Mitgefühl war es zu verdanken, daß sie nicht den Verstand verlor. Sie griff nach seinen Händen und preßte sie gegen ihre schmerzende Stirn. »Weißt du, was geschehen ist?« flüsterte sie. Er nickte langsam und blickte sie mit tränenfeuchten Augen an. Mit Blicken versuchte er sie dazu zu bringen, ruhig zu bleiben.
»Wie bist du hierhergekommen? Wo sind die Entführer?«
Sanft löste er seine Hände aus den ihren und antwortete ihr in Zeichensprache. »Man hat mich in der Scheune zurückgelas-

sen, als die Soldaten des Bischofs Zurika und Aaron Levi heute mittag fortschleppten. Offenbar hatten sie keine Verwendung für mich. Dann fesselte mir Rauf Hände und Füße. Zuerst wollte er mich auch knebeln, doch dann stellte er fest, daß das unnötig war, und warf den Knebel weg.« Er lächelte bitter. »Da ich annahm, daß ich bis zum Abend unbeobachtet bleiben würde, bemühte ich mich, meine Fesseln genügend zu lockern, damit ich mich zu der Leiter zum Heuboden wälzen konnte. Dort stand ein Eisenteil hervor, mit dessen Hilfe ich meine Fesseln durchschnitt. Dann schlich ich zur Tür und wollte schon hinausschlüpfen, als drei Männer mit Abdul angeritten kamen. Inzwischen war es dunkel geworden. Der eine Mann, der etwas in der Hand trug, begleitete Abdul ins Haus, während die anderen draußen warteten. Ich bemerkte, daß Rauf an einen Baum gelehnt stand und alles schweigend beobachtete. Verzweifelt dachte ich, daß unser Vater diese Männer geschickt hätte, um uns nach Jaén zu bringen. Ungefähr eine halbe Stunde später kam der Mann wieder aus der Hütte. Er stieg aufs Pferd und wartete, während einer der anderen Männer, der eine Uniform trug, mit einer Schatulle ins Haus ging. Schon nach weniger als zwei Minuten kam er mit leeren Händen zurück. Der Anführer ritt davon, doch der Soldat nahm noch eine Schatulle und gab sie Rauf. Sobald Rauf danach griff, zog der Soldat das Schwert. Rauf ließ die Schatulle fallen, aber es war zu spät. Die Klinge drang ihm in den Bauch, und er krümmte sich vor Schmerzen, bis er schließlich starb. Ein Hieb in den Magen ist die schmerzhafteste Art, jemanden umzubringen.« Traurig blickte er sie an. »Ich wünschte, ich hätte gewußt, was dieser Mann dir angetan hat.«

»Du hättest mich nicht retten können, geliebter Bruder.«

»Ich wäre lieber gestorben, als es zuzulassen.«

Bewegt berührte Prinzessin Beatrice seine Wange. »Dann muß Abdul in der Hütte getötet worden sein«, meinte sie.

»Ja. Auch er ist mit einem Schwert durchbohrt worden. Seine Leiche liegt im Nebenzimmer. Nachdem der Soldat Rauf umgebracht hatte, ging er zurück in die Hütte und holte die Schatulle. Dann ritten er und sein Begleiter hinter dem Anführer her.«

»Es war König Karl der Böse, der mich geschändet hat«, stieß sie verbittert hervor.

Prinz Juan schnappte nach Luft. Er war Karl dem Bösen nie zuvor begegnet, doch er wußte, welchen Ruf der König hatte. Mitleidig sah er seine Schwester an und wäre vor Trauer fast selbst zusammengebrochen.

Prinzessin Beatrice wußte, daß sie nun stark sein mußte, wenn sie beide überleben wollten. Sie mußte die Vergewaltigung wie einen Alptraum behandeln, etwas, das ihr in Wirklichkeit gar nicht geschehen war. Gewiß würden sie Trauer und Angst irgendwann einholen, aber im Augenblick mußte sie alles beiseite schieben, um zu Prinz Ahmed zu gelangen, den sie jetzt so sehr brauchte wie noch nie. Auf einmal überkam sie Ruhe, und ihre Verzweiflung wich der Entschlossenheit. »König Karl wird es nicht wagen, seine Untat einzugestehen, denn dann müßte er die Rache meines Vaters und ganz Kastiliens fürchten«, erklärte sie Prinz Juan. »Er wird also nicht darüber sprechen. Und wir dürfen es auch nicht tun. Zuerst werde ich mich waschen, geliebter Bruder, und dann werden wir diesen verfluchten Ort verlassen und einige Zeit im Kloster zu Jaén zubringen. Sobald sich eine günstige Gelegenheit ergibt, werden wir uns verkleiden und nach Granada reisen. Bei unserem Vater und in Kastilien sind wir nicht länger sicher. Deswegen haben wir beide kein Land und keine Heimat mehr. Uns bleibt nur noch Granada.«

»Aber du und ich brauchen kein Land und keine Heimat, geliebte Schwester«, erwiderte Prinz Juan, der sich inzwischen wieder gefaßt hatte. »Wir gehören alle zur Familie der

Christenheit. Warum sollen wir uns den Grenzen eines Königreichs unterwerfen, wenn Gottes Königreich doch ohne Grenzen ist?«

Gedämpft hörte Zurika das heftige Unwetter, das jenseits der Kerkermauern tobte. Die stickige Luft in der Zelle war inzwischen zum Schneiden, was noch zu Zurikas Todesangst beitrug. Sie hatte ihr Leben in einer stinkenden Zigeunerhöhle begonnen; sollte es nun in einer muffigen Zelle enden? Wenigstens hatte sie von der Höhle aus in Gottes freie Natur heraustreten können. Großmutter Pilar hatte ihr einen Prinzen verheißen, und sie hatte auch einen gefunden, doch nur, um ihn wieder zu verlieren. Was hatte damals hinter dem Bild des Prinzen in der Kristallkugel gelauert? Aber im Augenblick hätte Zurika alle Prinzen der Welt aufgegeben, nur um Pilars tröstenden Arm um sich zu spüren.
Wie das Autodafé ausgehen würde, stand bereits fest, und beim Gedanken daran wurde Zurika von wilder Angst ergriffen. Wie würde es sich anfühlen, wenn die ersten Flammen um ihren Körper züngelten? O Gott im Himmel, und wenn sie dann ihr Gesicht, ihre Augen, ihr Haar ergriffen! Würde sie blind werden, bevor sie starb, so daß sie sich nicht mit einem letzten Blick von Gottes Erde würde verabschieden können? Würde sie blind im Himmel, im Fegefeuer oder in der Hölle ankommen? Gewiß würde Gott ihr jemanden schicken, Prinz Juan, Prinz Ahmed, der sie rettete! Verzweifelt klammerte Zurika sich an diese letzte Hoffnung. Würde Großmutter Pilar von den Ereignissen erfahren und zum Gerichtsplatz kommen? Zurika flehte zum Himmel, daß dies nicht der Fall sein würde.
Wie immer erriet Aaron Levi ihre Gedanken. »Ich befürchte, wir können nicht auf Rettung oder Gnade hoffen«, sagte er sanft. »Wichtiger ist es, daß wir uns in unser Schicksal ergeben.«

»O Señor, ich habe solche Angst!« rief Zurika aus.

Er streckte den mageren Arm nach ihr aus, und sie schleppte sich und ihre Ketten über das faulige Stroh zu ihm hin. Unter dem Gestank nach ungewaschener Kleidung roch sie noch leicht den Duft von Sandelholz, und sie spürte, wie sein Herz schlug. Er hielt sie fest, ohne sich an sie zu klammern. Zum erstenmal im Leben wurde sie von einem Mann umarmt, und einen Augenblick lang dachte sie traurig, daß dieses Gefühl allein alle Leiden wert war. Schweigend umschlang er sie. Bald spürte sie, wie sich seine Ruhe und Gefaßtheit auf sie übertrug. Ein unerklärlicher Friede überkam sie. Er drückte seine Wange gegen ihr Haar, viel sanfter als die verkrümmte Hand ihrer Großmutter.

»Ich hätte es dir schon sagen sollen, als wir uns zuerst begegnet sind«, fing er an. »Oder wenigstens in jener Nacht in meinem Arbeitszimmer, als du so betrübt warst.« Nachdenklich hielt er inne. »Aber es schien nie der richtige Zeitpunkt zu sein, obwohl es niemals zu spät ist. Vielleicht hat Jahwe beschlossen, daß sich dieser Augenblick am besten eignet, denn morgen wirst du dringend brauchen, was ich dir jetzt zu sagen habe.«

Sie lehnte sich an ihn. Was hatte er nur auf dem Herzen, das so wichtig war? Der Gestank menschlicher Ausscheidungen stieg ihr in die Nase, und sie erinnerte sich schaudernd an die Zigeunerhöhlen. Ein armer Teufel in der angrenzenden Zelle stöhnte auf, ein anderer stieß einen gequälten Schrei aus und fing dann an, leise zu wimmern.

»Du mußt ruhig hinnehmen, was du nicht ändern kannst, auch wenn es dir noch so große Angst einjagt. Dann kannst du jeden Augenblick in deinem Leben Glück erleben.« Er sprach langsam und deutlich. »Glück ist in Wirklichkeit die Ruhe, die nicht von Augenblick zu Augenblick besteht, sondern eine lebendige fortdauernde Einheit bildet und den wichtigsten Teil der Schöpfung darstellt. Die Ruhe ist nicht nur eine Kraft, aus der wir schöpfen können, sondern eine, in der wir uns bewegen, wenn wir es nur wollen. Verstehst du, mein Kind?«

»Ich verstehe deine Worte, Señor, aber ich bin nur ein unwissendes Zigeunermädchen und spüre diese Kraft, von der du sprichst, nicht. Noch weniger begreife ich, wie ich aus ihr schöpfen soll, selbst wenn es sie gibt.«

»Nur Menschen sind unwissend, denn sie haben die Unwissenheit erfunden. Alle Lebewesen, selbst jene, die so klein sind, daß wir sie mit bloßem Auge nicht erkennen, verfügen über wirkliches Wissen.« Er seufzte. »Ich befürchte, daß nur dem Menschen allein dieses Wissen in den muffigen Höhlen seiner eigenen Schöpfung abhanden gekommen ist.«

»Erkläre mir in einfachen Worten, was du meinst, Señor.« Plötzlich spürte sie, daß sie an der Schwelle zu einer großen Entdeckung stand, die ihr helfen würde, ihre mißliche Lage zu ertragen.

»Wenn du die Schöpfung beobachtest, erkennst du nur, wie sie sich bewegt und verändert.« Nun sprach er noch langsamer, damit sie ihn verstand. »Stürme und Gezeiten, Dürre und Überschwemmung, Donner, Blitz und der Regen, der gerade draußen hinunterprasselt, das Dasein der Menschen, auch jener in diesem Gefängnis, Tiere, Vögel, Fische, Pflanzen, Bäume, die Lebenskraft in Felsen und Flüssen, Ozeanen und Bergen – all das kreist beständig um jede einzelne Einheit und die Einheiten in den Einheiten, die die Ruhe des Kerns der Schöpfung in sich tragen.«

Plötzlich glaubte sie zu begreifen. »Wie die Leidenschaft, die den Tanz hervorbringt?« fragte sie aufgeregt. »Wenn ich tanze, kommt alles, was ich darstelle, sei es durch Bewegungen meines Körpers, durch Blicke oder die Freude, Trauer und Sehnsucht, die in ihnen liegen, von innen, aus etwas, das immer in mir besteht. Selbst wenn ich nicht tanze, ist es da, und die Ruhe dauert fort, auch wenn der Tanz vorbei ist.«

»Genau.« In diesem einzigen Wort lag unbeschreibliche Freude. »In dir gibt es etwas, und deswegen kannst du auch diesen Gleichmut spüren. Ein altes Volk hat diesen Zustand *prana* genannt, also werde auch ich diesen Begriff benutzen. Wenn du stets im Einklang mit deiner *prana* lebst und dich nicht davon abbringen läßt, kann man dir Schmerzen zufügen, ohne daß du es fühlst.«

»Aber wie kann das sein, Señor? Schmerzen sind nun einmal Schmerzen, Trauer ist Trauer, und sie sind immer bei uns.«

»In der Tat, aber wir müssen sie nicht selbst hervorbringen, mein Kind. Was sind denn Schmerzen? Etwas, das du empfindest, oder nicht?«

»Ja.« Zurika bemerkte, daß sie durch das angestrengte Nachdenken ihre schreckliche Lage fast vergessen hatte.

»Es gibt Schmerzen des Körpers, des Geistes und der Seele, doch sie alle empfindest du in deinem Geist. Zuerst die Schmerzen des Körpers. Du weißt, daß du sie durch Arzneien beseitigen kannst, die einige Teile des Gehirns betäuben, damit die Botschaft Schmerz nicht empfangen wird. Das ist ungefähr so, als ob du die Besinnung verlierst. Wo sind also die Schmerzen?«

»Sie sind da ...« Alle ihre Gedanken waren wach, und sie sehnte sich danach, zu verstehen. »Nein, vielleicht sind sie auch nicht da, wenn der Geist sie nicht spürt«, meinte sie aufgeregt.

»Genau.« Sie sah, daß er strahlte. »Du hattest doch auch bestimmt schon einmal Schmerzen vom Tanzen?«

»Ja.«

»Wenn der Tanz vorbei ist, können sie entsetzlich sein. Manchmal quälen sie dich noch in der gleichen Nacht, manchmal am nächsten Morgen, wenn du erwachst. Im Laufe des Tages aber stellst du fest, daß du mit dem Schmerz gelebt hast, daß du ihn manchmal gar nicht spürtest. Das liegt daran, daß Schmerzen nicht den Kern unseres körperlichen Daseins bilden, sondern nur ein Teil davon sind. In dem Kern kannst du die innere Ruhe finden, manchmal, ohne es selbst wahrzunehmen. Warum solltest du dann nicht danach greifen und darin leben?« Fest legte er den Arm um sie. »Besonders wenn dein Körper von Flammen verzehrt wird.«

»Ist das denn möglich?« fragte sie verwundert. Aber gleichzeitig klammerte sie sich an seine Worte wie an einen Strohhalm.

»Gewiß. Wie sonst hätten eure Heiligen das Martyrium mit übermenschlicher Tapferkeit und in freudiger Verzückung ertragen können? Erinnere dich an die Heilige Eulalie, die man folterte und dann auf dem Scheiterhaufen verbrannte.«

Allmählich stieg wieder Hoffnung in ihr auf. »Ja«, flüsterte sie, als die Wahrheit ihr Innerstes wie helles Sonnenlicht erleuchtete. Irgendwo hatte sie einmal die Worte *»die Wahrheit wird dich befreien«* gehört. Damals hatte sie sie anders verstanden: Wenn man die Untreue eines Geliebten entdeckte, konnte man sich von ihm befreien. Doch nun wußte sie, was der Satz wirklich bedeutete.

»Dann gibt es noch den Schmerz des Geistes«, fuhr Aaron Levi fort. »Dieser wird entweder vom Körper hervorgerufen, wovon wir gerade eben gesprochen haben, oder von äußeren Umständen ausgelöst: Angst, bösen Vorahnungen, Ungewißheit, Unwissenheit, wie du es soeben genannt hast«, er hielt inne, »und die Zurückweisung durch andere Menschen, besonders solche, die wir lieben, ihre Taten und Worte, ihre Gedankenlosigkeit, ihr verletzendes Verhalten. Das sind einige der Ursachen für Schmerzen des Geistes.«

»Ja, Señor.« Trotz ihrer Jugend hatte sie einige von ihnen am eigenen Leibe erfahren müssen.

»Schmerzen des Geistes können also einerseits das Ergebnis unseres eigenen Handelns, des Handelns anderer Menschen oder äußerer Umstände sein. Andererseits hängen sie aber auch davon ab, wie wir denken und wie wir mit diesen Handlungen und Umständen umgehen. Wir können nicht viel von dem beeinflussen, was um uns herum geschieht, doch wir haben Einfluß auf uns selbst, wenn wir in unserem wirklichen Zuhause, unserer *prana*, verharren, die unsere wahrhaftige Verbindung mit Gott darstellt. So können die Stürme des Lebens um uns herum toben, doch sie haben keine Macht über die *prana*, von der aus wir alle Schmerzen beeinflussen können, anstatt zuzulassen, daß sie über uns bestimmen. Wir können sogar gegen widrige Umstände ankämpfen und unser Leben aus dieser Ruhe heraus lenken – so wie ein guter General von seinem Stützpunkt aus seine Truppen und den Nachschub lenkt. Und das wird uns besser gelingen, als wenn wir uns von den widrigen Umständen treiben lassen.«

»Wie in einem Kloster«, stellte Zurika fest.

»In gewisser Hinsicht ja, aber es geht noch darüber hinaus. Es wäre mit einer Nonne zu vergleichen, die auch ruhig bleibt, wenn Verfolger, Frauenschänder und Mörder ins Kloster eindringen, um es zu entweihen. Wenn du diesen Zustand erreicht hast, kann keine Folterqual dich mehr berühren.«

Tiefe Dankbarkeit ergriff sie. »Ich weiß nicht, wie ich dir für dieses kostbare Geschenk danken soll.« Sie wandte sich um und küßte ihn auf die faltige Wange. »Ich verstehe, ohne zu wissen. Ich weiß nur, daß ich jetzt etwas viel Wertvolleres habe als das Leben: die Wahrheit.« Nachdenklich hielt sie inne. »Es werden schreckliche Zeiten kommen, aber ich weiß, daß mir diese Wahrheit weiterhelfen wird, bis mein Körper morgen sein Leben aushaucht.« Ihr Stimme klang entschlossen. »Selbst wenn es nicht die Wahrheit sein sollte, werde ich mich daran klammern. Es soll meine Zuflucht sein und mir Kraft verleihen.«

»Die Wahrheit jedes Augenblicks ist dessen Wirklichkeit.«

Diese letzten Worte verstand Zurika nicht, doch bald war sie in seinen mageren Armen eingeschlafen.

27. Kapitel

König Pedro der Grausame hatte sich entschieden, bei seiner Armee zu bleiben, die auf einer Hochebene südlich von Jaén biwakierte. Ihm gefielen das freie Leben im Feldlager, die Kameradschaft unter den Männern und die Gelage mit den Adligen. Trotzdem hatte er sich mit allen Bequemlichkeiten ausgestattet und empfand die Zeit des Wartens nicht als unangenehm. Bald würden die Armeen seiner Verbündeten an den verabredeten Orten in Stellung gehen.

Das einzige, was König Pedro Sorgen machte, war, daß er die kastilische Armee völlig umsonst so eilends nach dem Süden in Marsch gesetzt hatte – die Flüchtigen hatte er nicht einholen können. Je länger er auf Nachrichten wartete, desto verärgerter war er, denn das einzige, was er in Erfahrung bringen konnte, war das Unglück, das Hauptmann Montoyas Soldaten widerfahren war.

Daß die Flucht überhaupt möglich gewesen war, daran waren in seinen Augen das Zigeunermädchen und der alte Jude schuld. Also war er nicht in der Stimmung gewesen, Milde walten zu lassen, als Bischof Eulogius ihn am gestrigen Tage um Unterschrift und Siegel unter ein Dokument gebeten hatte, das diese beiden Übeltäter der Gerichtsbarkeit der Heiligen Kirche überstellte. Obwohl ihm klar war, daß der schlaue Bischof seine Bitte zur rechten Zeit an ihn gerichtet hatte, machte er sich inzwischen ohnehin keine Hoffnungen mehr, die Flüchtigen doch noch zu ergreifen. Außerdem war es für König Pedro vorteilhaft, wenn er den Befehl unterzeichnete, weil er so endlich sein Versprechen einlöste. Zwar hatte er dem Bischof schon die zugesagten Lehen übergeben, aber die Jungfrauen und die Inquisition hatten noch auf sich warten lassen. Der dickliche Bischof hatte sogar die Unverschämtheit besessen, ihn, den König, daran zu erinnern, daß die Gegenleistung für die Unterstützung der Kirche im Feldzug gegen Granada noch ausstand. Doch was kümmerte es ihn, König Pedro, daß zwei Verbrecher, die er der Gerichtsbarkeit des Bischofs ausgeliefert hatte, weder auf Gerechtigkeit noch auf Gnade hoffen durften? Vielleicht war diese Zurika ja noch Jungfrau. Ob sie sich nun den verderbten Gelüsten des Bischofs hingab oder nicht, zumindest hatte König Pedro ihm die gewünschte Jungfrau verschafft. Aber da die Flüchtigen sicher schon über alle Berge waren, würde dieser kleine Mistkerl von einem Bischof ohnehin leer ausgehen.

Als Ruy de Vivar, der den Herrscher Kastiliens auf diesem Feldzug begleitete und dessen Aufgabe es war, die Flüchtigen aufzuspüren, an diesem Morgen um eine Audienz ersuchte, schöpfte König Pedro neue Hoffnung. Deshalb war er sogleich bereit, seinen obersten Zuträger zu empfangen.

Die ganze Nacht über hatte der Regen auf das Dach seines Zeltes getrommelt, was für diese Jahreszeit sehr ungewöhnlich war. Das Unwetter ließ gerade nach, als de Vivar hereingeführt wurde. Er verneigte sich tief. Der Regen hatte zwar ein wenig Kühlung gebracht, welche König Pedro und seine Höflinge, die die Hitze im Süden nicht gewohnt waren, recht gelegen kam. Allerdings war die Luft nun feucht und legte sich wie ein dünner Schleier auf die Bettwäsche, ließ die ledernen Pantoffel aufquellen und die roten Teppiche modern.

»Du darfst dir das Regenwasser vom Gesicht wischen«, forderte der König seinen Besucher auf.

»Sei bedankt, mein König. Ich bin so frei.« De Vivar zog ein braunes Taschentuch aus der Tasche seines braunen Wamses, das wegen der Feuchtigkeit heute nicht nach Amber roch.

»Ich hoffe, du bringst mir mehr als dieses Regenwetter«, meinte König Pedro.

»Wir sind den Entflohenen auf der Spur, mein König«, versicherte de Vivar und betastete den Rücken seiner langen, schmalen Nase. »Die Zigeunerin und der Jude«, schon bei der bloßen Erwähnung von Menschen, die in seinen Augen nichts als Abschaum waren, machte er ein angewidertes Gesicht, »sind ergriffen worden.«

König Pedro sprang erfreut auf. »Wann? Wo sind sie? Was ist mit meinem Sohn und meiner Tochter? Und mit diesem maurischen Schweinehund, Prinz Ahmed?« Da er bemerkte, daß de Vivar sich als gehorsamer Untertan ebenfalls erheben wollte, nahm er wieder Platz.

De Vivar hob seine knochige Hand. »Ich werde deine Fragen der Reihe nach beantworten, mein Herr«, antwortete er. »Die beiden wurden letzte Nacht in der Scheune einer Hütte einige Kilometer nördlich von der Stadt gefangengenommen. Offenbar wurden sie von zwei Mauren an Bischof Eulogius' Männer ausgeliefert. Von Prinz Ahmed, Prinz Juan und Prinzessin Beatrice fehlt dagegen jede Spur. Bischof Eulogius will seine beiden Gefangenen heute vormittag auf dem Platz vor dem Rathaus in einem Autodafé der Ketzerei anklagen. Es steht bereits fest, daß er und sein kirchlicher Gerichtshof die Angeklagten für schuldig befinden und sie öffentlich hinrichten lassen werden.«

»Was? Der Bischof hat nicht das Recht ...« König Pedro unterbrach sich. Nun hatte ihn dieser kleine Mistkerl doch an der Nase herumgeführt! Bischof Eulogius mußte von der Ergreifung der beiden Flüchtigen gewußt haben, ehe er den König wegen des Dokumentes anging. Verdammter Bischof! Auf der Stelle würde er diesen Lüstling zu sich rufen lassen und die Gefangenen zurückfordern.

»Laut Bischof Eulogius hast du, mein König, ihm großzügig dieses Recht zugestanden.«
Diese Worte erinnerten König Pedro, daß er vorsichtig sein mußte. Auf keinen Fall konnte er sich jetzt einen Streit mit der katholischen Kirche leisten, denn dieser würde sich zu diesem Zeitpunkt des Feldzuges sehr ungünstig auswirken. Außerdem konnte das Volk ihn dann für einen wankelmütigen Herrscher halten. »Kann man aus diesen beiden Gefangenen nicht herausbekommen, wo unser Sohn, unsere Tochter und der maurische Prinz sich befinden?« fragte er.
»Sie weigern sich zu sprechen, Herr.«
»Dann foltere sie, bis sie den Mund aufmachen«, knurrte er.
»Offenbar ist das nicht die Absicht der Heiligen Kirche, die sich nur um religiöse Angelegenheiten kümmert.«
»Religiös! Das kann man wohl sagen!« Am liebsten hätte er de Vivar verraten, daß Bischof Eulogius' Religion aus der Anbetung nackter Jungfrauenkörper bestand. »Was können wir tun?«
»Wie du wohl weißt, mein König, bin ich kein großer Freund von Juden, Zigeunern, Schwarzen und Heiden, doch öffentliche Hinrichtungen wie die, welche der Bischof unweigerlich veranlassen wird, tragen eher dazu bei, das kastilische Volk zu spalten, statt es zu vereinen. Unser Vorteil ist nur, daß wir so weit fort von Toledo sind.«
Wie man es auch drehte, König Pedro konnte nur verlieren. »Die Spanier werden sogar die Hinrichtung einer Rübe feiern, solange das nur ein Anlaß für eine *fiesta* ist«, knurrte er übellaunig. Wie immer entschied er sich, die Dinge zu nehmen, wie sie kamen, und sich später um die Folgen zu kümmern. Er sehnte sich nach Marias weisem Rat. »Also werde ich mich von diesem Ereignis fernhalten, zu dem ich sicherlich in Kürze eine Einladung erhalten werde. Ich werde einfach vorschützen, daß ich mich nicht wohl fühle. Du mußt durch deine Verbindungsleute dafür sorgen, daß jene in der

Menschenmenge, die das Autodafé befürworten, glauben, daß es auf mein Geheiß hin stattfindet. Diejenigen, die es ablehnen, sollen dagegen denken, daß Bischof Eulogius allein dafür verantwortlich ist und daß ich nichts damit zu tun habe.« So würde er Zeit gewinnen. Der Bischof sollte schon noch dafür bezahlen, daß er ihn zum Narren gehalten hatte! Im Augenblick war es jedoch das beste, gute Miene zum bösen Spiel zu machen und den Bischof in dem Glauben zu wiegen, daß er noch nicht hinter den Betrug gekommen war.
»Das werde ich tun, mein König.«
»Weißt du noch etwas über die anderen Flüchtigen?« fragte der König.
»Leider nichts, mein König. Wenn wir herausfinden, wo das Zigeunermädchen und der Jude gefangengenommen wurden, werden wir einen Ausgangspunkt haben, von dem aus wir weiterforschen können. Ich versichere dir, Herr, daß es nur eine Frage der Zeit ist, bis wir unser ... äh ... königliches Wild aufgespürt haben.«

Den Geist des Friedens, der in dem Kloster herrschte, hatte Prinzessin Beatrice sogleich wahrgenommen, als sie am vorangegangenen Abend mit Prinz Juan vor der verschlossenen Pforte gestanden war. Als sie sich dann innerhalb seiner schützenden Mauern befand, erschien ihr die Schändung, die sie hatte erdulden müssen, wie etwas, was einem anderen Menschen widerfahren war. Da Prinzessin Beatrice und Prinz Juan zuerst ihre Pferde in einem nahegelegenen Stall untergebracht hatten, waren sie so spät am Kloster angekommen, daß die riesigen, in die elfenbeinfarbene Mauer eingelassenen Tore bereits verschlossen und verriegelt waren. Der alte Türhüter, der durch ein Guckloch spähte, hatte sie schließlich unter der Bedingung eingelassen, daß Mutter Euphrasia höchstpersönlich die Erlaubnis dazu gab. Offenbar nahmen sich die Nonnen sehr in acht, seit sich eine ganze Armee in der Stadt herumtrieb.

Mutter Euphrasia empfing sie in ihrem Gemach. Sie war eine zierliche Frau mit zarten Gesichtszügen, milchweißer Haut und grünen Augen, in denen ein ruhiger, entschlossener Ausdruck lag. Der frische, saubere Geruch von Seife umgab sie. Nachdem sie sich überzeugt hatte, daß die beiden Ankömmlinge wirklich diejenigen waren, für die sie sich ausgaben, hieß sie sie nicht nur willkommen, sondern bot Prinz Juan sogar an, im Pförtnerhäuschen zu wohnen. Außerdem versprach sie ihnen, sie nicht zu verraten. Ihren Mitschwestern wollte sie sie wahrheitsgemäß als die Kinder einer entfernten Base aus Toledo vorstellen, die sich auf einer Reise nach Cordoba befanden und im Kloster Schutz suchten, bis die kastilische Armee ihren Marsch nach dem Süden fortsetzte.
Im Vorhof des Klosters wuchsen Pinien und Wacholderbüsche, und ein kleiner Pfad führte geradewegs zu einer steinernen Kapelle. Die Schlafräume und Zellen waren rings um einen gepflasterten Hof angeordnet, die durch Gänge mit dem Refektorium und der Küche verbunden waren. Im Kloster lebten dreiunddreißig Nonnen, die eine schwarzweiße Tracht trugen, zwölf Novizinnen in Weiß und einige Waisenkinder, die die niederen Arbeiten verrichteten.
Man wies Prinzessin Beatrice eine leere Zelle zu. Auf dem kahlen Fußboden standen lediglich ein Feldbett und eine kleine Kommode, die auch als Altar diente. Auf der Kommode befanden sich zwei Kerzen und eine blauweiße Statue der Heiligen Jungfrau, vor der Prinzessin Beatrice niederkniete und betete:
»O Heilige Jungfrau, ich habe meine Jungfräulichkeit verloren, doch ich flehe dich an, mir in meiner Not beizustehen. Es war Gottes Wille, daß ich die Hölle der Schändung durchleiden mußte. Vielleicht wollte er mich damit lehren, wegen meiner Jungfräulichkeit nicht in Hochmut zu verfallen. Doch ganz gleich, was seine Gründe auch gewesen sein mögen, ich bitte dich, gib mir die Kraft, mich über dieses Unglück zu

erheben und es als Neuanfang und nicht als sinnloses Leid zu begreifen.«
Die Klöster galten bekanntermaßen als ein Ort, an dem Verfolgte Schutz suchen konnten, ohne daß jemand sie verriet. Deshalb fühlte sich Prinzessin Beatrice auch völlig sicher. Da sie körperlich und geistig vollkommen erschöpft war, schlief sie auf der Stelle tief und fest ein und wachte erst auf, als die Glocke der Kapelle zum morgendlichen Angelus rief.
Wo bin ich? Was tue ich hier? Doch die Schmerzen in ihrem Schoß und ihrem Gesäß und die wunden Innenseiten ihrer Oberschenkel gaben ihr die traurige Antwort, und es würgte ihr im Halse. Fest umklammerte sie den Rand der Matratze, um das verzweifelte Schluchzen niederzukämpfen. Kalter Schweiß brach ihr aus. Mit weit aufgerissenen Augen sah sie zur Tür, doch dann fiel ihr Blick auf die Statue der Heiligen Jungfrau, und sie wurde ruhiger. Sie hatte doch beschlossen, nicht mehr an ihr entsetzliches Erlebnis zu denken! Mit aller Kraft versuchte sie, sich wieder zu fassen. Aber schließlich senkte sich der Frieden des Klosters wieder über ihre Seele, und auch das für diese Jahreszeit ungewöhnliche gleichmäßige Rauschen des Regens half ihr, das Grauen zu überwinden. Beim hellen Bimmeln des Glöckchens wurde ihr gleich leichter ums Herz.
Nach dem Morgengebet und einem einfachen Frühstück aus Brot, Käse und frischer Milch lud Mutter Euphrasia sie und Prinz Juan in ihr Gemach zu einem Gespräch ein. Kaum hatten sie sich niedergelassen, als Schwester Agnesia einen Besucher ankündigte. Die vollbusige, rotwangige Nonne kam aufgeregt mit einer Pergamentrolle in der Hand hereingestürzt. »Verzeih die Störung, ehrwürdige Mutter, aber ein Bote von Bischof Eulogius ist gekommen. Er bringt sehr wichtige Nachrichten.«
Mutter Euphrasia lächelte nachsichtig. »Sprich, Schwester«, sagte sie. »Wichtige Nachrichten vom Bischof kommen

gleich nach einer Botschaft vom Heiligen Vater. Wir fühlen uns geehrt, obwohl du uns häufig auch völlige Nebensächlichkeiten als unbeschreiblich wichtig darstellst.«

»Wir sollen uns heute morgen alle zu einem Autodafé auf dem Platz vor dem Rathaus einfinden«, verkündete Schwester Agnesia. »Es soll über zwei Ketzer verhandelt werden. Wenn man sie schuldig spricht, werden sie sofort dem reinigenden Feuer überantwortet. Die Scheiterhaufen werden in diesem Augenblick auf dem freien Gelände südlich der Stadt errichtet. Die Holzstapel sind fast zwei Meter hoch!«

»Wer hat das Autodafé angeordnet?« fragte Mutter Euphrasia zweifelnd.

»Bischof Eulogius selbst.«

»Er ist der oberste Bischof von Spanien«, bemerkte Mutter Euphrasia streng. »Vielleicht wird er sogar einst Papst.« Gewiß war ihr Prinzessin Beatrices angewiderter Blick nicht entgangen. »Wenn die Heilige Kirche es beschlossen hat, muß dieses Gericht auch seine Gründe haben, mein Kind. Wir werden uns alle einfinden.« Eindringlich sah sie Prinzessin Beatrice und Prinz Juan an. »Ihr auch.« Dann wandte sie sich wieder Schwester Agnesia zu. »Wer sind die Ketzer?«

»Das habe ich nicht gefragt, ehrwürdige Mutter, aber die Namen stehen sicherlich auf dem Pergament. Der Bote des Bischofs meinte, daß einer von ihnen ein alter Jude sei und die andere ein Zigeunermädchen.«

Die Welt drehte sich um Prinzessin Beatrice. Wollten die schrecklichen Ereignisse denn nie ein Ende nehmen? Hatte sie ein grauenhaftes Erlebnis überstanden, nur damit wieder das nächste über sie hereinbrach? Entsetzen ergriff sie. *Warum, mein Gott? Warum? Lieber würde ich mich tausendmal schänden lassen, als zuzulassen, daß den Menschen, die ich liebe, etwas zustößt! Bringe ich vielleicht Unglück? Habe ich nicht meiner Mutter, meinem Vater, meinem Bruder und Prinz Ahmed Unglück gebracht? Und jetzt müssen Aaron Levi und Zurika so entsetzlich leiden!* Prinzessin Beatrice stieß einen gequälten Schrei aus, dann wurde ihr schwarz vor Augen.

Bei Morgengrauen brachte man ihnen einen abscheulichen, fauligen Eintopf, der aus Schweinefleisch, Kichererbsen und Kohl bestand. Zurika hatte zwar keinen Appetit, aß aber, weil Aaron Levi darauf bestand. Dann warf ihnen ein mürrischer Wächter weiße Bußgewänder hin und befahl ihnen barsch, sie anzulegen.

Als man sie, an den Füßen gefesselt, auf den Hof hinter dem Gefängnis führte, hatte der Regen aufgehört, und das grelle Sonnenlicht blendete sie. Draußen wartete ein Holzkarren auf sie, vor den eine müde Mähre gespannt war. Zwei Wachen des Bischofs zerrten sie auf den Wagen, wo sie sich auf den strohbedeckten Boden kauerten. Dann verließ der Karren, begleitet von purpurgewandeten Wachen, den Hof.

Die Wachen machten ihnen den Weg frei, und bald hatten sie die Hauptstraße erreicht. Begleitet von Stimmengemurmel und Kindergeschrei holperte der Wagen über das Kopfsteinpflaster. Wegen der vielen Menschen auf der Straße mußten sie nun langsamer fahren. Obwohl diese Straße recht breit war, wirkte sie durch die hohen Häuser auf beiden Seiten bedrückend. In der Mitte befand sich ein offener Kanal, in dem eine graue, stinkende Dreckbrühe plätscherte. Schweine und Hunde schnüffelten daran. Verglichen mit dem entsetzlichen Geruch kamen Zurika die Zigeunerhöhlen vor wie das Paradies. Wenigstens konnte man dort an die frische Luft gehen. Doch der klare, blaue Himmel, wo weiße Schäfchenwolken vorbeizogen, war der gleiche wie jener über der Alhambra.

Die meisten Menschen waren in festlicher Stimmung. Viele trugen grüne, rote und blaue Gewänder, und es waren auch schwarze und weiße *mantillas*, rote *feze* und schwarze Käppchen zu sehen. Zurika fragte sich, was das wohl für eine *fiesta* sein mochte, bis sie jemanden auf den Karren deuten und rufen hörte: »Schaut! Schaut! Da sind die Ketzer!« Da dämmerte ihr voll Entsetzen, daß das Autodafé die *fiesta* war – sie und Aaron Levi waren die Hauptdarsteller in diesem grausigen Schauspiel! Zum erstenmal im Leben würde sie auf einer *fiesta* nicht die Tänzerin sein.

»Abscheuliche Ketzer!« ... »Abschaum!« Bald wurden ihnen von allen Seiten Schimpfwörter zugeschrien. Da kam schon der erste Stein geflogen, gefolgt von Tomaten, die rot gegen die Seite des Karrens klatschten.

»Aqua va!« Diesem Ruf von einem Balkon folgte der Inhalt eines Nachtgeschirrs, so daß sie von oben bis unten mit übelriechender Brühe bespritzt wurden. Wütend blickte Zurika auf; der Urin tropfte ihr vom Gesicht. Am Grinsen auf dem runden Gesicht der dunkelhaarigen Matrone erkannte sie, daß diese den Nachttopf absichtlich über ihr ausgegossen hatte. Die Frau schwenkte das leere Gefäß durch die Luft wie eine Siegestrophäe und brüllte Beschimpfungen, die im Lärm der Menge untergingen.

»Die Leute müssen so etwas tun. Nur wenn sie sich in diese unmenschliche Wut hineinsteigern, können sie vor sich rechtfertigen, daß es ihnen Spaß macht, einen Menschen brennen zu sehen«, bemerkte Aaron Levi leise und wischte sich mit einem Taschentuch den Schleim vom Gesicht. Diese grausame Tat, durch die ihr Körper, der heute noch das letzte Leiden durchleben sollte, beschmutzt worden war, ließ Zurika die eiserne Selbstbeherrschung verlieren, um die sie sich bis jetzt bemüht hatte. Sie und Aaron Levi waren allein in einer feindlichen Welt. Auch seine Philosophie würde ihr Schicksal nicht ändern. Todesangst ergriff sie, und sie zitterte wie Espenlaub. Nur unter Aufbietung ihrer gesamten Willenskraft und ihres Stolzes konnte sie die Schreie, die in ihrer Kehle aufstiegen, unterdrücken. Am liebsten hätte sie sich

laut weinend die Haare gerauft. Wo waren Zigeuner und Juden nur auf dieser Welt zu Hause?
Die entsetzliche Angst ergriff ihre Gedärme, und der Drang wurde so übermächtig, daß sie ihm nachgab. O Gott im Himmel, andere haben mich besudelt, und jetzt besudele ich mich selbst! Wie kann ich diesem Haufen Mist nur entkommen? Sie versuchte, sich zu erheben, wurde aber von den schweren Fußketten zurückgehalten. Voll Wut und Verzweiflung spuckte sie in Richtung der Frau auf dem Balkon. Das half ein wenig.
Aaron Levi legte die Hand auf ihre. Dann zog es das schmutzige Taschentuch aus seinem Gewand und begann, ihr das Gesicht abzuwischen. Inmitten der tobenden und johlenden Menge schuf die Zuneigung des alten Juden eine Insel des Friedens. Nachdem er ihr Gesicht notdürftig gesäubert hatte, drehte er ihren Kopf zu sich hin und sah ihr eindringlich in die Augen. »Der Tod kennt keine Würde«, stellte er fest. »Nur die Art, wie wir sterben.« Mit seiner knotigen Hand griff er wieder nach der ihren und hielt sie ganz fest. Die Ruhe, die er ausstrahlte, übertrug sich auf sie wie der Klang einer Gitarre, der sie trieb, zu tanzen. Sie entspannte sich. »Würde!« fügte er hinzu. »Alles, was wir noch haben und was uns auch keiner nehmen kann, ist die Würde.«
Zurika mußte einen Gedanken unterdrücken: Du bist alt und hast dein Leben gelebt, ich aber bin noch jung und sollte es noch vor mir haben. Wenn sie früher aufgestanden war und vor einer Menschenmenge getanzt hatte, war sie nicht länger eine verfolgte Zigeunerin gewesen. Ihr Tanz war zwar nur ein Schauspiel, aber es kam aus ihrem Innersten, gab ihr Würde, einen Ehrenplatz bei ihrem Publikum. Heute würde sie den größten Auftritt ihres Lebens haben.
Die Wachen ritten schneller, um den Karren ungehindert durch die Menschenmenge zu geleiten, die immer wieder versuchte, sich daran festzuhalten. Wenn sie nur für diese

Leute hätte tanzen können! Dann hätten sie ihr zugejubelt, statt sie zu verhöhnen! Zurika verachtete sie alle. Sie hob den Kopf. Niemals würde sie zulassen, daß diese Menschenfresser ihr ihren wertvollsten Besitz raubten – ihre Würde.
Auf dem Platz drängte sich das Volk, doch die Wachen hatten eine Gasse abgesperrt, die zu zwei hölzernen Podesten führte. Das zu Zurikas Linken war wahrscheinlich für die Inquisitoren und Würdenträger bestimmt, die in einer Prozession eintreffen würden. Auf dem rechten Podest standen nur zwei Schemel, doch bald würden Wachen mit Lanzen es umstellen.
»Friede und Ruhe in deinem Innern, Mut und Würde nach außen«, murmelte Aaron Levi. »Wir werden uns Predigten, Versprechungen, vorgespiegelte Vergebung und heuchlerische Bitten anhören müssen, damit wir, die Halsstarrigen, uns der Obrigkeit beugen.« Viele seiner Worte hatte Zurika nicht verstanden, doch sie begriff, worauf er hinauswollte. Sein mageres Gesicht sah noch faltiger aus, als er lächelte. »Das alles ist gräßlich langweilig! Die Verlesung unseres Urteils wird eine halbe Ewigkeit dauern, obwohl man den Inhalt schlicht in fünf Worte zusammenfassen könnte: Du sollst im Feuer sterben.« Seine dunklen Augen zwangen Zurika seinen Willen auf. »Greife nun ins Innerste deines Selbst, mein Kind. Und laß es nicht mehr los.« Seine wilde Entschlossenheit und seine Willenskraft übten eine um so größere Wirkung auf Zurika aus, da er so ruhig sprach, als wolle er nur ein Kind davon überzeugen, ein Bad zu nehmen.
Zurika verfiel dem Zauber, der von ihm ausging, und blickte ihn nur mehr gebannt an. Die häßliche, kreischende Welt um sie herum war auf einmal verschwunden, denn Zurika und Aaron Levi hatten sich in Mut und Würde über sie erhoben.
Nun hörten sie den Tumult nicht mehr, denn sie befanden sich im Auge des Sturms, der um sie herum tobte. »Vielleicht werde ich keine Gelegenheit mehr haben, es dir zu sagen«, fing Aaron Levi an, und seine Stimme klang plötzlich nicht

mehr brüchig, sondern hell und klar. »Falls es einen Himmel gibt, werden du und ich gemeinsam in ihn eingehen. Bei dir zu sein, ist mein Himmel. Wenn es keinen Himmel gibt, sind unsere gemeinsamen Stunden, besonders unsere letzten, mein Himmel auf Erden, denn dich zu kennen war der Höhepunkt meines Lebens. Ich liebe dich, mein Kind.«

Zurika mußte ein Schluchzen unterdrücken. »Das einzig Himmlische, was ich jemals im Leben getan habe, war, zu tanzen.« Sie zitterte. »Ich bedaure nur, daß ich nie für dich getanzt habe, Señor, und ich verspreche dir, für dich im Himmel zu tanzen.«

Einen großen Balkon des Rathauses hatte man für die Nonnen freigehalten. Mutter Euphrasia hatte Prinz Juan gestattet, im Kloster zurückzubleiben. Prinzessin Beatrice, die unbedingt hatte mitkommen wollen, trug einen weißen Schleier, um nicht erkannt zu werden, besonders, falls die beiden Könige anwesend sein sollten. Noch ehe sie das Kloster verlassen hatten, war Prinz Juan auf einmal verschwunden gewesen. Prinzessin Beatrice hatte den Eindruck, daß er etwas vorhatte, doch sie erkannte traurig, daß er die Unglücklichen sicher nicht würde retten können.

Prinzessin Beatrice, die zwischen den schwarzverschleierten Nonnen stand, konnte den ganzen Platz und auch die beiden Podeste unter ihnen überblicken. Als der Karren, geführt von den Wachen des Bischofs, auf den Platz rollte, war sie entsetzt über die Beschimpfungen, die das Volk den beiden entgegenschrie. Konnten das wirklich Christen sein? Der Karren blieb stehen. Vor Mitleid und Furcht krampfte sich ihr das Herz zusammen, als man Zurika und Aaron Levi, die beide in Ketten waren, unsanft vom Wagen zerrte. Sie waren so schmutzig, zerlumpt und müde, daß Prinzessin Beatrice am liebsten in Tränen ausgebrochen wäre. Doch ihre Erziehung als Prinzessin gewann die Oberhand. Allerdings mußte sie die

Augen schließen, um nicht wieder die Besinnung zu verlieren.

O Gott, o Heilige Jungfrau Maria, o Jesus Christus, vergebt mir. Ich wußte nicht, war geschehen würde. Lieber hätte ich an König Karls Seite gelitten, wäre Nonne geworden oder hätte die schrecklichsten Qualen auf mich genommen, als diese armen unschuldigen Menschen im Unglück zu sehen. Wie soll ich das jemals wieder gutmachen? O Gott, ich wußte nicht, ich wußte einfach nicht, was ich tat.

Sie schlug die Augen auf. Durch einen Tränenschleier erblickte sie das Kreuz an der Kirche auf der gegenüberliegenden Seite des Platzes. Daran hing eine Christusfigur, die Dornenkrone auf dem Haupt, den Speer in der Seite.

Der Schrei, der Prinzessin Beatrices Körper erschütterte, war noch qualvoller, weil niemand außer ihr ihn hörte.

»... deshalb wurde Luzifer vom allmächtigen Gott in die Dunkelheit geschickt, um das Licht zu bringen, und ihm wurde ein führender Platz im *theatrum mundi* zugewiesen ...«

»... der Teufel hindert seine Opfer daran, ihre Verbrechen zu bekennen, besonders wenn es sich um Hexerei und Gotteslästerung handelt ...«

Wortfetzen drangen in Prinzessin Beatrices betäubtes Gehirn.

»... wir werden sie nicht eintreten lassen durch die Pforten der Gnade, die sie von den vergänglichen Feuern dieser Erde erlösen würden, ehe sie in die ewigen Flammen der Hölle und Verdammnis fallen ...«

Wegen ihres ruhigen Klanges war die Stimme noch furchterregender, und die Menge verfiel in ängstliches Schweigen. Irgendwo gurrte eine Taube, und andere antworteten, doch die Stimme fuhr fort zu sprechen.

»... ein Mensch, der dem Satan verfallen ist, hat keinen freien Willen mehr ...«

»... durch die Macht, die mir als wahrem Vertreter der Heiligen Kirche von Gott und zu dieser Gelegenheit auch von König Pedro, dem weltlichen Herrscher Spaniens, verliehen wurde ...«

»... verurteilen wir dich, Zurika, eine Hexe ohne Familiennamen, und dich, Aaron Levi, einen Ketzer, dessen Sündhaftigkeit sich in Verbrechen gegen unseren edlen Herrscher König Pedro gezeigt hat, zum Tode auf dem Scheiterhaufen. Das Urteil soll sofort vollstreckt werden. Aaron Levi soll zuerst hingerichtet werden, damit die besagte Hexe Zurika mitansehen kann, welches Unheil sie verursacht hat und welche Macht die Heilige Kirche über den Satan hat. Ihr werdet auf der Stelle zum Richtplatz gebracht, den man südlich vor der Stadt Jaén vorbereitet hat. Dort werdet ihr ohne weitere Verzögerung hingerichtet ...«

Da erschütterte ein Schrei die Luft.

Prinzessin Beatrice erblickte ein grauhaariges altes Weiblein, das sich mit einem Stab in der Hand einen Weg durch die Menge bahnte und auf das Podest zuhumpelte, wo die Würdenträger saßen, während der purpurgewandete Bischof das Urteil verlas. Verblüfft sah das Volk zu.

»Ihr habt kein Recht, meine Enkeltochter Zurika umzubringen«, kreischte die Frau. Entsetzt begriff Prinzessin Beatrice, daß die aufgebrachte Alte Zurikas Großmutter war. Sofort dämmerte ihr, daß Prinz Juan sie hierhergebracht haben mußte. Gewiß befand auch er sich in der Menge. »Sie ist ein gutes Mädchen, eine gute Christin, hat immer gebetet und die Heilige Jungfrau, alle Heiligen, Peter, Paul, Jesus Christus und Gottvater verehrt. Zurika weiß nichts von Hexerei. Ich bin ihre Großmutter Pilar und habe mich viele Jahre lang um sie gekümmert, nachdem ihr Vater gestorben war. Ihr könnt nicht ...«

»Schafft diese Frau weg«, unterbrach Bischof Eulogius, dessen Stimme jetzt nicht mehr ruhig klang, sondern eisig. »Wenn sie

ihre Zunge nicht im Zaum hält, werden wir sie wegen Mißachtung eines Gerichts der Heiligen Kirche bestrafen.«
Selbst von ihrem Platz aus konnte Prinzessin Beatrice sehen, wie die Augen der alten Frau zornig blitzten, als die Wachen sie fortschleppten.
»Ich verfluche dich, ich verfluche dich! Eines Tages werde ich mich an dir rächen ...« Der Rest von Pilars Toben verlor sich im Raunen der Menge, die seltsamerweise auf ihrer Seite zu stehen schien.
»Rache ... ich verfluche dich ... Rache ... Gott soll dir schreckliche ...« Die Worte hallten in Prinzessin Beatrices Kopf wider und ließen sie erschaudern.

Prinzessin Beatrice hatte sich standhaft geweigert, die Hinrichtung mitanzusehen, und nach einer ernsten Ermahnung hatte Mutter Euphrasia auch nicht mehr darauf bestanden.
»Es ist wichtig für uns, Zeugen der Qualen zu sein, die die Verdammten auf dieser Erde erleiden. So können wir uns in acht nehmen, damit wir sie nicht einmal selbst in der Ewigkeit erdulden müssen, mein Kind.«
Glücklicherweise hatte sie Mutter Euphrasia nicht verraten, daß sie Zurika und Aaron Levi kannten. Sie hatte lediglich erzählt, daß Prinz Ahmed ihr während des Turniers zur Flucht verholfen hatte. Trotzdem war Prinzessin Beatrice entsetzt darüber, wie gelassen Mutter Euphrasia die Hinrichtung aufnahm. Ihr Verhalten erinnerte sie an die bedingungslose Hingabe ihrer Mutter gegenüber ihrem Vater. Mutter Euphrasia war der Kirche ebenso blind ergeben.
Aaron Levi und Zurika gingen schweigend und mit Würde in den Tod.
Kein Laut sei den Verurteilten über die Lippen gekommen, erzählte die plappernde Schwester Agnesia später. Doch der Abschiedsruf der Hexe Zurika, als man Aaron Levis Scheiterhaufen anzündete, habe bewiesen, daß sie beide vom Teufel

besessen seien. »Wir werden uns im Himmel wiedersehen, Señor, und ich werde für dich tanzen.«

Als Pilar mitansehen mußte, wie ihre wunderschöne Zurika von den Flammen verzehrt wurde und wie sich langsam eine graue Rauchwolke um sie legte, war ihr das alte Herz gebrochen. Ihr Schützling, ihr Allerliebstes, ihre *queridisima*, die das Wichtigste in ihrem Leben gewesen war, seit ihr Sohn, Zurikas Vater, bei einer Messerstecherei das Leben gelassen hatte, war nun für immer von ihr gegangen! Pilar war nichts geblieben als die Rache. Sie haßte Bischof Eulogius mit jeder Faser ihres Körpers. Ganz langsam und qualvoll sollte er sterben, ehe er die ewigen Leiden der Hölle würde erdulden müssen, in die sie ihn schicken wollte.

Pilar kannte die Riten, obwohl sie sich bislang von der Schwarzen Magie ferngehalten hatte.

Nach der Hinrichtung hinkte sie zurück in ihre kleine Hütte mit dem winzigen Gemüsegärtchen, die gleich vor den Stadtmauern Jaéns lag. Dort hatte sie alle Gerätschaften, die sie brauchte. Sie suchte die schwarzen Kerzen, das Monatsblut und alles andere Notwendige zusammen und legte es für Mitternacht bereit. Dann setzte sie sich auf die Bank und stimmte ihre Zaubergesänge an. Den ersten richtete sie an Luzifer und seine Gehilfen und wiederholte ihn wieder und wieder, damit die Worte auf die bösen Geister einwirkten wie stete Tropfen, der den Stein höhlt. Irgendwann würden sie antworten und den Schutzwall des Christentums niederreißen, der Bischof Eulogius umgab und hinter dem er sein schwarzes, böses Herz verbarg.

Als es fast Mitternacht war, entzündete sie die schwarzen Kerzen, stellte jeweils eine in die weißen Kreise, die sie auf den Boden gemalt hatte, und streckte sich auf der hölzernen Bank aus. Nun war sie bereit, den letzten Fluch gegen den Bischof auszusprechen.

»O Mächte der Finsternis, o Satan, Feuer, Verdammnis, o Mächte der Hölle, führt den schändlichen und abscheulichen Körper von Bischof Eulogius in den schwärzesten, qualvollsten Tod, denn seine Seele ist bereits bei euch ... Wenn ihr meinen alten, verschrumpelten Körper haben wollt, um euch an diesem Bündel weißen Haares und morscher Knochen zu laben und diese müde Seele in die Ewigkeit zu schicken, damit ihr mir meine Bitte erfüllt, nehmt alles hin, solange ihr nur die Seele von Bischof Eulogius ins Höllenfeuer werft! Dann werde ich gern alle Qualen ertragen. Die Hölle soll mein Lohn sein, keine Strafe, wenn ich nur mitansehen darf, wie dieser schlechte Mensch leidet ...«

28. Kapitel

Gleich nach seiner Ankunft in Cordoba hatte er von dem geschwätzigen Wirt eines Gasthofes, wo er zum Mittagessen Rast gemacht hatte, die Schreckensnachricht erfahren. Die Stadt und das gesamte Gebiet westlich davon waren von einer Armee aus Léon y Navarra besetzt, die nur auf König Pedros Befehl wartete, um Granada zu überfallen. Außerdem hieß es, daß der König von Portugal beabsichtige, Granada von der Westgrenze her anzugreifen. Prinz Ahmeds Königreich war in großer Gefahr. Wegen der vielen Besucher herrschte in Cordoba ziemlicher Trubel, aber wie der Wirt bedrückt feststellte, hatte »der allmächtige Allah diesen bescheidenen Gasthof ans falsche Ende der Stadt gestellt«.

Prinz Ahmed hatte sich an einen großen Tisch auf der Veranda des Gasthofes gesetzt, wo das Essen – *paella marinara*, die kein verbotenes Schweinefleisch enthielt – aufgetragen wurde. So sehr war er in seine finsteren Gedanken versunken, daß er das vielsprachige Stimmengewirr um sich herum gar nicht wahrnahm.

Bis jetzt war Prinz Ahmed rasch vorangekommen, und er hatte gehofft, die Alhambra noch vor dem Wochenende zu erreichen. Nach seiner Ankunft wollte er sein Recht auf den Thron geltend machen und Prinzessin Beatrice suchen, die seine Gemahlin werden sollte. Was die strengen *imame* zu seiner Ehe mit einer ungläubigen Christin sagen würden, war ihm einerlei. Sie und auch Prinz Juan, Aaron Levi, der so viel für ihn geopfert hatte, und Zurika sollten in Granada eine neue Heimat finden. Doch Prinz Ahmed hatte sich trotz allen

Heimwehs darauf gefreut, ein oder zwei Stunden in Cordoba zu verbringen. Cordoba, von arabischen Geschichtsschreibern als »Juwel der Welt« bezeichnet, war eines der großen Vermächtnisse der islamischen Herrscher. Die Stadt war die älteste arabische Ansiedlung in Spanien. Unter dem Ansturm der christlichen Könige aus dem Norden hatte Cordoba seine Vormachtstellung allerdings zunächst an Sevilla und schließlich an Granada abtreten müssen. Abgesehen von den prächtigen Palästen gab es in Cordoba noch ungefähr fünfhundert Moscheen, zum Beispiel die Große Moschee, die von Abdul Rahman I. eingeweiht worden war. Dazu verfügte die Stadt noch über etwa tausend Badehäuser, weswegen sie weitgehend vom Schwarzen Tod verschont geblieben war. Für das Volk dort gab es mehr als hunderttausend Häuser und dazu noch fünfzigtausend, in denen Würdenträger, Höflinge, Offiziere und andere hochgestellte Persönlichkeiten lebten. Vor fünfhundert Jahren, unter der Herrschaft des Kalifen Alkahem II., hatte die Bibliothek etwa vierhunderttausend Bände umfaßt. Die Straßen der Stadt waren gepflastert und beleuchtet; das Wasser kam in einem Aquädukt aus den Bergen. Cordoba war außerdem das europäische Zentrum der Wissenschaften und führend auf den Gebieten der Medizin, Botanik, Chemie, Physik, Mathematik, Astronomie und Geographie. Zudem herrschte in der Stadt ein blühendes wirtschaftliches Leben, denn der Landwirtschaft, dem Handel und den Manufakturen kam es zugute, daß Schiffe vom Seehafen Cadiz aus den Guadalquivir hinuntersegeln konnten.
Und nun belagerte eine christliche Armee Granada an allen Grenzübergängen! Prinz Ahmed spielte mit dem Gedanken, sich an den Posten vorbeizuschleichen, doch er verwarf diesen Einfall wieder. Würde Cordoba für ihn immer nur eine ferne Ansammlung von Kirchtürmen und Minaretten bleiben, die in der dunstverhangenen Nachmittagssonne schimmerten? Unerreichbar wie ein Traum? Wieder mußte Prinz

Ahmed sich einer Notwendigkeit beugen. Er würde Richtung Osten aufbrechen und sich die Besichtigung der Stadt, auf die er sich so gefreut hatte, versagen. Warum nur mußte er in der letzten Zeit auf alles verzichten, wonach er sich sehnte? Und nun erwartete ihn eine Zukunft, die ihm Angst einjagte. Er befand sich in Feindesland, und gegnerische Truppen versperrten ihm den Weg zu seinem Königreich. Schlimmer noch, sein Land war gespalten und führerlos und würde so einem Angriff sicherlich nicht standhalten können. Würde er jemals König von Granada werden? In wenigen Wochen hatten die Christen sein Königreich vielleicht schon erobert, wenn seine Landsleute nicht ihre Truppen in Marsch setzten und es ihnen nicht gelang, den Angriff so lange abzuwehren, bis Hilfe aus den maurischen Königreichen in Nordafrika eintraf. Er erinnerte sich, daß Abou bon Ebben einmal hunderttausend Mann erwähnt hatte. Sollten sie nicht aus Marokko kommen? Nun bedauerte er, daß er nicht aufmerksamer hingehört hatte, doch damals war es ihm, einem Gefangenen im Gen al Arif, nicht wichtig erschienen. Hatte man ihm nicht untersagt, an der Seite seines Vaters gegen Kastilien in die Schlacht zu ziehen? Aber das mußte in einem anderen Leben gewesen sein.

War es vielleicht falsch gewesen, sein Geburtsrecht um der Ritterlichkeit willen aufs Spiel zu setzen? Aus seinem Gefängnis zu entfliehen, nur um ein schönes Mädchen zu retten? War sein Verhalten unverantwortlich und eines Thronerben unwürdig gewesen? Wenn er in Granada geblieben wäre, würde er nun gewiß schon auf dem Thron sitzen und sein Königreich wäre nie von Wirren heimgesucht worden. Fürwahr, er hatte schwere Schuld auf sich geladen!

Allerdings mußte er zugeben, daß er sich, nachdem er Prinzessin Beatrices Bild erblickt hatte, nicht anders hätte verhalten können. Er ahnte, daß es eine Angelegenheit von Ursache und Wirkung war – einer Unmenge an Ursachen, von denen die meisten im Dunkeln lagen, und ihrer unzähligen Folgen, von denen sich viele nicht absehen ließen. Das war eben *kismet* – das Schicksal. Unabänderlich, unerklärbar.

Ein Knurren und Schnappen riß ihn aus seinen Gedanken. Zwei räudige Hunde balgten sich im Sonnenlicht um einen Knochen. Während sie sich zähnefletschend gegenüberstanden, pirschte sich ein dritter Hund heran und machte sich mit dem Knochen davon. Zuerst belustigte dieser Vorfall Prinz Ahmed, doch dann begriff er etwas: Er war zu unbekümmert auf sein Ziel zugesteuert. Bis jetzt hatte er geglaubt, alles würde sich von allein ergeben, wenn er einfach über Cordoba nach Granada reiste. Doch das war gewiß nicht der Fall. Statt dessen würde er sich ganz unauffällig in sein Königreich schleichen müssen, genau so, wie er es verlassen hatte. Sich anpirschen und die Beute packen: Das war die Botschaft, die Allah ihm gerade durch diese drei räudigen Hunde übermittelt hatte.

Auch der Vormarsch der navarresischen Armee, der seine Pläne durchkreuzt hatte, war ein Zeichen Allahs gewesen. Der allmächtige Allah hatte ihn geführt, auch wenn er, Prinz Ahmed, vielleicht unverantwortlich gehandelt hatte. Sein göttlicher Wille hatte ihn an diesem heißen, sonnigen Nachmittag nach Cordoba gebracht. Er würde sich der Führung Allahs anvertrauen. Es war sein Schicksal, Granada zu retten, obwohl ihm in seinem Königreich schreckliche Gefahren drohten. Und einst würde er Herrscher von ganz Spanien werden!

Diese Gedanken heiterten ihn ein wenig auf. Er fing wieder an, Pläne zu schmieden, und stellte erfreut fest, daß er von seinen Vorfahren auch Schläue und Gerissenheit geerbt hatte.

Geh den Weg zurück, den du gekommen bist, hatte er aus der Botschaft des allmächtigen Allah geschlossen. Er hatte danach gehandelt und war den Hufspuren seines Pferdes gen

Osten gefolgt. Dann hatte er sich nach Süden gewandt und den gleichen Weg genommen, auf dem er damals aus Granada geflohen war. Nachdem er die tiefe Schlucht durchquert hatte, die die Grenze zu Granada bildete, hatte er sich endlich sicher gefühlt. Wie merkwürdig, daß er nun stehenbleiben und zurückblicken konnte, wie er es nur vor wenigen Monaten – wenngleich in die entgegengesetzte Richtung – getan hatte! Doch die Angst, die ihm während der letzten Monate im Nacken gesessen war, ließ sich nicht so rasch abschütteln – ständig blickte er sich um, obwohl dazu eigentlich kein Anlaß mehr bestand.

Der Rest der Reise von der Grenze bis zur Alhambra war zwar ohne Zwischenfälle verlaufen, aber Prinz Ahmed war sich im klaren darüber, was ihn nach seiner Ankunft erwartete. Sobald er sich im Palast als der rechtmäßige Thronerbe zu erkennen gab, würde Farouk Riswan, der schon seinen Vater ermordet und ihm Meuchelmörder nachgeschickt hatte, wieder zuschlagen. Farouk Riswan, Prinz Saad, der nun über das Land herrschte, und ihre Anhänger würden sich sofort auf ihn stürzen, ehe er die Möglichkeit hatte, seinen Anspruch geltend zu machen. Prinz Ahmed konnte nur auf eine günstige Gelegenheit hoffen, ihnen zuvorzukommen, und er hatte auch schon einen Plan.

Vier Tage nach seiner Abreise aus Cordoba ritt er durch das nördliche Tor in Granada ein, ohne daß ihn jemand aufgehalten hätte. Daß die Posten so wenig wachsam waren, erschreckte ihn angesichts des Umstandes, daß ein feindlicher Angriff bevorstand. Selbst die Menschen auf der Landstraße schienen sich keine besonderen Sorgen zu machen.

Prinz Ahmed wollte zuallererst Abou bon Ebben im Palast aufsuchen, sofern der alte Mann nicht auf Befehl des Königs hingerichtet worden war, da er den Thronerben hatte entfliehen lassen. Dann wollte er auch noch mit Tarif sprechen, denn auf die Treue seines Kammerdieners konnte er sich verlassen. Diese beiden Männer würden ihm berichten, welche Prinzen, Edelleute und Offiziere ihn als rechtmäßigen Thronerben unterstützen würden. Mit diesen Getreuen würde er sich in Verbindung setzen und anschließend losschlagen, wie er es geplant hatte.

Im goldenen Abendlicht stand er wie schon einmal auf dem Felsen, wo Zurika einst für ihn getanzt hatte. Die Zypressen dufteten noch wie früher, doch die Gipfel der Sierra Nevada in der Ferne schimmerten nun purpurn und schwarz. Über ihnen spannte sich ein blaßblauer Himmel. Der Gedanke überfiel ihn, daß es Zurika gewesen war, die sein Leben von Grund auf verändert hatte. Sie hatte ihn aus der verzweifelten dichterischen Verzückung gerissen, die ihn sogar dazu getrieben hatte, mit einem Baum der Lust zu pflegen. Erst durch sie war er wieder ein Mensch geworden. Prinz Ahmeds Gedanken wanderten in die Vergangenheit, und er erinnerte sich an all die merkwürdigen Dinge, die seither geschehen waren. Wie sehr hatte er sich doch zu seinem Vorteil verändert! Doch er bedauerte auch, daß er in den Monaten seit seiner Flucht aus der Alhambra nicht ein einziges Gedicht geschrieben hatte, nicht einmal eines auf Prinzessin Beatrice, obwohl sie zum wichtigsten Menschen in seinem Leben geworden war. Warum? Einfach deswegen, weil ihm die Zeit gefehlt hatte und er nicht in der richtigen Stimmung gewesen war.

Ein Specht klopfte, und Prinz Ahmed ließ seinen Blick über die Bergkette schweifen. Auf einmal kam ihm der schwarze Felsen wie eine Bühne vor. Das Klopfen des Spechtes verstummte, so als ob es seinen Zweck erfüllt hätte. Völlige Stille trat ein, und das warme Sonnenlicht umschmeichelte Prinz Ahmeds Körper. Gebannt wie das Kaninchen vor der Schlange starrte er auf den Felsen, wo im goldenen Abendlicht eine weibliche Gestalt erschien.

O Allah, was für eine außergewöhnliche Schönheit! Olivfarbene Haut, zarte Züge, weiche, rosenrote Lippen, Grübchen auf den Wangen. Die Augen, diese dunkelbraunen, feuchten Augen, in denen die Leidenschaft schlummerte, ihre Trauer und ihr Lächeln. Dann begann die Frau zu tanzen. Von Sehnsucht erfüllt, versuchte er ihr in die Augen zu sehen. Doch Enttäuschung überkam ihn, denn ihre Blicke wollten sich einfach nicht treffen. Was war der Grund? Lag es wie früher daran, daß sie mit dem Rücken zur untergehenden Sonne stand? Nein, diesmal kam es daher, daß sie in Gedanken nicht bei ihm war.

O Allah, Zurika tanzt nicht für mich, sondern für einen anderen.

Er folgte ihrem Blick. Da tauchte auf einem Felsen die sitzende Gestalt eines Mannes auf. Einen Stab in der Hand saß er mit angewinkeltem Bein da und betrachtete Zurika. Mit gebeugten Schultern und vorgestrecktem Kopf sah er ihr zu und war völlig von ihr gefesselt. Es war ein alter Mann, der ein schwarzes Gewand trug. Noch ehe Prinz Ahmed das schwarze Käppchen auf seinem Kopf erblickt hatte, erkannte er schon das lange, schmale Gesicht, die Adlernase, die faltigen Wangen. Zurika tanzte für Aaron Levi! In diesem Augenblick löste sich das Bild blitzartig in Luft auf, und Prinz Ahmed stand wie betäubt auf einem kahlen Felsen. Nichts rührte sich im goldenen Abendlicht.

Noch immer konnte er sich nicht von dem Bild lösen, das er erblickt hatte. Reglos stand der Prinz unter den Zypressen. Was hatte das zu bedeuten? War Zurika und Aaron Levi etwas zugestoßen? Waren sie gefangengenommen worden? Falls es sich so verhielt, war auch Prinzessin Beatrice ihrem Vater in die Hände gefallen – oder gar König Karl! Diese letzte Möglichkeit ließ Prinz Ahmed erschaudern. Allah, ich flehe dich an, nur das nicht!

Der Gedanke, daß Prinzessin Beatrice in Gefahr schweben könnte, ließ seine Entschlossenheit zurückkehren. Wenn sie gefangengenommen worden war, würde er sie eben noch

einmal retten, und wenn er dazu Toledo oder Pamplona Stein für Stein würde abtragen müssen! Auch wenn sie bereits mit König Karl verheiratet war, er würde sie zur Frau nehmen, ganz gleich, was die Gesetze der christlichen Kirche dazu sagten! Schließlich erkannte der Islam eine christliche Ehe nicht an.
Zum erstenmal seit seinem Abschied von seinen Freunden bereute er, sie verlassen zu haben.
Doch da wurde er von einem sanften Gurren aus seinen Gedanken gerissen und sah auf. Ein Taubenpärchen saß auf einem Sims hoch oben auf dem Turm. Der Anblick des Gen al Arif erinnerte Prinz Ahmed wieder an seine Pflichten. Auch wenn die Liebe den Willen Allahs verkörperte, durfte er nicht vergessen, in welcher Gefahr sein Land schwebte. Also schob Prinz Ahmed alle anderen Sorgen beiseite und schlich leise zum Turm hin.
Nachdem er dort angelangt war, beobachtete er die Wachen, die auf den Zinnen des Palastes auf und ab gingen. Prinz Ahmed wußte, daß sie dabei nicht ständig den ganzen Turm im Auge behalten konnten. Also paßte er den günstigsten Augenblick ab, um sich nach oben zu schwingen. Schließlich sprang er hoch und hielt sich mit den Händen am unteren Sims des Balkons fest, hinter dem seine früheren Gemächer lagen. Bald hatte er ihn erstiegen, zog sich hoch und stemmte sich über das Geländer. Als er den Kopf hob, traf sein Blick auf ein Paar schwarzer Augen, die ihn mit undurchdringlichem Blick anstarrten. Todesangst ergriff ihn.

Seit dem Autodafé hatte sich Prinzessin Beatrice jede Minute mit Selbstvorwürfen gequält. Der tragische Tod von Zurika und Aaron Levi ließ ihr ihr eigenes schreckliches Erlebnis als unbedeutend erscheinen. Was war schon eine Schändung, verglichen mit dem Tod auf dem Scheiterhaufen? Mit aller Macht mußte Prinzessin Beatrice sich zwingen, nicht an die

Leiden ihrer Freunde zu denken, nicht ihren Feuertod im Geiste noch einmal zu durchleben. Wie fühlte es sich wohl an, wenn der Holzstoß Feuer fing und knisternd die Flammen emporzüngelten? Um sich selbst zu retten, nicht ihretwegen, sondern um Prinz Ahmeds willen, mußte sie solche Gedanken beiseite schieben. Denn wenn sie nach den Qualen, die sie selbst durchlitten hatte, noch weiter über den Tod ihrer Gefährten nachdachte, würde sie bald den Verstand verlieren. Dank ihres starken Willens, Prinz Juans Einfühlungsgabe und Mutter Euphrasias Mitgefühl überstand sie diese leidvollen Tage und wurde allmählich wieder sie selbst. Allerdings konnte sie nicht vergessen, mit welcher blinden Gottergebenheit die Nonnen das Autodafé und die grausamen Hinrichtungen hingenommen hatten.

Als einige Tage später bekannt wurde, daß sich König Pedros Armee bald in Marsch setzen würde, war sie wieder in der Lage, mit Prinz Juan Pläne zu schmieden.

Die beiden Geschwister pflegten sich jeden Abend im Hof zu ergehen, während sie auf das Läuten der Vesperglocke warteten. Wie immer war es die goldene Stunde des Tages, in der die sengende Hitze der Kühle der länger werdenden Schatten wich. Der Gesang der Vögel, die in ihre Nester heimkehrten, übertönte das Säuseln des leichten Windes, der den Duft von Geißblatt zu ihnen hinübertrug. Von der anderen Seite der efeubewachsenen Mauer schallten silberne Kinderstimmen zu ihnen herüber – Laute, die Prinzessin Beatrice im Palast von Toledo nie gehört hatte. Bald würden ihre Mütter sie zum Abendessen rufen. Prinzessin Beatrice wurde ruhiger und hoffte, daß sie nun endlich inneren Frieden finden würde.

Als ob sie sich abgesprochen hätten, blieben die beiden Geschwister an der Mauer stehen. Inzwischen waren sie sich so nahe gekommen, daß jeder fast die Gedanken des anderen lesen konnte.

»Wir können nicht für immer im Kloster bleiben, obwohl wir

für die Unterkunft genug bezahlen«, bedeutete Prinzessin Beatrice ihrem Bruder. »Es ist Zeit für uns, weiterzuziehen.«

»Ich wollte warten, bis du bereit bist«, erwiderte er mit sanftem Blick.

»Ich weiß. Du bist wunderbar gewesen, und das meine ich ehrlich. Ein wirkliches Wunder. Du hast mich gelehrt, daß man einem Menschen durch Abwarten mehr hilft, als wenn man ihn zur Eile antreibt.«

»Gott hat mir den Auftrag gegeben, dir auf diese Weise zu helfen.«

Beide hatten sie sich in den vergangenen Wochen Mühe gegeben, nicht über die tragischen Ereignisse zu sprechen.

»Dann danke ich dir, und ich danke Gott dafür, daß es dich gibt.« Sie hielt inne. »Sicherlich hast du schon gehört, daß unser Vater in einigen Tagen an allen drei Fronten gegen Granada losschlagen will. Wir sind uns doch immer einig gewesen, daß Granada unsere einzige Hoffnung ist, oder?«

Er nickte. »Deine Rettung ist Prinz Ahmed«, antwortete er ernst. »Ein Ort kann niemals den Schutz bieten, den einem ein Mensch bedeuten kann.« Ihre Verwirrung war ihm aufgefallen. »Im Palast von Toledo hast du dich nicht sicher gefühlt, weil unser Vater uns keine Sicherheit gab. Wir hatten niemanden. Unsere wahre Sicherheit, so glaube ich, sind wir selbst, doch wenn es einen anderen Menschen gibt, der unsere Liebe erwidert, können wir in der Vereinigung der liebenden Seelen beieinander Schutz suchen.«

Prinzessin Beatrice errötete freudig, als Prinz Juan zum erstenmal ihre Liebe zu Prinz Ahmed erwähnte. Doch dann überkam sie Mitleid. Ihr geliebter Bruder war allein auf sich gestellt, denn es war unwahrscheinlich, daß sich trotz seiner Verstümmelung eine Frau in ihn verlieben würde. Zumindest würde es in der Welt des Adels sehr schwierig sein, eine Gattin zu finden, die das nötige Feingefühl aufbrachte, denn am Hof regierten falscher Stolz, Eigennutz und Hochmut.

Aber Prinzessin Beatrice mußte ihrem Bruder nur ins Gesicht sehen, um die Kraft zu erkennen, die ihm sein Leiden verliehen hatte. »Es ist an der Zeit, daß wir unsere Reise nach Granada planen«, erklärte sie.

»Diesmal sollten wir nicht zu lange planen«, antwortete er. »Wir sollten uns sofort auf den Weg machen, um dem Heer unseres Vaters zuvorzukommen. Nur so können wir ungehindert nach Granada gelangen.«

»Das hast du doch gewußt, seitdem wir hier sind«, meinte sie und blickte ihn fragend an.

»O ja.«

»Und warum hast du es mir dann nicht schon früher gesagt, geliebter Bruder?«

»Du warst noch nicht fähig zu reisen.«

Tränen schossen ihr in die Augen. Er hätte allein entfliehen oder sie zum Aufbruch zwingen können. Statt dessen aber hatte er gewartet, weil sie ihn brauchte, und dabei sein eigenes Leben in Gefahr gebracht. »Du bist ein wirklicher Prinz und *caballero*«, brach es aus ihr heraus.

Verlegen wandte er den Blick ab.

»Wann sollen wir aufbrechen?« fragte sie, um ihm die Scheu zu nehmen.

»Noch heute nacht«, erwiderte er entschlossen.

Mit jedem Tage fürchtete König Karl mehr, daß sein Verbrechen ans Licht kommen würde. Gleichzeitig überkam ihn zunehmend das Gefühl, etwas verloren zu haben. Er hatte sich am Morgen des Turniers auf den ersten Blick in Prinzessin Beatrice verliebt, doch das war ihm eigentlich erst viel später bewußt geworden, weil er noch nie einer Frau derartige Gefühle entgegengebracht hatte. Prinzessin Mathilde war für ihn nur wie eine Mutter, doch Prinzessin Beatrices schmales Gesicht, ihre weiße Haut, ihr langes goldenes Haar und die funkelnden blauen Augen konnte er einfach nicht aus seinen Gedanken verbannen. Als sie beim Turnier zu ihrem Platz gegangen war, hatte er zum erstenmal ihre anmutige Haltung bemerkt. Er erinnerte sich an ihren schlanken, hochgewachsenen Körper, die vollen Brüste, an denen er gesaugt hatte, die schmale Taille und die wohlgerundeten Hüften. Das Ebenbild seiner Mutter, aber dabei so jugendlich und unverbraucht, daß er beim bloßen Gedanken an sie ins Schwärmen geriet. Obwohl es eigentlich sonst nicht seine Art war, wollte er um sie werben, ihr Herz gewinnen und sie heiraten.

Was war nur geschehen, daß er ihr Gewalt angetan hatte? Sie hatte ihn wegen eines anderen Mannes zurückgewiesen. Deswegen hatte er sich auch auf sie geworfen und sie geschändet. Er hatte sie bestraft, wie er immer gern seine Mutter bestraft hätte, da sie ihn wegen seines Vaters zurückgewiesen hatte. Aber inzwischen bereute er, was er Prinzessin Beatrice angetan hatte.

Es war Abend. König Karl saß gerade in seinem Zelt, das neben dem von König Pedro stand, und sah niedergeschlagen nach Jaén hinüber, als sein Adjutant eintrat. Er berichtete, Graf Gaston sei aus Cordoba eingetroffen und bitte um eine Audienz. Beim Gedanken an den Grafen fiel König Karl Prinzessin Mathilde und ihre merkwürdige Liebesbeziehung ein. Um diese Tageszeit hatte er sich für gewöhnlich mit ihr getroffen. Doch heute peinigte König Karl nur die Reue, denn er hatte Prinzessin Beatrice für immer verloren.

Graf Gaston wollte ihm gewiß mitteilen, daß die Abteilung aus Léon y Navarra ihre Stellungen bezogen hatte. Ein weiterer Schritt zur Eroberung von Granada war getan, und diese war unbedingt notwendig, wenn er, König Karl, Kaiser von ganz Spanien werden wollte. Als der Graf hereinkam, betrachtete König Karl forschend sein Gesicht. Wollte ihm der Graf etwa eine neue Hiobsbotschaft überbringen? Doch dann rief er sich ins Gedächtnis zurück, daß der Mann, der nun vor ihm

niederkniete, um ihm die Hand zu küssen, seine Gefühle nie zeigte.
Er wies auf einen vergoldeten Schemel, der ihm gegenüberstand. »Bitte setz dich, Graf, und sage mir, was es Neues gibt.« Wie immer kam König Karl stets sogleich auf sein eigentliches Anliegen zu sprechen. Er hielt nichts davon, sich zuerst nach dem Befinden seines Gegenübers zu erkundigen oder nachzufragen, ob der Betreffende auch eine gute Reise gehabt hatte. Daß der Graf nun hier war, genügte ihm völlig.
»Ich bin gekommen, mein König, um dir zu berichten, daß unsere Abteilung ihre Stellungen bezogen hat. Alles ist bereit zum Angriff.«
»*Bueno*. Du hast meinen Befehl bemerkenswert rasch ausgeführt. Und wie steht es mit der Truppe? Der Gesundheit und der Moral von Offizieren und Mannschaft, den Waffen, den Vorräten?«
»Alles in bester Ordnung, Herr. Wie du es geplant hast.«
»Von dir habe ich auch nichts anderes erwartet, Kanzler. Ohne Zweifel bist du einer der fähigsten Feldherren in ganz Europa.«
Ein leichtes Lächeln huschte über Graf Gastons Lippen, während er den Kopf neigte. »Wenn man dich nicht mitzählt, mein König.«
Zum Teufel mit dir, dachte König Karl. Hochfahrend wie immer. Mußt du sogar ein Lob abtun? Obwohl er den Fähigkeiten dieses Mannes so viel zu verdanken hatte, hatte er ihn nie wirklich kennengelernt. Dennoch ahnte er, daß Graf Gaston über eine innere Größe verfügte, die jegliche Form der Herablassung von ihm abprallen ließ. Draußen verkündeten – da es hier keine Glocken gab – Trompeter die Vesperstunde. König und Kanzler erhoben und bekreuzigten sich. König Karl fragte sich, welches Gebet Graf Gaston soeben sprach und ob er überhaupt betete. »Die alte Sitte des Gebets erhebt

den Menschen«, bemerkte er, nachdem sie sich wieder gesetzt hatten.

»Dann müssen die Moslems ja ein unbeschreiblich hochstehendes Volk sein, mein König«, bemerkte Graf Gaston trokken. »Allerdings nicht ganz so hochstehend wie die Katholiken, die man siebenmal täglich zum Gebet ruft, während das bei den Moslems nur fünfmal der Fall ist.«

»Verdammt, Graf, jetzt ist nicht der richtige Zeitpunkt zum Philosophieren!«

»Verzeih, mein König. Ich wollte dich nur unterhalten.« Der Graf hielt inne und sah den König durchdringend an. »Wenn ich mir die Bemerkung erlauben darf, kommen deine Worte zur rechten Zeit, denn nun ist alles bereit, um zum Angriff gegen das moslemische Bollwerk überzugehen.«

Wie immer war es diesem Bastard gelungen, ihn in Verwirrung zu stürzen. Einmal kommt der Tag ... schwor er sich. Aber gleichzeitig war ihm klar, daß dieser Tag niemals kommen würde, denn Graf Gaston war einfach unersetzlich. Außerdem würde ein Aufstand der Basken losbrechen, wenn ihm etwas zustieß. »Das klingt, als ob dir mein Plan nicht gefiele«, stellte er statt dessen fest.

»Mit Krieg, Blutvergießen und körperlicher Gewalt – außer sie sind nötig, um sich selbst zu verteidigen oder die Schwachen zu schützen – habe ich schon immer meine Schwierigkeiten gehabt. Du kennst meinen Standpunkt, doch er wird meine Treue und mein Pflichtgefühl nicht schmälern. Und so werde ich die Aufgaben erfüllen, die du mir übertragen hast.«

»Ich habe mit dir noch nie über mein Vorhaben gesprochen«, räumte König Karl ein. »Hältst du es für unklug oder unmoralisch? Sprich nur frei von der Leber weg.«

»Die Moral liegt in der Verantwortlichkeit eines jeden einzelnen. Also verschwende ich nicht meine Zeit damit, mir über die Moralvorstellungen meiner Mitmenschen Gedanken zu machen. Mit der Weisheit ist es eine andere Sache. Doch wir sprechen hier über Entscheidungen, die bereits gefällt worden sind. Vollendete Tatsachen rückblickend zu bewerten, wäre ebenfalls Zeitverschwendung; außer es erscheint notwendig, um zukünftiges Handeln zu planen.«

»Was beschäftigt dich dann?« König Karl drängte es ernsthaft, zu erfahren, was in seinem Kanzler vorging, dessen scharfen Verstand er in den letzten Wochen vermißt hatte.

»Der gesamte Feldzug ist völlig überflüssig, mein König. Auf mich wirkt er eher wie ein Weg, um den Ehrgeiz des kastilischen Königs zu befriedigen. Was die Beteiligung der katholischen Kirche und die Anwesenheit von Bischof Eulogius anbelangt, halte ich das für pure Heuchelei.« In der Stimme des Grafen schwang Erbitterung mit. »Soviel ich weiß, sind das Zigeunermädchen und der Jude ergriffen worden. Man hat sie nach einem lächerlichen Autodafé auf dem Scheiterhaufen verbrannt.« Seine Stimme zitterte leicht. Ah, auch du kannst dich also entrüsten, dachte König Karl. Nun, auf diese Weise wirkst du wenigstens etwas menschlicher. »Schließlich sind wir keine Barbaren, die den Göttern vor der Schlacht Menschenopfer darbringen«, schloß Graf Gaston.

Die Worte seines Kanzlers riefen in König Karl das unangenehme Gefühl wach, daß Graf Gaston seine geheimsten Wünsche erriet und wußte, daß er König Pedro hintergehen wollte.

»Wir verstehen und teilen deine Gefühle, Kanzler«, log er. »Du müßtest aber auch erfahren haben, daß Bischof Eulogius allein für diese ... äh ... Greueltat verantwortlich ist. Mein Bruder König Pedro und ich sind diesem abscheulichen Ereignis mit Absicht ferngeblieben.«

»Bischof Eulogius wird dafür bezahlen.«

»Wie? Stellst du dir vor, daß Gott ihn für eine Tat strafen wird, die eigentlich die Sache der Christenheit in Spanien befördern soll?«

»Gott wird ihn strafen, mein König. Allerdings nicht dadurch, daß er plötzlich von einem Donnerschlag zu Boden gestreckt oder vor einen Richter gezerrt wird. Ich glaube nicht, daß Gott Gerechtigkeit und Gnade nach menschlichem Muster übt. Vielmehr wirkt er durch die unerklärlichen Gesetze von Ursache und Wirkung. Einfach ausgedrückt, gründen sich Bischof Eulogius' Taten auf sein Erbgut, seinen Charakter und seine Umwelt. Den ersten Schritt zum Unmenschlichen muß er schon vor langer Zeit vollzogen haben. Wahrscheinlich war er ein schüchterner kleiner Junge, der den Fliegen die Flügel ausriß.«

»Ha!« König Karl schoß der Gedanke durch den Kopf, daß Graf Gastons Worte sich auch auf seine eigene Kindheit anwenden ließen. »Sprich weiter«, befahl er.

»Und jede seiner kleinen Boshaftigkeiten hat diesen Wesenszug in ihm über die Jahre hinweg nicht nur verstärkt, sondern verdoppelt. Heute ist Bischof Eulogius ein Mann, den selbst der kleine Junge, der er damals war, nicht mehr wiedererkennen würde. Er ist nicht länger das Opfer anderer, sondern eines allumfassenden Selbst, das er eigenhändig geschaffen hat. Die Sehnsucht nach Anerkennung hat sich in einen grenzenlosen Geltungsdrang verwandelt. Inzwischen mordet er, um dieses Ziel zu erreichen. Allein, daß er sich hier in einem Gebiet befindet, wo wahrscheinlich in Kürze eine Schlacht toben wird, zeigt, daß er keine Zurückhaltung mehr kennt. Um seine Ziele zu erreichen, setzt er sogar sein eigenes Leben aufs Spiel. Inzwischen lenken Pferd und Wagen den Kutscher.«

»Und wonach gelüstet es ihn?«

»Meiner Ansicht nach möchte er zuerst Kardinal und dann Papst werden.«

König Karl riß die Augen auf. »Was? Wie soll das möglich sein? ...« Er schwieg, dachte über diese neue Erkenntnis nach und fragte sich, wie er sie für sich nutzen konnte. Klar

war, daß er sich mit dem Bischof verbünden mußte. Jetzt dämmerte es ihm! Das war also der Grund, warum König Pedro dem Bischof so eine lange Leine ließ! Ein weiterer Beweis, daß König Pedro Herrscher über ganz Spanien werden wollte! Nun denn, er, König Karl, würde König Pedro zum richtigen Zeitpunkt aus dem Wege räumen. »Vielleicht hast du recht«, räumte er ein und wandte sich wieder dem eigentlichen Thema zu. »Meinst du, Bischof Eulogius' Strafe wird sein, daß er nicht Papst wird?«
»Falls Bischof Eulogius sein Ziel wirklich erreicht, wird er sich selbst zerstören, denn er wird kein heiliger, sondern ein unheiliger Vater sein«, stellte Graf Gaston ernst fest. »Doch ich vermute, daß seine Taten ein grausiges Ende nach sich ziehen werden, noch ehe er soweit kommt. Wahrscheinlich werden sich die Zigeuner, die Juden, die Mauren oder andere sogenannte Heiden seiner annehmen, denen er Leid zugefügt hat.«
»Das wünschst du ihm doch auch, oder nicht?«
»Nein, mein König. Ich verschwende meine geistige Kraft nicht an solche Wünsche.«
Die Wendung, die das Gespräch nahm, weckte in König Karl Sehnsucht nach Prinzessin Mathilde. Wie gern hätte er auch ihre Meinung gehört! »Ich frage mich, was Prinzessin Mathilde dazu sagen würde.«
Etwas in Graf Gastons Gesichtsausdruck beunruhigte den König.
»Sagtest du ›wird‹, mein König?« fragte der Kanzler.
»*Ciertamente.*«
»Hast du es denn noch nicht erfahren?« Graf Gastons Stimme klang sehr ernst.
»Was?«
»Prinzessin Mathilde ist tot.«
»Nein ... oh ...!« Nur mit Mühe konnte König Karl einen Aufschrei unterdrücken. Er rang um Fassung, ehe er weiter-

sprach. »Wir haben noch nichts davon gehört«, sagte er schließlich. »Es kommt so ... so plötzlich. Wie ist es geschehen?« Seine Stimme klang belegt.
»Wie man mir berichtete, erlitt die Prinzessin kurz nach unserer Rückkehr nach Pamplona einen Herzanfall. Ich war zu diesem Zeitpunkt schon mit den königlichen Truppen unterwegs.«
»Ein schrecklicher Verlust.« Das war König Karls Nachruf auf Prinzessin Mathilde.
»In der Tat, mein König.«
Nun war er mutterseelenallein auf der Welt! König Karl hatte sein Innerstes mit Prinzessin Mathilde geteilt, seit er ein kleiner Junge gewesen war. Niemand kannte ihn so wie sie. Sie hatte Pläne für ihn geschmiedet, ihm auf den Thron verholfen, ihn beraten ... Jetzt war er wieder ein einsamer kleiner Junge. Wie konnte sie es nur wagen, ihn zu verlassen? Einige Minuten lang saß er schweigend und bedrückt da, bis sich, wie schon immer in seinem Leben, sein Kampfgeist wieder meldete. Zum Teufel damit! Er würde schon jemanden finden, der ihm Prinzessin Mathilde ersetzte. Ein Licht ging König Karl auf, das wie heller Sonnenschein die Abgründe seiner Verzweiflung erhellte. Das war es! Prinzessin Beatrice würde Prinzessin Mathildes Nachfolgerin, seine Seelenfreundin werden. Er würde um sie werben und sie zu seiner Frau machen. Diese Lösung würde ihm nichts als Vorteile bringen. Schließlich war Prinzessin Beatrice die Tochter von Maria de Padilla, die mäßigend auf König Pedro einwirkte und ihm alles in der Welt bedeutete. Außerdem würde eine Ehe mit ihr König Karl den Weg zum kastilischen Thron ebnen, wie Prinzessin Mathilde es geplant hatte.
Warum sollte er also Prinzessin Mathildes Tod betrauern? Er hatte einige Minuten ihrem Andenken gewidmet; das mußte genügen. König Karl nahm sich nie die Zeit, an Gott zu denken oder sich zu fragen, ob es überhaupt einen Gott gab.

Daß aber Prinzessin Mathilde zu einem so günstigen Zeitpunkt gestorben war, war sicherlich Gottes Wille gewesen. Mit einemmal geriet König Karl in Hochstimmung. Nun mußte er nur noch Prinzessin Beatrice ausfindig machen – koste es, was es wolle!

29. Kapitel

Als Prinz Ahmed die dunklen Augen über dem Balkongeländer sah, ließ er vor lauter Schrecken fast das Sims fahren. Doch im nächsten Augenblick erkannte er das Gesicht und hätte beinahe trotzdem losgelassen – diesmal vor Freude!

Es war Tarif. Sein Gesicht mochte ein wenig faltiger geworden sein, aber er war immer noch sein Tarif. Beim Anblick von Prinz Ahmed lächelte der alte Diener.

»Tarif!« rief Prinz Ahmed aus, wobei er vergaß, daß sein Gegenüber taubstumm war. Er zog sich höher und kletterte auf den Balkon. Auf die Hand, die Tarif küßte, fielen Tränen.

»Warum bist du hier, um mich zu begrüßen?« fragte Prinz Ahmed in Zeichensprache. Es war genau wie früher.

»Ich wußte, daß mein Herr und Prinz eines Abends zurückkehren würde. Deswegen habe ich hier jeden Tag um die gleiche Zeit gewacht. Ich habe dich vermißt, Herr.«

Tränen stiegen Prinz Ahmed in die Augen. »Auch ich habe dich vermißt, mein Helfer und treuer Freund.« Für ihn war Tarif nie nur ein Diener gewesen. »Ich habe dir viel zu erzählen, aber das muß noch warten. Ich nehme an, daß der Gen al Arif unbewohnt ist.«

»Ja, Herr.«

»Und wo ist mein Lehrer Abou bon Ebben?«

»Tot.« Bei diesem Wort zeigte Tarif kein Gefühl. »Er ist in Gegenwart deines Vaters in der Nacht deiner Flucht an einem Herzanfall gestorben.«

Trauer legte sich wie eine kalte Hand um Prinz Ahmeds Herz, doch die Tränen würden warten müssen. »Können wir hier sprechen, ohne befürchten zu müssen, daß man uns entdeckt? Oder sollen wir besser hineingehen?«

»Hier ist es günstiger, Herr.«

»Mein Vater wurde ermordet, nicht wahr?«

Langsam nickte Tarif mit dem Kopf.

»Wer ist dafür verantwortlich?«

»Es heißt, daß der Wesir Farouk Riswan den Anschlag angezettelt hat.« Nachdenklich hielt Tarif inne. »Auch du könntest in Gefahr sein, Herr, jetzt, da du zurückgekehrt bist. Diese Männer sind böse.«

»Ich weiß.« Prinz Ahmed stellte Tarif weitere Fragen, da er wußte, daß der alte Diener ihn nicht belügen würde. Er erfuhr, daß Prinz Saad jetzt im Palast residierte. Auch Farouk Riswan war meist vom Morgengrauen bis zur Abenddämmerung dort anzutreffen. Er war der eigentliche Herrscher von Granada und beseitigte nach und nach die Anhänger der alten Ordnung, die auf der überlieferten Thronfolge bestanden.

»Obwohl du in großer Gefahr schwebst, ist es ein Segen für unser Königreich, daß du zurückgekehrt bist, Herr«, schloß Tarif seinen Bericht.

»Nur, wenn mein Plan glückt.« Eindringlich sah er Tarif an und legte eine Hand auf die knochige Schulter des alten Mannes. »Also gibt es in der Hauptstadt noch Menschen, die dem Königshaus treu ergeben sind und die neue Regierung hassen?«

»Gewiß, Herr.«

»Wer ist ihr Anführer? Ich meine den einflußreichsten, mutigsten Mann.«

»Hauptmann Husain vom ersten Reiterregiment. Dein Vater hat ihm so sehr vertraut, daß er ihn mit dem Auftrag betraut hat, dich und Prinz Juan zu verfolgen.«

»Wo wohnt dieser Hauptmann Husain?«

»In der Alcazaba, der Palastkaserne. Sein Regiment hat im-

mer noch die Ehre, die Palastwachen zu stellen. Wie es das Glück will, hat er heute abend Dienst.«
Prinz Ahmeds Herz klopfte schneller. Ganz sicher war der allmächtige Allah mit ihm! »Niemand im Palast, abgesehen von den Bediensteten und Wächtern im Gen al Arif, kennt mein Gesicht. Selbst Prinz Saad und Farouk Riswan haben mich noch nie gesehen, und auch Hauptmann Husain nicht. Wie kann ich dem Hauptmann glaubhaft machen, wer ich bin?«
»Ich werde für dich bürgen, Herr, und andere im Palast, die deinem Vater treu ergeben waren, werden dich ebenfalls unterstützen.« Er blickte auf Prinz Ahmeds rechte Hand hinab, und sein Gesicht erhellte sich. »Außerdem hast du den Ring des Königs am Finger.«
Prinz Ahmed hatte den Siegelring mit dem Familienwappen der Nasrids ganz vergessen. Sein Vater hatte ihm das Schmuckstück zu seinem dreizehnten Geburtstag schicken lassen. Trotzdem hing nun Granadas ganze Zukunft möglicherweise von dem Wort eines taubstummen Palastdieners ab. »Ich danke dir, Tarif, und nehme dein Angebot demütig an.« Er blickte Tarif tief in die Augen. »Ich werde dir das nie vergessen. Aber wie kannst du den Hauptmann hierherbringen, ohne Verdacht zu erregen?«
Tarifs schwarzes Gesicht verzog sich zu einem Lächeln. »Durch den unterirdischen Gang, Prinz.«
»Welchen Gang?«
»Der Gen al Arif ist durch einen Geheimgang mit dem Hauptgebäude des Palastes verbunden, den du, Herr, nicht kanntest.«
»Heißt das, daß es noch einen Eingang von der Alhambra aus gibt?«
»Ja, Herr. Er beginnt am südlichen Ende des Palastes und war deinem Vater vorbehalten. Selbst Abou bon Ebben wußte nichts davon. Ich kannte ihn, weil König Yusuf mir das Ge-

heimnis verriet, falls du den Gang einmal brauchen solltest.« Er lächelte. »Dein Vater hatte recht.«
»Aber er selbst hat den Gang nie benutzt.« Prinz Ahmed konnte sich dieser bitteren Bemerkung nicht enthalten.
»Das tut mir leid.« Tarifs dunkle Augen füllten sich mit Tränen.
Prinz Ahmed klopfte ihm auf die Schulter. »Das muß es nicht, mein Freund. Ich mußte eben ohne Vater leben, so wie du ohne deine Stimme, ohne dein Gehör und ohne deine Männlichkeit leben mußt. Die Baumeister, die die Kellergewölbe des Palastes errichteten, haben auf Befehl meines Vaters sogar ihr Leben verloren, damit sie das Geheimnis nicht verrieten.« Er hielt inne. Kopfschüttelnd erkannte er die Zusammenhänge. »Alles meinetwegen«, flüsterte er, während er die Tränen des Entsetzens zurückdrängte. »Soviel Grausamkeit, so viele Menschenleben, nur, damit ich die Liebe nie kennenlerne und zu einem würdigen Thronfolger heranwachse!«

Nachdem Tarif Prinz Ahmed versichert hatte, daß niemand seine ehemaligen Gemächer betreten würde, hatte er sich aufgemacht, um den Hauptmann Husain zu suchen. Seit Prinz Ahmed wußte, wie viele Menschen um seinetwillen gelitten hatten, war er fest entschlossen, sein Volk in der Stunde der Not nicht zu verlassen. Er würde sich als würdiger Thronfolger erweisen!
Aufregung überfiel ihn, obwohl ihn gleichzeitig auch Furcht beschlich, als er langsam von Zimmer zu Zimmer schlenderte. Wehmütig blieb er hie und da stehen und betrachtete ein Gemälde oder eine Statuette. Die moschusduftenden Lampen, die nie gelöscht wurden, brannten immer noch, so daß er sich alles genau ansehen konnte, auch als die Schatten draußen schon länger wurden. Jedes Stück stand noch so, wie er es verlassen hatte, selbst die Manuskripte in seinem Arbeitszimmer und das Schreibzeug auf dem Tisch.

Trotz seiner Furcht und der bösen Vorahnungen freute sich Prinz Ahmed, wieder in seinen sauberen, bequemen Gemächern zu sein. Endlich war er nach Hause zurückgekehrt! Nun konnte er nur noch hoffen, daß Prinzessin Beatrice, Prinz Juan, Aaron Levi und Zurika auf ihrem Weg nach Granada nicht allzuviel würden durchmachen müssen. Bald würden auch sie hier eintreffen. Falls sie sich bereits in der Stadt befanden, konnten sie warten, bis er seine Anwesenheit öffentlich bekanntgab, und sich dann mit ihm in Verbindung setzen.
Schließlich lenkte er seine Schritte zu dem Fenster, von dem aus er Zurika zum erstenmal hatte tanzen sehen. Der flache, schwarze Felsen lag verlassen da. Die Berge in der Ferne erglühten in einem purpurnen Ton, und der Himmel schimmerte rosig im Licht der untergehenden Sonne. In den Zweigen der Zypressen unter ihm gurrten Tauben; ein Windhauch raschelte in den Blättern. Was hatte die Erscheinung zu bedeuten, die ihm vor einer Stunde begegnet war? Doch diese Frage wurde vom Gedanken an Prinzessin Beatrice verdrängt. In diesem Gemach hatte er zum erstenmal ihr Bild erblickt! Und bald würde sie allein mit ihm an diesem Fenster stehen und eben diesen Anblick genießen. Vielleicht würden sie sich auch nur einfach in die Augen sehen. Bei dieser Vorstellung zitterte er wie Espenlaub.
Dann setzte er sich an seinen ehemaligen Schreibtisch und wartete. Fast eine Stunde verging, und es war schon dunkel geworden, als er das Klappern von Reitstiefeln und das Schlurfen von Sandalen auf dem Marmorfußboden hörte. Aus Vorsicht erhob er sich und zog sein Schwert.
Der Mann, der in der offenen Tür erschien, war mit Sicherheit Hauptmann Husain. Beim Anblick von Prinz Ahmeds gezücktem Schwert huschte ein belustigter Ausdruck über sein ebenmäßig geschnittenes Gesicht. Er war ein stattlicher Mann, der Selbstbewußtsein ausstrahlte. Seit rotes Wams und die weißen Hosen saßen wie eine zweite Haut an seinem

Körper, und das große Krummschwert an seiner Seite wirkte in seiner silbernen Scheide eher wie ein Schmuckstück als wie eine Waffe. Der Hauptmann hatte eine gerade, schmale Nase, dichte, schwarze Augenbrauen und einen sauber gestutzten Schnurrbart. Er trug keinen Bart, und auf der rechten Wange erkannte man eine Narbe von einem Säbelhieb. Er stand in der Tür und musterte Prinz Ahmed mit durchdringendem Blick, machte aber keine Anstalten einzutreten oder ihn zu begrüßen.

Endlich schien er zufrieden. »Wenigstens siehst du aus wie ein Prinz«, stellte er fest. »Falls du wirklich einer bist, werde ich dich meinen Gebieter nennen.«

Prinz Ahmed war über diese Begrüßung verblüfft, doch ihm gefiel der Mann. Vor ihm stand ein tapferer Soldat, der sich durchsetzen konnte, der über unbeirrbaren Mut verfügte, und dem er auf Anhieb vertraute. »Wenigstens siehst du aus wie ein Reiterhauptmann«, gab er lächelnd zurück. »Wenn du wirklich der Mann bist, für den mein Vater, der König, dich offenbar gehalten hat, können wir davon ausgehen, daß ich dir noch so manchen Titel verleihen werde.«

Weiße Zähne blitzen, als sich die Lippen des Hauptmanns zu einem Lächeln öffneten. Dann warf er den Kopf zurück, und sein lautes Gelächter hallte durch den Raum. »Wenigstens dein Witz ist eines Königs würdig«, entgegnete er. »Und das ist etwas wert, selbst wenn du ein Betrüger sein solltest.«

»Komm und setz dich, Hauptmann.« Prinz Ahmed wies auf eine vergoldete Ottomane neben seinem Schreibtisch. Dann warf er Tarif, der noch im Vorzimmer stand, einen Blick zu. »Du kannst die Tür schließen und draußen warten«, bedeutete er ihm.

»Du hast mich rufen lassen«, begann Hauptmann Husain, nachdem die Tür ins Schloß gefallen war und sie beide Platz genommen hatten. »Aber ich will mich nicht des Hochverrats schuldig machen. Verstehst du?«

»Gewiß.«
»Aus diesem Grund muß ich, wobei ich dich untertänigst um Verzeihung bitte, einige Fragen an dich richten, um sicherzugehen, daß du der bist, für den du dich ausgibst. Noch wichtiger als die Frage des Hochverrats ist die Sicherheit unseres Landes. Wenn du wirklich Prinz Ahmed bist, haben wir eine großartige Zukunft vor uns, und ich werde dir bis zu meinem Tode dienen. Bist du aber ein Betrüger ...« Das Funkeln in den braunen Augen sagte mehr als tausend Worte.
»Ich habe Verständnis für deine Zweifel. Du darfst mich fragen, was du willst. Ich begrüße es sogar. Aber laß mich dir zuerst etwas zeigen.« Er hob die rechte Hand und streckte den Mittelfinger aus. »Dieser goldene Ring trägt unser Familiensiegel. König Yusuf, mein verstorbener Vater, den ich nie gesehen habe, hat ihn mir zu meinem dreizehnten Geburtstag geschickt. Tarif wird sich daran erinnern.«
Hauptmann Husain setzte sich auf. »Würdest du mir bitte zuerst kurz deine Lebensgeschichte erzählen, angefangen bei deinen frühesten Erinnerungen bis zum heutigen Tage?«
Prinz Ahmed berichtete ihm alle Einzelheiten, von denen er glaubte, daß sie seine Behauptung untermauern würden. Alles, was mit der Liebe zusammenhing, ließ er aus, aber er erzählte von der Geisterbeschwörung mit Pilar, von Zurikas Tanz und vom Turnier. Sein Zuhörer erwies sich als wachsam wie ein Falke, der über seiner Beute kreist. Nur als Prinz Ahmed ihm den Grund für seine Auflehnung verriet, nämlich, daß er zum Krieger erzogen worden war und nicht gegen Kastilien in die Schlacht hatte ziehen dürfen, blitzten die Augen des Hauptmanns auf. Dann stellte er gezielte Fragen zu Abou bon Ebben, den anderen Lehrern, dem Grundriß des Gen al Arif und besonders zu den Ereignissen der Fluchtnacht. Dabei bewies er unnachgiebige Beharrlichkeit und einen scharfen Verstand. Prinz Ahmed spürte allmählich ein

flaues Gefühl im Magen. Seine gesamte Zukunft lag in der Hand dieses Mannes!
Es dauerte mehr als eine Stunde, bis die beiden Männer schließlich in nachdenkliches Schweigen verfielen. Hauptmann Husain schien das Muster im Teppich zu betrachten. Endlich hob er den Kopf und sah Prinz Ahmed an. »Ich glaube dir«, erklärte er. »Was befiehlst du?«
»Gibt es in deinem Regiment zehn Offiziere, die meinen Plan furchtlos und entschlossen in die Tat umsetzen würden?« Dieser Mann erwartete keinen Dank.
»Ja. Und noch viel mehr.«
»Und diese Männer würden die Befehle ohne zu fragen ausführen?«
»Bis zum Tode.« Die braunen Augen des Hauptmanns blitzten, und er reckte das Kinn. »Wir sind das Leibregiment des Königs.«
Begeisterung überkam Prinz Ahmed. Er beugte sich vor und stützte die Ellenbogen auf die Tischplatte. »So höre meinen Plan.« Während er sein Vorhaben erläuterte, bemerkte er, daß auch die einfache Bitte des Hauptmanns um einen Befehl eine Prüfung gewesen war. Selbst den rechtmäßigen Thronerben hätte der Offizier nur ungern unterstützt, wenn dieser sich als unentschlossener Waschlappen erwies.
Als er fortfuhr, stellte er fest, daß Hauptmann Husain ihm immer gespannter zuhörte, obwohl er sich seine Begeisterung äußerlich nicht anmerken ließ. »Hast du noch Fragen?« schloß Prinz Ahmed seine Ausführungen.
»Überhaupt keine, mein Prinz.« Erleichtert erkannte Prinz Ahmed, daß sein Gegenüber ihn mit dem ihm gebührenden Titel anredete. »Dein Plan ist ausgezeichnet. Ich werde dir helfen, ihn zu verwirklichen.«
»Nenne mir zuerst die Namen der Offiziere, die sich uns anschließen werden.«
Hauptmann Husain strich sich mit dem Daumennagel über

den schwarzen Schnurrbart. »Der Wichtigste ist Oberst Ismail, der das erste Reiterregiment befehligt.«
Prinz Ahmeds Hoffnungen wuchsen. »Auf diese Weise wird das gesamte Regiment hinter uns stehen?«
»Jawohl. Außerdem ist auch Major Raschid, der zweite Befehlshaber, einer der unseren. Dazu kommt noch Leutnant Wahid. Die restlichen acht Männer sind Feldwebel.«
»Gut.«
»Wann möchtest du losschlagen?«
»Heute nacht.«

Sie hatten ihre rasche Abreise mit Mutter Euphrasia abgesprochen. Eigentlich hatten sie die Äbtissin nicht mehr belügen wollen, doch nun teilten sie ihr mit, Prinz Juan habe am Nachmittag in der Stadt Bekannte aus Toledo getroffen, die schon am nächsten Tag vor Morgengrauen nach Cordoba aufbrechen wollten. Um den Nonnen nicht durch ihren frühen Aufbruch Ungelegenheiten zu bereiten, würden sie die Nacht im Hause eines Freundes dieser Bekannten verbringen und dann nach Cordoba reisen.
Mutter Euphrasia tat, als glaubte sie ihnen ihre Geschichte, aber an ihrem Blick konnte Prinzessin Beatrice erkennen, daß sie nicht völlig überzeugt war. Nach einem frühen Abendessen verabschiedeten sie sich herzlich von der hilfsbereiten Mutter Oberin.
Der alte Türhüter war ausgegangen. Also konnte sich Prinzessin Beatrice im Pförtnerhäuschen als Knabe verkleiden. Sie zog ein schwarzes Wams von Prinz Juan und weiße Hosen an und verbarg ihr Haar unter einer Kapuze. »Du bist ein wirklich hübscher Knabe«, bemerkte Prinz Juan lächelnd. »Besonders jetzt, da sich deine sonnenverbrannte Haut, die du unserer Reise durch die Meseta verdanktest, endlich geschält hat.«
Nachdem sie ihre Pferde abgeholt hatten, ritten sie in der

Dämmerung mitten durch Jaén zu der Straße nach Granada. Das Kloster war für Prinzessin Beatrice ein Zufluchtsort gewesen; nun befand sie sich wieder mitten im Leben. Um sie herum wogte eine Menschenmenge; Leute riefen, Händler priesen schreiend ihre Ware an, Gelächter ertönte, Wagen polterten, und Pferdehufe klapperten auf dem Pflaster. Doch es waren die Gerüche der Stadt, besonders der Gestank nach menschlichen Ausscheidungen und Schweiß, der in Prinzessin Beatrice angstvolle Erinnerungen wachrief. Auf einmal stand ihr die Vergewaltigung wieder lebhaft vor Augen, so, als ob jemand ein Fenster aufgerissen hätte. Sie schloß die Augen und versuchte, die Bilder zu verscheuchen, aber sie ließen sich nicht verdrängen. Mit aller Macht bemühte sich Prinzessin Beatrice, einen Aufschrei zu unterdrücken. Dabei krampften sich ihre Finger um die Zügel, das Pferd schoß vorwärts und preschte durch die Menschenmenge, die entsetzt auseinanderstob, davon. Die Zügel glitten Prinzessin Beatrice aus der Hand, doch durch den Schrecken war die entsetzliche Erinnerung auf einmal verschwunden, und es gelang ihr, sich auf dem Pferd zu halten. Nun lief das Tier wieder langsamer, und während Prinzessin Beatrice nach den Zügeln griff, stellte sie fest, daß Prinz Juan dicht hinter ihr war. Schließlich hatte sie ihr Pferd wieder in der Gewalt, brachte es atemlos zum Stehen und sah sich im rotgoldenen Licht der Fackeln um. Vor sich entdeckte sie zwei Reiter, die, offenbar um ihr auszuweichen, angehalten hatten. Bei ihrem Anblick schien die Welt um sie zu verschwimmen, denn sie erkannte das Gesicht von König Karl dem Bösen – dem Manne, der sie geschändet hatte.

König Pedro war bester Laune. Endlich war Graf Gaston eingetroffen und hatte ihm berichtet, daß seine Truppen ihre Stellungen bezogen hatten. Außerdem würde das portugiesische Heer am nächsten Tag die Grenze zu Granada erreichen. Diese guten Nachrichten mußten gefeiert werden! König Pedro hatte Graf Gaston und Bischof Eulogius, dem er seine wahren Gefühle nicht verriet und den er wegen seines Vorgehens gegen den Juden und die Zigeunerin gelobt hatte, in das Speisezelt gebeten, wo er und König Karl für gewöhnlich gemeinsam die Mahlzeiten einnahmen.

Das Zelt war mit rosafarbener Seide gefüttert und wurde von zwei Öllampen aus Kristall erleuchtet, die von der Stützstange herabhingen. Ein flämischer Teppich bedeckte das niedergetrampelte Gras, und darauf stand ein schwerer Eichentisch mit Stühlen. Der Tisch bog sich von silbernen Schüsseln, die mit Kapaunpastetchen, Brisoletts aus geschnetzelten Feigen, Mandeln, Datteln, getrocknetem Lengfisch und Schellfisch, Linsen, fritiertem Rindsknochenmark und winzigen Dorschleberpastetchen gefüllt waren. Es duftete angenehm nach Braten und Gewürzen. König Pedro, der ein braunes Gewand trug, thronte gegenüber dem Zelteingang. Zu seiner Linken saß Graf Gaston, der wie immer in Weiß gekleidet war. Bischof Eulogius in seiner purpurroten Robe hatte rechts von ihm Platz genommen.

König Pedro warf einen Blick auf die Sanduhr auf der eichenen Kommode. »Mein Bruder König Karl kommt spät«, bemerkte er. Durch den offenen Zelteingang konnte er seine Soldaten sehen, die nach dem Essen in kleinen Grüppchen herumsaßen. Trotz der sommerlichen Hitze hatte eine Gruppe Männer ein Lagerfeuer entfacht. Gitarrenklänge ertönten, und eine Tenorstimme erklang.

Die Musik war in der stillen Dämmerung so gut zu hören, daß König Pedro sich vorstellte, wie die Töne in den tiefblauen Himmel hinaufstiegen und an den Sternen vorbei geradewegs zu Gott schwebten.

»Aber das soll mich nicht kümmern. Dieser ausgezeichnete Sherry aus Cadiz wird mich trösten.« Er griff nach dem silbernen Kelch und nahm einen großen Schluck. »Ein kleines Tröpfchen würde mich kaum für die Abwesenheit meines Bruders entschädigen«, erklärte er und wischte sich mit der Hand über den Mund. Schließlich trinke ich Wein nicht um des Geschmackes willen, dachte er, sondern deswegen, weil ich mich dann besser fühle. Aber an morgen denke ich dann lieber nicht.

»Gewiß, der Genuß guten Weines allein ist von Bedeutung«, säuselte Bischof Eulogius. »Die Art und Weise, in der man ihn genießt, ist dagegen völlig gleichgültig.«

»Ist das ein heiliges Sakrament?« fragte Graf Gaston mit spöttisch blitzenden Augen.

»Welch ein Sakrileg!« rief der Bischof in gespielter Entrüstung aus und nahm einen winzigen Schluck aus seinem Glas, wie um zu zeigen, wie es richtig gemacht wurde.

»Es ist nicht mehr Sakrileg als die Wertschätzung, die man einem guten Tropfen entgegenbringt, Bischof«, gab Graf Gaston zurück.

König Pedro brach in brüllendes Gelächter aus und schlug mit der Faust auf den Tisch, daß das Geschirr klapperte. »Gut gesagt, Kanzler.« Dieser Mann gefiel ihm immer besser, besonders, wenn er jämmerliche Speichellecker wie den Bischof vor ihrem eigenen König lächerlich machte. Doch dann wurde König Pedro wieder ernst. »Ich hatte gehofft, den richtigen Zeitpunkt für unseren Einmarsch in Granada mit meinem Bruder besprechen zu können«, fügte er hinzu. Absichtlich kam er jetzt auf dieses Thema zu sprechen, damit er es erörtern konnte, solange er noch nüchtern war. »Weißt du, wo sich dein Herr aufhält, Graf?«

»Nein, mein König, doch es heißt, er hat in Begleitung seines Adjutanten zu Pferde das Lager verlassen. Wohin er wollte, hat er nicht gesagt.«

»Wahrscheinlich ist er in eines der Freudenhäuser in der Stadt gegangen«, mutmaßte König Pedro. »Zwar hätte er sich eine unserer Marketenderinnen in sein Zelt bringen lassen können, aber wahrscheinlich braucht er eine kleine Abwechslung.« Er dachte einen Augenblick nach. »Nun, wenn sich das wirklich so verhält, kommt er vielleicht erst bei Morgengrauen zurück. Kannst du nicht für deinen König sprechen, Kanzler? Schließlich bist du der Befehlshaber der navarresischen Armee.«

»Ich glaube schon, Herr.«

»Wann können sich deine Truppen frühestens in Bewegung setzen?«

»Jederzeit, mein König. Unsere Vorhut hat Befehl, innerhalb einer Stunde nach Erhalt des Befehls abmarschbereit zu sein.«

»Gut.« König Pedro langweilte es allmählich, untätig in Jaén herumzusitzen. Doch niemand außer ihm und Ruy de Vivar wußte, daß er außerdem auf eine Nachricht gewartet hatte. An diesem Nachmittag hatte er nun endlich die Botschaft erhalten, daß Granada seine Grenzen nicht verteidigen würde. Jetzt wollte König Pedro den Feldzug so rasch wie möglich beenden, Granada erobern und nach Toledo zu seiner Maria zurückkehren. Noch besser wäre es, wenn sie zu ihm in die Alhambra kommen würde. Erst an diesem Morgen hatte er einen liebevollen Brief von Maria erhalten, in dem sie ihn ihrer bedingungslosen Ergebenheit und Treue versicherte. Ein Besuch in der Alhambra wäre ein passendes Geschenk zur Versöhnung. »Wer wird den Befehl erteilen?« fragte König Pedro, obwohl er die Antwort schon kannte.

»Selbstverständlich mein Herr, König Karl. Doch ich nehme an, daß ich seine Botschaft nach Cordoba bringen werde.«

Anschließend erörterten sie den weiteren Vormarsch der beiden Armeen und besprachen, wo sie sich treffen und wie sie die maurische Hauptstadt einschließen würden. »Unsere Zuträger berichten, daß die Führer Granadas nichts unternommen haben, um ihre Truppen zu sammeln«, fuhr König Pedro fort. »Wir gehen davon aus, daß sie sich belagern lassen werden und dabei auf Hilfe von ihren nordafrikanischen Brüdern hoffen. Wie lange brauchst du, um in dein Hauptquartier zurückzukehren, Kanzler?«

»Zwei Nächte und drei Tage, mein König.«

»Wann kannst du aufbrechen?«

»Bei Tagesanbruch.«

König Pedro rieb sich die Hände. »Ausgezeichnet. Ich werde meine Truppen in vier Tagen bei Morgengrauen in Marsch setzen. Da sich die Mauren uns wahrscheinlich nicht zum offenen Kampf stellen werden, müssen wir den Vormarsch unserer Heere zu den Mauern von Granada nicht bis ins kleinste miteinander abstimmen.« Er hob seinen Weinkelch. »Hölle und Verdammnis für unsere Feinde!« rief er aus.

»Auf den Sieg der *Reconquista«,* fügte Bischof Eulogius hinzu.

»Auf den Sieg der Gerechtigkeit«, war Graf Gastons Trinkspruch.

Seit er sich erinnern konnte, hatte König Karl der Böse immer aus dem Augenblick heraus gehandelt, weshalb seine Mutter ihn oft gezüchtigt hatte. Als er neben Hauptmann de Villa durch die Abenddämmerung in Richtung Jaén ritt, wußte er, daß er schon wieder so weit war. Wenn du dich wie ein Prinz benimmst, wirst du als König enden, hatte Königin Johanna ihn immer ermahnt. Doch er hatte sich schon als Knabe gefragt, wozu er sich wie ein Prinz verhalten sollte, wenn er doch bereits einer war. Er wollte nur er selbst sein. Und nachdem er älter geworden war und einige Schimpfwörter gelernt hatte, hatte er sie in Gedanken oft und gerne auf seine Mutter angewendet.

Sobald er während seines Gesprächs mit Graf Gaston entschieden hatte, daß Prinzessin Beatrice seine Frau werden würde, war sein Entschluß festgestanden. Er war zu der Hütte geritten, wo er sie geschändet hatte. Niemand außer seinem treuen Adjutanten, der ihn begleitete, wußte von seiner Tat.

Der Hauptmann war der einzige, dem König Karl vertraute. Sicherlich würde König Pedro sich über seine Abwesenheit beim Abendessen wundern. Schließlich verschwand ein König, der bei einem anderen zu Gast war, nicht einfach ohne ein Wort in der Dunkelheit. Doch das kümmerte König Karl nicht im geringsten. Er war Karl der Böse, ein freier Mann. Als Gast im Palast von Toledo war er bemüht gewesen, sich an die Etikette zu halten. Aber wenn man sich auf einem Feldzug befand, waren solche Anstrengungen vollkommen überflüssig. Und falls sich dennoch jemand an seinem Betragen stoßen sollte – zur Hölle mit ihm!

Er hatte seinen Dienern befohlen, für ihn und Hauptmann de Villa Speisen und Wein zu bringen. Vielleicht würde es ja eine lange Nacht werden. Außerdem hatte er sich noch zwei Öllaternen beschafft. Zwar wußte er nicht, was er in der Hütte vorfinden würde, abgesehen von zwei faulenden Leichen, die sicherlich noch dort lagen. Aber wo sonst hätte er mit seiner Suche beginnen sollen? Also erschien ihm die Hütte als der beste Ausgangspunkt.

Der riesige Hauptmann de Villa, der mit den beiden Laternen auf dem Sattel neben ihm herritt, kannte das Losungswort, so daß sie keine Schwierigkeiten haben würden, ins Lager zurückzukehren. Als sie aufbrachen, war es bereits dunkel geworden, und die Lichter von Jaén schimmerten durch die Nacht. Die Luft war klar, aber die Wärme des Tages hing noch über dem Boden. Kaum ein Mensch war auf der Straße zu sehen, abgesehen von einigen Fußgängern, die durch die Seitenpforte die Stadt betreten würden.

Der Hauptmann hatte sich vom Polizeikommandanten in Jaén einen Passierschein ausstellen lassen. Deswegen öffneten die Wächter ihnen ohne Widerspruch das Haupttor.

»Immer wenn ich nachts in eine Stadt komme, fühle ich mich, als ob ich aus der Finsternis in ein bewohntes Haus trete«, vertraute König Karl dem Hauptmann an, als die beiden

Männer die von Fackeln beleuchtete Straße entlangritten. Er mußte jetzt reden, um sich zu beruhigen.
Falls Hauptmann de Villa von dieser so poetischen Bemerkung seines Königs überrascht war, ließ er es sich nicht anmerken. König Karl kannte de Villa als bedächtigen Mann, auf dessen Treue mit Sicherheit mehr Verlaß war als auf seine Vorstellungskraft. Auch diesmal war die Antwort des Hauptmanns nichts weiter als eine höfliche Floskel: »Warum, mein König?«
»Draußen auf der Landstraße war es stockfinster und verlassen. Hier sind die Straßen beleuchtet, und auch aus den offenen Fenstern und Türen fällt Licht. Und sieh dir die Menschen an. Manche sind festlich gekleidet und haben heute sicherlich etwas zu feiern. Andere tragen Alltagsgewänder. Gewiß befinden sie sich auf dem Nachhauseweg. Der Mensch ist doch ein vielgestaltiges Wesen.« Er wies mit dem Kopf auf einen Mann, der aus einer Schenke taumelte. »Hier zum Beispiel hast du einen Vertreter der Gattung Trinker. Und sieh dir die schwarzgekleideten Frauen mit den weißen *mantillas* an, die zur Beichte eilen, nachdem sie ihrer Familie das Essen aufgetischt haben.«
»Ich sehe sie, mein König.« Es war offensichtlich, daß Hauptmann de Villa überhaupt nichts sah.
Allerdings hatte nun auch König Karl genug davon, in Bildern zu schwelgen. »Jaén ist wie die meisten Städte in der Form von vier Quadraten angeordnet«, bemerkte er, als sie durch die Straße der Speisehäuser kamen, die zu ihrer Rechten von der Hauptstraße abging. Durch die geöffneten Türen erblickte er Feuer, über denen Hühner und Schweine am Spieß brieten. Der Duft war stärker als der Gestank nach Abwässern und Müll und stieg König Karl verlockend in die Nase. In diesem Augenblick beneidete er die Menschen um ihr gemütliches Zuhause. Was wußte er, der König, schon von einem Zuhause, hatte er doch sein ganzes Leben lang in

einem Palast gelebt. König Karl genoß es so sehr, unbeobachtet durch die Straßen zu reiten, daß er am liebsten vom Pferd gestiegen wäre, um sich den Menschen anzuschließen.

Sie ritten so zielstrebig dahin, daß die Fußgänger, die wie Schatten aus der Dunkelheit auftauchten, ihnen auswichen. Hier gab es mehr verschiedene Menschenrassen als in Pamplona, viele Mauren und Juden und auch einige Fremde aus fernen Ländern. König Karl bemerkte einen hünenhaften Nubier, der ein auffälliges leuchtendgrünes Gewand mit goldenem Saum trug, das sich von seiner dunklen Haut abhob. Der Mann war, obwohl um seinen Hals unzählige schwere Goldketten baumelten, ohne Begleitung. Offenbar glaubte er, daß seine riesenhafte Gestalt ihm ausreichenden Schutz gegen Räuber bot.

Einige Kutschen kreuzten ihren Weg. Vorneweg ritten Bedienstete mit Fackeln. Offenbar eine wohlhabende Familie, die zu einer Gesellschaft unterwegs ist, schloß König Karl. Die Menschen in dieser Stadt gingen einfach ihrem Leben nach. Das konnte König Karl zwar nachvollziehen, aber ihm hätte ein alltägliches Leben nicht genügt.

Auf dem Marktplatz wimmelte es von Menschen. Zu ihrer Linken lag das Rathaus, zur Rechten die Kirche mit ihrem riesigen Kreuz, das sich gegen den Abendhimmel abhob.

»Hier hat das Autodafé stattgefunden, Herr«, sagte Hauptmann de Villa.

»Warst du dort?«

»Nein, Herr.« Der Tonfall des Hauptmanns verriet mehr Mißbilligung, als Worte es vermocht hätten.

Jenseits des Platzes wurde die Straße etwas enger. Plötzlich hörten sie durch das Stimmengewirr Hufgetrappel, das genau auf sie zuzukommen schien. Ein Reiter näherte sich ihnen in rascher Geschwindigkeit. Ohne nachzudenken, griff König Karl zu seinem Schwert.

»Ein Pferd ist durchgegangen, mein König!« rief der Hauptmann und wich ein wenig nach links aus.

König Karl folgte seinem Beispiel. Als der Reiter eine Fackel passierte, konnte er einen Blick von ihm erhaschen und erkannte ein Knabengesicht, das halb von einer Kapuze verborgen wurde. Einen Augenblick lang sah er die verängstigten Augen des jungen Mannes. »Bei Gott!« knurrte er. »Warum lernen diese jungen Burschen nicht erst einmal anständig reiten, ehe sie sich auf bevölkerten Straßen herumtreiben?«

Inzwischen war es dem Reiter gelungen, sein Pferd wieder zu zügeln, ohne daß er dazu die Hilfe seines Begleiters gebraucht hätte, der ihm auf den Fersen folgte. »Die kommen ohne uns zurecht«, meinte der König. »Beeilen wir uns; wir haben noch wichtige Dinge zu tun.«

Doch als sie an den beiden Reitern vorbeiritten, kam König Karl etwas merkwürdig vor. Vergeblich versuchte er herauszufinden, was es war. Erst eine halbe Stunde später, nachdem sie die Stadt längst wieder verlassen hatten, wurde es ihm schlagartig bewußt. Die Augen des jungen Mannes, dem das Pferd durchgegangen war! Das waren nicht die Augen eines Jünglings gewesen, sondern die einer Frau!

Er warf sein Pferd herum. »Mir nach!« rief er dem Hauptmann zu. Heftig stieß er dem Tier die Fersen in die Flanken und preschte zurück zur Stadt.

Wo konnte sich Prinzessin Beatrice aufgehalten haben, seit sie die Hütte verlassen hatte? Diese Frage ging König Karl im Kopf herum, während er durch die Nacht zurück nach Jaén galoppierte. Sie mußte in der Stadt gewesen sein, denn nach Einbruch der Dunkelheit hätte sie die Stadttore nicht mehr zu Pferde passieren können. Also war ihr Begleiter mit der Kapuze gewiß Prinz Juan. Und wo steckte Prinz Ahmed? Bei Gott, wie er diesen verfluchten Mauren haßte! Er malte sich aus, wie sich seine Hände um den Hals des Nebenbuhlers legen würden, wie er immer fester zudrückte, bis die angsterfüllten

Augen dieses Hundesohnes aus ihren Höhlen traten. Dann würde er diesem Schweinehund den Schwanz abhacken, damit er noch etwas davon hatte, ehe er ins Gras biß!

Wohin wollten die Geschwister jetzt? Lag ihr Ziel in der Stadt oder hatten sie vor, Jaén zu verlassen? Die Wachen würden jedem das Tor öffnen, der aus der Stadt hinauswollte; nur hineinzukommen, brauchte man einen Passierschein. Allerdings konnte er von den Wachen erfragen, ob ein Mann und eine Frau zu Pferde die Stadt verlassen hatten. Ein weiterer Gedanke schoß König Karl durch den Kopf: Konnte Prinzessin Beatrices Begleiter Prinz Ahmed gewesen sein? Allerdings bezweifelte er das. Die beiden Mörder hatten ihm nichts von einem Mauren erzählt. Und da der Jude und die Zigeunerin gefangengenommen worden waren, mußte der Mann Prinz Juan sein. Aber wo sollte er die beiden jetzt finden? Wie sehr sehnte er sich jetzt nach einem weisen Rat von Prinzessin Mathilde, doch sie war nun einmal tot.

Unzählige Fragen tobten in König Karls Hirn, auch noch, nachdem sich das nördliche Stadttor quietschend hinter ihm geschlossen hatte. Wo sollte er sie finden? Schon auf dem Rückweg in die Stadt hatte er sich den Kopf darüber zerbrochen, doch dann traf ihn die Antwort wie ein Blitzstrahl. Bevor er Prinzessin Beatrice geschändet hatte, hatte sie von einem Kloster gesprochen. Natürlich! Ein christliches Mädchen würde zuerst in einem Kloster Schutz suchen. Und in Jaén gab es nur eines – das Kloster der Benediktinerinnen. Nun fiel ihm alles wieder ein. König Pedro hatte dieses Kloster erwähnt und erzählt, daß seine Geliebte, Maria de Padilla, es mit Geld unterstützte, da sie mit der Mutter Oberin verwandt sei. Und wie das Glück es wollte, tauchten gerade in diesem Augenblick zwei Wächter aus einer Seitenstraße auf. »Frag sie nach dem Weg zum Benediktinerinnenkloster«, befahl er dem Hauptmann de Villa.

Als Hauptmann Husain in Prinz Ahmeds Studierzimmer zurückkehrte, waren drei weitere Offiziere in seiner Begleitung. Offenbar hatte er sie davon überzeugen können, daß Prinz Ahmed tatsächlich der rechtmäßige Thronerbe war. Nun stellte er sie einen nach dem anderen vor. Oberst Ismail war ein gepflegter, magerer, kleiner Mann mit wachen schwarzen Augen, einer Hakennase und einem graumelierten Bart. An seinen O-Beinen erkannte man den erfahrenen Reiter. Außerdem war er offenbar das Befehlen gewohnt. Major Raschid und Leutnant Wahid hätte man für Zwillinge halten können. Beide waren hellhäutige, vierschrötige Männer mit runden Gesichtern, buschigen schwarzen Schnurrbärten und graugrünen Augen. Hauptmann Husain hatte Prinz Ahmed berichtet, daß er die Feldwebel nicht mitgebracht habe, um kein Aufsehen zu erregen. Doch die Männer hielten sich bereit und warteten auf ihre Befehle.

Prinz Ahmed saß an seinem alten Schreibtisch und fühlte sich auf merkwürdige Weise zwischen Vergangenheit und Gegenwart hin und her gerissen. Früher war er als Schüler und als Gefangener an diesem Tisch gesessen; heute war er frei und plante von eben demselben Tisch aus den Sturz der Usurpatoren.

»Ich vermute, daß ich Hauptmann Husain zur Genüge bewiesen habe, wer ich bin«, begann Prinz Ahmed. »Andernfalls wärt ihr hier, um mich festzunehmen.« Er lächelte, wurde aber sogleich wieder ernst. »In unserem Lande ist nicht nur die Zukunft des Thrones bedroht. Vielmehr erleben wir gegenwärtig den gefährlichsten Augenblick unserer gesamten Geschichte.« Fragend sah er die Männer an.

»Das ist richtig, Prinz«, antwortete Oberst Ismail. »Meinen Berichten zufolge wird die kastilische Armee Jaén in Kürze verlassen. Inzwischen haben unsere Herrscher nichts weiter unternommen, als einen halbherzigen Hilferuf nach Marokko zu senden. Wir alle hier in diesem Raum sind davon überzeugt, daß unsere gegenwärtige Regierung einen Pakt mit König Pedro geschlossen hat. Unsere neuen Herrscher wollen zulassen, daß er Granada erobert, damit sie unter seiner Aufsicht schalten und walten können, wie es ihnen gefällt, ohne sich vor dem Rat der Prinzen verantworten zu müssen.« Er blickte in die Runde; die Männer nickten beifällig.

Prinz Ahmed war entsetzt. War solch ein Verrat möglich? Aber warum sollte er daran zweifeln? »Wird König Abu Hassan von Marokko auf diesen, wie du es nennst, halbherzigen Hilferuf eingehen?«

»Das nehme ich an. Wie dir sicherlich bekannt ist, betrachten die Herrscher in Nordafrika Granada schon immer als eine Art Puffer, der sie vor einem christlichen Angriff schützt. Außerdem können sie von Granada aus den heiligen Krieg gegen ganz Spanien beginnen. Hinzu kommt auch noch, daß sie sich für Niederlagen aus der Vergangenheit rächen wollen.«

»Ich für meinen Teil glaube eher, daß die Emire die Mörder von König Yusuf unterstützen werden«, widersprach Major Raschid. »Auf diese Weise können sie sichergehen, daß nicht wieder ein Herrscher aus der Nasrid-Dynastie, der auch du angehörst, Prinz, den Thron besteigt. Doch seit deiner Rückkehr können wir vielleicht wieder auf Unterstützung hoffen. Außerdem wird die Nasrid-Dynastie weiterherrschen, was, wie wir uns alle einig sind, zum besten unseres Königreiches dient.«

»Ich danke euch. Wir werden tatsächlich die Hilfe unserer Verbündeten brauchen, denn Granada wird nicht nur von der kastilischen Armee bedroht.« Prinz Ahmed gab sich Mühe, ruhig weiterzusprechen. »Eine Armee aus Léon y Navarra ist in Cordoba eingetroffen. Zudem werden Schiffe aus Katalonien Soldaten an unserer Küste absetzen, und es ist auch möglich, daß das portugiesische Heer uns vom Westen her angreift. Unsere Feinde haben ihre *Reconquista* gut geplant; von allen Seiten sind wir umzingelt.«

»Beim gütigen Allah!« rief der Hauptmann aus. »Das heißt, daß unsere Herrscher im doppelten Sinne Verräter sind.« Er hielt inne, und seine schwarzen Augen funkelten gefährlich. »Vereint können wir es mit allen Eindringlingen aufnehmen, auch wenn sie noch so sehr in der Überzahl sein sollten. Nehmen wir uns ein Beispiel am heiligen Propheten und an den arabischen Sultanen wie Yusuf ibn Ayub und Sal-eh-din dem Eroberer.«

»Du hast recht, Hauptmann«, entgegnete Prinz Ahmed. »Wie unsere Vorfahren sollten wir den allmächtigen Allah um Hilfe bitten.« Ein entschiedener Ton trat in seine Stimme. »Doch die Kraft, Entschlossenheit und Schnelligkeit müssen wir selbst aufbringen. Sie sind die Waffen Allahs, und um sie einzusetzen, brauchen wir einen starken Führer.«

Nun war der Augenblick der Wahrheit gekommen. Die vier Männer sahen Prinz Ahmed schweigend an und warteten auf ihre Befehle. »Zuerst müssen wir uns um den Feind im eigenen Land kümmern«, fuhr dieser fort. »Ich habe Beweise dafür, daß Farouk Riswan meinen Vater ermorden ließ. Den Mann, den der Wesir damit beauftragt hat, auch mich, den rechtmäßigen Thronerben, umzubringen, habe ich mit eigenen Händen getötet.« Er berichtete den Männern von seiner Begegnung mit Mizra. »Doch noch wichtiger ist, was du soeben angedeutet hast, Hauptmann. Wenn die Regierung sich nicht bemüht, etwas über den Vormarsch unserer Feinde in Erfahrung zu bringen, nichts unternimmt, um unser Land zu verteidigen, und es statt dessen in die Hände der Gegner liefern will, dann ist das Verrat.« Er sah einen nach dem anderen an. »Und nun frage ich euch, was ist nach dem Gesetz des Islam in jedem Land die Strafe für ein solches Verbrechen?«

»Der Tod!« zischten die Männer im Chor.

»Dann schlage ich folgendes vor.« Prinz Ahmed umriß seinen Plan. »Wenn ihr euch heraushalten wollt, steht es euch frei, zu

gehen. Ich werde niemandem einen Vorwurf daraus machen«, fügte er abschließend hinzu.
Schweigen senkte sich über den Raum, während jeder der Männer über seine Aufgabe nachdachte und sich ausmalte, was geschehen würde, falls Prinz Ahmeds Plan fehlschlug.
Hauptmann Husain ergriff als erster das Wort. »Ich werde dir folgen, Prinz. Mein Leben gehört Granada.« Er sah Prinz Ahmed geradewegs in die Augen. »Und von diesem Augenblick an bist du für mich Granada, mein Gebieter.«
»Für mich ebenfalls«, verkündete Oberst Ismail. Er warf Major Raschid und Leutnant Wahid einen fragenden Blick zu. Die beiden nickten. »Dann ist es beschlossen, mein Prinz. Wann soll es losgehen?«
Prinz Ahmed erhob sich und griff nach seinem Schwert. »Sofort!«

30. Kapitel

Da König Karl der Böse nicht verraten wollte, wer er in Wirklichkeit war, gab er sich vor dem alten Türhüter des Klosters als Abgesandter von König Pedro aus.

»Eine schöne Zeit, um einen Abgesandten zu schicken; und dazu noch in ein Kloster«, knurrte der alte Mann durch die geöffnete Luke. »Ihr beide seht mir eher wie Strauchdiebe aus. Und was ist euer Begehr?«

»Das werden wir nur der Mutter Oberin erzählen«, zischte König Karl. Nur mühsam konnte er seine Wut in Zaum halten.

»Und wie soll ich der Mutter Oberin erklären, warum ich sie um diese nachtschlafende Zeit noch störe? Soll ich ihr etwa sagen, daß zwei Strauchdiebe vor der Tür stehen, die sie berauben wollen?«

»Strauchdiebe haben für gewöhnlich keine so guten Pferde«, warf Hauptmann de Villa ruhig ein. Er ließ sein Roß tänzeln. »Sieh her!«

»Wirklich ein schönes Tier.« Offensichtlich war der alte Mann immer noch nicht überzeugt. »Aber mitten in der Nacht sind deine Reiterkunststückchen fehl am Platz.«

Da kam König Karl der zündende Gedanke. »Sag der Mutter Oberin, daß König Pedro uns mit einem dringenden Auftrag geschickt hat. Es geht um den taubstummen jungen Mann und die junge Frau, die für einige Tage hier im Kloster waren und heute nacht aufgebrochen sind.«

Am überraschten Schweigen des Alten erkannte König Karl, daß er ins Schwarze getroffen hatte. »Wartet draußen!« Der

Türhüter ließ die Luke zuschnappen, und man hörte, wie sich seine Schritte entfernten.
Ungeduldig warteten sie zehn Minuten lang, bis endlich der Riegel zurückgeschoben wurde und das Tor sich quietschend öffnete. Der Türhüter, der eine Laterne in der Hand trug, schloß hinter ihnen wieder die Pforte und humpelte ihnen dann voraus, wobei er sich Zeit ließ. »Hier könnt ihr eure Pferde stehenlassen«, sagte er, als sie die Vordertür erreichten. »Hoffentlich lassen die Biester nicht überall ihren Mist fallen. Dann muß ich nämlich alles auffegen.«
Eine aufgeregte Nonne in schwarzweißer Schwesterntracht führte sie ins Empfangszimmer, wo sich ihnen eine zierliche, ebenso gekleidete Frau als Mutter Euphrasia vorstellte. Sie wies auf zwei hochlehnige Stühle und setzte sich den beiden Männern gegenüber. Im goldenen Licht der Fackeln in den Wandhalterungen sah die ehrwürdige Mutter frisch und rosig aus, was besonders angesichts der späten Stunde beachtlich war. König Karl stellte sich als Graf Karl von Huate vor; Hauptmann de Villa mußte seinen wirklichen Namen nicht verheimlichen. Obwohl sie allein im Zimmer waren, spürte König Karl, daß sich die anderen Nonnen in der Nähe befanden.
Mutter Euphrasia redete nicht lange um den heißen Brei herum. »Welchem Umstand verdanke ich die Ehre eures Besuches, Señores?« begann sie.
»Wir sind auf Befehl unseres Herrn, König Pedro, hier, um uns nach zwei Personen zu erkundigen, die hier im Kloster Schutz gesucht haben«, antwortete König Karl.
»Viele Menschen suchen in diesem Kloster Schutz, Graf.«
»Ich meine eine junge Frau und einen jungen Mann aus Toledo.« Da er eine winzige Veränderung in ihrem Blick bemerkte, hakte er weiter nach. »Der Jüngling ist taubstumm.«
Immer noch gab sie keine Antwort. »Auch wenn sie inzwi-

schen nicht mehr im Kloster sind, weiß ich doch, daß sie heute abend von hier aus aufbrachen.« König Karl konnte seinen Ärger nicht völlig verbergen.
»Es ist nicht unsere Art, Fremden Auskünfte über unsere Gäste und Schützlinge zu geben«, erwiderte Mutter Euphrasia kalt.
»Ich bin hier im Auftrag deines Königs«, sprach König Karl drohend weiter. Da er Widerstand nicht gewöhnt war, verlor er langsam die Geduld mit diesem halsstarrigen Weibsstück.
»Gewiß schulde ich unserem König Treue, Graf, aber zuallererst muß ich mich vor Gott und der Heiligen Kirche verantworten.«
Mutter Euphrasias Unbeirrbarkeit versetzte König Karl in Wut. »Vorsicht, ehrwürdige Mutter«, zischte er. »Wir könnten dein gesamtes Kloster in Schutt und Asche legen und dich ins Gefängnis werfen.«
»Das könnt ihr ruhig tun, aber das Kloster ist nichts weiter als ein Gebäude. Niemand kann die Heilige Kirche zerstören, nicht einmal der Teufel selbst. Und was meine Verhaftung anbelangt«, mit einem verächtlichen Lächeln sah sie ihn an, »bin ich doch schon verhaftet im Dienste unseres Herrn.« Sie hielt inne und musterte ihn mit ihren blauen Augen. »Außerdem«, meinte sie freundlich, »bezweifle ich, daß dein Herr, König Pedro, eine solche Tat zulassen würde. Besonders nicht in einer Zeit, da er für seine *Reconquista* die Unterstützung der Heiligen Kirche braucht.« Sie erhob sich. »Unter den gegebenen Umständen sehe ich deshalb keinen Grund, dieses Gespräch fortzusetzen. Der Türhüter wird euch hinauslassen. Gute Nacht, Señores.«
Auch König Karl war aufgestanden. Zum erstenmal im Leben ärgerte er sich über sich selbst. Es war völlig zwecklos, diese Frau einschüchtern zu wollen. Er brauchte sie, also war es sinnvoller, ihr Mitgefühl zu wecken. »Verzeih mir, ehrwürdi-

ge Mutter«, sagte er deshalb bescheiden. »Bitte setze dich wieder, und ich werde dir die Wahrheit erzählen.«
Etwas an seiner Stimme und seinem Gesichtsausdruck veranlaßte sie, wieder Platz zu nehmen. Sie faltete die weißen Hände über dem schwarzen Gewand und blickte ihn erwartungsvoll an.
König Karl schritt im Zimmer auf und ab. Zwar begab er sich jetzt in Gefahr, vor Hauptmann de Villa das Gesicht zu verlieren, aber er würde tun, was nötig war, um sein Ziel zu erreichen. »Aus Gründen, die auf der Hand liegen, wollte ich dir nicht verraten, wer ich bin. Ich bin König Karl von Léon y Navarra«, er wies auf den Hauptmann, »und das ist mein Adjutant.« Er lächelte. »Seinen wirklichen Namen habe ich dir verraten.«
Mutter Euphrasia ließ sich ihre Überraschung nicht anmerken und machte keine Anstalten, den König gebührend zu grüßen. Sie saß nur da und wartete ab.
Dicht vor ihr blieb er stehen. »Daß ich gerade so in Wut geraten bin, lag nur an der Liebe, die mich, einen erwachsenen Mann und Herrscher eines Landes, wieder in einen Jüngling verwandelt hat. Bitte vergib mir.« Sein versöhnliches Lächeln zeitigte bei ihr nicht die geringste Wirkung. »Du weißt gewiß von dem Turnier, das König Pedro abhalten ließ. Der Siegespreis war die Hand seiner Tochter, Prinzessin Beatrice. Ich war fest entschlossen, das Turnier zu gewinnen, doch damals ging es mir noch nicht um die Prinzessin, sondern nur darum, ein Band zwischen unseren beiden Königreichen zu knüpfen. Am Morgen des Turniers allerdings habe ich Prinzessin Beatrice zum erstenmal erblickt, und ihre Schönheit, ihre Reinheit und ihre Güte haben mich entzückt. Wie noch nie zuvor im Leben habe ich mich verliebt, und seitdem versuche ich, sie zu finden. Zu diesem Zwecke habe ich mit meinem Gefolge König Pedro auf seinem Marsch nach Granada begleitet, während mein Kanzler meine Armee

auf der westlichen Straße nach Cordoba führte, wo sie nun biwakiert. Ich möchte Prinzessin Beatrice kein Leid zufügen, sondern sie zu meiner Königin machen, sie für den Rest meines Lebens schützen, lieben und ehren. Ich liebe sie so sehr, daß ich auch ihrem Bruder, Prinz Juan, meinen Schutz anbiete, damit er dem Zorn seines Vaters entrinnen kann.«
Während er ihr offen die ganze Geschichte erzählte, beobachtete er, wie ihre Züge weicher wurden. »Deine Beichte – besonders da sie von einem stolzen König kommt – gereicht dir mehr zur Ehre als dein Betragen von vorhin.« Nachdenklich hielt sie inne. »Nur ich weiß, daß unsere Gäste Prinzessin Beatrice und Prinz Juan waren. Meine Mitschwestern glauben, daß es sich um Verwandte aus Toledo handelte, die mir einen Besuch abstatten und im Kloster abwarten wollten, bis die königliche Armee nach Granada weitergezogen ist. Ich kann dir nur sagen, daß die beiden das Kloster heute abend verlassen haben.«
»Wohin wollten sie, ehrwürdige Mutter?«
»Das darf ich dir nicht sagen. Obwohl ich nicht geschworen habe, ihr Geheimnis zu bewahren, konnten sie davon ausgehen, als sie bei mir Schutz suchten. Ich hoffe, du wirst das verstehen, mein König.«
König Karl verspürte zwar nicht die geringste Lust, das zu verstehen, aber er war zu klug, als daß er sich zu einem erneuten Ausbruch hätte hinreißen lassen. »Sag mir wenigstens eins«, flehte er. »Wollten sie nach Granada?«
»Das kann ich dir nicht sagen.«
»Ehrwürdige Mutter«, erklärte er in ernstem Ton, »ist dir klar, daß Prinzessin Beatrice in die Hände der ungläubigen Mauren fallen wird, wenn sie nach Granada reitet? Besondere Gefahr droht ihr von Prinz Ahmed, der es auf ihre Ehre abgesehen hat, denn eine Frau, die nicht moslemischen Glaubens ist, würde er niemals heiraten. Die Prinzessin ist jung und leichtgläubig. Ihr Bruder ist taubstumm und so ein guter

Christ, daß er sogar jenen verzeiht, die ihn verstümmelt haben. Ich flehe dich an, hilf mir, diese jungen Menschen vor sich selbst zu schützen! Sag mir wenigstens, ob sie nach Granada wollten, denn ich bitte dich darum«, er wandte sich mit einem verklärten Blick zum Himmel, »im Namen Gottes.« Da ihm die Kirche völlig gleichgültig war, bereitete es ihm nur Freude, daß diese Nonne in seinen Händen schmolz wie Wachs.
Mutter Euphrasia blickte eine Zeitlang zu Boden. König Karl konnte fast das Klopfen seines eigenen Herzens hören, während er gespannt auf ihre Antwort wartete. Endlich hob sie den Kopf. »Sie wollten tatsächlich nach Granada, mein König.«

Zu Prinzessin Beatrices Erleichterung ließen die Wachen sie und Prinz Juan aus der Stadt, ohne unangenehme Fragen zu stellen. Prinzessin Beatrice hatte ihre Stimme verstellt, damit man sie für einen Jüngling hielt, und erklärt, sie beide lebten in einem Landhaus nicht weit von der Stadt. Sie hätten Verwandte in Jaén besucht und sich verspätet. Nun müßten sie unbedingt nach Hause, da der Bruder sich so erkältet hätte, daß er keinen Ton mehr herausbrächte.
»Dann sollte er sich aber nicht der kalten Nachtluft aussetzen«, warnte der Wächter, ehe er sie hinausließ. »Sieh zu, daß er so rasch wie möglich ins Warme kommt.«
»In den letzten Wochen bist du wirklich erwachsen geworden«, bedeutete Prinz Juan ihr in Zeichensprache, nachdem sie eine Weile langsam durch die Nacht geritten waren. »Kaum erkenne ich meine Schwester wieder, die so ein behütetes abgeschiedenes Leben im Palast geführt hat.«
»Wenn man sich dem Leben und besonders dem Bösen, das darin geschieht, stellen muß, wird man entweder erwachsen oder man geht unter«, erwiderte sie ernst.
Bei diesen Worten mußte Prinzessin Beatrice wieder an die

Vergewaltigung denken. Noch während sie versuchte, den Schmerz, der in ihr aufstieg, niederzuringen, spürte sie, wie Prinz Juan dicht an sie heranritt und nach ihrer Hand griff. Du bist solch eine empfindsame Seele, mein Bruder! Du weißt genau, was ich fühle und wann ich Trost brauche!

In Jaén hatte Prinz Juan viel Zeit damit zugebracht, die Stellungen der kastilischen Armee auszukundschaften. Außerdem hatte er sich im Rathaus Karten beschafft und diese sorgfältig studiert. Nun übernahm er die Führung und ritt nach Osten, um die östliche Flanke des Heeres zu umgehen, ehe sie die Grenze nach Granada überqueren und sich dann wieder nach Westen zur Landstraße wenden konnten. Die Gegend war zwar berüchtigt wegen der Räuberbanden, die dort ihr Unwesen trieben, doch man hatte ihm gesagt, daß diese vor der kastilischen Armee das Weite gesucht hätten.

Etwa eine Stunde vor Mitternacht ging ein riesiger, fahlgelber Mond auf, dessen Schein ihnen den Weg durch die einsame, karge Landschaft wies.

Eine Stunde vor Mitternacht – die Wachen wurden gerade abgelöst – führte Tarif, der eine Laterne in der Hand trug, Prinz Ahmed, Oberst Ismail, Major Raschid, Hauptmann Husain und Leutnant Wahid durch die Falltür am östlichen Ende des Gen al Arif in den langen Geheimgang. Die Luft war muffig und abgestanden, die Laternen warfen nur einen kleinen Lichtkegel in die Finsternis, die sie umgab. Die schlüpfrigen Stufen, die nach unten hinabführten, schienen kein Ende zu nehmen, und Prinz Ahmed erinnerte sich beklommen an jenen anderen Gang, der im Palast von Toledo zu den Frauengemächern führte. Vor einer halben Ewigkeit hatten Prinz Juan und er ihn durchwandert, um Prinzessin Beatrice zu befreien. Wo mochten seine geliebte Prinzessin und seine Freunde in diesem Augenblick wohl sein? Entschlossen bemühte er sich, nicht mehr an sie zu denken und alle seine

Sinne auf das Wagnis zu richten, das ihm jetzt bevorstand. Als die Männer vorsichtig hintereinander weitergingen, wurde die Luft noch kälter, stickiger und feuchter. Nur ihre Schritte, ihr Atem und das gelegentliche Fiepen einer Ratte waren in der Stille zu hören.

Nach einer schieren Ewigkeit hörten die Stufen endlich auf, und die Männer konnten schneller gehen. Vor ihnen trippelten kleine Füßchen; von Zeit zu Zeit stießen sie auf das Gerippe einer Ratte. Es stank nach faulendem Fell und Fleisch und nach den Ausscheidungen der Ratten. Offenbar war der Geheimgang seit Jahren nicht benutzt worden, und Prinz Ahmed beschloß, ihn reinigen zu lassen. Gänge wie dieser waren stets nützliche Fluchtwege im Fall eines feindlichen Angriffs, besonders für Frauen und Kinder.

Es war fast Mitternacht, als sie wieder vor einer endlos scheinenden Treppe standen und hinaufstiegen. Endlich hatten sie die Geheimtür am nordwestlichen Ende der Alhambra erreicht.

Die Stunde der Wahrheit war gekommen. Prinz Ahmed klopfte das Herz bis zum Halse; vor ihm lag entweder der Triumph oder der Tod.

Um Mitternacht torkelte König Pedro im fahlen Mondlicht zu seinem Schlafzelt, das an das Speisezelt angrenzte. Bischof Eulogius hatte sich schon vor zwei Stunden entschuldigt, doch Graf Gaston war noch sicher auf den Beinen, obwohl er dem Wein ebenso kräftig zugesprochen hatte wie sein König, den er jetzt führte. Im Lager war es still geworden, doch König Pedro spürte trotz seines Rausches das Leben, das hier pulste.

Am offenen Eingang seines Zeltes blieb er stehen. Sein Leibdiener, der alte Sanchez, rüttelte die beiden Pagen wach, die auf dem Teppich schliefen, trat heraus und verbeugte sich. Doch König Pedro schob ihn ungeduldig beiseite. Dann

wandte er sich an Graf Gaston, wobei er feststellte, daß dessen Gesicht im Mondlicht weicher wirkte. »Dein Herr ... ist immer noch nicht ... zurück«, stellte er mit schwerer Zunge fest. »Ich hoffe, daß ... ihm nichts zugestoßen ist.«
»Sorge dich nicht, mein König«, erwiderte Graf Gaston zuversichtlich. »König Karl ist durchaus in der Lage, auf sich selbst aufzupassen.«
»Tut er so etwas ...« König Pedro rülpste heftig.
Auf einmal ertönte Hufgetrappel, und er wandte den Kopf nach dem Geräusch. Im Fackelschein tauchten zwei Reiter auf.
Mit seinen scharfen Augen hatte Graf Gaston die Männer rasch erkannt. »Ah! Es ist mein Herr. Wohlbehalten kehrt er von der Jagd zurück, wie ich es dir gesagt habe, edler König.«
Noch ehe die Stallburschen herbeieilen und ihnen beim Absteigen helfen konnten, schwangen sich die beiden Männer von den Pferden. Die Burschen führten die Tiere weg.
König Karl schlenderte zu König Pedro und dem Grafen hinüber. »Mein lieber Bruder und mein Kanzler haben auf meine Rückkehr gewartet. Wie freundlich.«
»Ganz im Gegenteil, wie kommen gerade von unserem Fest ... Festessen zurück«, erwiderte König Pedro, der immer noch verärgert über König Karls Unhöflichkeit war. Er war zwar betrunken, allerdings nicht so sehr, daß er sich nicht die Folgen ausmalen konnte, falls dem Herrscher eines verbündeten Königreiches etwas zugestoßen wäre. »Du hast ... ein großartiges Mahl ... versäumt ... und ... äh ... einen ausgezeichneten Wein, der uns über deine Abwesenheit hinwegge ... hinweggetröstet hat. Also haben wir dich nicht ... vermißt.«
»Hahaha!« König Karl deutete mit dem Finger auf König Pedro. »Mein königlicher Bruder strotzt sogar um Mitternacht noch vor Witz.« Dann wurde er ernst. »Es ist ein Glück, daß du um diese Stunde noch wach bist, edler König, und

dazu im Vollbesitz deiner Kräfte. Ich habe mich nur deshalb so ungehörig aus deiner gnädigen Gegenwart entfernt, weil es mir gelungen ist, etwas über die Flüchtigen in Erfahrung zu bringen.« Er hielt inne und sah König Pedro forschend an.
»Beim Leib des Herrn!« rief dieser aus. »Wo? Wann? Wie? Wo sind sie?«
»Wo der maurische Schweinehund steckt, weiß ich nicht, doch dein Sohn und deine Tochter haben Jaén heute abend verlassen. Sie wollen nach Granada.«
König Pedro war so überrascht, daß er auf der Stelle wieder nüchtern wurde. »Woher weißt du das?« fragte er.
»Im Augenblick müssen meine Quellen noch geheim bleiben, edler König, da ich geschworen habe, sie nicht zu verraten. Doch ich habe von den Wachen am Südtor von Jaén erfahren, daß Prinz Juan und Prinzessin Beatrice vor ungefähr drei Stunden die Stadt zu Pferde verlassen haben. Etwa fünfzehn Kilometer weit haben wir sie auf der Landstraße verfolgt, dann aber auf der Meseta ihre Spur verloren.«
Mit einem durchdringenden Blick sah König Pedro den Hünen hinter König Karl an, der ihm als Hauptmann de Villa bekannt war. Der Adjutant des Königs nickte, obwohl seinem Gesichtsausdruck deutlich abzulesen war, daß das Wort seines Königs eigentlich keiner Bestätigung bedurfte. »Nun, mein königlicher Bruder«, meinte König Pedro schließlich, nachdem er diesen mit unzähligen Fragen überhäuft hatte. »Dann laß uns die Flüchtigen wieder einfangen. Und wenn du deine Meinung nicht geändert hast, sollst du die Hand meiner Tochter erhalten.«
»Nichts würde mich mehr erfreuen.«
König Pedro war überrascht über den ernsten Ton in König Karls Stimme. Dieser Mann, dessen Schlechtigkeit ebenso berüchtigt war wie König Pedros Grausamkeit, schien wirklich in Prinzessin Beatrice verliebt zu sein. Kam sie ihm begehrenswerter vor, weil sie ihm entflohen war? Wie konnte

er, König Pedro, das für seine Zwecke ausnutzen? »Vielleicht werde ich sogar meine Meinung überdenken, was meinen Sohn, Prinz Juan, anbelangt.«

»Warum, edler König?«

Der scharfe Ton in König Karls Stimme ließ König Pedro aufhorchen. Mit dieser einzigen Frage hatte König Karl sich verraten. Offenbar wollte er nicht, daß Prinz Juan den Thron erbte. Womöglich würde er ihn sogar umbringen, um das zu verhindern. »Ein christlicher Prinz könnte dir und meiner Tochter als Ratgeber zur Seite stehen, wenn du meinen Thron erbst.«

»Wenn ich deine Tochter heirate, wird Graf Gaston mein Berater bleiben, also brauchst du dir keine Sorgen um mich zu machen, edler König. – Aber vielleicht bist du noch nicht in gleicher Weise bereit wie ich, Prinz Juan die entsetzliche Beleidigung zu vergeben, die er dir, edler König, zugefügt hat.«

Du bist ein schlauer Hund, dachte König Pedro. »Eine weise Entscheidung«, sagte er laut.

»Nun bitte ich dich, edler König, um Erlaubnis, so rasch wie möglich gen Granada zu reiten und die Flüchtigen zu ergreifen, ehe sie die Alhambra erreichen.«

»Ich beabsichtige, in vier Tagen aufzubrechen, damit Graf Gaston Zeit hat, sich deinen Truppen in Cordoba anzuschließen«, widersprach König Pedro.

»Mein Plan ist, vor der Armee nach Granada zu reiten.«

»Du würdest dich allein auf den Weg machen?« Vielleicht war das gar kein so schlechter Einfall, dachte König Pedro, denn an der Grenze würde man ihn nicht zurückweisen. Er würde nur eine Eskorte brauchen.

»In der Tat, edler König. Außerdem werde ich meinen Adjutanten Hauptmann de Villa so rasch wie möglich nach Cordoba schicken. Graf Gaston soll mich auf meinem Ritt begleiten.«

König Pedro warf Graf Gaston einen Blick zu, doch dieser verzog keine Miene. »Du solltest eine Eskorte mitnehmen«, schlug er vor.
»Ich hoffe, daß du, edler König, mir hundert berittene Soldaten zur Verfügung stellen wirst.«
»Ein ausgezeichneter Einfall! Wann wirst du aufbrechen?«
»Bei Morgengrauen.«

Wie vorgesehen, stand Prinz Ahmed kurz nach Mitternacht allein im Audienzsaal der Alhambra. Zu seiner Erleichterung hatten die Wachen auf den erleuchteten Verandas und Gängen zum Audienzsaal ehrerbietig gegrüßt, weil Oberst Ismail ihn begleitete. Falls die Männer sich wunderten, was der Oberst um diese Stunde im Palast wollte, hatten sie sich nichts anmerken lassen.
Der Oberst, Major Raschid, Hauptmann Husain und Leutnant Wahid hatten sofort nach den sechs Feldwebeln schicken lassen, die sich in der großen Vorhalle vor den königlichen Gemächern melden sollten. Schon nach zehn Minuten waren sie da, was Prinz Ahmed Zeit gab, sich in der Halle, der Mirador de la Daraxa, umzusehen, die er noch nie zuvor betreten hatte. Der Raum war lang und rechteckig. Von einem runden Vorraum aus konnte man in die Gärten der Daraxa gelangen, wo sich der Wohnbereich der Alhambra und auch der Harem befanden. Abou bon Ebben hatte ihm erzählt, daß man von dort aus den Turm Peinandor de la Reina erreichte, der das Darrotal überragte. Dort hatte einst seine Mutter gelebt. Seit ihrem Tod war der Turm unbewohnt gewesen; nur sein Vater war von Zeit zu Zeit durch die verlassenen Gemächer gewandert und hatte seiner verstorbenen Liebsten gedacht. Wie konnte ein Mann, der solcher tiefen Gefühle fähig war, seinen Sohn so vernachlässigen? Diese unbeantwortete Frage schmerzte Prinz Ahmed immer noch, und er fand keine Erklärung.

Der Mirador war prächtig geschmückt. Auf der einen Seite des Raumes gingen Rundbogenfenster auf den Garten hinaus. Auch die Wände waren mit Rundbögen verziert, die sich hinauf zum Kuppeldach erhoben. Jeder von ihnen war mit Einlegearbeiten aus Holz verziert. An den getäfelten Wänden befanden sich weiß eingefaßte Mosaike in blauen, grünen und roten Farbtönen. Jede Säule war mit Gedichten in arabischer Schrift versehen. Der weiße Fußboden war mit einem Muster bemalt, so daß es aussah, als bestünde er aus Marmor. Darauf lagen riesige bunte Perserteppiche. In jeder Nische standen Kleinodien aus Elfenbein und Gold, die im goldenen Licht der Kristallampen funkelten. Der Duft von Weihrauch lag in der Luft.

Dieser Raum, der um so vieles prächtiger war als der Gen al Arif, gefiel Prinz Ahmed. Welch ein Unterschied zu den Nächten, die er im Freien verbracht hatte, mit seinem Sattel als Kopfkissen und einer schmutzigen Decke!

Würde er heute nacht unter einem seidenen Laken liegen oder unter einem Leichentuch?

Er erbebte vor Aufregung, als er die Ankunft der Feldwebel bemerkte und die Tür aufriß, die in die königlichen Gemächer führte. Auf der Schwelle blieb er stehen. Zuerst fiel sein Blick auf den rosafarbenen Marmorfußboden; dann entdeckte er die beiden Männer.

Der eine, der auf dem Thron vor einem Tischchen mit elfenbeinener Platte saß, war riesengroß und unbeschreiblich dick. Er trug ein Gewand aus goldenem Tuch und funkelnde Ketten um den Hals. Gewiß war dies Prinz Saad. Der hochgewachsene, magere Mann neben ihm mußte Farouk Riswan, der Wesir, sein. Prinz Saad hatte ein schwammiges Gesicht mit dicken roten Lippen und schwarzen Knopfaugen, die er angesichts des unerwarteten Besuchers ärgerlich aufriß. Auf den ersten Blick erkannte man, daß es ihn hauptsächlich nach Sinnenfreuden gelüstete. Sicherlich war er Wachs in den Händen des

Wesirs, der in makelloses Weiß gekleidet war. Mit seinem knochigen Schädel und den bösen Vogelaugen wirkte er wie ein Aasgeier. Fragend starrte er den Besucher an.

Die Tür fiel hinter Prinz Ahmed ins Schloß. Er machte keine Anstalten, auf die beiden Männer zuzugehen. Schweigend stand er mit dem Rücken zur Tür da und musterte sie. Prinz Saad und der Wesir hatten offenbar ihrerseits Prinz Ahmeds schlichte, schmucklose Kleidung bemerkt, die aus einem rosafarbenen Wams, Pumphosen und einem roten seidenen *fez* bestand.

Rasch kam Prinz Saad zu dem Schluß, daß es sich bei dem Fremden nicht um eine wichtige Persönlichkeit handeln konnte. »Wer zum Teufel bist du?« fragte er. Seine Stimme quoll gurgelnd aus seinem kurzen, feisten Hals hervor. »Wie kannst du es wagen, unangemeldet hier einzudringen?«

»Ich bin Prinz Mo-Ahmed al Kamal, der rechtmäßige Thronerbe des Königreichs Granada«, erwiderte Prinz Ahmed.

Prinz Saad blieb der Mund offen stehen, und er schnappte erschrocken nach Luft. Farouk Riswan zuckte zwar mit keiner Wimper, aber man konnte an seinem Blick erkennen, daß sein Gehirn fieberhaft arbeitete.

»Ich bin gekommen, um mein Geburtsrecht in Anspruch zu nehmen«, fuhr Prinz Ahmed mit ruhiger Stimme fort. »Gewiß werdet ihr Herren mich darin unterstützen, sobald ich euch ausreichend bewiesen habe, daß ich die Wahrheit spreche. Dann werdet ihr dafür Sorge tragen, daß die rechtmäßige Thronfolge wieder in Granada eingesetzt wird, und alle durch die Übergangsregierung hervorgerufenen Ungewißheiten werden dann ein Ende haben.« Er hob die Hand und zeigte den beiden Männern den Ring.

Farouk Riswan senkte das Kinn, und Prinz Saad klappte den Mund wieder zu. Dann wechselten die beiden einen raschen Blick, gefolgt von einem Nicken.

»Tritt vor, Prinz Mo-Ahmed«, lud Farouk Riswan Prinz Ah-

med mit heiserer Stimme ein. »Wie du weißt, haben wir beide dich noch nie zuvor gesehen.« Mit einem bösen Lächeln, bei dem er gelbe Zähne entblößte, fuhr er fort: »Außerdem ist es nicht üblich, daß Thronerben um Mitternacht hier hereinplatzen wie Aladins Geist aus der Flasche.«
Prinz Ahmed kam näher und blieb vor dem Tischchen stehen. Keiner der Männer hatte sich erhoben, um ihn zu begrüßen.
»Sag uns, der du vorgibst, Prinz Ahmed al-Kamal zu sein, wie bist du in diese streng bewachten Gemächer gelangt? Begleiten dich bewaffnete Männer?«
Da Prinz Ahmed mit dieser Frage gerechnet hatte, gab er die vorbereitete Antwort. »Mein alter Lehrer, Abou bon Ebben, hat mir einen Plan des Palastes gegeben. Also kenne ich den Geheimgang. Als ich dann erst einmal im Palast war, zeigte ich den Wachen meinen Siegelring und sagte, ihr beide hättet mich rufen lassen, um mit mir unter vier Augen zu sprechen.«
Er lächelte. »Verehrter Prinz und Wesir, ihr handhabt eure Sicherheitsmaßnahmen sehr nachlässig. Ihr solltet euch besser vorsehen.«
Ein verärgerter Ausdruck trat in Farouk Riswans Augen. »Hast du den Wachen verraten, wer du bist?«
»Nein.«
»Und du bist ganz allein gekommen?«
»Ja.«
»Unverschämter Hund, du hast uns gestört!« rief Prinz Saad aus. »Dafür soll man dich in den Kerker werfen und foltern.«
»Nein, Prinz, wir werden ihn auf der Stelle hinrichten lassen«, widersprach Farouk Riswan mit ruhiger Stimme. Durchdringend sah er Prinz Ahmed an. »Ob du nun Prinz Ahmed al-Kamal oder ein Betrüger bist, kümmert uns nicht. Wir beide, Prinz Saad und ich, sind jedenfalls der Ansicht, daß deine Anwesenheit im Palast eine Bedrohung für die Sicherheit unseres Königreichs Granada darstellt.« Er wandte sich nach Prinz Saad um. »Bist du nicht auch dieser Meinung, Prinz?«

Der Angesprochene nickte heftig mit dem Kopf. »In der Tat. Offenbar ist dieser Mann wahnsinnig. Und da er nicht richtig im Kopf ist, dürfte es auch nichts weiter ausmachen, wenn der Henker ihn ihm abschlägt.«

Solch ein Mensch regierte also sein Königreich! Prinz Ahmed kochte vor Wut, aber er ließ sich nichts anmerken. Statt dessen erwiderte er ruhig und gemessen, ganz als ob er sich für ein Geschenk bedanken würde: »Du würdest mich also kaltblütig ermorden lassen, so wie du es auch mit meinem Vater getan hast?«

»Aber gewiß doch.« Der Wesir machte sich nicht einmal die Mühe, dies abzuleugnen. »War König Yusufs Tod nicht ein würdiges Ende, nachdem ich schon seinen Vorgänger töten ließ, um den Thron für ihn freizumachen?«

»Und du hast auch mir Meuchelmörder nachgeschickt!«

Ein eigenartiger Ausdruck, den Prinz Ahmed nicht bestimmen konnte, trat in die Augen des Wesirs. »Haben sie dich eingeholt?«

»Ja, aber ich bin ihnen entronnen.«

»Jammerschade!«

»Warum?«

»Weil sich für uns sonst die mühsame Aufgabe erübrigt hätte, dich heute nacht hinzurichten.« Die Stimme des Wesirs klang, als ginge es darum, eine Fliege zu erschlagen. »Doch nun genug geredet.« Er griff nach der goldenen Klingelschnur neben dem Thron.

»Soll ich etwa ohne Gerichtsverhandlung hingerichtet werden?«

Die Hand an der goldenen Kordel, hielt der Wesir inne. »Du hast dich bereits der Dummheit schuldig gemacht, und die ist die schlimmste aller Sünden, die ein zukünftiger Herrscher begehen kann.«

»Wie?«

»Indem du allein gekommen bist.«

»Also die Todesstrafe für tödliche Dummheit?«
»Genau.« Der Wesir zog heftig an der Schnur.
Abgesehen von Prinz Saads Schnaufen war es still im Zimmer. Die Tür öffnete sich, und Hauptmann Husain erschien. Ohne auf Prinz Ahmed zu achten, grüßte er. »Du hast geläutet, Herr?«
»Ja«, erwiderte Prinz Saad wütend. »Wie ist dieser Schweinehund in mein Gemach gekommen?« Er hielt inne. »Und was hast du um diese Stunde hier zu suchen?«
Farouk Riswan hob die Augenbrauen und wies mit dem Finger auf den Hauptmann. »Sprich!«
Hauptmann Husain zog es vor, die erste Frage zu übergehen. »Ich überprüfe die Wachen, Prinz«, erwiderte er.
»Nimm diesen Mann mit und laß ihn hinrichten«, befahl Prinz Saad.
»Du hast uns noch nicht erklärt, wie er überhaupt hier hereingekommen ist«, unterbrach der Wesir mit kalter Stimme.
»Vermutlich durch die Tür«, gab Hauptmann Husain zurück und wechselte dann rasch das Thema. »Verlangt ihr tatsächlich von mir, daß ich diesen Mann hinrichten lasse?«
»Gewiß«, antworteten die beiden Männer im Chor.
»Ohne Gerichtsverhandlung?«
»Er ist bereits für schuldig befunden worden.«
»Von wem, hohe Herren?«
»Von deinem Prinzregenten und deinem Wesir«, verkündete Farouk Riswan, und seiner Stimme war zu entnehmen, daß er keinen Widerspruch duldete. Ungeduldig wedelte er mit der Hand. Die Audienz war vorüber. »Genug der Fragen. Tu, was ich dir befehle!«
»Das Amt eines Richters steht euch nicht zu, hohe Herren. Nach den Gesetzen des Islam ...«
»Dieser Mann ist wahnsinnig«, unterbrach ihn Prinz Saad heftig.
»Nach den Gesetzen des Islam muß ein Mann, den man eines

Verbrechens beschuldigt, besonders wenn es eines ist, auf das die Todesstrafe steht, von einem ordentlichen Gericht gehört werden. Stellt sich heraus, daß er tatsächlich unter Wahnsinn leidet, ist er das Opfer von Allahs allmächtigem Willen. Allah hat ihn bereits gestraft, und er gehört in eine Anstalt, da er für sein Handeln nicht verantwortlich gemacht werden kann. Das, hohe Herren, ist das Gesetz, auf das ich meinen Eid geschworen habe.«

»Das Gesetz sind wir«, erklärte der Wesir, und seine Stimme klang drohend. »Wenn du dich weigerst, unsere Befehle auszuführen, wirst auch du, Hauptmann Husain, das Schwert des Henkers zu spüren bekommen.«

Aber Hauptmann Husain lächelte nur und sah Prinz Ahmed an. »Hast du, Unbekannter, etwas dazu zu sagen?«

»Hauptmann Husain!« schrie Prinz Saad. »Gehorche unseren ...« Als Hauptmann Husain die Hand hob, hielt er überrascht inne.

»Diese beiden Männer, Prinz Saad und Farouk Riswan, sind die wirklichen Verbrecher«, erhob nun Prinz Ahmed seine Stimme. »Sie haben mir soeben gestanden, daß sie die Ermordung von König Yusuf I. veranlaßt haben. Außerdem haben sie Meuchelmörder ausgesandt, um den Thronfolger Prinz Mo-Ahmed al-Kamal zu töten.«

Hauptmann Husain ließ seine zuvorkommende Art fallen. »Ist das wahr, hohe Herren?« fragte er mit eisiger Stimme.

»Das geht dich einen feuchten Kehricht an, du lumpiger Militärschädel!« brüllte Prinz Saad. Dann senkte er die Stimme. »Du mußt verstehen, Hauptmann, daß es der Wesir und ich sind, die in diesem Lande die Gesetze machen. Wir bestrafen jeden, der sich uns in den Weg stellt, mit dem Tode, denn ein solcher Übeltäter bringt unser gesamtes Königreich in Gefahr. Also sei gewarnt.« Er wandte seinen riesigen Schädel nach Farouk Riswan um. »Ist das nicht so, Wesir?«

»Wir sind das Gesetz«, wiederholte dieser. »Und wir haben

mit dieser Nichtigkeit schon zuviel Zeit verschwendet, obwohl wir uns um wichtige Staatsgeschäfte kümmern müssen.« Er machte eine wegwerfende Handbewegung in Richtung des Hauptmannes. »Bring ihn fort.«

»Wachen!« rief Hauptmann Husain.

Sofort erschienen Oberst Ismail, Major Raschid und Leutnant Wahid. Ihnen folgten sechs hünenhafte Feldwebel. Die Männer bauten sich links und rechts von Prinz Ahmed auf.

Dieser wandte sich an Oberst Ismail zu seiner Rechten. »Hast du das Geständnis gehört?«

»Ja, mein Herr und Prinz.« Oberst Ismail sprach im Namen aller Soldaten.

Prinz Saad erhob sich schwankend von dem Thron, während Farouk Riswan wie angewurzelt stehenblieb. Mit wilder Freude bemerkte Prinz Ahmed ihr Entsetzen. »Ihr habt die besten Beweise gehört, die ein ordentliches Gericht verlangen kann. Diese Männer haben gestanden, einen Mordanschlag angezettelt zu haben; sie haben sich mit ihrer Verschwörung gegen unser Land und ihrem Verrat gebrüstet. Erkennt ihr mich, Mo-Ahmed al-Kamal, als euren rechtmäßigen König an?«

»Das tun wir«, riefen die Soldaten einstimmig.

Oberst Ismail trat vor, fiel vor Prinz Ahmed auf die Knie und küßte seine Hand. »Ich erkenne dich an, mein König, und ich schwöre dir ewige Treue, solange du das Königreich Granada weise und gerecht regierst.« Er erhob sich.

»Der Herrscher eines islamischen Königreiches hat durch Allah die Macht über Leben und Tod seiner Untertanen. Meine erste Handlung als König ist es, diese beiden Männer, Saad und Riswan, des Mordes, der Verschwörung und des Hochverrats für schuldig zu erklären. Ich verurteile sie zum Tode. Noch heute nacht sollen sie im Kerker des Palastes hingerichtet werden.«

31. Kapitel

Nun war Prinz Ahmed König Mo-Ahmed al-Kamal – oder Mo-Ahmed V., wie er sich nannte. Auf dem Thron, den Prinz Saad soeben verlassen hatte, verbrachte er den Rest der Nacht bis zum Morgengebet mit dem Rat der Prinzen, der eilig zusammengerufen worden war. Sie schmiedeten Pläne, um ihr Land vor dem Untergang zu retten.

Trotz der hitzigen Forderungen einiger Prinzen und eines *imams*, die in ihrer Begeisterung über die jüngsten Ereignisse am liebsten sofort den heiligen Krieg gegen die christlichen Feinde ausgerufen hätten, siegte schließlich die Vernunft. Das Wichtigste war, auf der Stelle Gesandte zu König Abu Hassan zu schicken und um die versprochenen hunderttausend Soldaten zu bitten. Emir Salim, der dem König von Marokko bereits bekannt war, sollte an der Spitze der Gesandten nach Marokko reisen. Auf Anordnung des neuen Königs würde er bei Morgengrauen aufbrechen. König Ahmed war sicher, daß Abu Hassan nun Verstärkung schicken würde, denn Granada hatte jetzt wieder einen rechtmäßigen Thronfolger und genügend Geld, um die Truppen, von deren Unterstützung das Schicksal des Königreiches schon seit mehr als zweihundert Jahren abhing, auch zu bezahlen.

Als König Ahmed sich zum Morgengebet in die Moschee begab, in der sein Vater ermordet worden war, hatte sich in Granada bereits so manches verändert. Die Neuigkeiten verbreiteten sich rasch in der ganzen Stadt, und die islamische Bruderschaft hatte sich schon um den Brunnen im Vorhof der

Moschee versammelt, um König Ahmed als den Auserwählten Allahs auszurufen.
Nachdem König Ahmed alle Räume der Alhambra – zum erstenmal in seinem Leben – in Augenschein genommen hatte, hatte er den Sala de la Barca für seine Besprechung mit den Befehlshabenden der Armee von Granada ausgewählt. Dieser war ein langes, schmales Zimmer, in dem ein etwa zwölf Meter langer Tisch stand. König Ahmeds Vorfahr, König Mohammed II., hatte ihn vor hundert Jahren gekauft und über das Meer bringen lassen. Der Sala de la Barca bildete eine Verbindung zwischen dem Myrtengarten und der Halle der Gesandten. König Ahmed, der mit dem Rücken zum Saal an der Mitte des Tisches saß, hatte eine gute Aussicht auf das silbrig glänzende Wasser, das in einem Wasserbecken im Myrtengarten plätscherte. Hünenhafte Wachsoldaten in rotweißen Uniformen und mit einem roten *fez* auf dem Kopf sorgten für seine Sicherheit. In den Händen hielten sie Krummschwerter, deren Spitzen zu Boden zeigten. Sie hatten sich in regelmäßigen Abständen, aber außer Hörweite, um den gesamten Hof und den Saal verteilt.
An der Haltung und dem Gebaren der zwanzig uniformierten Männer, viele von ihnen Emire, Prinzen und andere Edelleute, erkannte König Ahmed, daß sein Vater seine Befehlshaber weise gewählt hatte.
General Saldin, der zu seiner Rechten saß, war der Oberbefehlshaber der gesamten Armee. Er war ein vierschrötiger Mann mit graumeliertem Haar. Unter seiner Führung war der jüngste Sieg gegen Kastilien errungen worden. Auch in der Schlacht von Salado vor zehn Jahren hatte er mitgekämpft und sich auch in vielen früheren Feldzügen bewährt. General al Afdal, der Kommandant der Reiterei, der zu König Ahmeds Linken saß, war hochgewachsen und schlank. Die dünne Säbelnarbe auf seiner linken Wange, sein scharfgeschnittenes Gesicht und sein grauer Schnurr-

bart verliehen ihm ein verwegenes Aussehen. Außerdem saßen noch weitere hochrangige Offiziere am Tisch: General Farouk, der die Bogenschützen befehligte, der wohlbeleibte, hünenhafte General Zahir, Kommandant der Geschützeinheiten, der kleine, drahtige General Hakim, Befehlshaber der Pioniere und der Festungskommandant der Alhambra, General Iqbal. Dazu waren noch der dickliche Zahlmeister Oberst Rafik und der Leiter der Versorgungseinheit, General Deen, anwesend.

Nachdem König Ahmed Oberst Ismail mit den Maßnahmen zur Selbstverteidigung der Bürger betraut und zum General befördert hatte, war auch dieser anwesend. Das gleiche galt für Hauptmann Husain, der nun als Oberst König Ahmeds Stabschef war.

König Ahmed, der sich seiner Jugend und Unerfahrenheit bewußt war, wollte diesen alten Soldaten beweisen, daß er durchaus in der Lage war, ein Heer zu befehligen. Deshalb redete er nicht lange um den heißen Brei herum. »Wir, die wir uns heute hier versammelt haben, sind uns bewußt, daß unser Königreich sich in größter Gefahr befindet. Deshalb wollen wir keine Zeit mit Jammern, Klagen und Schuldzuweisungen verschwenden. Ihr verkörpert die einzige Hoffnung für meine Untertanen, dem Joch der Fremdherrschaft zu entgehen. Mit der Hilfe des allmächtigen Allah sowie unseres eigenen Mutes und unserer Entschlossenheit werden wir siegen.«

Als König Ahmed geendet hatte und fragend vom einen zum anderen blickte, klopften die Männer beifällig auf den Tisch. »Wir stehen an deiner Seite, edler König.« General Saldin hatte für sie alle gesprochen.

König Ahmed wußte sofort, daß er den richtigen Ton getroffen hatte, und er fuhr selbstbewußt fort: »Zuerst müssen wir zusätzlich zu den Schritten, die ihr bereits in die Wege geleitet habt, einige weitere Maßnahmen ergreifen. Da wir uns im

Kriegszustand befinden, erkläre ich hiermit das Kriegsrecht für das gesamte Königreich. Unter diesen Umständen wäre es überflüssig, einen Wesir zu ernennen, da dieser sich nur in militärische Angelegenheiten einmischen würde. Deswegen übertrage ich mit sofortiger Wirkung alle Aufgaben eines Wesirs an General Saldin.« Er warf dem General einen Blick zu.

»*Malik* ... mein Gebieter!« Offenbar hatte es dem General die Sprache verschlagen. Er verbeugte sich tief und nahm, begleitet vom beifälligen Gemurmel seiner Kameraden, wieder Platz.

»Das nächste wichtige Amt ist das des königlichen Schatzmeisters. Ich entbinde General Deen dieser Aufgabe, da sein Verhalten schon während der Regierungszeit meines Vaters zu wünschen übrig ließ.« Seine Augen funkelten scherzhaft. »Schließlich muß ein Mann, der mit Geld umgeht, so über jeden Verdacht erhaben sein wie die Frau eines Sultans. Deswegen übertrage ich dieses Amt meinem Zahlmeister Oberst Rafik, den ich mit sofortiger Wirkung zum General ernenne.« Der Oberst, der so unverhofft General geworden war, ließ sich von dieser Nachricht nicht aus der Ruhe bringen. Er erhob sich und verbeugte sich tief. »Ich werde dir mit großem Stolz dienen, mein Gebieter«, erklärte er.

»Seid euch aber dessen bewußt, hohe Herren, daß diese Ernennungen nur während unserer augenblicklichen Notlage Gültigkeit haben. Das Kriegsrecht wird nicht von Dauer sein, da ich über ein freies Volk herrschen will.« Auch diesmal verriet ihm das Klopfen auf den Tisch, daß alle Anwesenden seine Meinung teilten. Erfreut sprach König Ahmed weiter, obwohl er sich sehr wohl bewußt war, daß sich unter diesen Getreuen auch der eine oder andere ehrgeizige Mann verbergen konnte. »Nach unserem Sieg wird General Saldin, wenn er sich, wie wir ganz sicher annehmen, bewährt hat, um den Posten des Wesirs bewerben können. Das gleiche gilt für

Oberst ... General Rafik.« Er hielt inne und sah die beiden Männer nacheinander prüfend an.
»Nun wollen wir uns unserem Plan zuwenden«, fuhr König Ahmed fort. »Zunächst müssen wir herausfinden, wie stark unser Gegner ist. Leider wissen wir bislang noch nicht allzu viel. Allerdings habe ich auf meiner Reise in Erfahrung bringen können, daß schätzungsweise sechzigtausend Soldaten aus Kastilien und Aragon bald vor unseren Toren stehen werden. Das navarresische Heer rückt mit fünfundzwanzigtausend Mann von Nordwesten vor, das portugiesische mit zehntausend. Hinzu kommen die Katalonier aus dem Osten. Also können wir davon ausgehen, daß die gegnerische Streitmacht etwa hunderttausend Mann umfassen wird. Wie ich heute morgen erfuhr, besteht unser eigenes Heer aus dreißigtausend Soldaten, von denen zwanzigtausend hier in der Stadt stehen. Der Rest ist über das ganze Königreich verteilt. Somit hat der Feind eine Übermacht von fünf zu eins.« Mit einem selbstbewußten Lächeln sah er sich um und wartete auf die Vorschläge seiner Generäle.
Als erster antwortete General Iqbal, der schwarzbärtige Kommandant der Festung. »In der Geschichte gibt es viele Beispiele für Heldentaten, die von Anhängern des wahren Glaubens und selbst von Ungläubigen vollbracht wurden. Schon manchen ist es gelungen, sich aus der Belagerung durch eine große Übermacht zu befreien. Ich habe erst heute morgen unsere Lage mit einigen meiner Kameraden besprochen. Bei dieser Gelegenheit erinnerten wir uns auch an die ungläubige Isabella von Toran im Heiligen Land, die im Alter von nur vierzehn Jahren und mit der Hilfe von nur achtzehn Männern die Stadt gegen die fünfzehnhundert Soldaten des Yusuf ibn Ayub Sal-eh-din verteidigte.« Er lächelte verlegen. »Ich sage das nicht, um dir zu widersprechen, sondern weil ich davon überzeugt bin, daß wir nur siegen können, wenn es uns gelingt, die Alhambra zu halten.«

»Isabella war nur aufgrund ihrer Entschlossenheit erfolgreich«, warf General al Afdal ein. »Schließlich haben achtzig Ritter unter der Führung von Richard Löwenherz drei königliche Damen – darunter seine eigene Gattin – aus der moslemischen Festung Acre befreit. Also sind wir uns alle einig, daß es bei einem Sieg vor allem auf unbeirrbaren Mut ankommt. Gewiß hat unser König einen Plan, den er mit unserer Hilfe vervollkommnen und in die Tat umsetzen will.« Er nickte General Iqbal freundlich zu, um seinen Worten die Schärfe zu nehmen. »Allerdings hat mein Kamerad recht, denn die Alhambra stellt die Grundlage unseres Sieges dar, und wir dürfen sie nicht dem Feind überlassen. Nur von ihr aus können wir uns dem Angriff entgegenstellen. Bitte fahre fort, mein Gebieter.«

»Ganz offensichtlich teilst du meine Einschätzung der Lage. Ich erwarte, daß du uns heute bei Sonnenuntergang alle weiteren Einzelheiten mitteilst, obwohl ich beabsichtige, gleich nach diesem Gespräch die ersten Schritte zu unternehmen. Dein Bericht soll alles Wissenswerte enthalten, was wir zum Sieg benötigen, und die folgenden Fragen beantworten: Wie groß ist die Übermacht des Feindes? Wie verhält es sich mit dem Gelände? Wie wird der Mond stehen? Welche Möglichkeiten stehen dem Feind offen? Was können wir tun? Wie sieht der letztendliche Plan aus?«

Alle Männer waren in der Kriegskunst unterrichtet worden und offenbar freudig überrascht über das enorme Wissen, das der junge König an den Tag legte. »Ausgezeichnet!« ... »Großartig!« waren nur einige der bewundernden Bemerkungen, die durch den Raum schwirrten.

»Nun bitte ich General Iqbal um einen Bericht darüber, ob Granada augenblicklich in der Lage ist, eine mehrmonatige Belagerung zu überstehen.« König Ahmed hielt inne und hob die Hand. »Ihr alle dürft sitzen bleiben, während ihr sprecht.« Der hagere, schielende General Iqbal räusperte sich. »Mit dieser Frage habe ich gerechnet, *Malik.*« Seine Stimme klang heiser, und seine grauen Augen schielten noch mehr, als er angestrengt nachdachte. »Am notwendigsten für eine belagerte Stadt sind Nahrung, Wasser und Unterkünfte für die Soldaten und die Bevölkerung. Glücklicherweise kann ich berichten, daß wir dank der Gnade Allahs und der Voraussicht deines königlichen Vaters über genügend Vorräte verfügen. Weiterhin hat dein Vater den zehnjährigen Frieden dazu genützt, diese Vorräte gegen feindliche Elemente, seien es nun Menschen oder Witterungseinflüsse, zu schützen. Deswegen haben wir nun ausreichend Lagerbestände, um sechs Monate damit auszukommen; wenn wir die Lebensmittel rationieren, sogar noch länger. Darum schlage ich vor, sofort diese Maßnahme zu ergreifen, ehe uns die bittere Notwendigkeit dazu zwingt.«

König Ahmed nickte zustimmend.

»Desgleichen sollten wir auch mit dem Wasser verfahren«, fuhr der General fort. »Wie du sicherlich weißt, werden die unterirdischen Wasserspeicher der Stadt aus den Bergen gespeist. Aufgrund der besonderen Lage von Granada ist unsere Wasserversorgung gesichert.« Er hielt inne. »Wasser und Lebensmittel können wie bislang verteilt und aufbewahrt werden, da der Feind mit seinen Wurfgeschossen den Stadtkern nicht erreichen kann.« Er lächelte. »Damit will ich sagen, daß sich unsere Lage von der Torans und sogar von der Acres im Heiligen Land unterscheidet. Deswegen können die Menschen ruhig ihrem gewöhnlichen Tagewerk nachgehen, außer, wenn wirklich ein Angriff stattfindet. Auch unser Vorrat an Lampenöl ist ausreichend, obwohl ich vorschlage, auch ihn zu rationieren.«

»Wir beabsichtigen nicht, uns in unserer Stadt zu verkriechen wie Ratten in ihren Löchern«, erwiderte König Ahmed. »Zweifellos werden einige von euch auch schon darüber nachgedacht haben, wie wir uns verteidigen und unsererseits dem

Feind das Leben zur Hölle machen können. Wie steht es mit unserer Bewaffnung?«

»Vergib, mein König, aber sollten wir nicht erst über unsere Möglichkeiten für die Brandbekämpfung sprechen?« Der hünenhafte General Zahir hatte sich eingemischt. »So manche lückenlose Verteidigung ist schon durch Feuer zunichte gemacht worden.«

»Wir haben genug Sand, Leinwand und Abbruchwerkzeuge, die an der Stadtmauer und an Sammelplätzen überall in der Stadt aufbewahrt werden«, bemerkte General Iqbal. »Ich schlage vor, daß wir einem zuverlässigen und tüchtigen Mann die Verantwortung dafür übertragen. Am besten übernimmt Prinz Gamal die Selbstverteidigung der Bürger und kümmert sich um Löschabteilungen und Rettungsmannschaften, so daß die Armee sich nicht auch noch damit befassen muß.«

»Ein ausgezeichneter Gedanke«, stimmte König Ahmed zu. »Was unsere Bewaffnung anbelangt, sollten wir unseren Vorrat an Wurfgeschossen vergrößern und in ausreichender Menge lagern. Ich werde mich heute gemeinsam mit General Zahir darum kümmern. Pfeile und Bogen sind genügend vorhanden; ebenso verhält es sich mit Uniformen, Rüstungen, Schwertern, Piken, Lanzen und mit Dornen bewehrten Knüppeln. Allerdings brauchen wir mehr Pferde für General al Afdals Reiterei. Also sollte er Männer entsenden, die mindestens tausend zusätzliche Pferde einfangen, ehe wir umzingelt sind.«

»Und was ist mit griechischem Feuer?« warf König Ahmed ein.

»Mein König?« Mit verwundertem Blick rutschte General Zahir auf seinem Stuhl hin und her.

»In der militärischen Ausbildung lernt man so etwas nicht, General, aber als mein ehemaliger Lehrer Abou bon Ebben mich in der Geschichte des Mittleren Ostens unterrichtete, hat er von einer sehr wirksamen Waffe gesprochen. Mit ihr kann man eine Festung hervorragend verteidigen oder einnehmen, und selbst gewöhnliche Bürger können sie einsetzen. Man nimmt einen Lederbeutel, füllt ihn mit einer Mischung aus gekochtem Schwefel, Weinmaische, Petroleum, Salz und Gummi arabicum. Diese Mischung kann man mit einem Katapult oder mit einer Schlinge abschießen oder auch mit der Hand werfen. Während das Wurfgeschoß durch die Luft saust, zieht es einen hell leuchtenden Lichtstreif nach sich, den man selbst bei grellem Sonnenlicht deutlich sieht und der dem Feind deshalb nur um so größere Angst einjagt. Beim Aufprall geht das Wurfgeschoß dann in Flammen auf, und man kann es weder austreten noch löschen, außer mit Essig, von dem wir doch noch genug auf Lager haben.« Er warf General Deen einen Blick zu, und dieser nickte heftig. »So können wir uns vor Vergeltungsakten schützen, und wir sind uns sicher, daß der Feind keinen Essig bei sich hat, abgesehen von dem, der anstelle des Blutes durch seine Adern fließt.«

Das laute Gelächter, das von den Wänden widerhallte, lockerte die Stimmung ein wenig auf. König Ahmed spürte, daß die Männer seine Meinung teilten, noch ehe General Saldin den Mund auftat. »Ein großartiger Einfall, mein Gebieter! Ich habe zwar schon davon gehört, hätte aber nie daran gedacht, es zu benutzen.«

»Dein berühmter Namensvetter Sal-eh-din – er möge in Frieden ruhen – hat das griechische Feuer erfolgreich eingesetzt«, antwortete König Ahmed. Die Lage war nicht so hoffnungslos, wie er zuerst gedacht hatte. Er war stolz auf seinen Vater, der Granada so gut vorbereitet und große gesellschaftliche und wirtschaftliche Neuerungen eingeführt hatte. König Yusuf hatte wirklich an alles gedacht. Nun war er, König Ahmed, an der Reihe. Dank sei dem allmächtigen Allah, daß alle Generäle der althergebrachten Thronfolge treu geblieben waren und weiterhin Granadas Freiheit erhalten wollten!

»Wir haben jetzt unsere Verteidigung besprochen«, fuhr König Ahmed fort. »Nun müssen wir noch über den Angriff reden. Mit Einzelheiten müssen wir warten, bis ihr heute abend eure Berichte abgegeben habt, doch ich bestehe darauf, daß sofort eine Abteilung berittener Soldaten bereitgestellt wird. Die Männer sollen noch heute zur Grenze im Norden aufbrechen und der kastilischen Vorhut ein wenig das Leben schwermachen.«

Prinzessin Beatrice und Prinz Juan wußten, daß sie sich beeilen mußten, wenn sie trotz ihres Umweges noch vor der kastilischen Armee in Granada sein wollten. Deswegen ritten sie auch den Großteil der ersten Nacht durch und machten nur ab und zu Rast, um sich und den Pferden ein wenig Ruhe zu gönnen. Am nächsten Nachmittag schliefen sie vier Stunden lang in einem Eichenwäldchen, wo sie zwar in der Hitze entsetzlich schwitzten, aber sich doch über die willkommene Rast freuten. Als sie am Abend weiterritten, wandten sie sich nach Süden. Am nächsten Morgen durchquerten sie ein tiefes Tal und kamen zu dem Schluß, daß sie sich jetzt in Granada befinden mußten. Endlich konnten sie sich sicher fühlen, und sie wandten sich nach Westen, wo die Landstraße lag. Zur Zeit der Mittagsruhe rasteten sie auf einem breiten Felsvorsprung unter einer überhängenden Wand. In der folgenden Nacht hatten sie zum erstenmal seit langem Gelegenheit, bei Dunkelheit einige Stunden zu schlafen, wozu sie sich in einer verlassenen Scheune versteckten.

Da sie den ganzen Weg über darauf geachtet hatten, daß niemand sie bemerkte, begegneten sie auch keinen anderen Reisenden. Nur hin und wieder sahen sie einige Hirten, die ihre grasenden Herden bewachten. Dann waren sie in die üppig grünen Täler hinabgestiegen, wo man leichter vorankam und Lebensmittel und Wasser kaufen konnte. Wenn die Menschen in den einsam gelegenen Bauernhäusern Fragen

stellten, war das nicht weiter von Bedeutung, und ihre Neugier konnte leicht mit einem Goldstück befriedigt werden.
Prinzessin Beatrice stellte fest, daß die Menschen hier von einem ganz anderen Schlag waren als im nördlichen Kastilien. Die meisten der Bauern hier waren dunkelhäutige Mauren und Moriscos, die ein offenes und gastfreundliches Wesen besaßen. Inzwischen waren Prinzessin Beatrice und Prinz Juan so gebräunt von der Sonne, daß sie sich nur noch durch ihr blondes Haar und die blauen Augen von der örtlichen Bevölkerung unterschieden. Doch die Augen hätten sie auch als Abkömmlinge des Volkes der Berber ausweisen können.
Später an diesem Abend ritten sie nebeneinander einen steilen Hügel hinauf. Am kahlen Gipfel angekommen, blieben sie stehen. Prinz Juan sprudelte aufgeregt unverständliche Laute hervor. Als Prinzessin Beatrices Blick seinem zitternden Finger folgte, bot sich ihr ein Anblick, der sich eigentlich nicht von der Gebirgslandschaft unterschied, die sie auf ihrer gesamten Reise begleitet hatte. Im Licht der untergehenden Sonne fielen die Schatten der Berge in das Tal unter ihnen. Der Himmel war – außer im Osten – blaßblau, und die kahlen Anhöhen und schartigen Bergspitzen zeichneten sich scharf gegen ihn ab. Im Tal kreiste langsam ein Schwarm Krähen; bald würden sich die Vögel für die Nacht in ihre Nester in den Wipfeln der Bäume zurückziehen. Es war völlig still; nicht einmal ein Lufthauch ging. Auf einmal begriff Prinzessin Beatrice die Einheit der Erde in all ihrer Mannigfaltigkeit.
Doch Prinz Juan hatte etwas anderes gemeint. Mit dem Finger wies er auf die Landstraße, ein graues Band, das sich unter ihnen an die Felsen schmiegte. Ein wenig weiter südlich führte die Straße zu einer Brücke, an der ein Wachhäuschen stand. Freude ergriff Prinzessin Beatrice. Das mußte eine der Brücken sein, von denen Prinz Ahmed ihr erzählt hatte; allerdings noch nicht jene, die er, Prinz Juan,

Zurika – ach, Zurika! – und Pilar in der ersten Nacht ihrer Flucht erreicht hatten.

O Gott, o Heilige Jungfrau, o Jesus Christus, ich danke euch für unsere Rettung!

Endlich hatte sich ihr Glück gewendet! Prinzessin Beatrice wollte schon den Hügel hinabreiten, aber Prinz Juan hielt sie zurück. Diesmal zeigte er mit dem Finger nach oben auf eine Anhöhe jenseits des Tals, wo ein kleines, gedrungenes Gebäude stand. Was mochte das wohl sein?

»Ein Wachturm«, bedeutete ihr Prinz Juan. »Dort wurde nach unserer Flucht aus der Alhambra ein Signalfeuer entzündet.«

In diesem Augenblick vernahm Prinzessin Beatrice ein Geräusch, ein leises Rumpeln von der Straße her, das nicht in diese Stille paßte. Sie lauschte. Das Rumpeln verwandelte sich in ein Donnern. »Pferde«, bedeutete sie Prinz Juan und wies auf eine Wegbiegung, wo die Straße hinter einem Berg verschwand. »Sie reiten schnell«, fügte sie hinzu.

»Wir sollten uns hinter diesen Büschen verstecken und sehen, wer es ist«, schlug Prinz Juan vor.

Sie ritten zum Wegesrand und ließen die Pferde im Gebüsch niederknien, so daß man sie von der Straße aus nicht erkennen konnte. Kaum hatten sie sich in ihrem Versteck eingerichtet, als auch schon eine Gruppe Reiter, die von zwei Männern geführt wurde, um die Ecke bog. Es waren Soldaten! Kamen sie aus Granada? Gewiß konnten es keine Kastilier sein!

Angestrengt versuchte Prinzessin Beatrice die Gesichter der Anführer auszumachen. Doch auf einmal krampfte sich ihr der Magen zusammen, und Todesangst ergriff sie. Sie hielt den Atem an. Wie konnte das sein? Sie waren doch in Granada! Würde sie diesem Ungeheuer denn niemals entrinnen? Diese gedrungene halslose Gestalt hätte sie unter Hunderten erkannt: König Karl der Böse war angekommen.

Als König Karl mit Graf Gaston zu seiner Linken um die Kurve trabte, entdeckte er die Brücke, die in ungefähr fünfhundert Metern Entfernung in der Abendsonne lag. Aufgeregt deutete er darauf. »Nur noch zwei weitere Brücken liegen zwischen uns und der Alhambra«, rief er aus. »*En verdad*, gewiß werden wir unsere ... Beute noch vorher ausfindig machen.«
Graf Gaston nickte ernst. »Aber wie du sehen kannst, mein König, hat uns der Soldat vor dem Wachhäuschen entdeckt.« Er nahm beide Zügel in die linke Hand und löste mit der rechten sein Schwert, da nun noch weitere Männer aus dem Wachhäuschen stürmten. »Vielleicht müssen wir uns mit Gewalt den Weg freikämpfen, mein König. Du nimmst dir die Männer zur Linken vor, ich jene zur Rechten.«
»Einverstanden.« König Karls wölfisches Grinsen spiegelte seinen Gemütszustand wider. Mit einer raschen Bewegung zog er sein Schwert. »Ein Jammer, daß die Grenzposten uns nur durchgewunken haben, obwohl es unser Schwert doch nach maurischem Blut dürstete!« Mit einem schnellen Blick vergewisserte er sich, daß seine Soldaten ihm in Viererreihen folgten. Er nahm sein Schild in die Linke, hob das Schwert und wies damit auf die Brücke. »Zum Angriff!!« schrie er und stieß seinem Pferd die Sporen in die Flanken.
Inzwischen hatten sich die Wachen in zwei Reihen am Anfang der Brücke aufgestellt. Die Spitzen ihrer Piken waren auf die Angreifer gerichtet. König Karl zählte zehn Soldaten in der ersten Reihe. Mit wildem Gebrüll preschte er auf sie zu und erkannte dabei, wie Furcht in den dunklen Augen der Mauren aufleuchtete. Erst in letzter Sekunde riß er, kurz bevor sein Pferd die Spitzen der Piken berührt hätte, das Tier herum. Die Piken folgten ihm, unsicher, in welche Richtung sie nun zustoßen sollten, und gerieten einander in die Quere. König Karl wandte sich blitzschnell wieder nach links und ließ den Schutzpanzer seines Pferdes genau in die Pike des Wachmannes krachen, der ganz rechts außen stand. Die Waffe zersplit-

terte. Von einem unglaublichen Triumphgefühl ergriffen, hielt König Karl genau auf den Mann zu. Nur undeutlich nahm er sein bärtiges Gesicht und angstvoll aufgerissene Augen wahr. Als er den Soldaten einfach niederritt, erscholl ein schriller Todesschrei. Mit einem Siegesruf gab König Karl seinem Pferd die Sporen. Er hatte die Reihen durchbrochen und preschte nun mit polternden Hufen über die Brükke. Graf Gaston, der offenbar ähnlich vorgegangen war, folgte ihm lachend auf den Fersen. Hinter ihnen war das schrille Wiehern von Pferden zu hören.

Gleichzeitig blieben die beiden Männer stehen und sahen sich um. Die kastilischen Soldaten waren einfach durch die jämmerliche Verteidigungslinie gebrochen. Am Boden lagen Männer, die vor Schmerzen schrien und wimmerten. Schluchzen erfüllte die Luft. Jene, die noch laufen konnten, nahmen die Beine in die Hand; zwei Mauren waren kurzerhand von der Brücke ins Wasser gesprungen.

Nach wenigen Minuten schon hatte die gesamte kastilische Abteilung die Brücke überquert. Hinter sich ließen sie Tote und stöhnende Verwundete. Am anderen Ende der Brücke hielten sie an, damit der Oberst seine Männer zählen und die Pferde untersuchen konnte. »Keine Gefallenen, mein König«, berichtete er und legte die Hand an die Mütze. »Drei Männer sind verwundet, die Pferde sind alle noch in Ordnung, obwohl einige ein paar Fleischwunden abbekommen haben.«

König Karl konnte seine Freude nicht verbergen. »Gott ist mit uns!« rief er aus und bekreuzigte sich, obwohl ihm im Augenblick eigentlich nicht nach Beten zumute war. Geschickt wendete er sein Pferd.

Doch noch ehe er den Befehl zum Aufbruch geben konnte, stieß Graf Gaston einen Schrei aus. »Sieh, mein König!« Seine behandschuhte Hand zeigte nach rechts.

Oben auf dem Gipfel des Berges war ein Signalfeuer aufgeflammt.

»Was soll das?« fragte König Karl, obwohl er sich die Antwort schon denken konnte.
»Alarmsignale«, antwortete Graf Gaston besorgt. »Sie setzen sich von Berggipfel zu Berggipfel fort, bis sie die Alhambra erreichen.« Fragend sah er den König an.
Rasch überdachte dieser die veränderte Lage. Sollte er umkehren? Niemals! Allerdings dämmerte ihm, daß er nun eine schicksalsschwere Entscheidung treffen würde. Ritt er weiter, konnte er getötet werden. Kehrte er um, war es um seine Zukunftspläne und die geplante Hochzeit geschehen. Außerdem hatte ihm König Pedro schließlich zugesichert, daß Granadas Herrscher auf seiner Seite standen und sich ohnehin ergeben würden. »Es wird noch einen Tag dauern, bis Soldaten aus der Alhambra hier sein können«, überlegte er laut. »Deswegen sollten wir wenigstens bis zur zweiten Brükke weiterreiten, ehe wir umkehren.«
König Karl hatte nämlich den Einfall gehabt, daß Prinzessin Beatrice sicherlich von seinem Mut und seiner Liebe zu ihr beeindruckt sein würde. Schließlich hatte er sich nur ihretwegen tief in feindliches Gebiet gewagt, um sie vor den Heiden zu retten. Ja, er würde sie mit nur einhundert Männern aus den Klauen eines heidnischen Lüstlings befreien, eine Heldentat, die gewiß in die Geschichte eingehen würde! Die Barden würden davon singen, die Väter die Geschichte vor dem Kaminfeuer ihren Söhnen erzählen. Prinzessin Beatrice konnte nicht mehr weit sein. Sicherlich würde sie ihm die Vergewaltigung verzeihen und ihn heiraten.
Er hatte keine Zeit mehr zu verlieren. »Vorwärts!« befahl er und gab seinem Pferd die Sporen.

Angsterfüllt hatte Prinzessin Beatrice den Kampf beobachtet. Das hier war kein Turnier, sondern die rauhe Wirklichkeit. Die Rufe, die Schmerzensschreie, das Wiehern verwundeter Pferde; niemals im Leben würde sie diese Geräusche vergessen. Fast konnte sie das Blut der Männer riechen. Mitleid ergriff sie, und am liebsten wäre sie den Verwundeten zur Hilfe geeilt. Aber sie hielt sich zurück. Prinz Juan und sie konnten nichts für die Männer tun.

Warum mußten die Menschen nur so gewalttätig sein?

Trotzdem hatte sie sich die ganze Zeit über nicht der Bewunderung erwehren können. König Karl und Graf Gaston waren wirklich mutige Männer! Immer wieder hatte sie zu Prinz Juan hinübergesehen. Doch dieser war nur still dagesessen, nachdenklich und in sich versunken. Trauer war in seinen blauen Augen gestanden. Erst nachdem König Karl seine Männer auf der anderen Seite der Brücke gesammelt hatte, hatte er den Blick gehoben. Aber seine Aufmerksamkeit galt den Bergspitzen jenseits des Tals. »Es hat recht lang gedauert, bis man im zweiten Wachturm das erste Feuer bemerkt und auch eines angezündet hat«, bedeutete er seiner Schwester. »Doch da es inzwischen fast dunkel ist, kann man die Feuer weithin sehen, und sie werden sich rasch bis zur Alhambra fortsetzen. Dann werden dort die Truppen aufbrechen.« Die Feuer flackerten in regelmäßigen Abständen auf. »Offenbar können sie auf diese Weise weitervermitteln, um wie viele Eindringlinge es sich handelt.«

Prinzessin Beatrice konnte sich einer Frage nicht enthalten, die ihr schon seit Tagen im Kopf herumging. »Glaubst du, daß Prinz Ahmed die Alhambra sicher erreicht hat?«

Prinz Juan nickte.

Voll Hoffnung deutete Prinzessin Beatrice auf die Signalfeuer. »König Karl hat sie bestimmt auch entdeckt. Meinst du, er kehrt jetzt um?«

Prinz Juan schüttelte den Kopf. »Nein. Er ist ein starrsinniger Mann und gibt nicht so leicht auf.«

»Vorwärts!« Laut und deutlich drang der Befehl zu ihnen herüber.

»Er wird weiterreiten, bis man ihn zum Umkehren zwingt.«

Prinz Juan hielt inne. »Ich schlage vor, wir folgen ihm, allerdings nicht auf der Straße. Wir könnten zum Fluß hinunterreiten, eine Furt finden und versuchen, ihn einzuholen. Es ist jetzt wichtig, daß wir ihn weiter beobachten. Wenn er sich einer Übermacht an Feinden gegenübersieht, wird er gewiß umkehren. Dann können wir uns in die Hände der granadischen Armee begeben und uns in die Alhambra bringen lassen.«

Sie hielt den Atem an. »Und zu Prinz Ahmed«, flüsterte sie. *Mein Liebster, ich komme.*

Entschlossenheit ergriff sie. König Karl, der sie geschändet hatte, würde sie nun wie eine Fackel zu ihrem Geliebten geleiten. Sie durfte ihn nur nicht aus den Augen verlieren.

»Wir werden keine Furt suchen«, bedeutete sie ihrem Bruder.

Überrascht starrte er sie an. »Warum nicht?«

»Weil wir einfach die Brücke überqueren und König Karl auf der Straße folgen werden.« Sie lächelte, als seine Augen aufleuchteten. »Wäre das nicht viel weniger umständlich?«

Endlich befanden sie sich auf dem Marsch. In einem Kettenhemd und dicken schwarzen Beinschienen aus Leder saß König Pedro auf seinem schwarzen Streitroß. Schließlich war er von seiner gesamten Armee umgeben, so daß sich eine volle Rüstung erübrigte. König Pedro hatte allen Grund, zufrieden zu sein, als er so an der Spitze der Armeen von Kastilien und Aragon durch den kühlen Morgen ritt. Die sechzigtausend Soldaten, die verstreut östlich und westlich der Landstraße gelagert hatten, sammelten sich nun und marschierten in geordneten Reihen voran, wie die Befehlshaber es am Vorabend geplant hatten. Bischof Eulogius hatte noch vor Morgengrauen eine Messe für die Soldaten gelesen und in seiner Predigt vor allem den Kreuzzug hervorgehoben. Die Männer würden für Jesus Christus und die Heilige

Kirche gegen die Heiden in die Schlacht ziehen. Nun schienen alle, selbst jene, die an Erkältungen, Magenschmerzen und Blasen an den Füßen litten, von religiösem Eifer ergriffen.

Während König Pedro den Gruß seiner Offiziere entgegennahm, segnete Bischof Eulogius, der neben ihm auf einem weißen Zelter saß, die vorbeiziehenden Männer. Am besten sollte er den ganzen Tag damit zubringen, dachte König Pedro verärgert. Die Reihe der marschierenden Soldaten würde sich über zwanzig Kilometer erstrecken, und es würde Stunden dauern, bis der Bischof seinen Platz an der Spitze der Truppen einnehmen konnte. Das ist die gewaltigste Armee, die das christliche Spanien jemals gesehen hat, selbst wenn man die Navarreser, die Katalonier und die Portugiesen nicht mitzählt, dachte König Pedro. Ich werde in die Geschichte eingehen, weil ich allein die *Reconquista* ins Werk gesetzt habe. Die leise Stimme, die ihn daran erinnerte, daß auch die Einheit aller Christen, Bischof Eulogius und die Heilige Kirche eine nicht unbedeutende Rolle gespielt hatten, brachte er rasch zum Verstummen. Er allein hatte sich trotz des gescheiterten Turniers zu diesem Augenblick des Triumphes emporgeschwungen.

Da es den ganzen Tag dauern würde, bis auch die Nachhut an ihm vorübergezogen war, hatte er beschlossen, nur den Gruß der Reiterregimenter entgegenzunehmen. Diese bildeten die Spitze des Heeres und boten mit ihren bunten Uniformen, Lanzen, Fahnen und Regimentsflaggen ein kriegerisches Bild. Nachdem sie vorübergezogen waren, wollte König Pedro lospreschen und seinen Platz an der Spitze einnehmen. Nach den Reitern kamen die Bogenschützen, dann die Infanterie, denen Männer mit Piken und Speeren vorausritten, und dann die Wurfmaschinen, Katapulte, Rammböcke und Wagen mit Wurfgeschossen und Pfeilen. Jede Einheit hatte ihre eigenen Trompeter und Herolde und außerdem Wagen, auf denen

sich Zelte und Vorräte für eine Woche türmten. Dann kamen die Ärzte für Mensch und Tier, die Ersatzpferde, Maulesel, Lebensmittelvorräte, Kleidung, Waffen und die Handwerker, Schmiede und Zimmerleute mit ihren Werkzeugen. Ganz zum Schluß folgten die Marketenderinnen.
Als König Pedro sein Pferd herumwarf, um zur Spitze des Zuges zu reiten, brannte ihm die Sonne warm auf Hinterkopf und Nacken. Zum wohl hundertsten Male fragte er sich, wie es wohl König Karl, Graf Gaston und den Reitern ergangen sein mochte. Keine Nachrichten waren gute Nachrichten, denn das bedeutete, daß die Grenze offen war und die Mauren keinen Widerstand leisteten. Wenn er die Alhambra erst einmal erobert hatte, würde er sich diesen betrügerischen Hund Farouk Riswan vorknöpfen. Schlangen konnte er nicht gebrauchen, nicht einmal solche, die nach seiner Pfeife tanzten. Er würde sich für seine Niederlage in der Schlacht und beim Turnier rächen. Dann sollte Maria für ihn eine Kaiserkrone entwerfen.

Schon am Abend des folgenden Tages erblickte König Karl die zweite Brücke vor sich. Offenbar war dieser Teil des Landes kaum besiedelt, denn unterwegs waren sie nur wenigen Wagen begegnet. Bestimmt vertrieben sich die Wachen die Zeit mit Schachspielen, denn nur zwei Posten waren auf der Brücke zu sehen. Das war aber merkwürdig! Hatten sie die Signalfeuer denn nicht bemerkt?
Während sie langsam weiterritten, betrachtete der König die Landschaft. Die Brücke verband zwei Anhöhen miteinander, die in einem sanften Hügel zur Straße hin abfielen. Auf beiden Seiten wuchsen einzelne Zypressen und Wildeichen. Ein hübsches Bild und so friedlich! Das einzige, was störte, war dieser Gestank, der immer stärker wurde: der Geruch seines eigenen ungewaschenen Körpers.
Die beiden Wachposten hatten das Hufgetrappel gehört und

blickten auf. Einer von ihnen rief etwas, und dann flüchteten alle ins Wachhäuschen.

Das war ja wunderbar! König Karl jubelte. Die Mauren waren eben Feiglinge! Nun würde er ungehindert weiterreiten können. Doch dann besann er sich eines Besseren. Einen guten Kampf und damit eine Gelegenheit, es diesen Hundesöhnen heimzuzahlen, durfte man nicht versäumen! Er ergriff seinen Schild, nahm beide Zügel in die linke Hand und schwang das Schwert hoch über dem Kopf. »Zum Angriff!« brüllte er und gab seinem Pferd die Sporen.

Das Tier gehorchte, und auch die anderen Männer galoppierten donnernd auf die Brücke zu. Doch nichts rührte sich. Die Wachen waren im Wachhäuschen verschwunden. König Karl lachte aus vollem Halse. »Feiglinge!« spottete er, als er wie ein Blitz am Wachhäuschen vorbeischoß. Graf Gaston, ruhig wie immer, folgte ihm. Als er die Mitte der Brücke schon erreicht hatte, sah er es.

Der Hohlweg wurde von gefällten Bäumen versperrt.

Sofort hob König Karl sein Schwert. »Haaaaalt!« brüllte er. Er zügelte sein Pferd, doch bevor es zum Stehen kam, hatte er die Brücke bereits hinter sich gelassen. Er sah sich um. Hinter ihm wimmelte es von Reitern.

Ein Zischen über seinem Kopf sagte ihm, daß die Feinde bereits den ersten tödlichen Pfeilhagel von beiden Seiten der Straße aus auf sie abfeuerten.

In seinen beiden ersten Tagen auf dem Thron war König Ahmed von einer Besprechung zur nächsten gejagt. Mit Offizieren, Staatsbeamten, *imamen*, Prinzen und anderen Edelleuten mußte er sich befassen und dazu noch Abordnungen der Bürger, der Händler und verschiedener religiöser Vereinigungen empfangen. Er hatte nicht geahnt, daß ein König so viele Pflichten hatte.

»Für alles und jedes im Leben scheint es eine Vereinigung zu geben«, bemerkte er spöttisch zu Oberst Husain. »Nächstens kommt wohl noch die ehrenwerte Gesellschaft der Ratten, um uns Geschenke aus den Abwasserkanälen der Stadt zu überbringen.«

»Die Ratten kennen nur ein einziges Geschenk, *Malik*: den Schwarzen Tod, und Allah behüte, daß sie ihn uns bringen.« Oberst Husain hielt inne. »Aber trotzdem werden wir gnadenlos die menschlichen Ratten ausmerzen, die unser glücklicherweise dahingeschiedener Wesir in die wichtigsten öffentlichen Ämter eingesetzt hat. Allah sei Dank, daß es ihm nicht gelungen ist, seine Leute in die Armee einzuschleusen, und daß er nicht genug Zeit hatte, die gesamte Verwaltung zu unterwandern.«

Der Tagesablauf des Königs war streng festgelegt, und die Anforderungen der Etikette brachten König Ahmed an den Rand der Verzweiflung. Allerdings fiel ihm auch kein besserer Weg ein, all seine Pflichten unter einen Hut zu bringen. So viele Leute mußten dem neuen Herrscher ihre Aufwartung machen, doch es war nicht nur eine lästige Pflicht, sie zu empfangen. König Ahmed wollte es auch so, denn er begann sein Volk zu lieben. Allmählich dämmerte ihm, daß sein Vater ihm etwas Wichtiges verweigert hatte, indem er ihn zum Schutz vor der Liebe von der Außenwelt abschirmte. Noch nie im Leben hatte er sich eins mit seinem Volk und seinem Land fühlen können.

König Ahmed hatte sich entschieden, die Gemächer seines Vaters in der Daraxa zu bewohnen. Nur mit dem Harem wollte er nichts zu schaffen haben. Er hatte nicht einmal vor, den Frauen den täglichen Pflichtbesuch abzustatten und ihnen Geschenke zu bringen. Viele von ihnen würden sehr enttäuscht sein, daß der junge König sie verschmähte, vor allem auch, weil er so ein stattlicher Mann war. Aber König Ahmed war in Gedanken nur bei Prinzessin Beatrice, und er freute sich, seine vielen Pflichten als Ausflucht gebrauchen

zu können. Denn von einem König wurde einfach erwartet, daß er sich in seinem Harem von den Bürden seines Amtes erholte.
Also waren die beiden Tage unglaublich schnell vergangen. Doch mit der Zeit wuchs auch seine Angst um Prinzessin Beatrice und seine Freunde, besonders nachdem man ihm am vergangenen Abend von den Signalfeuern berichtet hatte. Etwa hundert fremde Reiter waren auf der ersten Brücke gesichtet worden. Auf der Stelle hatte er zwei berittene Einheiten und zwei Abteilungen Bogenschützen entsandt, die die Eindringlinge aufhalten und vernichten sollten. Wie mochte es wohl Prinzessin Beatrice ergangen sein? So sehr sehnte er sich nach ihr, daß er sich gestern vor Sonnenuntergang in seine ehemaligen Gemächer im Gen al Arif begeben hatte. Suchend hatte er zu dem Felsen hinübergeblickt, wo Zurika zum erstenmal für ihn getanzt hatte. Leer und kahl lag er da und schien ihn im rosigen Abendlicht zu verhöhnen.
Du magst König sein, aber ich bin niemand, ein Nichts, und ich werde mich trotzdem weder von deinen Befehlen noch von deinem Flehen erweichen lassen.
Nun, am nächsten Abend, stand er da und blickte wieder auf die gleiche Leere hinab. Mit seinem Willen versuchte er das Zigeunermädchen, den alten Juden, Prinz Juan und die wunderschöne Prinzessin herbeizubeschwören. Doch nichts geschah.
Dann überkam ihn eine böse Vorahnung, und tiefe Einsamkeit senkte sich über seine Seele wie ein Leichentuch.

Am Abend hatte die Reiterei mit König Pedro an der Spitze ein Drittel des Weges nach Granada zurückgelegt. Selbst in der sengenden Nachmittagssonne waren sie weitergeritten, weil sie vorankommen mußten, wenn auch die Nachhut bis zum Dunkelwerden die Straße erreichen sollte. Berittene Kundschafter eilten voraus und hielten nach möglichen Angreifern

Ausschau, während Offiziere die Reihen abritten, um für Ruhe und Ordnung zu sorgen. Besonders die Fußsoldaten litten unter der Hitze, obwohl sie häufig miteinander die Plätze tauschten, damit jeder einmal am Rand marschieren konnte, wo es kühler war.

»Wir werden sechs Tage brauchen, bis wir die Alhambra erreichen«, bemerkte König Pedro zu Bischof Eulogius, der schwitzend und mit rotem Kopf neben ihm herritt. »Dann dauert es noch etwa drei Tage, bis wir Stellung bezogen haben und angreifen können. Hoffentlich sind die navarresische und die portugiesische Armee in sechs Tagen ebenfalls bereit.«

»Nicht zu vergessen, die Katalonier«, fügte der Bischof in seinem Singsangton hinzu. »Die christliche Einheit gebietet, daß alle christlichen Königreiche in diesem historischen Augenblick anwesend sind.«

Wodurch du dann ebenso unsterblichen Ruhm erlangen würdest wie der Kardinal und der Papst, dachte König Pedro wütend. Immer mußte dieser kleine Mistkerl sich einmischen und ihn mit unwichtigen Kleinigkeiten belästigen! Da König Pedro schon den ganzen Tag in der Sonnenhitze unterwegs war, hatte er nicht die geringste Lust auf ein solches Gespräch. »Gott ist auf unserer Seite«, bemerkte er. »Als wir zuerst aus Toledo losgeritten sind, haben wir nur eine Vorhut angeführt, die die Flüchtigen einfangen sollte. Nun stehen wir an der Spitze einer Armee, die vielleicht die größte christliche Streitmacht seit den Kreuzzügen darstellt.«

»So weit bist du nur gekommen, mein König, weil die Heilige Kirche dir vollkommen vertraut.« Der Bischof spitzte den roten Schmollmund und leckte sich die Lippen. »Deine Waffe gegen die Heiden ist das Schwert, die meine ist das Wort Gottes, und ich werde sie alle im Namen der Heiligen Kirche den reinigenden Flammen überantworten.«

Nur mit Mühe konnte König Pedro seine Ungeduld zügeln.

Damit würde er sich später befassen. Er wandte seine Gedanken anderen Dingen zu. Wie war es wohl König Karl und Graf Gaston ergangen? Wo mochten sie im Augenblick sein?

Weder der König noch der Bischof wußten, daß sich ein verhutzeltes altes Weiblein den Marketenderinnen angeschlossen hatte. Pilar hatte ihre Hütte in Jaén rasch und billig verkauft. Einen Teil des Geldes hatte sie dazu verwandt, einen Wagenlenker zu bestechen. »Was hat eine alte Hexe wie du unseren tapferen Soldaten schon zu bieten?« hatte dieser bemerkt, sie dann aber trotzdem mitgenommen. Das restliche Geld hatte Pilar in einem kleinen Beutel unter ihrem Gürtel versteckt. Finstere Rachegedanken erfüllten ihre Seele.

32. Kapitel

Überall auf der Brücke lagen stöhnende Verwundete, die entweder noch halb im Sattel hingen oder sich auf dem Kopfsteinpflaster wanden. Dazwischen bäumten sich wild die Pferde, die mit Pfeilen gespickt waren wie Stachelschweine. Obwohl schon mindestens zehn Gefallene zu beklagen waren und einige bereits die Flucht ergriffen hatten, gaben sich die Reiter nicht geschlagen. Nach dem ersten Schrecken hatte sich König Karl rasch wieder gefaßt. Ein Rückzug wäre nicht nur gefährlich gewesen, er entsprach auch nicht seiner Art. Er warf Graf Gaston einen Blick zu, und der Baske, der seine Ansicht offenbar teilte, nickte lächelnd.

Sie warfen ihre Pferde herum, wobei einer sich nach links, der andere sich nach rechts wandte.

»Für Gott und die Heilige Kirche. Zum Angriff!« schrien sie im Chor und preschten auf den Hügel zu.

»*La ilaha il' Allah!* Es gibt keinen Gott außer Allah!« scholl ihnen die Antwort entgegen. Einen Augenblick lang dämmerte es König Karl, worum es bei diesem Kampf eigentlich ging. Dann hörte er, wie die noch unversehrten Soldaten voranstürmten. Aus dem Augenwinkel erkannte er, daß die beiden Reihen zur Rechten ihm folgten, während jene zur Linken sich Graf Gaston anschlossen. Dann hatte er den Schatten der Bäume erreicht. Sein unerwarteter Vorstoß traf die Feinde, die sich im Wald verborgen hatten, völlig überraschend. Mit wildem Gebrüll ritt König Karl mitten in sie hinein, wobei er das Schwert hoch über dem Kopf schwang. Einem Feind schlug er mit einem Hieb den Kopf ab; den nächsten durchbohrte er mit seiner Klinge.

Inzwischen war König Karl vom Blutrausch erfaßt. Zwar versuchte eine Gruppe Reiter, ihn zu umzingeln, aber die Bäume standen ihnen im Weg. Vor seinen Augen lag ein roter Nebel, doch sein Kopf war vollkommen klar. Mit jedem Hieb beförderte er einen Feind vom Leben zum Tode. Immer wieder und wieder, das Schlachten wollte kein Ende nehmen. Die maurischen Soldaten wichen ihm aus oder flohen vor seiner Wut, wobei sie ihren Kameraden, die sich in die Schlacht stürzen wollten, den Weg versperrten. Immer wieder gelang es den Gegnern, König Karl einzukreisen, doch stets befreite er sich mit einigen Schwerthieben.
Etwa eine halbe Stunde tobte der Kampf, ehe der Ansturm der Feinde nachließ. König Karl blickte den fliehenden Mauren nach. Keuchend hielt er inne, und das Herz klopfte ihm bis zum Halse. Der Arm, mit dem er das Schwert geführt hatte, schmerzte. Ungeduldig wischte er sich mit der behandschuhten Linken den Schweiß von der Stirn. Der rote Nebel vor seinen Augen hob sich, aber seine Wut war noch nicht verraucht. Am liebsten hätte er einen Kriegsschrei ausgestoßen und wäre den flüchtenden Feinden nachgejagt. Doch die Vernunft obsiegte.
Erfreut, daß er die Gegner so rasch in die Flucht geschlagen hatte, schob König Karl sein blutverschmiertes Schwert in die Scheide. Plötzlich durchfuhr ihn ein scharfer Schmerz unter der linken Achselhöhle. Vorsichtig betastete er die Stelle, doch als er die Finger zurückzog, waren sie voller Blut. Er war verwundet worden und hatte es in der Hitze des Gefechts nicht einmal bemerkt. Auch sein Wams war mit Blut durchtränkt. Aber das spielte keine Rolle. Seine Wunden konnte er auch noch später versorgen.
Offensichtlich waren die maurischen Reiter sofort von der Alhambra aus aufgebrochen, als das Signalfeuer dort entdeckt worden war. Das bewies, daß die Mauren – entgegen König Pedros Erwartungen – heftigen Widerstand leisten

würden. Und das wiederum konnte nur bedeuten, daß Ahmed, der maurische Schweinehund – eines Tages würde er diesem Bastard den Schwanz abhacken und ihm das Maul damit stopfen – den Palast erreicht und die Übergangsregierung beseitigt hatte. Nun saß er offenbar auf dem Thron. Gewiß würde auch Prinzessin Beatrice bald in der Alhambra ankommen, aber es wäre reiner Selbstmord gewesen, wenn er sie weiter verfolgen würde. Sicherlich wimmelte es bereits überall von maurischen Soldaten.

Er ließ die klobigen Schultern hängen. Waren all die Gefahren, all das Gemetzel vergebens gewesen? Niemals! Er hatte sie genossen, und das Töten hatte ihm Freude gemacht. Noch jetzt spürte er, wie ihm das Blut durch die Adern raste. Er würde eben einen anderen Weg finden müssen, Prinzessin Beatrice zu retten. O ja, das würde er, doch im Augenblick mußte er Vernunft walten lassen. Zwischen den Bäumen lagen Tote und Verwundete auf dem harten Boden verstreut. Pferde liefen ziellos umher. Ein junger maurischer Soldat, dessen weißes Wams blutverschmiert war, kroch unter seinem gefallenen Pferd hervor. Die beiden Vorderbeine des Tieres zuckten hilflos, und seine Augen waren vor Angst weit aufgerissen. Schließlich gelang es dem Grauschimmel, mühsam aufzustehen. In diesem Augenblick kam ein untersetzter kastilischer Soldat mit erhobenem Schwert angeritten. Ein Hieb, ein gräßliches Knirschen, und der Kopf des Mauren rollte über den Boden. Der Körper des Getöteten blieb noch einen Augenblick lang aufrecht stehen und sackte dann in sich zusammen.

König Karl sah sich rasch um und stellte fest, daß nur drei Kastilier, aber mehr als zwei Dutzend Mauren gefallen waren. Ein guter Kampf. Wenn Graf Gaston ebenso erfolgreich gewesen war, konnten sie getrost umkehren und König Pedro eine Siegesmeldung überbringen.

Wenn Prinzessin Beatrice ihn nur kämpfen gesehen hätte!

Dann hätte sie sicherlich den Unterschied zwischen einem richtigen Mann, der sich in der Schlacht bewährte, und einem Knaben, der im Turnier Ritter spielte, begriffen. Doch wenn die Geschichte die Runde machte, würde es bald heißen, daß er mit nur zehn Soldaten ein Heer von zehntausend Mann besiegt hatte. Sie würde begeistert sein! Mein Gott, er liebte sie so sehr! König Karl wurde von wilder Wollust ergriffen. Was hätte er nicht dafür gegeben, sie in diesem Augenblick zu besitzen!

Allmählich wurde es dunkel, und König Karl ritt an den stöhnenden verwundeten Mauren vorbei, während seine Männer einen nach dem anderen niedermachten. Einen Verwundeten zu töten entsprach nicht König Karls Geschmack. Diese lästige Aufgabe mußte zwar erledigt werden, aber er für seinen Teil zog einen richtigen Kampf Mann gegen Mann vor.

Zuerst hörte er das herannahende Donnern hinter sich nicht. Als es lauter wurde, krampfte sich ihm vor Schrecken der Magen zusammen. Noch ehe er sein Pferd herumwarf und sein Schwert zog, wußte er, was geschehen war.

Die Mauren hatten sie durch eine List getäuscht. Sie hatten die Flucht nur vorgetäuscht und kamen nun zurück, um die Eindringlinge von beiden Seiten her anzugreifen.

Prinzessin Beatrice, die König Karl und der kastilischen Armee in sicherem Abstand folgte, wurde von widersprüchlichen Gefühlen hin und her gerissen. Hauptsächlich wurde sie von Todesangst gepeinigt. Schließlich war König Karl der Böse, der sie geschändet hatte, nur etwa einen Kilometer entfernt. Nur daß jetzt sie es war, die ihn verfolgte, obwohl er doch eigentlich auf der Jagd nach ihr war. So sehr sie sich auch bemühte, es gelang ihr einfach nicht, die Vergewaltigung aus ihren Gedanken zu verbannen. Fast hatte sie das schreckliche Erlebnis schon vergessen geglaubt, doch nun stand es ihr wieder so lebendig vor Augen, daß sie fast König

Karls Schweiß zu riechen glaubte. Immer wieder mußte sie an seine Wut denken, als sie ihm von ihrer Liebe zu Prinz Ahmed erzählt hatte. An seinen erstaunten Blick, ehe seine Stimmung in Zorn umgeschlagen war. Seine heftigen Schläge, ihr Wissen, was er mit ihr vorhatte, ihr Flehen um Gnade, ihre Todesangst, als sie erkannte, daß er kein Mitleid mit ihr haben würde, die Hoffnungslosigkeit, die entsetzlichen Schmerzen, als er ... als er ... als er ... Mit aller Macht versuchte sie, diesen Gedanken zu verscheuchen, doch die Bilder kehrten zurück wie Gemälde in einem hell erleuchteten Raum. Sie sah ihn im Dämmerlicht des winzigen Zimmers, seinen wilden Blick, sein grausames Gesicht. Sie hörte sein Wutgebrüll, und als sein stinkender Atem sie anwehte, würgte es sie im Hals. Sie erschauderte am ganzen Körper und konnte gleichzeitig immer noch nicht glauben, daß all das wirklich ihr widerfahren war, ihr, der behüteten Prinzessin aus Toledo, die noch nie hatte erleben müssen, wie ein Mensch dem anderen Gewalt antat. Sie kannte nur Höflichkeit und gute Manieren. Und trotzdem hatte sie das Schreckliche erfahren und durchlebte es in diesem Augenblick aufs neue!

Prinz Juan hatte ihre Gedanken sofort erraten. »Als du ihn nicht sehen mußtest, war es leicht, nicht an ihn zu denken. Doch nun verfolgt er dich wieder, *querida*. Ich flehe dich an, vergiß ihn.«

Als sie seinen mitfühlenden Blick sah, stiegen ihr die Tränen in die Augen. Sie nickte. Mehr konnte sie im Augenblick nicht sagen, sonst wäre sie weinend zusammengebrochen.

»Ich verstehe dich. Weil du ihm jetzt folgst, fühlst du dich wieder von ihm bedroht. Ich kann dir nur raten, an die Gegenwart zu denken. Du bist frei ... frei ... frei.« Eindringlich sah er sie an. »Und es wird dir niemals wieder geschehen, das schwöre ich dir. Ich würde dich vorher töten. Also vergiß ihn und denk an unsere Zukunft in der Alhambra.« Da er spürte,

daß seine guten Ratschläge vergeblich waren, wandte er den Blick ab. Eine Vergewaltigung konnte man nicht einfach vergessen. Man mußte lernen, damit zu leben.
Als es dunkel wurde, waren sie näher an König Karl und seine Soldaten herangekommen. Obwohl Prinzessin Beatrices Angst abends immer am schlimmsten war, weil die Vergewaltigung zu dieser Tageszeit stattgefunden hatte, fühlte sie sich durch das Ringen mit ihren bösen Erinnerungen gestärkt. Gerade hatten sie einen Abhang erreicht, als sie in der Ferne die Brücke erkannten. Auf einmal geschah es: Die Reiter auf der Brücke hielten plötzlich inne, Pferde bäumten sich wiehernd auf, Männer stürzten aus dem Sattel. Prinzessin Beatrice zügelte ihr Pferd und blieb wie angewurzelt stehen, während die Schlacht ihren Lauf nahm. Kaum hörte sie das Lallen, das Prinz Juan ausstieß, doch dann spürte sie, wie ihr Pferd nach der Seite gezogen wurde. Prinz Juan zerrte es von der Straße. Erst jetzt begriff sie, daß ihre Verfolger von granadischen Truppen angegriffen wurden. Sie ergriff die Zügel. Jetzt hatte sie wieder Hoffnung. Prinz Juan und sie konnten sich der Armee aus Granada anschließen, nachdem die Mauren König Karl in die Flucht geschlagen hatten. Dann würde man sie sicher zur Alhambra begleiten. »Ich danke euch, o Gott, o Heilige Jungfrau, o Jesus Christus!« sandte sie ein stilles Gebet zum Himmel.
Als sie außer Sichtweite waren, blieb Prinz Juan stehen. Inzwischen wurde auf beiden Seiten der Straße gekämpft, und Prinzessin Beatrice konnte den Anblick kaum ertragen, obwohl der Großteil des Ortes ohnehin vom dichten Laub einer Eiche verdeckt wurde. Wem sollte sie den Sieg wünschen? Zu ihrer Überraschung fühlte sie sich tief in ihrem Herzen immer noch als Kastilierin. Was allerdings König Karl anbelangte, konnte nicht einmal ihre christliche Nächstenliebe verhindern, daß sie ihm mit aller Macht den Tod wünschte.
Zu ihrer Enttäuschung zogen sich die maurischen Truppen

plötzlich zurück. Ihr Herz sank. War nun die Hoffnung dahin, die Alhambra doch noch sicher zu erreichen?
Prinz Juan berührte sie am Arm. »Die Mauren sind geschlagen«, bedeutete er ihr. »Doch da König Karl nun weiß, mit wie vielen Gegnern er rechnen muß, wird er nicht weiterreiten. Gewiß kehrt er nun zur Grenze zurück. Brechen wir also sofort auf, damit wir die Brücke umgehen und ein Stück weit stromabwärts den Fluß überqueren können. Dann versuchen wir, vor Einbruch der Dunkelheit die Straße zu erreichen. Jetzt können wir sicherlich ungehindert bis zur Alhambra reiten.«
Als Prinzessin Beatrice sich nach Osten wandte, hörte sie leises Hufgetrappel hinter sich. Doch da all ihre Aufmerksamkeit darauf gerichtet war, so rasch wie möglich zu entkommen, sah sie den Gegenangriff der maurischen Armee nicht mehr.

Nach dem ersten Schrecken regte sich wieder König Karls Kampfeslust. »Sie greifen wieder an!« brüllte er und warf sein Pferd herum, um sich dem Feind entgegenzustellen. »Bringt die verdammten Schweinehunde um!« Er zog sein Schwert und gab seinem Pferd die Sporen. Allerdings beschloß er, im Schutze der Bäume zu kämpfen, da die Feinde in der Überzahl waren.
Die Reiter kamen in zwei Reihen rasch näher. König Karl suchte sich einen hünenhaften Reiter mit einem Lederhelm aus, der auf einem Grauschimmel saß. Der Mann schwenkte einen Krummsäbel durch die Luft. Mit hocherhobenem Schwert ritt König Karl auf ihn zu. Im letzten Augenblick wich er jedoch nach links hinter einen Baum aus, so daß der Mann sein Schwert nicht gegen ihn gebrauchen konnte. Dann blieb König Karl stehen, holte weit aus und schlug zu. Von der Wucht des Schlages fiel ihm fast das Schwert aus der Hand, als es durch Fleisch, Muskeln und Knochen seines Gegners

drang. Mit einem Jubelruf griff er erneut an und stieß sein Schwert einem anderen überraschten Gegner in den ungeschützten Bauch. Das Knirschen von Eisen, die Schreie der Männer, das Wiehern der Pferde und der Blutgeschmack in seinem trockenen Mund steigerten seine Raserei ins Unermeßliche, und er schlug sich mit wilden Hieben durch die Reihen der Feinde. Als er offenes Gelände erreicht hatte, wandte er sich um und griff den Gegner von hinten an.

Aber die Mauren hatten damit gerechnet, daß die Kastilier verzweifelt kämpfen würden. Als es dunkel wurde, zogen sie sich zurück, wobei es König Karl gelang, noch fünf von ihnen zu töten. Allerdings wußte er, daß die Überlebenden sicherlich noch einmal angreifen würden.

Der Arm, mit dem er das Schwert geführt hatte, schmerzte, das Atmen fiel ihm schwer, und seine Wunde blutete inzwischen so stark, daß er spürte, wie ihm ein Rinnsal den Leib hinablief. Doch seine Kampfeslust war noch nicht gestillt. Heute nacht würde der Feind bestimmt nicht mehr angreifen. Am besten war es, wenn er jetzt seine Truppen sammelte, die Gefallenen zählte und sich rasch auf den Weg zur Grenze machte, ganz gleich, wie müde die Männer auch sein mochten. Um die Toten zu begraben, blieb keine Zeit.

Er holte tief Luft. »Zurück zur Straße!« brüllte er.

Während er zwischen den am Boden liegenden Toten und Verwundeten hindurchritt, zählte er fünfzig tote Mauren, aber nur elf gefallene Kastilier. Auch Graf Gaston hatte mit seinen Männern den Feind in die Flucht geschlagen. Gut. Besorgt sah er sich nach seinem Kanzler um, und als der Gesuchte langsam auf ihn zuritt, war er überglücklich. Er hatte nicht gewußt, wie wichtig ihm dieser Mann war und wie sehr er ihn brauchte.

Doch als König Karl sein Pferd wendete, sah er es, und Todesangst ergriff den kampferprobten Herrscher. Der Griff eines Schwertes ragte aus Graf Gastons Hüfte. Sicherlich litt er entsetzliche Schmerzen, denn sein Atem ging rasselnd, und der Schweiß strömte ihm von den Wangen. Blut quoll unter seinem Kettenhemd hervor. Doch trotzdem saß er aufrecht im Sattel, als ob er die Waffe, die in seinem Körper steckte, überhaupt nicht bemerkte.

König Karl wollte das Schwert schon herausziehen, doch Graf Gaston hielt ihn mit einer schwachen Handbewegung zurück. »Wenn ... du es herausziehst ... mein König ... sterbe ich.« Er hielt inne und rang mühsam nach Luft. »Bald ... werde ich ... zu meinem Schöpfer heimgehen ... aber jetzt noch nicht.«
»Aber warum dann nicht auf der Stelle, um deine Leiden zu verkürzen?« flehte König Karl. »Warum willst du dich so quälen?«
Diesmal lächelte der Graf fast verschwörerisch. »Es ist ein Pakt ... zwischen ... zwischen«, vor Schmerz erstarben seine nächsten Worte zu einem Flüstern, »Gott ... und mir. Ich ... darf nicht ... gehen, bevor ... meine Zeit ... gekommen ist.« Blut quoll ihm aus der Nase und tropfte den schwarzen Schnurrbart hinab. Langsam zog er ein weißes Taschentuch heraus, um es wegzuwischen.
König Karl verstand, daß dieser bemerkenswerte Mann von seinen Wertvorstellungen am Leben erhalten wurde und ihretwegen litt. Das Schwert herauszuziehen wäre einem Selbstmord gleichgekommen. König Karls Mund war trokken, die Brust schmerzte ihn, und zum erstenmal im Leben litt er wegen eines anderen Menschen. El Cid Campeador war mit einem Speer in der Brust in die Schlacht geritten, damit seine Männer wußten, daß er noch lebte. Graf Gaston trug sein Kreuz, um seine Pflicht gegenüber Gott zu erfüllen.
Es stellte sich heraus, daß siebenundzwanzig Soldaten gefallen waren; mehr als zweihundert Feinde hatten ihr Leben lassen müssen. Die verwundeten Gegner wurden entweder

getötet oder einfach in ihrem Blut zurückgelassen. Die kastilischen Verwundeten ließ König Karl auf zwei Pferdewagen legen, die er hinter dem Wachhäuschen gefunden hatte.
Es war schon Nacht, als er seine zerschundene Armee langsam zurück zur Grenze führte. Graf Gaston saß schwankend neben ihm im Sattel. Sie ritten bis spät in die Nacht weiter, um sicherzugehen, daß man sie nicht verfolgte. Den Großteil des Rittes war Graf Gaston nur halb bei Besinnung und murmelte vor sich hin. Hin und wieder hörte König Karl den Namen »Ingemar« und verstand, daß der Graf mit seiner verstorbenen Liebsten sprach. Siebenmal mußte er verhindern, daß der Verwundete vom Pferd stürzte.
Während sie durch die kühle Nachtluft unter einem funkelnden Sternenhimmel dahinritten, wurde König Karl klar, wie sehr er Graf Gaston bewunderte und daß er auch den Wunsch hatte, ihn zu beschützen. Das mußte Liebe sein. War es die gleiche Art von Liebe, die er auch für Prinzessin Beatrice empfand? Er wußte es nicht. Er spürte nur einen unsäglichen Schmerz, weil er Graf Gaston nicht verlieren wollte. Nicht deshalb, weil er niemals Ersatz für ihn als Kanzler finden würde, sondern weil er ihn von Herzen liebte! Und es sah beinahe so aus, als würde König Karl jeden verlieren, den er liebte.
Gegen Mitternacht richtete sich Graf Gaston plötzlich im Sattel auf. »Es ist Zeit, mein König«, sagte er laut und klar. »Würdest du bitte anhalten lassen, damit ich unseren gemeinsamen Freund, den Tod, willkommen heißen kann?«
»Haaaalt!« König Karls Stimme brach, als er den Befehl in die Nacht brüllte. Bald erstarb das Hufgetrappel, und nur das Knirschen der Sättel war zu hören. Doch rasch war alles still, als ob Mensch und Tier die Bedeutung des Augenblicks verstanden hätten.
König Karl stieg ab, um Graf Gaston vom Pferd zu helfen. Doch dieser winkte ab, holte tief Luft und schwang sich elegant aus dem Sattel. Zwar war die Wunde inzwischen

wahrscheinlich taub, aber die Schmerzen mußten trotzdem entsetzlich sein. Bewundernd sah König Karl den Grafen an, der mit unsicheren Schritten zu einer Böschung am Straßenrand hinüberging.

Dann wandte sich Graf Gaston mit einem Lächeln um. »Bitte nimm Platz, mein König, daß auch ich mich setzen kann. Wie du siehst ...« Seine Nasenflügel zitterten, aber er zuckte mit keiner Wimper. »Ich wollte nur sagen, als mich diese langweiligen Schmerzen so unhöflich unterbrachen, daß ich weder auf dem Bauch ... noch auf dem Rücken liegen kann. Also bitte ich dich um die Erlaubnis, im Sitzen sterben zu dürfen ... doch dein Kopf muß immer höher sein als der meine.« Er lächelte gequält. »Wenigstens, solange ich lebe.«

Sie setzten sich mit gekreuzten Beinen einander gegenüber. Die Soldaten blieben auf ihren Posten, doch König Karl konnte ihre neugierigen Blicke spüren. Im Tod gibt es keine Würde, nur in unserer Art zu sterben, dachte er.

Graf Gaston erhob die müden Augen zum Himmel.

»Unter dem weiten Sternenhimmel
grabt mein Grab mir, laßt mich liegen.
Hab froh gelebt, will froh ich sterben
Mit einem Vermächtnis bettet mich zur Ruh ...«

zitierte er aus dem Werk eines Dichters. Dann richtete er sich auf, und ein Stöhnen entrang sich ihm. »Mein König, das Stück ist vorbei. Du darfst applaudieren.« Er seufzte auf. Dann sank er langsam nach der Seite. »Ingemar«, sagte er laut und klar. Er war tot, ehe sein Körper den Boden berührte.

Ein Mensch geht dorthin, wohin er zu gehen glaubt. Graf Gaston war so gestorben, wie er gelebt hatte – mit Würde. Selbst im Todeskampf hatte er nicht mit der Wimper gezuckt, und nicht ein einziger Schrei war über seine Lippen gekommen. Nur an seiner Haut und an seinem rasselnden Atem

hatte man erkennen können, wie sehr er litt. Er hatte den Tod besiegt, indem er ihn so ruhig und formvollendet gemeistert hatte wie das Leben.
Eine Zeitlang blieb König Karl wie betäubt sitzen. Dann stieß er einen Schmerzensschrei aus, der die Nachtluft erschütterte und die Feierlichkeit des Augenblicks vertrieb.

Am zweiten Morgen wies Prinz Juan auf die Mauern und Türme, die die Alhambra umgaben. Beim Anblick von soviel Schönheit stockte Prinzessin Beatrice der Atem, und ihr Herz klopfte rascher. Endlich hatten sie ihr Ziel erreicht. Der Rest der geschlagenen granadischen Reitereinheit hatte sie am Nachmittag des vorangegangenen Tages eingeholt. Die Soldaten hatten zwar Befehl gehabt, den Feind aufzuspüren und zu vernichten, allerdings nicht, ihn zu verfolgen, wenn er zur Grenze fliehen sollte. Statt dessen sollten sie sofort zur Alhambra zurückkehren, wo Männer dringend gebraucht wurden.
Prinzessin Beatrice hatte sich und Prinz Juan einem Oberst Rafik vorgestellt. Dieser war ein verwegen aussehender Soldat mit durchdringenden grauen Augen, einem scharfgeschnittenen Gesicht und einem schmalen Schnurrbärtchen. Der Hauptmann war übler Laune, weil er so viele Männer verloren hatte. Außerdem konnte er die Niederlage nicht einmal wettmachen, da es ihm verboten war, den Feind zu verfolgen. Aber er wußte von Prinz Juans Gefangenschaft und Flucht aus der Alhambra und hatte besonderen Befehl vom König, nach einer kastilischen Prinzessin, einem Prinzen, einem alten Juden und einer Zigeunerin Ausschau zu halten und sie sicher zum Palast zu geleiten.
»Woher wußte der König von uns?« fragte Prinzessin Beatrice, die noch nichts von König Yusufs Tod erfahren hatte.
Oberst Rafik sah sie überrascht an. »König Ahmed ist doch mit dir aus Toledo geflohen, oder etwa nicht?« fragte er argwöhnisch.

Prinzessin Beatrices Herz tat einen Sprung. Also war Prinz Ahmed jetzt König! Offensichtlich wußte er noch nicht, daß Aaron Levi und Zurika hingerichtet worden waren! Der Gedanke an diese Tragödie dämpfte Prinzessin Beatrices Freude. Doch trotzdem war sie erleichtert, weil sie nun wußte, daß sich alles zum Guten wenden würde. Und sie würde ihren geliebten Prinzen ... nein, ihren König, wiedersehen!

Sie seufzte aus tiefstem Herzen. Sie mußte damit leben, daß es Krieg geben würde. Doch das alles war nicht wichtig, solange sie nur mit dem Mann ihrer Träume zusammensein konnte. »Ich nehme an, König Ahmeds Vater ist gestorben«, wandte sie sich an Oberst Rafik.

Ein zorniger Ausdruck trat auf das Gesicht des Soldaten. »Nein, Prinzessin, er wurde vom Dolch eines Meuchelmörders getötet«, antwortete er. »Und dazu noch in der Palastmoschee.« Er berichtete der Prinzessin alles, was seit dem Mordanschlag und nach König Ahmeds Rückkehr in Granada geschehen war, und auch von den Vorbereitungen auf die Belagerung.

So ritt Prinzessin Beatrice an diesem Morgen im kühlen Herbstwind, der von den schneebedeckten Bergen der Sierra Nevada wehte, endlich auf die Alhambra zu.

Für König Karl war es ein einsamer Ritt zurück. Graf Gaston war unter dem sternenfunkelnden Himmel beerdigt worden, und ein grobgehauenes Kreuz bezeichnete sein Grab. Erst dann hatte König Karl seine eigene Wunde versorgt, die nun immer stärker schmerzte. Prinzessin Mathilde war tot, Graf Gaston war tot; nun blieb ihm nur noch Prinzessin Beatrice, an die er sich klammern konnte. Er mußte sie finden, koste es, was es wolle!

Am zweiten Morgen erblickten sie in der Ferne die Vorhut der kastilischen Armee, aber König Karl verspürte bei diesem Anblick keine Freude. Viel lieber hätte er weiter nach seiner geliebten Prinzessin Beatrice gesucht.

33. Kapitel

Der Mexuar-Hof war, abgesehen vom Myrtenhof, der größte in der Alhambra. Er befand sich im Mexuar-Flügel am westlichen Ende des Palastes und lag dem öffentlichen Vorplatz am nächsten. Wie schon sein Vater hielt auch König Ahmed die tägliche Audienz in diesem Hof ab, was nicht zuletzt daran lag, daß dort in der Mitte ein rechteckiges Wasserbecken sprudelte, das an allen vier Seiten mit steinernen Muscheln geschmückt war. Der Hof war mit weißem Marmor gepflastert, der sich auch die Mauern hinaufzog und oben mit einem Rand aus bunten Kacheln abschloß. Nur die westliche Seite des Hofes war offen wie eine riesige Säulenhalle.

Wie immer saß König Ahmed auf seinem Thron. Neben ihm standen sein Wesir und der königliche Schatzmeister; damit die Köpfe der Ratgeber das Haupt ihres Herrschers nicht überragten, ruhte der Thron auf einem Podest. Im Hof drängten sich Prinzen, Adlige und Höflinge in bunten, mit Juwelen besetzten Gewändern. Nur der Platz vor dem Thron war für die Bittsteller freigehalten worden. Außerdem wimmelte es von *imamen* in weißen Roben, katholischen Mönchen in braunen Kutten und Rabbinern in schwarzen Kaftanen. Die Bittsteller aus dem Volk hatten ihren Sonntagsstaat angezogen.

An diesem Morgen mußte sich König Ahmed mit einem Fall von Diebstahl befassen. Der Witwe Rahila, die schwarz verschleiert vor ihm kniete, war von einem Amtmann, dem sie vertraut hatte, ein kleiner Beutel voller Gold gestohlen worden. Der Mann, der Deen hieß, war ein hochgewachsener, wohlbeleibter Äthiopier. Er trug ein prächtiges Gewand aus goldenem Tuch. Der Kadi hatte Deen freigesprochen, denn er hatte angegeben, daß er das Gold nicht absichtlich genommen habe. Als die Frau aus dem Zimmer gegangen sei und das Gold auf dem Tisch liegengelassen habe, sei seine Hand wie von selbst vorgeschnellt, habe den Beutel ergriffen und ihn in die Tasche seines Gewandes geschoben. Erst später sei ihm der Beutel aufgefallen, und da er nicht gewußt habe, woher er stammte, habe er ihn behalten. Der Kadi hatte ihm nur befohlen, das Gold zurückzugeben, doch der Witwe war die Wiedergutmachung des Schadens nicht genug. Sie forderte Gerechtigkeit und Vergeltung.

Da König Ahmed davon ausging, daß der Kadi bestochen worden war, schlug er gegenüber Deen einen verständnisvollen Ton an. »So behauptest du also, daß du unschuldig bist, Amtmann?«

Angesichts des freundlichen Gebarens seines Königs verzog der Angeklagte den Mund zu einem breiten Lächeln. Was galt das Wort einer Frau schon in einer Männerwelt? Und außerdem hatte er erst gestern eine ansehnliche Summe an die königliche Schatzkammer gezahlt. »Jawohl, mein Gebieter, ich bin unschuldig.«

»Da der Beutel Goldes aber nun einmal aus dem Hause der Klägerin verschwunden ist, muß es doch auch einen Schuldigen geben, oder nicht?« fragte König Ahmed mit einem liebenswürdigen Lächeln.

»Es war meine Hand, *Malik*, die das Gold genommen hat, nicht ich«, wiederholte Deen seine Verteidigungsrede. Dabei grinste er siegessicher.

»Dann sagst du also, daß deine Hand schuldig ist?«

»Gewiß, mein Gebieter.«

»Nun denn, Amtmann, ich befinde dich für nicht schuldig.« Als König Ahmed die Witwe aufschluchzen hörte, überkam ihn Mitgefühl. Er hielt inne und sah das Grinsen auf Deens Gesicht. »Allerdings befinde ich deine Hand für schuldig.«

Fragend sah er den Angeklagten an. »Ist das deiner Ansicht nach nicht ein gerechtes Urteil?«

»Gewiß, mein Gebieter. Der allmächtige Allah hat dich mit unendlicher Weisheit gesegnet.«

König Ahmed lachte freundlich. »Dann verurteile ich deine Hand zu einem Jahr Gefängnis. Du kannst dir aussuchen, ob du ihr in dieser Zeit Gesellschaft leisten willst. Und wenn deine Hand nach Ablauf dieses Jahres der Klägerin nicht, wie unser Gesetz es verlangt, einen weiteren Beutel Gold als Entschädigung zahlt, wird sie hingerichtet.«

König Ahmed hörte das überraschte und beifällige Stimmengewirr im Hof und sah Deens ungläubigen Blick. Doch dann teilte sich die Menge der Zuschauer, um Oberst Husain hindurchzulassen. König Ahmed hatte bereits die Fähigkeit erworben, einem Menschen anzusehen, ob er gute oder schlechte Nachrichten brachte. Nur bei Oberst Husain versagte diese Gabe. Der Offizier sah immer so gleichmütig aus wie am ersten Abend ihrer Begegnung.

Er kniete vor seinem König nieder und erhob sich dann. »Mein Gebieter, ich bitte dich um ein sofortiges Gespräch unter vier Augen; es geht um eine Angelegenheit von höchster Dringlichkeit.«

»Es sei dir gewährt. Soll ich den Hof räumen lassen?«

»Das ist nicht nötig, mein Gebieter. Würdest du mir gnädigerweise in den Cuarto Dorado folgen?«

»Gewiß.«

Während König Ahmed Oberst Husain folgte, fragte er sich, um was für eine dringliche Angelegenheit es sich handeln mochte. Sie durchquerten den Säulengang des Mexuar, betraten den Hof des Cuarto Dorado und wandten sich dann nach links in den kleineren Cuarto.

Da stand sie am gegenüberliegenden Ende des Raumes. Strahlend schön mit langem, goldblondem Haar und leuchtenden blauen Augen! Neben ihr stand ein lächelnder Prinz

Juan. König Ahmed war außer sich vor Freude. Er bemerkte nicht, daß Oberst Husain ehrerbietig gegrüßt und sich zurückgezogen hatte. König Ahmed trat auf Prinzessin Beatrice zu und nahm sie in die Arme.
Sanft schmiegte sie sich an ihn und umarmte ihn so fest sie konnte. »Horn«, flüsterte sie, als er sich zu ihr hinunterbeugte, um sie zu küssen. »Endlich!«

Nachdem König Ahmed auch Prinz Juan umarmt hatte, erzählte Prinzessin Beatrice von ihrer Reise und von dem schrecklichen Schicksal, das Aaron Levi und Zurika hatten erleiden müssen. Als er in Tränen ausbrach, nahm Prinzessin Beatrice ihn tröstend in die Arme. Daß sie geschändet worden war, hatte sie ihm verschwiegen. Sie wollte ihren Geliebten schonen und ihr Kreuz allein mit Prinz Juans Hilfe tragen.
Nachdem sie eine Zeitlang innig versunken so dagestanden waren, erinnerte sich Prinzessin Beatrice an die Pflichten ihres Liebsten. »Du mußt zu deiner Audienz zurück, mein Gebieter«, stellte sie streng fest. »Dein Volk erwartet dich.«
»Gewiß kann es noch ein wenig länger auf uns warten, da ich, sein Herrscher, ein Leben lang auf dich gewartet habe.«
Prinz Juan grinste spitzbübisch. »Laß nicht zu, daß sie dich herumkommandiert, mein König«, bedeutete er dem Freund.
»Ich werde immer für das Gewissen meines Königs sprechen«, antwortete Prinzessin Beatrice in gespielter Entrüstung.
Es war so gut, endlich frei zu sein, zu lachen, und selbst um Aaron Levi und Zurika zu weinen, solange ihr Liebster nur bei ihr war.
König Ahmed wurde wieder ernst. »Ich bitte dich, noch heute abend meine Frau zu werden«, wandte er sich rasch an sie.
Prinzessin Beatrice war so überrascht, daß es ihr die Sprache verschlug. »Aber, aber, mein Gebieter ...«
»In diesem Königreich ist das Wort ›aber‹ abgeschafft«,

scherzte er. »Der *imam* kann uns trauen. Später können wir die christliche Zeremonie nachholen, wenn du es wünschst.«
»Aber ich habe nichts anzuziehen«, jammerte sie.
»Der Hofschneider wird dir nähen, was du willst.«
»Du bist auch nie um eine Antwort verlegen, mein König«, schalt sie. »Und was wird dein Volk sagen, wenn du eine christliche Prinzessin heiratest?«
»Wir würden uns selbst über den Willen unseres Volkes hinwegsetzen, wenn es unserem Herzenswunsch entspräche. Allerdings kommt die Hochzeit auch genau zum richtigen Zeitpunkt. Gerade erst haben wir nach einer wankelmütigen Übergangsregierung den Thron bestiegen. Das ganze Volk, auch die Prinzen, Adligen und *imame*, braucht uns. Niemals würden sie Gefahr laufen wollen, daß innerhalb so kurzer Zeit wieder ein anderer König den Thron besteigt. Besonders nicht jetzt, da ein starker Feind vor unseren Toren steht.« Seine Stimme klang zornig. »Wenn sie sich gegen mich stellen, werde ich auf den Thron verzichten. Ich habe schon einmal deinetwegen mein Volk verlassen. Nun bin ich wieder für es da. Außerdem«, fügte er verschmitzt hinzu, »knüpfe ich durch eine Ehe mit der kastilischen Thronerbin doch ein wichtiges Band zwischen unseren Ländern.« Er hielt inne. »Beatrice, willst du meine Gemahlin werden?«
»Ich will es, mein Geliebter. Ja, ich will es. Denn ohne deine Hilfe bin ich verloren.«

Er brachte Prinzessin Beatrice in den ehemaligen Gemächern seiner Mutter im Harem der Daraxa unter, wo sie zum erstenmal seit vielen Tagen ein Bad nehmen und sich ausruhen konnte. Prinz Juan bekam ein Zimmer, das an sein eigenes angrenzte. »Es ist Zeit, daß ihr beiden Ungläubigen euch einmal säubert«, scherzte der König.
Auf dem Weg zurück zur Audienz eröffnete König Ahmed ein

wenig zaghaft dem Oberst Husain, daß er Prinzessin Beatrice noch heute abend zur Frau nehmen wollte.
Zu seiner Überraschung war der Oberst hoch erfreut. »Schließlich hast du, mein König, selbst nach den Gesetzen der *Shi'a* das Recht auf vier Frauen und eine unbegrenzte Zahl von Konkubinen, solange du sie nur ernähren kannst«, versicherte er dem König. Dann lächelte er. »Außerdem gab es in der Geschichte des Islam einige Könige, die den heiligen Koran nach sunnitischer Art auslegen. Demzufolge kannst du noch mehr Frauen heiraten, womit auch unser Prophet einverstanden war.«
König Ahmed blieb stehen und legte Hauptmann Husain die Hand auf die Schulter. Die rotweiß uniformierten Wachen, die entlang der Wände standen, blickten überrascht auf. »Hauptmann Husain, ich liebe Prinzessin Beatrice«, erklärte er. »Viele Herrscher heiraten aus Gründen der Staatsräson, doch ich werde nichts dergleichen tun. Prinzessin Beatrice allein soll meine Königin und meine einzige Gattin sein, obwohl sie als Ungläubige den Titel nicht tragen kann, ehe sie den kastilischen Thron erbt. Sie allein soll als meine Königin im Harem und in meinem ganzen Königreich herrschen, wie sie es schon in meinem Herzen tut.«
»Gott sei mit dir, mein Gebieter. Ich werde dir als dem wahren Herrscher von Granada dienen. Deine Worte machen dich zu einem König nach meinem Geschmack.«
Diese Worte eines stolzen, schweigsamen Soldaten, der bewußt darauf verzichtet hatte, eine Familie zu gründen, um seinem Königreich so besser dienen zu können, machten König Ahmed Mut. Sobald er wieder auf dem Thron Platz genommen hatte, gab er seine Heiratsabsicht öffentlich bekannt. Nun klang seine Stimme um einiges selbstbewußter, und der Beifall aller Anwesenden zeigte ihm, daß das Volk mit seiner Entscheidung einverstanden war.

Am frühen Abend heirateten König Ahmed und Prinzessin Beatrice vor dem Mullah-i-Assam in der kleinen Kapelle im Mexuar-Hof. Da der König mit keinem seiner Verwandten enge Beziehungen pflegte, war es eine kleine Feier. Nur Tarif, Prinz Juan, der die Braut führte, Oberst Husain, General Ismail, General Saldin, General Rafik und Prinz Ashraf waren zugegen.

Nach der Hochzeit zog sich die Braut, die vor Glück strahlte, in ihre Gemächer zurück, während der Bräutigam seine Gäste mit einem kleinen Abendessen bewirtete. Die ganze Zeit klopfte sein Herz vor Aufregung, was er mit aller Mühe zu verbergen suchte. Sogar der verlegene Tarif durfte am Tisch sitzen und wurde anläßlich dieses Freudentages zum königlichen Leibdiener ernannt. »Deine Tränen der Rührung sind unser schönstes Hochzeitsgeschenk«, bedeutete König Ahmed dem Taubstummen.

Zuerst hatte König Ahmed ungeduldig auf das Ende des Festmahls gewartet, doch als er sich schließlich in seinem Schlafgemach befand, wo Tarif ihm beim Auskleiden half, überkam ihn Furcht. Noch nie hatte er eine Frau berührt, und auch Prinzessin Beatrice verfügte als Jungfrau nicht über die geringste Erfahrung! Zwar hatte Tarif ihm erklärt, was zu tun war, doch während die Minuten verstrichen, steigerte sich seine Angst zusehends. König Ahmed, der im Leben nie vor einem Feind geflohen wäre, hätte am liebsten Reißaus genommen.

»Denk nicht immer daran, das Richtige zu tun, mein Gebieter«, versuchte Tarif ihn zu beruhigen. »Und glaube nicht, etwas beweisen zu müssen. Die wahre Liebe erblüht, wenn ein Mann und eine Frau, die noch nie geliebt haben, sich miteinander vereinen. Laß deine Liebe fließen in Berührungen und in Küssen. Schenk deiner Liebsten Blumen, ehe du den Schrein ihrer Weiblichkeit betrittst.«

Nach diesen Worten legte sich König Ahmeds Angst ein

wenig. In ein weißes Gewand gehüllt, schritt er schließlich, immer noch furchtsam, doch mit freudiger Erwartung im Herzen, durch den erleuchteten Korridor zum Gemach seiner Liebsten. Nur Tarif begleitete ihn. König Ahmed pochte an die Tür, und das Herz klopfte ihm bis zum Halse.
»Herein.«
»Deine goldene Stimme öffnet die Tür zum Paradies«, verkündete er, als er auf der Schwelle stand. Da er sich ihren ersten Blick tausendmal ausgemalt hatte, sah er sie absichtlich nicht an, bis die Tür hinter ihm ins Schloß gefallen war. Im Lampenlicht ließ er die Augen langsam über den rosafarbenen Marmorfußboden, die grünweißen Teppiche und die Diwane mit ihren rosafarbenen Kissen wandern. Er atmete den Jasminduft aus den Hängelampen und den Duftampeln auf ihren weißen Podesten aus Alabaster. Sein suchendes Auge erblickte die riesigen bunten Wandbehänge, aber immer noch hatte er seine Braut nicht entdeckt.
Dann wandte er den Kopf nach den Fensterbögen. Sie stand an der Balkonbrüstung und hatte dem schwarzen Abgrund des Darrotals den Rücken zugewandt, dessen dunkle Anhöhen sich vom sternenfunkelnden Nachthimmel abhoben. Prinzessin Beatrice trug ein durchscheinendes weißes Gewand. Das goldene Haar hing ihr offen bis an die Taille hinab. Ehrfürchtig betrachtete König Ahmed ihre üppigen Brüste, die geschwungenen Hüften und die wohlgerundeten Schenkel. Welche Vollkommenheit! Dann sah er ihr in die Augen. Bei Allah, was für Augen, die im Zwielicht fast blauschwarz wirkten!
Einen Augenblick lang wurde er wieder zum Dichter, empfand bei ihrem Anblick nichts als Bewunderung für ihre außergewöhnliche Schönheit. Dann trafen sich ihre Blicke. Diese Augen! Die Augen, die ihm an diesem winzigen Gemälde zuallererst aufgefallen waren! Augen, die ihn schon im Palast von Toledo in Verzückung versetzt hatten!

Ihr Blick strahlte, war rein und gleichzeitig fesselnd. Erregung überkam ihn, und langsam schritt er auf sie zu. Die Worte, die er sprach, waren dem Augenblick entsprungen.

»Engel der Schönheit und Anmut.
unsere Jungfräulichkeit, dein liebes Gesicht
machen mich ewig zu deinem Sklaven ...«

»O Ahmed, mein König«, hauchte sie.
Er legte den Arm um sie und umfaßte ihren makellosen Körper. Vor Verzückung hätte er zerspringen können. Als er sie küßte, begann er wie von selbst die Hüften zu bewegen und sich sanft an ihr zu reiben.
Eine kühle Brise stieg aus dem Tal empor und streichelte sie. Sie preßte sich eng an ihn. Mit geschlossenen Augen standen sie da, liebkosten sich zitternd. Ein leises Stöhnen entfuhr ihr.
O Allah, sie erwidert meine Begierde!
Die Lust steigerte sich ins Unermeßliche; er konnte sich nicht mehr halten.

König Ahmed hatte geplant, den ersten Schlag gegen die Feinde zu führen, wenn sie die Ebenen, Hügel und Täler rund um die Hauptstadt erreicht hatten. Er selbst wollte beim Angriff an diesem Morgen zehntausend Reiter anführen. Jede Nacht hatte er mit Prinzessin Beatrice verbracht, und jede Nacht hatte er zu früh den Höhepunkt der Verzückung erreicht und war wütend auf sich selbst eingeschlafen.
Aber heute morgen war es anders gewesen. Schon vor Morgengrauen war er erwacht, weil Prinzessin Beatrice aufrecht im Bett saß und sich in einen goldenen Spucknapf erbrach.
»Es würgt mich im Hals«, klagte sie.
»Vielleicht hast du gestern abend etwas Schlechtes gegessen«, vermutete er besorgt. »Soll ich den Hofarzt kommen lassen?«

»Nein, danke, Geliebter.« Sie hatte seine Besorgnis bemerkt. »Ängstige dich nicht, denn ich habe nichts am Magen.« Sie lächelte schwach. »Mir wird es bald besser gehen. Schließlich sollst du dich nicht mit der Unpäßlichkeit deiner Frau belasten, wenn du in die Schlacht ziehst.«

König Ahmed kam seine Empfindsamkeit, die er lange als besondere Gabe betrachtet hatte, inzwischen wie ein Fluch vor. Zwar war er noch jung und unerfahren, aber er sehnte sich danach, sich mit seiner Braut in Liebe zu vereinen. Prinzessin Beatrice sollte sein Kind zur Welt bringen. Würde das niemals Wirklichkeit werden? Immer noch war sie Jungfrau. Obwohl sie Verständnis zeigte und beteuerte, daß es in der Liebe nicht nur darauf ankäme, wurde König Ahmed immer ängstlicher, wenn er sich ihr näherte. Und mit jedem Versagen – wie er es betrachtete – wuchs seine Anspannung.

In den vergangenen Tagen hatte man die Verteidigung der Alhambra vorbereitet. Das Volk war fest entschlossen, sich dem Feind entgegenzustellen. Berichten zufolge rückte die kastilische Armee vom Norden heran, während sich die navarresische von Nordwesten und die portugiesische von Westen her näherte. Nur der Süden war noch frei.

Heute war der siebte Morgen nach seiner Hochzeit. Die Vorhut der kastilischen Armee war nur wenige Kilometer vor der Stadt gesichtet worden. Berittene Abteilungen aus Granada hatten die gegnerischen Truppen jede Nacht angegriffen, und Gruppen von Bürgern hatten Versorgungswagen des Feindes überfallen. Aber trotzdem wälzte sich der Moloch unaufhaltsam voran.

Als der Muezzin vom Minarett zum Morgengebet rief, fiel König Ahmed ein, daß einige seiner Soldaten, womöglich auch er selbst, diesen Ruf heute vielleicht zum letztenmal hörten. Er war niedergeschlagener als sonst, denn die Krankheit seiner Gattin machte ihm Sorgen. Würde er sie tot vorfinden, wenn er von seinem Feldzug zurückkehrte? Bei diesem Gedanken überkam ihn tiefe Verzweiflung, obwohl er wußte, daß er die Dinge im Augenblick zu schwarz sah. Aber was war, wenn er fallen sollte? Er hatte strenge Anweisungen gegeben, daß Prinzessin Beatrice und Prinz Juan in diesem Fall im Gen al Arif untergebracht werden sollten. Außerdem hatte er dafür gesorgt, daß sie aus seiner eigenen Schatzkammer ihr Auskommen hatten. Doch was würde geschehen, wenn König Pedro die Alhambra eroberte? Schließlich hatte die christliche Prinzessin Beatrice, Tochter eines christlichen Königs und Thronerbin von Kastilien, einen Heiden geheiratet! Selbst für ihren Vater würde es nicht leicht sein, sie vor dem Zorn der Heiligen Kirche zu schützen, besonders nicht, solange es Männer wie Bischof Eulogius gab, diesen Teufel in Menschengestalt!

Und dann war da noch König Karl der Böse, der Prinzessin Beatrice zu seiner Gemahlin machen wollte, damit er Kastilien in sein Königreich einverleiben konnte. Daß Prinzessin Beatrice dann Witwe sein würde, kümmerte die Christen nicht, da die Kirche eine Hochzeit vor einem *imam* ohnehin nicht anerkannte. Und wenn es sein mußte, würde man ohne Schwierigkeiten eine Auflösung der Ehe durchsetzen. König Ahmed erinnerte sich an Isabella von Toran, die vor vielen Jahren Thronerbin in Jerusalem gewesen war. Sie war mit einem Lord Humphrey verheiratet gewesen, doch das hatte Christen wie König Richard von England nicht weiter gekümmert. Er hatte sie gezwungen, Conrad, den Marquis von Monserrat, zu ehelichen, damit dieser den Thron in Jerusalem besteigen konnte.

Letzte Nacht hatte Prinzessin Beatrice ihm leidenschaftlich versichert, daß sie sich lieber das Leben nehmen wollte, als sich König Karl dem Bösen, diesem Ungeheuer, hinzugeben. Vor dem Thron Gottes wolle sie dann Vergebung für diese Todsünde erflehen. Obwohl König Ahmed nichts weniger wünschte als ihren Tod, war er über dieses Versprechen trotzdem überglücklich. Doch die Vorstellung entsetzte ihn. Als er sich vor dem Morgengebet wusch, verscheuchte er entschlossen diese finsteren Gedanken, und als er sich dann nach Mekka wandte, überkam ihn eine große Ruhe. Er würde die heutige Schlacht dem allmächtigen Allah weihen, als Teil des *jihad*, des heiligen Krieges!

Im silbernen Morgenlicht ritten sie durch das Nordtor aus der Stadt. Vor König Ahmed flatterte die grüne Fahne des Islam mit ihrem silbernen Stern und Halbmond. Zu seiner Rechten funkelten die schneebedeckten Gipfel in der Sonne. Raben flogen krächzend über ihre Köpfe hinweg und betrachteten verwundert das ungewohnte Durcheinander.

Da die Kastilier Wachen auf den Hügeln aufgestellt hatten, gab es keine Möglichkeit, den Feind zu überraschen. Kurz nachdem König Ahmed und seine viertausend Reiter aufgebrochen waren, hörten sie schon aus der Ferne die Trompeten. Einige Kilometer weiter bemerkten sie die feindlichen Linien zu beiden Seiten der Straße. In vorderster Reihe knieten Männer mit Piken, dahinter hatten sich die berittenen Soldaten formiert. Gewiß ging der Feind davon aus, daß die Mauren wie üblich zuerst angreifen würden. Dann würden die Pikenträger unter ihnen Verheerung anrichten, ehe dann die gegnerischen Reiter zuschlugen. Doch König Ahmed hatte ganz andere Pläne und hoffte, daß die Kastilier nichts davon ahnten.

»Hoffentlich waren unsere Berichte vollständig«, rief er über das Donnern der Hufe hinweg Oberst Husain zu, der neben ihm ritt.

Der erfahrene Soldat erriet die Gedanken seines Herrn. »Es sieht ganz danach aus«, antwortete er. »Die Reihen der kastilischen Armee erstrecken sich viele Kilometer die Straße entlang. Solche Massen von Soldaten sind gleichsam eine bewegliche Festung. Am besten eignen sie sich zum Kampf auf offenem Gelände oder für eine Belagerung. Heute morgen stehen wir mehr als zehntausend Feinden gegenüber.«

»*Zehntausend*«, hatte dieser Mann so beiläufig bemerkt! Mehr als zwei gegen einen, doch das kümmerte König Ahmed nicht. Statt dessen wurde er von freudiger Erregung ergriffen. »Ich bin glücklich und stolz, neben dir in meine erste Schlacht zu reiten, Oberst Husain!« rief er aus.

Ein Lächeln erhellte Oberst Husains sonst so gleichmütiges Gesicht. »Ich bin schon oft in den Krieg gezogen, mein König, und mit so manchem tapferen Kameraden«, erwiderte er und sah seinen Herrn offen an. »Doch nie war ich so froh wie in diesem Augenblick.«

Immer noch ritten sie langsam dahin, als König Ahmed feststellte, daß sie sich den Feinden beinahe auf Schußweite genähert hatten. Er erteilte dem Trompeter einen Befehl.

»In Reihe aufstellen!« gab dieser das Signal, und die Reiter verteilten sich nach beiden Seiten. Die anderen Trompeter wiederholten das Signal. König Ahmed zügelte sein Pferd, während seine Armee ihre Stellungen einnahm. Schließlich standen dreitausend der Männer in Reihen zu je tausend da. Die restlichen tausend Soldaten hielten sich zu seiner Verfügung. Erfreut beobachtete König Ahmed, wie reibungslos die Aufstellung verlaufen war.

Oberst Husain erriet seine Gedanken. »Der Feind hat bereits erkannt, daß wir, obgleich wir zahlenmäßig stark unterlegen sind, eine ernsthafte Gefahr darstellen, mein Gebieter«, rief er.

Noch ehe er geendet hatte, zischten die Pfeile der Feinde auf sie zu. Aber der Schuß war zu kurz gewesen.

»Sie wollen herausfinden, wie weit ihre Pfeile fliegen«, stellte Oberst Husain fest.

Im Sonnenschein wurde König Ahmed warm in seiner Rüstung. »Blast zum Angriff!« befahl er den Trompetern. Er schloß sein Visier, zog das Schwert und schwang es durch die Luft.

»*La ilaha il' Allah*!« Der Schlachtruf aus Tausenden von Kehlen erhob sich zum blauen Himmel.

König Ahmed gab seinem weißen Schlachtroß die Sporen und vernahm gleichzeitig das Kriegsgeschrei der Feinde: »Für Gott und die Heilige Kirche!« Ihr Gott stand gegen den allmächtigen Allah.

Schon regnete die nächste Pfeilsalve auf König Ahmed herab, der schützend seinen Schild hob. Irgendwo neben ihm wieherte ein Pferd schrill auf. Doch die Verteidigungslinie der Feinde wankte nicht. König Ahmed ritt auf die Pikenträger zu. Im vollen Galopp schlug er einem der Feinde mit dem Krummschwert den Kopf ab. Dann warf er sein Pferd herum, um die Pikenträger von hinten anzugreifen. Im gleichen Augenblick kam die zweite Reihe berittener Soldaten angestürmt. Die Erde erbebte unter den Hufen ihrer Pferde.

König Ahmed wurde von wilder Kampfeslust ergriffen. Er stieß einen lauten Kriegsschrei aus. Schläge hämmerten auf seinen Schild hernieder, und er drosch um sich und machte nieder, wen er treffen konnte. Eisen klapperte, Köpfe rollten, Männer stürzten tot zu Boden, Pferde schnaubten und wieherten vor Schmerzen. Ein roter Nebel lag vor König Ahmeds Augen, und rot tropfte auch das Blut von seinem Schwert, als er sich durch die Reihen der Pikenträger kämpfte. Die Pikenträger, die inzwischen von vorne und von hinten angegriffen wurden, begannen zurückzuweichen. Dann stürmte auch die zweite Reihe der maurischen Reiterei vor und stürzte sich auf die kastilischen Reiter. König Ahmed führte seine Abteilung zurück hinter die eigenen Linien. Immer wieder griffen sie den Feind an, und während der ganzen Zeit wich Oberst Husain nicht von seiner Seite.

Inzwischen hatte sich die Schlacht in kleine Gefechte aufgelöst. Mann kämpfte gegen Mann. Das Gras war von unzähligen Hufen und Füßen niedergetrampelt. Noch eine Stunde lang tobte der Kampf. Staub wirbelte auf, und die Sonne brannte unbarmherzig vom Himmel. Schweiß lief König Ahmed in die Augen, so daß er kaum noch etwas sehen konnte. Der Arm, mit dem er das Schwert geführt hatte, pochte. Ein stechender Schmerz in der Hüfte sagte ihm, daß er verwundet war, aber er konnte sich nicht erinnern, wie es geschehen sein mochte.

Wo waren sie?

Obwohl alle seine Sinne auf den Kampf gerichtet waren, beschäftigte ihn diese Frage zusehends.

Eine halbe Stunde verging. Wo waren sie? Waren sie etwa aufgehalten worden? Die Frage wirbelte ihm im Kopf herum. Wenn das der Fall war, blieb keine Zeit zum Rückzug, ehe feindliche Verstärkung eintraf.

Doch im gleichen Augenblick bekam er die Antwort. Unruhe ging durch die Reihen der Feinde, und König Ahmed schöpfte wieder Mut. Letzte Nacht hatte er viertausend Reiter ausgeschickt, die die Straße umrunden und dem Feind in den Rücken fallen sollten. Nun waren seine Männer da und griffen die Kastilier von hinten an.

Das Gemetzel tobte immer weiter.

Am Mittag befahl er seinen Trompetern, zum Rückzug zu blasen. Er war in Schweiß gebadet und von oben bis unten mit Blut verkrustet. Sein Atem ging schwer, aber er fühlte sich nicht im mindesten erschöpft; doch das würde wahrscheinlich später kommen. Immer noch pulste die Lust zu töten durch seine Adern. Ein Blick zur Seite sagte ihm, daß auch Hauptmann Husain sein Gefühl teilte. Er drückte ihm die Hand, ehe er seinem Pferd die Sporen gab und in Richtung Stadt davonpreschte. Hinter ihm erschollen die Trompeten.

Auch die Reiter formierten sich zum Rückzug. Hinter sich ließen sie ein Schlachtfeld, wo Waffen, Tote und Verwundete herumlagen. Über allem lag das Stöhnen und Schreien

der Sterbenden und das verzweifelte Wiehern herrenloser Pferde.
Der Angriff war erfolgreich gewesen. König Ahmed schätzte, daß der Feind etwa viertausend Männer verloren hatte, während sich seine eigenen Verluste nur auf ungefähr hundert Soldaten beliefen.
Später würde er Leute schicken, die die Verwundeten aufsammelten, um sie zu verbinden, und den Toten zu einem ordentlichen moslemischen Begräbnis verhalfen. Zwar würden die Feinde jetzt nicht umkehren, aber ihr Vormarsch würde sich durch den maurischen Sieg verzögern. Inzwischen würden gewiß die marokkanischen Truppen in Granada eintreffen, und sie würden den Eindringlingen zeigen, wozu Mauren in der Lage waren.

TEIL IV

Kriegsrat

34. Kapitel

Der Kriegsrat trat jeden Abend nach dem Abendessen zusammen, das nach König Ahmeds Befehl stets kärglich ausfiel, denn es war nicht recht, wenn die hohen Herren tafelten, während das Volk mit den Lebensmitteln haushalten mußte. Um diese Tageszeit konnte man sich am besten besprechen, da keine weiteren Verpflichtungen drängten. Beim Kriegsrat wurden die Folgen der Belagerung am eben vergangenen Tage erörtert und Pläne für den nächsten Tag geschmiedet. Am besten hätte es König Ahmed gefallen, wenn auch Prinz Juan an diesen Besprechungen teilgenommen hätte, da dieser mit der Kriegführung der Kastilier gut vertraut war. Allerdings war das aufgrund der Behinderung seines Freundes nicht möglich, und so hatte König Ahmed es sich zur Gewohnheit gemacht, Prinz Juan allabendlich in seinem Gemach aufzusuchen. Dort konnte er viel Wissenswertes erfahren und außerdem Zeit mit einem Freund verbringen, dem er bedingungslos vertraute. Prinz Juan besaß, obwohl er ein kastilischer Prinz war, einen Passierschein mit König Ahmeds Siegel, so daß er sich frei und ungehindert in der Stadt bewegen konnte.

Nach seinem abendlichen Gespräch mit Prinz Juan begab sich König Ahmed stets zu seiner Gemahlin, Prinzessin Beatrice. Allerdings war er meist so müde, daß er gar nicht mehr in der Lage war, sich der Gefahr einer erneuten Niederlage auszusetzen, die er inzwischen immer mehr fürchtete. Nie gelang es ihm, seine Lust zu zügeln, weswegen Prinzessin Beatrice in seinen Augen immer noch Jungfrau war.

Der dritte Monat der Belagerung näherte sich seinem Ende. Vor dreißig Tagen hatte König Ahmed eine Botschaft von König Abu Hassan aus Marokko erhalten. Er würde im Frühling, nachdem die Winterstürme vorüber waren, mit hunderttausend Mann in Granada eintreffen. Auch an diesem Abend tobte draußen ein schrecklicher Sturm, der das Wasser im Brunnen auf dem Hof aufwirbelte. Die zwanzig Mitglieder des Kriegsrates saßen im goldenen Lampenlicht im Machucha-Flügel. An den Wänden standen hünenhafte Wachen, die sich in letzter Zeit angewöhnt hatten, miteinander zu tuscheln, wenn der König sie nicht zur Ruhe rief.

»Heute morgen habe ich zufällig den Hadschi Juyyhuh getroffen, mein König«, berichtete General Deen. Er legte die dickliche Hand auf den Mund und unterdrückte ein Rülpsen. Offensichtlich sprach er den Gaumenfreuden kräftiger zu als seine Landsleute.

»Ich habe gar nicht gewußt, daß der Seher aus Mekka zurückgekehrt ist«, antwortete König Ahmed. »Also hat er sich endlich den Titel Hadschi verdient. Hat er Schwierigkeiten gehabt, die Stadt zu erreichen?«

»Am Südtor kann man die Stadt noch ungehindert betreten«, bemerkte General Iqbal. Er litt unter einer starken Erkältung und zog die Nase hoch. »Verzeih, mein Gebieter, aber diese Erkältung ist mörderischer als dein griechisches Feuer.« Geräuschvoll schneuzte er sich in einen goldenen Spucknapf, den ein aufmerksamer Diener neben ihm aufgestellt hatte. Dann wischte er sich die Nase mit einem weißen Leinentaschentuch ab.

»Wir sollten General Iqbal als Geheimwaffe einsetzen«, schlug General Zahir mit einem Grinsen vor. »Er könnte sich auf die Zinnen stellen und den Feind einfach wegniesen.«

Die anderen Befehlshaber am Tisch fielen in sein Gelächter ein.

»Es ist bemerkenswert, wie oft General Deen zufällig Männern begegnet, die er eingeladen hat, ihn zu besuchen«, bemerkte General al Afdal trocken. »Da er sich ja mit der Wissenschaft der Sterndeutung befaßt, könnte man daraus schließen, daß die Sterne diese Begegnungen vorherbestimmen.«

General Deens Mondgesicht lief puterrot an. »Nun ... äh ... meine Kameraden mögen über mein Steckenpferd lachen«, setzte er an, verfiel aber dann in verlegenes Schweigen.

»Und was hat der Sterndeuter gesagt?« wandte sich König Ahmed an General Deen.

»Dein königlicher Vater starb, nachdem Juyyhuh bereits zu seiner Pilgerfahrt aufgebrochen war. Also hatte er nicht die Gelegenheit, dein Horoskop zu erstellen. Allerdings hat er es gleich nach seiner Rückkehr in die Alhambra vor zwei Tagen getan, und er sagt dir eine lange und glorreiche Regierungszeit voraus.«

Mein Vater hat mich gefangengehalten, nachdem ein Sterndeuter mein Horoskop erstellt hatte, dachte König Ahmed. Doch heute, mit noch nicht einmal einundzwanzig Jahren, bin ich von Grund auf glücklich und habe eine Frau, die mich liebt. »Hat er auch einen Sohn und Erben für mich vorausgesagt?« fragte er leichthin, obwohl ihm im Herzen ganz anders zumute war. Würde er nie Kinder haben können, weil es ihm nicht gelang, seine Verzückung bis zum entscheidenden Augenblick zu zügeln?

»In der Tat, mein Geliebter. Du wirst einen Sohn und eine Tochter bekommen.«

»Die lange und glorreiche Regierungszeit unseres Königs und auch seine Kinder werden sich auf seine Fähigkeiten gründen und nicht auf die Sterne«, widersprach General Saldin. »Ich für meinen Teil glaube zwar daran, daß die Sonne, der Mond und die Sterne unser Leben beeinflussen – zum Beispiel sind die Wahnsinnigen bei Vollmond am meisten außer sich –, doch ich meine auch, daß man den Einflüssen

des Himmels nicht zuviel Gewicht beimessen sollte. Stehen die Sterne ungünstig, soll man sich in acht nehmen, stehen sie günstig, soll man sich ins Zeug legen; mehr nicht.«
»Ist es nicht möglich, daß wir durch diese Vorsicht die ungünstigen Ereignisse selbst heraufbeschwören?« fragte König Ahmed. »Sollten wir nicht vielmehr stets danach trachten, schlechte Zeiten in gute zu verwandeln und auch in guten Zeiten vorsichtig sein, damit sie sich nicht zum Schlechten wenden?«
»Ein tiefsinniger Gedanke, mein Gebieter«, stellte General Saldin fest. »Darüber muß ich nachdenken.«
Dann wandte sich König Ahmed an General Deen. »Und würdest du mir nicht darin beipflichten, General, daß ein Hofastrologe, der seinem König keine lange und glorreiche Regentschaft voraussagt, einen raschen und unrühmlichen Tod sterben wird?«
Er unterbrach das Gelächter, indem er auf die Mahagonitischplatte klopfte und die Anwesenden zur Ordnung rief. »General Saldin, beginnen wir unsere heutige Besprechung mit einem Bericht über den jüngsten Vorstoß der Feinde.«
»Wie du weißt, mein Gebieter, ist auch dieser Angriff gescheitert. Sie haben uns aus der Entfernung mit ihren Katapulten beschossen, während ihre Soldaten vorrückten. Glücklicherweise gelang es uns zu verhindern, daß sie mit ihren Wurfmaschinen näherkamen, indem wir sie unsererseits beschossen. Wir haben den Feinden empfindliche Verluste zugefügt. Daraufhin setzten sie Reiter ein, die unsere Tore im Norden, Osten und Westen durchbrechen sollten. Doch dank des griechischen Feuers der Bürger, die die Zinnen bewachten, und auch der Bogenschützen konnten wir den Feind zum Rückzug zwingen. Dann brachten sie drei Rammböcke zum Westtor, und viele von ihnen ließen ihr Leben, als sie versuchten, unsere Mauern zu erklimmen. Sie haben Leitern und Wurfhaken verwendet.« Er grinste. »Wir haben sie erst auf

die Leitern steigen lassen, und sie dann mit griechischem Feuer beworfen, während sich unsere Bogenschützen mit den Männern an den Rammböcken befaßten. Es dauerte nicht lange, bis die Feinde flohen. Der gesamte Angriff dauerte vier Stunden. Der Feind hat wahrscheinlich einige hundert Mann verloren, außerdem etwa vierzig Pferde. Wir haben nur einige Dutzend Tote zu beklagen. Ein schwarzer Tag für die Christen«, schloß er grimmig.

König Ahmed warf General Iqbal einen Blick zu. »Von welchen Schäden hast du uns zu berichten, General?«

»Nichts von Bedeutung, mein Gebieter. Wie du weißt, greifen die Feinde jeden Donnerstagvormittag an. Vielleicht ist das ihr Vorspiel zum Fastenfreitag, an dem sie nur Fisch essen dürfen. Unsere Feuerwehrleute löschen die Brände mit Sand und Wasser. Einige Gebäude sind beschädigt, jedoch keines, das für uns von Bedeutung wäre. Das meiste kann rasch wieder aufgebaut werden. Die Pfeile des Feindes sammeln wir ein, um sie wiederzuverwenden. Das gleiche tun sie sicherlich auch mit unseren. Die Nahrungsmittelvorräte sind noch ausreichend.«

»Offenbar meinen die Ungläubigen, uns durch Hunger zur Aufgabe zwingen zu können«, warf General Saldin ein. »Doch da haben sie sich verrechnet.«

»Bist du auch dieser Ansicht, Festungskommandant?« fragte König Ahmed.

Zu seiner Überraschung zögerte General Iqbal. »Eine Sache macht mir große Sorgen, mein Gebieter.« Er hielt inne und zog die Nase hoch. »Eine große Schwierigkeit bei einer langen Belagerung ist die Beseitigung der Abfälle und die Seuchengefahr. Wenn Tausende von Menschen in einer Stadt gefangen sind, wissen sie bald nicht mehr, wohin mit dem Müll.«

»Aber wir haben doch Abfallgruben, wo wir den Müll verbrennen, und außerdem genügend Leute, die ihn einsammeln. Oder etwa nicht?«

»Ja, mein Gebieter, doch die Menschen lassen sich nur schwer dazu bringen, sich an die strengen Regeln zur Beseitigung ihrer Abfälle zu halten, die in unserer gegenwärtigen Lage unbedingt notwendig sind. Außerdem können wir die Leichen nicht rasch genug verbrennen. Ich habe unseren obersten Arzt zu dieser Besprechung gebeten, damit er dir, mein Gebieter, unsere gefährliche Lage erläutern kann.«
Der Festungskommandant war auf einmal ungewöhnlich ernst geworden. Furcht ergriff König Ahmed. Bitte, allmächtiger Allah, schlag uns nicht auch noch mit der Pest! Nachdem General Iqbal seine Besorgnis geäußert hatte, war es still am Tisch geworden. »Ruf den obersten Arzt«, befahl General Iqbal einem Wächter.
Der Arzt, General Suby, war ein kleiner Syrer mit spitzem Gesicht und einem leuchtend roten Schnurrbart. Als er sich nach seiner Verbeugung erhob, wies König Ahmed auf ein Sitzkissen ihm gegenüber, das Gästen vorbehalten war. »Wir haben gehört, du machst dir Sorgen um die Gesundheit unseres Volkes, Arzt.«
»In der Tat, mein Gebieter, bedauerlicherweise.« Suby hatte eine brüchige Stimme und sprach im eintönigen Tonfall eines Predigers. »Es sind die Ratten, schwarze Ratten, von denen immer mehr aus ihren Löchern kriechen.«
König Ahmed spürte ein flaues Gefühl im Magen. »Vielleicht ziehen die Abfallberge, von denen General Iqbal gesprochen hat, die Ratten an?« fragte er hoffnungsvoll.
General Suby strich sich über den Bart. »Die Ratten sterben kurz nachdem sie auftauchen, mein König, und das ist ein schlechtes Zeichen. Außerdem sind sie klatschnaß.« Da er sich die nächste Frage schon denken konnte, fuhr er fort: »Und zwar nicht von den Abwassergräben. Zudem habe ich auf meinem Weg hierher bemerkt, daß sie alle aus der Schnauze bluten.«
Grabesstille senkte sich über den Raum, und alle Augen

waren auf General Suby gerichtet. Keiner der Männer wagte es, das schreckliche Wort auszusprechen. »Ich selbst habe eine riesige schwarze Ratte am Straßenrand gesehen, als ich in den Palast ging«, fuhr der Arzt mit leiser Stimme fort. »Ihr Fell war klatschnaß, und ich beobachtete, daß sie taumelte. Plötzlich drehte sie sich mit einem lauten Kreischen um die eigene Achse und stürzte nieder. Als sie starb, quoll ihr das Blut aus dem Maul.«

O Allah, wir haben unseren Glauben mit aller Kraft verteidigt. Warum läßt du diese christliche Plage über dein auserwähltes Volk kommen?

Mit Kummer im Herzen begab sich König Ahmed zum Penandor de la Reina. Glücklicherweise war Oberst Husain, der neben ihm einherschritt, ein schweigsamer Mensch, und so konnte jeder der beiden Männer seinen Gedanken nachhängen.

Da er einen langen Tag hinter sich hatte, war König Ahmed so erschöpft gewesen, daß er Prinzessin Beatrice durch einen Eunuchen hatte mitteilen lassen, er werde sie heute nacht nicht aufsuchen. Sollte er ihr nicht besser verschweigen, daß womöglich der Schwarze Tod in der Stadt umging? Doch dann hatte er beschlossen, daß vollkommene Offenheit zwischen ihnen das Beste war und er ihr auch eine Schreckensnachricht nicht vorenthalten durfte. Außerdem würde es ihr früher oder später ohnehin zu Ohren kommen. Also wollte er seine Angst, die er sich bei der Besprechung nicht hatte anmerken lassen, mit ihr teilen.

Im Augenblick stellte die Belagerung die größte Gefahr dar. Wenn man die christlichen Heere nicht zum Rückzug zwingen konnte, würde sich bald Todesangst in der Alhambra breitmachen. Die Generäle hatten berichtet, daß die Menschen in anderen von der Pest befallenen Städten sofort hinaus ins offene Land stürmten, sobald man die Stadttore öffnete. Einige glaubten, die Krankheit werde von Veränderungen der Erdtemperatur und dem Südwind hervorgerufen, andere wiederum meinten, sie käme von der verdorbenen Luft, und bekämpften den Geruch mit Blumen. Es gab auch Menschen, die die Ursache in Fröschen, Kröten und Kriechtieren sahen, die sicherlich bald vom Himmel regnen würden. Als weiterer Grund galt der Stand der Sterne, und schließlich waren viele der Ansicht, Gott würde den Menschen mit dieser Krankheit für seine Sünden strafen. Irgendwo tief in seinem Innersten glaubte auch König Ahmed, daß der Schwarze Tod ein Zeichen von Allahs Zorn war, aus dem man jedoch vielleicht auch eine Lehre ziehen konnte. Da er sich zum erstenmal im Leben einer solchen Notlage gegenübersah, suchte er fieberhaft nach einer Lösung. Warum jagte man nicht einfach die Ratten, die zu Hunderten aus ihren Löchern krochen, um auf den Straßen und Plätzen zu sterben? Man mußte die Tiere unbedingt sammeln und verbrennen – vielleicht mit griechischem Feuer? –, sobald sie sich irgendwo zeigten. Sofort wollte er diese Maßnahme anordnen.

Als er mit Oberst Husain die Tür zur Daraxa erreichte, waren seine Gedanken gerade soweit gediehen. Kein Mann außer dem König selbst durfte diese Schwelle überschreiten; nur Mitglieder der königlichen Familie und Eunuchen waren ausgenommen. Also küßte der Oberst ihm die Hand, und sie wünschten einander Allahs Segen für die Nacht.

König Ahmeds Stimmung besserte sich bei dem Gedanken, daß er gleich seine Gemahlin sehen würde. Endlich würde er sich entspannen und die Sorgen des Tages mit ihr besprechen können, ohne dabei Gleichmut an den Tag legen zu müssen. Nun waren ihm einige friedvolle Stunden vergönnt, ehe er sich wieder den Anforderungen eines neuen Tages stellen mußte. Morgen nach der Audienz wollte er mit General Suby die Lage in der Stadt in Augenschein nehmen.

Überrascht hörte er, wie Prinzessin Beatrices Stimme zitterte, als sie auf sein übliches Klopfzeichen an der Tür antwortete. War sie etwa wieder krank? O Allah, nur das nicht! Ängstlich stürmte er ins Zimmer. Anders als sonst erhob sie sich nicht rasch von ihrem Diwan, um ihn zu begrüßen. Sie saß nicht einmal darauf. Als er sich erschrocken umblickte, bemerkte er sie an der Balkonbrüstung, wo sie ihn in ihrer Hochzeitsnacht erwartet hatte. Sie trug ein wollenes Nachthemd zum Schutz gegen die Kühle und betrachtete den Regen, der draußen herniederprasselte.

»Was ist dir, *queridissima?*« Er lief zu ihr hinüber, um sie in die Arme zu nehmen, doch sie wehrte ihn mit ausgestreckten Händen und einem Kopfschütteln ab. Offensichtlich hatte sie geweint.

»Was ist dir, geliebte Gattin?« fragte er noch einmal. »Bist du krank? Habe ich dich verletzt?«

Rasch schüttelte sie den Kopf. »Nein, mein geliebter König. In meinen Augen kannst du gar nicht fehlen. Ich ...« Ihre Stimme wurde von einem Schluchzen erstickt.

»Was ist?«

»Ich hätte es dir schon früher erzählen sollen, aber ich hatte Angst, dir Leid zuzufügen. Jetzt sehe ich, daß das falsch war, denn jetzt wirst du sicherlich noch mehr leiden.«

»Was soll das heißen? Wie könntest du mir Leid zufügen?« Hilflos hob er die Hände. Was ging hier vor? War er dabei, den Verstand zu verlieren?

»Ich bin geschändet worden, ehe ich das Kloster in Jaén erreichte.«

»Geschändet?« Zuerst verstand er nicht, was sie meinte. »Wovon sprichst du?« Doch dann dämmerte ihm die Wahrheit, und er spürte einen Stich im Herzen. »Wer hat dir das angetan? In Jaén? War es ein kastilischer Soldat? Wo ist es geschehen?« Er ging auf sie zu. »O mein armer Liebling. Und du hast das alles allein ertragen!« Dann flammte Wut in ihm auf. »Ich werde den Mann finden, der dir das angetan hat, und ihn

eigenhändig zu Tode prügeln. Und nun laß mich dich in die Arme nehmen. Oh, *querida, querida*, wie mußt du gelitten haben!«
Weinend warf sie sich in seine Arme, und er bedeckte ihr tränenfeuchtes Gesicht mit Küssen.
»Du bist so gut zu mir ...« Sie hob den Kopf. »Du meinst, es stört dich nicht, daß ich nicht mehr Jungfrau bin?«
Er lachte leise auf. »Wie könnte es mich stören, wenn ich bis jetzt noch nicht einmal in der Lage gewesen bin, mich mit dir zu vereinen? Wir beide passen gut zusammen. Deine Jungfräulichkeit ist dahin, und meine wird wohl bis in alle Ewigkeit fortdauern. Glaubst du wirklich, daß die Jungfräulichkeit endet, wenn man ein kleines Häutchen in dir zerreißt? Nein, nein, meine Geliebte. Jedesmal, wenn ich dich ansehe, erblicke ich eine jungfräuliche Prinzessin. Jedesmal, wenn ich dich in die Arme nehme, bist du meine jungfräuliche Geliebte, und wenn ich eines Tages in dich eindringe, wirst du mir deine Jungfräulichkeit schenken. Ja, wir sind beide Jungfrauen, du und ich.« Vor Zärtlichkeit und Leidenschaft zitterte ihm die Stimme. »So soll es sein, jedesmal, wenn wir uns in Liebe vereinen, für den Rest unseres Lebens. Das empfinde ich für dich.«
»Oh, du bist so wundervoll. Ich wünschte, ich hätte dir dieses kostbare Geschenk wirklich darbringen können.«
»Du hast mir bereits ein wunderbares Geschenk gemacht, nämlich dein Verständnis für meine körperliche Unzulänglichkeit. Du wirst mir helfen, sie zu überwinden. Und dann wird der allmächtige Allah uns das allergrößte Geschenk machen, die Frucht unserer Liebe, ein Kind aus deinem jungfräulichen Schoß.«
»O mein Gott!« Sie fuhr zurück. »Ist das dein sehnlichster Wunsch? Unser Kind aus meinem jungfräulichen Schoß?«
»Aus ganzem Herzen.« Auf einmal legte sich ein Schleier über seine Seele, und er wußte nicht, warum. Eine böse Vorahnung ergriff ihn. »Warum fragst du?«

»Ich trage bereits ein Kind unter dem Herzen«, antwortete sie schlicht und sah ihn ängstlich an.
Einen Augenblick lang begriff er nicht, was sie damit sagen wollte. Doch dann traf ihn die Erkenntnis wie ein Donnerschlag. »Du ... bist ... guter ... Hoffnung?«
Sie nickte.
»Von dem Mann, der dich geschändet hat?«
»Ja«, flüsterte sie voll Furcht.
»Wer war es?« Mit erstickter Stimme stieß er diese Frage hervor.
»König Karl der Böse.«
»K... König ... Was meinst du damit? Wie hat König Karl ...?« Allmählich verlor er wirklich den Verstand.
Aufmerksam hörte er zu, während sie ihm mit ruhiger Stimme die ganze Geschichte erzählte und ihm versicherte, daß Prinz Juan alles bestätigen würde. Als sie geendet hatte, blieb er wie betäubt sitzen. Am liebsten hätte er sich die Ohren zugehalten, um nur ja nichts mehr hören zu müssen. Warum fiel er nicht auf der Stelle tot um? Sein Mund fühlte sich trocken an, seine Brust schmerzte, und seine Schläfen pochten. Seine ganze Welt war zusammengebrochen.
Zerschlagen, verlassen von Gott und Mensch! Wieviel konnte ein menschliches Wesen an einem einzigen Tag verkraften? Wut stieg in ihm auf, eine ohnmächtige Wut, wie er sie noch nie zuvor gekannt hatte.
O Allah, hilf mir, meinen Zorn zu zügeln!
»Das hättest du mir vor unserer Hochzeit sagen sollen«, wandte er sich plötzlich ganz ruhig an sie. »Schließlich hast du nicht nur König Ahmed geheiratet, sondern den König von Granada, der seinem Volk gegenüber Pflichten hat. Du hast ihn dazu gebracht, sein Volk zu betrügen.« Auf einmal überkam ihn eine kalte Ruhe. »Außerdem hast du mir deinen Zustand nun drei Monate lang verheimlicht. Also war deine ganze Liebe nichts weiter als eine Lüge.«

Ohne sie anzusehen, wandte er sich um und stapfte aus dem Zimmer.

Zum erstenmal seit seiner Hochzeit vor drei Monaten lag er allein im Bett und wälzte sich schlaflos herum. Die Lüge ... die Lüge ... die Lüge ... ging es ihm im Kopf herum. Seine Gemahlin hatte ihm erst die Wahrheit gesagt, als sie bemerkt hatte, daß sie guter Hoffnung war. Wäre das nicht der Fall gewesen, hätte er nie im Leben von der Vergewaltigung erfahren! Der Gedanke, daß Prinzessin Beatrice geschändet worden war, erschreckte ihn, und er empfand tiefes Mitleid mit ihr. Gewiß hatte sie lange mit sich gekämpft, ob sie es ihm erzählen sollte. Er liebte sie von ganzem Herzen, und er würde sie ewig lieben. Allerdings ließ sich die Lüge nicht so leicht aus der Welt schaffen. Und die Wahrheit hatte sie ihm nicht um der Liebe willen verraten, sondern weil es sich nicht länger vermeiden ließ.
Dann meldete sich der Argwohn in ihm zu Wort. Wenn er in der Lage gewesen wäre, sich mit seiner Frau zu vereinen, hätte sie ihm ihr schreckliches Erlebnis für immer verheimlichen können. Sie hätte einfach vorgeben können, daß das Kind von ihm stammte, obwohl sie wußte, daß König Karl der Böse und nicht er, König Ahmed, der Vater war! Dann fiel ihm eine weitere abscheuliche Möglichkeit ein. Vielleicht war ja ein völlig anderer der Vater; irgendein Mann aus Toledo? Was wußte er schließlich von Prinzessin Beatrice? Er kannte sie erst seit kurzem, und in dieser Zeit hatte sie ihm schamlos ins Gesicht gelogen! Wenn sie ihm die Schändung verheimlicht hatte, verschwieg sie ihm womöglich noch viel mehr!
Weil Prinzessin Beatrice ihm einmal nicht die Wahrheit gesagt hatte, malte er sich im Geiste noch weitere entsetzliche Lügen aus. Eine widerwärtige Verdächtigung führte zur nächsten. König Ahmed erkannte das sehr wohl und verbrachte viele Stunden damit, sich gegen diesen Ansturm zu

wehren. Fieberhaft versuchte er sich zu erinnern, wann eine Frau empfangen konnte, wann Prinzessin Beatrice das letztemal ihre Regel gehabt hatte. Doch es wollte ihm nicht einfallen. Er fühlte sich völlig hilflos, denn er wußte nichts von diesen Dingen. Nur eines wußte er: Ein Kind wurde neun Monate nach der Empfängnis geboren.
Sollte er Prinz Juan fragen, ob seine Gemahlin die Wahrheit sprach? Doch diesen Einfall verwarf er sogleich wieder. Das wäre unehrenhaft gewesen. Jedesmal wenn er mit diesem Gedanken spielte, fuhr der romantische Liebhaber in ihm entsetzt zurück. Und das Schlimmste war, daß sein Volk nun einen Bastard als Thronerben bekommen würde!
Und was konnte er von Prinz Juan noch erwarten? Sein bester Freund hatte die Wahrheit gekannt und sie ihm verschwiegen. Jeden Abend hatte er mit dem Prinzen gesprochen und ihm Staatsgeheimnisse anvertraut. Wie konnte Prinz Juan nur solche Geheimnisse vor ihm haben? König Ahmed ahnte, daß Prinz Juan ihn nur hatte schonen wollen, doch wie konnte man eine Ehe oder eine Freundschaft auf eine Lüge gründen?
Aber besser war es, nicht als Mann, sondern als König zu denken und sich auf seine Herrscherpflichten zu besinnen. Er war zum König erzogen worden, und Abou bon Ebben und seine anderen Lehrer hatten ihm immer wieder eingeschärft, daß die Königswürde nicht einseitig dem Vorteil der Königs zu dienen hatte. Sie bestand aus gegenseitigen Rechten und Pflichten und beruhte auf einem Austausch zwischen dem König und seinen Untertanen. Also hatte auch er, König Ahmed, die Pflicht, seinem Volk gegenüber ehrlich zu sein. Er liebte Prinzessin Beatrice so sehr, daß er ihr die Lüge verziehen hätte, wenn er ein freier Mann gewesen wäre. Er hätte das Kind als das seine anerkannt und es vor aller Welt als solches ausgegeben. Doch als König stand er ungeheuren Schwierigkeiten gegenüber. Falls Prinzessin Beatrice einen

Knaben gebar, würde dieser Thronerbe von Granada werden; so gebot es das weltliche und auch das moslemische Gesetz. Gebar sie aber eine Tochter, und blieb diese das einzige Kind, würde ihr zukünftiger Gatte König werden. Wie konnte er seinem Volk einen Thronerben zumuten, durch dessen Adern kein Tropfen maurischen Blutes floß?

Was seine Gemahlin anbelangte, trugen schließlich das Vertrauen und die Reinheit ihrer Liebe den Sieg über die üblen Verdächtigungen davon. Prinzessin Beatrice war ihm gewiß ebenso treu wie er ihr.

Viele Male in dieser Nacht war König Ahmed versucht, sich in das Schlafgemach seiner Gemahlin zu begeben, sie in die Arme zu nehmen, das Kind als das seine anzuerkennen und sie zu trösten. Zweimal stand er tatsächlich auf und ging zur Tür. Doch der König in ihm ließ ihn immer wieder mit der Hand am Türknauf innehalten.

Seine ganze Welt lag in Scherben.

Zum erstenmal seit ihrer Hochzeit vor drei Monaten lag Prinzessin Beatrice allein im Bett und wälzte sich schlaflos herum. Trotz der Nachtkühle schwitzte sie unter ihren seidenen Laken, und immer wieder erhob sie sich und kniete auf ihrem Gebetskissen nieder. Darüber befand sich auf einem Wandregal ein kleiner Altar mit einer blauweißen Statue der Jungfrau Maria und einem rotweißen Kruzifix. Ihr Gatte hatte darauf bestanden, daß sie diese christlichen Symbole anbrachte, denn er liebte sie so sehr, daß es ihn nicht kümmerte, ob seine Glaubensbrüder ihn dafür tadelten. Und wie hatte sie ihm diese Liebe gedankt? Sie hatte sie auf dem Altar des Betrugs hingeopfert! Die Beweggründe, die ihr noch vor drei Monaten so schlüssig erschienen waren, spielten nun keine Rolle mehr.

Als sie zum erstenmal vor der Heiligen Jungfrau niederkniete, wurde ihr klar, daß sie König Ahmed die ganze Wahrheit

hätte erzählen sollen, ehe sie seinen Heiratsantrag annahm. Draußen prasselte der Regen hernieder, doch ihr Geist war auf einmal so klar, als ob die silbernen Strahlen der Morgensonne und nicht Öllampen das Gemach erleuchtet hätten.
»O heilige Maria Muttergottes, was hast du getan, als du erkanntest, daß du vom Heiligen Geist guter Hoffnung warst, und wußtest, daß kein Mann dir das glauben würde?«
Sie kannte die Antwort schon, ehe die Muttergottes zu ihr sprach.
Ich habe mich meinem Gatten Josef anvertraut. Zuerst verstieß er mich, doch später vergab er mir und erklärte das Kind zu dem seinen, obwohl alle Verwandten und Nachbarn über ihn spotteten.
»Aber Heilige Mutter, ich bin doch noch so jung ...« Sie hielt inne und erinnerte sich. »Aber du warst noch jünger«, flüsterte sie.
Ein Blitzstrahl erhellte das Gesicht der Madonna, auf dem ein verständnisvolles Lächeln lag. *Ich weiß, was du jetzt denkst, mein Kind, doch die Sache ist ganz einfach. Jugend und Alter sind Mensch und Tier eigen, aber die Wahrheit ist so alt wie die Berge. Nur die Wahrheit hätte dich befreit. Du wirst es nie erfahren, und auch dein Mann nicht, ob du die Wahrheit um deinetwillen oder seinetwegen verschwiegen hast. Vielleicht wolltest du dich auch selbst bestrafen – dadurch, daß du dir jetzt für den Rest deiner Tage diese Frage stellen mußt. Ich fühle tiefstes Mitleid mit dir, mein Kind, aber ich kann deine Entscheidungen nicht beeinflussen und auch nichts gegen ihre Folgen tun.*
Die Klarheit dieser Worte traf Prinzessin Beatrice mit grausamer Wucht.
»Aber wenigstens muß es im Himmel noch Hoffnung für mich geben, Heilige Jungfrau Maria«, flehte sie. »Vergiß nicht, ich habe immer wieder der Versuchung widerstanden, den Samen meines Gatten aufzufangen, um ihn glauben zu

machen, daß das Kind von ihm sei. So hätte ich ihm die Seelenqualen erspart, die er jetzt erleidet.«

Das Gesicht der Heiligen Jungfrau war mild, aber in ihrem Tonfall lag eine unbeugsame Härte. *Wem zuliebe empfandest du diese Versuchung? Dir selbst hättest du viel Leiden, Angst und Demütigung erspart, wenn du so eine verwerfliche Tat begangen hättest.*

»Aber habe ich dieser Versuchung nicht widerstanden? Soll ich dafür keine Belohnung erhalten – nicht nur im Himmel, sondern auch auf Erden?«

An der Himmelstür, an die du, wie jede verstorbene Seele zuerst gelangen wirst. Und was die Versuchung anbelangt, scheint mir, daß du bei deiner Entscheidung ein wenig Hilfe hattest; nämlich von dem Menschen, an den du dich immer wieder mit deinem betrügerischen Plan wandtest: Prinz Juan, der ziemlich erschrocken war ...

»Am liebsten wäre ich tot!«

Aber du lebst.

»Ich bin mir nicht sicher, ob ich wirklich so etwas Furchtbares getan habe, daß ich jetzt eine solch schwere Strafe verdiene. Soll man immer und überall die Wahrheit sagen, nur weil es sie zufällig gibt?« Sie konnte nicht verhindern, daß sich ihre Trauer allmählich in Trotz verwandelte. »Soll ich meiner Mutter sagen, daß ich ihr Kleid abscheulich finde, nur weil es nun einmal häßlich ist?«

Nur dann, wenn du so verhindern kannst, daß ihr, weil sie es trägt, ein Unheil widerfährt.

Prinzessin Beatrice dachte sorgfältig über diese Worte nach. »Meinst du, daß ich meinen Gatten nicht hätte schonen dürfen, da er angesichts der Entscheidungen, die er fällen mußte, ein Recht auf die Wahrheit hatte? Daß ich ihm die Wahrheit hätte anvertrauen müssen, da sie – obgleich sie schmerzlich für ihn war – Einfluß auf wichtige Entscheidungen hatte, die er fällen mußte?«

Ein Blitz erhellte den Raum; kurz darauf grollte der Donner. Die Augen der Heiligen Jungfrau verrieten nicht, was sie dachte oder fühlte.
»Du bist so weise, Mutter Maria«, rief Prinzessin Beatrice aus. »Ich liebe König Ahmed so sehr!«
Da leuchtete das Gesicht der Heiligen Jungfrau auf. *Ich bin nichts weiter als ein Spiegel, mein Kind. Die Weisheit liegt bei dir. Und auch die Liebe. Weißt du, was du jetzt tun mußt?*
»Ja, Madonna.«
Ich habe dich von einem betenden Kind zu einer streitbaren Frau heranwachsen sehen. Das ist gut, da du nun selbst deine Entscheidungen fällst. Deine blauen Augen sehen aus wie die Sonne über dem Mittelmeer, wenn Tränen in ihnen glänzen, mein Kind. Die Stimme der Heiligen Jungfrau war nun wieder so sanft wie früher. *Gott hat dir blondes Haar, ein zartes Gesicht und eine schlanke Gestalt verliehen, damit du wie der Engel aussiehst, der du auch bist. Ich werde vor Gott, unserem Vater, für dich bitten, denn nun hast du dich entschlossen, das Richtige zu tun.*

Kurz bevor der Muezzin zum Gebet rief, hörte der Regen auf. Als König Ahmed sich zur morgendlichen Audienz begab, war er gefaßt, doch seine Augen waren geschwollen, er fühlte sich wie im Fieber, und in seinem Herzen herrschte Trauer. Zu seiner Überraschung erfuhr er von Oberst Husain, der ihn wie immer an der Tür der Daraxa erwartete, daß eine alte Zigeunerin namens Pilar ihn unter vier Augen sprechen wollte. Da der Oberst die Geschichte der Flucht kannte, hatte er angeordnet, die Alte auf den Flur zur Kapelle zu führen.
Was wollte Pilar in der Alhambra? Sie sollte doch eigentlich in Jaén sein! O nein! war König Ahmeds erster Gedanke, denn er hatte die Vergangenheit für immer hinter sich lassen wollen. Schließlich hatte Zurikas Verrat erst zu dem ganzen

Durcheinander geführt, und er schuldete ihr und Pilar nicht das geringste! Doch dann fiel dem König ein, daß die Alte ihm bei mindestens zwei Gelegenheiten hilfreich zur Seite gestanden hatte. Zuerst, als seine Seele erkrankt war, und dann nach der Flucht aus der Alhambra, als sie ihn mit zwei Pferden erwartet hatte. König Ahmed würde nie einen Menschen vergessen, der ihm einst geholfen hatte. »Ich werde die Frau jetzt auf dem Weg zum Audienzhof empfangen«, teilte er Oberst Husain mit und schritt durch den Mexuar in Richtung Kapelle. Da saß sie, in ein schwarzes Gewand gehüllt, den Stab in der Hand, auf dem rosafarbenen Marmorfußboden und kratzte sich. Der riesige nubische Wachmann, der neben ihr stand, gab sich keine Mühe, seinen Widerwillen zu verbergen.

Als Pilar sich erhob, bedeutete König Ahmed dem Wächter zu gehen. Dann befahl er Oberst Husain, ihn im Audienzhof zu erwarten.

Pilar kniete nieder, küßte ihm die Hand und sah ihn dann aus wäßrigen Augen an. Wie mager sie geworden war! Unter ihren Augen lagen dunkle Ringe, und die Wangen waren faltiger als früher. Sie sah aus wie eine Frau, die von Trauer zerfressen wurde, doch als König Ahmed ihren Blick bemerkte, entdeckte er ein gefährliches Feuer, das in ihren trüben Augen loderte.

»Du wolltest mich sprechen«, eröffnete König Ahmed die Unterredung. »Ich habe dir diese Audienz unter vier Augen als Dank für die Hilfe gewährt, die du mir einst gewährtest.«

Pilars zahnloser Mund verzog sich zu einem traurigen Lächeln. »Das waren gute Zeiten, Herr. Meine Zurika war bei mir.«

Tränen stiegen König Ahmed in die Augen. »Ja, in der Tat, das waren gute Zeiten«, stimmte er ihr zu. Pilar konnte ja gar nicht wissen, in welcher entsetzlichen Lage er sich im Augenblick befand. Sein Blick wurde weicher. »Wie bist du von Jaén in die Alhambra gekommen? Und was kann ich für dich tun?«

»Ich habe die Hütte in Jaén verkauft und bin mit König Pedros Armee gereist«, erklärte Pilar. »Jetzt wohne ich wieder wie früher in einer Höhle.« Sie hielt inne und blickte ihn mitleidig an. »Ich sehe große Schwierigkeiten für dich, mein König. Große Schwierigkeiten. Der Kristall sagt, daß der Schwarze Tod in der Stadt umgeht.« Langsam nickte sie. »Aber der Kristall sagt auch, daß dir nichts geschehen wird.«

Diese Worte ließen den König wieder Mut schöpfen. »Wieviel hast du für dein Häuschen in Jaén bekommen?« fragte er.

Sie grinste verlegen. »Ich habe es sehr billig verkauft, damit ich mit König Pedros Armee ziehen konnte.«

»Warum? Wolltest du wieder in einer Höhle leben und deine Tage im Gedenken an Zurika beschließen?«

Auf einmal sprühten Funken des Zorns aus Pilars Augen. »Ich, Pilar, habe nur noch einen Grund zu leben.« Ihre Stimme zitterte. »Bischof Eulogius hat meine liebste Zurika verbrannt. Er ist ein Teufel in Menschengestalt, und ich werde dafür sorgen, daß er zur Hölle fährt. Dafür lebe ich. Dann kann ich in Frieden sterben. Um diesen bösen Bischof zu bestrafen, würde ich sogar selbst zur Hölle fahren und dabei noch vor Freude jubeln.«

Die unbeschreibliche Wut, die diese alte Frau in eine Todesbotin verwandelt hatte, erschreckte König Ahmed. Es war zwecklos, sie von ihrem Vorhaben abbringen zu wollen oder ihr einen Rat zu geben. »Wie kann ich dir helfen?« fragte er sanft.

»Gib mir einen Passierschein, mit dem ich ungehindert durch das Stadttor zu König Pedros Lager gehen kann, wo der Bischof lebt.« Sie lächelte böse. »Dann kann ich tun, was ich vorhabe.« Nachdenklich nickte sie.

»Du sollst den Passierschein mit meinem königlichen Siegel sogleich bekommen«, versprach König Ahmed.

Als Prinzessin Beatrice an diesem Morgen verschleiert, wie es die *purdah* gebot, den Harem verließ, war sie zwar äußerlich ruhig, aber in ihr tobte die Verzweiflung. Ihre Dienerin Farida begleitete sie. Diese Frau war eine grauhaarige Matrone, die schon König Ahmeds Mutter treu gedient hatte. Es gefiel ihr gar nicht, daß die neue Königin sich nicht an die strengen Haremsregeln hielt, und obwohl König Ahmed seiner Gattin gerne größere Freiheiten gewährte, ließ die alte Dienerin sie ihre Mißbilligung deutlich spüren. Schon bei dem ersten von Prinzessin Beatrices und Prinz Juans wöchentlichen Gesprächen im Mirador de la Daraxa hatte sie ein Gesicht gezogen. Der Regen hatte aufgehört, und draußen schien die Sonne hinter einem Dunstschleier. Doch Prinzessin Beatrice hatte an diesem Morgen keinen Blick für die Schönheit der Natur.

Trotz ihres starren Festhaltens an den moslemischen Verhaltensregeln mußte die mütterliche Farida gespürt haben, daß etwas Schreckliches geschehen war. Nach einem Blick auf Prinzessin Beatrices tränenfeuchte Augen und ihre geröteten Wangen schickte sie die Eunuchen und Dienerinnen aus dem Zimmer und bezog vor der Tür Stellung, damit Prinzessin Beatrice und Prinz Juan sich ungestört unterhalten konnten.

Prinz Juan wußte, in welchen entsetzlichen Schwierigkeiten seine Schwester steckte, denn sie hatte ihm anvertraut, daß ihr morgens jetzt immer übel wurde und ihre monatliche Regel ausgeblieben war. Nach dreißig Tagen hatte sie sich mit der Tatsache abfinden müssen, daß sie ein Kind erwartete.

Sie hatte ihrem Bruder auch erzählt, daß König Ahmed unmöglich der Vater dieses Kindes sein konnte; allerdings hatte sie ihm den Grund dafür verschwiegen.

Dank seiner ungewöhnlichen Einfühlungsgabe erkannte Prinz Juan sofort, wie sehr seine Schwester litt, obwohl sie sich alle Mühe gab, es zu verbergen. »Du hast König Ahmed gestanden, daß du in anderen Umständen bist?« fragte er.

Sie nickte schweigend und biß sich auf die Unterlippe, um die Tränen zurückzuhalten.
»Und er weiß, daß es nicht sein Kind ist?«
Schweigend sah sie ihn an.
»Und bist du dir sicher, daß er nicht der Vater sein kann?« Eindringlich blickte er sie an. »Es ist nicht nur eine Frage des Datums, oder?«
»Richtig«, preßte sie leise hervor.
»Ich verstehe.«
Sie wußte, daß er nie nach den genauen Gründen fragen würde.
»Und er ist nicht bereit, dir zu verzeihen und das Kind als das seine anzuerkennen?«
»Was die Vergewaltigung anbelangte, war König Ahmed sehr liebevoll und besorgt. Er hat sogar Verständnis dafür gehabt, daß ich es ihm so lange verheimlichte und ihm etwas vorspielte ... ja, vorspielte.« Beim Gedanken daran, daß auch sie sich schuldig gemacht hatte, wurde ihre Stimme lauter. »Nicht mein Gatte Ahmed, sondern König Ahmed ist nicht in der Lage, einen Bastard als sein Kind anzuerkennen.«
»Du brauchst keine so harten Worte zu benutzen«, antwortete Prinz Juan. »Jedes Kind kommt von Gott.«
»Aber ich fühle mich so elend.« Wenn sie nicht in der Taubstummensprache gesprochen hätte, hätte sie laut aufgeschrien. »Ich weiß nicht, wie ich zu dem Kind stehe, mein Bruder. Manchmal liebe ich das kleine Wesen, das da in mir heranwächst, doch meistens erinnert es mich an das Ungeheuer, das es gezeugt hat, und ich würde es mir am liebsten aus dem Leibe reißen.«
Zum erstenmal hatte sie diesem Gefühl so leidenschaftlich freien Lauf gelassen. Prinz Juan griff nach ihrer Hand. »Was willst du jetzt tun?« fragte er, als er sie schließlich wieder losließ. »Ich sehe, daß du bereits einen Entschluß gefaßt hast.«

Sie nickte. »Und ich werde dazu deine Hilfe brauchen.«
Prinz Juan richtete sich auf. »Ich glaube, daß das die richtige Entscheidung ist«, antwortete er. »Ich werde dir helfen.«

König Ahmed hatte beschlossen, seinem Rundgang durch die Stadt den Anschein des Alltäglichen zu geben, um die Bevölkerung nicht zu ängstigen. Deswegen ritt er auf seinem weißen Pferd und ließ sein Kommen nicht von Trompetern ankündigen. Nur General Suby und Oberst Husain begleiteten ihn.
König Ahmed hatte wie die meisten Mauren geglaubt, der Schwarze Tod habe die Moslems bislang aus guten Gründen verschont. Immerhin waren sie ein reinliches Volk und nach Ansicht vieler eben deshalb der Seuche entgangen, die im christlichen Europa zwanzig Millionen Menschen dahingerafft hatte. Doch bevor sie aus dem Palast aufgebrochen waren, hatte General Suby seinem König einige Aufzeichnungen gezeigt: Die Pest war zuerst in China ausgebrochen und hatte sich dann nach Westen verbreitet. »Indien ist nahezu entvölkert«, schloß der Bericht. »Das Tatarenreich, Mesopotamien, Syrien und Armenien sind Leichenfelder. Die Kurden haben sich vergeblich in die Berge geflüchtet. In Caramanie und Caesarea hat nicht ein einziger überlebt.« Also waren weder Moslems noch Juden gegen die Seuche gefeit!
Als sie langsam durch die sonnendurchfluteten Straßen ritten, konnte sich König Ahmed kaum vorstellen, daß hinter all dieser Schönheit der Tod lauerte.
Auf General Subys Vorschlag hin begaben sie sich ins Daralhorra-Viertel. Schweigend wies der Arzt zum Straßenrand, wo zwei dunkelhäutige Maurenknaben grinsend einige tote Ratten am Schwanz hochhielten.
»Laßt sofort diese Ratten fallen!« befahl General Suby in scharfem Ton. »Geht nach Hause und wascht euch gründlich.« Die Knaben ließen die Ratten los und liefen erschrok-

ken davon. Inzwischen hatten sich Schaulustige angesammelt: drei verschleierte Moslemfrauen, eine christliche Matrone und ein Mönch in brauner Kutte.
Entgeistert starrte König Ahmed die vier kleinen schwarzen Tierleichen an, die da auf dem Bürgersteig lagen. Sie bluteten heftig, und ihr Fell war klatschnaß. König Ahmed entdeckte neunzehn weitere tote Ratten. Er und Oberst Husain warfen sich einen besorgten Blick zu.
Da kam ein alter Mann in einem grauen Gewand auf sie zu. Beim Gehen schlenkerte er merkwürdig mit Armen und Beinen. Hoffentlich hat er mich nicht erkannt, dachte König Ahmed. Dann sah er die Augen des Mannes, die zu ihm emporblickten – sie glänzten im Fieber.
»Bleib stehen!« befahl General Suby scharf.
Schwankend hielt der Mann inne. Zu König Ahmeds Überraschung stieg General Suby vom Pferd und ging zu dem Fremden hinüber. In sicherem Abstand blieb er vor ihm stehen und musterte ihn. Die Menge begann aufgeregt zu tuscheln. »Bleibt zurück!« befahl General Suby. »Wie heißt du?« wandte er sich dann an den Alten.
»Ich … ich … ich weiß es nicht.« Ausdruckslos starrte der Alte den Arzt an. »Ich … glaube … ja, ich bin Mahroof, der Händler.«
»Und wie fühlst du dich, Mahroof?«
»Schlecht, Herr. Seit gestern habe ich überall Schmerzen, besonders im Nacken.« Mit zitternder Hand bezeichnete er die Stelle. »Ich … wollte … gerade ins Krankenhaus.«
»Und was ist mit deinen Leisten?«
»O ja. Da ist alles geschwollen, Herr. Beulen, weißt du. Und sie haben angefangen zu bluten … und sie eitern.« Er hielt inne. »Woher wußtest du das?«
König Ahmed wurde von bodenloser Verzweiflung ergriffen.
»Allmächtiger Allah!« murmelte Oberst Husain.
Vorsichtig ging General Suby um Mahroof herum und blieb

dann hinter ihm stehen, um seinen Nacken zu betasten. »Am besten gehst du nach Hause und legst dich ins Bett«, riet er. Dann kehrte er zu seinem Rotfuchs zurück und schwang sich wieder in den Sattel. Fragend sah König Ahmed ihn an.

»Im Genick hatte er einen harten Knoten«, erklärte General Suby leise. »Jetzt bestehen keine Zweifel mehr: Der Schwarze Tod ist in der Stadt.«

35. Kapitel

Während sich König Pedro in seinem Zelt von seinem Diener beim Umkleiden helfen ließ, hörte er auf einmal schrille Schreie. Sogleich griff er nach seinem Schwert, stürzte hinaus und erblickte zwei kräftige Wächter im Dienst der Heiligen Kirche, die ein schmutzstarrendes altes Weib aus Bischof Eulogius' Zelt zerrten. »Jetzt habe ich es dir heimgezahlt!« kreischte die Alte triumphierend. Einer der Wächter versetzte ihr mit der flachen Seite seines Schwertes einen Schlag, so daß sie taumelte. Doch rasch hatte sie ihr Gleichgewicht wiedergewonnen und spuckte ihn an.

»Du dreckige alte Vettel!« Wieder schlug der Wachmann zu; diesmal fester. Die Alte wurde zu Boden geschleudert. Schimpfend und fluchend setzte sie sich wieder auf. Inzwischen waren einige Prinzen und andere Edelleute aus ihren Zelten getreten und betrachteten sie neugierig.

»Halt das Maul!« Ohne Vorwarnung stieß der zweite Wachmann der alten Frau sein Schwert in den Leib. »Ich danke dir, o Gott!« rief sie aus. »Zurika!« Dann weiteten sich ihre Augen, und sie sank leblos zu Boden.

König Pedro trat vor und scheuchte dabei die Wächter und Edelleute fort, die auf ihn zugelaufen kamen. Auch König Karl war aus seinem Zelt getreten. »Wer ist diese Frau?« fragte König Pedro.

»War«, warf König Karl ein.

»Irgendwie ist es ihr gelungen, sich in das Zelt des Bischofs zu schleichen, mein König«, antwortete der ältere Wächter mit dem blutverschmierten Schwert. »Wir hörten Bischof

Eulogius schreien, stürzten hinein und zerrten sie aus dem Zelt.«
»Du hast recht getan, sie zu töten.« König Pedro schäumte vor Wut. »Wie zum Teufel ist sie überhaupt hineingekommen?« Er blickte auf die leblose Frau hinab. »Gewiß war sie eine Hexe. Sie hätte uns alle umbringen können.« Er schritt zu Bischof Eulogius' Zelt, doch am Eingang stieg ihm ein abscheulicher Geruch in die Nase.
Entsetzt spähte er hinein. Der Bischof lag, in sein übliches purpurrotes Gewand gehüllt, besinnungslos auf dem Bett. Eine schmutzige Wolldecke war über ihn gebreitet. Gewand und Decke waren blutverschmiert.
Bei Gott, was hatte das zu bedeuten? Selbst das Gesicht des Bischofs war mit Blut und Eiter besudelt, und überall auf dem Bett waren die Leichen schwarzer Ratten verstreut!

Bischof Eulogius lag leichenblaß in die Kissen gelehnt. Inzwischen trug er ein sauberes weißes Nachthemd und eine Schlafmütze. König Pedro hatte den Wachen des Bischofs befohlen, Pilars Leiche zu beerdigen, und während Diener die toten Ratten aus dem Zelt beseitigten, hatte der Leibarzt des Königs den Bischof versorgt.
Den Prinzen und den anderen Edelleuten hatte König Pedro erzählt, daß es einer Verrückten gelungen sei, die Wachen zu umgehen. Sie sei getötet worden, und es bestehe kein Grund zur Sorge. Also sei es das beste, wenn alle sich wieder in ihre Zelte zurückzogen. Nur König Karl, dessen Zelt dem von Bischof Eulogius am nächsten stand, konnte sich eine Bemerkung nicht verkneifen: »Die verdammte Bude stinkt! Wir sollten sie meiden wie die Pest.«
Die Vernunft hinderte König Pedro daran, das Zelt zu betreten. »Wie erklärst du dir diesen außergewöhnlichen Zwischenfall«, fragte er den Bischof von der Schwelle aus.
»Das alte Weib ist ... war eine Zigeunerin namens Pilar, mein

König«, antwortete Bischof Eulogius mit stockendem Atem. An diesem Tag war er sogar zu erschöpft, um in seinen üblichen Singsang zu verfallen. »Sie war die Großmutter des Zigeunermädchens, das von einem kirchlichen Gericht in Jaén wegen Hexerei und Gotteslästerung zum Tode verurteilt wurde.«

»Was du durch eine List bewerkstelligt hast«, antwortete König Pedro, wobei er tat, als ob ihn das nicht weiter berührte. »Du wolltest deine Augen an dem jungfräulichen Körper des Zigeunermädchens weiden. Habe ich nicht recht?«

»Gewiß, mein König.«

»Und als sie sich dir verweigerte, hat sie damit ihr eigenes Urteil gesprochen. Du hast dir dann statt dessen Verzückung verschafft, indem du zusahst, wie sie und der Jude auf dem Scheiterhaufen verbrannten.« Immer noch machte er ein freundliches Gesicht und spiegelte Verständnis für die eigenartigen Gelüste des Bischofs vor. »Du kannst mir ruhig alles erzählen. Ich verstehe dich.«

Bischof Eulogius zwang sich zu einem schwachen Lächeln. »Du kennst mich zu gut, mein König.« Er warf ihm einen Verschwörerblick zu. »Ja, ja, wir beide kennen einander nur zu gut«, fügte er mit einem Seufzen hinzu. »Wahrscheinlich hast du gehört, daß die alte Zigeunerin mich nach der Verkündung des Urteils verflucht hat. Sie hat mir Rache geschworen, aber ich habe sie nicht weiter ernst genommen. Gestern abend ist sie dann zu meinem Zelt gekommen und hat vorgegeben, sie wolle mir ihre Sünden beichten und Gottes Vergebung erlangen. Als Christ und Mann der Kirche konnte ich ihr das nicht verweigern. Doch ich beschloß, ihr erst die Absolution zu gewähren – ich ging davon aus, daß sie ohnehin kein Latein verstehen würde – und sie dann als Hexe zum Tode zu verurteilen.« Inzwischen lächelte er schon wieder so unschuldig, als wäre nichts geschehen. »Allerdings war ich neugierig auf ihre Geschichte, besonders darauf, wie es ihr gelungen ist, an unseren Wachen vorbei in unser Lager zu gelangen.«

Draußen verkündeten Trompeten die Vesperstunde. Allmählich wurde es dunkel. Bischof Eulogius setzte sich auf und sprach drei Ave-Maria und das Vaterunser. König Pedro folgte seinem Beispiel, wobei er jedoch das Ende des Gebetes herbeisehnte.

»Nun können wir im Frieden Gottes fortfahren«, meinte der Bischof und grinste listig wie immer. Er zog eine rosafarbene Decke über sich und legte sich zurück. »Wo war ich stehengeblieben, mein König? Ach ja! Aber warum kommst du nicht herein und setzt dich?«

»Lieber nicht«, antwortete König Pedro. »Ich muß mich ... äh ... noch rasch zum Essen umziehen. Bitte erzähle weiter.«

»Das alte Weib hat mir gesagt, sie habe ihre Hütte in Jaén verkauft und mit dem Geld die Fahrt auf einem unserer Versorgungswagen bezahlt. Als wir hier angelangt seien, sei sie an unseren Posten vorbeigeschlüpft. Keiner unserer Wachleute habe sich um ein altes Weib, noch dazu eine Zigeunerin, gekümmert. Sie sei in die Höhlen gegenüber dem Palast zurückgekehrt, wo sie schon früher gewohnt hat.«

»Und dort hat sie auch ihr ganzes bisheriges Leben verbracht und ihre Enkeltochter großgezogen, die ihr das Wichtigste auf der Welt war«, ergänzte König Pedro.

»Du bist so weise, mein König«, bemerkte Bischof Eulogius.

»Nein, Bischof. Die Menschen und das Leben selbst zwingen einen, solche offensichtlichen Schlüsse zu ziehen.« Er hielt inne. »Und du bist trotz deiner Bösartigkeit und Verschlagenheit nicht davon ausgenommen.«

Auf dem Gesicht des Bischofs erschien ein breites Lächeln. »Wir beide, mein König, sind vom gleichen Schlag, und wir kennen einander sehr gut.« Offenbar hatte er sich wieder erholt.

»Sprich weiter!« befahl König Pedro.

»Die Frau war auch König Ahmed bekannt. Sie hat ihn, Prinz Juan und ihre Enkeltochter auf der Flucht aus der Alhambra bis Jaén begleitet, wo sie zufällig in einem Wirtshaus vor der Stadt dem Juden Aaron Levi begegneten. Die alte Frau blieb in Jaén und kaufte sich eine Hütte, während die anderen nach Toledo weiterreisten. Pilar erfuhr erst von ihrer Rückkehr, als Prinz Juan sie aufsuchte, der sich mit Prinzessin Beatrice in einem Kloster bei Jaén versteckt hielt. Er hat ihr von dem Autodafé erzählt.«
»Also hatte mein Bruder, König Karl, recht. Mein Sohn und meine Tochter waren wirklich in diesem Kloster!« unterbrach ihn König Pedro. »Ich werde die Äbtissin bestrafen, die ihnen Schutz gewährt hat.«
»Davon würde ich dir abraten, mein König«, widersprach Bischof Eulogius auf einmal drohend. »In diesen schweren Zeiten wäre das nicht ratsam. Außerdem solltest du dich nicht in Angelegenheiten der Heiligen Kirche einmischen. Doch sorge dich nicht. Ich werde die Sache untersuchen lassen.«
König Pedro nickte zustimmend. »Bitte, fahre fort, Bischof.« Er wollte unbedingt die Geschichte hören und diesem Schauspiel dann ein Ende bereiten.
»*Ciertamente*, mein König. Da diese Pilar König Ahmed kannte, wurde sie von ihm empfangen. Auf ihre Bitte hin erhielt sie von ihm einen Passierschein, mit dem sie jederzeit ungehindert in der Alhambra ein und aus gehen konnte.« Bischof Eulogius wischte sich die schweißnasse Stirn. »Sie behauptete, sie habe in ihrem Kristall viele Dinge gesehen. Doch am meisten sei ihr daran gelegen, von mir Vergebung für ihre Sünden und ihre Gotteslästerung zu bekommen. Bis zum Ende trieb sie dieses Spiel mit mir. Sie sagte mir sehr ruhig, ihre Enkeltochter sei ihr das Allerteuerste im Leben gewesen. Außerdem sei sie sich sicher, ich hätte versucht, das Mädchen zu schänden – offenbar hatte ihr das auch ihr Kristall verraten. Trotzdem habe sie mir einige Geschenke mitge-

bracht. Sie griff in ihre Tasche und holte eine Handvoll grauen Pulvers hervor, das sie mir mitten ins Gesicht warf. Ich weiß noch, wie ich vor Schmerzen aufgeschrien habe. Dann griff sie wieder in die Tasche. Ich verlor allmählich die Besinnung. Ehe mir schwarz vor Augen wurde, hörte ich sie noch kreischen: ›Rache! Rache für den Tod meiner *queridissima!*‹«

König Pedro war am Ende seiner Geduld angelangt. »Zurika ist als Heldin gestorben«, stellte er fest. »Sie hat ihre Tugend gegenüber einem krankhaften Lüstling verteidigt. Eigentlich sollte man zu Ehren ihrer Keuschheit ein Denkmal errichten. Und vielleicht werde ich das auch tun.«

Vor Erstaunen blieb dem Bischof der Mund offenstehen, und die blauen Augen quollen ihm aus den Höhlen. »Mein König ...«, begann er.

»Wir kennen einander doch so gut«, höhnte König Pedro mit einem bösen Lächeln.

Dem Bischof fiel ein Stein vom Herzen. Offenbar hatte der König nur gescherzt. Seine blauen Augen funkelten.

»Ins Schwarze getroffen, mein König.«

König Pedro beschloß, das Spiel des Bischofs noch ein Weilchen mitzuspielen. »Bitte, erzähl weiter, Bischof. Offenbar hat die Alte den Passierschein dazu benutzt, die Alhambra zu verlassen. Aber wie ist sie an unseren Wachen vorbeigeschlüpft?«

»Wahrscheinlich auf dem gleichen Wege, auf dem sie auch in mein Zelt gelangt ist, Herr. Sie behauptete, bußfertig zu sein und einer Unterredung mit mir zu bedürfen. Die Wachen hat sie für sich eingenommen, indem sie ihnen eine glückliche Zukunft vorhersagte. Danach konnte sie sich ungehindert im Lager bewegen. Und niemand sah einen Grund, sich um ein humpelndes altes Weiblein zu kümmern. Außerdem wollte sich ohnehin niemand lange in ihrer Nähe aufhalten, denn sie stank gotterbärmlich. Die Männer lachten über sie, und niemand sah in ihr eine Gefahr.«

»Und vermutlich stellte sie sich dir, Bischof, als Sünderin, Hexe und Gotteslästerin dar, die nach deiner Absolution gern wie ihre Enkelin auf dem Scheiterhaufen sterben wollte? Auch sie muß dich sehr gut gekannt haben, Bischof!«
Die Pausbäckchen des Bischofs warfen beim Lächeln kleine Fältchen. »Gewiß hat sie das alles aus ihrer Kristallkugel erfahren. Dann, mein König, öffnete sie ihre Tasche. Der üble Geruch raubte mir den Atem. Und dann warf sie mir dieses Pulver ins Gesicht ... Ich frage mich, was das wohl gewesen sein mag. Jedenfalls danke ich Gott für den Leibarzt, der mich wieder zum Leben erweckt hat. Er erzählte mir, daß die Wachen das alte Weib getötet haben.« Ein lüsterner Blick trat in seine blauen Augen, und er leckte sich die Lippen. »Ein wahrer Jammer, mein König!« Wieder lächelte er verschwörerisch: »Doch das gestehe ich dir nur im geheimen, da wir einander doch so gut kennen.« Er kicherte.
»Ich wäre also dein Beichtvater, Bischof?«
»Du beliebst zu scherzen, mein König. Doch wenn ich genauer darüber nachdenke, bist du schon immer mein Beichtvater gewesen. Und wir beide können diesen Augenblick nur deshalb genießen, da ich meine Begegnung mit dieser alten Hexe unbeschadet überstanden habe.«
Nun war der Augenblick gekommen. Er, König Pedro, war als grausam bekannt, König Karl als böse und Bischof Eulogius als verdorben. Und er, König Pedro, hatte mit diesem Bauern, der sich mit Gewalt nach oben gekämpft hatte, noch eine Rechnung offen. *En verdad*, dieser kleine Schweinehund von einem Bischof war ihm noch etwas schuldig, da er ihn in Jaén so heimtückisch hinters Licht geführt hatte! »Auch ich habe dir etwas zu beichten, mein Bischof«, sagte er mit gespielter Demut.
»Wie kann das sein, mein König?« Bischof Eulogius lächelte betörend. »Suchst du etwa Vergebung für deine Sünden?«
»Nein, aber du brauchst sie dringend für die deinigen, du

Bischof des Teufels.« Beim Gedanken an die Worte, die ihm gleich über die Lippen kommen würden, leckte sich König Pedro in Gedanken die Finger. »Nachdem du mit einem Aufschrei auf deinem Bett die Besinnung verloren hattest, hat die alte Zigeunerin den ekelhaften Inhalt ihrer Tasche über dich ausgeleert: Blut und Eiter von einem Kranken, tote schwarze Ratten, die naß waren und bluteten, und eine Decke von einem Toten. Du hast es nicht gemerkt, weil deine Diener alles säuberten, ehe du wieder zu Bewußtsein kamst.«
Erschrocken riß der Bischof die Augen auf, und ein entsetzlicher Gedanke keimte in ihm auf. »Darum stehst du also dort am Eingang und willst nicht hereinkommen!«
»Genau.«
Nun sprach nackte Angst aus den blauen Augen, die fast aus den Höhlen traten. Das Puttengesicht des Bischofs fiel in sich zusammen, und seiner Kehle entstieg ein heiseres Krächzen.
»Meinst du ...«
»Ja, Bischof Eulogius, genau das meine ich. Mein Leibarzt hat nur den Verdacht ausgesprochen, doch ich bin davon überzeugt.« Daß dies keineswegs der Fall war, tat nichts zur Sache. Mit ausdruckslosem Blick betrachtete er den schluchzenden Bischof. »Von nun an wirst du dein Zelt nicht mehr verlassen, Bischof Eulogius, und niemand soll es betreten. All deine menschlichen Verrichtungen«, seine beschönigenden Worte widerten ihn im selben Augenblick, da er sie aussprach, an, »also Scheißen und Pissen, sollst du in diesem Zelt tun. Bis zu deinem Tode wirst du so leben wie die beiden unschuldigen Menschen, die du in den Klosterkerker von Jaén werfen ließest, wo sie ihre letzte Nacht auf Erden verbrachten: in deinem eigenen Dreck! Die Rache hat dich nun in der Tat ereilt, du verdorbenes, elendes Sinnbild der Unmenschlichkeit. Du bist ein moralischer Aussätziger. Allein aufgrund deiner Taten müssen die christlichen Heere nun womöglich abziehen. Also brauchen wir dich und deine Heili-

ge Kirche nicht mehr. Falls wir wirklich abziehen sollten, wirst du in deinem Zelt zurückbleiben wie ein Leprakranker.« Er hielt inne und fletschte die gelben Zähne. »Denn du bist mit dem Schwarzen Tod verseucht.«
Als er dem Zelt den Rücken kehrte, folgte ihm ein Konzert schriller Schreie.

Obwohl es eigentlich nicht angenehm war, mit dem Gedanken an den Schwarzen Tod zu Bett zu gehen, bedurfte die Eindämmung der Seuche noch so vieler weiterer Gespräche und Planungen, daß König Ahmed sie als letztes auf die Tagesordnung gesetzt hatte. Die gesamte Verantwortung für die Gegenmaßnahmen hatte er General Suby übertragen und den rotbärtigen Arzt in den Kriegsrat aufgenommen. Früher war die Stimmung im Machuca-Hof zwar der Lage entsprechend ernst gewesen, aber hie und da war doch einmal ein Scherzwort gefallen. Nun jedoch lag Düsternis über der Runde, obwohl sich keiner der Generäle seine Furcht anmerken ließ. Das hier war etwas anderes als der Tod auf dem Schlachtfeld, und keiner war in der Laune, Witze zu reißen, wenn die Pest hinter jeder Straßenecke lauerte.
»Dein Bericht, Arzt«, befahl König Ahmed endlich, nachdem alle anderen Punkte abgehakt worden waren.
General Suby sah müde aus, denn er arbeitete Tag und Nacht. »Leider muß ich dir mitteilen, daß eine Seuche ausgebrochen ist, mein König. Im Augenblick hat sie noch keine großen Ausmaße angenommen und beschränkt sich auf das Daralhorra-Viertel, wo bis jetzt elf Todesfälle gemeldet worden sind. Dennoch, es handelt sich um eine Seuche. Ich selbst habe alle Leichen untersucht; acht der Verstorbenen hat der Schwarze Tod dahingerafft.«
»Die üblichen Anzeichen?« fragte General Saldin.
»In der Tat. Geschwärzte Haut mit purpurnen Verfärbungen, Pusteln am ganzen Körper, geschwollene Drüsen, blutige und

eitrige Beulen an Leisten und Achselhöhlen. Die Anzeichen sind unverkennbar. Die übrigen drei Männer sind aus anderen Ursachen verstorben. Ich habe angeordnet, alle Toten unverzüglich zu beerdigen, ohne Totenwachen und Totenfeiern, nur mit einer einfachen religiösen Zeremonie. Es ist schwierig, die Leute zur Zustimmung zu bewegen. Die Nachricht hat sich bereits herumgesprochen, und die Menschen schweben in Todesangst. Die Totengräber tun ihre Pflicht, und ich kann nur hoffen, daß sich das nicht ändert. Ich habe ein Massengrab auf einem Friedhof ausheben lassen und offene Wagen besorgt, auf denen die Familien und Freunde der Verstorbenen die Leichen selbst zum Friedhof bringen können, falls die Anzahl der Toten überhandnimmt.«

Die entsetzliche Lage, die die Männer hier so sachlich besprachen, schien so weit weg von der Schönheit und Pracht des Palastes, der sie umgab. Trotzdem war sie Wirklichkeit. König Ahmeds Herz war voll Trauer. In eben diesem Augenblick starben Menschen, seine Untertanen, oder sie quälten sich in Todesangst. Wenn jemand unter Fieber, einem Beinbruch oder einer Kriegsverletzung litt, konnte man etwas dagegen unternehmen. Wenn ein Feind angriff, würden sich Bürger und Soldaten gleichermaßen zur Wehr setzen. Doch nun mußten sie alle ohnmächtig auf ein Ereignis warten, das sie nicht verhindern konnten! Und dazu kam auch noch Prinzessin Beatrices Geständnis und seine Entfremdung von ihr! König Ahmed mußte sich alle Mühe geben, um nicht in finsterster Verzweiflung zu versinken.

Der Fluch von Yusuf ibn Nagralla, dem Juden, liegt auf uns. Warum?

»Was ist mit jenen, die noch leben, aber vielleicht schon von der Seuche befallen sind?« General Iqbal hatte die Frage gestellt, die auch König Ahmed im Kopfe herumging.

»Ich habe zwanzig Ärzte zusammengerufen, die in verschiedenen Stadtvierteln Untersuchungen durchführen sollen. Vor dem Abendgebet treffen wir uns im Krankenhaus, stellen Zahlen zusammen und planen die notwendigen Maßnahmen. Heute haben wir sechsundzwanzig Fälle entdeckt. Deshalb habe ich angefangen, die Bevölkerung aufzuklären. Ich habe einer Gruppe von *imamen* und Ältesten die ersten Zeichen der Krankheit beschrieben und ihnen erläutert, wie man ihre Ausbreitung am besten verhindert und wie man die Leichen beerdigen soll. Diese Männer werden ihr Wissen an das Volk weitergeben und sich darum kümmern, daß die Menschen nicht vor Angst außer sich geraten.«

»Wie sehen die frühen Anzeichen aus?« Der Zahlmeister General Rafik rutschte unruhig auf seinem Sitzkissen herum.

»Am Anfang bekommt man entsetzliche Kopfschmerzen und fühlt sich allgemein geschwächt. Dann treten Schmerzen und ein Frösteln in Oberschenkeln und Leisten, ein dicker weißer Belag auf der Zunge, ein erhöhter Puls, lallendes Sprechen, Verwirrung, Müdigkeit, Gleichgültigkeit und ein taumelnder Gang auf. Bald darauf bilden sich schwarze Pusteln. Am dritten Tag kommt es zu Schwellungen, besonders in den Achselhöhlen, den Leisten und im Nacken.« Er warf König Ahmed einen Blick zu. »Du erinnerst dich gewiß noch an das erste Opfer, das wir gesehen haben, mein König.«

König Ahmed nickte. »Ein beklagenswerter Anblick.«

»Die Schwellungen verwandeln sich in Beulen, die mit Blut und Eiter gefüllt sind und zuweilen die Größe eines Hühnereis annehmen. Durch die inneren Blutungen tauchen auf der Haut purpurne Flecken auf. Die grauenhaften Schmerzen und die geistige Verwirrung führen schließlich zu dem, was wir den Todestanz nennen. Am vierten oder fünften Tag wird das Opfer von Wahnvorstellungen und Todesangst ergriffen; dann fügt es sich in sein Schicksal, die Haut verfärbt sich schwarz, und der Todeskampf setzt ein.«

Schweigen senkte sich über die Runde. General Rafiks Frage war zwar wichtig gewesen, aber König Ahmed hatte den

Eindruck, daß einige der Männer die Antwort lieber nicht gehört hätten. General al Afdal, der tapfere Soldat, faßte dieses Gefühl knapp zusammen. »Wenn wir in den Krieg ziehen, fragen wir nicht danach, wie die Toten und Verwundeten aussehen, mein König. Also werde ich für meinen Teil nicht ängstlich meinen Körper im Spiegel nach Anzeichen der Krankheit absuchen.« Er schüttelte den Kopf und zwang sich zu einem verwegenen Lächeln. »Ich werde mich diesem Feind stellen wie jedem anderen.«

»Hört! Hört!« rief General Saldin aus.

General Rafik war rot geworden. »Mein König, darf ich mir die Bemerkung erlauben, daß es hier nicht um eine Reiterattacke geht«, platzte er heraus. »Vielmehr handelt es sich hier um einen Überfall durch den gefährlichsten und hinterlistigsten Feind des Menschen. Ich möchte meine Kameraden nur daran erinnern, daß erst vor drei Jahren mehr als zwanzig Millionen Menschen in Europa seinetwegen ihr Leben lassen mußten!«

»Es ist nur eine Frage der Einstellung«, erwiderte General Saldin ärgerlich. »Der Tod kennt keine Würde, nur die Art, wie man stirbt.«

»Wir müssen wissen, wie der Tod aussieht, um ihm ein Schnippchen zu schlagen.« Nun schrie General Rafik fast.

»Wir Reiter schlagen niemandem ein Schnippchen«, begann General al Afdal, doch als König Ahmed die Hand hob, verstummte er.

»Meine Herren, wir haben in diesem Kriegsrat schon so manche hitzige Debatte erlebt«, begann er ernst. »Das ist nichts Außergewöhnliches bei Befehlshabern, die mit Leib und Seele bei der Sache sind. Doch wenn wir uns in Meinungsverschiedenheiten verzetteln, schaffen wir uns einen Feind, der noch tödlicher ist als die Pest. Es sind die widerwärtigen Beulen, die schmerzhaften Schwellungen und die schwärenden Wunden der Uneinigkeit. Wir alle sind er-

schöpft und angespannt, da von allen Seiten Schwierigkeiten auf uns einstürmen. Wenn wir uns diesen Schwierigkeiten als Brüder im Islam und in gegenseitiger Liebe stellen, werden wir sie entweder überwinden oder mit Würde daran zugrunde gehen und uns im Paradies wieder in die Arme schließen.« Vor wilder Entschlossenheit zitterte ihm die Stimme. »Habt keine Furcht.« Aus diesen Worten klang eine neue Zuversicht. Schließlich war er der Auserwählte Allahs, der Führer dieser Männer und seines Volkes! Er hatte zugelassen, daß seine eigenen Schwierigkeiten die Oberhand gewannen. Auch sie würde er lösen. In diesem Augenblick beschloß er, Prinzessin Beatrice noch heute nacht aufzusuchen. Er wollte das Kind vor aller Welt als das seine anerkennen. Um die überlieferte Thronfolge würde er sich kümmern, wenn die Zeit dazu gekommen war. Nun versuchte er nicht mehr, ruhig und unbeteiligt zu wirken. »Wir werden uns unseren Feinden stellen, und mit Allahs Hilfe werden wir sie alle besiegen.« Er blickte in die Runde und sah überall beifälliges Nicken.
»Ich entschuldige mich bei General Rafik für meine Bemerkung«, erklärte General al Afdal.
»Und ich mich für meine«, schloß sich General Saldin an.
»Und ich entschuldige mich bei dir, mein König, und bei meinen Brüdern für meinen Gefühlsausbruch«, fügte General Rafik hinzu.
»Nun denn, meine Herren, lassen wir also General Suby mit seinem Bericht fortfahren.«
Er hörte aufmerksam zu, als der Arzt ihnen alles über die gegenwärtige Lage mitteilte. Er berichtete von seiner Einschätzung und darüber, welche Maßnahmen bereits getroffen worden waren. Dazu gab er Ratschläge zur Ernährung und Sauberkeit. Außerdem schlug er vor, wie man verhindern konnte, daß das Volk den Kopf verlor. Auch sei es unbedingt notwendig, die von der Seuche Befallenen abzusondern und gleichzeitig ihre Ernährung und Versorgung sicherzustellen.

Auf jeden Fall müsse man verhindern, daß die Kranken von ihren Familien ausgestoßen würden. »Denn, wie unser König uns gerade in Erinnerung gerufen hat, sind wir doch alle Brüder auf dieser Erde, auch die Ungläubigen und die Angehörigen des wahren Glaubens.«

Diese letzte Bemerkung riß König Ahmed aus seinen Gedanken. »Unsere Ärzte sind die wahren Helden dieser schrecklichen Stunde«, erklärte er. »Ständig setzen sie sich der Krankheit aus, behandeln Freund und Feind, Gläubige und Ungläubige, und stellen sich aufopfernd und hingebungsvoll dem schrecklichsten Feind der Menschheit in den Weg.«

Wieder schwiegen alle; diesmal nachdenklich. »Unsere wirklichen Helden nehmen wir als ebenso selbstverständlich hin wie unsere liebenden Eltern.« General Saldin hatte ausgesprochen, was alle dachten. »Ich für meinen Teil hätte nicht den Mut, die beängstigenden Pflichten zu übernehmen, die General Suby so selbstlos erfüllt.«

Ein beifälliges Klopfen auf den Tisch war die Antwort auf seine Worte. In General Subys gelben Augen glitzerten Tränen, die er mit dem Handrücken wegwischte. Zu sehr von Rührung übermannt, um seinen Kameraden danken zu können, fuhr er einfach mit seinem Bericht fort.

Die Erleichterung, daß er endlich, was Prinzessin Beatrice betraf, eine Entscheidung gefällt hatte, ermöglichte es König Ahmed, wieder klar zu denken. Es war, als ob sich ein Nebel in seinem Gehirn gelichtet hätte. Nun kehrte ein Gedanke zurück, der ihm schon auf dem Weg in Prinzessin Beatrices Gemach gekommen war: an dem nämlichen Abend, an dem er erfahren hatte, daß der Schwarze Tod in der Stadt wütete. Damals hatte er ihn über den schrecklichen Nachrichten verdrängt, doch jetzt fiel er ihm wieder ein. »In meiner Sorge wegen des Schwarzen Todes habe ich eine grundlegende Tatsache außer acht gelassen«, verkündete er, und zum erstenmal seit Tagen lächelte er wieder. »Die Beulenpest ist gleichermaßen der Feind von Moslems, Christen und Juden, der Feind also der gesamten Menschheit. Stimmt ihr nicht mit mir überein, daß unsere Belagerer ihn gewiß um so mehr fürchten, da sie ihm erst kürzlich ins Angesicht sehen mußten?«

Verstehen glomm in den Gesichtern der Männer am Tisch auf, und die gedrückte Stimmung wich. General Saldin schlug mit der Faust auf den Tisch. »Du hast recht, mein König!« Er streckte das Kinn vor. »Du bist so weise, Auserwählter Allahs!«

»Ich danke dir. Nun sieht es doch fast so aus, als sei diese Plage uns vom gnädigen Allah geschickt worden, um uns zu retten, wenn wir uns nur selbst zu helfen wissen. Wahrscheinlich wird König Abu Hassan durch seine Kundschafter von unserer Lage erfahren. Solange bei uns eine Seuche wütet, wird er uns die versprochene Verstärkung nicht schicken. Statt dessen wird er sich in unzählige Ausreden flüchten und Versprechungen machen, die er nicht halten wird. Und wer könnte ihn dafür tadeln? Doch das hat auch sein Gutes, denn wir haben in einer solch gewaltigen Unterstützung durch einen Verbündeten auch Gefahren gesehen. In der Geschichte wimmelt es von Beispielen dafür, daß der Geleitschutz in vielen Fällen die Führung der Karawane übernommen hat.«

»Du hast recht, mein Gebieter«, warf General Saldin ein. »Willst du damit sagen, daß der Schwarze Tod nicht nur unsere Verbündeten ängstigen, sondern auch unsere Feinde in die Flucht schlagen kann?«

»Genau.«

General Saldin versuchte, sich seine Aufregung nicht anmerken zu lassen, aber seine Augen leuchteten. »Morgen früh sollten wir einen Abgesandten an König Pedro schicken, der ihn von unserer mißlichen Lage in Kenntnis setzt.«

»Aber er könnte es für eine Finte halten«, wandte König Ahmed ein.
»Vielleicht sollten wir König Pedro auffordern, eine Abordnung in unsere Hauptstadt zu schicken. Wir versprechen seinen Leuten freies Geleit und stellen ihnen zur Sicherheit Geiseln zur Verfügung«, meinte General Iqbal.
König Ahmed schüttelte den Kopf. Er hatte seine Entscheidung bereits getroffen, doch wie immer wollte er seinen Beratern die Gelegenheit geben, zuerst selbst Vorschläge zu machen. Nun, da niemand mehr etwas zu sagen hatte, beugte er sich vor und stützte die Ellenbogen auf die Tischplatte. »Vor vier Jahren gab es zwischen christlichen Kaufleuten in Genua und den Einwohnern eines Städtchens namens Taffa am Schwarzen Meer so schwere Meinungsverschiedenheiten, daß es zu einer kriegerischen Auseinandersetzung kam. Noch während die Tataren gegen die Christen kämpften, brach in ihren Reihen die Pest aus. Bösartig, wie sie waren, bestückten die Tataren ihre Katapulte mit den Leichen derer, die an der Krankheit gestorben waren. Auch die Genueser erkrankten und segelten zurück nach Italien.«
Er sah einen nach dem anderen an, doch keiner der Männer schien über diesen Gedanken entsetzt. »Ich allerdings beabsichtige nicht, den Feind mit dieser Krankheit anzustecken. Eine solche Gemeinheit ist unter meiner Würde, selbst wenn ich deswegen zugrunde gehen sollte. Aber«, er hob einen Zeigefinger, »es gibt keinen Grund, warum wir dem Feind nicht auf eine etwas ungewöhnliche Weise mitteilen sollten, daß bei uns die Pest wütet.« Er wandte sich an General Suby. »Laß sechs Leichen, die unzweifelhafte Anzeichen der Krankheit aufweisen, auswählen. Jedoch nur aus Familien, die freiwillig ihre Verstorbenen zu diesem Zweck herausgeben.« Dann sah er General Zahir, den hünenhaften Kommandanten der Geschützeinheiten, an. »Du, General, sollst sechs Kata-

pulte aussuchen, die du für entbehrlich hältst. Bei Morgengrauen wirst du ihre Schußweite überprüfen. Du wirst dich nahe genug an den Feind heranwagen, damit er deine ... äh ... tödlichen Geschosse bemerkt. Das soll unser Geschenk zum Dank an den allmächtigen Allah sein!« Er lachte. »Wenn sie mit einem solchen Geschenk bedacht worden sind, werden sich die feindlichen Heere eilends in ihre Königreiche zurückziehen.«

Nach der Besprechung hatte König Ahmed es eilig, sich von Oberst Husain am Eingang der Daraxa zu verabschieden. Er eilte zum Peinandor de la Reina, wo Prinzessin Beatrice ihn sicherlich erwartete. Heute nacht würde er sein Gespräch mit Prinz Juan ausfallen lassen, denn seine Frau sollte als erste erfahren, daß er seine Meinung geändert hatte und daß der morgige Tag große Hoffnungen brachte. Zum erstenmal seit Monaten wendeten sich die Dinge wieder zum Guten. Vielleicht würde es ihm heute sogar gelingen, sich mit seiner geliebten Gemahlin zu vereinen.

Auf sein Klopfen erhielt er keine Antwort. Da sich alles so wunderbar entwickelte, war er sich sicher, daß sie entweder schlief oder sich im Badezimmer befand. Also öffnete er die Tür und trat ein. Zuerst sah er auf dem Bett nach; dann ließ er den Blick die Balkonbrüstung entlangschweifen. Doch keine weibliche Gestalt hob sich da gegen den blauen Nachthimmel ab. Ein Gefühl der Leere bemächtigte sich seiner. Er war allein.

Der Atem stockte ihm. Wo war Prinzessin Beatrice? Dann fiel sein Blick auf ihren Schreibtisch, wo ein ordentlich zusammengerolltes Blatt Papier lag. Schon während er hinstürzte und danach griff, spürte er in seinem Herzen, daß noch größere Leere auf ihn wartete. Er löste das weiße Band, entrollte das Blatt mit zitternder Hand, hielt es unter die Lampe und las:

Mein geliebter Gatte!

Wenn Dir Deine Diener diesen Brief überbringen, ist der morgige Tag schon angebrochen. Zu diesem Zeitpunkt werde ich bereits die Strafe erdulden, die ich verdiene, weil ich Dir die Wahrheit verheimlicht und mit einer Lüge gelebt habe.
Mein Bruder, Prinz Juan, und ich sind uns einig, daß wir Dir nichts als Unheil gebracht haben, und das wünscht man keinem Menschen, den man liebt. Wenn man sich liebt, sollte man einander unterstützen, trösten und glücklich machen.
Auch Prinz Juan liebt Dich – sei dessen gewiß –, doch wir beide haben schrecklich an Dir gefehlt. Aus Liebe suchten wir Dir Schmerz zu ersparen; so dachten wir zumindest. Nun wissen wir, daß es nicht die Liebe war, die uns trieb, zu schweigen, sondern der Eigennutz. Gott wird uns beide dafür bestrafen, besonders mich, denn ich liebe Dich mehr als mein elendes Leben.
Wir verlassen Deine Hauptstadt auf dem gleichen Wege, der meinen geliebten Bruder und Dich damals in die Freiheit führte. Doch diesmal gehen wir in die Sklaverei. Wahrscheinlich wird mein Vater, König Pedro, besänftigt sein, wenn wir zu ihm zurückkehren. Das gleiche gilt auch für König Karl, dessen Heiratsantrag ich annehmen werde. Wenn ich damit Dir und Deinem Volk helfe, wird es mein Leiden aufwiegen.
Bis in alle Ewigkeit werde ich Dich lieben und Dir treu bleiben; auch in meinem Ehebett, wo ich die Demütigung und die Qual, die mir in der schrecklichen Nacht meiner Schändung auf dem harten Fußboden widerfuhr, bis ans Ende meiner Tage werde erdulden müssen.
Du verdienst eine bessere Gattin als mich, doch Du wirst niemals eine Frau finden, die Dich so aus ganzem Herzen

liebt. Denn ich glaube, ich wurde für Dich allein aus Deiner fünften Rippe geschaffen.
Gott mit Dir, geliebter Gatte, denn das wirst Du für mich immer bleiben. Täglich werde ich zu Gott darum beten, bei Dir sein zu dürfen. Doch nichts von mir will ich bei Dir zurücklassen, nur meine Tränen, von denen eine als Beweis meiner Liebe auf dieses Blatt Papier gefallen ist.

Ewig Dein,
Beatrice.

Ein Aufschrei entfuhr König Ahmed. Er hallte durch die Nacht und verlor sich in der Weite des Tales unter dem Fenster.

36. Kapitel

Nachdem die Morgentrompeten ihn aus dem Schlaf gerissen hatten, war König Pedro der Grausame übler Laune. Das Gebet würde er heute ausfallen lassen. Den Großteil der Nacht hatte er mit König Karl in seinem Speisezelt gezecht, und deswegen war ihm an diesem frühen Morgen eher nach Fluchen als nach Beten zumute. Ob er getrunken hatte, um seinen Sieg über Bischof Eulogius zu feiern, oder um seine Angst vor dem Schwarzen Tod zu betäuben, wußte er nicht. Aber zumindest hatte es ihm einen Heidenspaß bereitet!

Nun, im kalten Morgenlicht überlegte er, ob er gestern nicht vielleicht doch überängstlich gewesen war. Allerdings konnte er sich noch allzugut an die Schrecken erinnern, als die Pest vor nur wenigen Jahren in Kastilien gewütet hatte. Doch die Ekelhaftigkeiten, mit denen Pilar den Bischof beworfen hatte, waren sicherlich nur dazu gedacht gewesen, ihrem Feind Angst einzujagen und ihn zu erniedrigen. Schließlich war die Pest noch nie in einer moslemischen Stadt ausgebrochen. Und was diesen kleinen Schweinehund von einem Bischof anbelangte – sollte der sich doch vor Todesangst in die Hosen machen! Selbst wenn er nicht starb, würde er ein Ausgestoßener bleiben, denn auch die Heilige Kirche würde für niemanden in die Bresche springen, der mit der gefürchtetsten aller Krankheiten geschlagen war. Zur Hölle mit Bischof Eulogius! Zur Hölle mit der Heiligen Kirche! Zur Hölle mit der ganzen Welt! Bei Gott, wie ihm der Schädel dröhnte! Mund und Kehle waren staubtrocken, und es würgte ihm im Hals.

Er tunkte den Kopf in ein Wasserbecken, das sein Diener

neben sein Bett gestellt hatte. »Brrrrr!« Wütend schüttelte er sich das Wasser aus dem struppigen roten Haar wie ein Hund, der gerade aus einem See steigt. Nun fühlte er sich wieder klarer im Kopf, und die Spinnweben lichteten sich allmählich. Er warf einen Blick in den Spiegel, der an einem Zeltpflock hing. Du siehst immer noch aus wie ein rothaariges, rotbärtiges Ungeheuer, sagte er sich zufrieden. Ein Bad wäre jetzt eine willkommene Sache gewesen; allerdings hatte er sein wöchentliches Bad erst vorgestern genommen, als er vom Angriff gegen die Alhambra zurückgekehrt war. Er würde seinen Diener Garcia bitten, ihn mit ein wenig mehr Parfüm zu besprühen, wenn er ihm beim Umkleiden half.

Ein kalter Windhauch wehte durchs Zelt; jemand hatte die Eingangsklappe geöffnet. König Pedro wandte sich um, denn Garcia war hereingekommen und verbeugte sich tief vor ihm.

»Was ist?« fragte der König ungeduldig. Ihm gefiel es gar nicht, wenn jemand seinen gewohnten Morgenablauf durcheinanderbrachte, besonders nicht, wenn ihm der Schädel brummte.

»Du hast Besuch, mein König.«

»Besuch? Um diese unchristliche Stunde? Sag ihnen, sie sollen sich zum Teufel scheren und später wiederkommen.«

»Aber, mein König ...« Der Diener trat beiseite, damit König Pedro durch den offenen Eingang blicken konnte.

»Bei Gott!« Das mußte ein Alptraum sein! König Pedro rieb sich die blutunterlaufenen Augen, zwinkerte und sah noch einmal hin. Die Welt schien sich um ihn zu drehen. Er zwinkerte wieder und riß die Augen auf. Ein Irrtum war ausgeschlossen. Widersprüchliche Gefühle wirbelten ihm im Kopf herum, aber vor allem empfand er Erleichterung. Die Suche war vorüber, denn die beiden in Umhänge gehüllten Gestalten waren sein Sohn Prinz Juan und seine Tochter Prinzessin Beatrice.

Bei Tagesanbruch hatte König Ahmed sich entschieden, und er dankte beim Morgengebet dem allmächtigen Allah für seine göttliche Erleuchtung.
Er hatte angeordnet, sein weißes Streitroß für ihn am Palasttor bereitzuhalten. Nur Oberst Husain sollte ihn zu den Katapulten begleiten, die die Leichen über die feindlichen Linien schleudern würden. Als sie durch die verlassenen Straßen zur Stadtmauer ritten, entdeckten sie schon General Zahirs riesige Gestalt, die neben den sechs Katapulten aufragte. Der General kam König Ahmed entgegen und küßte ihm die Hand.
»Bist du bereit, General?« erkundigte sich der König.
»Alles ist fertig, mein König«, erwiderte General Zahir grinsend. »Wir haben die genaue Schußweite ermittelt, so daß der Feind jetzt mit unserer nächsten Geschoßsalve rechnen kann.« Er wies mit dem Kopf auf sechs Bündel, die in rote Tücher gewickelt neben den Katapulten lagen. »Die Stoffbahnen werden sich in der Luft lösen, mein Gebieter«, bemerkte er.
»Eine grausige Aufgabe, General.« Auf einmal kam König Ahmed sein Handeln verabscheuungswürdig vor. Diese Bündel waren noch vor wenigen Stunden Menschen aus Fleisch und Blut gewesen, zwar bereits von der Krankheit befallen, aber trotzdem lebendig! Und nun ... Er gab sich einen Ruck und versuchte sich wieder zu fassen. Diese Verstorbenen würden im Tod eine Heldentat vollbringen, ihre Landsleute retten und sich einen Platz im Paradies verdienen. Er, der König von Granada, hatte diese Tat beschlossen, und er, der König, würde auch den Befehl dazu geben.
»Legt die Leichen auf die Katapulte!« ordnete er an.
»Die Katapulte sind geladen!« kam es nach weniger als einer Minute zurück.
»Fertigmachen zum Feuern!«
General Zahir wiederholte diese Anordnung.

»Feuer!« befahl König Ahmed ruhig. Er hatte die volle Verantwortung übernommen.
»Feuer!«
Sofort ertönte ein Klappern, ein Knirschen und gleich darauf ein gewaltiges Surren; Räder drehten sich. Die erste Leiche schoß in den Himmel. Im Flug löste sich die Stoffbahn, in die sie eingewickelt war; bald war sie jenseits der Zinnen verschwunden.
Nacheinander ließ König Ahmed die Katapulte abfeuern. Nachdem es vollbracht war, erfüllte eisige Kälte sein Inneres.
»Reiten wir zum Nordtor, Oberst.«
Oberst Husain nahm seinen Platz neben dem König ein, der seinem weißen Streitroß die Sporen gab.

Der Anblick seiner beiden Kinder hatte König Pedro mehr ernüchtert als das kalte Wasser, in das er den Kopf getaucht hatte. Als erstes empfand er Freude. Besonders glücklich war er über die Rückkehr von Prinzessin Beatrice, die ihn so sehr an ihre Mutter Maria de Padilla erinnerte. Jetzt erst bemerkte er, wie er seine Liebste vermißte! Außerdem zerrte das Lagerleben an seinen Nerven, und manchmal sehnte er sich nach den Annehmlichkeiten des Palastes in Toledo zurück. Auch seine Abneigung gegen Prinz Juan war auf einmal wie weggeblasen. »Eine schöne Zeit, um nach Hause zu kommen!« knurrte er. »Steh doch nicht so herum, Mädchen. Komm und gib deinem Vater einen Kuß.« Er breitete die Arme aus.
Einen Augenblick starrte Prinzessin Beatrice ihren Vater verständnislos an. Dann traten ihr Tränen in die Augen, und sie warf sich mit einem Aufschrei in seine Arme. »O *Padre! Padre!*«
Er hielt sie ganz fest umschlungen. Von der Morgenluft fühlte sich ihr Körper kalt an. Gleichzeitig schossen ihm widersprüchliche Gedanken durch den Kopf. Ein Teil von ihm wollte sie beschützen, der andere wollte ihr Leid zufügen. Ihre

Verletzlichkeit überraschte ihn, besonders, wenn er daran dachte, wie unnachgiebig sie in jener Nacht gewesen war, als er Prinz Juan in ihrem Gemach ertappt hatte. Und nun lag sie in seinen Armen, benetzte sein Nachthemd mit ihren Tränen, während Prinz Juan danebenstand und die Gruppe erfreut betrachtete. Verdammter Mistkerl, dachte er liebevoll.

Schließlich verebbten ihre Tränen. Er nahm sie bei den Oberarmen und schob sie sanft von sich. Dann sah er ihr in die feuchten Augen, die denen seiner geliebten Maria so ähnelten, nur daß sie blau waren statt braun. »Wie bist du diesem maurischen Schweinehund entronnen?« fragte er.

Ihre Augen blitzten auf.

»Wenn du König Ahmed meinst, *Padre*, ist er kein Schweinehund, sondern mein Gatte.«

»Was?!« Wut ergriff ihn, und er stieß sie weg, so daß sie zu Boden gestürzt wäre, wenn Prinz Juan sie nicht aufgefangen hätte. »Du hast es gewagt, diesen Heiden zu heiraten?«

»Ich wollte seine Frau werden, *Padre*.« Hoch erhobenen Hauptes stand sie da; ihre Stimme klang sicher, und ihr Blick war furchtlos. »Und darum bin ich es geworden. Und wenn du mich bitte anhören würdest, können wir jetzt, da ich hier bin, unser Ziel erreichen.« Sie wies auf den vor Angst zitternden Diener. »Aber ich schlage vor, daß wir das ohne Zuhörer tun.«

Inzwischen hatte sich ein stetiges Pochen in König Pedros Kopf breitgemacht, und er war sich unschlüssig, ob er toben oder Vernunft walten lassen sollte. Schließlich siegte letztere, und mit einer Kopfbewegung schickte er Garcia hinaus. »Also heraus mit der Sprache!« befahl er dann. »Aber ich hoffe für euch, daß ihr eine gute Erklärung habt. Sonst ...« Er vollendete seine Drohung nicht. Die ersten Sonnenstrahlen erwärmten das Dach des Zeltes. Ein Schwarm Krähen flatterte mit traurigem Krächzen über das Lager hinweg. Verglichen mit der frischen Luft draußen roch es im Zelt muffig. Als König Pedro auf zwei vergoldete Schemel wies, spürte er ein

Jucken in der Leistengegend und dachte schaudernd an Pestbeulen.

»Sprich!« befahl er Prinzessin Beatrice. »Ich will die Wahrheit hören!«

Sie erzählte ihm ihre ganze Geschichte, wobei sie die Worte für Prinz Juan gleichzeitig in die Taubstummensprache übersetzte. Obwohl es sonst gar nicht seiner Art entsprach, hörte König Pedro geduldig zu, denn etwas sagte ihm, daß dies einer der wichtigsten Augenblicke in seinem Leben war. Er zeigte keine Regung, bis sie bei der Vergewaltigung angelangt war.

»Das hat König Karl getan?« fragte er schließlich ungläubig.

»Ja, *Padre*.«

Zuerst konnte er es nicht glauben. König Karl würde so etwas doch niemals wagen! Doch dann erinnerte er sich, wie König Karl das erstemal bei Jaén das Lager verlassen hatte. In dieser Nacht hatten Bischof Eulogius' Männer das Zigeunermädchen ergriffen. Prinzessin Beatrices Geschichte deckte sich mit den ihm bekannten Tatsachen. Ein wütendes Knurren entrang sich König Pedro. Bei Gott! König Karl war ja ebenso verdorben wie Bischof Eulogius! Dieser verdammte Schweinehund war tatsächlich in sein, König Pedros, Königreich gekommen und hatte seine Tochter geschändet! Und dabei hatte er nicht einmal erwähnt, daß er sie ausfindig gemacht hatte! Nach der Vergewaltigung hatte er das offenbar nicht mehr gewagt. Was für ein doppelzüngiger, betrügerischer Schurke! So einen Menschen wollte er um nichts auf der Welt als Schwiegersohn haben! Nun ließ er seiner Wut freien Lauf, aber sie richtete sich nicht gegen seine Tochter. »Wir werden diesen Hurensohn umbringen!« brüllte er. »Wir werden ihm die Eier abreißen!« Er sprang auf und griff nach seinem Schwert.

Entsetzt waren Prinzessin Beatrice und Prinz Juan aufgestanden, um ihm den Weg zu versperren. »Mein König! Ich flehe dich an, nichts Unüberlegtes zu tun!« Prinzessin Beatrice griff sich mit beiden Händen an den Leib. »Ich trage sein Kind unter dem Herzen.«

Im ersten Augenblick begriff er ihre Worte nicht. Erst als er schon fast draußen vor dem Zelt stand, verstand er. Mitten in der Bewegung blieb er stehen und sah sie an. »Was ... hast ... du ... gesagt?«

»Ich bin in anderen Umständen, *Padre*, weil König Karl mich geschändet hat. Du wirst ein Enkelkind bekommen.«

Sollte sein erstes Enkelkind ein Bastard werden? Das mußte doch ein grausamer Scherz sein! »Bist du dir sicher, daß nicht dein maurischer Gatte der Vater ist?« Bei Gott, welche Aussichten: ein Bastard oder ein Halbblut!

»Das ist unmöglich.« Sie errötete. »Aus Gründen, die ich dir nicht genauer erklären möchte.« Wieder streckte sie entschlossen das Kinn vor. »Du darfst den Vater meines ungeborenen Kindes nicht töten.«

Als er die Trauer in ihren Augen sah, schmolz sein grausames Herz. »Offensichtlich hast du dir auch schon eine Lösung ausgedacht«, meinte er ruhig. »Was willst du tun?«

»Du mußt König Karl dazu bringen, mich zu heiraten, damit das Kind einen Namen bekommt.«

»Diesen Frauenschänder?« Doch dann verstand er die Gründe dafür. Beatrice war wirklich die Tochter von Maria de Padilla!

»Aber du bist doch schon verheiratet.«

»Es war keine christliche Hochzeit, obwohl ich im Herzen immer König Ahmeds Gemahlin bleiben werde.«

Ehen aus Gründen der Staatsräson waren für König Pedro nichts Neues, doch die Sorge um seine Tochter ließ sich nicht so einfach verscheuchen. »Aber du haßt König Karl doch gewiß«, wandte er langsam ein.

»Gott vergib mir, das tu ich, *Padre*. Und manchmal hasse ich auch das Wesen, das ich in meinem Schoß trage. Doch ich

werde trotzdem versuchen, eine gute Ehefrau und Mutter zu sein.«
»Vielleicht will er dich ja gar nicht mehr.«
»Möglich. Aber jedenfalls will er das Königreich Kastilien von ganzem Herzen.«
»Du hast an alles gedacht.«
Sie lächelte schwach. »Schließlich bin ich doch deine Tochter.«

Prinzessin Beatrice hatte Stunden der Verzweiflung durchlitten. Der Gedanke, König Ahmed verlassen zu müssen, hatte ihr fast das Herz zerrissen, denn sie liebte ihn doch so sehr. Würde sie ihn jemals wiedersehen? Und sie hatte ihm so großes Leid zugefügt! Was würde ihr Vater tun, wenn sie und Prinz Juan so unerwartet zurückkamen? Wie würde sie König Karls Widerwärtigkeiten ertragen, wenn sie seine Frau wurde? Diese Fragen ängstigten sie, doch sie hatte sich nicht in ihrem Entschluß beirren lassen. Wenn alle Stricke rissen, konnte sie immer noch den Schleier nehmen. Als sie und Prinz Juan am gestrigen Abend durch den Gen al Arif geschlichen waren und sich mit Strickleitern auf dem gleichen Wege hinabgelassen hatten, der ihren Gatten und ihren Bruder damals in die Freiheit geführt hatte, wäre ihr fast das Herz im Leibe zersprungen. Ihr Weg führte nicht in die Freiheit, sondern in ein lebenslängliches Gefängnis!
Nun hatte ihr Vater, den sie nie wirklich kennengelernt hatte, sie und Prinz Juan mit überraschender Freundlichkeit empfangen. Also hatte der Alptraum ihrer Vergewaltigung vielleicht doch etwas Gutes gehabt. Wenigstens bestand jetzt die Spur einer Hoffnung, daß sie König Pedro zum Abzug seiner Armee und zur Rückkehr nach Toledo bewegen konnte. Eine reichlich blauäugige Annahme, wenn man den gewaltigen Ehrgeiz aller Beteiligten betrachtete, aber immerhin ein Ziel, auf das man hinarbeiten konnte!

Nach ihrem Gespräch hatte König Pedro sie und Prinz Juan in sein Speisezelt geführt, wo viele Diener die Mahlzeit auftrugen. Der Tisch wurde mit weißem Leinen, silbernem Besteck und Servietten gedeckt. Es duftete nach gekochter Fischpaste und Eiern, die mit Pfeffer und Ingwer gewürzt waren. Auf einem Beistelltisch türmten sich goldene Orangen und Melonen. Zum Trinken gab es Milch. Doch all diese Gaumenfreuden waren Prinzessin Beatrice herzlich gleichgültig; ihr war das Herz zu schwer, als daß sie hätte essen können.

»Alles weiß, daß Bischof Eulogius Gefangener in seinem Zelt ist und von einem bewaffneten Soldaten bewacht wird«, bedeutete sie Prinz Juan. König Pedro hatte seinen Kindern von dem Zwischenfall erzählt, ihnen allerdings verschwiegen, warum er so gehandelt hatte. »Ich habe die Diener sagen hören, der Bischof litte an einer ansteckenden Krankheit. Was mag das wohl sein?«

»Ein verrottetes Herz«, erwiderte Prinz Juan ernst. Auch wenn er ein Christ war, billigte er deswegen keinesfalls Hexenverbrennungen auf dem Scheiterhaufen.

»Wenn unser Vater nur auch König Karl in sein Zelt sperren würde!« Sie seufzte wehmütig, denn dieser Wunsch war wohl vergebens. Beim Gedanken an die erste Begegnung mit dem Mann, der sie geschändet hatte, wurde ihr himmelangst, und am liebsten hätte sie sich übergeben. Doch sie würde ihren Plan trotzdem in die Tat umsetzen.

Nachdem König Pedro sich angekleidet hatte, kam er zu seinen Kindern ins Speisezelt. Trotz seiner blutunterlaufenen Augen, seinem zerzausten Äußeren und seiner belegten Stimme war er in milder Stimmung, als er das Zelt betrat. »Ich habe König Karl zum Frühstück hierher gebeten«, brummte er und warf Prinzessin Beatrice einen mitfühlenden Blick zu. »Er weiß noch nicht, daß du hier bist.«

Sie aßen, und das Frühstück verlief friedlich, als ob alle Schwierigkeiten beseitigt wären. Das Tischgespräch drehte

sich um das Wetter und das Lagerleben, und Prinzessin Beatrice gab sich alle Mühe, fröhlich zu wirken. »Ihr beide wart gestern noch in der Alhambra«, wandte sich König Pedro aus heiterem Himmel an sie. »Also könnt ihr mir sicherlich im einzelnen mitteilen, wie stark der Feind ist, in welcher Verfassung er sich befindet und was er vorhat.«
»Ich weiß nicht, was die Generäle planen, da ich mich nur im Harem aufhielt«, antwortete Prinzessin Beatrice.
»Gewiß hat König Ahmed seine Geheimnisse mit dir geteilt.«
»Dazu blieb nie Zeit, mein König. Wegen der Belagerung war er Tag und Nacht auf den Beinen.« Dann fügte sie listig hinzu: »Ich weiß nur, daß die Stadt ausgerüstet ist, eine Belagerung von vielen Monaten zu überstehen, da jeden Tag ein gewaltiges marokkanisches Heer eintreffen kann.« Jesus Christus, vergib mir, daß ich die Wahrheit ein wenig ausgeschmückt habe!
König Pedro wandte sich an Prinz Juan. »Und was ist mit dir, Prinz? Schließlich warst du ja nicht im Harem eingesperrt.« Er fletschte die gelben Zähne. »Obwohl dir das bestimmt am besten gefallen hätte, he?«
Prinzessin Beatrice übersetzte, und Prinz Juan antwortete mit einem Grinsen. »Er sagt, er sei taubstumm.«
»Sehr schlau! Aber wenigstens ist er kein Eunuch.« König Pedro schlug sich auf die Schenkel und lachte über seinen eigenen Witz. Dann wandte er die blutunterlaufenen Augen nach dem Eingang, wo sich Stimmengewirr erhoben hatte. »Was zum Teufel geht da vor?« fragte er seinen *major domo* Ramon Castro, der hereingestürzt kam und sich vor ihm niederwarf.
»Etwas Außergewöhnliches ist geschehen, mein König«, stammelte er. »Verzeih die Störung, aber der Oberst der Wachen bittet dich, nach draußen zu kommen.«
»Bei Gott! Kann ich nicht einmal in Frieden mit meiner Familie frühstücken?« brüllte König Pedro. »Ist das der Preis, den

man zahlen muß, wenn man König ist? Was ist denn los?« Da er erkannte, daß er aus dem zitternden *major domo* nichts weiter herausbekommen würde, stieß er seinen Stuhl zurück, erhob sich und ging hinaus.

Die Sonne stand nun hoch am Himmel und warf ihre silbernen Strahlen auf den Rasenflecken zwischen den königlichen Zelten. Die Soldaten standen beieinander und tuschelten. Neben einem offenen Pferdewagen wartete ein hünenhafter kastilischer Oberst. Vor Bischof Eulogius' Zelt am gegenüberliegenden Ende des offenen Platzes konnte man zwei Wächter erkennen.

Als König Pedro blinzelnd aus seinem Zelt trat, rief der Oberst seine Männer zur Ordnung und salutierte. Das Schweigen, das nun eintrat, wurde nur vom Stimmengewirr aus den benachbarten Zelten und vom Heulen eines Hundes unterbrochen. Ein abscheulicher Geruch stieg König Pedro in die Nase.

»Edler König, was geht hier vor?« König Karl der Böse war ebenfalls aus seinem Zelt getreten.

Verärgert über diese Einmischung wandte König Pedro sich um. »Das will ich selbst gerade herausfinden«, erwiderte er mit gezwungener Höflichkeit und drehte sich dann wieder zum Oberst um. »Was hast du da?« Mit einer Kopfbewegung wies er auf den Wagen und stellte fest, daß er mit sechs nackten, blutigen Leichen beladen war. Jetzt riß ihm der Geduldsfaden. »Hast du denn völlig den Verstand verloren?« brüllte er und deutete mit zitterndem Finger auf die Toten.

»Ich bitte um Verzeihung, mein König.« Der Oberst ließ sich nicht aus der Ruhe bringen. »Aber offenbar ist der Feind verrückt geworden. Diese Leichen haben uns die Mauren kurz vor Sonnenaufgang mit Katapulten hinübergeschossen.«

»Was?!« König Pedro und König Karl hatten gleichzeitig diese Frage gestellt.

»Das ist die Wahrheit, mein König«, erwiderte der Oberst gelassen.
»Und wo liegt der Sinn? Ist das eine neue Art der Mauren, Krieg zu führen? Waren diese Männer unsere Kundschafter? Oder sind unseren Feinden die Wurfgeschosse ausgegangen?«
»Nichts dergleichen trifft zu, mein König.« Angesichts des ernsten Tones des Oberst lief es König Pedro kalt den Rücken hinunter.
»Die Leichen wurden kurz nacheinander aus der Hauptstadt abgeschossen. Es waren die einzigen, und ansonsten folgte keine weitere Salve. Wenn du gnädigerweise vortreten würdest, wirst du trotz der entsetzlichen Verstümmelungen durch den Flug erkennen, daß diese Männer bereits tot waren. Wir haben das sorgfältig nachgeprüft, ehe wir sie dir brachten, mein König.«
»Aber was ...?« Ein schrecklicher Gedanke traf König Pedro wie ein Schlag in die Magengrube. Er trat einen Schritt nach vorne und warf einen Blick auf die Leichen, die ordentlich mit dem Gesicht nach oben aufgereiht auf dem Wagen lagen. Grell schien das Sonnenlicht auf ihre schrecklich verstümmelten Leiber. König Pedro blickte auf ihre Leisten und entdeckte die blutigen, eitrigen Beulen. Todesangst ergriff ihn, und er holte tief Luft, um sich wieder zu fangen. Er ahnte, was König Ahmeds Absicht gewesen war.
»Diese Männer sind an der Pest gestorben«, erklärte er ruhig. Er hörte, wie König Karl nach Luft schnappte. Die Männer fingen ängstlich an zu tuscheln. König Pedro hob die Hand, um sie zum Schweigen zu bringen. »Hört alle zu. Diese Leichen hat man uns zum Zeichen dafür geschickt, daß der Schwarze Tod in der Alhambra ausgebrochen ist. Wir warnen euch. Verliert jetzt nicht vor Angst den Kopf!« Er sah dem Oberst in die Augen. »Du wirst dafür Sorge tragen, daß diese Toten sofort weit genug entfernt vom Lager begraben werden. Auch den Wagen soll man vergraben und ebenso das

Pferd. Jeder, der die Leichen berührt hat, außer dem Arzt, muß abgesondert werden.« Er hielt inne. »Jetzt haben wir noch die Möglichkeit, Entscheidungen zu fällen.«
Sein Traum war vorüber: Jetzt galt es, mit einem Alptraum fertig zu werden.

Die Angst vor dem Schwarzen Tod lag König Pedro immer noch im Magen, als der Oberst seinen Männern die nötigen Befehle erteilte. König Pedro fragte sich, was wohl Maria de Padilla ihm jetzt geraten hätte, und er traf eine rasche Entscheidung. »Dürfte ich dich in mein Speisezelt bitten?« wandte er sich an König Karl. »Das Frühstück ist aufgetragen.«
König Karl stand die Angst deutlich ins Gesicht geschrieben. Die blutunterlaufenen Augen quollen ihm förmlich aus den Höhlen. Du bist nicht nur böse, sondern dazu noch häßlich, dachte König Pedro. Und in diesem Augenblick traf er eine weitere Entscheidung.
König Karl folgte ihm ins Zelt, und bei Prinzessin Beatrices Anblick verschlug es ihm die Sprache. Er stand angewurzelt da wie ein wildes Tier, das man in die Enge getrieben hat. Offenbar glaubte er, daß er in eine Falle gelockt worden war. Als Prinzessin Beatrice und Prinz Juan sich erhoben und sich vor dem Gast verbeugten, wurde König Pedro klar, daß seine Tochter tatsächlich die Wahrheit gesprochen hatte.
»Bitte setz dich.« König Pedros Aufforderung klang eher wie ein Befehl. König Karl zögerte einen Augenblick und griff nach seinem Schwert, besann sich aber dann eines Besseren. »Wollen wir erst einmal die Seele füttern«, erklärte König Pedro, »ehe du, edler König, dir den Magen füllen kannst.« Mit unterdrückter Wut im Blick betrachtete er König Karl. »Wir wissen, daß du meine Tochter geschändet hast.« Er sprach kühl und sachlich. »Für diese widerwärtige, verabscheuungswürdige Tat, die in der Geschichte unseres Landes nicht ihresgleichen hat, sollte ich dich eigenhändig erwürgen.«

König Karl sprang auf. »Ich habe es nicht nötig ...«
»Setz dich, du Frauenschänder, und höre, was ich dir zu sagen habe«, zischte König Pedro. »Du würdest nicht weiter als bis zum Ausgang dieses Zeltes kommen, ehe ich dich in Stücke hacke.«
Eine Zeitlang sahen sich die beiden Männer unverwandt in die Augen. Schließlich nahm König Karl widerwillig Platz.
»Was hast du mir vorzuwerfen?« fragte er streitlustig.
»Du hast ein Kind gezeugt.« König Pedro klang dabei ebenso grausam, wie er sich fühlte.
»Was ...?« König Karl blieb der Mund offen stehen. Überrascht ließ er die vorquellenden Augen abschätzend über Prinzessin Beatrices Leib gleiten und bemerkte mit offensichtlichem Widerwillen die leichte Wölbung.
»Ich erwarte, daß du ... äh ... eine anständige Frau aus meiner Tochter machst und bereust, obwohl es zu spät ist, die abscheuliche Tat, deren Frucht dieses Kind ist, rückgängig zu machen. Allerdings gibt es da noch eine kleine Schwierigkeit.« Er hielt inne und wartete, bis König Karl ihm seine ganze Aufmerksamkeit schenkte. Dieses Gespräch fing an, ihm Vergnügen zu bereiten. »Da meine Tochter von ihrem Zustand nichts ahnte, hat sie den Mann ihrer Träume geheiratet.« Oh, wie er es genoß, noch Salz in die Wunden dieses Schweinehundes zu streuen und seinen Stolz mit Füßen zu treten! »König Ahmed von Granada ist ihr Gatte. Wie du dir vorstellen kannst, wirft diese Ehe ein anderes Licht auf die Angelegenheit. Womöglich wird es notwendig werden, sie für ungültig erklären zu lassen, obwohl sie nicht von einem christlichen Geistlichen geschlossen wurde. Und selbstverständlich kann man sich nie sicher sein, wer nun der wirkliche Vater des Kindes ist.« Er streckte sein massiges Kinn vor.
»Aber wir beide wissen es doch, nicht wahr, liebster Bruder?« Nun schnurrte er fast und beobachtete, wie Wut und Verwirrung in König Karl tobten. »Aber eines ist sicher.« Nur sein

Mund lächelte, seine Augen blieben kalt. »Prinzessin Beatrice kann nicht länger Thronerbin von Kastilien bleiben. Ich werde meinen Sohn Prinz Juan zum Thronfolger ernennen.« Er hob die Hand, als Prinz Juan, der ihm die Worte von den Lippen abgelesen hatte, ein Krächzen hervorstieß. Er wußte, daß sein Sohn dieses Angebot ablehnen würde, doch er setzte sein Spiel fort. »Danke mir nicht, mein Sohn, denn du bist ein wohlgeratener Thronfolger«, unterbrach er ihn.

»Du ... verlangst, daß ich ... deine Tochter heirate, nachdem sie Gattin eines Heiden, eines barbarischen Mauren war und nun wahrscheinlich sein Kind unterm Herzen trägt?« König Karl schlug mit seiner riesigen Faust auf den Tisch, daß das Geschirr klapperte. »Du mußt verrückt geworden sein!«

»Da du die Vergewaltigung nicht geleugnet hast, hoffte ich, du würdest handeln wie ein Christ«, erwiderte König Pedro milde.

»Bist du dir darüber im klaren, daß dein Traum, einmal ganz Spanien zu regieren, nun ausgeträumt ist?«

»Damit ich es dir ausliefere? Warum, König Karl? Hast du nicht gemeinsam mit mir diesen Traum geträumt?« Belustigt schüttelte König Pedro den Kopf. »Hast du wirklich geglaubt, mich hinters Licht führen zu können?«

»Ich werde meine Armee auf der Stelle abziehen!« schrie König Karl.

»Willst du denn die Einheit aller Christen zerstören?« fragte König Pedro liebenswürdig.

»Die Einheit aller Christen soll meinetwegen zur Hölle fahren!«

»Dafür hat Gott schon gesorgt, denn er wußte, daß es die Einheit aller Christen in Wirklichkeit gar nicht gibt! Er hat die Alhambra mit dem Schwarzen Tod geschlagen. Die meisten Christen werden behaupten, er wollte damit endlich die Heiden bestrafen, aber ich glaube, es ist eine Strafe für uns Christen. Denn wir haben den Namen Gottes mißbraucht, um damit unseren Eigennutz und unseren Ehrgeiz zu rechtfertigen.« Seine Stimme zitterte. »Und für dich, du Lüstling, ist es die Strafe von Sodom und Gomorrha! Du hast uns dein wahres Gesicht gezeigt. Hast du jemals ernsthaft geglaubt, ich würde meine Tochter einem Ungeheuer wie dir ausliefern? Nein, nein, und nochmals nein!« Er schlug auf den Tisch, um seinen Worten den nötigen Nachdruck zu verleihen. »Sie soll ins Kloster nach Jaén zurückkehren und dort ihr Kind zur Welt bringen. Die Nonnen werden sich um sie kümmern. Danach soll sie selbst entscheiden, wie sie ihr Leben leben will. Sie und ihr Kind werden stets in ihrem wahren Heim willkommen sein – unserem Palast in Toledo. Und was deine Drohung mit dem Rückzug der Armee anbelangt, König Karl, sollst du wissen, daß der Feldzug vorüber ist. Wir Kastilier stellen den Großteil der Soldaten. Unser Rückzug soll sofort beginnen, denn unsere Feinde in der Alhambra haben jetzt mit einem weitaus stärkeren Gegner zu kämpfen – dem Schwarzen Tod.«

Als König Karl aus dem Speisezelt ins grelle Sonnenlicht hinausstürmte, tobten wilde Gefühle in ihm. Vor allem war er wütend auf König Pedro, der mit ihm gespielt und ihn in Gegenwart von Prinzessin Beatrice gedemütigt hatte. Das allein hätte schon genügt, um ihn vor Zorn außer sich geraten zu lassen, doch die Vernunft hatte ihm geraten, sich zu beherrschen. Nun befand er sich genau in der mißlichen Lage, vor der er sich nach der Vergewaltigung gefürchtet hatte. Die Heilige Kirche und auch sein eigenes Volk würden eine solche Tat niemals billigen. Und beim Anblick von Prinzessin Beatrices gewölbtem Leib hatte sich das Traumbild, das er um sie gesponnen hatte, mit einemmal in Luft aufgelöst. Jetzt war sie nicht mehr die zarte reine Jungfrau, sondern nur noch ein schwangeres Weib wie alle anderen! Und schwangere Frauen waren ihm aus tiefster Seele zuwider, da sie ihn an seine Mutter erinnerten.

Jetzt fühlte er sich im Lager nicht mehr sicher. Prinzessin Mathilde und Graf Gaston waren tot, und er wollte nur noch zurück nach Pamplona, um sich dieser mißlichen Lage zu entziehen. Er hatte hier keine Macht, und außerdem lauerte überall der Schwarze Tod. Sicherheit, das war es, wonach er sich im Augenblick sehnte.
Hauptmann de Villa erwartete ihn vor seinem Zelt.
»Hauptmann, wir werden dieses verfluchte Lager sofort verlassen und nach Pamplona aufbrechen«, brach es aus König Karl heraus, sobald er seinen Adjutanten erblickt hatte. Als er de Villas überraschten Gesichtsausdruck bemerkte, fügte er hinzu: »Du mußt wissen, daß in der Alhambra der Schwarze Tod wütet.«
»Das habe ich soeben erfahren, mein König.«
»Man hat ihn uns mit Katapulten geschickt.«
»Ein etwas merkwürdiger Weg, mein König, aber sehr wirksam.«
»Ich werde mit dem ersten und dem zweiten Reiterregiment aufbrechen, und zwar innerhalb der nächsten Stunde. Werden die Männer dann abmarschbereit sein?«
»*Ciertamente.*«
»Schick einen schnellen Boten zu General Conte, der den Hauptteil unserer Truppen im Nordwesten befehligt. Er soll mir in spätestens zwei Tagen folgen.«
»Dein Wunsch ist mir Befehl, mein König.«
»Gut.« Wenigstens dieser Riese war ihm noch treu ergeben. Liebe war doch nichts weiter als ein Haufen Mist! Gleich nach seiner Rückkehr nach Pamplona wollte er wieder herumhuren und Frauen schänden, wie es sein Herz begehrte!
Da hallte ein schrilles Wimmern von der gegenüberliegenden Seite des Rasenplatzes hinüber. »Was ist das?« fragte er.
Hauptmann de Villa machte ein ernstes Gesicht. »Das ist Bischof Eulogius, mein König. Seit gestern nacht ist er Gefangener in seinem Zelt, weil der Verdacht besteht, daß er mit

dem Schwarzen Tod angesteckt worden ist. Vermutlich hat er gerade von seinen Bediensteten erfahren, daß die Krankheit in der Alhambra ausgebrochen ist. Man wird ihn seinem Schicksal überlassen, wenn die kastilische Armee sich zurückzieht.«

»Der Bischof, he? Kein Wunder, daß er kreischt wie ein wildgewordener Pavian!«

»Wahrscheinlich hat er den Verstand verloren, mein König.« Hauptmann de Villas Stimme klang, als wären wahnsinnige Bischöfe eine ganz alltägliche Angelegenheit.

»Ganz gleich, welche schreckliche Strafe Gott und die Menschen ihm auferlegen, er verdient sie.« König Karl bekreuzigte sich fromm, ehe er sich erinnerte, daß er ein solches Theater vor Hauptmann de Villa nicht nötig hatte. »Schließlich hat er Unschuldige zum Tode auf dem Scheiterhaufen verurteilt.« Sein eigenes schlechtes Gewissen meldete sich, aber er brachte es rasch wieder zum Schweigen.

»Ich werde deine Diener anweisen, den Abzug vorzubereiten und deine Befehle unverzüglich an die Offiziere weiterzuleiten«, sagte Hauptmann de Villa. Dann richtete er sich zu seiner vollen Größe auf, wobei er seinen Herrn um einiges überragte. »Ist das alles, mein König?«

»Nein, Hauptmann.«

Fragend sah Hauptmann de Villa seinen König an. »Du befiehlst, Herr?«

»Die ganze Welt soll zum Teufel gehen!«

»Sehr wohl, mein König.«

König Pedro hatte seine Offiziere für die Mittagszeit in sein Zelt beordert. Jetzt saß er in seinem Lieblingssessel und dachte über seine weiteren Pläne nach, als Ruy de Vivar gemeldet wurde. Wie immer gewährte König Pedro seinem obersten Zuträger ein Gespräch unter vier Augen. Zum erstenmal war der knochige de Vivar, der wie immer ein braunes Wams trug, sichtlich aufgeregt. Hastig verbeugte er sich.

Ganz offensichtlich hatte der Mann schlechte Nachrichten zu überbringen. Warum mußte eine Schwierigkeit nur immer einen ganzen Rattenschwanz weiterer nach sich ziehen? Ein ängstlicher Schauder durchfuhr König Pedro, als er dem Besucher einen Stuhl anbot. »Welche Neuigkeiten bringst du?« fragte er.

»Zuerst, mein König, möchte ich fragen, ob ich richtig verstanden habe: Wird deine gesamte Armee tatsächlich nach Toledo zurückkehren?«

»Ja.«

De Vivar faltete die knochigen Hände wie zum Gebet. »Gott und den Heiligen sei es gedankt, mein König!«

»Warum?«

»Ich habe gerade erfahren, daß dein Halbbruder Prinz Heinrich deine Abwesenheit genützt hat, um unter den Edlen deines Reiches einen Aufstand anzuzetteln.«

»Dieser Bastard!«

»Eine treffende Beschreibung seiner Geburt, mein König.« Diese Worte klangen aus dem Mund mit den schmalen, zusammengepreßten Lippen vollkommen sachlich.

König Pedro schlug auf die Armlehne seines Sessels und brüllte vor Lachen. »Gut gesagt, mein Kundschafter!« Doch dann wurde er wieder ernst. Nun mußten seine ehrgeizigen Pläne warten. »Also ein Grund mehr, so rasch wie möglich aufzubrechen.«

Gleich nachdem Ruy de Vivar sich verabschiedet hatte, ließ König Pedro Prinzessin Beatrice und Prinz Juan rufen. In den letzten Stunden waren so viele Dinge geschehen, die alles veränderten, daß ihm der Schädel brummte und er erst einmal Ordnung in seine Gedanken bringen mußte. Obwohl er sich noch nie viel mit seiner Familie abgegeben hatte, spürte

er nun, daß man sich nur auf sie wirklich verlassen konnte. Selbst wenn man sich mit dem einen oder anderen Familienmitglied überworfen hatte, war Blut doch immer dicker als Wasser.
Eine Stunde lang unterhielt er sich mit seinen Kindern, wobei er den *major domo* angewiesen hatte, daß niemand sie stören durfte. Durch dieses Gespräch lernte er sie besser kennen als in seinem ganzen bisherigen Leben, und ihm dämmerte, daß das mehr wert war als sein gesamtes Königreich.
Deswegen blickte er auch verärgert auf, als Ramon Castro wieder zitternd am Zelteingang erschien. »Was ist?« fragte er.
»Du hast einen königlichen Besucher, Herr«, stammelte der Mann.
»König Karl?«
»Nein, König Ahmed von Granada.«

Prinzessin Beatrice hörte, wie ihr Vater nach Luft schnappte. Mit seinem offenstehenden Mund sah er aus wie ein Fisch auf dem Trockenen. Vor Furcht klopfte ihr das Herz bis zum Halse. Doch trotzdem blickte sie freudig nach dem Zelteingang hin, wo gleich der Mann auftauchen würde, von dem sie geglaubt hatte, daß sie ihn niemals wiedersehen würde.
König Pedro räusperte sich. »Ist er ... ist der König mit einem großen Gefolge gekommen?« fragte er.
»Nein, mein König. Er ist allein.«
»Allein? Du meinst wohl mit seinem Hofstaat und einer weißen Fahne?«
»Er ist völlig allein und ohne weiße Fahne gekommen.«
Das Blut erstarrte Prinzessin Beatrice in den Adern. Sie kannte die Grausamkeit ihres Vaters. Er würde ihren Gatten ergreifen lassen, ihn in den Kerker werfen, ihn quälen, verstümmeln und schließlich töten, da er ihm in der Vergangenheit so viele Demütigungen zugefügt hatte.

»Was ... äh ... worauf wartest du noch, du Narr? Führ ihn herein.«
König Ahmed blieb einen Augenblick im Eingang stehen, bis sich seine Augen an die Dunkelheit gewöhnt hatten. Prinzessin Beatrices Herz pochte zum Zerspringen, und sie sah ihren Gatten aus tränenfeuchten Augen an. Zu ihrer Überraschung kniete er vor König Pedro nieder und trat dann rasch vor, um ihm die Hand zu küssen. »Was soll dieses demütige Gehabe bedeuten?« fragte dieser barsch. »Auch du bist ein König, oder nicht?« Offenbar war er überrascht, schien aber gleichzeitig auch milder gestimmt als zuvor.
»Meine Verbeugung galt nicht dem Herrscher eines Königreiches.« Die tiefe, ruhige Stimme drang Prinzessin Beatrice bis ins Herz und ließ sie erschaudern. »Ich, Ahmed, bin als dein Sohn vor dir niedergekniet.« Er lächelte. »Mit deiner Erlaubnis, mein König.« Er wandte sich zu Prinzessin Beatrice um und breitete die Arme aus.
Prinzessin Beatrice hörte ihren Vater erstaunt nach Luft schnappen; Prinz Juan gluckste vor Freude. Sie warf sich ihrem Gatten in die Arme wie eine Taube, die in ihren Schlag zurückkehrt. Er umfaßte sie und küßte zärtlich ihr goldenes Haar. Sie sog den Duft seines Sandelholzparfüms und den Geruch seiner Haut ein. Obwohl er äußerlich ganz ruhig wirkte, spürte sie das Klopfen seines Herzens.
»Wie rührend!« höhnte König Pedro. »Doch das spricht dich nicht vom Vergehen frei. Du hast meine sorgfältig geschmiedeten Pläne durchkreuzt und mich in Gegenwart der gekrönten Häupter Europas gedemütigt. Und nun bist du dumm genug, dich in meine Hände zu liefern!«
Voll Verzweiflung vernahm Prinzessin Beatrice diese Worte, doch die Verzweiflung beflügelte auch ihre Entschlossenheit. Wütend wandte sie sich zu ihrem Vater um und stellte sich gleichzeitig zwischen ihn und König Ahmed. »Was du meinem Gemahl antust, mußt du zuerst mir antun!« rief sie aus.

Auch Prinz Juan kam herüber und sah seinem Vater entschlossen ins Gesicht.
»Wie herzzerreißend«, spottete König Pedro. Seine blutunterlaufenen Augen funkelten vor Zorn, und seine Wangen zuckten.
»Warum tötest du uns dann nicht mit deinem Schwert, wie du es mit den Männer tatest, die kamen, um meine Mutter zu retten?« fragte Prinzessin Beatrice.
König Pedros Hand fuhr zum Knauf seiner Waffe. Prinzessin Beatrice kannte die raschen Stimmungsumschwünge ihres Vaters, und einen Augenblick lang fürchtete sie wirklich, er könne sein Schwert ziehen und Prinz Juan damit durchbohren.
Doch im selben Augenblick schob König Ahmed sie sanft beiseite und trat vor, so daß er dicht vor ihrem Vater zu stehen kam. »Nun sehen wir einander endlich von Angesicht zu Angesicht«, erklärte er. »Und die Macht liegt in deinen Händen.« Als das Meckern einer Ziege aus der Ferne zu ihnen herüberdrang, lächelte er. »Genau wie diese Ziege die Macht hat zu meckern.«
»Waaaas!« brüllte König Pedro. »Was für ein verdammter Esel bist du, in einem solchen Augenblick auch noch Witze zu reißen?« Aber dann mußte auch er lachen, und er schlug sich prustend auf den Schenkel. »Du bist kein Esel«, polterte er, »sondern ein verdammter Witzbold.«
Prinzessin Beatrice hatte die Luft angehalten und atmete nun erleichtert auf. Sie erinnerte sich an die Worte ihres Gatten, daß man mit einigen scherzhaften Worten das Feuer der Wut zum Verlöschen bringen konnte.
»Entscheide dich, edler König. Oder behauptest du, mein verstorbener Vater sei ein Esel gewesen und meine Mutter eine Hündin? Eine eigenartige Mischung und nach den Gesetzen der Natur unmöglich.« Verblüfft beobachtete Prinzessin Beatrice die völlige Unbefangenheit ihres Gatten. Dabei

hatte er doch erst vor kurzem seinen einundzwanzigsten Geburtstag gefeiert!
»Hä?« König Pedro sah ihn verwirrt an und schüttelte den Kopf.
»Doch ungeachtet meiner Abstammung muß ich dich trotzdem bitten, über einige Tatsachen nachzudenken.«
»Gut, dann verrate uns diese Tatsachen«, forderte König Pedro seinen Gast auf.
»Sicher weißt du, daß der Schwarze Tod in der Alhambra wütet?«
»Wie sollte ich das nicht wissen, nachdem du es mir auf so eindeutige Weise übermittelt hast?« Wieder brach König Pedro in Gelächter aus.
»Ich nehme an, daß du nun dein Heer abziehen wirst?«
»Warum sollte ich das? Schließlich sind nicht wir vom Schwarzen Tod befallen! Wir können uns leisten zu warten, bis deine Leute sterben wie die Fliegen.«
»Du weißt selbst genau, daß die Gefahr zu groß ist.« König Ahmeds Stimme klang sicher und hart wie Stahl. »Wenn du hierbleibst, wirst du dich einem viel furchterregenderen Gegner stellen müssen als der maurischen Armee. Deine Verbündeten und auch deine eigenen Männer werden dich im Stich lassen. Dann hat dein Ziel jegliche Bedeutung verloren.« Zornige Entschlossenheit lag nun in König Ahmeds Tonfall. »Meine Offiziere in der Alhambra haben den Befehl, alles zu tun, um deine Männer mit der Krankheit anzustecken und sie in Angst und Schrecken zu versetzen.«
Prinzessin Beatrice hörte ihren Vater entsetzt aufstöhnen. Trieb ihr Gatte es nicht vielleicht doch zu weit?
»Und das wäre auch aus einem anderen Grunde nicht zu deinem Vorteil«, fügte König Ahmed hinzu.
Eine Zeitlang herrschte gespanntes Schweigen, bis König Pedro das Wort ergriff. »Was für ein verfluchter Grund könnte das sein?« fragte er schließlich.

Angesichts dieses Schimpfwortes huschte ein verächtlicher Ausdruck über König Ahmeds Gesicht. »Dein Halbbruder, Heinrich von Trastamara, hat in deiner Abwesenheit versucht, im nördlichen Kastilien einen Aufstand gegen dich anzuzetteln.«

König Pedro erbleichte. Also hatte Ruy de Vivars Bericht den Tatsachen entsprochen! »Woher weißt du das?« fragte er herausfordernd.

»Auch ich habe meine Kundschafter.«

König Pedro starrte ihn entgeistert an. »Bist du nur deswegen gekommen? Gut, du hast dein Sprüchlein aufgesagt. Außerdem bist du allein und unbewaffnet. Was also sollte mich davon abhalten, dich gefangenzunehmen?«

»Genau deswegen bin ich hier.«

Verwirrt schüttelte König Pedro den Kopf. »Was zum Teufel meinst du damit?«

»Ich bin gekommen, um mich dir als Geisel anzubieten«, bei diesen Worten wandte sich König Ahmed zu Prinzessin Beatrice um, »um die Sicherheit meiner Gemahlin zu gewährleisten.«

»Sicherheit vor mir?« grollte König Pedro.

»Nein.«

Prinzessin Beatrice bemerkte, daß ihr Gatte zögerte. »Ich habe meinem Vater alles erzählt«, warf sie ein. »König Karl reist noch heute nach Pamplona und zieht sein Heer sofort ab. Die Könige von Portugal und Katalonien werden sich ihm sicherlich anschließen. Mein Vater steht allein da.«

»Ich bin gekommen, um meine Gemahlin vor König Karl zu schützen.« Aus den Worten König Ahmeds sprach ein unglaubliches Selbstbewußtsein.

»Und was würde deine Anwesenheit als Geisel da nützen?«

»Ich würde als Prinzessin Beatrices Gatte in deinem Gewahrsam bleiben.«

»Ha! Ha! Ha!« Höhnisch lachend deutete König Pedro mit

dem Finger auf ihn. »Du willst, daß ich einen Heiden als Schwiegersohn anerkenne? Du Träumer!«

»Aber dieser Traum hat auch für dich Vorteile. Überlege bitte. Dein Schwiegersohn wird nicht nur ein heidnischer Maure, sondern auch der rechtmäßige Herrscher von Granada sein. Solange Prinz Heinrich von Trastamara für Aufruhr in deinem Königreich sorgt, wirst du jeden Verbündeten brauchen können; besonders, wenn die Könige von Aragon, Léon y Navarra, Katalonien und Portugal dich im Stich lassen. Sobald du die Belagerung aufhebst und deine Männer abziehst, wird die Alhambra ihre Tore öffnen, damit die Menschen die Stadt verlassen und dem Schwarzen Tod entfliehen können. Inzwischen haben wir Maßnahmen gegen eine weitere Ausbreitung der Seuche ergriffen, die sicherlich erfolgreich sein werden. Wenn wir diese schwere Zeit überstanden haben, stehen Tausende ausgezeichneter Soldaten zu deiner Verfügung.« Er nickte. »Sicherlich kannst du dich noch an meinen Kampfesmut erinnern. Außerdem wird König Abu Hassan aus Marokko über hunderttausend Männer zu unserer Verstärkung schicken. Dann wirst du den mächtigsten Verbündeten in ganz Spanien haben.«

»Der uns beseitigen wird, damit er auch den kastilischen Thron besteigen kann!« höhnte König Pedro.

»Diese Bemerkung war deiner nicht würdig, und ich werde dir nicht darauf antworten. Bin ich dir im Augenblick nicht völlig ausgeliefert?«

»Weißt du, daß meine Tochter ein Kind erwartet?«

»Ja«, antwortete König Ahmed mit ruhiger Stimme.

»Und daß sie den Samen eines anderen Mannes in ihrem Schoß trägt?« fügte König Pedro absichtlich grausam hinzu.

Prinzessin Beatrice sah ihren Gatten flehend an. Wie sollte sie ihn nur trösten?

»Ich bin ihr Gatte, also trägt sie mein Kind unter dem Herzen.« Diese Worte waren mit dem Brustton der Überzeugung gesprochen. Zuerst traute Prinzessin Beatrice ihren Ohren nicht. Dann wurde sie von wilder Freude ergriffen. Nun war alles gut!

O Heilige Jungfrau Maria, Jesus Christus, gnädiger Gott, ich danke euch! In diesem Augenblick könnte ich sterben, aber ich will weiterleben!

»Wir sollten dafür sorgen, daß alles Vorgefallene in der Familie bleibt«, fuhr König Ahmed fort. »Wenn ich als deine Geisel und als Gatte deiner Tochter nach Toledo reise, wird niemand einen Stein auf uns werfen können.« Überraschenderweise war es nun König Ahmed, dessen Stimme einen grausamen Klang angenommen hatte. »Besonders nicht die Edelleute, die dich um deine Gemahlin Maria de Padilla beneiden. Niemals werden sie erfahren, daß sie einer Tochter das Leben schenkte, die wiederum einen Bastard gebar.« Seine Stimme zitterte. »Ich würde mein Leben geben, um den guten Ruf von Prinzessin Beatrice zu schützen.«

»Warum?« Verblüfft schüttelte König Pedro den Kopf.

»Weil ich sie liebe. Der ganze Sinn und Zweck meines Lebens ist, sie zu lieben.«

»Du würdest dein Königreich für sie aufgeben?«

»Schweren Herzens zwar, aber ja.«

Nachdenklich musterte König Pedro seinen Schwiegersohn, als wolle er ihm geradewegs mitten ins Herz blicken. Schließlich nickte er zufrieden. »Ich glaube dir«, erklärte er schlicht. »Eine solche Liebe kann ich verstehen.« Er schien mit sich selbst zu sprechen. Die Minuten verstrichen, während er überlegte. Während Prinzessin Beatrice sein Urteil erwartete, erschien ihr die Stille im Zelt unerträglich lang.

»Jetzt glaubst du wohl, daß du wieder einmal Sieger geblieben bist?« meinte König Pedro leise. Prüfend betrachtete er König Ahmed.

»Wenn du es sagst. Aber eigentlich wollte ich ursprünglich

nichts weiter gewinnen als die Hand deiner Tochter. Nun möchte ich mein Leben mit ihr teilen.«

»Du hast mich heute vieles gelehrt, aber ich kann nicht zulassen, daß du abermals Sieger bleibst.« Mit ernstem Gesicht sah er König Ahmed an. »Höre mein Urteil. Ob du nun Gotteslästerer, Heide oder Barbar bist, jedenfalls kann ich auf dieser Erde keinen würdigen Gatten für meine Tochter finden. Ich werde meine Armeen sofort von deinem Gebiet abziehen und heute noch einen Pakt mit dir schließen, auf daß zwischen unseren Königreichen Friede herrsche. Dann kannst du als freier Mann in die Alhambra zurückkehren. Nimm meine Tochter mit dir und meinen Segen.«

»Edler König, Herr ...« Zum erstenmal fehlten König Ahmed die Worte.

Prinzessin Beatrice lief auf ihren Vater zu und umarmte ihn. Sie spürte seinen kräftigen Körper, und sein strenger Geruch stieg ihr in die Nase; aber das machte nichts, weil sie auch das Pochen seines Herzens fühlen konnte. Er umfaßte sie und drückte sie so fest, daß es ihr den Atem verschlug. Dann schob er sie sanft von sich.

»Aber nur unter zwei Bedingungen«, fuhr König Pedro warnend fort, und Prinzessin Beatrice wurde von einer Vorahnung ergriffen.

»Wie lauten sie, *Padre*?« fragte sie.

»Zuerst soll Prinz Juan, sobald die Seuche vorüber ist, als neuer Thronerbe nach Toledo zurückkehren. Der Grund dafür ist, daß mir das die nötige Sicherheit verschaffen wird. Ich weiß, daß er wahrscheinlich einmal ins Kloster gehen wird, aber damit muß er noch warten.«

Prinzessin Beatrice übersetzte rasch alles in die Taubstummensprache, und zu ihrer Freude nickte Prinz Juan. »Ich werde dich vermissen«, fügte er hinzu. Offenbar hatte er das ganze Gespräch von den Lippen abgelesen. »Und sag meinem

Vater, daß er durch seinen Großmut seinen Sohn zurückgewonnen hat.«
König Pedro lachte bei dieser Antwort.
»Und was ist die zweite Bedingung, *Padre*?« fragte Prinzessin Beatrice immer noch furchtsam.
»Du weißt, daß die Heilige Kirche angesichts dieser Mischehe vor Wut schäumen wird. Nun, verflucht soll sie sein.«
Prinzessin Beatrice bemerkte, daß ihr Gatte wieder zusammenzuckte. »Die christliche Einheit ist zerbrochen. Damit die Kirche diese Lektion auch lernt«, er räusperte sich, um seine Gefühle zu verbergen, »sollst du dein Kind nach Toledo bringen, sobald es alt genug zum Reisen ist. Deiner Mutter würde das sicherlich auch sehr gut gefallen.«
König Ahmed ging zu König Pedro hinüber, kniete nieder und küßte ihm die Hand. Prinz Juan folgte seinem Beispiel.
Als einzige Frau unter den Anwesenden hatte Prinzessin Beatrice das letzte Wort: »Du hast uns alle getäuscht, *Padre*«, erklärte sie. »Denn hinter deiner Grausamkeit verbirgt sich ein liebendes Herz.«

Epilog

Schon nach sechzig Tagen stellte sich heraus, daß der Schwarze Tod der Alhambra nur einen kurzen Besuch abgestattet hatte. Die Menschen strömten aus den Bergen und dem flachen Land, wohin sie sich nach Aufhebung der Belagerung geflüchtet hatten, in die Stadt zurück. Trotz seiner aufopferungsvollen Dienste war der Arzt General Suby von der Seuche verschont geblieben. Auch die übrigen Mitglieder des Kriegsrates, den König Ahmed unter der Bezeichnung »Rat zum Wiederaufbau der Stadt« am Leben erhielt, hatten überlebt. Erst wenn alle Folgen des Krieges beseitigt waren, wollte der König die Militärregierung wieder auflösen.

Nach seiner Rückkehr aus dem kastilischen Lager hatte König Ahmed sich selbst, Prinz Juan und Prinzessin Beatrice in seinen alten Gemächern im Gen al Arif einquartiert. Das geschah unter dem Vorwand, daß er seine Gattin von den Einschränkungen des Harems befreien wollte. Der eigentliche Grund allerdings war, sie vor einer möglichen Ansteckung zu schützen.

Nun waren die kalten Wintertage vorüber, und die Nachtigallen sangen wieder in den Palastgärten. König Ahmed hatte es sich zur Regel gemacht, seine Abende mit Prinzessin Beatrice und Prinz Juan in seinem alten Studierzimmer zu verbringen. Meist stand er mit Prinz Juan vor den hohen Rundbogenfenstern, die auf den Balkon hinausführten. Prinzessin Beatrice, deren Leib sich inzwischen kräftig wölbte, saß daneben. Man unterhielt sich leise, wie Familien es so tun, beobachtete den Sonnenuntergang und lauschte auf die Geräusche der Nacht.

An diesen Abenden erholte sich König Ahmed von seinen anstrengenden Pflichten, und es bestand eine stille Übereinkunft, Aaron Levi, Zurika und Pilar nicht zu erwähnen.

»Diese Zeit ist mir die liebste am Tag«, sagte Prinzessin Beatrice wieder einmal. Das Schönste am Zusammensein in der Familie war, daß man sich ruhig wiederholen konnte, ohne daß einem ein Vorwurf daraus gemacht wurde. »Ich weiß, daß ich diese Last nur noch wenige Stunden mit mir herumschleppen kann«, meinte sie und legte dabei eine Hand auf ihren gewölbten Leib, »ehe ich erschöpft aufs Bett falle.« Sie hielt inne. »Schaut! Das Kind strampelt bereits.« Aus leuchtend blauen Augen sah sie König Ahmed an. »Fühl einmal!«

Inzwischen bereitete es König Ahmed keine Schwierigkeiten mehr, das Kind als das seine anzuerkennen. Manchmal war er es sogar, der Prinzessin Beatrice Mut machte, wenn sie wieder einmal Abneigung gegen ihre Leibesfrucht befallen wollte. Er beugte sich vor und legte eine Hand auf ihren Leib.

Verwundert spürte er das Leben, das sich in ihr regte. Hier entstand ein neuer Erdenbürger, und wer sein Vater war, spielte keine Rolle. Er bedeutete auch Prinz Juan, das Kind zu fühlen.

Auf einmal wurde er von wildem Flügelschlagen aus seinen Gedanken gerissen. Als er sich nach dem Geräusch umwandte, entdeckte er eine weiße Taube, die sich auf der Balkonbrüstung niederließ. Ihre kleine Brust hob und senkte sich, und sie blickte voll Angst um sich. König Ahmed erinnerte sich an einen Tag vor vielen Jahren, und sein Blick richtete sich himmelwärts. Dort oben war der Umriß eines Falken zu sehen, dessen ausgebreitete Schwingen sich vom blauen Himmel abhoben. Der Raubvogel hatte seine Beute aufgegeben. König Ahmed warf Prinz Juan einen Blick zu, und beide gedachten wortlos eines Geheimnisses, das sie einander vor langer Zeit anvertraut hatten.

Dann hörte er ein Knistern, gefolgt von gemurmelten Zaubersprüchen. Erstaunt wirbelte er herum und meinte einen Augenblick lang, eine glitzernde Kristallkugel auf dem Tisch zu erkennen. Der Singsang dauerte an, aber König Ahmed konnte nicht feststellen, woher er kam.
Ein eisiges Gefühl der Einsamkeit bemächtigte sich seiner. Ohne nachzudenken, wandte er sich um und suchte mit Blikken den kahlen Felsen unter seinem Fenster ab. Trotz des Lichtes der untergehenden Sonne fröstelte ihn. Leer und verlassen wie die fernen schneebedeckten Gipfel der Sierra Nevada lag der schwarze Felsen da. Das Gefühl der Einsamkeit wurde stärker.
Ein Stöhnen entfuhr Prinzessin Beatrice, und Prinz Juan ließ ein aufgeregtes Krächzen vernehmen. Sofort wußte König Ahmed, was sie gesehen hatten.
Auf dem schwarzen Felsen tauchte urplötzlich eine wohlbekannte Gestalt auf. Ein schlanker, hochgewachsener Körper, wohlgerundete Hüften, schmale Taille, volle Brüste, ein wunderschönes Gesicht, olivfarbene Haut, zarte Züge, ein weicher Mund, so rot wie Rosenknospen, Grübchen auf den Wangen. Und die Augen, die dunkelbraunen Augen, in denen die Leidenschaft schlummerte, die die Quelle aller Sorgen war! Die vom Leid kündeten, als er sie zum erstenmal erblickt hatte; von einem Leid, das letztendlich eingetroffen war!
Du betrachtest ein schönes, junges Mädchen. Dann brauchst du keine Bäume und Blumen mehr. Keine Pferde, Schwerter, Mauern. Nun hast du die Bäume und Blumen, den Gesang der Vögel, den Duft der Blüten, die Kraft eines Pferdes und des Schwertes in einem ... in einer jungen Frau.
War diese Stimme aus dem Zimmer gekommen oder stieg sie aus seinem Herzen empor?
Diesmal wußte er, für wen Zurika tanzte. Ja, tatsächlich, da war Aaron Levi. In ein schwarzes Gewand gehüllt, saß er auf einem Stein, den Stab zwischen die Knie geklemmt, ein Bein

angewinkelt und das andere ausgestreckt. Aaron Levi mit seinem mageren, runzligen Gesicht und den tiefliegenden dunklen Augen unter dem schwarzen Käppchen. Ein lächelnder Aaron Levi, der den Takt mitklatschte.
Das hat er im Himmel von Zurika gelernt!
Fast hätte König Ahmed vor Freude aufgejubelt, doch da entdeckte er auf einmal eine weitere Gestalt hinter Zurika. Es war ein Mann in einem dunklen Kaftan, der ein Käppchen auf dem Kopf trug. Der Unbekannte hatte eine Hakennase, ein Raubvogelgesicht, einen gestutzten grauen Bart und undurchdringliche Augen. Wer mochte das wohl sein? König Ahmed wurde von Angst ergriffen. Zurika hielt in ihrem Tanz inne und blieb wie angewurzelt stehen. Aaron Levi hatte sich erhoben; mit drohend erhobenem Stab näherte er sich dem Fremden, der sich auf der Stelle in Luft auflöste.
Dann kehrte Aaron Levi zu Zurika zurück und streckte die Hand aus. Hand in Hand blickten die beiden zum Balkon hinauf. König Ahmed versuchte, ihnen etwas zuzurufen, aber kein Laut wollte ihm über die Lippen kommen.
»O Heilige Jungfrau«, flüsterte Prinzessin Beatrice.
»O Gott, sie verlassen uns für immer.« Die Worte klangen zwar noch recht heiser, aber es war kein Zweifel, daß Prinz Juan sie gesprochen hatte.
König Ahmed wußte, daß sie Gott angefleht hatten, Prinz Juan zu helfen, und der Allmächtige hatte ihre Gebete erhört. Wie durch ein Wunder war Prinz Juans Stimme nicht völlig zerstört worden. Und nun konnte er wieder sprechen, während es König Ahmed in diesem Augenblick die Sprache verschlagen hatte.
Die untergehende Sonne tauchte die weißen Gipfel der Sierra Nevada in rosiges Licht. Zwischen ihnen gab es nur menschenleere Erde und Luft.

Nachwort

König Ahmed ließ die Alhambra prächtig ausschmücken und einen Flügel für Prinzessin Beatrice anbauen. Im Jahre 1359 jedoch wurde er Opfer einer Verschwörung; er und Prinzessin Beatrice mußten erst nach Gaudex, dann nach Fez fliehen, während Maria de Padilla unterdessen den Enkelsohn versorgte. Prinz Juan war inzwischen Benediktinermönch geworden, und König Karl der Böse herrschte immer noch über Léon y Navarra.

Drei Jahre später kehrte König Ahmed, von seinem Volk umjubelt, als König in die Alhambra zurück. In der Verbannung war er bescheiden geworden, und er herrschte friedlich noch dreißig Jahre lang.

Ahmeds Sohn Yusuf II. folgte seinem Vater auf den Thron, aber er fiel einem Mordanschlag zum Opfer. Nach dem Tode seines Sohnes Mohammed VII. wurde sein Bruder, Yusuf III., König. Ihm folgte sein Sohn, Mohammed VIII., der sich jedoch als grausamer, hochfahrender Herrscher erwies und im Jahre 1427 nach zehnjähriger Regierungszeit aus dem Amt gejagt wurde. Als der christliche König Johann II. 1431 Granada angriff, floh er nach Malaga. Yusuf IV., den König Johann auf den Thron gebracht hatte, starb bereits nach wenigen Monaten, worauf Mohammed VIII. wieder den Thron bestieg. Allerdings ließ ihn sein Neffe Mohammed X., der die Alhambra im Jahre 1445 besetzte, ins Gefängnis werfen. Doch auch er war ein unfähiger Herrscher und wurde von Saad, einem Vetter zweiten Grades väterlicherseits, beseitigt. Als Saad im Jahre 1483 starb, folgte ihm sein Sohn Abdul Hassan auf den

Thron. Dieser jedoch wurde von Mohammed XI. vertrieben, gelangte aber später wieder an die Macht und verzichtete schließlich zugunsten seines Bruders Mohammed XII. auf den Thron. Nachdem Mohammed XII. von Abu Abdullah Boabdil an König Ferdinand verraten worden war, floh er nach Marokko.

Abu Abdullah Boabdil hatte gehofft, daß König Ferdinand und Königin Isabella ihm seinen Verrat mit dem Thron von Granada lohnen würden. Allerdings wurden seine Hoffnungen zunichte gemacht, als ihn König Ferdinand im Jahre 1490 aufforderte, ihm sein Königreich zu übergeben. Im Jahre 1492 wurde Boabdil nach Fez verbannt und erhielt als Entschädigung ein Lehen in Al-Bushara. Wieder einmal hatte Yusuf ibn Nagralla Gelegenheit, sich über die Wirksamkeit seines jahrhundertealten Fluches zu wundern.

»Du tust gut daran, zu betrauern wie ein Weib, was du nicht wie ein Mann verteidigt hast.« Mit diesen Worten tadelte Aisha, die Mutter von Abu Abdullah Boabdil, ihren Sohn, als dieser aus der Alhambra in die Verbannung ritt. Die Herrschaft der Mauren in Granada war damit zu Ende.

Ibn Nagrallas Fluch verlor seine Wirksamkeit, als jene, die angeblich stets auch die andere Wange hinhielten – obwohl den meisten von ihnen dieser Glaubensgrundsatz recht fern lag –, die Macht in seinem *hisn* übernahmen. Allerdings wagte keiner der christlichen Herrscher, etwas an dem Gebäude zu verändern oder seiner wundersamen Schönheit etwas hinzuzufügen. Schließlich wohnte niemand mehr in der Alhambra; nur der Wind strich geisterhaft heulend und wehklagend durch das leere Gemäuer. Verfallen und einsam stand sie bis zum Jahre 1828 da, als ein Kunstliebhaber aus der Neuen Welt, den Vereinigten Staaten von Amerika, sie entdeckte. Sein Name war Washington Irving, und es gelang ihm mit viel Arbeit und Mühen, die Alhambra wieder in einen Ort reiner Schönheit zu verwandeln.

Nun war der Jude Yusuf ibn Nagralla endlich wieder mit seinem Gott versöhnt und besaß die Muße, die Geschichte des Mo-Ahmed al Kamal weiterzugeben.